桐城派研究

关爱和 著

中国大百科全书出版社

**图书在版编目（CIP）数据**

桐城派研究 / 关爱和著 . -- 北京：中国大百科全
书出版社，2024.3

（中国近现代文学论著五种）

ISBN 978-7-5202-1415-5

Ⅰ.①桐… Ⅱ.①关… Ⅲ.①桐城派—文学流派研究
Ⅳ. ① I207.62

中国国家版本馆 CIP 数据核字（2023）第 165474 号

| | |
|---|---|
| 出 版 人 | 刘祚臣 |
| 丛书策划 | 胡春玲 |
| 丛书责编 | 冯　然 |
| 本书责编 | 冯　然 |
| 特约编辑 | 陈　光 |
| 责任印制 | 邹景峰 |
| 封面设计 | 黄　琛 |
| 版式设计 | 博越创想 |
| 出版发行 | 中国大百科全书出版社 |
| 地　　址 | 北京市西城区阜成门北大街 17 号 |
| 邮　　编 | 100037 |
| 网　　址 | http://www.ecph.com.cn |
| 电　　话 | 010-88390639 |
| 印　　刷 | 中煤（北京）印务有限公司 |
| 开　　本 | 710 毫米 ×1000 毫米　1/16 |
| 字　　数 | 447 千字 |
| 印　　张 | 32.5 |
| 版　　次 | 2024 年 3 月第 1 版 |
| 印　　次 | 2024 年 3 月第 1 次印刷 |
| 定　　价 | 98.00 元 |

# 目 录

————

# 唐代以后
# 古文一派发展脉络

中国散文的发展，至唐代贞元、元和以后，遂生出古文一派。韩愈、柳宗元等人以复兴儒学为旗帜，以取法先秦、两汉奇句单行文章传统相号召，以改革文风、文体、文学语言为主要内容，形成了影响深远的古文运动。作为唐代儒学复兴的倡导者，韩愈以"补苴罅漏，张皇幽眇，寻坠绪之茫茫，独旁搜而远绍，障百川而东之，回狂澜于既倒"[①]的积极态度，张扬儒道，"觝排异端，攘斥佛老"。韩愈化用孟子"五百年必有王者兴"之说，别出心裁地建立了"尧以是传之舜，舜以是传之禹，禹以是传之汤，汤以是传之文、武、周公，文、武、周公传之孔子，孔子传之孟轲，轲之死，不得其传焉"[②]的古道传承系统，而直以孟轲之后先圣先王道统坠绪的承继者自任，以为"使其道由愈而粗传，虽灭死万万无恨"[③]。作为古文运动的领

---

　　① 韩愈：《进学解》，《韩愈全集》文集·卷一，钱仲联、马茂元校点，上海：上海古籍出版社1997年版，第131页。

　　② 韩愈：《原道》，《韩愈全集》文集·卷一，钱仲联、马茂元校点，上海：上海古籍出版社1997年版，第122页。

　　③ 韩愈：《与孟尚书书》，《韩愈全集》文集·卷三，钱仲联、马茂元校点，上海：上海古籍出版社1997年版，第195页。

袖，韩愈主张恢复先秦、两汉源远流长的散文传统，上规六经，下逮《庄》《骚》，沉浸酿郁，含英咀华，创造出陈言务去，言必己出，文从字顺，清新刚健的新体散文。韩愈用文以明道、文道合一的观点解释文与道之间的关系。他认为古道久而不传，但可于古文中见之，"学古道则欲兼通其辞"[①]；古文衰敝已甚，将薪至于古之立言者，则须"行之乎仁义之途，游之乎诗书之源"，然后"垂诸文而为后世法"[②]。与古道统说相辅相承，韩愈在《送孟东野序》一文中依据"不平则鸣"的标准，勾勒出自皋陶、五子、周公、孔子、庄周、孟轲、屈原、司马迁、司马相如、扬雄以至于唐代陈子昂以下作者们一以贯之的精神脉络，以为上述这些作家之所以卓然不朽，在于善于"择其善鸣者而假之鸣"[③]。这种勾勒，实为古文一派的文统说埋下了伏笔。后代古文家，常常援据韩愈此说，津津乐道于由周、孔、庄、孟以至韩、柳、司马迁、扬雄、欧阳的古文传承系统。

对于韩愈在复兴儒学和提倡古文两方面的成就，苏轼曾以"文起八代之衰，道济天下之溺"的赞语给予高度的评价。而究其实际，韩氏留在文学史上的影响要大大超过他留在学术史上的影响。韩氏曾言："愈少驽怯，于他艺能自度无可努力，又不通时事，而与世多龃龉。念终无以树立，遂发愤笃专于文学。"[④]韩愈的古文理论及散文创作的成就，推动了贞元之后古文运动的发展。加上师承、交游者的响应、鼓噪与鼎助，唐代古文运动在文风、文体、文学语言的改革上取得显著的成绩，开创了言之有物、自由抒写、简

① 韩愈：《题欧阳生哀辞后》，《韩愈全集》文集·卷五，钱仲联、马茂元校点，上海：上海古籍出版社 1997 年版，第 225 页。
② 韩愈：《答李翊书》，《韩愈全集》文集·卷三，钱仲联、马茂元校点，上海：上海古籍出版社 1997 年版，第 177 页。
③ 韩愈：《送孟东野序》，《韩愈全集》文集·卷四，钱仲联、马茂元校点，上海：上海古籍出版社 1997 年版，第 202 页。
④ 韩愈：《答窦秀才书》，《韩愈全集》文集·卷二，钱仲联、马茂元校点，上海：上海古籍出版社 1997 年版，第 164 页。

练干净、文从字顺的散文传统，使散文写作走向了写景、抒情、言志、议论的更为广阔的天地。李翱在《韩吏部行状》中说："自贞元末以至于兹（长庆末——引者），后进之士，其有志于古文者，莫不视公以为法。"[①]自韩之后，世遂有古文一派；而古文一派，亦多断断于文道之辨，复乐道于道统、文统。

宋初为古文运动与韩、柳传统张目的是柳开、石介、王禹偁诸人。柳开崇尚韩文，原名肩愈，即取"师孔子而友孟轲，齐扬雄而肩韩愈"[②]之意。后改名为开，以明"将开古圣贤之道于时也"[③]之志。柳开以为，所谓"古文"，"非在辞涩言苦，使人难读诵之"，古文高妙在于"古其理，高其意，随言短长，应变作制，同古人之行事"，[④]道与文两者密不可分。道为海，而文为浮海之具；道为获，而文为捕获之筌。欲明道德仁义之古道，须著高意古理之古文。"吾之道，孔子、孟轲、扬雄、韩愈之道；吾之文，孔子、孟轲、扬雄、韩愈之文也。"[⑤]王禹偁以"革弊复古，宜有所闻"期待于宋初文坛，因而盛推韩愈之文，以为"近世为古文之主者，韩吏部而已"，"吏部之文，与六籍共尽"。并旗帜鲜明地提出"远师六经，近师吏部"[⑥]，为平易流畅、传道明心之古文。稍后于柳开、王禹偁的石介，承继韩愈道统之说而又

---

① 李翱：《韩吏部行状》，《唐宋文醇》卷二十，乔继堂点校，上海：上海科学技术文献出版社2020年版，第314页。

② 柳开：《上符兴州书》，《全宋文》第6册，曾枣庄、刘琳主编，上海：上海辞书出版社；合肥：安徽教育出版社2006年版，第304页。

③ 柳开：《补亡先生传》，《全宋文》第6册，曾枣庄、刘琳主编，上海：上海辞书出版社；合肥：安徽教育出版社2006年版，第393页。

④ 柳开：《应责》，《全宋文》第6册，曾枣庄、刘琳主编，上海：上海辞书出版社；合肥：安徽教育出版社2006年版，第367页。

⑤ 柳开：《应责》，《全宋文》第6册，曾枣庄、刘琳主编，上海：上海辞书出版社；合肥：安徽教育出版社2006年版，第367页。

⑥ 王禹偁：《答张扶书》，《全宋文》第4册，曾枣庄、刘琳主编，成都：巴蜀书社1989年版，第358页。

予以淋漓的发挥。他在《尊韩》①一文中认为：道始于伏羲而成于孔子。孔子之后，道屡废塞，复辟于孟子而大明于韩氏。伏羲、神农、禹、汤、文、武、周公、孔子为圣人，孔子为圣人之至；孟轲、荀卿、扬雄、王通、韩愈为贤人，而韩愈为贤人之至。孔子之《易》《春秋》，自圣人以来未有也；吏部《原道》《原人》《原毁》《行难》《禹问》《论佛骨表》《诤臣论》，自诸子以来未有也。石介对韩愈可谓推崇备至。与柳开、王禹偁、石介提倡韩、柳古文相呼应，姚铉依据《文苑英华》所选辑的《唐文粹》，其中"文赋惟收古体，而四六之文不录"②，且专立"古文"一门，以标明对韩、柳古文概念与传统的认同。《唐文粹序》中评价唐代古文运动，以为韩愈"超卓群流，独高遂古"，其"首唱古文，遏横流于昏垫，辟正道于夷坦"，"于是柳子厚、李元宾、李翱、皇甫湜又从而和之。则我先圣孔子之道，炳然悬诸日月。故论者以退之之文，可继扬、孟，斯得之矣"③。与姚铉同时的穆修，曾亲自校正、刻印韩柳文集，他在《唐柳先生集后序》中说，"唐之文章……至韩柳氏起，然后能大吐古人之风，其言与仁义相华实而不杂"，"世之学者如不志于古则已，苟志于古，则求践立言之域，舍二先生而不由，虽曰能之，非余所敢知也"。④

柳开、王禹偁、石介等人对中唐古文运动及韩柳传统的高度评价和积极认同，拉开了北宋散文革新的序幕，而真正充任北宋散文革新领袖的则是欧阳修。《宋史·欧阳修传》论及欧阳修与宋初文坛风气转移的关系云："宋兴且百年，而文章体裁，犹仍五季余习，锼刻骈偶，淟涊弗振。士因陋守

---

① 石介：《尊韩》，《徂徕石先生文集》卷七，陈植锷点校，北京：中华书局1984年版，第79—80页。
② 纪昀：《四库全书总目》卷一八六，北京：中华书局1965年版，第1692页。
③ 姚铉：《唐文粹序》，《全宋文》第7册，曾枣庄、刘琳主编，成都：巴蜀书社1990年版，第253页。
④ 穆修：《唐柳先生集后序》，《全宋文》第8册，曾枣庄、刘琳主编，成都：巴蜀书社1990年版，第423页。

旧，论卑气弱。苏舜元、舜钦、柳开、穆修辈，咸有意作而张之，而力不足。修游随，得唐韩愈遗稿于废书簏中，读而心慕焉，苦志探赜，至忘寝食，必欲并辔绝驰，而追与之并。举进士，试南宫第一，擢甲科，调西京推官。始从尹洙游，为古文，议论当世事，迭相师友。与梅尧臣游，为歌诗相倡和。遂以文章，名冠天下。"①欧阳修自述学习韩愈文章以及其后韩文广为传布的经历："予少家汉东。有大姓李氏者，其子尧辅颇好学。予游其家，见敝箧贮故书。发而视之，得唐《昌黎先生文集》六卷，脱落颠倒无次序，因乞以归读之。是时天下未有道韩文者。予后官洛阳，而尹师鲁之徒皆在，遂相与为古文，因出所藏《昌黎集》而补缀之。其后天下学者，亦渐趋于古，韩文遂行于世。"由柳开、石介等人的尊韩，到"韩文遂行于世"，再到"学者非韩不学"②风气的逐渐形成，正是北宋古文运动步步发展和深入的过程。欧阳修凭借自己在政治上学术上的地位和"天下翕然师尊之"③的威望，借助交游与师徒等关系，组成了志同道合的文人集团，其中包括苏舜钦、梅尧臣、曾巩、王安石、三苏（苏洵与其子苏轼、苏辙）等。他们鼓荡风气，相互倚重，并以各自的努力和成就，丰富和发展了韩、柳古文传统，共同开创了中国散文发展的又一个辉煌时期。

与韩、柳横空出世的立论相较，宋代古文家的理论更趋于精微平实。宋代古文家在整体上接受了韩柳文道合一、文以明道的文道观，但"道"的内容更趋于扩大，而"文"的意识更趋于自觉。欧阳修在《送徐无党南归

---

① 脱脱：《欧阳修传》，《宋史》列传第七十八，北京：中华书局 1985 年版，第 10375 页。

② 欧阳修：《书旧本韩文后》，《唐宋八大家文钞》卷六，张伯行编选，上海：上海古籍出版社 2019 年版，第 171 页。

③ 脱脱：《欧阳修传》，《宋史》列传第七十八，北京：中华书局 1985 年版，第 10381 页。

序》中将"见之于言"与"修之于身""施之于事"并列为世间不朽之物。①修于身者，无所不获；施于事者，不必有言；惟立言以求不朽者最不可恃。言不及道，徒工于文，这正是三代秦汉以来作者著书百不一二存焉的原因。立言实为不易之事，欲立言以求不朽，须充实以道："道胜者，文不难而自至。"②"道纯则充于中者实，中充实则发为文者辉光。"③"若道之充焉，虽行乎天地，下于渊泉，无不之也。"④"道"又并非仅是仁义道德之谓，世间百事、宇宙万物均有道的存在，道包含着世间百事、宇宙万物中的事理物理。欧阳修有意将韩愈带有较多伦理色彩的道扩大化、平易化，因而要求立言者关心现实生活中的"百事"，写作"其道易知而可法，其言易明而可行"⑤的文章。稍后于欧阳氏的曾巩、王安石、苏轼，承继师说，各有建树。曾巩从史传文写作的角度，提出要作良史，须是圣人之徒，同时又须是能文之士，"其明必足以周万事之理，其道必足以适天下之用，其智必足以通难知之意，其文必足以发难显之情"⑥。非"蓄道德而能文章"⑦者，不可为明道之文。王安石以为："所谓文者，务为有补于世而已矣。所谓辞者，犹器之有刻镂绘画也。诚使巧且华，不必适用；诚使适用，亦不必巧且华。要之以适用为

①　欧阳修：《送徐无党南归序》，《欧阳修诗文集校笺》，洪本健校笺，上海：上海古籍出版社 2009 年版，第 1099 页。

②　欧阳修：《答吴充秀才书》，《欧阳修诗文集校笺》，洪本健校笺，上海：上海古籍出版社 2009 年版，第 1176 页。

③　欧阳修：《答祖择之书》，《欧阳修诗文集校笺》，洪本健校笺，上海：上海古籍出版社 2009 年版，第 1819 页。

④　欧阳修：《答吴充秀才书》，《欧阳修诗文集校笺》，洪本健校笺，上海：上海古籍出版社 2009 年版，第 1176 页。

⑤　欧阳修：《与张秀才第二书》，《欧阳修诗文集校笺》，洪本健校笺，上海：上海古籍出版社 2009 年版，第 1759 页。

⑥　曾巩：《南齐书目录序》，《唐宋八大家文钞》卷十四，张伯行选编，上海：上海古籍出版社 2019 年版，第 330 页。

⑦　曾巩：《南齐书目录序》，《唐宋八大家文钞》卷十四，张伯行选编，上海：上海古籍出版社 2019 年版，第 315 页。

本，以刻镂绘画为之容而已。"①苏轼认为：道即是"物固有是理"。对事物之理"了然于心"，已是千万人而不一遇，再将其"达之于口与手"，更是不易。立言至于"辞达"之境，"则文不可胜用矣"②。宋古文家对道的理解的世俗化，使文章更贴近现实生活中的百事，因而更显得情真理切、平易近人。他们以立言不朽的精神致力于文章写作，因而更注意文章诸如"事信""言文""规模""繁简"等艺术法度的探求与运用。他们反对五代以来怪僻、艰涩的文风，为文力求舒畅条达，自然生动。宋诸家的文章或以神逸胜，或以清谨胜，或偏于峻峭，或毗于疏朗，却都显得优游不迫，清雅动人。北宋古文运动呈现出争奇斗妍的局面。

北宋古文运动的发展与成功，欧阳修功莫大焉。欧阳氏生前，曾巩即把欧文比之于孟子、韩愈，至苏轼序欧阳修《居士集》时，则推誉欧阳修为孟、韩之后道统文统的续接者。苏轼述及道统之续时指出：

> 自汉以来，道术不出于孔氏，而乱天下者多矣。晋以老庄亡，梁以佛亡，莫或正之。五百余年而后得韩愈。学者以愈配孟子，盖庶几焉。愈之后三百有余年，而后得欧阳子。其学推韩愈、孟子，以达于孔氏，著礼乐仁义之实，以合于大道。其言简而明，信而通，引物连类，折之于至理，以服人心，故天下翕然师尊之。③

---

① 王安石：《上人书》，《全宋文》卷一三九二，曾枣庄、刘琳主编，成都：巴蜀书社1993年版，第510页。

② 苏轼：《答谢民师推官书》，《全宋文》卷一八九二，曾枣庄、刘琳主编，成都：巴蜀书社1993年版，第336页。

③ 苏轼：《六一居士集序》，《全宋文》卷一九三一，曾枣庄、刘琳主编，成都：巴蜀书社1993年版，第179页。

进而论及欧阳氏转移世风、士风、文风之功劳：

> 宋兴七十余年，民不知兵，富而教之，至天圣、景祐极矣，而斯文终有愧于古。士亦因陋守旧，论卑而气弱。自欧阳子出，天下争自濯磨，以通经学古为高，以救时行道为贤，以犯颜纳说为忠。长育成就，至嘉祐末，号称多士，欧阳子之功为多。

又言其文统之续：

> 欧阳子论大道似韩愈，论事似陆贽，记事似司马迁，诗赋似李白。此非余言也，天下之言也。

古文一派至北宋，可谓发展极盛。从欧阳修的"学者非韩不学"，和苏轼"天下翕然师尊之（欧阳修——引者）"的说法中，可见古文一派在士林与学界中的地位。但这种地位不久便受到道学家的挑战。道学是以儒家伦理思想为核心，吸收佛、道二教思想融合而成的儒学学派，它与王安石"新学"同时兴起，学派中的周敦颐、程颢、程颐、邵雍、张载被称为"北宋五子"。作为一个儒学流派，其形成之初以道统的继承者自居。程颐称其兄程颢当为孟子之后圣学传人：

> 孟子死，圣人之学不传。道不行，百世无善治；学不传，千载无真儒。……先生生于千四百年之后，得不传之学于遗经，……使圣人之道焕然复明于世。[1]

---

① 脱脱：《程颢传》，《宋史》列传第一八六，北京：中华书局1985年版，第12717页。

二程既自命为孟子之后千四百年间儒学圣道嫡传，韩愈、欧阳修等人自然便与道统无缘。二程又以为"作文害道"：

> 问作文害道否？曰害也。凡为文不专意则不工，若专意则志局于此，又安能与天地同其大也。《书》云"玩物丧志"，为文亦玩物也。吕与叔有诗云："学如元凯方成癖，文似相如始类俳。独立孔门无一事，只输颜氏得心斋。"此诗甚好。古之学者，惟务养情性，其他则不学。今为文者，专务章句，悦人耳目：既务悦人，非俳优而何？曰：古者学为文否？曰：人见六经，便以为圣人亦作文，不知圣人亦摅发胸中所蕴，自成文耳。所谓有德者必有言也。[①]

视词章文学为玩物、为闲语，作文之人为俳优、为不学，复何文统之有？二程依据"有德者必有言"之说讥笑韩愈"因文求道"是"倒学"，而二程弟子杨时对司马迁、司马相如、韩愈、柳宗元等人甚是不屑一顾。他在《送吴子正序》中说："自汉迄唐千余载，而士之名能文者，无过是数人，及考其所至，卒未有能倡明道学，窥圣人阃奥如古人者。"[②]这种评论代表着道学家对古文家所特有的轻蔑与武断。

韩愈所创制的道统说，是将帝王与圣哲系统混同排列的，具有合政事礼乐于一体的特点。而他所编排的文统，则合道德文章于一体，又与道统中人物基本重合。韩愈的文道合一，既表现为以文见道和文以明道的统一，也追求道统文统重合的圆满。韩愈复兴儒学，重在以复古的形式，重建一种

---

① 程颐：《二程语录》卷一一，《二程集》，北京：中华书局 1981 年版，第 239 页。
② 杨时：《送吴子正序》，《杨龟山集》卷之四，北京：商务印书馆 1937 年版，第 78 页。

思想信仰体系，用以"觝排异端，攘斥佛老"，他所谓的"道"，以"仁义道德""先王之教"为主体，更多地体现为一种思想旗帜。韩愈文集中真正"扶经之心，执圣之权"的阐道论学的文章并不多，更未能建立新的学派。韩愈的成功在于他对重振儒学的倡导和建立了以道为本、以经为源、取法三代两汉而推陈出新的古文传统。至北宋，随着古文家对道的理解的世俗化、平易化，他们更关心现实世界的百事，更注重对社会实际事务的参与。他们的经史整理和词章之作，具有针砭时政、考证得失、论史记事、垂法后世的明确目的。

理学家讲求心性义理之学，试图借助释道宇宙论、认识论的理论成果，将仁义礼智信等儒家伦理原则提高为宇宙本体和普遍规律，从而使古典儒学获得强有力的本体论基础，成为全面指导中国人社会生活的思想权威和理性法则。这种"提高"所需进行的工程十分浩大，而其基本实践则是通过"心性修养"驱动的。理学治学途径既不同于注重名物训诂、考据注疏的汉唐诸儒，又不同于以文明道的韩欧等人。理学的出现，在某种程度上打破了旧有的学术分野，因此，理学的创始人之一程颐曾明确地把学问分为三类："古之学者一，今之学者三。异端不与焉，一曰文章之学，二曰训诂之学，三曰儒者之学。欲趋道，舍儒者之学不可。"①当理学家以儒者之学自居时，韩欧便被划入文章之学的队列；而当理学家以古典儒学的传人自认时，他们便同时获得了傲视考据、辞章之学的资本。

理学发展至南宋时蔚为大观。南宋理学的集大成者朱熹从"心统性情"的基本命题出发，解释文道本一的道理。他以为："道也，文之根本；文者，道之枝叶。惟其根本乎道，所以发之于文，皆道也。三代圣贤文章，皆从心

---

① 朱熹：《近思录》卷二，《朱子全书》，朱杰人、严佐之、刘永翔主编，上海：上海古籍出版社 2002 年版，第 183 页。

里写出，文便是道。"①依照心统性情的理论，朱熹以为古文家以文贯道，以文明道之说，弊端在于析文道为二，且本末倒置。他论韩欧之得失云：

> 东京以降，迄于隋唐数百年间，愈下愈衰，则去其道益远，而无实之文亦无足论。韩愈氏出，始觉其陋，慨然号于一世，欲去陈言以追诗书六艺之作；而其敝精神靡岁月，又有甚于前世诸人之所为者。然犹幸其略知不根无实之不足恃，因是颇溯其源而适有会焉，于是《原道》诸篇始作。而其言曰："根之茂者其实遂，膏之沃者其光晔"，"仁义之人，其言蔼如也。"其徒和之亦曰："未有不深于道而能文者。"则亦庶几贤矣。然今读其书，则其出于诙谐戏豫放浪而无实者，自不为少。若夫所原之道，则亦徒能言其大体，而未见其有探讨服行之效。使其言之为文者，皆必由是以出也。故其论古人，则又直以屈原、孟轲、马迁、相如、扬雄为一等，而犹不及董、贾。而论当世之弊，则但以辞不己出而遂有神徂圣伏之叹。至于其徒之论，亦但以剽掠僭窃为文之病。大振颓风教人自为为韩之功，则其师生之间传授之际，盖未免裂道与文以为两物，而于其轻重缓急本末宾主之分，又未免于倒悬而逆置之也。自是以来，又复衰歇数十百年，而后欧阳子出，其文之妙，盖已不愧于韩氏。而其曰"治出于一"云者，则自荀、扬以下皆不能及，而韩亦未有闻焉，是则疑若几于道矣。然考其终身之言，与其行事之实，则恐其亦未免于韩氏之病也。②

① 朱熹：《朱子语类》卷一百三十九，黎靖德编，武汉：崇文书局 2018 年版，第 2491 页。

② 朱熹：《读唐志》，《全宋文》卷五六四七，曾枣庄、刘琳主编，成都：巴蜀书社 1993 年版，第 347 页。

朱氏窥破了古文家既讲求以道为本，以经为源，又讲求不平则鸣，言必己出，文道并重而难免顾此失彼的尴尬，以及韩欧立言与行身践履之间的矛盾，但以心性之学的标准评价韩欧，以"文皆是从道中流出"[①]，"有是实于中，则必有是文于外"[②]的观点看待文与道的关系，则不免过多地沾溉了理学学派恃心性之学以自重，有德者必有言的偏颇与狭隘。而正是这种偏颇与狭隘，最终导致了中唐以来思想与文学的联盟的破裂。

在中国文化发展史上，中唐以及北宋之间所展开的文化运动格外引人注目，它给予中国封建后期的文化形态以重要的影响。唐宋文化运动以儒学复兴和古文运动作为相辅相承的两个轮子，儒学复兴借助古文运动而获得生机，古文运动凭借儒学复兴而丰采动人。理学的出现与成熟，应该说是儒学复兴与文化整合的必然结果。理学的建立，不仅要对先儒经典予以重新的阐释，更重要的是必须创造出新的经典及其形式。对先儒经典的阐释，可以借助经注，而对新经典载体的选择，理学家更青睐于佛教传道所使用的神秘莫测、机锋暗藏且自由度较大的语录体。理学家选择语录体作为主要思想载体之后，古文则被置于无足轻重的地位，韩欧以文明道的传统遭到轻诋，中唐以来文学与思想的紧密联盟，也就随之不复存在。

明初，重提韩欧传统的是被称为"开国文臣之首"的宋濂。宋濂提倡"辞达而道明"的经天纬地之文，且以欧阳修、韩愈、孟子之道为直趋圣贤之大道。他在《文原》一文中认为："世之论文者有二：曰载道，曰纪事。纪事之文，当本之司马迁、班固；而载道之文，舍六籍吾将焉从？""六籍之外，当以孟子为宗，韩子次之，欧阳子又次之，此则国之通衢，无荆榛之塞，无蛇虎之祸，可以直趋圣贤之大道，去此则曲狭僻径耳，荦确邪蹊耳，

---

① 朱熹：《朱子语类》卷一百三十九，黎靖德编，武汉：崇文书局 2018 年版，第 2491 页。

② 朱熹：《读唐志》，《全宋文》卷五六四七，曾枣庄、刘琳主编，成都：巴蜀书社 1993 年版，第 347 页。

胡可行哉！"①宋濂此说，实开明代尊尚韩、欧之先河。宋濂之后的前后七子，高揭复古旗帜，提倡"文必秦汉，诗必盛唐"，"文自西京，诗自中唐而下，一切吐弃"，②对韩、欧古文自然是贬抑甚多。何景明谓："夫文靡于隋，韩力振之，而古文之法亡于韩。"③王世贞谓六朝之文浮，唐之文庸，宋之文陋，元无文。④屠隆批评韩文气弱、格卑、情缓、法疏，欧、苏、曾、王之文，"读之可一气尽也，而玩之则使人意消"⑤。介乎前后七子之间的王慎中、唐顺之及稍后的茅坤、归有光等人，不满于"文必秦汉"之说而重提韩、欧传统。王慎中以为："学六经史汉最得旨趣根源者，莫如韩欧曾苏诸名家。"⑥唐顺之编辑《文编》，选入韩、柳、欧、苏大量作品。茅坤选《唐宋八大家文钞》，以唐之韩、柳，宋之欧阳、曾巩、王安石、三苏为古文八大家，重申由唐宋八家上窥两汉，由两汉上接孔门的文统说。他在《唐宋八大家文钞》总序中说："孔子之所谓'其旨远'，即不诡于道也；'其辞文'，即道之灿然，若象纬者之曲而布也。斯固庖牺以来人文不易之统也。"道与文并重，旨远而辞文，方得孔子以来人文之传统。若道与文两者仅得其一，则不免有剽裂六艺之嫌。归有光对当世儒者"敢为异论，务胜前人"⑦之风气深表不满，其论文不可废云："文者，道之所形也。道形而为之文，其言

①　宋濂：《文原》，《宋濂全集》第二册，杭州：浙江古籍出版社1999年版，第1404页。

②　张廷玉：《文苑传序》，《明史》卷二八五，北京：中华书局1974年版，第7307页。

③　何景明：《与李空同论诗书》，《何大复先生集》卷三十二，赐策堂乾隆十五年刻本，第19页。

④　王世贞：《艺苑卮言校注》卷三，罗仲鼎校注，济南：齐鲁书社1993年版，第102页。

⑤　屠隆：《文论》，《由拳集》卷23，香港：伟文图书出版社公司1977年版，第1169页。

⑥　王慎中：《寄道原弟书·九》，《遵岩先生文集》卷四一，隆庆五年刻本。

⑦　归有光：《送何氏二子序》，《震川先生集》卷之九，周本淳校点，上海：上海古籍出版社1981年版，第194页。

适与道称⋯⋯故文非圣人之所能废也。"①对于前后七子贬抑韩、欧之论，归有光谓"文章至于宋元诸名家，其力足以追数千载之上，而与之颉颃；而世直以蚍蜉撼之，可悲也"②。王、唐、茅、归因重提文道并重和韩欧传统，被称为唐宋派。唐宋派既推尊三代两汉文的传统地位，又充分肯定唐宋古文的发展贡献，尤其是他们提出的唐宋八大家之说，影响深远。唐宋派认为古文家既要以明道为宗旨，又须有作文之本领，既要有"千古不可磨灭之见"，又须从古人神明变化中求法，显示出文章家的本色。唐宋派中，真正以古文创作名世的是归有光，他的散文创作于琐细中见情致，"不事雕饰而自有风味"③，在赝古复古靡然成风之时，光彩独现。《四库全书总目提要》评归氏之文对后世之影响云："自明季以来，学者知有韩柳欧苏，沿洄以溯秦汉者，有光实有力焉。"

清初，被人称为"散文三杰"的侯方域、魏禧、汪琬皆喜言韩、欧之学。《四库全书总目提要·尧峰文钞》云："古文一脉，自明代肤滥于七子，纤佻于三袁，至启、祯而极敝。国初风气还淳，一时学者始复讲唐宋以来之矩镬，而（汪）琬与宁都魏禧、商丘侯方域，称为最工。"侯方域少有才名，为文取法六朝，而壮年悔之，复"奉马迁为高曾，而实宗乎昌黎、柳州、庐陵、眉山诸子，一气磅礴，百折不移"④。侯氏论文，以为秦以前之文皆敛气于骨，如泰华三峰，非仙灵变化未易攀陟；而汉以后之文则运骨于气，如纵舟长江大海间，立意不乱，亦自可免漂溺之失，此韩欧诸子所以独嵯峨于中

---

① 归有光：《雍里先生文集序》，《震川先生集》卷之二，周本淳校点，上海：上海古籍出版社 1981 年版，第 25 页。

② 归有光：《项思尧文集序》，《震川先生集》卷之二，周本淳校点，上海：上海古籍出版社 1981 年版，第 21 页。

③ 王世贞：《归太仆赞序》，《震川先生集·附录》，上海：上海古籍出版社 1981 年版，第 975 页。

④ 徐邻唐：《壮悔堂文集序》，《侯方域集校笺》，王树林注笺，郑州：中州古籍出版社 1992 年版，第 619 页。

流也。为文从运骨于气处入易而求敛气于骨者难。因此，"高者又欲舍八家，跨史汉而趋先秦，则是不筏而问津，无羽翼而思飞举，岂不怪哉"[①]。魏禧论文，强调"积理""练识"，关乎世道，其《宗子发文集序》云："识不高于庸众，事理不足关系天下国家之故，则虽有奇文与《左》《史》、韩、欧阳并立无二，亦可无作。"魏禧把达于世务与工于文章看作是志于道者的两个必要条件，其论宋明儒者不文之过云：

> 至于宋明儒者，则又以文章为玩物丧志而不屑，自二三大儒外，类取足道其意而止，卑弱肤庸漫衍拘牵之病，随在而有。读者不数行辄掷去，或相与揶揄厌薄之以为戒。然吾尝为之求其理，初无悖于六经，考其生平，不可谓非圣贤之徒，而顾令天下后世厌绝其文，至如饐餲之食，鱼肉之馁败之陈于其前。呜呼，则亦不文之过也矣。[②]

魏禧对宋明诸儒不文之过的指责是大胆而一针见血的。它代表着古文一派对理学家重道轻文倾向的批判和清算。与侯、魏齐名的汪琬，则对宋明诸儒"文以载道"之说提出怀疑：

> 尝闻儒者之言曰：文者载道之器。又曰：未有不深于道而能文者。仆窃谓此言亦少夸矣。古之载道之文，自六经、《语》《孟》而下，惟周子之《通书》，张子之《东西铭》，程、朱二子之传注，庶几近之。虽《法言》《中说》，犹不免后人之讥，而况他文乎？

① 侯方域：《与任王谷论文书》，《侯方域集校笺》卷三，王树林注笺，郑州：中州古籍出版社 1992 年版，第 136 页。

② 魏禧：《甘健斋轴园稿序》，《魏叔子文集》卷八，宁都谢氏绶园书塾，道光二十五年刻本，第 81 页。

至于为文之有寄托也，此则出于立言者之意也，非所谓道也。如屈原作《离骚》，则托诸美人香草，登阆风，至县圃，以寄其佯狂，司马迁作《史记》，则托诸游侠、货殖、聂政、荆卿轻生慕义之徒，以寄其感激愤懑者皆是也。[①]

汪琬结合自己的阅读经验，以为诸子百氏大家名流与夫神仙浮屠之书，其令读者动心骇魂、改观易听者，大多是震于其才，慑于其气，非为于道有得也。"夫文之所以有寄托者，意为之也，其所以有力者，才与气举之也，与道果何与哉？古人之为文也，其中各有所立，有假文以明道者，有因文以求道者，有知文而不知道者。"凡文皆冠以"载道"之名，则不免近于夸辞，也与文学创作的实际情况相去悬远。文学创作中最令读者怦然心动、感发奋起的是有所寄托的文字，而这类文字是以才与气作为基础的，与所谓的"道"无甚关涉。魏禧、汪琬对宋明诸儒不文之过与文以载道说的批评，只有在清初以回归本原为基本指向的文化反思的大背景下才有可能进行，而这种批评的最终目的是寻求文与道的重新结合。汪琬有言曰：

人之有文，所以经纬天地之道而成之者也。使其遂流于晦且乱，则人欲日炽，彝伦日斁，天地之道将何托以传哉！嗣后陵迟益甚，文统、道统于是歧而为二。韩、柳、欧阳、曾以文，周、张、二程以道，未有汇其源流而一之者也。[②]

这种汇文、道源流而一的理想，在清代文化氛围的熏陶下，遂成为古文一派的思想旗帜。

---

① 汪琬：《答陈霭公论文书一》，《尧峰文钞》卷三十二，《四部丛刊》本，第7—8页。
② 汪琬：《王敬哉先生集序》，《尧峰文钞》卷二十九，《四部丛刊》本，第11页。

清代以道统、文统承继者自任，系统提出创作理论并结成创作群体的，是随侯、汪、魏之后而崛起的桐城派。

桐城派形成于雍、乾，极盛于嘉、道，绵延于同、光，笼罩文坛二百余年，至"五四"时期才臻于消亡，成为有清一代延续最为长久、人数最多、影响最大的文学流派之一。桐城派的创始人方苞以"学行继程朱之后，文章在韩欧之间"作为行身祈向，即有双双承接道统、文统之意，他创立"义法说"所提倡的是"本经术而依事物之理"，讲求体要、详略、规模、法度，以清正雅洁为基本风格的古文。方苞之后，其同邑后学刘大櫆、姚鼐各以自己的写作经验与阅读体会丰富发展了"义法"之说，共同奠定了桐城派古文理论的基础。方、刘、姚又各以言简有序、清淡雅洁的散文创作名噪一时，赢得"天下文章，其在桐城乎"的赞誉，桐城派之名，遂大行于天下。姚鼐晚年，讲学于江南各地，又编辑《古文辞类纂》七十四卷，于唐宋八家文之后，明仅录归有光，清仅录方苞、刘大櫆，以标榜古文源流及传绪之所在。此书流传甚广，影响颇大。方、刘、姚之后，桐城派衣钵代有传人，大体恪守"学继程朱，文宗韩欧"的基本宗旨和方向。桐城派作家对士风、学风、人心、教化等问题始终保持着特有的敏感和注意，他们关心社会的发展和人间政治秩序的安排，并表现出积极参与的热情。桐城派作家崇尚《左》《史》及唐宋八家以来古文传统，注意不断地体悟、总结、发现并揭示单行散体之文（旁及诗、赋）的写作经验和创作规律，丰富与发展已有的理论体系。桐城派作家总体上保持清正雅洁的创作风格，追求文从字顺、言简有序、纯净秀美，于平易琐细中见情致的文章风范，在各种散文体裁，尤其是杂记序跋、碑志传状之文中显示出才华和优长。桐城派是活动在中国封建社会终结时期的一个散文流派，自然也成为中唐以来古文一派的殿军，它的盛衰遭遇与中国末代王朝的政治、文化命运息息相关。在中国封建社会经过激烈动荡最终走向灭亡的过程中，桐城派充当了历史的见证者；反映在桐城派作家理论探索和散文作品中的困惑、痛苦、失落、凄凉，都具有真实的意义和类型化的价值。当"五四"新文学大潮扑面而来时，桐城派成为旧文学的一方壁垒遭新文学家攻击讨伐。随即，桐城古文所载之道连同它的文言形式，烟消云散般地成为历史的陈迹。在中国文学从古典向现代的转型过程中，桐城派的存在与消解，给人们提供的历史意蕴是丰厚而意味深长的。

# 第一章

# 桐城派兴衰
# 发展的轨迹

桐城派作为一个散文流派，自创始人方苞推阐义法之说、揭橥古文旗帜之时起，至"五四"时期被以"谬种"恶名，走向崩溃解体之日止，持续绵延二百余年。这二百余年间，中国社会经历了亘古未有的激烈动荡与变革，桐城派的兴衰消长，不可避免地带有社会与文化变动的鲜明印痕。就社会、文化变动的影响和其自身理论与创作所呈现出的阶段性来说，桐城派的发展大致经历了初创、承守、中兴、复归四个时期。康、雍、乾年间，是桐城派的初创期。桐城派三祖——方苞以义法说，刘大櫆以神气说，姚鼐以阳刚阴柔、神理气味格律声色说，奠定了桐城派散文理论的基础；方、刘、姚又以其言简有序、清淡朴素的散文创作名噪文坛，赢得"天下文章，其在桐城乎"的赞誉。嘉、道年间，是桐城派的承守期。姚鼐晚年，讲学江南各地，门生弟子广布海内，桐城之学，掩映一时文坛。其中著名者如梅曾亮、管同、刘开、方东树、姚莹等人，承继师说，标榜声气，守望门户，各擅其胜。咸、同年间，是桐城派的中兴期。曾国藩私淑姚鼐，雅好古文，于戎马倥偬之中，寻求经济、义理、考据、辞章的重新组合，试图以博深雄奇、气象光明之方药救桐城派文规模狭小、文气拘谨之病，并以"早具行远之坚车"瞩望于门生弟子，别创湘乡派。光、宣年间，是桐城派的复归期。曾氏弟子中，惟吴汝纶为桐城人且年寿最长。吴氏于甲午之后，重提方、姚传统，抑闳肆而张醇厚，黜雄奇而求雅洁，倡导恢复以气清、体洁、语雅为特色的桐城派文，并得到了马其昶、姚永朴、姚永概等桐城籍作家的积极响应，桐城之学，再显一时之盛。本章将从思想文化背景的推移，学术士林风尚的转换中，把握桐城派这一创作群体一以贯之的精神气韵和因革损益的内在脉络，从而勾勒其形成发展、兴衰变化的总体面貌。

# 第一节　初创期的桐城派

康熙、雍正、乾隆年间，是清王朝统治由逐步稳定渐至于极盛的时期，也是清代学术文化日趋繁荣与规范的时期。随着康熙初年国内武装冲突的逐渐消退，清廷采取一系列的措施强化思想、政治与文化的统治。清王朝推尊儒学，对程朱理学更是优礼有加。康熙推尊朱熹云："宋儒朱熹，注释群经，阐发道理。凡所著作及编纂之书，皆明白精确，归于大中至正。今经五百余年，学者未敢疵议。朕以为孔孟之后，有裨斯文者，朱子之功，最为宏巨。"[1]又谓朱熹"文章言谈之中，全是天地之正气，宇宙之大道。朕读其书，察其理，非此不能知天人相与之奥，非此不能治万邦于衽席，非此不能仁心仁政施于天下，非此不能外内为一家"[2]。康熙朝，朱熹被配享孔庙，朱熹对四书五经的注释成为科举考试的依据和天下士子必读之书。康熙为《四

---

① 蒋良骐:《东华录》康熙朝五十一年二月，鲍思陶、西原点校，济南：齐鲁书社2005年版，第333页。

② 清圣祖:《御纂朱子全书序》，《朱子全书》第27册，上海：上海古籍出版社2002年版，第845—846页。

书明义》作序，称"万世道统之传，即万世治统所系"。"道统在此，治统亦在此"。与之相应，为康熙校理"御纂诸经"的理学名臣如李光地、熊赐履都倍受宠幸，位居极品。对广大士林中人，清王朝采取了笼络与钳制并用的政策，一方面，广开科举，网罗名士，稽古右文，崇儒兴学，使读书人有进身之阶、登龙之望，另一方面，禁止结社讲学，大兴文字之狱，推求之妄使人动触时忌，网织罪名令人噤若寒蝉。桐城派的创始人方苞即生活在这样一个理学高踞堂庙，政治、文化秩序趋于规范、整饬，笼络之恩宠与钳制之淫威俱在并存的年代。

方苞字凤九，一字灵皋，晚年自号望溪，生于康熙七年，幼随父兄读书而有文名。康熙二十八年补桐城县学，康熙三十年入京师，以文谒理学名臣李光地、时文名家韩菼。光地叹为"韩欧复出"，韩氏称之为"昌黎后一人"。[①] 又与王源、李塨、刘齐、万斯同等人结交，得益甚多，眼界大开。他在中年之后所写的《再与刘拙修书》曾追忆道："仆少所交，多楚、越遗民，重文藻，喜事功，视宋儒为腐烂，用此年二十，目未尝涉宋儒书；及至京师，交言洁（即刘齐——引者）与吾兄，劝以讲索，始寓目焉。"[②] 至京师后，方苞与姜宸英、王源共论行身祈向。姜曰："吾辈生元明以后，孰是如千里平壤，拔起万仞高峰乎？"王曰："经纬如诸葛武侯、李伯纪、王伯安，功业如郭汾阳、李西平、于忠肃，文章如蒙庄、司马子长，庶几近之。"方曰："此天之所为，非人所能自任也。学行继程朱之后，文章介韩欧之间，孰是能仰而企者？"[③] 方苞于康熙三十八年举江南乡试，四十五年成进士，

---

① 苏惇元：《方苞年谱》，《方苞集》附录一，上海：上海古籍出版社2008年版，第865页。

② 方苞：《再与刘拙修书》，《方苞集》卷六，刘季高校点，上海：上海古籍出版社1983年版，第174页。

③ 王兆符：《方望溪先生全集序》，《方苞集》附录三，刘季高校点，上海：上海古籍出版社1983年版，第906—907页。

至康熙五十年，因《南山集》案遭牵连而下狱。

《南山集》案为康熙朝著名文字狱之一。桐城人氏、翰林院编修戴名世有志于明史，在所著《南山集》中曾引方孝标所作《滇黔纪闻》中的有关材料议论南明史事，因用南明诸帝年号而触动忌讳，为左都御史赵申乔所告发，经鞫讯而定为"大逆"之罪，除戴名世、方孝标两族伏刑外，与《南山集》刊刻有关的人士均被捕。方苞为《南山集》作序而下狱论死。后得李光地以能为古文之名营救，宽宥免治。康熙朱批云："戴名世案内方苞，学问天下莫不闻，下武英殿总管和素。"① 出狱隶籍汉军，后以白衣入直南书房。雍正元年，合族被解除旗籍，雍正批曰："朕以苞故，具知此事，其合族及案内肆赦，皆由此。其功德不细。"② 方苞为此感激涕零，作《两朝圣恩恭记》一文，记叙康熙朝免死、雍正朝蒙赦之事。乾隆时方苞官至礼部侍郎，充文颖馆、经史馆、三礼馆总裁。晚年辞官归里，乾隆十四年方苞卒，年八十二岁。

方苞一生，因文得罪，也因文得幸，大起大落，荣辱备尝。从方苞由"所交多楚越遗民"③，到信誓旦旦于清廷"欲效涓埃之报"④，由"重文藻，喜事功，视宋儒为腐烂"⑤到"论学一以宋儒为宗"⑥的变化过程，似乎可以窥知

① 方苞:《两朝圣恩恭记》,《方苞集》卷十八，刘季高校点，上海：上海古籍出版社1983年版，第515页。

② 方苞:《两朝圣恩恭记》,《方苞集》卷十八，刘季高校点，上海：上海古籍出版社1983年版，第516页。

③ 方苞:《再与刘拙修书》,《方苞集》卷六，刘季高校点，上海：上海古籍出版社1983年版，第174页。

④ 方苞:《两朝圣恩恭记》,《方苞集》卷十八，刘季高校点，上海：上海古籍出版社1983年版，第516页。

⑤ 方苞:《再与刘拙修书》,《方苞集》卷六，刘季高校点，上海：上海古籍出版社1983年版，第174页。

⑥ 苏惇元:《方望溪先生年谱》,《方苞集》附录一，刘季高校点，上海：上海古籍出版社1983年版，第890页。

清王朝的政治意志和文化整饬政策给康、雍时期士人心态和精神面貌所带来的巨大影响。方苞"学行继程朱之后，文章介韩欧之间"的行身祈向，既是对学术学路径的自我设计，也是特定政治氛围与文化背景下一介文人的必然选择。

方苞所言的"学行"，包括学术指向、思想信仰和行为准则等内涵。方苞对程朱理学的服膺，并非在心性之辨、事天立命上，最为看重的是理学所推阐的伦理纲常对治理万民百姓安排社会秩序的作用。在《读孟子》一文中，方苞以为孟子教民之精义在"谨庠序之教，申之以孝弟之义"，"无放其良心以自异于禽兽"上，"孟子之言，则虽妇人小子，一旦反之于心而可信为诚然"。而"有宋诸儒之兴，所以治其心性者，信微且密矣，然非士君子莫能喻也"①。就化民正俗，安定社会人心而言，"申以孝悌之义"则比"治其心性者"更为快捷便当，作用斐然。同样的原因，方苞对二程"饿死事小，失节事大"之说大加赞赏，以为"夫妇之义，至程子然后大明"。"饿死事小，失节事大之言，则村农市儿皆耳熟焉。自是以后，为男子者，率以妇人之失节为羞而憎且贱之，此妇人之所以自矜奋与！呜呼，自秦始皇设禁令，历代守之，而所化尚希；程子一言，乃震动乎宇宙，而有关于百世以下之人纪若此。此孔孟程朱立言之功，所以与天地参，而直承乎尧舜汤文之统与！"②

方苞所交之友中，李塨、王源为颜元弟子，方苞与李、王易子而教，私交甚笃。但在如何评价程朱之学上，他们分歧良多。方苞以为：明道穷理之学，无出宋五子周敦颐、程颢、程颐、张载、朱熹之右者。五子之学至清代，浙以东则黄梨洲坏之，燕赵间则颜习斋坏之，黄、颜"二君以高名耆旧为之倡，立程朱为鹄的，同心于破之，浮夸之士皆醉心焉"。"如二君者，幸

---

① 方苞：《读孟子》，《方苞集》卷一，刘季高校点，上海：上海古籍出版社1983年版，第25页。

② 方苞：《岩镇曹氏女妇贞烈传序》，《方苞集》卷四，刘季高校点，上海：上海古籍出版社1983年版，第105—106页。

而其身枯槁以死，使其学果用，则为害于斯世斯民，岂浅小哉"。① 方苞与李塨论其师颜元之学云：

> 窃疑吾兄承习斋颜氏之学，著书多訾謷朱子。习斋之自异于朱子者，不过诸经义疏与设教之条目耳，性命伦常之大原，岂有二哉？此如张、夏论交，曾、言议礼，各持所见，而不害其并为孔子之徒也，安用相诋謷哉？《记》曰："人者，天地之心。"孔孟以后，心与天地相似，而足称斯言者，舍程朱而谁与？若毁其道，是谓戕天地之心，其为天之所不祐决矣。故自阳明以来，凡极诋朱子者，多绝世不祀。仆所见闻，具可指数。若习斋、西河，又吾兄所目击也。②

方苞以为程、朱之学得人伦天道，若诋毁其学，必为天地所不祐，此所以颜元、毛奇龄等人绝世无嗣的原因。方苞对批评程朱的学者，态度如此激烈，甚至将论敌没有后嗣视为真诋毁程朱理学所必然招致的惩罚，且出言几至于诅咒謷骂的程度，亦足见卫道之情切。

颜、李学派提倡躬行践履，讲求礼乐兵农之实务，从而成为清初极富经世致用思想特色的学术流派，方苞与李塨、王源乃至颜元的思想分歧主要在于对程朱理学的认识与看法不同。颜、李之学注重事功，以为宋明理学空谈心性，"分毫无益于社稷生民，分毫无功于疆场天地"③，"必破一分程朱，

---

① 方苞：《再与刘拙修书》，《方苞集》卷六，刘季高校点，上海：上海古籍出版社1983年版，第175页。
② 方苞：《与李刚主书》，《方苞集》卷六，刘季高校点，上海：上海古籍出版社1983年版，第139—140页。
③ 颜元：《朱子语类评》，《颜元集》，北京：中华书局1987年版，第277页。

始入一分孔孟"①。方苞以为，自汉唐以来，以明道著书为己任者众矣，而无出于宋五子之右者，"生乎五子之前者，其穷理之学未有如五子者也；生乎五子之后者，推其绪而广之，乃稍有得焉。其背道而驰者，皆妄凿墙垣而殖蓬蒿，乃学之蠹也"②。方苞贬抑颜、李之学，极力维护程朱理学的思想权威和学术上的正统地位，这既与康、雍年间官方统治者的思想取向合流，又是"学行继程朱之后"行身祈向所包含的重要内容。方苞于程朱理学，表现出虔诚的学理认同。程朱理学对于桐城派来讲，是一面始终要高举的思想旗帜，尽管这种虔诚的学理认同遭到来自各个方面的热讽与冷嘲。

方苞于经学，尤勤于《三礼》《春秋》。著有《周官辨》《周官集注》《春秋通论》《春秋直解》《周官析疑》《礼记析疑》等书。他在晚年所写的《李穆堂文集序》中自评一生为学为文之得失："余终世未尝一日离文墨，而智浅力分，其于诸经，虽粗见其樊，未有若古人之言而无弃者，而文章之境，亦心知而力弗能践焉。"③方苞于经学用力虽勤，但其成果并不为学界所推服。《四库提要》于方苞经解之书，每有贬词，《皇朝经解》中亦未收其一册一卷。方苞受知于当世并为后人所称道的，乃是古文辞。

方苞少时喜古文辞，受其兄方舟与同邑戴名世的影响较大。据苏惇元《方苞年谱》记载，方舟字百川，长方苞三岁。方舟"以制举文名天下，又善古文"，"祖有旧版《史记》，父固藏箧中。兄百川时年十岁。百川偕先生（方苞——引者）俟父出，辄启箧而潜观之，故先生所得于《史记》者，多百川发其端"。"先生（方苞——引者）少与兄百川以时文名天下，世称二

① 颜元：《未坠集余》，《习斋记余》卷一，《颜元集》，北京：中华书局1987年版，第397页。
② 方苞：《再与刘拙修书》，《方苞集》卷六，刘季高校点，上海：上海古籍出版社1983年版，第174—175页。
③ 方苞：《李穆堂文集序》，《方苞集》卷四，刘季高校点，上海：上海古籍出版社1983年版，第107页。

方。"戴名世长方苞十五岁，戴氏《方百川稿序》记述与方氏兄弟的文字之交云：

> 金陵之城北有二方子，曰百川，曰灵皋，兄弟皆有道而能文者。灵皋之文，雄浑奇杰，使千人皆废，而百川之文，含毫渺然，其旨隽永深秀。两人皆原本于《左》《史》、欧、曾，而其所造之境诣则各不相同也。灵皋客游四方，其文多流传人间。百川闭户穷居，深自晦匿，世鲜有见其文者，要其文淡简，亦非凡近之所能识，以故百川声称寂寞，甚于灵皋。顷余家青溪之涯，距二方子四五里而近，时时相过从，得尽读两人之文，往往循环雄诵，不忍释去。①

戴名世又在《方灵皋稿序》中云：

> 始灵皋少时，才思横逸，其奇杰卓荦之气，发扬蹈厉，纵横驰骋，莫可涯涘。已而自谓弗善也，于是收敛其才气，浚发其心思，一以阐明义理为主，而旁及于人情物态，雕刻炉锤，穷极幽渺，一时作者未之或及也。盖灵皋自与余往复讨论，面相质正者且十年。每一篇成，辄举以示余，余为之点定评论，其稍有不惬于余心，灵皋即自毁其稿。而灵皋尤爱慕余文，时时循环讽诵，尝举余之所谓妙远不测者，仿佛想象其意境，而灵皋之孤行侧出者，固自成其为灵皋一家之文也。灵皋于《易》《春秋》训诂不依傍前人，辄时有独得；而余平居好言史法。以故余移家金陵，与灵皋互相师资，荒江墟市，寂寞相对。而余多幽忧之疾，颓然自

---

① 戴名世：《方百川稿序》，《戴名世集》卷三，北京：中华书局1986年版，第51页。

放，论古人成败得失，往往悲涕不能自已。盖用是无意于科举，而唾弃制艺更甚。乃灵皋叹时俗之波靡，伤文章之菱荼，颇思有所维挽救正于其间。①

从戴氏两篇序文中，可以看出作者与方氏兄弟往复讨论、面相质正、切磋琢磨的文谊，而"每一篇成，辄举以示余，余为之点定评论，其稍有不惬于余心，灵皋即自毁其稿"数语，又揭示这种文谊介于师友之间。从戴氏序言可以得知，方苞为文有一个由才思横溢、莫可涯涘到雕刻炉锤、穷极幽渺的变化过程，而于时俗文风，亦早存有维挽救正之志。这种维挽救正之志，一旦时机成熟，自然会付诸实施。

方苞二十四岁入京师，以文获知于理学大师李光地、时文大家韩菼、史学家万斯同。万斯同告之曰："子于古文，信有得矣。然愿子勿溺也。唐宋号为文家者八人，其于道粗有明者，韩愈氏而止耳，其余则资学者以爱玩而已，于世非果有益也。"方苞闻之悚然，自言"余辍古文之学而求经义自此始"②。又五年，方苞自京南归，万斯同以"史之难为久矣，非事信而言文，其传不显"之语告之，同时，又将自己所著《明史》稿本的加工润饰的重任托付方苞，谓"子诚欲以古文为事，则愿一意于斯，就吾所述，约以义法，而经纬其文，他日书成，记其后曰：此四明万氏所草创也。则吾死不恨矣"③。万斯同为黄宗羲的高足，齿德甚高。万斯同引方苞为忘年知己，使方苞忻惕交并，而于万氏所言"事信言文"之史法，也心有灵犀。

此后，方苞读书著文，授徒糊口，应举人进士试，奔走漂泊。三十九

---

① 戴名世：《方灵皋稿序》，《戴名世集》卷三，北京：中华书局1986年版，第54页。

② 方苞：《万季野墓表》，《方苞集》卷十二，刘季高校点，上海：上海古籍出版社1983年版，第332页。

③ 方苞：《万季野墓表》，《方苞集》卷十二，刘季高校点，上海：上海古籍出版社1983年版，第333页。

岁成为进士，后五年因受《南山集》案牵连而入狱。方苞重要的论文之作，多写于出狱入直南书房之后。此时，方苞以文事供职，讲学编著，《南山集》案所带来的精神创伤，虽左萦右拂，一时也未曾退去，但家庭生活毕竟日趋安定。雍正十一年，方苞奉果亲王命，编选两汉书、疏及唐宋八家之文，名曰《古文约选》，供入选于成均的八旗子弟作为学文之范本。此书于乾隆初诏颁各学官。乾隆元年，方苞又奉命选编有明及清诸大家四书制义数百篇，后两年，《四书文选》编成，诏令颁布天下，以为举业准的。方苞在《古文约选序例》《进四书文选表》两文中辨析古文源流，指示为学途径，倡导清正古雅的风范，标榜删繁就简的宗旨，淋漓尽致地阐发自己有关古文写作的理论。此两文与写于前后的《又书货殖传后》《书韩退之平淮西碑后》《与孙以宁书》《答申谦居书》等文，共同构成了方苞古文理论的基础。

方苞古文理论的核心与支点是"义法"说。他在《又书货殖传后》中论"义法"：

> 《春秋》之制义法，自太史公发之，而后之深于文者亦具焉。义即《易》之所谓言有物也，法即《易》之所谓言有序也。义以为经而法纬之，然后为成体之文。[①]

方苞以为，义法制之于《春秋》而发见于《史记》。《春秋》记事，辞约而指博，言简而义备。司马迁《史记》谓《春秋》"上记隐，下至哀公之获麟，约其辞文，去其烦重，以制义法，王道备，人事浃"[②]《春秋》之后，得法之精者为《左传》《史记》，两书叙事议论，皆合体要，脉相灌输，不可

---

① 方苞：《又书货殖传后》，《方苞集》卷二，刘季高校点，上海：上海古籍出版社1983年版，第58页。
② 司马迁：《十二诸侯年表》，《史记》卷十四，北京：中华书局1982年版，第509页。

增损。其后知言者如韩愈等人，所作均有义法可寻。"义法"二字，足以囊括各文家论文之要。讲求义，讲求"言有物"，必然涉及立身、正学、养气、练识等诸多方面；讲求"法"，讲求"言有序"，则不可漠视详略、繁简、虚实、措注等为文规则。言有物，须行之乎仁义之途，明辨乎义理、事理；言有序，当游之乎诗书之源，留心于文心法度。义与法备，则创意造言，各有归焉。

方苞以源之于经（《春秋》），见之于史（《左传》《史记》），获之于文（韩愈）的征引，论证了义法说存在的权威性、合理性。他以"言有物""言有序"解释"义"与"法"的内涵，笼括了古文写作从读心养气到遣词造句等繁杂的过程，从而使"义法"这一概念的使用具有更大的弹性和包容性。以义与法作为古文写作的两项标准，使得古文家絮絮讲解、纠缠不清的问题变得清晰简要，伸手可触，因而，义法说又具有平易性和通俗性的特征。

方苞以义法论文，汲取了先秦以来史传文、古文写作的理论成就与经验，也融会入他自己读书、写作的感受与体悟。义法说中，包含着对言之有物、言之有序、义以为经而法纬之成体之文的期待，包含着对清正古雅、澄极无滓、言简辞约、蕴藉委婉的散文风格的追求，其清晰简明地指示学文途径的特征，又使之旁通于科举制艺之文。方苞《古文约选序例》云：

> 盖古文所从来远矣，六经、《语》《孟》，其根源也。得其枝流而义法最精者，莫如《左传》《史记》，然各自成书，具有首尾，不可以分剟。其次《公羊》《谷梁传》《国语》《国策》，虽有篇法可求，而皆通纪数百年之言与事，学者必览其全，而后可取精焉。惟两《汉书》、疏及唐宋八家之文，篇各一事，可择其尤，而所取必至约，然后义法之精可见……学者能切究于此，而以求《左》《史》《公》《谷》《语》《策》之义法，则触类而通，用为制举之文，敷陈论策，绰有余裕矣。

虽然，此其末也。先儒谓韩子因文见道，而其自称则曰"学古道，故欲兼通其辞"。群士果能因是以求六经、《语》《孟》之旨，而得其所归，躬蹈仁义，自勉于忠孝，则立德立功，以仰答我皇上爱育人材之至意者，皆始基于此。[①]

溯源六经，切究两汉书、疏及唐宋八家之文，以求《左》《史》《公》《谷》《语》《策》之义法，方苞所指示的学古文途径大致如此。至于古文义法之于制举文，方苞以为：义法既存在于经史典籍之中，其能笼罩古文，也可旁通于制举之文。制举之文代圣人贤人立言，自非明于义理、挹经史古文之精华者不可为，从这个意义上讲，时文可以说与古文同源同理。国家以经义取士，风气所趋，有关社稷气运及人心士习，也当总归于正。若古文之法通，用于制举之文，则绰有余裕。方苞早年，授徒应试，曾治时文，而于古文，也存有"发愤于古人立言之道"和"文章介韩、欧之间"的明确志向，以古文义法旁通于时文，为承学之士引导升堂入室的路径，使古文、时文总归于清真古雅，此既有关人心士习，也有关古文命运。因为事实上，自明代以时文取士以来，科举之文也有多种门径、体制与格调。方苞所提出的以六经、《左》《史》、唐宋八家为入门途径，以古文义法用为制举之文，以清真古雅为正途楷模，实际上是依古文家的宗尚在为科举文确立一种写作与评价的规范。当方苞有关以古文义法旁通于制举之文的两篇序言随着《四书文选》《古文约选》颁行天下时，已因它所具有的官方色彩，而在无形中大大扩展了方苞义法说的影响和覆盖范围。之后的桐城派号为一代文章正宗，与上述因素大有关系。义法说的植被地带在古文，也在时文。

方苞的义法说既存有为承学之士导夫先路、指示门径的意向，立论为

① 方苞：《古文约选序例》，《方苞集》集外文卷四，刘季高校点，上海：上海古籍出版社1983年版，第613页。

说则不免偏重于经验、体悟层面并流于浅近平易。如方苞对《史记》的评点，多着眼在去取详略、变化照应、脉络灌输、正叙逆叙等处。姚鼐评曰："望溪所得，在本朝诸贤为最深，而较之古人则浅。其阅太史公书，似精神不能包括其大处、远处、疏淡处及华丽非常处。只以义法论文，则得其一端而已。"[①]姚说恰击中义法说的痛处。在简要浅近与远大精深之间，义法说更倚近于前者。

"学行继程朱之后，文章在韩欧之间"，方苞自定的行身祈向，基本上可以用来概括与描述其一生的学术与文学追求。苏惇元《方苞年谱》论其学术云：

> 其为学，不喜观杂书，以为徒费目力，玩物丧志，而无所得。论学一以宋儒为宗，说经之书，大抵推衍宋儒之学而多心得，名物训诂皆所略云。

全祖望所撰《前侍郎桐城方公神道碑铭》综论其学术、文章云：

> 古今宿儒，有经术者或未必兼文章，有文章者或未必本经术，所以申、毛、服、郑之于迁、固，各有沟浍。唯是经术、文章之兼固难，而其用之足为斯世斯民之重，则难之尤难者。前侍郎桐城方公，庶几不愧于此，然世称公之文章，万口无异辞。而于经术已不过皮相之：若其惓惓为斯世斯民之故而不得一遂其志者，则非惟不足以知之，且从而掊击之，其亦惝矣。

---

① 姚鼐：《与陈硕士》，《惜抱轩尺牍》卷五，卢坡点校，合肥：安徽大学出版社2014年版，第78页。

曾国藩读《望溪文集》论曰：

　　望溪先生古文辞为国家二百余年之冠，学者久无异辞。即其经术之湛深，八股文之雄厚，亦不愧为一代大儒。虽乾嘉以来汉学诸家百方攻击，曾无损于毫末。惟其经世之学，持论太高，当时同志诸老，自朱文端、杨文定数人外，多见谓迂阔而不近人情。[①]

　　各家评说，见仁见智，却不出学术、文章两端。方苞生前虽负重名，却并无创立学派、文派之意。桐城派之名初立，当在姚鼐之后。但方苞"学行继程、朱之后，文章在韩、欧之间"的学术与文学选择，却为桐城派后学所继承，其"义法"说更是被尊奉为绳尺矩镬。在方苞与姚鼐之间，充当承前启后的关键性人物是刘大櫆。刘大櫆以其"神气"说弥补了方苞"义法"说的不足，丰富了桐城古文理论体系。

　　刘大櫆，字才甫，又字耕南，号海峰，康熙三十三年生，晚方苞三十年。《清史稿》有传曰：

　　刘大櫆，安徽桐城人。貌丰伟而性直谅，嗜读书，工为文章。年二十九，游京师。时内阁学士同邑方苞，以能为古文辞负重名，大櫆以布衣持所业谒苞，苞一见惊叹，告人曰："如苞何足算邪！邑子刘生，乃国士尔。"闻者始骇之，久乃益信。雍正七年、十年，两举副榜贡生。乾隆元年，苞举应博学鸿词科，为大学士张廷玉所黜；既乃知大櫆，深惋惜。十五年，廷玉特举大櫆经学，

---

　　① 曾国藩：《望溪文集·矫除积习兴起人材札子》，《曾国藩全集》，长沙：岳麓书社2011年版，第339页。

又报罢。乃出为黟县教谕，数年，去官归。四十四年卒，年八十有二。

大櫆虽游方苞之门，所为文造诣各殊，苞盖择取义理于经，所得于文者义法。大櫆并古人神气音节得之，兼集庄、骚、左、史、韩、柳、欧、苏之长，其气肆，其才雄，其波澜壮阔……从游多以诗文鸣者，而姚鼐、吴定为最著。

传文记刘大櫆生平事迹、师承交游、仕宦著述简而明晰。刘大櫆科举失意，以诸生终身。两举博学鸿词科，均不中。结识方苞后，方苞以及门弟子视之，盛推其诗古文，并多次替大櫆谋事求职。刘大櫆对方苞甚为敬佩感激，曾与友人言："余受知于望溪方先生。"[1] 方苞去世后，刘大櫆作《祭望溪先生文》，文曰："不材如櫆，举世邪揄。公独左顾，栽植其枯。雍之灌之，使之荣荂。提之挈之，免于饥驱。诱而掖之，振聩开愚。卒令顽钝，稍识夷途。"[2] 感遇之情，溢于言表。刘大櫆既无功名，求生甚为不易。"客游京师八九年矣，皇皇焉求升斗之禄而不可得"[3]，其牢愁落魄之态可想而知。刘大櫆《与某翰林书》中云：

櫆，舒州之鄙人，而憔悴屯邅之士也。率其颛愚之性，牢键一室，不治他事，惟文史是耽。意有所触，作为怪奇磊落瑰伟之辞，以自为娱乐。未尝一往至康庄之衢、悬薄之第，曳长裾，跋

---

① 刘大櫆：《杨黄在时文序》，《刘大櫆集》卷二，吴孟复校点，上海：上海古籍出版社1990年版，第53页。

② 刘大櫆：《祭望溪先生文》，《刘大櫆集》卷十，吴孟复校点，上海：上海古籍出版社1990年版，第338页。

③ 刘大櫆：《与盐政高公书》，《刘大櫆集》卷三，吴孟复校点，上海：上海古籍出版社1990年版，第110页。

珠履也。四方之荐绅先生不闻其名氏，乡里之愚，笑讥讪侮，必欲挤之陷阱而后已。①

此种身世遭遇，自与方苞高位重名不可同日而语，而他"意有所触，作为怪奇磊落瑰伟之辞"，也与方苞清深峻洁之文风有别。

刘大櫆于古文，慨然有振兴追蹑之志，其《汪在湘文序》曰：

> 余穷无所用于世，晏居独处，尝取三代、秦、汉以来贤人志士之所为文章，伏而读之，慨然想见其用心，欣然有慕乎作者之能事，间亦盗剽仿效拟作以自娱嬉。窃叹古之为文者，蜀山、秦陇、江、河之渎也，后之人蹴以为部娄、汙渠。思有以振兴追蹑之，而苦才力之不逮，徒怀虚愿，谁其助予？②

其《东皋先生时文序》云：

> 由是观之，以古之道为不足法者，妄也；以古之道为高远而不可几者，怯也。今之善弈者未必不如秋，善射者未必不如养。至于赋诗作文，专以末流自待，言及于杜甫、韩愈，则愀然变色，以为是天人，非吾之所企，吾是以悲其志之不立也。有志者视先王之法，尧、舜、孔子之道，皆可以一身任之而有余。夫以尧、舜、孔子之道，一身任焉，则其志愈大，而力亦从之，文章末技

<hr />

① 刘大櫆：《与某翰林书》，《刘大櫆集》卷三，吴孟复校点，上海：上海古籍出版社1990年版，第111页。

② 刘大櫆：《汪在湘文序》，《刘大櫆集》卷二，吴孟复校点，上海：上海古籍出版社1990年版，第54页。

也，于以复古奚难哉？[①]

刘氏前文言古之为文者，如崇山峻岭、江河湖海，气势浩大；而今之为文者，则如山丘细溪，气单势薄，念此而生振兴追蹑之志。后文言世人既有敢以尧、舜、孔子之道自任者，也当有以古文之道自任者。今之善弈善射者未必不如古人，今之为古文者也未必不能复古。由此大致可见刘氏以复古文之道自任的心迹气度。

刘大櫆论文，以"神气"说为核心。刘氏认为：自古文字相传，自有相传之能事在。古文之能事，可言论者为文法，可致意处为神气，文法可以言传，而神气则只可意会。行文之道，当以神气为极致，神气为文之最精者。神气不可见而存之于音节，音节为文之稍粗者。音节无可准而准之于字句，字句为文之最粗者。但学文之道，欲求最精之神气，却要从最粗之字句入手。"学者求神气而得之于音节，求音节而得之于字句，则思过半矣。"神气"要在自家于读时微会之"，"其要只在读古人文字时，便设以此身代古人说话，一吞一吐，皆由彼而不由我。烂熟后，我之神气即古人之神气，古人之音节都在我喉吻间，合我喉吻者，便是与古人神气音节相似处，久之，自然铿锵发金石声"。[②]

刘大櫆的神气说，是对方苞的义法说的补充和发展。方苞的义法说主要探讨在"本经术而依事物之理"思想规范下的谋篇之法，刘大櫆则试图从品藻音节证入，测识古人之文起灭转接中的精神气脉，寻求谋篇之外精神气势与字句音节极度和谐的为文途径，这种途径被称之为因声求气之法。此法指示学古者以纵声朗诵或低声讽诵的方式阅读古文，从古文亢坠抑扬的音节

---

① 刘大櫆：《东皋先生时文序》，《刘大櫆集》卷三，吴孟复校点，上海：上海古籍出版社 1990 年版，第 93 页。

② 刘大櫆：《论文偶记》，《桐城派文论选》，贾文昭编著，北京：中华书局 2008 年版，第 71 页。

字句中，体味精神气势，揣摩文脉法度，从而提高古文的鉴赏与写作水平。由刘大櫆神气说而生发出来的因声求气之法，经姚鼐、曾国藩等人的推阐，渐成为桐城派学习古文的重要传统。姚鼐《与陈硕士》云："大抵学古文者，必要放声疾读又缓读，只久之自悟。若但能默看，即终身作外行也。"又云："急读以求其体势，缓第以求其神味，得彼之长，悟吾之短，自有进也。"①曾国藩将午夜讽诵古文，作为每日功课。张裕钊则以为："欲学古人之文，其始在因声求气，得其气，则意与辞往往因之而并显，而法不外是矣。"②他们无不把因声求气作为学习古文的不二法门。

继方苞、刘大櫆后，为桐城派开辟疆域的是姚鼐。姚鼐字姬传，号梦谷，一号惜抱。乾隆二十八年进士，选庶吉士，改礼部主事，迁刑部郎中。乾隆三十八年，《四库全书》开馆，姚鼐被荐为编修，负责校办各省送到佚书的纂修事宜。当时非翰林而参与纂修者八人，姚鼐与戴震、程晋芳、任大椿等得列名其中。后两年，姚鼐以病乞养。归后历主安徽敬敷、南京钟山、扬州梅花诸书院，凡四十年，培植后学，得人甚多。

姚鼐晚方苞六十四年，晚刘大櫆三十五年，因此视方、刘为乡先贤与前辈。姚鼐《望溪先生集外文序》述及对方苞之仰慕云："望溪先生之古文，为我朝百余年文章之冠，天下论文者无异说也，鼐为先生邑弟子，诵其文盖尤慕之。计鼐少时，亦与先生之老年相接。然先生居江宁，鼐居桐城，惟乾隆庚午乡试，一至江宁，未及谒先生。其后遂入都，又数年先生没，遂至今以不见先生为恨矣。"③他在《刘海峰先生传》中谈到与刘氏之交往："先生

---

① 姚鼐：《与陈硕士》，《惜抱轩尺牍》卷五，卢坡点校，合肥：安徽大学出版社，2014 年版，第 75 页。

② 张裕钊：《答吴至甫书》，《张裕钊诗文集》文集·卷四，王达敏校点，上海：上海古籍出版社 2007 年版，第 85—86 页。

③ 姚鼐：《望溪先生集外文序》，《惜抱轩诗文集》，刘季高校点，上海：上海古籍出版社 1992 年版，第 267 页。

少时，与鼐伯父姜坞先生及叶庶子西最厚，鼐于乾隆四十年自京师归，庶子与鼐伯父皆丧，独先生存，屡见之于枞阳。先生伟躯巨髯，能以拳入口，嗜酒谐谑，与人易良无不尽，尝谓鼐：吾与汝，再世交矣。"①姚鼐南归讲学于各书院后，推阐方、刘之学，融以新说新知，遂使桐城派之名行立于天下。

乾隆中期是清代学术发生巨大转向的时期。在此之前，宋学高踞堂庙，由阎若璩、胡渭所代表的考据学派尚不能与宋学分庭抗礼。随着《四库全书》纂修工作的展开，一大批以古籍校勘、整理见长的学者被委以重任，并享受优厚的恩荣，清政府对汉宋两学采取"崇宋学之性道，而以汉儒经义实之"②的兼容政策，讲求性道之宋学与名物考订之汉学遂形成双峰对峙的局面，且汉学大有主盟坛坫之势。洪亮吉论及乾隆中期学术风气的转变趋势云：

> 自元明以来，儒者务为空疏无益之学，六书训诂屏斥不谈，于是儒术日晦，而游谈坌兴……迨我国家之兴，而朴学辈始出，顾处士炎武、阎徵君若璩首为之倡，然奥窔未尽辟也。乾隆之初，海宇乂平已百余年，鸿伟瑰特之儒，接踵而见，惠徵君栋、戴编修震，其学识始足方驾古人。及四库馆之开，君（邵晋涵——引者）与戴君又首膺其选，由徒步入翰林，于是海内之士知向学者，于惠君则读其书，于君与戴君则亲闻其绪论，向之空谈性命及从事帖括者，始骎骎然趋实学矣。③

①　姚鼐：《刘海峰先生传》，《惜抱轩诗文集》，刘季高校点，上海：上海古籍出版社1992年版，第308页。
②　阮元：《拟国史儒林传序》，《研经室集》卷二，北京：中华书局1994年版，第37页。
③　洪亮吉：《邵学士家传》，《洪北江诗文集》甲集·卷九，上海：商务印书馆1935年版，第235页。

姚鼐之侄孙姚莹论曰：

自四库馆启之后，当朝大老，皆以考博为事，无复有潜心理
学者，至有称诵宋、元、明以来儒者，则相与诽笑。①

乾嘉中期学术风气的转变，使得姚鼐无法再心平气和地谈论"程、朱
学行""韩、欧文章"。姚鼐入四库馆为纂修，书未成而离去，主要原因出
于"道不同不相为谋"。四库馆中多汉学之士，学术意见多有相左之处。如
姚鼐为宋人赵以夫所著《易通》一书撰写提要，对此书"与宋儒之言《易》
殊不类，其中亦无一字及程朱诸贤"颇不以为然，因而给予此书以"识其小
者""取备一说"的学术评价。②这一评价不为推尚汉学的总纂官所接受而
予以改写。改写后的提要谓此书"于圣人作《易》之旨，可谓深切著明"③，
与姚鼐的学术评价大相径庭。姚鼐离开四库馆时曾忿忿与人言："诸君皆欲
读世人未见之书，某则愿读人所常见书耳。"④姚鼐归养后，有人复荐其出，
姚氏婉拒之。他在《复张君书》中云："古之君子，仕非苟焉而已，将度其
志可行于时，其道可济于众……至其次，则守官摅论，微补于国，而道不
章。又其次，则从容进退，庶免耻辱之大咎已尔。"⑤从容进退，归而不思复
出，乃是出于"庶免耻辱之大咎"的动机。但事实上，姚鼐虽授徒读书，却

---

① 姚莹：《复黄又园书》，《东溟文外集》卷一，沈云龙主编，《近代中国史料丛刊续编》
（第52辑），台北：文海出版社1974年版，第34页。
② 姚鼐：《四库提要分纂稿·姚鼐稿》，吴格、乐怡整理，上海：上海书店2006年
版，第388页。
③ 纪昀总纂：《四库全书总目提要》，石家庄：河北人民出版社2000年版，第95页。
④ 姚莹：《姚氏先德传》，《惜抱轩尺牍》附录一，卢坡点校，合肥：安徽大学出版社
2014年版，第204页。
⑤ 姚鼐：《复张君书》，《惜抱轩诗文集》文集·卷六，刘季高校点，上海：上海古籍
出版社1992年版，第86页。

从来没有置外于学界文坛。姚鼐弟子刘开评论姚氏激流勇退之行为云：

> 曩者，吾乡望溪、海峰诸先生以文章为天下之宗主者数十年。是时风气未有异也。自是以后，士以袭取为博，艰深为古，排击为功，其所谓学术者日坏；以猥鄙为性情，以诡异为脱化，远遗汉唐而近取芜陋，其所谓风雅者日卑而未已也。见利见奋，徇俗为能，其立身行己，日不可言。凡此数者，皆风气之变之极者也。夫极未有不复者也。姬传先生既已持其绪而力救之矣，然以退居而不欲与世争异同，故能存一线于纷纭之中而卒莫之胜也。①

以"存一线于纷纭之中"描述姚鼐的学术处境，也许稍有夸张。但生值"家家许郑、人人贾马"，汉学如日中天的时代，姚鼐不顾非议讥笑，坚持"学行程朱，文章韩欧"的基本取向，也确非易事。姚鼐以为：即说经得道而言，宋学所得者为大为精，汉学所得者为小为粗，"程朱之所以可贵者，谓其言之精且大而得圣人之意多也"②。"近世学者厌宋儒之学为近易，乃搜求残阙，自名汉学，譬如舍五谷之味，而刮木掘土以为食者也"③。汉学厌弃程朱，搜求残阙，本已是去近求远，舍本逐末之举。至其讪笑诋毁程朱，专以攻驳程朱为能事，则决为天地所不容。姚鼐攘臂以出，决心为捍卫程朱理学的思想旗帜而战。他在《再复简斋书》中云：

---

① 刘开：《至鲍觉生学士书》，《孟涂文集》卷三，《桐城派名家文集》第 4 卷，合肥：安徽教育出版社 2014 年版，第 41 页。

② 姚鼐：《复曹云路书》，《惜抱轩诗文集》卷六，刘季高校点，上海：上海古籍出版社 1992 年版，第 88 页。

③ 姚鼐：《胡王斋双湖两先生易解序》，《惜抱轩诗文集》后集·卷一，刘季高校点，上海：上海古籍出版社 1992 年版，第 250 页。

儒者生程朱之后，得程朱而明孔孟之旨，程朱犹吾父师也。然程朱言或有失，吾岂必曲从之哉？程朱亦岂不欲后人为论而正之哉？正之可也，正之而诋毁之，讪笑之，是诋讪父师也。且其人生平不能为程朱之行，而其意乃欲与程朱争名，安得不为天之所恶。故毛大可、李刚主、程绵庄、戴东原，率皆身灭嗣绝，此殆未可以为偶然也。①

姚鼐这些话与方苞《与李刚主书》中的语调口气何其相似，方辟颜、李，姚驳汉学，方、姚卫护程朱道统之情迫意切，如出一辙。

汉宋之争，是经学内部的派别之争。汉学家长于考证，以为义理文章未有不由考证而得者；宋学家讲求义理，以为考证、文章均应以义理为依归。而作为经学家，汉宋两派均视辞章为末技、附庸。如何维护古文与古文家的地位，摆脱被视为末技、附庸的尴尬处境，姚鼐提出了以义理为依归兼通其辞，以考证为手段有助文境，义理、考证、文章善用相济的观点。他在《述庵文钞序》中云：

余尝论学问之事有三端焉，曰：义理也，考证也，文章也。是三者苟善用之，则皆足以相济；苟不善用之，则或至于相害。今夫博学强识而善言德行者，固文之贵也，寡闻而浅识者，固文之陋也。然而世有言义理之过者，其辞芜杂俚近，如语录而不文，为考证之过者，至繁碎缴绕，而语不可了。当以为文之至美而反以为病者，何哉？其故由于自喜之太过，而智昧于所当择也。夫天生之才，虽美不能无偏，故以能兼长者为贵。而兼之中又有害

① 姚鼐：《再复简斋书》，《惜抱轩诗文集》卷六，刘季高校点，上海：上海古籍出版社1992年版，第102页。

焉，岂非能尽其天之所与之量，而不以才自蔽者之难得与？<sup>①</sup>

言义理之过者，其文芜杂俚近，质木无文；为考证之过者，其文繁碎缴绕，冗长不堪。之所以出现如此弊端，则是不讲辞章，不论文法之过。文章家自有能事在，如欲使文章"议论考核，甚辨而不烦，极博而不芜，精到而意不至竭尽"，则须兼用义理、考证、辞章之美而去其害。偏于一端，自喜太过，昧于当择，以才自蔽，终不免捉襟见肘，显其愚昧。

在义理、考证、文章善用相济的题目下，绵里藏针地提示辞章之学不可或缺，在汉宋考证义理之争的夹缝中，恰到好处地显示古文一派的存在意义和追求，这也许即是刘开所言"存一线于纷纭之中"的真正含义。当姚鼐以善用相济之说去区分、阐释阳刚与阴柔的文学风格时，以兼收并蓄的眼光和神理气味格律声色的标准编选《古文辞类纂》时，都显示出特有的宏通之识。正是凭借这种宏通之识和四十余年教授古文之学的努力，姚鼐坚守着古文家的壁垒，并促使了桐城派的形成。

姚鼐辞官南归的次年（1776 年），作《刘海峰先生八十寿序》云：

> 曩者鼐在京师，歙程吏部、历城周编修语曰："为文章者，有所法而后能，有所变而后大。维盛清治迈逾前古千百，独士能为古文者未广。昔有方侍郎，今有刘先生，天下文章，其出于桐城乎？"鼐曰："夫黄、舒之间，天下奇山水也。郁千余年，一方无数十人名于史传者。独浮屠之俊雄，自梁、陈以来，不出二三百里，肩背交而声相应和也。其徒遍天下，奉之为宗。岂山川奇杰之气有蕴而属之邪？夫释氏衰歇，则儒士兴，今殆其时矣！"既

① 姚鼐：《述庵文钞序》，《惜抱轩诗文集》惜抱轩文集·卷四，刘季高校点，上海：上海古籍出版社 1992 年版，第 61 页。

应二君，其后尝为乡人道焉。

鼐又闻诸长者曰：康熙间，方侍郎名闻海外。刘先生一日以布衣走京师，上其文侍郎，侍郎告人曰：如方某何足算邪？邑子刘生，乃国士尔。闻者始骇不信，久乃渐知先生。今侍郎没而先生之文果益贵。然先生穷居江上，无侍郎之名位交游，不足掀起世之英少。独闭户伏首几案，年八十矣，聪明犹强，著述不辍，有卫武懿诗之志，斯世之异人也已。

鼐之幼也，尝侍先生，奇其状貌言笑，退辄仿效以为戏。及长，受经学于伯父编修君，学文于先生。游宦三十年而归，伯父前卒，不得复见。往日父执往来者皆尽，而犹得数见先生于枞阳。先生亦喜其来，足疾未平，扶曳出与论文，每穷半夜。①

姚氏此文不啻可看作桐城派宣言。文中记述了刘之于方、姚之于刘的师承交往，以印证桐城古文之学有所法而后能、有所变而后大的事实。又借程晋芳、周永年的"天下文章，其出于桐城乎"的赞语，引出"夫释氏衰歇，则儒士兴，今殆其时矣"的话题。文中虽未及"桐城派"的字样，而"桐城派"已呼之欲出了。姚鼐写此文后三年（1779 年），即着手编选《古文辞类纂》。《古文辞类纂》所选古文，八家之后，明代仅录归有光，清代仅录方苞、刘大櫆，以明示古文传统所在及古文传绪所系。《古文辞类纂》嘉庆初年刻成后，流播甚广，而姚鼐授学江南，从学者众，桐城之学，自姚鼐而大。后人王先谦《续古文辞类纂例略》追述姚鼐以后桐城派发展之声势云：

① 姚鼐：《刘海峰先生八十寿序》，《惜抱轩诗文集》卷八，刘季高校点，上海：上海古籍出版社 1992 年版，第 114—115 页。

自桐城方望溪氏以古文专家之学，主张后进。海峰承之，遗风遂衍。姚惜抱禀其师传，覃心冥追，益以所自得，推究闻奥，开设户牖。天下翕然，号为正宗。承学之士，如蓬从风，如川赴壑，寻声企景，项领相望。百余年来，转相传述，遍于东南。由其道而名于文苑者，以数十计，呜呼，何其盛也。[①]

桐城派自姚鼐后规模渐成，名声噪起。此时距方苞初入京师，揭橥义法之说已百余年矣。百余年间，方苞、刘大櫆、姚鼐殚精竭虑，从事于古文之学。其立论，或深于学而辨义法，或优于才而论品藻，或胜于识而言刚柔，其为文或谨严精实，或气肆才雄，或纡余卓荦，虽各擅其胜而无不以学行程朱、文章韩欧为依归。方苞、刘大櫆、姚鼐共同奠定了桐城派形成的基础和发展的路向。

# 第二节　承守期的桐城派

嘉庆二十年，姚鼐卒于江宁钟山书院。姚鼐之侄孙姚莹作《行状》，言及姚鼐南归后讲学于江南各书院之情况云：

> 既还江南，辽东朱子颖为两淮运使，延先生主讲梅花书院。久之，书绂庭尚书总督两江，延主钟山书院。自是，扬州则梅花，

---

① 王先谦：《续古文辞类纂序》，《王先谦诗文集》，长沙：岳麓书社 2008 年版，第33 页。

徽州则紫阳，安庆则敬敷，主讲席者四十年。所至，士以受业先生为幸，或越千里从学。四方贤隽，自达官以至学人士，过先生所在必求见焉。①

姚鼐为从学之士传道解惑、讲经说文的同时，更希望众弟子中有出类拔萃者，延学术之命脉，承古文之传绪。他在《与汪惕甫书》中云：

夫学问之事，天下后世之事，非自亢者所能高，亦非自抑者所能下……鼐于文事，粗识门径，而才力不足尽赴其识，譬诸李翱、皇甫湜，岂不欲为退之之文邪？而才不能赴其所识。鼐是以更望诸年少者假令更有韩欧之才出，而世弟置吾于独孤及、穆修之伦，则吾心大快矣。②

期望年少者更有韩欧之才出，自己愿置身于为其张扬声势、呐喊助威的位置，由此也可窥知姚氏植兰种蕙、奖掖后学的心情。姚门弟子中，以古文名世的有梅曾亮、管同、刘开、方东树、姚莹、陈用光及吴德旋、姚椿等人，曾国藩在《欧阳生文集序》中将姚门弟子区别为著籍与私淑两类：

姚先生晚而主钟山书院讲席，门下著籍者，上元有管同异之、梅曾亮伯言，桐城有方东树植之、姚莹石甫。四人称为高第弟子，各以所得，传授徒友，往往不绝。在桐城者，有戴钧衡存庄，事植之久，尤精力过绝人，自以为守其邑先正之法，禅之后进，义

---

① 姚莹：《朝议大夫刑部郎中加四品衔从祖惜抱先生行状》，《姚莹集》，施立业点校，合肥：安徽教育出版社 2014 年版，第 90—91 页。

② 姚鼐：《与汪惕甫书》，《惜抱轩尺牍》附录二，卢坡点校，合肥：安徽大学出版社 2014 年版，第 229 页。

无所让也。其不列弟子籍，同时服膺，有新城鲁仕骥絜非，宜兴吴德旋仲伦。絜非之甥为陈用光硕士。硕士既师其舅，又亲受业姚先生之门，乡人化之，多好文章。硕士之群从，有陈学受艺叔、陈溥广敷，而南丰又有吴嘉宾子序，皆承絜非之风，私淑于姚先生，由是江西建昌有桐城之学。仲伦与永福吕璜月沧交友，月沧之乡人，有临桂朱琦伯韩、龙启瑞翰臣、马平王锡振定甫，皆步趋吴氏、吕氏，又益求广其术于梅伯言，由是桐城宗派，流衍至广西矣。

昔者，国藩尝怪姚先生典试湖南，而吾乡出其门者，未闻相从以学文为事。既而得巴陵吴敏树南屏，称述其术，笃好而不厌。而武陵杨彝珍性农、善化孙鼎臣芝房、湘阴郭嵩焘伯琛、溆浦舒焘伯鲁，亦以姚氏文家正轨，违此则又何求。最后得湘潭欧阳生。生，吾友欧阳兆熊小岑之子，而受法于巴陵吴君、湘阴郭君，亦师事新城二陈，其渐染者多，其志趋嗜好，举天下之美，无以易乎桐城姚氏者也。①

按曾氏所言，姚门弟子著籍者为管同、梅曾亮、方东树、姚莹四人。不列弟子籍而同时服膺者，江西有鲁仕骥、陈用光、陈学受、陈溥、吴嘉宾，江苏有吴德旋，广西有吕璜、朱琦、龙启瑞、王锡振，湖南有吴敏树、杨彝珍、孙鼎臣、郭嵩焘、舒焘。就"不列弟子籍，同时服膺"者而言，曾氏所开列的名单中，湖南吴敏树等人过于牵强，吴敏树曾有"独弟素非喜姚氏者，未敢冒称"②之辨，不愿列名于姚门之下，孙鼎臣曾向梅曾亮问学，

① 曾国藩：《欧阳生文集序》，《曾国藩全集》，长沙：岳麓书社 2011 年版，第 204—205 页。

② 吴敏树：《与篠岑论文派书》，《柈湖文集》卷第六，《吴敏树集》，查昌国校点，合肥：安徽教育出版社 2014 年版，第 297 页。

其《与梅先生书》谓"先生道高而文正，传方、姚之法以上溯韩、欧者也，不以其暗于道而赐之教焉，是某之愿"①。由此观之，差可列入再传弟子之列。其他江西如鲁仕骥者，姚鼐论阳刚阴柔的名篇《复鲁絜非书》即是写给他的。如陈用光者，姚鼐与之论文书信颇多，《惜抱轩尺牍》即由用光编成。吴嘉宾与管同交善，其《与管异之先生书》言："思维古人，远者既不可觏，其最近而尤心服者，莫如桐城姚先生。"②江苏吴德旋《七家文钞后序》自言："余年二十余至京师，与武进张皋文同学为文，得桐城姚惜抱先生《古文辞类纂》读之，而知为文之不可不讲于法也……年几四十，始获亲谒惜抱先生而请益焉。"③广西吕璜曾问古文之法于吴德旋，记吴之言而成《初月楼古文绪论》，临桂朱琦、龙启瑞从学梅曾亮，戴钧衡从学方东树，均为姚氏再传弟子。

曾文所言姚氏著籍弟子，则为亲闻謦欬的嫡传高足，而非一般意义上的请业问学者所可比论。曾文中提到的著籍弟子为梅曾亮、管同、方东树、姚莹。先此，姚莹《惜抱先生与方异之书跋》中谓："当时异之与梅伯言、方植之、刘孟涂称姚门四杰。"④两说的差别在于一有姚莹，一有刘开。王先谦《续古文辞类纂例略》则将五人并提："姬传之徒，伯言、异之、孟涂、植之最著。硕士行辈差先，伯言，其年家子，异之，典试所得士也。仲伦、春木、生甫出姬传门少后。姜坞曾孙石甫，亦姬传高第弟子，而名业特显，

① 孙鼎臣：《与梅先生书》，《中国近代文学大系·散文集》，任访秋主编，上海：上海书店1991年版，第886页。

② 吴嘉：《与管异之先生书》，《中国近代文学大系·散文集》，任访秋主编，上海：上海书店1991年版，第683页。

③ 吴德旋：《七家文钞后序》，《中国近代文学大系·散文集》，任访秋主编，上海：上海书店1991年版，第32页。

④ 姚莹：《惜抱先生与方异之书跋》，《姚莹集》东溟文后集·卷十，施立业点校，合肥：安徽教育出版社2014年版，第313页。

不徒以文称。"①

姚门著籍五弟子中，姚莹、方东树、刘开为桐城人士。姚莹（1785—1853），字石甫，嘉庆十三年进士，官至广西、湖南按察使。曾祖姚范，号姜坞，与刘大櫆友善，姚鼐师其经学。莹为鼐之从孙，曾闻姚鼐讲授学问文章之事于敬敷书院。方东树（1772—1851），字植之，诸生，未入仕途，讲学著述一生。二十岁前后，于钟山书院师从姚鼐而"随侍讲习最久"②。刘开（1784—1824），字孟涂，"年十四以书谒惜抱先生，先生大奇之，因从事先生之门，得其学"③，诸生。姚莹、方东树、刘开同里，少年时即有"文章道义之交"④。梅曾亮、管同为江苏上元人。梅曾亮（1786—1856），字伯言，道光三年进士，不乐外吏，以赀入为户部郎中。梅曾亮为算学家梅文鼎之后，少喜骈文，与同邑管同交好，改攻古文。管同（1780—1831），字异之，道光五年举人，典试官为陈用光。"姚鼐主讲钟山书院，曾亮与邑人管同俱出其门，两人交最笃，同肆力古文"⑤。

姚门弟子的主要活动时期在嘉庆、道光年间。嘉道之际，中国正处在鸦片战争的前夜，清王朝统治已由强盛之巅峰而走向低谷。清政府康、雍、乾时期所特有的王霸之气，已荡然无存，而衰败之象则处处可见。嘉庆十七年（1813），北方发生天理教起义，十月，直隶天理教首领林清以皇宫中部分太监为内应，一举攻入紫禁城。此事惊动朝野，连嘉庆颁布的《遇变罪己诏》，也惊呼此是"汉、唐、宋、明未有之事"。天理教攻入紫禁城的风波虽

① 王先谦：《续古文辞类纂例略》，《葵园四种》，梅季标点，长沙：岳麓书社1986年版，第721页。

② 郑福照：《方仪卫先生年谱》，《乾嘉名儒年谱》第13册，北京：北京图书馆出版社2006年版，第378页。

③ 姚元之：《刘孟涂传》，《刘开集》附录，徐成志点校，合肥：安徽教育出版社2014年版，第486页。

④ 姚濬昌：《石甫年谱》，《中复堂全集》附录，安福县署，同治六年刻本。

⑤ 赵尔巽等：《清史稿》卷四八六，北京：中华书局1977年版，第13426页。

然很快被平息，但却在无形中给"天朝"的"太平盛世"敲响了警钟。姚莹闻此事而惊呼"溃痈之患已形，厝薪之势弥急"，在《复座师赵分巡书》中云：

> 北来警信，大属骇闻，何物妖民，敢猖獗至此，普天之下，发指心惊。乃圣主虚衷，诏先罪己，草野小臣，海隅伏读，泣涕纵横。念本朝忠厚之恩，痛天下贪婪之敝，因循宽纵，殷鉴在元，财尽兵骄，何以守国？溃痈之患已形，厝薪之势弥急，而二三执政，方且涂饰为文，讳言国事，大体既昧，小节徒拘，忠志不存，空言掣肘。其当官有言责者，微文琐屑，几等弹蝇，更生之封事不闻，贾谊之痛哭安在！肉食者鄙，未能远谋，窃钩者诛，可为太息。嗟乎，杞忧不妄，阮哭非狂。[1]

自此之后清王朝江河日下的历史事实说明，姚莹"溃痈之患已形，厝薪之势弥急"的判断决不是耸人听闻。患难已至，而朝中仍是文恬武嬉，敷衍塞责，使人顿生杞忧阮狂之慨。姚莹由此而将批判的锋芒转向造成"溃痈之患""厝薪之势"的政治制度以及由此氤氲而成的人心风俗、学风士风：

> 当今即有一二慷慨忠义之士稍识事体者，类皆混迹侪人之中，困塞风尘之际耳。平时操觚染翰、妃黄媲白之流，徒能饰辞藻、修边幅，以妩媚取容而已。
>
> 嗟乎，正直敢言之气，于今衰也久矣，自古未有委靡若此之甚者也。古道亡而后人心坏，人心之坏，则自谀谄面谀始。谄谀

---

① 姚莹：《复座师赵分巡书》，《姚莹集》东溟文外集·卷二，施立业点校，合肥：安徽教育出版社 2014 年版，第 130 页。

成风，则以正言为可怪，始而惊，继而悺，继而厌，最后则非笑之，以为不详。夫以正言为不详，其时其事尚可问哉？人心风俗，所以为国家之本，盛衰之端，未有不由此也。[1]

闻北方警信而生溃痈厝薪之忧思，见士风委靡而呼唤慷慨忠义、正直敢言之正气，管同《拟言风俗书》发表了与姚莹十分相似的见解。管同认为：天理教揭竿一呼，从者数万，几为国家祸害，根本原因在于承平日久，教化不兴，风俗日薄。管同比较明清两代的士风道：

> 我清之兴，承明之后。明之时大臣专权，今则阁部督抚，率不过奉行诏命。明之时言官争竞，今则给事御史皆不得大有论列。明之时士多讲学，今则聚徒结社者，渺然无闻。明之时士持清议，今则一使事科举，而场屋策士之文及时政者，皆不录，大抵明之为俗，官横而士骄，国家知其敝而一切矫之，是以百数十年，天下纷纷亦多事矣。顾其难皆起于田野之奸、闾巷之侠，而朝宁学校之间，安且静也。[2]

明代之士言官争竞，清议讲学，士风喧嚣骄盛，不可一世。清代矫正明代弊端，以严厉之策治士，不许聚徒结社，不许清谈议政，从而造成士风委靡，言路堵塞，慷慨忠义之士无所用其智慧，官场士林中则弥漫着苟且偷安、推诿因循、好谀嗜利的风气：

---

① 姚莹：《复座师赵分巡书》，《姚莹集》东溟文外集·卷二，施立业点校，合肥：安徽教育出版社 2014 年版，第 130 页。

② 管同：《拟言风俗书》，《管同集》因寄轩文初集·卷二，合肥：安徽教育出版社 2014 年版，第 31 页。

臣观朝廷近年，大臣无权，而率以畏懦，台谏不争，而习以为缄默。门户之祸不作于时，而天下遂不言学问；清议之持无闻于天下，而务科第、营货财，节义经纶之事，漠然无与于其身。[①]

官场士林风气如此，一旦有事，国家社稷将托付于何人？天下安危系乎人心风俗，风俗正然后伦理明，伦理明然后忠义作，培养忠义之气，则应除却种种言政禁忌，"令言官上书、士人对策及官僚之议乎政令者，上自君身，下及国制皆直论而无所忌讳"，以期"劲直敢为之气作"，"洁清自重之风起"。[②]

姚莹、管同就天理教事件洋洋洒洒，各自作出了有关士风、教化的大文章。这两篇文章都写在 1813 年前后，共同显示出嘉庆末年思想界学术界的重大变化。

自康、雍之际，国内社会秩序渐趋平稳之后，清朝政治便进入一个禁忌重重、文网日密、令人动辄得咎的时期。方苞所经历的《南山集》案，查嗣庭的考场诗题案，都是罗织成狱。至乾隆盛世，统治者陶醉于文治武功的业绩之中，更是不允许他人置喙政事。杭世骏提出泯满汉之分而遭贬谪，纪昀献经邦之策而被斥为多事，这种一夫为刚、万夫为柔的专制统治，使士人喑若寒蝉。姚莹、管同以一介书生，著文评论时政，比较明、清两代士策士风，提倡劲直敢言之气，这在方苞、刘大櫆、姚鼐的时期是难以想见的。它一方面说明社会对士气不振、士风委靡的不满已不可按捺，另一方面也说明随着清王朝的衰败，其政治钳制渐趋松弛，不至于出口罹难。而衰败中的清王朝，也需要起衰救敝者的有力支撑，需要折冲樽俎者的积极辅佐。

---

① 管同：《拟言风俗书》，《管同集》因寄轩文初集·卷二，合肥：安徽教育出版社 2014 年版，第 31 页。

② 管同：《拟言风俗书》，《管同集》因寄轩文初集·卷二，合肥：安徽教育出版社 2014 年版，第 31 页。

生活在嘉道之际的桐城派文人，具有已相当不同于方、刘、姚先辈的政治环境，因而也就多了几分以天下为己任的抱负和拯道济溺的自信。梅曾亮写于道光初年的《上汪尚书书》抒写心志道："士之生于世者，不可苟然而生。上之则佐天子，宰制方物，役使群动；次之则如汉董仲舒、唐之昌黎、宋之欧阳，以昌明道术、辨析是非治乱为己任。"①刘开一生虽不仕，但以为"君子当先天下而图其实，后天下而收其名"，"道之所在，不以王侯而贵，不以匹夫而贱"。②姚莹以为"夫志士立身有为成名，有为天下，惟孔孟之徒道能一贯"③，"稼问农，蔬问圃，天下艰难，宜问天下之士"④，充满着先觉觉民、扶掖世运的躁动和渴望。

姚门弟子在社会地位上虽显达有别，或居官朝中，如梅曾亮、姚莹，或授徒乡里，穷老荒野，但处于嘉道之际的政治氛围中，都兴致勃勃地讨论着立德、立功、立言的话题。管同以为"四十以来，悟儒者当建树功德，而文士卑不足为"，"夫苟能立德矣，功不著亦可也"，"夫苟能立功矣，言不出可也"。⑤姚莹以为："君子之学传于后世者，道也，而不在文；功也，而不在德。""道功天下之公，文德一人之私也。"⑥刘开以为：士生于世，"达则佐君图治而民获其泽，固可以为苍生致乐利之休，穷则修德于乡而人法其行，

① 梅曾亮：《上汪尚书书》，《柏枧山房诗文集》，彭国忠、胡晓明校点，上海：上海古籍出版社 2005 年版，第 24 页。

② 刘开：《至鲍觉生学士书》，《刘开集》孟涂文集·卷三，徐成志点校，合肥：安徽教育出版社 2014 年版，第 43 页。

③ 姚莹：《复管异之书》，《姚莹集》东溟文后集·卷六，施立业点校，合肥：安徽教育出版社 2014 年版，第 233 页。

④ 姚莹：《复管异之书》，《姚莹集》，施立业点校，合肥：安徽教育出版社 2014 年版，第 233 页。

⑤ 管同：《方植之文集序》，《管同集》因寄轩文二集·卷四，施立业点校，合肥：安徽教育出版社 2014 年版，第 124—125 页。

⑥ 姚莹：《与张阮林论家学书》，《姚莹集》东溟文集·卷三，施立业点校，合肥：安徽教育出版社 2014 年版，第 40 页。

亦可为国家任教化之责"①。方东树以为："吾修之于身而为人所取法，莫如德；吾饬之于官而为民所安赖者，莫如功。夫兴起人之善气，遏抑人之淫心，陶缙绅、藻天地，载德与功以风动天下，传之无穷，则莫如文。"②姚门弟子对立德、立功、立言问题的思考，虽然大体上没有脱离中国士大夫传统的"穷则独善其身，达则兼济天下"的思想轨道，但其对建功立业、平治天下政治行为的冲动与渴望，却是方、刘、姚等桐城先辈所未曾有过的。

中国传统士人，无不以"通古今、决然否"自期，以修身、齐家、治国、平天下作为最辉煌、最完整的人生理想，穷则修齐而独善，达则治平而兼济。如果说，方、刘、姚所生活的康、雍、乾时期，由于政治强力的钳制，士人在动辄得咎，无可奈何之中以耽读古籍，辑佚辨伪打发寂寞，消磨心志的话，那么，嘉道之际变局在即的时运和政府政治控驭力的减弱，则重新激活了士阶层被压抑已久的政治热情，他们并不甘守"为往圣继绝学"的书斋生活，而时时觊觎着"为万世开太平"的机遇。这正是姚门弟子之所以热心于立德、立功、立言话题的主要原因。

不唯姚门弟子如此。生活在嘉道之际的知识群体中，如龚自珍、魏源、林则徐、陶澍、贺长龄、黄爵滋、包世臣、沈垚、鲁一同等人，他们虽然生活道路不同，治学旨趣不同，但面对山雨欲来的危局，共同表现出入世救世的热忱，并将这种热忱演化为对经世致用之学的呼唤。姚门弟子与嘉道之际经世思潮合流，共同致力于士气的复苏和学风的转换，鼓荡慷慨论天下事的时代风尚。姚莹《汤海秋传》记述其道光初年京师之交游云：

道光初，余至京师，交邵阳魏默深、建宁张亨甫、仁和龚定

---

① 刘开：《上莱阳中丞书》，《刘开集》文集·卷三，徐成志点校，合肥：安徽教育出版社 2014 年版，第 45 页。
② 方东树：《复姚君书》，《方东树集》考槃集·卷六，严云绶点校，合肥：安徽教育出版社 2014 年版，第 362 页。

庵及君（汤鹏——引者）……是四人者，皆慷慨激厉，其志业才气欲凌轹一时矣。世乃习委靡文饰，正坐气旜耳，得诸子者大声振之，不亦可乎？①

在经历了挣脱文网，自任天下的喜悦之后，面对西风残照、秋气横生的社会现实，姚门弟子的心情并不轻松。姚莹与管同论开创之天下、承平之天下、艰难之天下，云：

天下大矣，不可以一言凡也。有开创之天下，有承平之天下，有艰难之天下……及乎承平日久，生齿繁而地利不足养，文物盛而干盾不足威，地土广而民心不能靖，奸伪滋而法令不能胜，财用竭而府库不能供，势重于下，权轻于上，官畏其民，人失其业，当此之时，天下病矣。元气大亏，杂症并出，度非一方一药所能愈也。②

姚莹为"艰难之天下"所列举的种种杂症，正是清王朝嘉道之际所面临的重重危机。这样一个"元气大亏，杂症并出"的病体，决非一方一药所能奏效。面对这样一个病体，"学行程朱"的桐城后学，更关心伦理纲常对安排社会秩序的作用，更习惯于用理欲义利之辨的方式整饬世道人心。他们把一切造成封建秩序紊乱的最终根源，都看作是风俗不正、教化不兴、伦理不明的结果，而明伦理、兴教化、正风俗，则又须从振刷士风，匡正学术入手。这便是姚莹、管同在总结天理教事件教训的两篇文章——《复座师赵分

① 姚莹：《汤海秋传》，《姚莹集》东溟文后集·卷十一，施立业点校，合肥：安徽教育出版社2014年版，第322页。
② 姚莹：《复管异之书》，《姚莹集》东溟文后集·卷六，施立业点校，合肥：安徽教育出版社2014年版，第233页。

巡书》《拟言风俗书》中，何以不约而同地得出"人心风俗所以为国家之本，盛衰之端，未有不由此也"[1]，"天下之安危系乎风俗"[2]的结论的内在原因。

振刷士风，激励士人先觉觉民，以天下为己任的承担精神，这是嘉道之际的知识群体的共识，也是这一时期经世致用思潮得以形成的共同思想基础。姚门弟子选择明伦理、兴教化、正风俗作为起衰救敝、据乱升平的途径，从而显示出与嘉道之际经世思潮中其他知识群体所不同的学术崇尚和思想风格。在山雨欲来风云骤起之际，姚门弟子从匡正学术的角度重提由程朱而至于孔孟的道统与治统。

汉宋之争，至嘉道之际已持续了近百年。随着清王朝太平盛世的逝去，汉学逐渐失去了独霸坛坫的优势，学术界甚至开始将清王朝的衰败归咎于汉学的烦琐考据、弃本贵末。姚门弟子于汉宋之争中的义理、考证之辨，虽然表面上仍是谨遵师道，持兼采并举而不可偏废之说，但是在实际上，却因为汉学如日中天的大势已去而大大增加了对考证之学的批判力度。

梅曾亮《九经说书后》一文，追忆姚鼐当年以《九经说》相授时"吾固不敢背宋儒，亦未尝薄汉儒"之说。又由姚鼐之言，论及李光地、方苞"惟取义合，不名专师"而务求"扶树道教，于人心治术有所裨益，使程朱之学远而益明"的治经之道，进而批评汉学治经路径之狭隘：

> 后之学者，辨汉宋，分南北，以实事求是为本，以应经义不倍师法为宗。其始亦出于积学好古之士为之倡，而末流浸以加厉。言《易》者，首虞翻而黜王弼，言《春秋》者，屏左氏而遵何休。至前贤义理之学，涉之惟恐其污，矫之惟恐其不过，因便抵巇周

---

① 姚莹：《复座师赵分巡书》，《姚莹集》东溟外集·卷三，施立业点校，合肥：安徽教育出版社 2014 年版，第 131 页。

① 姚莹：《复座师赵分巡书》，《姚莹集》东溟外集·卷三，施立业点校，合肥：安徽教育出版社 2014 年版，第 131 页。

② 管同：《拟言风俗书》，《管同集》因寄轩文二集·卷四，施立业点校，合肥：安徽教育出版社 2014 年版，第 32 页。

内其言语文字之疵，以诡责名义，骇误后学，相寻逐于小言辟说，而不要其统，党同妒真，而不平其情，安其所习，毁所不见，终以自蔽，此其患未可谓愈于空疏不学者也。①

汉学家以"定从一师"为借口，墨守汉人家法，又诋毁前贤义理之说，相寻逐于小言辟说，党同妒真，而终以自蔽。如此墨守故训，哪里还有实事求是精神可言！而诋毁前贤义理之说，则又关乎到道统所传，治统所系。刘开论程朱义理之学有切于伦常日用之道云：

程朱所以为后世宗者，以其所严辨者皆纲常名教之大，礼义廉耻之防，是非得失之介，可以激发心志品节，性情所系于日用之处者甚切，故国家礼之重之，布其说于甲令，用以扶植世道，纲纪人伦。②

又言：

夫吾之所以尊师程朱者，非党于宋也，为其所论者大，所持者正，切于民彝而裨于实修，可以维持风教于不坠也。其兼取汉儒而不欲偏废者，非悦其博也，将用以参考异同，证明得失，可以羽翼夫圣道也。今欲挽颓波而敦名节，以义理是非摩厉天下，

① 梅曾亮：《九经说书后》，《柏枧山房诗文集》文集·卷五，彭国忠、胡晓明校点，上海：上海古籍出版社 2005 年版，第 119—120 页。
② 刘开：《学论上》，《刘开集》文集·卷二，徐成志点校，合肥：安徽教育出版社 2014 年版，第 17—18 页。

则宋儒之说不可易矣。①

从激发心志品节，切于民彝实修处言程朱义理之用，从羽翼圣学，扶植世道，纲伦人纪处言程朱义理之功，从孔孟之旨至程朱而始明其要归，学问之事至程朱而曲尽其纤悉处，言道统之所传，治统之所系。在洞悉汉学之弊端之弱点，并窥破清王朝由盛转衰、大乱在即的消息后，刘开等人对程朱义理之学的虔诚信赖，比起他们的先辈方苞、姚鼐来说，具备了更加切实、丰富的内涵。

1818年，汉学家江藩作《汉学师承记》，意在对清代汉学的发展与成就作一个总结。江藩论经学之发展，以清代汉学直承东汉马（融）、郑（立）诸儒，而又以东汉诸儒直承周孔之道。数年后，方东树作《汉学商兑》，代表宋学阵营给予汉学以反击和批判。其《汉学商兑重序》论宋代程朱之学与清代汉学云：

> 及至宋代，程朱诸子出，始因其文字以求圣人之心，而有以得于其精微之际，语之无疵，行之无弊，然后周公、孔子之真体大用，如拨云雾而睹日月。
>
> 逮于近世，为汉学者，其蔽益甚，其识益陋，其所挟惟取汉儒破碎，穿凿谬说，扬其波而汩其流，抵掌攘袂，明目张胆，惟以诋宋儒、攻朱子为急务。要之，不知学之有统，道之有归，聊相与逞志快意以骛名而已。②

---

① 刘开:《学论中》,《刘开集》文集·卷二,徐成志点校,合肥:安徽教育出版社2014年版,第18页。

② 方东树:《汉学商兑重序》,《方东树集》卷四,严云绶点校,合肥:安徽教育出版社2014年版,第283页。

攘臂卫道以经世，整饬教化以致用，处于嘉道年间风云际会之中的姚门弟子，再次选择了"学行程朱"的行身祈向与思想传统。这种守成以待后的基本精神，同样也体现在姚门弟子对韩、欧古文传统的继承和对桐城派古文正宗地位的维护上。

自姚鼐之后，桐城派旗帜既张，毁誉也随之而来。桐城派的创始人方苞，以溯源六经，切究两汉书、疏及唐宋八家文，推求《左》《史》《公》《谷》《语》《策》之义法作为古文路径，立言虽显狭隘，尚易为世人所接受。至姚鼐编选《古文辞类纂》，八家之后，明仅录归有光，清仅录方苞、刘大櫆，以明示古文传统之所在及古文传绪之所系，则不免有标榜阿私之嫌，非议大多由此而生。但此事关乎到桐城派的社会形象与古文正宗地位，姚门弟子以一种近于甘蒙讪谤，义无反顾的态度去张扬、维护方、姚所建立的古文传承系统。

姚鼐在《刘海峰先生八十寿序》中借"天下文章，其出于桐城乎"的戏言，引出黄、舒之间山川奇杰之气，孕育儒士文伯的话题，再叙述刘之于方，己之于刘的古文师承关系，隐然揭出桐城派的旗帜。方东树承其师意而发抉其隐，在《刘悌堂诗集序》中宣称方苞、刘大櫆、姚鼐非特一邑之士、天下之士，而为百世之士：

> 楚地尽江淮间，自蕲、黄以东，迤北讫寿春，其山脉起伏蟠郁千余里，舒广雄远，自古以来多产贤豪英杰异士；若老庄之道德，屈、宋之词宗，搜奇抉怪，轶乎诗、书，不独志略武毅之侪也。而桐城于地势尤当其秀，毓山川之灵独多，人文最盛，故常为列郡冠。是故自明及我朝之兴，至今日五百年间，成学治古文者，综千百计，而未有止极。为之者众，则讲之益精，造之愈深，则传之愈远，于尤之中，又等其尤者。于是则有望溪方氏、海峰刘氏、惜抱姚氏三先生出，日久论定，海内翕然宗之，特著其氏

而配称之曰方、刘、姚，比之于古之班、扬、韩、欧云。方、刘、姚之为儒，其所发明，足以衰老、庄之失，其文所取法，足以包屈、宋之奇，盖非特一邑之士，而天下之士；亦非特天下之士，而百世之士也。[①]

姚氏之文，曲折纡回，说到"儒士兴，今殆其时矣"即止；东树之文则无所遮拦，将方、刘、姚与班、扬、韩、欧相提并论，且谓其为学发明，足以衰老、庄之失，其为文取法，足以包屈、宋之奇，对方、刘、姚之推崇可谓无可复加。方东树《书惜抱先生墓志后》还具体评骘桐城三祖：

> 侍郎之文，静重博厚，极天下之物赜而无不持载，泰山岩岩，鲁邦所瞻，拟诸形容，象地之德焉，是深于学者也。学博（刘大櫆——引者）之文，日丽春敷，风云变态，言尽矣，而观者犹若浩浩然不可穷；拟诸形容，象太空之无际焉，是优于才者也。先生（姚鼐——引者）之文，纡余卓荦，樽节矱括，托于笔墨者净洁而精微，譬如道人德士，接对之久，使人自深，是皆能各以其面目，自见于天下后世，于以追配乎古作者而无忝也。学博论文主品藻，侍郎论文主义法。要之，不知品藻，则其讲于义法也愚；不解义法，则其貌乎品藻也滑耀而浮。先生后出，尤以识胜，知有以取其长，济其偏，止其敝。此所以配为三家，如鼎足之不可废一。凡若此者，皆学者所共见，所谓天下之公言也。[②]

---

① 方东树：《刘悌堂诗集序》，《方东树集》卷四，严云绶点校，合肥：安徽教育出版社2014年版，第303页。

② 方东树：《书惜抱先生墓志后》，《方东树集》卷五，严云绶点校，合肥：安徽教育出版社2014年版，第325页。

以地、天、人之形，比于方、刘、姚之文，又以学、才、识之德，分属方、刘、姚三人。桐城三祖，人具学、才、识之长，文秉天、地、人之形，鼎足而立，堪可与韩、柳、欧、苏比肩相接。方东树论曰：

> 自明临海朱右伯贤定选唐宋韩、柳、欧、曾、苏、王六家文，其后茅氏坤析苏氏而三之，号曰八家，五百年来，海内学者奉为准绳，无敢异论。
>
> 近世论者谓八家后，于明推归太仆震川，于国朝推方侍郎望溪、刘学博海峰以及先生（姚鼐——引者）而三焉。夫以唐宋到今数百年之远，其间以古文名者，何止数十百人？而区区独举八家，已为隘矣。而于八家后又独举桐城三人焉，非惟取世讥笑恶怒，抑真似邻于陋且妄者。然而，有可信而不惑者，则所谓众著于天下之公论也。[①]

以方、刘、姚接续于唐宋八家，以取得广泛的社会认同，从而奠定桐城派古文正宗的地位，这对于方、刘、姚固然重要，对于桐城派的发展则更加重要。能得其大者，小处则不必拘泥。方东树云：

> 往者姚姬传先生纂辑古文词，八家后于明录归熙甫，于国朝录望溪、海峰，以为古文传统在是也。而外人谤议不许，以为党同乡。先生晚年嫌起争端，悔欲去之。树进曰：此只当论其统之真不真，不当问其党不党也。[②]

---

① 方东树：《书惜抱先生墓志后》，《方东树集》卷五，严云绶点校，合肥：安徽教育出版社2014年版，第325页。
② 方东树：《答叶溥求论古文书》，《方东树集》考槃集·卷六，严云绶点校，合肥：安徽教育出版社2014年版，第361页。

认定古文传统之真，则可不避同乡阿私、党同伐异之谤议。而方、刘、姚之后，从其学者甚众，古文之传统又非一二高第亲炙真知者而莫属：

> 居今之世，欲志乎古，非由三先生之说，不能得其门。而三先生之学之或有显晦，则以得多传人与否为候。观所以致兴起及所以就微谢，亦斯文绝续之几也，何必后世？方氏没近百年，刘氏稍后之，姚氏又后之。及考方、姚之名，四方皆知，其门人传业虽多，然除一二高弟亲炙真知外，皆徒附其声，而不克继其绪。①

这样，由唐宋八家而至方、刘、姚，由方、刘、姚而至姚门一二高第的古文传承系统被编织完成。

活动在嘉道之际的姚门弟子，并没有在义法、神气、阳刚阴柔、神理气味格律声色之外有更多的理论建树。面对盛衰交替、杂症并出的社会现实，作为嘉道之际呼唤学风士风向经世致用方向转换的知识群体中的一部分，他们有着拯衰救敝、自任天下的热情与冲动，也有过议论军国、臧否政治、慷慨论天下事的实践与经历。但他们在注目现实世界变化的同时，更习惯于从人心道德、风俗教化、社会伦理的角度观察、思考问题，更关心学行程朱之所谓道统、文章韩欧之所谓文统在即将到来的历史文化变革中的命运。姚门弟子试图以道统、文统承先待后的角度设计自我。他们特别看重程朱之学在安排社会秩序中的力量，设想以义理之学经纬天下，扶植世道，纲纪人伦，拨乱世而反之正。他们精心编织了由唐宋八家而至方、刘、姚，由方、刘、姚而至姚门高第的古文传承系统，以甘蒙谤讪、义无反顾的态度，

---

① 方东树：《刘悌堂诗集序》，《方东树集》卷四，严云绶点校，合肥：安徽教育出版社2014年版，第303页。

去维护、固守桐城派的壁垒，扩大社会对桐城派古文正宗地位的认同。桐城派创始初成于方、刘、姚，而守成宏大于姚门弟子。

# 第三节　中兴期的桐城派

1849 年，第一次鸦片战争的硝烟刚刚消尽，姚莹作《惜抱先生与管异之书跋》，言及姚门弟子的现状，大有唏嘘感伤之意：

> 当时异之与梅伯言、方植之、刘孟涂称姚门四杰。然孟涂、异之皆夙卒，植之著述虽富而穷老不遇，言不出乡里。独伯言为户部郎官，二十余年植品甚高，诗古文功力无与抗衡者，以其所得为好古文者倡导，和者甚众，于是先生之说益大明。①

刘开、管同均四十余岁时去世。至姚莹作此文时，唯梅曾亮、方东树在世。方东树好为道统、文统之辨，在阐发师说、传承师道方面，功不可没。但其穷老不遇，难以风动天下。方东树《复罗月川太守书》自言：

> 夫取人贵宽，求人贵恕，至论学术，是非得攸关，则必有确乎不可夺者。东树不揣固陋，尝欲立说以辨其妄，而材卑学落，地贱言轻，思得一二大人君子在上位者，为人望所属，庶几足以

---

① 姚莹：《惜抱先生与管异之书跋》，《姚莹集》东溟文后集·卷十，施立业点校，合肥：安徽教育出版社 2014 年版，第 313 页。

震荡海内、开阖风气，使偏宕卓荦之士，悉转移而归之正学。①

与方东树同是穷老乡里的刘开，也有相似的感受，其《致鲍觉生学士书》云：

苟欲风气之变，非杜其端、塞其源，力持其要以振厉之不可。然而转移之机不见于所已成而兆于所由起。方其始也，必有出群绝俗，负当代之望以作人兴学为己任者倡之于上；及其继也，必有通经学古，负宏达之名，以敦风立节为己任者应之于下。无以倡之则其势不行，无以应之则其言不显。②

刘开同样也将转移风气之机瞩望以"负当代之望以作人兴学为己任者"。

1856 年，姚门弟子中的姚莹、梅曾亮、方东树相继去世，跟随他们学古文法的弟子虽众，但大多在政界文坛上默默无闻，不足以当主坛坫、执牛耳之重任。轰烈一时的桐城事业，处于群龙无首的境地。此时，负当代之望而促使桐城派中兴的是在与太平天国作战中逐渐成为炙手可热人物的曾国藩。

曾国藩（1811—1872），原名子城，字伯涵，号涤生。1838 年中进士后始改名为国藩，以国家之屏藩自期。曾国藩中进士后，入翰林院，两年后庶吉士散馆，授翰林院检讨，开始了为期十二年的京宦生活。此时，桐城派中的梅曾亮、宋诗派中的何绍基在京师俱有文名，曾氏与之交往过从，而不肯

---

① 方东树：《复罗月川太守书》，《方东树集》考槃集·卷六，严云绶点校，合肥：安徽教育出版社 2014 年版，第 346 页。

② 刘开：《致鲍觉生学士书》，《刘开集》文集·卷三，徐成志点校，合肥：安徽教育出版社 2014 年版，第 41—42 页。

附于骥尾，其曾自言：

> 初服官京师，与诸名士游接。时梅伯言以古文，何子贞以学
> 问书法，皆负重名。吾时时察其造诣，心独不肯下之，顾自视无
> 所蓄积，思多读书，以为异日若辈不足相伯仲。①

存此心志，曾国藩问理学于同乡长辈唐鉴及理学大师倭仁。曾氏记述唐鉴告之以检身之要、读书之法：

> 为学只有三门，曰义理、曰考核、曰文章。考核之学，多求粗
> 而遗精，管窥而蠡测。文章之学，非精于义理者不能至。经济之学，
> 即在义理内。又问，经济宜何如审端致力？答曰：经济不外看史。
> 古人已然之迹，法戒昭然，历代典章，不外乎此。又言，诗文词曲，
> 皆可不必用功，诚能用力于义理之学，彼小技亦非所难。②

唐鉴告之以义理、考核、文章三事，以为考核、文章之学，皆以义理为根本，义理明则考据有归，文章有据。这些看法与桐城派文人的认识大同小异。至于唐鉴以经济从属于义理，或者说于义理之中，派生出经济之学，则可以看出鸦片战争前后经世致用思潮影响的痕迹。他强调"经济不外看史"，意在以史为鉴，洞悉政治、人事、制度已然之迹而通之于今。此说大大增加了"义理"的内涵，与桐城派所认定的以"尊德性"为主的义理之学有了一定的区别。它要求会通义理之学，不仅要熟谙"性理"，还须了然

---

① 赵烈文：《能静居日记》，《曾国藩未刊信稿·附录二》，北京：中华书局1959年9月版，第384页。

② 曾国藩：《曾国藩日记》道光二十一年七月十四日，《曾国藩全集》第十六册，长沙：岳麓书社2011年版，第92页。

"经济"。曾国藩中进士前主要致力于举业，唐鉴关于学问之道的论说，使他茅塞顿开。他在给贺长龄的信中说："国藩本以无本之学寻声逐响，自从镜海（唐鉴——引者）先生游，稍乃粗识指归。"① 又在给兄弟的信中说："近得一二良友，知有所谓经学者、经济者，有所谓躬行实践者。始知范、韩可学而至也，马迁、韩愈亦可学而至也，程朱亦可学而至也，慨然思尽涤前日之污，以为更生之人。"② 曾国藩的学术思想，也是在转益多师、切磋琢磨中逐渐形成的。

读书治学途径如此，至于大小轻重及从何处入手，曾国藩自有判断与选择。他此时所写的家书中云：

> 盖自西汉以至于今，识字之儒约有三途，曰义理之学，曰考据之学，曰词章之学，各执一途，互相诋毁。兄之私意，以为义理之学最大，义理明则躬行有要而经济有本。词章之学，亦所以发挥义理者也。考据之学，吾无取焉矣。③

考据之学既在无取之列，义理之学重在修养躬行，唯辞章之学，则为处于读书养望之中的曾国藩视为可力致而成且应未雨绸缪的事业。曾氏在1843年致刘蓉的信中，更加明确地表明自己的心志：

> 仆早不自立，自庚子以来，稍事学问，涉猎于前明、本朝诸

---

① 曾国藩：《复贺长龄》，《曾国藩全集》第二十二册，长沙：岳麓书社2011年版，第24页。

② 曾国藩：《致澄弟温弟沅弟季弟》第二十册，《曾国藩全集》，长沙：岳麓书社2011年版，第49页。

③ 曾国藩：《致澄弟温弟沅弟季弟》，《曾国藩全集》第二十册，长沙：岳麓书社2011年版，第49页。

大儒之书，而不克辨其得失。闻此间有工为古文诗者，就而审之，乃桐城姚郎中鼐之绪论，其言诚有可取。于是取司马迁、班固、杜甫、韩愈、欧阳修、曾巩、王安石及方苞之作悉而读之，其他六代之能诗者及李白、苏轼、黄庭坚之徒，亦皆泛其流而究其归，然后知古之知道者，未有不明于文字者。①

读明、清大儒之书，不克辨其得失，独于古文诗，心有契合，情有独钟，此中不无个人性情志趣使然。而阅读古文诗之向导，乃是姚鼐有关古文辞的论述，由此也可见曾氏日后所言"国藩之粗解文章，由姚先生启之"，决非无稽。曾国藩与桐城派古文的关系，正是从私淑姚鼐处开始的。曾氏复论今人与先王之道相通必依赖于文字道：

> 所贵乎圣人者，谓其立行与万事万物相交错而曲当乎道，其文字可以教后世也。吾儒所赖以学圣贤者，亦借此文字以考古圣之行，以究其用心之所在。然则此句与句续，字与字续者，古圣之精神语笑，胥寓于此，差若毫厘，谬以千里，词气之缓急，韵味之厚薄，属文者一不慎则规模立变，读书者一不慎则卤莽无知，故国藩窃谓今日欲明先王之道，不得不以精研文字为要务。②

曾氏又论文之醇驳一视乎见道之多寡：

> 能深且博而属文复不失古圣之谊者，孟氏而下，惟周子之

① 曾国藩：《与刘蓉书》，《曾国藩全集》第二十二册，长沙：岳麓书社 2011 年版，第 7 页。
② 曾国藩：《与刘蓉书》，《曾国藩全集》第二十二册，长沙：岳麓书社 2011 年版，第 7 页。

《通书》、张子之《正蒙》，醇厚正大，邈焉寡俦。许、郑亦能深博，而训诂之文，或失则碎，程、朱亦且深博，而指示之语，或失则隘。其他若杜佑、郑樵、马贵与、王应麟之徒，能博而不能深，则文字流于蔓矣。游、杨、金、许、薛、胡之俦，能深而不能博，则文伤于易矣。由是有汉学、宋学之分，龂龂相角，非一朝矣。仆窃不自揆，谬欲兼取二者之长，见道既深且博，而为文复臻于无累，区区之心，不胜奢愿，譬如以蚊而负山，盲人之行万里也，亦可哂已。盖上者仰企于《通书》《正蒙》，其次则笃嗜司马迁、韩愈之书，谓二子诚且深博，而颇窥古人属文之法。①

以能深博且能属文的标准，衡量孔孟之后的儒学之士，曾氏以为，宏通之士，应兼取二者之长，见道既深且博，而为文复臻于无累。曾氏论文与道之关系云：

> 既书籍而言道，则道犹人心所载之理也，文字犹人身之血气也。血气诚不可以名理矣，然舍血气则性理亦胡以附丽乎？
> 知舍血气无以见心理，则知舍文字无以窥圣人之道矣。周濂溪氏称"文以载道"而以"虚车"讥俗儒，夫虚车诚不可，无车又可以行远乎？孔孟没而道至今存者，赖有此行远之车也。吾辈今日苟有所见，而欲为行远之计，又可不早具坚车乎哉！②

道以文而传远，文以道而彰著。无道之虚车诚为人所讥笑，得道而无

---

① 曾国藩：《与刘蓉书》，《曾国藩全集》第二十二册，长沙：岳麓书社 2011 年版，第 8 页。

② 曾国藩：《与刘蓉书》，《曾国藩全集》第二十二册，长沙：岳麓书社 2011 年版，第 8—9 页。

行远之坚车更令人痛惜。既存得道之心志，便不可不注意诵读诗书、揣摩文字的功夫，舍文字无以窥圣人之道；既存传道之心志，更不可轻视辞章，贬抑文学，置辞章文学于雕虫小技、壮夫不为之列，而雷同苟随于经学家崇道贬文之说。曾氏最后论曰：

> 故凡仆之鄙愿，苟于道有所见，不特见之，必实体行之，不特身行之，必求以文字传之后世。虽曰不逮，志则如斯。其于百家之著述，皆就其文字以校其见道之多寡，剖其铢两而殿最焉，于汉宋二家构讼之端，皆不能左袒以附一哄，于诸儒崇道贬文之说，尤不敢雷同而苟随。[1]

《与刘蓉书》完整地表述了曾国藩在京城读书为宦期间的学术选择。曾氏闻义理、考核、辞章三事于唐鉴，但他对考据之学不打算有过多涉及；而义理中的性理之学，曾氏不堪苦思静坐之苦，义理中的经济之学，又须有所待而见诸事功；义理与考核，均不如辞章之学惬适性情，便于实行。因此，虽然唐鉴曾指明"诗文词曲，皆可不必用功"，但曾国藩于辞章之学最不能忘怀。他在给刘蓉的另一信中自言："国藩既从数君子后，与闻末论，而浅鄙之资兼嗜华藻，笃好司马迁、班固、杜甫、韩愈、王安石之文章，日夜以诵之不厌也。"[2]关于文与道之关系，曾国藩在韩愈"欲学古道，则应兼通其辞"与周敦颐"文以载道"说的基础上，更加强调文辞之于学道、文辞之于载道的作用。以为欲明先王之道，不得不以精研文字为要务；于道苟有所见，也须求助于文辞传之于久远。在曾氏心目中，道与文结合的极致，是

---

① 曾国藩：《与刘蓉书》，《曾国藩全集》第二十二册，长沙：岳麓书社2011年版，第9页。

② 曾国藩：《答刘蓉》，《曾国藩全集》第二十二册，长沙：岳麓书社2011年版，第18页。

"见道既深且博，而为文复臻于无累"。依照文、道并重的标准，曾国藩主张于百家著述，皆就其文字以校其见道多寡，对汉宋构讼不能左袒，对诸儒崇道贬文之说尤不敢苟同。

曾国藩勤勉问学，广交名士，在京师间颇著清望，在仕途上的发展也极为顺利。十年中七次升迁，三十七岁时已官至二品。1852 年 7 月，曾国藩赴江西主持乡试，途中得知母亲去世的消息，遂改道回籍奔丧。在家乡治丧期间，曾国藩接到协同湖南巡抚办理团练以遏制太平军发展、维护地方秩序的寄谕，在匆忙中应命出山，从此开始了军旅生活。

自 1854 年曾国藩率湘军出省作战，湘军便逐渐成为与太平军进行军事斗争的主要力量。曾国藩以"书生"率军且战绩不俗，也很快成为国人瞩目的人物。在戎马倥偬之中，曾国藩于诗古文未能忘情。每日诵读写作不辍。1856 年，姚门弟子中年寿最长的梅曾亮、方东树相继去世，桐城派发展最盛的地区江苏、安徽、江西、广西战事频仍，桐城派传绪后继无人，不绝如缕。1858 年，曾国藩作《欧阳生文集序》，历数桐城派的源流传承和姚鼐之后的发展规模，将桐城古文濒绝、斯文扫地的原因归咎于洪、杨之乱，并委婉地表露以湖南文学接续桐城派传绪的意向。

曾文叙述桐城派之由来并将其比之于江西诗派云：

> 乾隆之末，桐城姚姬传先生鼐，善为古文辞，慕效其乡先辈方望溪侍郎之所为，而受法于刘君大櫆及其世父编修君范。三子既通儒硕望，姚先生治其术益精，历城周书昌永年为之语曰：天下之文章，其在桐城乎！由是学者多归向桐城，号桐城派，犹前世所称江西诗派者也。[1]

---

[1] 曾国藩：《欧阳生文集序》，《曾国藩全集》第十四册，长沙：岳麓书社 2011 年版，第 204 页。

桐城派创自于方苞而成之于姚鼐，曾氏称赞姚鼐当时孤立无助而独排众议，存古文一线于纷纭之中的功绩道：

> 当乾隆中期，海内魁儒畸士，崇尚鸿博，繁称旁证，考核一字，累数千言不能休，别立帜志，名曰汉学，深摈有宋诸子义理之说，以为不足复存，其为文尤芜杂寡要。姚先生独排众议，以为义理、考据、词章，三者不可偏废，必义理为质，而后文有所附，考据有所归；一编之内，惟此尤兢兢。当时孤立无援，传之五六十年。近世学子，稍稍用其文，承用其说。[①]

曾氏历数姚鼐之后，桐城之学传于江西、江苏、广西之状况，而于湖南，则以为巴陵吴敏树"称述其（姚鼐——引者）术，笃好而不厌"，武陵杨彝珍、善化孙鼎臣、湘阴郭嵩焘、溆浦舒焘，"亦以姚氏文家正轨，违此则又何求"，而湘潭欧阳勋，"其志趣嗜好，举天下之美，无以易乎桐城姚氏者也"。这样，曾氏把湖南好文之士，大致罗列入姚鼐私淑者的范围。曾氏又言：

> 自洪、杨倡乱，东南荼毒，钟山石城昔时姚先生撰杖都讲之所，今为犬羊窟宅，深固而不可拔。桐城沦为异域，既克而复失，戴钧衡全家殉难，身亦呕血死矣。余来建昌，问新城、南丰，兵燹之余，百物荡尽，田荒不治，蓬蒿没人，一二文士，转徙无所。而广西用兵九载，群盗犹汹汹，骤不可爬梳，龙君翰臣又物故。

---

① 曾国藩：《欧阳生文集序》，《曾国藩全集》第十四册，长沙：岳麓书社 2011 年版，第 205 页。

独吾乡少安，二三君子，尚得优游文学，曲折以求合桐域之辙。①

毋庸置疑，曾国藩的《欧阳生文集序》带有相当浓重的政治色彩。文中对太平军"荼毒东南"的指责，与他数年前发布的《讨粤匪檄》中的口吻相仿佛。把洪、杨指斥为战乱与践踏文化的祸首，煽动士人对太平天国的仇恨，这是清政府与曾氏集团对太平天国实施文化围剿的一部分。但这并不是《欧阳生文集序》所要表述的主要内容。曾氏在此文中叙述桐城派自姚鼐之后的发展流衍，除著籍四弟子外，其他是按照广西、江苏、江西、安徽等区域进行的，而桐城派发展最盛的上述各省又恰在主要战区中，为文之士，或殉难以死，或转徙无所，百物荡尽之中，又有何古文可言。而"吾乡少安，二三君子，尚得优游文学，曲折以求合桐城之辙"，当今欲寻桐城古文之传绪，则又舍湖南而复何他求？

《欧阳生文集序》是曾国藩在桐城派命运式微之时试图重新肩起古文旗帜所走出的第一步。1858 年前后，湘军与太平军正处在战争的相持阶段，胜负未卜。曾国藩以汉人率军，尚未真正得到清王朝的完全信任，上下左右掣肘之处甚多。从政治发展的角度来说，曾氏集团需要得到更多的社会支持，包括士人的文化及心理认同。对久负盛名、影响广泛而面临着曲终人散局面的桐城派援之以手，使其大旗不倒，无疑可以获得军事力量之外的诸多资本，增加曾氏集团对士人、对社会的号召力、凝聚力。而就个人性情志趣而言，曾氏对诗古文情有独钟，长期所养成的阅读习惯，使他在军务之余常常以诵读诗古文的方式涵养心胸，调节情绪。写于 1858 年岁末的《加李如片》自言："早岁有志著述，自驰驱戎马，此念久废，然亦不敢遂置诗书于不问也。每日稍闲，则取班、马、韩、欧诸家文旧日所酷好者一温习之，用

---

① 曾国藩：《欧阳生文集序》，《曾国藩全集》第十四册，长沙：岳麓书社 2011 年版，第 205 页。

此以养吾心而凝吾神。"① 曾氏虽因驰驱戎马，不能著述，但深信假以闲暇，必当于诗古文有所大成。抱有此种心志，扶援以至于中兴桐城派，似乎于人于己都将受益非浅且责无旁贷。

曾国藩《欧阳生文集序》称引并世文家，且将湖南文学之士袖笼而尽入私淑姚鼐的范围之中，以湖南文派接续桐城文派的用心仅暗引其绪，而未明昭其义。吴敏树见到曾序后，马上写信与欧阳生的父亲欧阳兆熊，申明己见。吴敏树以为"文章艺术之有流派，此风气大略之云尔，其间实不必皆相师效，或甚有不同。而往往自无能之人，假是名以私立门户，震动流俗，反为世所诟厉，而以病其所宗主之人"②。以此言衡量姚鼐在桐城派中的作用，其与江西诗派中的"为之图列，号传嗣者"的吕居仁近似，不无私立门户以震动流俗之嫌。吴氏申明自己好归有光、方苞之文，但于姚鼐，并非如曾序所说"笃好而不厌"，"独弟素非喜姚氏者，未敢冒称。而果以姚氏为宗，桐城为派，则侍郎之心，殊未必然。然弟岂区区以侍郎之言为柱，而急自明哉"？③ 可以说，吴敏树在某种程度上看透了曾国藩拉桐城派之大旗，而别有图谋别有建树的用心。

曾国藩对吴敏树将姚鼐比之于吕居仁有不同看法，但对吴敏树不愿臣服桐城的态度则大为赞赏：

> 至姚惜抱氏，虽不可遽语于古之作者，尊兄至比之吕居仁，
> 则亦未为明允。惜抱于刘才甫，不无阿私，而辨文章之源流，识

---

① 曾国藩：《加李如箓片》，《曾国藩全集》第二十二册，长沙：岳麓书社 2011 年版，第 729 页。

② 吴敏树：《与筱岑论文派书》，《吴敏树集》枏湖文集·卷六，李昌国点校，合肥：安徽教育出版社 2014 年版，第 298 页。

③ 吴敏树：《与筱岑论文派书》，《吴敏树集》枏湖文集·卷六，李昌国点校，合肥：安徽教育出版社 2014 年版，第 299 页。

古书之正伪，亦实有突过归、方之处。尊兄鄙其宗派之说，而并没其笃古之功，揆之事理，宁可谓乎？至尊缄有云"果以姚氏为宗，桐城为派，则侍郎之心，殊未必然"，斯实搔着痒处。往在京师，雅不欲溷入梅郎中之后尘。私怪阁下幽人贞介，何必追逐名誉，不自闷惜！昔睹皴蒇之面，今知君子之心。①

又在复欧阳兆熊信中说：

南屏不愿在桐城诸君子灶下讨生活，真吾乡豪杰之士也……国藩之为叙，不过于伯宜处略闻功甫生平之言论风指而纵笔及之，非谓时流诸君子者，足以名于世而垂于后，不特不和之，且私独薄之。南屏识得鄙意，曰侍郎之心，殊未必然，所谓搔着痒处，固当相视而笑，莫逆于心也。②

曾氏在上述两信中进一步剖白心迹，阐明《欧阳生文集序》中未尽之意。曾氏认为：序文中所称引的并世文家，并非足以名于世而垂于后者，甚至自己对他们还存有相当的鄙薄之意。其"往在京师，雅不欲溷入梅郎中之后尘"，与吴敏树"不愿在桐城诸君子灶下讨生活"，心志何尝有别？因而吴氏称"果以姚先生为宗，桐城为派，则侍郎之心，殊未必然"，确实窥破了自己的心事和本意，即所谓搔着痒处，因而固当相视而笑，会意于心。

既不愿俯首于桐城诸君子灶下讨生活，也无需另起炉灶，曾国藩试图走出一条以改造、促进桐城派古文中兴的道路。

1859 年，曾国藩写成了足可以称之为其思想与学术追求总纲的《圣哲

---

① 曾国藩：《复吴敏树》，《曾国藩全集》，长沙：岳麓书社 2011 年版，第 331 页。
② 曾国藩：《复欧阳兆熊》，《曾国藩全集》，长沙：岳麓书社 2011 年版，第 276 页。

画像记》。曾文开宗明义，叙述绘制圣哲画像之缘起：

> 国藩志学不早，中岁侧身朝列，窃窥陈编，稍涉先圣昔贤魁儒长者之绪，驽缓多病，百无一成，军旅驰驱，益以芜废，丧乱未平，而吾年将五十矣。往者吾读班固《艺文志》及马氏《经籍考》，见其所列书目，丛杂猥多，作者姓氏，至于不可胜数。或昭昭如日月，或湮没而无闻。及为文渊阁直阁校理，每岁二月，侍从宣宗皇帝入阁，得观《四库全书》，其富过于前代所藏远甚，而存目之书数十万卷，尚不在此列。呜呼，何其多也！虽有生知之资，累世不能竟其业，况其下焉者乎？故书籍之浩浩，著述者之众，若江海然，非一人之腹所能尽饮也。要在慎择焉而已。余既自度其不逮，乃择古今圣哲三十余人，命儿子纪泽图其遗像，都为一卷，藏之家塾。后嗣有志读书，取足于此，不必广心博骛，而斯文之传，莫大乎是矣。①

曾氏《圣哲画像记》中选择古今圣哲三十二人，以学问造诣所长别为义理、考据、辞章三类，并比附于孔门四科。其中文王、周公、孔子、孟子为圣人之属，左氏、庄子、司马迁、班固为通人之才，两者都不可以某科藩篱。其他入选者配属各科如下：

诸葛亮当扰攘之世，被服儒者，从容中道；陆贽事多疑之主，驭难驯之将，毫厘无失；范仲淹、司马光坚卓诚信，以道自持。这四人皆治政有方，在圣门则以德行而兼政事。周敦颐、二程、张载、朱熹，上接孔孟之传，后世君相师儒，笃守其说，莫之或易。在圣门则德行之科，以上数人，

---

① 曾国藩：《圣哲画像记》，《曾国藩全集》第二十三册，长沙：岳麓书社 2011 年版，第 150 页。

其学归义理之属。

韩愈、柳宗元取法扬雄、司马相如雄奇万变之文，而内之于薄物小篇之中，其作得天地遒劲之气，具有阳与刚之美；欧阳修、曾巩师承韩愈，而体质近刘向、匡衡之渊懿，其作得天地温厚之气，具有阴与柔之美。韩、柳、欧、曾为文之魁，李白、杜甫、苏轼、黄庭坚则为诗之斗。韩、柳、欧、曾、李、杜、苏、黄，在圣门则言语之科，其学归辞章之属。

先王之道，所谓修己治人，经纬万秉者，皆归于礼。汉之许慎、郑玄于秦灭之后，注释群经，考先王制作之源；杜佑、马端临著《通典》《通考》，志在稽古经邦，辨盛衰因革之要，莫不以礼为兢兢。顾炎武言及礼俗教化，毅然有守先待后之志；秦蕙田纂《五礼通考》，举天下古今幽明万事，而一经之以礼。桐城姚鼐，高邮王念孙，其学皆不纯于礼。然姚先生持论闳通，国藩之粗解文章，由姚先生启之也。王氏父子集小学训诂之大成。国朝诸先生中，顾、秦近于杜、马、姚，王近于许、郑，在圣门则文学之科，其学归考据之属。

曾氏以为："此三十二子者，师其一人，读其一书，终身用之，有不能尽。"[1]曾国藩精心择选的三十二哲，是清代义理、考据、辞章各学派所信奉为精神领袖者的重新综合。如宋学家所崇尚的文、周、孔、孟、周、程、张、朱，汉学家推为鼻祖的许、郑、杜、马，经世派奉为楷模的葛、陆、范、马，桐城派推崇备至的左、庄、马、班、韩、柳、欧、曾，宋诗派视为诗圣的李、杜、苏、黄。曾国藩将各学派精神领袖统笼于笔端，皆炷香供奉，表现出熔众长于一炉、兼收而并蓄的意向。这种意向代表了鸦片战争之后各学派由相互攻讦转向臻于合流的学术趋势。同时也体现了咸同之际士儒阶层的精神祈向和人格理想：退能坐而论道，讲求修身为圣之学问；进能

---

① 曾国藩：《圣哲画像记》，《曾国藩全集》第二十三册，长沙：岳麓书社 2011 年版，第 153 页。

佐君图治，建立治平外王之事功；从政能驭将率民，熟知人事天机、盛衰因革之要，闲逸则登高能赋，兼阳刚阴柔之胜而游刃有余。汉宋兼采，文道并重，葛、陆、范、马之坚卓诚信与周、程、张、朱之仁心深广同享馨香，韩、柳、欧、曾诗文大家与杜、马、顾、秦稽古之士相提并论。身居高位的曾国藩以兼容并包、全面承继传统学术文化的面目出现时，便不仅仅是咸同之际清政府政治、军事利益的代表，也俨然成为学苑文坛的领袖。

在曾国藩所择选的三十二圣哲中，姚鼐被置于考据之属，与王念孙并提，又以为姚、王近于汉代的许、郑，此比虽然稍显不类，但曾氏能将姚鼐置之于三十二圣哲之列，并谓姚鼐持论阂通，而他自己由姚鼐启示而粗解文章，已是颇费心机了。在写作《圣哲画像记》的次年，曾国藩动手编纂《经史百家杂钞》，在桐城派奉为古文圭臬的《古文辞类纂》之外，别辟取范门径。在此前后曾氏所写的文字，渐次显露对桐城派文的改造意向。

曾国藩对桐城派文的改造意向，主要表现在两个方面：一是针对桐城派文规模狭小、气势屡弱的毛病，提出广开门径，转益经史百家，作雄奇瑰玮、气象光明之文；二是补救桐城派文枵腹空疏，以虚义相演的弱点，把侈谈纲常名教的桐城古文引导到关心经世要务，撝谈当代掌故，虚实相济、体用兼顾的路径上来。

桐城派文谨遵义法之说，追求言简有序、清真雅洁的文章风格，从而渐渐走向深美有余、浩瀚不足的狭路。曾国藩读《归震川文集》，以为归有光之文"不事涂饰，而选言有序，不刻画而足以昭物情"①，此长处为后人所取法所乐道，但归氏置身不高，闻见不广，情志不阔，不免识其小而晦其大。"彼所为抑扬吞吐，情韵不匮者，苟裁以义，或皆可以不陈。浮芥舟以

---

① 曾国藩：《书归震川文集后》，《曾国藩全集》第十四册，长沙：岳麓书社 2011 年版，第 227 页。

纵送于蹄涔之水，不复忆天下有曰海涛者也？神乎？味乎？徒词费耳。"① 此语也正切中学归氏的桐城派文的弊端：规模狭小，不足以载事功；气势孱弱，不足以显情志。曾国藩将古文分为雄奇、惬适两类："雄奇者，得之天事，非人力所可强企；惬适者，诗书酝酿，岁月磨炼，皆可日起而有功。惬适者未必能兼雄奇之长，雄奇则未有不惬适者。学者之识，当仰窥于瑰玮俊迈、诙诡恣肆之域，以期进入高明，若施手之处，则端从平易惬适始。"② 曾氏以雄奇、惬适论文，脱胎于姚鼐阳刚阴柔之说。曾氏自称"平生好雄奇瑰玮之文"③，又言："予论古文，总须有倔强不驯之气，愈拗愈深之意。"④ 而雄奇之道，首在气势要盛，次在造句选字古雅。曾氏论曰：

> 雄奇以行气为上，造句次之，选字又次之。然未有字不古雅而句能古雅，句不古雅而气能古雅者。亦未有字不雄奇而句能雄奇，句不雄奇而气能雄奇者。是文章之雄奇，其精处在行气，其粗处全在造句选字也。⑤

又论文家之气势云：

> 文家之有气势，亦犹书家有黄山谷、赵松雪辈，凌空而行，

---

① 曾国藩：《书归震川文集后》，《曾国藩全集》第十四册，长沙：岳麓书社 2011 年版，第 227 页。
② 曾国藩：《笔记二十七则》，《曾国藩全集》第十四册，长沙：岳麓书社 2011 年版，第 425 页。
③ 曾国藩：《复吴敏树》，《曾国藩全集》第二十三册，长沙：岳麓书社 2011 年版，第 331 页。
④ 曾国藩：《致澄弟温弟沅弟季弟》，《曾国藩全集》第二十册，长沙：岳麓书社 2011 年版，第 47 页。
⑤ 曾国藩：《谕纪泽》，《曾国藩全集》第二十册，长沙：岳麓书社 2011 年版，第 564 页。

不必尽合于理法，但求气之昌耳。故南宋以后文人好言义理者，气皆不盛。大抵凡事皆宜以气为主，气能挟理以行，而后虽言理而不厌。否则，气既衰苶，说理虽精，未有不可厌者。①

古人之不可及，全在行气，如列子之御风，不在义理字句间也。②

以雄奇之标准衡量桐城派之文，则显得阴柔有余，而阳刚不足；理法谨严，而尺寸仄逼；义精词俊，而气势不畅；文从字顺、平淡无奇之处显多，倔强不驯、狂放无羁之意稍逊。曾国藩与吴敏树论姚鼐之文曰：

姚氏则深造自得，词旨渊雅。其为文为世所称诵者，如《庄子章义序》《礼笺序》《复张君书》《复庄松如书》《与孙扴约论谛祭书》《赠扴约假归序》《赠钱献之序》《朱竹君传》《仪郑堂记》《南园诗存序》《绵庄文集序》等篇，皆义精而词俊，夐绝尘表。其不厌人意者，惜少雄直之气，驱迈之势。姚氏固有偏于阴柔之说，又尝自谢为才弱矣。③

姚鼐之文以词旨渊雅，义精词俊见长，而缺少雄直之气、驱迈之势，这与桐城派的审美取向有关，也与作者自己的取范对象有关。曾氏认为，桐城派所取法的唐宋八家中，得雄奇之气者，惟韩愈一人而已，而欲求雄奇之

---

① 曾国藩：《曾国藩日记》同治五年十月十四日，《曾国藩全集》第十八册，长沙：岳麓书社2011年版，第336页。
② 曾国藩：《曾国藩日记》同治二年十一月十六日，《曾国藩全集》第十七册，长沙：岳麓书社2011年版，第74页。
③ 曾国藩：《复吴敏树》，《曾国藩全集》第三十一册，长沙：岳麓书社2011年版，第563页。

气，则当广收博取，转益多师，扩大眼界与取范对象，由唐宋而上溯汉魏，以汉魏文人训诂精确、声调铿锵之长处及汉赋坚劲之气质，药救桐城派文规模狭小、气势孱弱之病。着眼于此，不可拘泥于唐宋，拘泥于八家。他在与曾纪泽的书信中云：

> 余观汉人词章，未有不精于小学训诂者，如相如、子云、孟坚于小学皆专著一书，《文选》于此三人之文著录最多。余于古文，志在效法此三人，并司马迁、韩愈五家，以此五家之文，精于小学训诂，不妄下一字也。①
>
> 余好古人雄奇之文，以昌黎为第一，扬子云次之。二公之行气，本之天授。至于人事之精能，昌黎则造句之工夫居多，子云则选字之工夫居多。②
>
> 无论古今何等文人，其下笔造句，总以珠圆玉润四字为主。尔于古人之文，若能从江、鲍、徐、庾四人之圆步步上溯，直窥卿、云、马、韩四人之圆，则无不可读之古文矣，即无不可通之经史矣。③

曾氏又在与其弟子张裕钊的信中说：

> 足下为古文，笔力稍患其弱。昔姚惜抱先生论古文之途，有

---

① 曾国藩：《谕纪泽》，《曾国藩全集》第二十一册，长沙：岳麓书社2011年版，第23页。

② 曾国藩：《谕纪泽》，《曾国藩全集》第二十一册，长沙：岳麓书社2011年版，第564页。

③ 曾国藩：《谕纪泽》，《曾国藩全集》第二十册，长沙：岳麓书社2011年版，第484页。

得于阳与刚之美者，有得于阴与柔之美者，二端判分，画然不谋。余尝数阳刚者约得四家，曰庄子，曰扬雄，曰韩愈、柳宗元。阴柔者约得四家，曰司马迁，曰刘向，曰欧阳修、曾巩。然柔和渊懿之中，必有坚劲之质，雄直之气运乎其中，乃有以自立。足下气体近柔，望熟读扬、韩各文，而参以两汉古赋，以救其短，何如？①

熟读扬、韩之文，参以两汉古赋，以救气体近柔，笔力稍弱之短，而取范不必拘泥于八家，文体亦不必严守于骈、散之辨。曾氏此语道出了对柔美之文的改造意向与途径。他还写道：

偶思古文之道与骈体相通，由徐、庾而进于任、沈，由任、沈而进于潘、陆，由潘、陆而进于左思，由左思而进于班、张，由班、张而进于卿云，韩退之之文比卿云更高一格。解学韩文，即可窥六经之阃奥矣。②

又论唐代名臣陆贽之文道：

骈体文为大雅所羞称，以其不能发挥精义，并恐以芜累而伤气也。陆公则无一句不对，无一字不谐平仄，无一联不调马蹄。

① 曾国藩：《加张裕钊片》，《曾国藩全集》第二十三册，长沙：岳麓书社 2011 年版，第 124 页。
② 曾国藩：《曾国藩日记》咸丰十年三月十五日，《曾国藩全集》第十七册，长沙：岳麓书社 2011 年版，第 24 页。

而义理之精，足以比隆濂、洛，气势之盛，亦堪方驾韩、苏。①

桐城派文以司马迁、唐宋八家之文为极轨，讲求体清气洁之雅正，恪守言简有序之义法，行文以义精辞约、蕴藉委婉为极致。方苞所提出的"古文中不可入语录中语、魏晋六朝人藻俪俳语、汉赋中板重字法、诗歌中隽语、南北史佻巧语"②的雅洁标准，为桐城派文人视作为文矩镬。桐城派持体甚严，禁忌复多，文章风格简练有余而铺陈不足，渊懿柔和而振采无力。曾国藩主张熟读扬、韩之文，参以两汉古赋，以汉魏文人训诂精确、声调铿锵之长处及汉赋坚劲之气质，药救桐城派文规模狭小、气势屡弱之病，打破骈、散的界限，作雄奇光明之文，在审美情趣与审美风格方面，显示出对桐城派文的改造意向。

桐城派文的另一弊端是空疏。城派以"学行程朱，文章韩欧"为行身祈向，把维护人世间社会秩序的责任寄托在文以载道、文以明道的行为之上。桐城派文所载所明之道，虽包含着究明万事万物之理的意思，但主要是指圣人之道，义理之学。宋代儒学家刘彝曾将圣人之道区分为体、用、文三个方面，以为"君臣父子仁义礼乐历世不可变者，其体也；诗书史传子集垂法后世者，其文也；举而措之天下，能润泽斯民，归于皇极者，其用也"③。借用刘彝体、用、文的概念，分析桐城派文，不难看出，其对"君臣父子仁义礼乐"之"体"，可谓再三致意，坚守不移；而对"诗书史传子集垂法后世"之"文"，礼遇有加，致力甚勤；独于"举而措之天下，能润泽斯民，归于皇极"之"用"，则大多是心向往之，而力弗能任。将圣人之道举而措

① 曾国藩：《陆贽奉天请罢琼林大盈二库状》，《曾国藩全集》第十四册，湖湘文库编辑出版委员会，长沙：岳麓书社 2011 年版，第 532 页。
② 苏惇元：《方苞年谱》，《方苞集》附录一，上海：上海古籍出版社 2008 年版，第 865 页。
③ 黄宗羲：《宋元学案》卷一，北京：中华书局 1986 年版，第 25 页。

之天下，需有所"待"，而建立事功的机遇，对桐城派中多属于文苑传中的人物而言，则相对遥远，因此，桐城派文人的治国平天下的政治热情，多物化于对世道人心的维护、对伦理纲常的重复和对义理之学的认同。没有身体力行作为基础而空言义理，桐城派文不免给人以枵腹空疏，以虚义相演的印象。

曾国藩的情况则大不相同。曾氏早年平步青云，遽跻六曹。咸、同年间，率兵征战，最终"剿灭"太平天国，事功卓著。同治三年（1864），当湘军攻陷天京，曾国藩官封太子太保，授爵一等侯之后，有人将其事功比之于宋人王安石，曾氏作答曰：

> 承惠书以鄙人与涪翁相提并论，此何敢当？宋代文人如欧、苏、曾、黄诸公，皆以大儒之学术，兼名世之襟度，岂区区所能攀跻？若谓下走遭逢际会，得与平寇之役，则彼数君子特未遇其时，得一借手耳。假令秉斧钺之任，成李、郭之勋，在数君子视之，固当如蚊蚋鹳雀之过乎前，曾不置有无于胸中。弟无数君子之学识，而颇愿师其襟怀。[1]

师欧、苏、曾、黄之襟度，而成其未成之功勋，就"举而措之天下，能润泽斯民，归于皇极"之"用"而言，曾国藩不肯揖让于欧、苏、曾、黄，此种心志又怎能为桐城派中的人物所可想见。以"润泽斯民，归于皇极"之用，辅助"君臣父子仁义礼乐"之体，正是封建士人梦寐以求的事业。至于"诗书史传子集垂法后世"之文，曾氏深感自群经之外，百家著述，率自偏胜：

---

[1] 曾国藩：《加冯志沂片》，《曾国藩全集》第二十八册，长沙：岳麓书社 2011 年版，第 41 页。

以理胜者，多阐幽造极之语，而其弊或激宕失中；以情胜者，多悱恻感人之言，而其弊常丰缛而寡实。

自东汉至隋，文人秀士大抵义不孤行，辞多俪语。即议大政，考大礼，亦每缀以排比之句，间以婀娜之声，历唐代而不改。虽韩、李锐志复古，而不能革举世骈体之风，此皆习于情韵者类也。

宋兴既久，欧、苏、曾、王之徒，崇奉韩公以为不迁之宗。适会其时，大儒迭起，相与上探邹、鲁，研讨微言。群士慕效，类皆法韩氏之气体，以阐明性道。自元明至圣朝康雍之间，风会略同，非是不足与于斯文之末。此皆习于义理者类也。

乾隆以来，鸿生硕彦，稍厌旧闻，别启涂轨，远搜汉儒之学，因有所谓考据之文。一字之音训，一物之制度，辩论动至数千言。曩所称义理之文淡远简朴者，或屏弃之，以为空疏不足道。此又习俗趋向之一变已。①

东汉至隋之骈文，偏于情韵，悱恻感人是其所长，丰缛寡实是其所短；唐宋至明清之散文，偏于义理，多阐幽造极之语，而弊在激宕失中；乾隆以后之考据文，辨物析名，梳文栉字，意在征实，而袭为破碎。如何能取骈文之情韵气势，而去其丰缛寡实，扬散文之渊懿古雅而补救其柔弱空疏，得考据文之征实精神而弃其繁琐破碎，曾氏常以"自宋以后，能文章者不通小学，国朝诸儒通小学者又不能文章"②为憾，又谓"私窃有志，欲以戴、钱、段、王之训诂，发为班、张、左、郭之文章"③，表现出强烈的熔铸众长、推陈出新的愿望。

曾国藩熔铸众长、推陈出新的愿望，在相当大的程度上，是出于深谙桐城派古文的弊端而欲加以矫正的目的。他认为：宋以后文士好谈义理，文气皆不盛。以古文之体，阐明性道，或体道而文不昌，或能文而道不凝，鲜有文与道并至者。曾氏《与南屏书》论吴敏树《书西铭讲义后》之类的文字，以为"然此等处，颇难于著文。虽以退之著论，日光玉洁，后贤犹不免有微辞。故仆尝称古文之道，无施不可，但不宜说理耳"①。古文不宜说理，主要是指从先秦叙事文体脱胎而来的奇句单行的散体之文，长于叙述，而短于持论。古文尚渊懿而不足载议论辨驳纵横捭阖之辞，古文贵雅洁而不足显恢宏博奥抑扬抗坠之节。说理讲求周严精当，而古文则别求文境与情致。曾氏论刘蓉之作云：

> 大著《游江》二首，以义理言则多精当，以文字言终少强劲之气。自孔孟以后，惟濂溪《通书》、横渠《正蒙》，道与文可谓兼至交尽。其次如昌黎《原道》、子固《学记》、朱子《大学序》寥寥数篇而已。此外则道与文竟不能不离而为二。鄙意欲发明义理，则当法《经学》《理窟》及各语录札记，欲学为文，则当扫荡一副旧习，赤地新立，将前此所业，荡然若丧其所有，乃始别有一番文境。望溪所以不得入古人之闲奥者，正为两下兼顾，以致无可怡悦。②

发明义理与欲学为文，各有本源，各有途径。不善兼取者足以相害，

---

① 曾国藩：《复吴敏树》，《曾国藩全集》第二十三册，长沙：岳麓书社 2011 年版，第 331 页。

② 曾国藩：《致刘蓉》，《曾国藩全集》第二十二册，长沙：岳麓书社 2011 年版，第 587 页。

善于兼取者方能相得益彰。要避免方苞两下兼顾、无可怡悦的尴尬，避免桐城派文以虚义相演的空疏之病，则应在推重义理、推尊德行之外，增添新新民和道问学的内容，使之关心经世要务，摭谈当代掌故，虚实相济，体用兼顾，义理、经济、辞章、考据并行不悖而渐入于圣人之道。曾国藩在《劝学篇示直隶士子》论为学之述曰：

> 为学之术有四，曰义理、曰考据、曰辞章、曰经济。义理者，在孔门为德行之科，今世目为宋学者也。考据者，在孔门为文学之科，今世目为汉学者也。辞章者，在孔门为言语之科，从古艺文及今世制义诗赋皆是也。经济者，在孔门为政事之科，前代典礼政书及当世掌故皆是也。[1]

这四种为学之术中，以义理之学最有切于身心，义理之学与经济之学又本末相连，密不可分：

> 苟通义理之学，而经济该乎其中矣。程朱诸子遗书具在，曷尝舍末而言本？遗新民而专事明德？观其雅言，推阐反复而不厌者，大抵不外立志以植基，居敬以养德，穷理以致知，克己以力行，成物以致用。义理与经济，初无两术之可分，特其施功之序详于体而略于用耳。[2]

立志、养德、穷理为义理之学，力行、致用则为经济之学。义理之学

---

① 曾国藩：《劝学篇示直隶士子》，《曾国藩全集》第十四册，长沙：岳麓书社2011年版，第486页。
② 曾国藩：《劝学篇示直隶士子》，《曾国藩全集》第十四册，长沙：岳麓书社2011年版，第487页。

明德，是为体；经济之学新民，是为用。义理之学修之于身，经济之学济之于世。义理与经济之学，囊括了"修齐治平"的基本道理和内容。"然后求先儒所谓考据者，使吾之所见，证诸古制而不谬。然后求所谓辞章者，使吾之所获达诸笔札而不差。"四术并举，"其文经史百家，其业学问思辨，其事始于修身，终于济世"，则渐入圣人之道而指日可待。

桐城派自方苞"学行程朱、文章韩欧"行身祈向的确立，至姚鼐"义理、考据、辞章兼用相济"观点的提出，再至姚门弟子对立德、立功、立言关系的讨论，都带有鲜明的时代印痕，显示出桐城派不断发展、探索的过程。曾国藩私淑姚鼐，雅好古文，对桐城派文气势偏弱、取径狭窄、禁忌繁多，不长于持论而以虚义相演的弊端有切肤之痛，从而主张广开取范途径，打破骈散奇偶的界线，破除行文禁忌，增加古文的气势、容量与表现力，充实古文的表现内容，使之虚实相济，体用兼顾，从局促狭小之处走向议论抒情的更广阔的天地。曾氏于审美情趣与风格之外，在审美识度上也表现出对桐城派文的改造意向。

曾国藩的审美情趣与识度，及对桐城派的改造意向，还集中地表现在对《经史百家杂钞》的编选上。桐城派古文学习范本中影响最大的是姚鼐所编选的《古文辞类纂》。姚选去取精严，入选作品以《战国策》、两汉散文、唐宋八大家及归有光、方苞、刘大櫆等为主，其中不载六经、诸子之文，也"不载史传，以不可胜录也"，所选辞赋，"不取六朝人，恶其靡也"。[①] 曾国藩于姚选十分看重，以为"桐城姚姬传郎中鼐所选《古文辞类纂》，嘉道以来，知言君子群相推服，谓学古文者，求诸是而足矣。国藩服膺有年"[②]。但同时也感到姚选取范取径过窄，尤其是不载经、史、诸子之文，令人有遗珠

---

① 姚鼐：《古文辞类纂序目》，《古文辞类纂》，北京：中华书局 2022 年版，第 3、21 页。

② 曾国藩：《求阙斋读书录》，《曾国藩全集》第十五册，长沙：岳麓书社 2011 年版，第 401 页。

之憾。他于是在 1860 年前后动手编选《经史百家杂钞》，并在《经史百家杂钞题语》中述及编选宗旨以及此选不同于姚选之处：

> 村塾古文有选《左传》者，识者或讥之。近世一二知文之士，不复上及六经，以云尊经也。然溯古文所以立名之始，乃由屏弃六朝骈俪之文，而返之于三代两汉。今舍经而降以相求，是犹言孝者，敬其父祖而忘其高曾，言忠者曰：我家臣耳，焉敢知国？将可乎哉！余钞纂此编，每类必以六经冠其端，涓涓之水，以海为归，无所于让也。姚姬传氏撰次古文，不载史传，其说以为"史多，不可胜录也"。然吾观其奏议类中录《汉书》至三十八首，诏令类中录《汉书》三十四首，果能屏诸史而不录乎？余今所论次，采辑史传稍多，命之曰《经史百家杂钞》云。[1]

至于文体的分类，姚选分古文辞为十三类，曾选则合并删削为九类，另立叙记、典志两类，共十一类。别为著述、告语、记载三门。著述门包括论著、词赋、序跋；告语门包括诏令、奏议、书牍、哀祭；记载门包括传志、叙记、典志、杂记。

曾国藩《经史百家杂钞》的编选，弥补了姚鼐《古文辞类纂》不载经史的缺憾，持论取舍较姚选更为宏通合理。涵茹经史，浸润百家，广收而博取，无疑有益于古文写作。但应该承认，姚选与曾选在编纂目的上是有所不同的。姚选意在通过编选的取舍，建立由方、刘而上承八家的古文传统，诏来者以途径，选辞务择雅洁，以神理气味格律声色为标的。曾选意在于姚选的基础上，拾遗补阙，扩大古文的取范范围，增加古文的气势、容量和表现

---

① 曾国藩：《经史百家杂钞题语》，《曾国藩全集》第十四册，长沙：岳麓书社 2011 年版，第 225 页。

能力，求雅之外而务求有用，文学之外而旁及政事。

　　曾国藩在对桐城派文改造意向和《经史百家杂钞》的编选中所表现出的审美情趣和审美识度，是咸同之际桐城派中兴的基础。曾氏对雄奇瑰玮风格的崇尚，使桐城派文有可能从气势屡弱局促狭小的规模中走出，去表现重大题材与复杂情感。曾氏于义理、辞章、考据之外，特别标出经济，则使侈谈义理、以虚义相演的桐城派文走向讨论经世要务，撼谈当代掌故，虚实相济，体用兼顾的天地。曾国藩是一个处在传统与现实的夹缝之中，充满极大的思想矛盾和人格分裂的复杂人物。特殊的政治际遇，把他推上了同治"中兴"名臣的地位。他以煊赫的政治地位，在桐城派四面楚歌、山穷水尽之时，援之以手，使其大旗不倒，对桐城派的改造，也便成为其中兴事业的一部分。对于桐城派的古文理论，曾国藩是十分熟悉的，他以精处、粗处、阳刚阴柔论文，重视古文的讽诵之功，都可以看出桐城派古文理论的影响。正是由于熟谙桐城派文的长处与弊端，曾氏才有可能对症下药，因势利导，使桐城派文克服自身的弱点，走向更广阔的发展天地。曾国藩事功、文章名噪一时，随其治古文辞而被称作曾门四弟子的张裕钊、吴汝纶、黎庶昌、薛福成，师法曾氏之论与曾氏之文，至他们的出现，曾氏对桐城派文改造的意向才得以落实。由于曾氏及曾氏弟子在审美情趣、审美识度与行文风格与方、刘、姚有一定区别，后人以曾国藩为湖南湘乡人，而别称之为湘乡派。李详《论桐城派》一文言及湘乡派云：

　　　　至道光中期以后，姬传弟子仅梅伯言郎中一人，同时好为古文者，群尊郎中为师，姚氏之薪火，于是烈焉。复有朱伯韩、龙翰臣、王定甫、曾文正、冯鲁川、邵位西、余小坡之徒，相与附丽，俨然各有一桐城派在其胸中。伯言亦遂抗颜居之不疑。逮曾文正为《欧阳生文集序》，复畅明此旨，昭昭然若揭日月。文正功勋莫二，又为文章领袖，其说一出，有违之者，惧为非圣无法。

不知文正此序，乃借为文章波澜，不意举世尊之若此。惟巴陵吴氏具有先见，作书与文正，力自剖别。文正即答书，许其摘免，虽为相戏之言，其情固输服矣。文正之文，虽从姬传入手，后益探源扬、马，专宗退之，奇偶错综，而偶多于奇，复字单义，杂厕相间，厚集其气，使声采炳焕，而戛焉有声，此又文正自为一派，可名为湘乡派，而桐城久在祧列。其门下则有张廉卿裕钊、吴挚甫汝纶、黎莼斋庶昌、薛叔耘福成，亦如姬传先生之四大弟子，要皆湘乡派中人也。①

至湘乡派的形成，桐城派的发展进入一个新的时期。


# 第四节　复归期的桐城派


随曾国藩治文辞的张裕钊、吴汝纶、黎庶昌、薛福成，都是因文得知于曾氏，而被延入幕府的，世称"曾门四弟子"。

曾门四弟子中，年齿最长，客曾氏幕府中最早的是张裕钊。张裕钊（1823—1894），字廉卿，湖北武昌人。《清史稿·文苑传》叙张氏与曾国藩之文缘道：

（裕钊——引者）少时，塾师授以制举业，意不乐。家独有

---

① 李详：《论桐城派》，《中国近代文学大系·文学理论集》，徐中玉主编，上海：上海书店2012年版，第526页。

《南丰集》，时时窃读之。咸丰元年举人，考授内阁中书。曾国藩阅卷赏其文，既来见，曰："子岂尝习子固文耶？"裕钊私自喜。已而国藩益告以文事利病及唐宋以来家法，学乃大进，悟前此所为犹凡近，马迁、班固、相如、扬雄之书，无一日不诵习。[①]

张裕钊既以文得知于曾国藩，而曾氏亦以门生视之。1858年，曾国藩在家乡为父治丧事毕，重新督军，对古文辞之兴趣日趋浓厚。文章书札中，论及古文之处明显增多。次年三月，曾国藩在与张裕钊的信中，嘱"熟读扬、韩各文，而参以两汉古赋"，以救"笔力稍患其弱"[②]之短。九月，曾氏至武昌，在公事闲暇之中，与张裕钊论学谈文，甚为惬意。曾氏《日记》中连续记载："张廉卿于午刻及夜间来船痛谈古文，喜吾学之有同志者，忻慰无已。"[③]"张廉卿来，与之论古文颇邕。"[④]"午初小睡，旋与廉卿论国朝诸大儒优劣……廉卿近日好学不倦，作古文亦极精进，余门徒中可望有成就者，端推此人。临别依依，余亦笃爱，不忍舍去。"[⑤]张裕钊《与黎莼斋书》中自言："裕钊自惟生平于人世都无所嗜好，独自幼酷喜文事。"因而决心"捐弃一世华靡荣乐之娱，穷毕生之力，苦形瘁神，以徼幸于或成或不成，或传或

---

① 赵尔巽等：《张裕钊传》，《清史稿·文苑传》卷四八六，北京：中华书局1977年版，第13442页。

② 曾国藩：《加张裕钊片》，《曾国藩全集》第二十三册，长沙：岳麓书社2011年版，第124页。

③ 曾国藩：《曾国藩日记》咸丰九年九月初三日，《曾国藩全集》第十六册，长沙：岳麓书社2011年版，第466页。

④ 曾国藩：《曾国藩日记》咸丰九年九月初七日，《曾国藩全集》第十六册，长沙：岳麓书社2011年版，第468页。

⑤ 曾国藩：《曾国藩日记》咸丰九年九月初八日，《曾国藩全集》第十六册，长沙：岳麓书社2011年版，第468页。

不传之数"，"又遑遑校量于我生前与身后之赢失而为之进退哉"？①1871年，曾国藩再督两江，裕钊被招致主讲席于江宁书院。次年曾氏去世后，裕钊复主湖北、直隶、陕西各书院。裕钊谋入陕西时，已垂垂老矣，吴汝纶《答余寿平》书中议论此事道："今武昌张廉卿，海内硕儒也。在鄂不合，流转襄阳。今闻将有入秦之举。此君年七十而入关谋生，盖亦无术自给，出此下策。"②由此也可见裕钊晚境。《清史稿》传云："国藩既成大功，出其门者多通显。裕钊相从数十年，独以治文为事。"③著有《濂亭文集》。门下士最知名者有范当世、朱铭盘。

曾门四弟子中的黎庶昌是同治二年（1863）三月投效曾氏幕府的。黎庶昌（1837—1897），字莼斋，贵州遵义人。庶昌出生于一个世代书香的家庭，祖父黎安理、伯父黎恂都是读书人，黎家父子两代苦心经营所建的锄经楼，藏书富甲黔中。贵州名士郑珍、莫友芝都曾从黎恂读书，黎恂为郑珍大舅，并以长女配郑珍。黎庶昌少从伯父及表兄郑珍问学，学诗法与古文，慨然有济世之志。他在《答李勉林观察书》中回忆道："庶昌方十七八岁时，读古人之书，即思慕古人之为，思以瑰伟奇特之行，震襟更一世。"咸丰四年（1854），黎庶昌与莫友芝小妹完婚。咸丰十一年秋（1861）至京师，应乡试，不中，次年应诏上书言时政，条举国家利病，上谕破格以廪贡生授知县，发交曾国藩军营差遣委用。黎庶昌入曾国藩幕府时，莫友芝也被曾氏待之以宾师之礼。曾国藩知黎庶昌为郑珍学生、莫友芝亲戚，格外垂青，纳入门下，协办文事。同治九年（1870）署理吴江、青浦县。光绪二年（1876），

---

① 张裕钊：《与黎莼斋书》，《张裕钊诗文集》文集·卷四，王达敏校点，上海：上海古籍出版社2007年版，第80—81页。

② 吴汝纶：《答余寿平》，《吴汝纶尺牍》第一卷，徐寿凯、施培毅校点，合肥：黄山书社1990年版，第41页。

③ 赵尔巽等：《张裕钊传》，《清史稿》卷四八六，北京：中华书局1977年版，第13442页。

郭嵩焘出使英国，黎庶昌调充参赞，此后五年间，历任英、德、法、西班牙等国参赞，游历十余个国家，写成《西洋杂志》一书，纪叙见闻行迹。光绪七年（1881）三月，清廷擢升黎庶昌为记名道员，赏给二品顶戴。之后，两次出使日本，先后七年有余。在日本以余暇读书治学，编印撰述，刊印《古逸丛书》《续古文辞类纂》《黎氏家集》等著作多种。他的《拙尊园丛稿》中的文章，也大半写于此时。光绪十七年（1891），黎庶昌任四川川东兵备道道员，二十三年（1897）病逝于家乡。

曾门四弟子中的薛福成、吴汝纶是于同治四年（1865）结识曾国藩的。薛福成（1838—1894），字叔耘，号庸庵，江苏无锡人。父薛湘，曾任湖南安福、石门、新宁县令，在太平军进攻湘南时守境有功，超迁浔州知府，未及上任而病逝，与曾国藩有文字之交。同治四年，曾国藩以钦差大臣督师攻剿捻军，率军北上时，在沿途遍贴招纳贤才的榜文。薛福成见榜文后，写下万余言的《上曾侯书》，在曾氏座船沿运河途经宝应时，由大哥薛福辰陪同，冒雨谒见，上书舟次。曾氏在当天的日记中记曰："阅薛晓帆之子薛福成所递条陈，约万余言，阅毕嘉赏无已。"[①]福成遂参曾国藩戎幕。此后三年，中副贡生，再三年，随曾国藩调任直隶总督而至保定。并参与天津教案的处理。曾国藩去世后，薛福成帮助料理了丧事，任职于苏州书局。光绪元年（1875），薛福成应诏陈言，上"治平六策"和"海访密议十条"，引起朝野注目。是年，薛福成入李鸿章的北洋戎幕，执掌文案，襄助政务。十年后，实授宁绍道台，始着手编辑《庸庵文编》及《续编》。光绪十四年（1888），升湖南按察使，未及上任而改任为出使英、法、意、比大臣，赏给二品顶戴。出使期间，薛福成勇于任事，勤于笔耕，为清廷所赏识，越次升补为左副都御史。光绪十九年（1894）夏归国，未及叙职而病逝于上海。

---

① 曾国藩:《曾国藩日记》同治四年闰五月初六，《曾国藩全集》第十八册，长沙:岳麓书社 2011 年版，第 178 页。

吴汝纶（1840—1903），字挚甫，安徽桐城人。同治四年（1865）进士，用内阁中书。曾国藩奇其文，奏调改外，留幕府。曾氏同治四年十月十五日《日记》记曰："中饭后至幕府畅谈，吴汝纶来久谈。吴，桐城人，本年进士，年仅二十六岁，而古文、经学、时文皆卓然不群，异材也。"吴汝纶才高气傲，以汉代祢衡相拟。旋调直隶，同治九年又随曾国藩回江南，次年出补深州知州。丁外内艰，服除，光绪六年补冀州，自言于友人道："若弟则久无大志，陆沉州县之职，心诚乐而甘之，不愿稍复干进。此非矫语廉退，实阅世已久，自知才不足有为于时，又不甘以庸人自处，故以下位藏短，虽不称职，而害不及远。"①吴汝纶以为："转移风气，以造就人才为第一。"②其官深、冀两州，以兴学为先务。自光绪十五年（1889）起，继张裕钊后，他主讲保定莲池书院，执教多年，弟子甚众。光绪二十八年（1902），筹建京师大学堂，吏部尚书张百熙荐吴汝纶为总教习，汝纶先自请至日本考察学政。归国后乞假省墓，回桐城兴办小学堂，规制粗立，遽以疾卒。

光绪十年（1884），在宁绍道台任上的薛福成，回忆参曾国藩戎幕时的经历，作《叙曾文正公正幕府宾僚》一文，文中描叙曾氏幕府宾僚之盛况云：

> 昔曾文正公奋艰屯之会，躬文武之略，陶铸群英，大奠区宇，振颓起衰，豪彦从风，遗泽余韵，流衍数世，非独其规恢之宏阔也。盖其致力延揽，广包兼容，持之有恒，而御之有本。是以知人之鉴，为世所宗。而幕府宾僚，尤极一时之盛云。③

---

① 吴汝纶：《答程羲之》，《吴汝纶尺牍》第一卷，徐寿凯、施培毅校点，合肥：黄山书社1990年版，第17页。
② 吴汝纶：《答薛叔耘》，《吴汝纶尺牍》第一卷，徐寿凯、施培毅校点，合肥：黄山书社1990年版，第21页。
③ 薛福成：《叙曾文正公正幕府宾僚》，《黎庶昌全集》，黎铎、龙先绪点校，上海：上海古籍出版社2015年版，第5117—5118页。

薛文将曾氏开府前后二十年所参与幕府的宾僚开列出八十三人，而分属以四个类别：一是"凡从公治军书，涉危难、遇事赞画者"，计二十二人，向师棣、黎庶昌、吴汝纶列名于此类。二是"凡以他事从公，邂逅入幕，或骤致大用，或甫入旋出，散之四方者"，计二十二人。三是"凡以宿学客戎幕，从容讽议，往来不常，或招致书局，并不责以公事者"，计二十六人，吴敏树、张裕钊、莫友芝、俞樾、方宗诚、王闿运等侧身其间。四是"凡刑名、钱谷、盐法、河工及中外通商诸大端，或以专家成名，下逮一艺一能，各效所长者"，计十三人。薛文称赞曾国藩惟人才是举，幕府为人才荟萃之地云：

> 惟公遭值世变，一以贤才为夷艰定倾之具。其取之也，如大匠之门，自文梓楩楠以至竹头木屑之属无不储。其成之也，始之以规矩绳墨，继之以斧斤锥凿，终之以磋磨文饰。其用之也，则楶栋榱桷，根阑居楔，位置悉中度程。人人各如其意去，斯所以能回乾坤而变风气也。
>
> 昔公尝以兵事、饷事、吏事、文事四端，训勉僚属，实已囊括世务，无所不该。幕僚虽专司文事，然独克揽其全。譬之导水，幕府则众流之汇也；譬之力稼，幕府则播种之区也。故之得才尤盛。即偶居幕府，出而膺兵事、饷事、吏事之责者，罔不起为时栋，声绩隆然。[①]

曾门四弟子以文字得知于曾国藩，都在年轻气盛、才华未及展露之时，日后各有所成就，而无不将在曾氏幕府中的阅历看得十分重要，十分珍贵。

---

① 薛福成：《叙曾文公正幕府宾僚》，《黎庶昌全集》，黎铎、龙先绪点校，上海：上海古籍出版社2015年版，第5120页。

吴汝纶《题玉露禅院》回忆初从曾军于玉露禅院时的情景道：

> 始吾在是庵，公事稀简，日从文正诸客娱遨。每饭罢，辄连镳走马，始出皆垂策缓行，已忽纵辔怒驰，争先斗捷，取独出绝尘为快。有坠马者，则皆跷足回旋，丛集而哗笑之。是时，诸客中吾年最少，意气之盛，岂复有度量。[①]

薛福成为黎庶昌《拙尊园丛稿》作序，回忆初入幕府与黎君相识，曾氏以文事相勉励时的情景道：

> 越二年，余入曾文正公幕府。文正告余，幕中遵义黎君暨溆浦向师棣伯常可交也。余始与二君以学业相趾镞。伯常志豪才健，不幸遘疾以没。莼斋恂恂如不胜衣，而意气迈往，若视奇绩伟勋，可掉契致。文正意不谓然，顾时时以文事奖勉僚属，一见许余有论事才，谓莼斋生长边隅，行文颇得坚强之气，锲而不舍，均可成一家言。
>
> 居常诲人，以为将相者，天下公器，时来则为之，虽旋乾转坤之功，邂逅建树，无异浮云变幻于太虚，怒涛起灭于沧海，不宜婴以成心。文者，道德之钥、经济之舆也。自古文周孔孟之圣，周程张朱之贤，葛陆范马之才，鲜不借文以传。苟能探厥奥妙，足以自淑淑世，舍此则又何求？
>
> 当是时，幕府豪彦云集，并包兼罗。其治古文辞者，如武昌张裕钊廉卿之思力精深，桐城吴汝纶挚甫之天资高隽，余与莼斋

① 吴汝纶：《题玉露禅院》，《吴汝纶文集》卷二，朱秀梅校点，上海：上海古籍出版社 2017 年版，第 102—103 页。

咸自愧弗逮远甚。①

对"意气迈往，若视奇绩伟勋，可捩契致"的年青幕僚，告之以将相功名为天下公器，奇绩伟勋如太虚浮云变幻莫测，两者均在可遇而不可求之列。惟文章之事，为道德之钥，经济之舆，近可安身立命，远可传世惠人，足以自淑淑世。曾国藩对门生弟子以文事相勉励，正是出于"坚车行远"的考虑。曾氏同治四年、五年的日记中，常有早、午饭后，"与幕府畅谈"的记载，"畅谈"除兵事、饷事、吏事之外，"文事"也是重要的话题，沙场论文，自有其雅趣。薛福成在《跋曾文正公手书册子》中记曰：

> 犹忆乙丑丙寅间从文正淮北军次，是时同在幕府者若独山莫友芝子偲、嘉兴钱应薄子密、武进刘翰清开生、黟程鸿诏伯敷、溆浦向师棣伯常、遵义黎庶昌莼斋、东湖王定安鼎丞、桐城方宗诚存之、吴汝纶挚甫，皆一时豪俊。文正每治军书毕，必与群宾剧谈良久，隽词闳议，涛海焱至，间以识略文章相勖勉。或长日多暇，则索书之纸，杂陈几案，人人各餍其意去。②

黎庶昌甚至将与曾国藩的主、僚关系视若师之于徒，父之于子。其《祭曾文正公文》云：

> 始吾读书识字尝欲抗志夫先哲，而如幽乏烛，无以辨于学术之歧。自遇公而始有师，以为世不复见孔子，见公则亦庶几。自余之

---

① 薛福成：《拙尊园丛稿序》，《黎庶昌全集》，黎铎、龙先绪点校，上海：上海古籍出版社 2015 年版，第 29—30 页。

② 薛福成：《跋〈曾文正公手书册子〉》，《庸庵文编》卷三，无锡薛氏传经楼光绪十三年（1887）刻本，第 17 页。

从公军，时方屯寨，追随往复，遂已十年及兹，分则僚属，而其饮食教诲，不厌不倦于我者，视犹如子，窃比回、路之于仲尼。[①]

对于曾国藩的古文成就，曾门弟子津津乐道于曾氏"扩姚氏而大之，并功、德、言为一途"的贡献，并将曾氏视为文统之传人。黎庶昌《续古文辞类纂叙》论曰：

文章之道，莫大乎与天下为公，而非可用一人一家之私议。自刘向父子总《七略》，梁昭明太子集《文选》而后，先古文章始有所归。宋欧阳氏表章韩愈、明茅顺甫录八家而后斯文之传若有所属。姚先生兴于千载之后，独持灼见，总括群言，一一衡量其高下，铢黍之得，毫厘之失，皆辨析之，醇驳较然，由是古今之文章，谬悠殽乱，莫能折衷一是者，得姚先生而悉归论定。即其所自造述，亦浸淫近复于古。然百余年来，流风相师，传檀赓续，沿流而莫之止，遂有文敝道丧之患。至湘乡曾文正公出，扩姚氏而大之，并功、德、言为一途，挈揽众长，轹归掩方，跨越百氏，将遂席两汉而还之三代，使司马迁、班固、韩愈、欧阳修之文绝而复续，岂非所谓豪杰之士、大雅不群者哉？盖自欧阳氏以来，一人而已。[②]

以"扩姚氏而大之"评价曾国藩，便意味着不但要讲曾氏对桐城派古文理论之发展，还应注意其继承。黎庶昌《续古文辞类纂叙》以为，曾氏古

---

① 黎庶昌：《祭曾文正公文》，《黎庶昌全集》卷四，黎铎、龙先绪点校，上海：上海古籍出版社 2015 年，第 215 页。
② 黎庶昌：《续古文辞类纂叙》，《拙尊园丛稿》卷二，北京：朝华出版社 2017 年版，第 89—90 页。

文之学，得之于桐城，而大之于桐城：

> 曾氏之学盖出于桐城，固知其与姚先生之旨合，而非广己于不可畔岸也。循姚氏之说，屏弃六朝骈俪之习，以求所神理、气味、格律、声色者，法愈严而体愈尊。循曾氏之说，将尽取儒者之多识格物、博辨训诂一内诸雄奇万变之中，以矫桐城末流虚车之饰。其道相资无可偏废。[①]

姚氏之说，在于循神理气味格律声色之律以求体尊；曾氏之说，在于取多识格物、博辨训诂一内诸雄奇变化。曾氏之学出于桐城而大于桐城，法严体尊与雄奇变化之道相得益彰。薛福成在《寄龛文存序》中论桐城之学与曾氏之学，持论与黎庶昌大体近似：

> 国朝康雍之间，桐城方望溪侍郎独以朴学治古文辞，继明归震川氏，以上接韩、欧阳之绪，至乾隆中期而姬传姚先生踔起，先生亲受业望溪弟子刘君大櫆及其世父编修君范。其论古文曰义理、考据、辞章三者缺一不可，一时著籍门下高第弟子各以所习相传授，自淮以南，上溯长江，西至洞庭、沅澧之交，东尽会稽，南逾服岭，言古文者必宗桐城，号桐城派。其渊源所渐远矣。厥后流衍益广，不能无窳弱之病，曾文正公出而振之。
>
> 文正一代伟人，以理学经济发为文章，其阅历亲切，迥出诸先生上。早尝师义法于桐城，得其峻洁之诣。平时论文必导源六经、两汉，而所选《经史百家杂钞》，搜罗极博，《文选》一书，

---

① 黎庶昌：《续古文辞类纂叙》，《拙尊园丛稿》卷二，北京：朝华出版社 2017 年版，第 90 页。

甄录至百余首。故其为文，气清体闳，不名一家，足与方姚诸公并峙。其尤峣然者，几欲跨越前辈。

余谓自桐城派盛行而海内假托者亦众，近世高材生言古文者，或遂厌弃桐域。然以文正之贤，不能不取义法于桐城，继乃扩充，以极其才。然则桐城诸老所讲义法，虽百世不能易也。[①]

桐城古文之学，上承韩欧之绪，下传百年之盛，为文章之坦道正途。曾国藩得桐城峻洁之诣，师义法之学，而论文复导源六经、两汉，广收博取，转益多师，此可谓"扩姚氏而大之"；曾国藩戎马生涯，中兴名臣，其以理学经济发为文章，振刷桐城末流虚车窳弱之病，此又可谓"并功、德、言于一途"。吴汝纶代李鸿章所作《曾文正公神道碑》概括曾国藩之学问宗旨云：

公为学研究义理，精通训诂，为文效法韩、欧而辅益之以汉赋之气体，其学问宗旨以礼为归，尝曰："古无所谓经世之学也，学礼而已。"于古今圣哲自文周孔孟下逮国朝顾炎武、秦蕙田、姚鼐、王念孙诸儒，取卅有二人图其像而师事之，自文章政事外，大抵皆礼家言。[②]

所谓"礼家言"盖指经世之学。黎庶昌论及立功、立德、立言及曾氏幕府中以经世、躬行相尚之风气云：

古之君子无所谓文辞之学，所习者经世要务而已。后儒一切

---

① 薛福成：《寄龛文存序》，《中国近代文学大系·文学理论集》，徐中玉主编，上海：上海书店 2012 年版，第 453 页。

② 吴汝纶：《神道碑》，《曾国藩年谱》附录，长沙：岳麓书社 2017 年版，第 424 页。

废弃不讲，专并此心与力于文辞，取涂已陋，而其所习，又非古人立言之谓。举天下大事，芒昧乎莫赞其一辞。道光末年，风气蘮然，颓放极矣。湘乡曾文正公始起而正之，以躬行为天下先，以讲求有用之学为僚友劝。士从而与之游，稍稍得闻往圣昔贤修己治人平天下之大旨。而其幕府辟召，皆极一时英隽，朝夕论思，久之窥见本末，推阐智虑，各自发摅，风气至为一变。故其成就，上者经纶大业，翊赞中兴，次则谟谋帷幄，下亦不失为圭璧自饬，谨身寡过之士。①

义理、经济并举，以经济充实义理；立功立德立言，以立言载功德不朽。受曾氏"坚车行远"论的影响，曾门弟子渴望建立功业，参与经世要务，而同时并不鄙薄文字锻炼功夫。曾门四弟子中，薛福成、黎庶昌的经历更为相似。两人少有凌云之志，科举不第，以上书言事获知而入曾氏幕府，思以瑰伟奇特之行独立于世，"雅不欲以文士自期，亦遂不以此期诸僚友"②，而以经国济世之才自任，孜孜而求达济天下。黎庶昌《答李勉林观察书》言明心志曰：

> 吾闻之君子之仕也，将以行道验所学而已。道足以拯天下，虽皇皇日求登进而贤哲不以为非；学足以究天人，虽汲汲以赴功名而反躬不以自耻。无他，为有所济也。故曰：隐居以求其志，行义以达其道，穷则独善其身，达则兼济天下。道如是，是亦足矣。③

---

① 黎庶昌：《庸庵文编序》，《拙尊园丛稿》卷四，北京：朝华出版社2017年版，第271—272页。
② 黎庶昌：《青萍轩遗稿序》，《拙尊园丛稿》卷四，北京：朝华出版社2017年版，第268页。
③ 黎庶昌：《答李勉林观察书》，《拙尊园丛稿》卷二，北京：朝华出版社2017年版，第100页。

以"行道验所学"解释求登进、赴功名之行为，则不以为非，不以自耻，黎庶昌复言对因文见道说之笃信云：

> 本朝人喜言考据，然其学在今日实已枝搜节解，无剩义可寻。骛而不已，诚不免于破碎害道之讥。惟独文章一事，余意以为尚留未尽之境以待后人。而因文见道之说，仆尤笃信不惑。①

薛福成与其弟福保，亦以夷艰泽世者自期，而又以古文辞相尚。薛福成在《季弟遗集序》中记与福保手足之情与文章之交云：

> 余少与季怀（福保——引者）以问学相切劘。季怀好攻古文辞，潭思不辍。余诘以时变方殷，士无论遇不遇，当蕲以有用之学表见于时，胡为矻矻于文艺之末。季怀曰："不然，夫文之至者通乎道，古文于文体最尊，且自古夷艰泽世之伟人，无文不行。如贾谊之疏，董仲舒之策，诸葛武侯《出师表》，陆宣公《奉天改元大赦制》。其所以斡旋世运、鼓动伦类者，独非文章之力邪？而贱之也。"余乃稍稍致力古文辞，季怀亦渐讲经世学，凡余所观之书无不观。
>
> 其后，余佐曾文正公幕府，携季怀同往，闻公论文之旨，以谓圣门四教冠以文。文者，道德之钥，而经济之舆也。故其尚论古今，与求贤之法，一以文为之的。而幕府之得人独盛，凡魁闳瑰玮能文之士，辐辏并进，余与季怀颇得广所未闻，讲明涂径，而为之益劬。

---

① 黎庶昌：《答赵仲莹书》，《拙尊园丛稿》卷二，北京：朝华出版社2017年版，第96—97页。

季怀阅事久，识益精，文亦日益进。顾其神蕴超迈，不多为文，偶有撰述，必与余互视数千里外。余每叹其高夐幽澹沈寥之境，非可强几也。然至掎摭利病，考核古义，苟有所疑，只字片语，必雠勿贷。季怀之于余文也亦然。余与季怀有闻辄改，虽四五易稿不厌也。[①]

薛福成、黎庶昌志在功名而勤于文事。他们对曾国藩之事业人格、学术文章佩服由衷，因而努力师法其古文之理论，践履其指点之门径，甚至对曾氏之文章，也时时有揣摩摹仿之意。薛福成1893年所作《出使四国奏议序》云：

奏议，古文之一体也。昔曾文正公选钞奏议，宗贾长沙、陆宣公、苏文忠三家……夫长沙究利害，宣公研义理，文忠审人情，三家各有深诣，文正宗之，允矣。窃又以谓文正奏疏，参用近时奏疏之式，运以古文峻洁之气，实为六七百年来奏疏绝调。每欲汰幕客代拟之作，专存文正手笔，汇钞数卷，私资揣摩，卒卒未果，然奏疏一体，前作三家，后则文正，皆福成所服膺弗失者也。[②]

薛福成作此文时，距曾氏去世已二十余年。追根而寻源，仍于曾氏眷恋不忘。曾国藩所作之文，多由黎庶昌抄录存稿。同治九年，曾国藩被派往天津处理教案，为曾纪泽预留遗嘱谓："余所作古文，黎莼斋抄录颇多，顷

---

①　薛福成：《季弟遗集序》，《薛福成选集》，丁凤麟、王欣之编，上海：上海人民出版社1987年版，第181页。

②　薛福成：《〈出使四国奏议〉序》，《薛福成选集》，丁凤麟、王欣之编，上海：上海人民出版社1987年版，第512页。

渠已照抄一份寄余处存稿。此外黎所未抄之文寥寥无几。"①曾氏去世后，福成与庶昌渐渐成为名满天下的洋务要员，但仍乐于编述而不疲。薛福成任绍宁道台时，编定《浙东筹防录》《庸庵文编》及《续编》《外编》。出使海外期间，几乎终日伏案，写作了大量的奏疏、文章及日记，向朝廷及国人报告所见所闻、建议感想，介绍域外风俗人情、政治文化。黎庶昌出使英、德、法、西班牙四国参赞时，作《西洋杂志》，收入游记性散文八十余篇。两度出使日本，编成《古逸丛书》二百卷与《续古文辞类纂》二十八卷，成《拙尊园丛稿》六卷。黎庶昌光绪十四年在驻日本使署为薛福成《庸庵文编》作序，谓"是编所载……皆所谓经世要务，当代掌故得失之林也"。②特别是对《庸庵文编》中"尤拳拳于曾文正公之德之业，反复称述，乐道不厌"，甚为赞赏，以为"盖自公没已十七年，乡之同事诸贤，存世无几，流风余韵，渐就淹没，几无复有能言者，得是编而轶事遗闻，网罗无阙"。③薛福成光绪十九年在驻英使署为黎庶昌《拙尊园丛稿》作序，回忆曾氏幕府中与庶昌等人初识，闻曾文正"文者，道德之钥，经济之舆"之言，以功业、道德、文章相互勉励之情景，又证之以二十余年之阅历，深感"文正之论，实不我欺"。④黎庶昌《庸庵文编序》中论薛氏之文，以为"叔耘辞笔醇雅，有法度，不规则于桐城论文，而气息与子固、颍滨为近"。⑤薛福成《拙尊园丛稿序》中称庶昌之文"恪守桐城义法，其研事理、辨神味，则以求阙斋

① 曾国藩：《谕纪泽纪鸿》，《曾国藩全集》第二十一册，长沙：岳麓书社 2011 年版，第 524 页。

② 黎庶昌：《庸庵文编序》，《拙尊园丛稿》卷四，北京：朝华出版社 2017 年版，第 272—273 页。

③ 黎庶昌：《庸庵文编序》，《拙尊园丛稿》卷四，北京：朝华出版社 2017 年版，第 273 页。

④ 薛福成：《〈拙尊园丛稿〉序》，《薛福成选集》，丁凤麟、王欣之编，上海：上海人民出版社 1987 年版，第 510—511 页。

⑤ 黎庶昌：《庸庵文编序》，《拙尊园丛稿》卷四，北京：朝华出版社 2017 年版，第 273 页。

为师"。①

如果将黎、薛两序对照读之，诚可以发见其有意味之处。一是两序皆成之于驻外使署，这一事实本身便是作者功名之业成功的极好证明。从寄人篱下的幕僚而为赏二品顶戴的使官，由办理文案的书生而成佐君折冲的大吏，生平志事，终有所成。二是两序皆对幕府生活、曾氏教诲，念念不敢忘怀，怀旧意绪中，也不无抚今追昔、曾经沧海的感慨和从业名师、亲闻謦欬的骄傲。三是两序中对记载"经世要务、当代掌故"之文的推尚，及对恪守桐城义法而又不以桐城论文之法自限之度的把握，忠实地体现出湘乡派"扩姚氏而大之""并功、德、言于一途"的基本价值观念。

以曾国藩及其弟子为代表的湘乡派文，不再缭绕于性理之陈言及义理、考据、辞章之辨，而是依照以文见道、坚车行远的理论，重在讲求经世要务，记述当代掌故，铺叙文治武功，此所谓"并功、德、言于一途"。湘乡派文重义而不轻诋于法，求雅而不拘泥于洁，其行文风格意欲取方姚之疏畅而去其柔弱，辅以汉赋之气体而脱其板重，讲求义必相辅、气不孤伸而词必己出、简要有序，此所谓"扩姚氏而大之"。湘乡派文脱胎于桐城派文，从"并功、德、言于一途"的角度来讲，带有以政治家、经世家之文取代文学家之文的意味；而从"扩姚氏而大之"的角度来讲，又与桐城派文有着割舍不断的联系。曾门四弟子中，薛福成、黎庶昌之文，属意于"并功、德、言于一途"，而张裕钊之文，则致力于"扩姚氏而大之"。

张裕钊在曾门四弟子中年齿最长。他以文章得知于曾国藩，在曾氏幕府中，处于"以宿学客戎幕，从容讽议，往来不常；或招致书局，并不责以公事者"之属，而未曾像薛福成、黎庶昌、吴汝纶文案于幕府。张裕钊以

① 薛福成：《〈拙尊园丛稿〉序》，《薛福成选集》，丁凤麟、王欣之编，上海：上海人民出版社 1987 年版，第 511 页。

为，"人生只此精力，只此岁年，行歧路者不至，怀二心者无成"①，又以为"学问之道，若义理、考据、辞章之属，其途径至博，其号为专家亦往往而有，独至于古文而能者盖寡"②。因而孜孜以求于古文之道，以文事及授徒穷其一生。张氏自言："裕钊自少时治文事则笃嗜桐城方氏、姚氏之说，常诵习其文，私尝怪雍、乾以来百余年天下文章乃罕与桐城俪者。"③曾国藩读张文，认为"笔势稍患其弱"，告以"熟读扬、韩各文，而参以两汉古赋，以救其短"之语。张裕钊循此语而欲探求以柔笔运刚气之道，其称之为"雅健"。张裕钊论"雅健"云：

> 夫文章之道，莫要于雅健。欲为健而厉之已甚，则或近俗；求免于俗，而务为自然，又或弱而不能振。古之为文者，若左丘明、庄周、荀卿、司马迁、韩愈之徒，沛然出之，言厉而气雄，然无有一言一字之强附而致之者也，措焉而皆得其所安。文惟此最为难。

> 知其难也，而以意默参于二者之交，有机焉以寓其间，此固非朝暮所能企，而亦非口所能道，治之久而一旦悠然自得于其心，是则其至焉耳。至之之道无他，广获而精裛，熟讽而湛思，舍此则未有可以速化而袭取之者也。④

---

① 张裕钊：《覆查翼甫书》，《张裕钊诗文集》濂亭文集·卷四，王达敏校点，上海：上海古籍出版社 2007 年版，第 98 页。

② 张裕钊：《与黎莼斋书》，《张裕钊诗文集》濂亭文集·卷四，王达敏校点，上海：上海古籍出版社 2007 年版，第 80 页。

③ 张裕钊：《吴育泉先生暨马太宣六十寿序》，《张裕钊诗文集》濂亭文集·卷三，王达敏校点，上海：上海古籍出版社 2007 年版，第 71 页。

④ 张裕钊：《答刘生书》，《张裕钊诗文集》濂亭文集·卷四，王达敏校点，上海：上海古籍出版社 2007 年版，第 87—88 页。

雅而振采,气能举其辞;健而自然,辞能达其意。"雅健"之境是张裕钊孜孜探求的为文极地。方、姚之文,雅洁自然而气体失之柔弱;若参以汉赋铺采摛文之气,求健而又易偏于扬厉。如何达到左、庄、荀、迁、韩"沛然而出,言厉而气雄"的境界,可告于人者,惟"广获而精择""熟讽而湛思"而已。"广获"与"熟讽",都是强调在阅读上下功夫,因声而求气,以气载辞与意,庶几可进于雅健之地。

曾门四弟子中,薛福成、黎庶昌致力于事功,且将文字功夫看作行远之坚车,刻意揣摩锻炼,属意于"并功、德、言于一途"。张裕钊孜孜于文事,以著述授徒穷其一生,寻觅以柔笔运以刚气的雅健之道,以补救桐城派文柔弱不振的弊端,属意于"扩姚氏而大之"。四弟子中,后死而对桐城派的发展影响最大的是吴汝纶。吴汝纶在 1894 年三位同门师兄先后去世,又亲历了震撼国人心灵的甲午战争、戊戌变法、庚子事变等历史事件,在洋务运动破产,湘乡派所谓讨论经世要务、摭谈当代掌故之文成为"弃屐"之后,仍然致力于湘乡派文向桐城派文的复归。

吴汝纶入曾国藩幕府前后约六年,得曾国藩推荐补深州知州,后丁忧服阕,入李鸿章幕,因李疏题,例补冀州。汝纶自言:"某自少孤立,无先达相知攀联于时,生平知遇,前惟曾文正,后惟李相(鸿章——引者)。"[1]他在文章书札中,称引曾、李处甚多。吴汝纶不乐久宦,以壮盛之年辞官,继张裕钊之后为保定莲池书院山长。1895 年,李鸿章再次邀吴汝纶入幕,遂因其弟病故而离去。吴汝纶虽不在幕府,但多次表示"国家有大事,弟有所见,必当竭智代谋,沥陈管见,不复守出位妄言之戒"[2],因而,对于政治时局,多有关心,多有议论,而其总体思想认识,局限于中体西用的范围之中。

---

① 吴汝纶:《与陈右铭方伯》,《吴汝纶尺牍》,徐寿凯、施培毅校点,合肥:黄山书社 1990 年版,第 70 页。

② 吴汝纶:《答李季皋》,《吴汝纶尺牍》,徐寿凯、施培毅校点,合肥:黄山书社 1990 年版,第 80 页。

甲午战前十年，吴汝纶为薛福成《筹洋刍议》作序，借薛氏《变法》一章中"今诚取西人器数之学，以卫吾尧、舜、禹、汤、文、武、周、孔之道"之言而阐发道：

> 法不可尽变。凡国必有以立。吾儒也，彼外国者工若商也。儒虽贫，不可使为工商。为之而工商不可成，而儒已前败失其所以立矣。使彼之为法者而生乎吾之国，其所为作也，故且异乎是，吾独奈何而尽从之。然则将一守吾故而不变乎？是又不然。吾之法，圣法也，其本自尧舜禹汤文武，由尧舜禹汤文武而秦汉，而唐而宋而明而逮乎今，每变而益敝。而彼乃始开而之乎完。以吾之敝，当彼之完，其必不敌者势也。是乌可不变？夫法不可尽变，又不可一守吾故而不变，则莫若权乎可变不可变之间，因其宜而施之。[1]

甲午战后，吴汝纶以为战事溃败的原因，在于"中国积弱不能振，专有虚骄之气应敌"，"由此观之，人才不兴，政令不改，习俗不变，殆未有可以转危为安者也"。[2] 戊戌之年，他惊呼"时局益坏，恐遂为波兰、印度之续，士大夫相见，空作楚囚对泣状。南海康、梁之徒，日号泣于市，均之无益也。惟亟派亩捐立县乡学堂，庶冀十年五年，人才渐起乎。无人才，则无中国矣"[3]。从而转向教育救国，以改革学制，兴办学堂，造就人才为己任，

---

① 吴汝纶：《筹洋刍议序》，《吴汝纶文集》卷四，朱秀梅校点，上海：上海古籍出版社 2017 年版，第 316 页。

② 吴汝纶：《与河南南阳府太守濮青士》，《吴汝纶尺牍》，徐寿凯、施培毅校点，合肥：黄山书社 1990 年版，第 78 页。

③ 吴汝纶：《与阎鹤泉》，《吴汝纶尺牍》，徐寿凯、施培毅校点，合肥：黄山书社 1990 年版，第 131—132 页。

以为"振兴国势，则全在得人，不在议法"①。庚子事变后，吴汝纶亦混迹于逃难人群之中，言于人曰："此次大创之后，朝政不改，国必亡，士学不改，种必亡。存亡呼吸，机极危微。"②改朝政士学，吴氏复又担心，"西学既行，又患吾国文学废绝"，"西学畅行，谁复留心经世旧业，立见吾周孔遗教，与希腊、巴比伦文学等量而同归澌灭，尤可痛也"。③吴氏坚持认为：就"文明"二字来讲，西方格致算学之道，仅可谓之明，中学文武周孔遗教，方能谓之文。他在答日本友人斋藤木信中云：

> 今欧美诸国，皆自诩文明，明则有之，文则未敢轻许。仆尝以谓周孔之教，独以文胜。周、孔去我远矣。吾能学其道，则固即其所留之文而得之。故文深者道胜，文浅则道亦浅。后世失治，由君相不文，不能知往昔圣哲精神所寄，固非吾圣哲之道之不足以治国也。特今世富强之具，不可不取之欧美耳。得欧美富强之具，而以吾圣哲之精神驱使之，此为最上之治法。④

话虽如此说，但认真检讨中国之学之可用于救弱救贫者，又令人十分失望、沮丧。吴氏《答阎鹤泉》信中说：

> 中国之学，有益于世者绝少。就其精要者，仍以究心文词为

<hr>

① 吴汝纶：《答廉惠卿》，《吴汝纶尺牍》，徐寿凯、施培毅校点，合肥：黄山书社1990年版，第141页。

② 吴汝纶：《与言骞博》，《吴汝纶尺牍》，徐寿凯、施培毅校点，合肥：黄山书社1990年版，第249页。

③ 吴汝纶：《答方伦叔》，《吴汝纶全集》第三册，徐寿凯、施培毅校点，合肥：黄山书社2002年版，第381页。

④ 吴汝纶：《复斋藤木》，《吴汝纶尺牍》，徐寿凯、施培毅校点，合肥：黄山书社1990年版，第284—285页。

最切。古人文法微妙，不易测识，故必用功深者，乃望多有新得，其出而用世，亦必于大利害、大议论，皆可得其深处，不徇流俗为毁誉也。然在今日，强邻棋置，国国以新学致治，吾国士人，但自守其旧学，独善其身则可矣，于国尚恐无分毫补益也。[①]

戊戌之后，随着变法的推行，废书院，立学堂，讲习西学成为普遍趋势。身为书院主讲的吴汝纶，虽有"书院已改，则巢痕已扫，素无西学，自应叱避而退"，"此后海内更无地能容吾辈废物矣"[②]的牢骚，但对设立学堂、作新人才还是赞同的。1898 年 7 月，光绪下令，设立京师大学堂、以孙家鼐为管理大学堂事务大臣。吴汝纶见诏后建议在大学堂中设中、西学两位教习，以体现中、西学并重兼采的宗旨，此建议为孙家鼐所采择。旋即吴汝纶又写信给皖中绅士，以为"科举改制，国家注意西学，策论取士，亦决不能久。昨读上谕，天下书院尽改为学堂，民间社学、义塾，一律讲习西学。风气大变，吾皖尚沾沾守旧，不能作新人才，此大患也"[③]。书院改为学堂，讲习西学，则中学必不能全力为之，传闻梁启超等人欲荟萃经、子、史，取精用闳，勒为一书，颁发各学堂，吴氏则大不以为然，他认为"中国旧学深邃，康梁师徒，所得中学甚浅，岂能胜删定纂修之任"，经史子集，浩如烟海，欲得其精华，则不如以姚鼐之《古文辞类纂》充任之。他在《答姚慕庭书》中云：

---

① 吴汝纶:《答阎鹤泉》,《吴汝纶尺牍》,徐寿凯、施培毅校点,合肥：黄山书社 1990 年版,第 97 页。

② 吴汝纶:《答郑薪如》,《吴汝纶尺牍》,徐寿凯、施培毅校点,合肥：黄山书社 1990 年版,第 135 页。

③ 吴汝纶:《与南乡绅士李仙柏松如》,《吴汝纶尺牍》,徐寿凯、施培毅校点,合肥：黄山书社 1990 年版,第 133 页。

吴刻《古文辞类纂》，元版已毁，近欲集赀付印。曾文正公一生佩服惜抱先生，于其自作之文，尚有趣向乖异之处，独于此书，则五体投地，屡见于书札、日记及家书中。中国斯文未丧，必自此书，以自汉至今，名人杰作，尽在其中。不惟好文者宝畜是编，虽始学之士，亦当治此业。日后西学盛行，六经不必尽读，此书决不能废。[1]

又在《答严几道》中云：

因思《古文辞类纂》一书，二千年高文略具于此，以为六经后之第一书。此后必应改习西学，中国浩如烟海之书，行当废去，独留此书，可令周孔遗文绵延不绝。[2]

吴汝纶早岁即有文名，他那出入曾、李幕府的经历和甲午后为严复所译西方名著作序中所表现出的见解，均为学术界所看重，在旧学与新学方面都享有一定的声望。1902 年，张百熙为管学大臣，负责筹办京师大学堂恢复事宜，选定吴汝纶为京师大学堂总教习。张百熙在《举大学堂总教习折》中称吴汝纶"学问纯粹，时事洞明，淹贯古今，详悉中外，足以当大学堂总教习之任"。事初，吴汝纶未肯应允，张百熙竟身着官服，长跪不起。吴汝纶在当时学界之声望，也由此可知。

作为曾门四弟子中唯一的桐城籍人，吴汝纶有着重振乡邦文化与桐城古文传绪的愿望。他在《祭方存之文》中云："吾县文学，耸德圣清，渊源

---

①　吴汝纶：《答姚慕庭书》，《吴汝纶尺牍》，徐寿凯、施培毅校点，合肥：黄山书社 1990 年版，第 126 页。

②　吴汝纶：《答严几道》，《吴汝纶尺牍》，徐寿凯、施培毅校点，合肥：黄山书社 1990 年版，第 158 页。

所渐，自方侍郎。韩欧之文，洛闽之蕴，并为一条，坛宇维峻。"①以桐城文学为清代之冠而引为骄傲。在《严处士传》中，以为"桐为县自前明以来，多文章气质之士，其高者至为海内所宗；次亦敦行谊绩学以自善于乡里。陵夷至于道光之季，稍衰微矣"，又不无式微之叹。吴氏有《孔叙仲文集序》论述桐城古文之传承：

> 桐城之言古文，自方侍郎、刘教谕、姚郎中，世所称天下文章在桐城者也。而郎中君最后出，其学亦最盛，由郎中君已上，师师相诏，更嬗递引，乡里之传不绝。独郎中君自少自老，常客游不家于乡，其流风被天下，而桐城受业者乃四五人而已。
>
> 郎中君既没，弟子晚出者为上元梅伯言，当道光之季，最名能古文。居京师，京师士大夫日造门，问为文法，而是时湘乡曾文正公，尤以闳文系众望，其持论亦推本姚氏，故梅、曾二家，宾客相通流。……
>
> 往年汝纶侍文正公时，公数数为余称述姚氏之说，且曰：今天下动称姚氏，顾真知姚氏法者不多，背而驰者皆是也。汝纶窃自维念，幸生桐城，自少读姚氏书，姚氏支与流裔在天下，有振起而益侈大之者，而乡里后生，卒鲜得其近似，闻公言则矍然而悚。②

此文婉转曲折，所欲表述之意与曾国藩《欧阳生文集序》异曲而同工。姚鼐弟子中，梅曾亮为上元人，曾国藩私淑姚氏，为湘乡人。梅、曾在京师

———————

① 吴汝纶：《祭方存之文》，《吴汝纶文集》卷二，朱秀梅校点，上海：上海古籍出版社 2017 年版，第 85—86 页。

② 吴汝纶：《孔叙仲文集序》，《吴汝纶文集》卷一，朱秀梅校点，上海：上海古籍出版社 2017 年版，第 64—65 页。

相与讲论姚氏之术，使桐城之学得以振起而益侈大。桐城古文成为天下之学后，自称为桐城之学者比比皆是，不学无术与阳奉阴违者也托名其中，这才使曾国藩有"今天下动称姚氏，顾真知姚氏法者不多，背而驰者皆是也"之言。如何使姚氏之术、桐城之学去伪存真而广布天下，"幸生桐城，自少读姚氏书"的乡里后生有着义不容辞的责任，尤其是在西学东渐，欧风美雨侵袭，古文绝续之交，更是如此。

吴汝纶致力于湘乡派文向桐城派文的复归，主要是围绕以下几个方面进行的。

一、尚醇厚老确而黜绚烂闳肆。吴汝纶论述由桐城派文到湘乡派文，为文风格的变化云：

> 桐城诸老，气清体洁，海内所宗，独雄奇瑰玮之境尚少。盖韩公得扬马之长，字字造出奇崛。欧阳公变为平易，而奇崛乃在平易之中。后儒但能平易，不能奇崛，则才气薄弱，不能复振，此一失也。曾文正公出而矫之，以汉赋之气运之，而文体一变，故卓然为一代大家。近时张廉卿又独得于《史记》之谲怪，盖文气雄俊不及曾，而意思之恢诡、辞句之廉劲，亦能自成一家。是皆由桐城而推广，以自为开宗之一祖，所谓有所变而后大者也。[1]

桐城诸老之文，气清体洁，而少雄奇瑰玮之境；曾国藩以汉赋之气体矫其柔弱，变平易而为奇崛雄俊；张裕钊得《史记》之谲怪，在柔笔中运以廉劲之气。曾、张都可称为由桐城而推广，能自成一家者。桐城之文也因有所变而后大。在湘乡派师友之间，吴汝纶最推崇曾、张。他在《答黎庶

---

[1]　吴汝纶：《与姚仲实》，《吴汝纶尺牍》，徐寿凯、施培毅校点，合肥：黄山书社1990年版，第34页。

昌》一文中论及湘乡派中几位师友之文，以为庶昌之文"体势博大，动中自然，在曾门中，已能自树一帜，非廉卿所能掩蔽"。至于其他师友，"曾、张深于文事，而耳目不逮；郭、薛长于议论，经涉殊域矣，而颇杂公牍、笔记体裁，无笃雅可诵之作"。[①] 很明显，吴汝纶评价曾国藩、张裕钊、郭嵩焘、薛福成之文所持的标准，是古文之学的标准。所谓"曾、张深于文事，而耳目不逮"，是指曾国藩、张裕钊深谙古文之气体，独没有机会走动海外，广闻博见，而郭嵩焘、薛福成经年身涉域外，见多识广，但惜其文长于议论，而颇杂公牍、笔记体裁，与古文笃雅可诵之境界相去甚远。曾、张之文，在桐城诸老气清体洁的基础上，运以汉赋之气体，增加若干奇崛阳刚之气，可以看作有所变而后大；而郭、薛之文，因为杂以公牍、笔记体裁，已违背古文笃雅可诵之宗旨。吴汝纶在《与杨伯衡论方刘二集书》[②] 中借评方苞、刘大櫆之文，发表了他推尚醇厚老确之文而贬黜绚烂闳肆之文的观点。

对方苞、刘大櫆之文的评价，历来有方以学胜而刘以才胜之说。吴汝纶论学与才与文章之关系道：

夫文章以气为主，才由气见者也。而要必由其学之浅深，以觇其才之厚薄。学邃者，其气之深静，使人餍饫之久，如与中正有德者处，故其文常醇以厚，而学掩才。学之未至，则其气亦稍矜纵，骤而见之，即如珍羞好色，罗列目前，故其文常闳以肆，而才掩学。若昌黎所云"先醇后肆"者，盖谓既醇之后，即纵所欲言，皆不失其为醇耳。非谓先能醇厚，而后始求闳肆也。今必以闳肆为宗，而谓醇厚之文为才之不赡，抑亦过矣。

① 吴汝纶：《答黎莼斋》，《吴汝纶尺牍》，徐寿凯、施培毅校点，合肥：黄山书社1990年版，第68页。

② 吴汝纶：《与杨伯衡论方刘二集书》，《吴汝纶文集》补遗，朱秀梅校点，上海：上海古籍出版社2017年版，第409页。

学邃者，其气归于深静，其文醇以厚；学未至者，其气稍显矜纵，其文闳以肆。深静与矜纵，醇厚与闳肆，是文章的两重不同的境界，由此而言，论文怎能必以闳肆为宗，而视醇厚之文为才弱呢？况且今之所谓才与气，又与古人所论才与气名同而实异：

> 今之所谓才，非古之所谓才也，好驰骋之为才；今之所谓气，非古之所谓气也，能纵横之为气。以其能纵横，好驰骋者，求之古人所为醇厚之文，无当也；即求之古人所为闳肆者，亦无当也。然而，资力所进，于闳肆之文尚可一二几其仿佛；至醇厚，则非极深邃之功，必不可到。①

以驰骋之才、纵横之气为文，不可言醇厚；即求古人闳肆之境，也实难企及，充其量达到与闳肆之文"一二几其仿佛"的地步。而醇厚之文，非淘尽矜纵之气，归于深静之养者不可为。据此，吴氏复论方、刘之文道：

> 夫文章之道，绚烂之后，归于老确。望溪老确矣，海峰犹绚烂也。意望溪初必能为海峰之闳肆，夫后学愈精，才愈老，而气愈厚，遂成为望溪之文。海峰亦欲为望溪之醇厚，然其学不如望溪之粹，其才其气不如望溪之能敛，故遂成为海峰之文。②

吴汝纶断断力辨醇厚、闳肆之优劣，决非仅仅在于区别方、刘之文之高下，而是着意建立一种新的审美风范。这种新的审美风范，提倡敛才敛气

---

① 吴汝纶：《与杨伯衡论方刘二集书》，《吴汝纶文集》补遗，朱秀梅校点，上海：上海古籍出版社 2017 年版，第 410 页。
② 吴汝纶：《与杨伯衡论方刘二集书》，《吴汝纶文集》补遗，朱秀梅校点，上海：上海古籍出版社 2017 年版，第 410 页。

归于精邃深静，追求醇厚老确、静虚澹淡、笃雅可诵之文境；以稍稍矜才纵气，观之有玄黄彩色、嫖姚跌宕之势，诵之有铿锵鼓舞之声的闳肆绚烂之文次之；又以驰骋之为才，纵横之为气，杂以文牍、笔记体裁者为不取。吴氏所谓的醇厚老确之境，实际上是以桐城诸老体清气洁、清真雅正之文为标的的；所谓的闳肆绚烂之文，则近于以汉赋倔强之气、铿锵之声矫桐城派文柔弱之失，上攀班固、韩愈之伦的曾国藩、张裕钊之文。其所谓驰骋为才，纵横为气之文，则又近于纵横捭阖、长于议论，讨论经世要务，撕谈当代掌故的郭嵩焘、薛福成之文。吴汝纶对薛福成之文，稍有微辞，以为"叔耘志在经济，于文事固有所不暇"①，而于曾、张之文，虽推尚不已，但作为桐城乡里后生和曾门弟子，其内心深处，仍以方、姚之文为当行本色，而以曾、张之文为变风变雅。变风变雅尚可接纳，志在经济、于文事固有不暇者则很难目之为文士。受吴汝纶看法的影响，吴门弟子中，曾国藩之后，只推尚张、吴二人。吴汝纶对体清气洁、清真雅正审美风范的重新提倡，是湘乡派文向桐城派文复归的重要标志。

二、义理考据，皆于古文文体有妨。桐城派是一个文学流派，对古文写作艺术的探讨是一以贯之、孜孜以求的。这是桐城派存在价值的最终体现，也是桐城派不断发展的命脉所在。在桐城派的发展过程中，受时代学术风气及领袖人物学术视野的影响，在不同阶段，对文道关系及道的涵义的理解和解释各有不同。主要生活在理学风气正浓的康、雍时期的方苞，以"学行在程朱之后，文章在韩欧之间"为行身祈向，以义理之说施之于文章，以道统、文统双重继承者自期。姚鼐处在汉学如日中天的乾嘉时期，以义理、考据、辞章作为学问三事，而以考据助文之境。曾国藩身当风云突变、战乱频仍的道咸之际，于义理、考据、辞章之外又加以经济，意在加强古文经世

---

① 吴汝纶:《与方存之》,《吴汝纶尺牍》,徐寿凯、施培毅校点,合肥:黄山书社1990 年版,第 5 页。

致用的社会功能，载功、德于立言之中。但曾氏也认识到：义理（含经济）、辞章，各有特性，求合不易，求合不能则足以相妨。因此他叹曰："古文无施不可，但不宜说理。"至吴汝纶，生活在国事日蹙、割地赔款之风日起、欧风美雨侵扰不止的时代，面对帝国主义瓜分浪潮而为民族命运担忧，面对西学汹汹之势而为民族文化传统担忧。如何转移风气，造就人才，识世界进化之大局，传文化之薪于不绝，这个困扰一代文化人的问题，也困扰着作为桐城派传人的吴汝纶。从理智上讲，吴氏认识到"方今欧美格致之学大行，国之兴衰强弱，必此之由"；但从情感上讲，"吾国周孔遗业，几成绝响"①，又使人极不甘心。"中国之学，有益于世者绝少，就其精要言，仍以究心文词最切。"②究心文词，于国虽无大裨益，但于己可独善其身。在这样一种思想基础上，吴汝纶倾向于以文人之心看待古文，更多地考虑古文自身发展的特点，更多地保留古文自身的品格，解除古文外在的重负。这是他之所以提倡恢复体清气洁、清真雅正审美风尚的另一思想原因，也是他直截了当地指出义理、考据皆于文体有妨的出发点。

吴汝纶《与姚仲实》在论述了由桐城诸老气清体洁，至曾国藩矫之以奇崛，张裕钊变而为谲怪，桐城派有所变而后大的发展过程后议论道：

> 说道说经不易成佳文。道贵正而文者必以奇胜。经则义疏之流畅，训诂之繁琐，考证之该博，皆于文体有妨。故善为文者尤慎于此。退之自言执圣之权，其言道止《原性》《原道》等一二篇而已。欧阳辨《易》论《诗》诸篇，不为绝盛之作，其他可知。

---

① 吴汝纶：《答日本中岛生》，《吴汝纶尺牍》，徐寿凯、施培毅校点，合肥：黄山书社1990年版，第104页。

② 吴汝纶：《答阎鹤泉》，《吴汝纶尺牍》，徐寿凯、施培毅校点，合肥：黄山书社1990年版，第97页。

至于常理凡语，涉笔即至者，用功深则不距自远，无足议也。①

说道宣讲之文，贵在以正襟稳坐之态，发宏旨精当之言；而抒情言志之文，则以雕龙镂彩之文心，见奇诡变化之长。两者分之而各有偏胜，合之则皆挫其锋芒。说经之文，重在义疏、训诂、考证，以繁琐、该博之文体疏证圣人贤人古人之言，这与"言必己出"者相抵牾，又易流于破碎。正因为说道说经之文与古文文体相妨，即使韩、欧等古文大家，也绝少论道阐幽之文。吴汝纶又将此中道理讲之于姚仲实（永朴）之胞弟永概（叔节），其《答姚叔节》云：

> 通白与执事皆讲宋儒之学，此吾县前辈家法，我岂敢不心折气夺。但必欲以义理之说施之文章，则其事至难，不善为之，但堕理障。程朱之文，尚不能尽餍众心，况余人乎？方侍郎学行程朱，文章韩欧，此两事也。欲并入文章之一途，志虽高而力不易赴。此不佞所亲闻之达人者，今以贡之左右，俾定为文之归趣，冀不入歧途也。②

学行程朱、文章韩欧，以义理之学作为一种思想信仰，尚可与古文写作并行不悖；如若非以义理之说施之文章，并程朱与韩欧于一途，则力必不能胜任。韩、欧的论道文章极少，程、朱之文不能尽餍众心，方苞志虽高而力不济，都是鲜活而无可置疑的证明。韩、欧、程、朱、方苞等人尚且不能兼及，才智不及韩、欧、程、朱、方苞者更应慎之又慎，选定为文之归趣，

---

① 吴汝纶：《与姚仲实》，《吴汝纶尺牍》，徐寿凯、施培毅校点，合肥：黄山书社1990 年版，第 34—35 页。

② 吴汝纶：《答姚叔节》，《吴汝纶尺牍》，徐寿凯、施培毅校点，合肥：黄山书社1990 年版，第 94—95 页。

与其是两相妨碍，不得要领，反不如心定气闲，择文而终。义理、考证与文体相妨，义理中所囊括的经济也与文体相妨，讨论经世要务，摭谈当代掌故之文，极容易走上纵横为气、驰骋为才的魔道。

三、重建辞约指博、清正雅洁之义法。自方苞倡导清正古雅之风范，标榜删繁就简之宗旨，并提出"古文不可入语录中语、魏晋六朝人藻俪俳语、汉赋中板重字法、诗歌中隽语、南北朝之佻巧语"的雅洁标准后，桐城派在自身发展过程中，形成了言简义备、详略有致、雅洁纯净的文体与语言风格。至道光年间，姚门弟子崇尚阳刚之文，以为瑰奇壮伟之文不敢学，是学八家古文者的一大缺憾。再至湘乡派，讨论经世要务、纵横捭阖之文已是桐城派义法所不能规范。在湘乡派文随着洋务运动的破产而失去活力，康、梁维新派新文体不胫而走之际，吴汝纶借讨论、绍介西学之译书的行文问题，重提方、姚传统与古文义法。

1898 年，严复所译的《天演论》正式出版之际，慕名而求序于吴汝纶。吴汝纶在序文中论译书与文学之关系云：

> 今议者谓西人之学，多吾所未闻，欲瀹民智，莫善于译书。吾则以谓今西书之流入吾国，适当吾文学靡敝之时，士大夫相矜尚以为学者，时文耳，公牍耳，说部耳。舍此三者，几无所为书。而是三者，固不足与文学之事。今西书虽多新学，顾吾之士以其时文、公牍、说部之词，译而传之，有识者方鄙夷而不知顾，民智之瀹何由？此无他，文不足焉故也。[1]

以时文、公牍、说部之词译书，易为有识者所鄙夷。译书之载体、之

---

① 吴汝纶：《天演论序》，《吴汝纶文集》卷三，朱秀梅校点，上海：上海古籍出版社 2017 年版，第 171 页。

行文，当避俚文俗语，而求雅意洁言。他再次与严复讨论雅洁之道云：

> 来示谓行文欲求尔雅，有不可阑入之字，改窜则失真，因仍则伤洁，此诚难事。鄙意与其伤洁，毋宁失真，凡琐屑不足道之事，不记何伤？若名之为文，而俚俗鄙浅，荐绅所不道，此则昔之知言者无不悬为戒律。曾氏所谓辞气远鄙也。①

与其伤洁，毋宁失真，既名之为文，其述作之旨则求雅致而远俚俗，求深懿而远鄙浅。吴氏又教之以化俗为雅之法云：

> 文固有化俗为雅之一法。如左氏之言马矢，庄生之言矢溺，公羊之言登来，太史之言夥颐，在当时固皆以俚语为文而不失为雅。若范书所载铁胫、尤来、大抢、五楼、五蟠等名目，窃料太史公执笔必皆芟薙不书，不然，胜、广、项氏时，必多有俚鄙不经之事，何以《史记》中绝不一见？如今时鸦片馆等比，自难入文，削之似不为过。傥令为林文忠作传，则烧鸦片一事固当大书特书，但必叙明源委，如史公之记平准，班氏之叙盐铁论耳，亦非一切割弃，至失事实也。②

再论剪裁化简之法云：

> 欧洲纪述名人，失之过详，此宜以迁、固史法裁之。文无剪

———————

① 吴汝纶:《与严几道》,《吴汝纶尺牍》,徐寿凯、施培毅校点,合肥:黄山书社1990年版,第161页。

② 吴汝纶:《与严几道》,《吴汝纶尺牍》,徐寿凯、施培毅校点,合肥:黄山书社1990年版,第161页。

裁，专以求尽为务，此非行远所宜。中国间有此体，其最著者，则孟坚所为《王莽传》。如穆天子、飞燕、太真等传，则小说家言，不足法也。①

吴汝纶关于雅洁而远鄙俗、言简而求义备的议论，均本自于桐城之学、义法之说。他在欧风美雨汹汹袭来的十九、二十世纪之交，有意识地提倡恢复以气清、体洁、语雅为特点的桐城派文，并把这种提倡、恢复看作是保存国学、力延古文绝绪的重要行为。这种提倡得到了吴门弟子的响应，遂使湘乡派文向桐城派文的复归得以实现。

吴汝纶与晚清两大翻译家严复、林纾的交往，不期然中在译文界为古文开辟了一块繁衍生息的天地。吴汝纶极推重严复的译文，以为《天演论》译文古香古色，"骎骎然与周秦诸子相上下"，"文如几道，可与言译书矣"。②严复也极看重吴汝纶的意见，每一译著成，都请代为审阅，并称吴氏"老眼无花，一读即窥深处。盖不独斧落征引，受裨益于文字间也"③。严复作《天演论译序言》，以信、达、雅为译事三难，尤对"信达而外，求其尔雅"致意再三。严复所译《原富》发表后，梁启超谓"文笔太务渊雅，刻意摹仿先秦文体，非多读古书之人，一翻殆难索解"④。严复反唇相讥，以为"吾译正以待多读古书之人"，而梁启超的"文界革命"，正是对文界的陵迟。⑤严复

① 吴汝纶：《与严几道》，《吴汝纶尺牍》，徐寿凯、施培毅校点，合肥：黄山书社1990年版，第162页。

② 吴汝纶：《天演论序》，《吴汝纶文集》卷三，朱秀梅校点，上海：上海古籍出版社2017年版，第172页。

③ 严复：《群学肄言译余赘语》，《近代文编》，郭绍虞编，沈阳：辽宁出版社2012年版，第180页。

④ 梁启超：《绍介新著〈原富〉》，《严复研究资料》，牛仰山等编，福州：海峡文艺出版社1990年版，第267页。

⑤ 严复：《与梁任公论所译〈原富〉》，《严复研究资料》，牛仰山等编，福州：海峡文艺出版社1990年版，第124页。

对"渊雅"的恪守，明显地受到吴汝纶的影响。吴汝纶对桐城之学的提倡，还深深地影响了另一位翻译大家林纾。林纾 1901 年在北京初识吴汝纶，示其所作，吴氏称林文"是抑遏掩蔽，能伏光气者"[①]。林纾由此而视吴氏为文章知己，决心"力延古文之一线，使不至于颠坠"[②]，其后著书立论，一依桐城之学。林纾在翻译西方小说时，也别出心裁地发现"西人文体何乃甚类我史迁也"[③]，其书"往往于伏线、接笋、变调、过脉处，大类吾古文家言"[④]。林纾又以古文之笔法行译文，与严复之作并称一时之盛。

吴汝纶晚年主讲莲池书院，弟子云集。贺培新《北江文集序》中云："挚甫先生布教北方，门下著籍者数千人。"[⑤]汝纶之子闿生作《吴门弟子集序》云：

> （汝纶——引者）及罢官主讲莲池书院，于是教化大行，一时风气为之转移。盖河北自古敦尚质朴，学术人文，视东南不逮远甚。自廉卿先生来莲池，士始知有学问。先公继之，日以高文典册摩厉多士，一时才俊之士奋起云兴，标英声而腾茂实者先后相望不绝也。巳丑以后，风气大开，士既相竞以文词，而尤重中外大势，东西国政法有用之学，畿辅人才之盛，甲于天下，取巍科登显仕，大率莲池高第，江浙川粤各省望风敛避，莫敢抗衡，

---

① 林纾：《赠马通伯先生序》，《林琴南文集·畏庐续集》，北京：中国书店 1985 年版，第 49 页。

② 林纾：《送大学文科毕业诸学士序》，《林琴南文集·畏庐续集》，北京：中国书店 1985 年版，第 40 页。

③ 林纾：《〈斐州烟水愁城录〉序》，《林纾选集·文诗词卷》，林薇选注，四川人民出版社 1988 年版，第 224 页。

④ 林纾：《〈撒克逊劫后英雄略〉序》，《林纾选集·文诗词卷》，林薇选注，四川人民出版社 1988 年版，第 218 页。

⑤ 贺培新：《北江文集序》，《贺培新集》，王达敏等整理，南京：凤凰出版社 2016 年版，第 31 页。

其声势可谓盛哉。……要之，近五十年间北方风化之转移，人文之淳兴，自先公知深冀，守天津启其端，及莲池十载而极其大成。[①]

吴汝纶之后，桐城派的发展已是强弩之末，而近于曲终人散之境。

---

① 吴闿生:《吴门弟子集序》,《吴门弟子集》,保定: 莲池书社 1929 年版,第 1—2 页。

# 第二章

# 桐城派的古文理论

# 第一节 桐城派古文理论发展过程中的<br>诸多矛盾与限制性因素

桐城派是中唐以来绵延不绝的古文运动的收束者，也是韩、柳之后所形成的古文传统的最终承继者。桐城派自初创到消亡，前后达二百余年，在桐城派的旗帜下，集聚了一大批富有才华的散文作家，在他们笔下，载道明理、抒情言志之作层出迭起，蔚为大观。桐城派是清代文化发展过程中不可忽视的重要景观，也是中国文学史上十分值得进行个案研究的文学群体。从新文学发展的角度讲，桐城派作为旧文学的代表者之一，其消亡带有必然性和悲剧色彩；而从韩、柳古文运动的成果与影响来看，以桐城派作为终结者，并不失古文一派的体面。桐城派作为古文传统的承继者，在理论建构过程中必然承接与借鉴前代古文家的理论成果、创作经验甚至阐释话语。但在清代宗经征圣、规矩风雅文化环境中形成、发展的桐城派古文理论，又具有鲜明的时代特征与特殊的文化内涵。在传统与现实、守成与创新之间，桐城派古文理论的发展面临着诸多矛盾和限制性因素。本节将对这些矛盾与限制性因素作出描述与分析。

## 一、道统、文统情结与理论创新

古文一派在长期的发展过程中，逐渐形成了敏感而发达的道统、文统意识。在这种意识支配下，他们认定某些历史人物是古道、古文的传人，并将其编排成一个前后承继的系统作为效法、摹拟的对象。这种系统体现出编排者的精神信仰与审美理想，在赋予这一系统以神圣性、权威性的同时，也使它带有强烈的排他性。编排者认定并宣称惟此系统为正宗正统，其他概为旁门左道。这种正宗正统观念，又往往诱发门户派别之争，生出无休无止的学术纠纷。

古文一派，首创道统、文统说的是韩愈。韩愈以恢复儒家思想统治为己任，称尧、舜、禹、汤、文、武、周公以至于孔子、孟子相传之道为古道，又以为古道久而不传，但可于古文中见之，故欲复古道，则应"兼通其辞"。此便是道统文统说之滥觞。韩愈又以道统之继承者自命，以为"使其道由愈而粗传，虽灭死万万无恨"①。宋初，柳开发挥韩愈之学说，提出"吾之道，孔子、孟轲、扬雄、韩愈之道；吾之文，孔子、孟轲、扬雄、韩愈之文"②，舍去周公以上其道见之于行事者，而专取孔孟以下其道见之于著述者，并认定以韩愈为道统、文统的传承者。宋理学家出，欲夺道统嫡传之席，以为周、张、二程为孔孟之道统的继承者，韩愈不得忝列其中。明代复古思潮泛起，在一种"物不古不灵，人不古不名，文不古不行，诗不古

---

① 韩愈：《与孟尚书书》，《韩愈全集》，钱仲连、马茂元校点，上海：上海古籍出版社1997年版，第193页。

② 柳开：《应责》，《河东先生集》，北京：商务印书馆1919年版，第9页。

不成"①的文化氛围中，明代文人似乎只有打出学某代某人的旗帜，才能在文坛取得立足之地。明之唐宋派，以承接古文一脉自许。他们不满于前后七子"文必秦汉，诗必盛唐"与"古文之法亡于韩"之说，提出学古文应从唐宋入手；茅坤选《唐宋八大家文钞》以韩愈、柳宗元、欧阳修、王安石、曾巩、三苏为唐宋古文典范，古文八大家之说遂大行于世。唐宋派在韩愈、柳开的道统、文统说之后，再次明确地建立了由唐宋八大家上窥两汉，由两汉上接孔孟的道统、文统传承系统。

至清代，清王朝立程朱理学为官学。康熙称赞朱熹所著《四书讲义》，谓"万世道统之传即万世治统所系"，"道统在此，治统亦在此"。②朱熹在康熙年间被配享孔庙，其对四书五经的注释成为科举考试的依据和天下士子必读之书。程朱之学被推重如此，清代古文家讲道统，必以程朱为正宗传人。清初文学家汪琬甚至以为道统、文统歧而为二，惟朱熹一人能兼两任而传之：

> 人之有文，所有经纬天地之道而成之者也。使其遂流于晦且乱，则人欲日炽，彝伦日释，天地之道将何托以传哉！嗣后陵迟盖甚，文统、道统于是歧二。韩、欧阳、曾以文，周、张、二程以道，未有记其源流而一之者也。其间厘别义理之丝微，钻研学问之根本，能以其所作进而继孔子者，惟朱徽国文公一人止耳。
>
> 使孔子之文，逾数十传不坠，盖文公之力居多。③

---

① 李开先：《昆仑张诗人传》，《李开先全集》卷二，卜键笺注，北京：文化艺术出版社 2004 年版，第 746 页。

② 康熙：《日讲四书解义序》，《十二朝东华录·康熙朝一·十六年》，蒋良麒原纂，王先谦改修，台北：文海出版社 1963 年版，第 179 页。

③ 汪琬：《王敬哉先生集序》，《汪琬全集笺校》卷十五，李圣华笺校，北京：人民出版社 2010 年版，第 1430 页。

桐城派创始人方苞，早年"重文藻，喜事功，视宋儒为腐烂"①；入京师后，受京师学术氛围的影响，辍文求经，对宋代理学五子顶礼膜拜，与人论平生抱负，而以"学行继程朱之后，文章在韩欧之间"为行身祈向。方苞以为，世间君臣父子夫妻诸多人伦之义，至程朱而大明，"此孔孟程朱立言之功，所以与天地参，而直承乎尧舜汤文之统与"②？以程朱上接孔孟之道统；又以为唐宋八家中，惟韩愈能约六经之旨以成文，而其他七家，或经未通奥赜，或大节有亏，不可与韩氏并论。故而以韩愈上接《左传》《史记》以达于五经。方苞尤看重《史记》《左传》，以为此两书为义法说之大源。这样，方苞所认定的道统、文统是二元的，即道统以程朱为正轨，文统以韩欧为宗尚，这与清之前的古文家清初汪琬等人道统、文统合一的认识自是不同。方苞"学行继程朱之后，文章在韩欧之间"③的行身祈向，便是对道统、文统双重选择的概括性表述，表明方苞在清廷所制定的思想原则与古文一派文学传统之间寻求兼包并容的路径的意向。

方苞以程朱上接孔孟，以韩愈承续《左传》《史记》的道统、文统说，成为桐城派世代相承而喋喋不休的热门话题。尤其是文统说，经桐城后学的发明补充，愈加趋于明晰详备。如姚鼐作《刘海峰先生八十寿序》，借"天下文章，其出于桐城乎"④的赞语，揭出桐城文派的旗帜，又辑《古文辞类纂》，于唐宋八家之后，明录归有光，清录方苞、刘大櫆，以标明文统传绪所在。姚门弟子，承秉师意，以方、刘、姚三家作为国朝古文的开山，以上

① 方苞：《再与刘拙修书》，《方苞集》，刘季高校点，上海：上海古籍出版社 2006 年版，第 174 页。

② 王兆符：《方望溪先生文集序》，《方苞集》附录，刘季高校点，上海：上海古籍出版社 2006 年版，第 906 页。

③ 方苞：《岩镇曹氏女妇贞烈传序》，《方苞集》卷四，刘季高校点，上海：上海古籍出版社 2006 年版，第 105 页。

④ 姚鼐：《刘海峰先生八十寿序》，《惜抱轩诗文集》，刘季高校点，上海：上海古籍出版社 1992 年版，第 114 页。

承明之归有光，唐宋之韩欧八家，以至《左传》《史记》、六经。方东树论桐城三祖，以为方苞、刘大櫆、姚鼐之为儒，其所发明，是以衷老、庄之失；其文所取法，足以包屈、宋之奇。方、刘、姚之学，已非桐城一邑之学，而具有风动天下、风动百世的影响。

> 居今之世，欲志乎古，非由三先生说，不能得其门。①

对道统、文统的编排与坚守，至姚门弟子，已达到了不避自我标榜、不避同乡阿私嫌疑的地步。对方、刘、姚的这种评价，也远远超出了学术性客观评价的范围。姚门弟子编排道统、文统的传承系统热情的空前高涨，与鸦片战争前后政局动荡、士气浮嚣的社会变动有关，也与桐城派在全国范围内取得一定的发展，获得了相当大的影响有关。姚门弟子试图在道统、文统的编排中，取得学术信仰上的归属感，取得艺术追求上正统传人的地位，这对于巩固桐城派古文正宗的地位，扩大桐城古文理论的植被地带及学术影响，是相当重要的，因而，值得不计谤议，甚至蛮横武断也在所不顾。

方东树与人论古文，曾评价晚年的姚鼐因为畏惧"党同乡"之议论，而试图把方苞、刘大櫆之文从《古文辞类纂》中删除一事，以为姚鼐此种想法大可不必。方、刘之文能否入选《古文辞类纂》，"此只当论其统之真不真，不当问其党不党也"②。方、刘之文若真是八家之传统，又何必避讳"党同乡"之谤议呢？姚门弟子维护道统、文统的决心不让于其先贤。

至曾国藩以扩展路径，变更所守的方式改造、中兴桐城派，对桐城三祖未曾轻慢，对姚鼐更是礼遇有加。曾氏所作《欧阳生文集序》描述了桐

---

① 方东树：《刘悌堂诗集序》,《方东树集》, 严云绥点校, 合肥: 安徽教育出版社 2014 年版, 第 303 页。

② 方东树：《答叶溥求论古文书》,《方东树集》, 严云绥点校, 合肥: 安徽教育出版社 2014 年版, 第 361 页。

城派创立于方苞而宏大于姚鼐的过程，极力称赞姚鼐于汉学鼎盛的乾隆中期，孤立无援而力排众议，存古文一线于纷纭之中，从而使桐城之学发扬光大的功绩。曾文又将湖南文学之士大都列入桐城姚鼐之学私淑者的范围，虽暗含以湘乡派取代桐城派之意，但更多的是借桐城派之名声以自重，并不含丝毫贬抑之辞。曾国藩作《欧阳生文集序》后，湖南文学之士吴敏树对曾文将其列入私淑姚鼐之学的范围中甚为不满，以为姚鼐在桐城派中与宋代吕居仁在江西诗派中的地位相仿佛，其号为传嗣，标榜声气，不足为重。曾国藩以为：吴敏树将姚鼐比之于吕居仁，未为明允之言。姚氏"辨文章之源流，识古书之正伪，亦实有突过归、方之处"[①]，至于吴敏树所言的"果以姚氏为宗，桐城为派，则侍郎之心，殊未必然"[②]，曾氏以为，"斯实搔着痒处，往在京师，雅不欲溷入梅郎中之后尘"[③]。曾氏所言"雅不欲溷入梅郎中之后尘"，强调的是不以姚鼐、梅曾亮自限，也不曾透露出轻视姚、梅之意。此后，曾国藩作《圣哲画像记》，列姚鼐之名于三十二圣哲之中，且自谓"国藩粗通文章，由姚先生启之"。曾氏晚年，于姚鼐、梅曾亮之文，赞叹由衷，同治元年九月二十一日《日记》记曰："夜阅《梅伯言文集》，叹其钻研之久，工夫之深。"又曰："阅《梅伯言集》《姚惜抱集》，叹其读书之多、火候之熟，良不可及。吾年已老，精力已衰，平生好文之癖，殆不复能自达其志矣。"[④]曾国藩编辑《经史百家杂钞》，承姚鼐《古文辞类纂》之例而广其意。对于桐城派，曾国藩予以中兴、改造且以湘乡派取而代之之意有之，但是从未曾触动、打破桐城派所津津乐道的道统、文统体系。

---

① 曾国藩:《复吴敏树》,《曾国藩全集》, 长沙: 岳麓书社 1994 年版, 第 1154 页。

② 吴敏树:《与筱岑论文派书》,《吴敏树集》, 李昌国点校, 合肥: 安徽教育出版社 2014 年版, 第 297 页。

③ 曾国藩:《复吴敏树》,《曾国藩全集》, 长沙: 岳麓书社 1994 年版, 第 1154 页。

④ 曾国藩:《日记》同治元年九月二十一日,《曾国藩全集》卷二, 长沙: 岳麓书社 1994 年版, 第 809 页。

曾门弟子以"扩姚氏而大之，并功、德、言为一途"之语盛赞曾国藩中兴、改造桐城派的功绩，以为"曾氏之学盖出于桐城"[1]，曾氏与桐城方、姚之学，一脉相承，不仅不相为害，且足以相资相辅，"本朝文章，其体实正自望溪方氏，至姚先生而辞始雅洁，至曾文正公始变化以臻于大。桐城之言，乃天下之至言也"[2]。曾门弟子以为曾国藩不仅是桐城学之传人，而且是迁、固、韩、欧以来文统之传人，其"挈揽众长，轶归掩方，跨越百氏，将遂席两汉而还之三代，使司马迁、班固、韩愈、欧阳修之文绝而复续，岂非所谓豪杰之士、大雅不群者哉！盖自欧阳氏以来，一人而已"[3]。强调与桐城派的学术联系，强调对古文传统的承继接续，将曾国藩编制进文统传人的行列，曾门弟子的思维方式与手法，与姚门弟子并无二致。维护桐城派古文嫡传的地位与维护师道的尊严权威，两者之间有着荣辱与共、休戚相关的联系。文统传人又是现时代文坛的正宗。正与当年方东树力陈的"此只当论其统之真不真，不当问其党不党"的态度相仿佛，曾门弟子也义无反顾地极力维护师门的正统地位。

曾门弟子中的吴汝纶，在变法之声日起、西学东渐转炽的甲午之后，以桐城籍人和曾门弟子的双重身份，重振乡邦文化，续接古文传绪，致力于湘乡派文向桐城派文的复归。吴汝纶称引曾国藩关于"今天下动称姚氏，顾真知姚氏法者不多，背而驰者皆是也"之言，以恢复气清体洁、清真雅正的方、姚古文传统为己任。其论文统之传，以为"姚郎中之后，止梅伯言曾太

①　黎庶昌：《续古文辞类纂叙》，《拙尊园丛稿》，北京：中国文史出版社 2007 年版，第 43 页。

②　黎庶昌：《续古文辞类纂叙》，《拙尊园丛稿》，北京：中国文史出版社 2007 年版，第 43 页。

③　黎庶昌：《续古文辞类纂叙》，《拙尊园丛稿》，北京：中国文史出版社 2007 年版，第 43 页。

傅及今日武昌张廉卿数人而已。其余盖皆自郐也"[1]。吴门弟子受吴汝纶的影响甚众，梅曾亮、曾国藩之下只推尚张裕钊、吴汝纶二人。于是，张、吴也便继梅、曾之后而成为古文系统的传人。

由上可知，桐城派在发展过程中，是特别注意建立与维护道统、文统的传承系统的。他们充分地意识到，已编制而成的文、道系统，不仅仅是一种思维信仰、行身祈向与审美理想的标志，拥戴与维护这个系统，对于巩固桐城派"翕然正宗"的地位，并进一步取得更广泛的社会认同，具有至关重要的意义。他们习惯于不厌其烦地表述对所认定的历代道统、文统传人的经验及思想成果的迷恋和崇拜，习惯于通过师徒、文友、乡邑、私淑等种种社会与学术联系，不断壮大队伍，扩展影响，并不失时机地推出新的传人与领袖。浓烈的道统、文统意识，是桐城派发展过程中的精神信仰支柱及向心力、凝聚力的所在。它使散在的作家个体，在准宗教化情绪的支配下，以准宗法制衣钵传承的关系而结盟。这无疑是桐城派二百余年经久不衰的重要原因。桐城派关于道统、文统的阐释与论述，成为桐城派古文理论中极富个性特征的组成部分。它在维系这一流派的存在，扩大社会对桐城派的认同方面起着重要的作用。但是，过度膨胀的道统、文统情结，也给桐城派古文理论的创新和发展，带来了种种思想障碍和限制。

首先，浓烈的道统、文统情结加重了宗派情绪，狭义的门户之见导致划地为牢，眼界狭窄。桐城派作为一个文学流派，从历代学者、作家中择选数人作为自己行身祈向、精神信仰及审美理想的归趋与目标，自然无可指责。但人为地将他们编排成某种序列，夸大其中的承继关系，演绎成所谓道统、文统，并涂抹上唯此为正，舍此皆旁门左道的权威性、神秘性色彩，则不免助长托"统"自尊的仰仗心理和党同伐异的宗派情绪。若又唯此道统、

---

① 吴汝纶:《答严几道》,《吴汝纶尺牍》,徐寿凯、施培毅校点,合肥:黄山书社1990年版,第114页。

文统是守，以为学问尽此，规矩止此，门径在此，则易走向划地为牢、自我封闭的境地，从而失去理论上创新和发展的精神与锐气。

如果说桐城派创始人方苞以学行程朱，文章韩欧为行身祈向，尚表现为一种个人行为的话，那么姚鼐选《古文辞类纂》，明代只取归有光，清代只取方苞、刘大櫆，则已流露出宗派的痕迹，为世人留下了"阿私"的话柄。至管同以为清初古文三杰"侯（方域——引者）、魏（禧——引者）、汪（琬——引者）皆不得接乎文章之统"①，方东树声称"居今之世，欲志乎古，非有三先生（方、刘、姚——引者）之说，不能得其门"②，则是以相当自觉的意识去维护、建立桐城派文统、道统正宗传人的地位。方东树"只当论其统之真不真，不当问其党不党"之说，表明了一种甘蒙谤讪、义无反顾的强硬态度，而其"及考方、姚之名，四方皆知；其门人传业虽多，然除一二高第亲炙真知外，皆徒附其声，而不克继其绪"之言，又开以一二高第亲炙真知者续接传人的先例。曾门弟子以梅曾亮、曾国藩为桐城真传，吴门弟子以张裕钊、吴汝纶为桐城真传。桐城派为维护道统、文统地位所表现出的党同伐异及蛮横武断的作派也招惹来尖锐的社会批评。

与曾国藩生活时代大致相同的广西学者郑献甫，论古文一派所言之道统、文统云：

> 道无所谓统也，道有统其始于明人所辑宋五子书乎？文无所谓派也，文有派其始于明人所选唐宋八家文乎？然皆门户之私也，非心理之公也。古者人品有贤愚，人才有美恶，然而流品未分也；儒术有师承，学术有授受，然而尺度未严也。自韩子有轲之死不

---

① 管同：《国朝古文所见集序》，《管同集》，施立业点校，合肥：安徽教育出版社2014年版，第95页。

② 方东树：《刘悌堂诗集序》，《方东树集》，严云绶点校，合肥：安徽教育出版社2014年版，第303页。

得其传一语，而道之统立；自韩子有起八代之衰一赞，而文之派
别。遂若先秦以来之贤人君子，东汉以来之宏篇巨制，皆可置之
不议，而惟株守此五子书、八家文，以为规矩尽是，学问止是。
甚且绘为旁行邪上之图：曰某传之某，某得之某，如道家之有符
录，禅家之有衣钵，世家之有族谱，阅之令人失笑，不惟于体太
拘，而干事亦太陋矣。①

郑献甫此段论述，讥讽了明代之后文人侈谈道统、文统，株守五子八
家，绘制传承系统，如道家之有符箓，禅家之有衣钵，世家之有族谱，拘于
体而陋于事，贻笑大方。此种风气至近世愈演而愈甚：

世论古文者宗之，谓东汉文敝，南宋后无古文，以昌黎直接
史公，以震川直接欧公，而架漏中间数代作者。夫宇宙大矣，古
今远矣，唐、虞之文见于典谟，商、周之文见于雅颂，春秋以来
之文见于词命，秦汉以来之文见于子史，其列为章表、论著、序
记、书状、铭志各体者，皆东汉以后合辑之，南宋以后分守之也。
数典而忘其祖不可，守典而诬其祖可乎？②

此则将锋芒直指桐城派了。桐城派所谓文统，架漏中间数代作者，论
文不及东汉及南宋之后，此即不是数典忘祖，也称得上守典诬祖。郑献甫进
而又将桐城派文统之说直斥为"妄语"：

---

① 郑献甫：《书茅鹿门八家文钞后》，《中国近代文学大系·文学理论集》，徐中玉主
编，上海：上海书店 1994 年版，第 394 页。
② 郑献甫：《书茅鹿门八家文钞后》，《中国近代文学大系·文学理论集》，徐中玉主
编，上海：上海书店 1994 年版，第 394 页。

近有妄者，以归震川直接欧阳，以方望溪直接震川，以姚姬传直接望溪，其余概不得与。余得其选本，甚相怪笑。噫！北宋人有正统之说，南宋人有道统之说，近人又有文统之说矣。妄语不足辨，聊为吾子言之耳。①

与郑献甫同时代的河南学者蒋湘南，持论和郑氏相近。蒋湘南以为，今言古文者，"专以八家为主，且以明人所录八家为主"，舍其难而就其易，袭其毛而弃其神，因而数百年古文之作，其通病流弊，无不出"奴""蛮""丐""吏""魔""醉""梦""喘"八字。"然而门径既成，坛坫相高，天下群然追逐，合其辙者为正宗，异其途者为左道，空疏无具之徒，皆得张空拳以树八家之帜。"②古文至此，则早已空有其名，而难有其实了。道统、文统情绪在为桐城派作家编织了一个思想与古文的信仰体系的同时，也助长了他们的宗派情绪与门户之见，明显限制了他们阅读、取范的眼界。就走出划地为牢、自我封闭的境地而言，郑献甫、蒋湘南的批评是极有针砭箴规意义的。

其次，过度膨胀的道统、文统情结，压抑了创造者的热情与才能；对已有理论体系的自我满足，使桐城派古文理论的创新、发展举步维艰。道统与文统，是桐城派雄峙文坛、号召天下的依仗所在。对道统、文统的反复强调与张扬，逐渐在鼓吹者与信奉者中，形成了一种虚幻色彩极浓的统系理想主义。统系理想主义在封闭的心态下，把道统、文统所涵盖的古典文化遗产看作是无所不有、无所不能的神奇之囊，从而满足于在古人已有的成就与经验中挖掘财富，去拼凑、营筑自己的思想理论体系。即使是个人的发现与体

---

① 郑献甫：《答友人论文书》，《中国近代文学大系·散文集》，任访秋主编，上海：上海书店1991年版，第663页。

② 蒋湘南：《与田叔子论古文书》，《七经楼文钞》，上海古籍出版社编，上海：上海古籍出版社2010年版，第161—162页。

会，也要费心寻找与古人的契合点，以古人经验为印证，甚至运用穿凿附会的手段，附经史圣贤以自尊自显。统系理想主义用于判断事理的标准，是道统、文统，它的存在，无疑是桐城派走向理论创新的思想障碍。

桐城派在方、刘、姚时期，已大致确立了理论研究的方向，即不企求以包罗万象的气势去构筑宏大的思想理论体系，而是偏重于推本溯源，运用体悟、鉴赏、融会贯通的方法，去总结、发现并揭示单行散体之古文（旁及诗赋）的创作经验与写作规律，作为后学者升堂入室的阶梯。方、刘、姚时期，是桐城派古文理论的形成与奠基期。方苞的义法说，刘大櫆的神气说，姚鼐的阳刚阴柔、神理气味格律声色说，构成了桐城派古文理论的基础。方、刘、姚之后的桐城派，重守成而不轻易言创造，于古文理论，虽然有所发展、有所变化，但是在总体上并没有明显的拓展与超越。桐城派后学用以构筑古文理论框架的主要材料，是古人经验、前辈师说及个人的揣摩体味，因而其古文理论显得琐细、零星，同一问题论述的重复率高，无法摆脱感性经验的层次，因而缺少博大精深的气象。以方东树所著的诗话《昭昧詹言》为例。此书洋洋数十万言，旨在为人指示"学诗津逮"，书中以离合伸缩、草蛇灰线等所谓古文之法论诗，大量篇幅用于剖析章法、句法，以发见古人作诗之用心，以致连方东树自己也觉得"讲解太絮"，流于琐细。造成这种现象的直接原因，在于桐城派古文理论研究具有很强的实践性，研究者要在古人作品中发掘经验，为人指点途径，因而立论多述法度技巧，研究方法偏重于感悟、体会，从而造成絮叨、琐细，折下来不成片断的感觉。形成上述现象另一个隐在而不可忽视的原因，则在于统系理想主义所带来的封闭性心态，使研究者志在承守，不思拓展，徇徇然不敢越过雷池一步，仅仅在道统、文统所规定的范围内，向古人与师说寻讨生活。因此在进行理论阐说时便不免捉襟见肘，窘态百出。贯穿桐城派发展始终的道统、文统情结，使得桐城派作家在讲述古文源流、历数师法传承时显得驾轻就熟，热情自信，而在古文理论的推陈出新、变而后大方面却变得唯唯诺诺，小心拘谨，缺乏必要的宏通之识与大家气度。


## 二、文道关系的新话题：义理、考据、辞章

文道关系是古文一派理论体系中的重要内容。对文与道关系的不同理解和阐释，又构成了古文家与经学家、政治家基本的学术分野。

韩愈是文道话题的始作俑者。韩愈以尧、舜、禹、汤、文、武、周公以至孔、孟古道之传人自任，其所谓"道"，主要是"合仁与义言之"的儒家之道，包括资生、人伦与制度三部分。资生为人民相生相养之道，人伦为君臣父子夫妇朋友经纬之道，制度为礼乐刑政规范约束之道。因而，恢复古道首先是恢复儒家君臣父子夫妇朋友之道，以巩固上下有序、和谐圆满的社会秩序。而儒家古道，自周公以上，其道见之于行事；孔孟未得其时，其道见之于著述。欲得古道，须兼通古辞。韩愈言曰：

> 愈之为古文，岂独取其句读不类于今者邪？思古人而不得见，学古道而欲兼通其辞。通其辞者，本志乎古道者也。[1]

志乎古道而兼通其辞，兼通其辞以有闻古道。既有闻于古道，则当或身体力行以践履之，或修其辞以发明之。因此，韩愈又有"君子居其位，则思死其官；未得位，则思修其辞以明其道"[2]之说。

韩愈之后的古文一派，论文道关系，尽管千变万化，无出"志乎古道

---

[1] 韩愈：《题哀辞后》，《韩愈全集》，钱仲联、马茂元校点，上海：上海古籍出版社1997年版，第225页。

[2] 韩愈：《诤臣论》，《韩愈全集》，钱仲联、马茂元校点，上海：上海古籍出版社1997年版，第154页。

而兼通其辞"，"思修其辞以明其道"之外者。"道"是目的，"辞"是"见道"的必由之路，"明道"的必然手段。"道"不可不见，不可不明，而辞章之学也不可不有，不可不精。古文家所选择的安身立命之处即在于与"见道"与"明道"密不可分的辞章之学。

儒学复兴与古文运动的携手联盟，构成了唐宋文化发展过程中的重要景观。但随着宋代理学的成熟及其理论经典的出现，理论体系的建立，理学借助儒、释、道的思想成果，全面改造古典儒学，创造新儒学的恢宏气度，是原来的文道合一的学术框架所无法容纳的，新的学术分野势在必行。程颐敏感地意识到这一点，于是依据个人的理解，创造性地把新的学术分类，厘定为文章之学、训诂之学和儒者之学。他以为"古之学者一，今之学者三。异端不与焉，一曰文章之学，二曰训诂之学，三曰儒者之学。欲趋道，舍儒者之学不可"①。程颐将理学家所讲求的心性义理之学称为儒者之学，视为道之所在，而将文章之学、训诂之学与异端之学等量齐观。到理学的出现，唐代以来儒学复兴与古文运动携手发展的联盟，遂告破裂。

理学家以孔孟之后道统传人自居，以心性义理、人伦道德之学为"道"之所在，为至高无上。与古文家"明道""贯道"说不同，周敦颐以"文以载道"阐释文与道的关系。"文以载道"说以道德为道，文辞为车，道德为实，文辞为艺。以为文辞不载道德不切日用者为徒饰虚车；不务道德而第以文辞为能者则艺焉而已，勿关乎道。②程颐除将文章之学、训诂之学看作是与儒者之学背道而驰的异端之外，又有"作文害道""有德者必有言"之说，视辞章之学为"玩物丧志"之属。对韩愈"志乎古道而兼通其辞"与"思修其辞以明其道"之说，程颐以为："学本是修德，有德然后有言，退之却倒

<hr>

① 程颐：《河南程氏遗书》卷一八，《二程集》，王孝鱼点校，北京：中华书局1981年版，第187页。
② 周敦颐：《文辞第二十八》，《周子通书》，李敖主编，天津：天津古籍出版社2016年版，第13页。

学了。"①朱熹也以为韩愈"第一义是去学文字，第二义方去穷究道理"②。他们只愿意在辞章的范围内承认韩愈。理学家重道轻文，改变了韩愈以来文道并重的文化传统，其"文以载道""作文害道"的观念，与古文家"以文见道""文以明道""文以贯道"之说，构成了理论上的冲突。这种冲突一直延续到清代，并大有愈演愈烈之势。

清主中原，这对于生活在明清之际且惯于谈论夷夏之大防的汉民族知识分子来说，是一种天崩地裂般的巨变。在由政治王朝的更替所带来的"亡天下"的悲凉心境支配下，顾炎武、黄宗羲、王夫之等一代学人积极参与了以正本清源、完善传统、回归儒家原典文化为基本指向的文化反思与学术检讨运动。他们所提出的"经学即理学""博学多闻""实事求是"等理论命题以及回归儒学原典的实践，促进了清代学术由空谈心性向经学考证方向的转换。这种转换经数代学人的共同努力，至清代中叶，经学考据训诂之道遂成为蔚为大观、成绩斐然的显学。考据之学继辞章之学、义理之学后，在回归儒学原典的学术背景下，陡然有主霸坛坫之势，这样，义理、考据、辞章的相互关系问题，再次被提出，成为学术界各派争讼不已的热点。

乾隆年间，较早触及义理、考据、辞章的关系问题的是戴震。戴震《与方希原书》中论学问之途云："古今学问之途，其大致有三，或事于义理，或事于制数，或事于文章。"③戴震曾受业于江永，又曾执经问于惠栋，是乾嘉考据学派中皖派经学的创始人。皖派经学以考据与文字见长，戴震则以学问渊博、识断精审、实事求是、不主一家为学术界所称道。其论义理、

---

① 程颐：《河南程氏遗书》卷一八，《二程集》，王孝鱼点校，北京：中华书局 1981 年版，第 232 页。

② 朱熹：《朱子语类》卷一三七，黎靖德编，王星贤点校，北京：中华书局 1985 年版，第 3273 页。

③ 戴震：《与方希原书》，《戴震集》，李敖主编，天津：天津古籍出版社 2016 年版，第 162 页。

考据、文章三者之间的关系，自然不同于将文章、训诂之学视为异端的程颐。戴震言及文章之学，以为"事于文章者，等而末者也"。[①]然文章之学自子长、孟坚、退之、子厚诸君为之，既得圣人之道的浸润灌溉，故而有荣无瘁；然而，其所为道，非为大道，其所得本外，更有所谓大本。马、固、韩、柳所为道也，"譬犹仰观泰山，知群山之卑；临视北海，知众流之小"而已，"今有人履泰山之巅，跨北海之涯，所见又不悬殊乎者"？[②]能履泰山之巅、跨北海之涯，得所为大本者，则是指以实事求是的精神，还原回归儒学经典，尽六经之奥奇物情者。得大本者，自与以文得道、事于文章者不可同日而语。

> 圣人之道在六经，汉儒得其制数，失其义理；宋儒得其义理，失其制数。譬有人焉履泰山巅，可以言山；有人焉跨北海之涯，可以言水。二人者不相谋，天地间之巨观，目不可收，其可哉？抑言山也，言水也，时或不尽山之奥，水之奇。奥奇，山水所有也，不尽之，阙物情也。[③]

汉儒与宋儒，一得于制数，一得于义理。义理制数，两不相谋，六经之巨观，目不可全收。义理与考据训诂之不可或缺的意义在此。圣人之道在六经，无曲尽物情、心游物先之本领，必不能尽摹六经所有之奥奇，辞章之学不可或缺的意义在此。义理、考据、辞章不可缺一，但有主有次。考据训

---

① 戴震：《与方希原书》，《戴震集》，李敖主编，天津：天津古籍出版社 2016 年版，第 162 页。

② 戴震：《与方希原书》，《戴震集》，李敖主编，天津：天津古籍出版社 2016 年版，第 162 页。

③ 戴震：《与方希原书》，《戴震集》，李敖主编，天津：天津古籍出版社 2016 年版，第 162—163 页。

诂之学既能与义理之学一譬之为山，一譬之为水，相提而并论，那么，二者孰先孰后，孰轻孰重，则尽可以仁者见水，智者见山了。

作为乾嘉学派的主将，戴震为考据训诂之学力争坛坫的意向还是十分明确的。他的《题惠定宇先生授经图》一文为汉学及考据之学张目云：

> 震自愧学无所就，于前儒大师不能得所专主，是以莫之能窥测先生涯涘。然痛夫六经微言，后人以歧趋而失之也。言者辄曰："有汉儒经学，有宋儒经学，一主于故训，一主于理义。"此诚震之大不解也者。夫所谓理义，苟可以舍经而空凭胸臆，将人人凿空得之，奚有于经学之云乎哉？惟空凭胸臆之卒无当于贤人圣人之理义，然后求之古经；求之古经而遗文垂绝，今古悬隔也，然后求之故训。故训明则古经明，古经明则贤人圣人之义理明，而我心之所同然者，乃因之而明。贤人圣人之理义非他，存乎典章制度是也。①

理义不可空凭胸臆，而须求之于古经；古经今古悬隔、遗文垂绝，则当求之故训；求之故训，无文字训诂、考证核实的功夫，如何而能实现？在回归原典过程中，考据是理义的基础。戴震"故训明则古经明，古经明则理义明"的看法，代表着考据学派的自恃自傲，而皖派经学正是以由字通词、由词明道作为基本学术路向的。

戴震作为经学大师，自称于义理、考据、文章之学，"三者皆庶得其

---

① 戴震：《题惠定宇先生授经图》，《戴震集》，李敖主编，天津：天津古籍出版社2016年版，第183—184页。

源"①，又以为治经学者当以"空所依傍""平心体会经文"②，于义理有己所得作为最后归宿。其言于弟子段玉裁曰："六书九数等事，如轿夫然，所以舁轿中人也。以六书九数等事尽我，是犹误认轿夫为轿中人也。"③又言："仆生平著述之大，以《孟子字义疏证》为第一，所以正人心也。"④戴震深通训诂，究于名物制度，却又深恐世人误解而不见其明道之作，所以有"误认轿夫为轿中人"的担忧，又声明生平著述，以《孟子字义疏证》为第一。这种兼考据与义理者，在乾嘉学派中并不多见，其辨理气心性之作，当时即有人谓之"空说义理，可以无作"⑤。江藩作《汉学师承记》也不录戴震。朱筠复认为："性与天道，不可得而闻，何图更于程朱之外复有论说乎？戴氏可传者不在此。"⑥即使是戴氏弟子，对其晚年所谓"义理者，文章考核之源"之说也持有异议。段玉裁《戴东原集序》云：

> 始玉裁闻先生之绪论矣，其言曰：有义理之学，有文章之学，有考核之学。义理者，文章考核之源也。熟乎义理，而后能考核，能文章。玉裁窃以谓义理、文章未有不由考核而得者。⑦

戴震"义理者，文章考核之源也。熟悉义理，而后能考核、能文章"之类的话，与宋学家持论过于近似，而不能为更纯粹的乾嘉学派中人所能接

---

① 段玉裁：《戴东原集序》，《戴东原集》，北京：商务印书馆1980年版，第1页。

② 戴震：《与某书》，《戴震集》，李敖主编，天津：天津古籍出版社2016年版，第160页。

③ 段玉裁：《戴东原集序》，《戴东原集》，北京：商务印书馆1980年版，第1页。

④ 段玉裁：《戴东原集序》，《戴东原集》，北京：商务印书馆1980年版，第1页。

⑤ 章学诚：《书朱陆篇后》，《文史通义》，北京：古籍出版社1956年版，第57页。

⑥ 江藩：《洪榜传》，《汉学师承记》下卷，凌善清标点，上海：大东书局1931年版，第10页。

⑦ 段玉裁：《戴东原集序》，《戴东原集》，北京：商务印书馆1980年版，第1页。

146 │ 桐城派研究

受。段玉裁"义理、文章未有不由考核而得者"之言，则更符合乾嘉学派的意愿。乾嘉学派（与宋学相对而言，又称为汉学）作为一个学派和一种学术思潮，学术路向、治学方法上与宋学多有不同。乾嘉学派认为：回归传统、回归原典的目的在于寻求圣人之道。圣人之道在六经，"舍六经则无以为学"，"蒐古则尤以见道"。① 读经求圣应先通晓古代的语言文字、典章制度，因此，关于音读训诂、典章制度的学问则自当在其他一切学问之上。以此价值标准衡量汉儒宋儒，则汉儒经注更为近古，而宋儒经说则近于诬圣乱经。

汉宋之争，是清代学术史上的一大公案。汉儒之学注重名物训诂，治经重在考证注疏，而以章句经注为看家本领；宋儒之学喜谈心理之辨，治经重视揣摩体悟，而以人伦道德为义理本营。在宋儒之学主理坛坫几百年之后，在清代回归原典文化的思潮波澜壮阔的背景下，汉儒之学重新兴起，对宋儒之学的权威地位甚至生存构成了一定的冲击。围绕主汉还是主宋的问题，形成了清代学术史上的汉学宋学之争。汉宋两学在学术路向、治学方法、义理、考证孰主孰从的问题上多有争论，但同属经学阵营的汉宋两学，对辞章之学的从属地位，则均无异词。汉学家与宋学家，各自以得道者自居，在论述道与文的关系时，共同表现出极端相像的经学优胜的心态。

古文家似乎很少具有经学家那样的优越感。自韩愈以来的古文家所讲求的"志乎古道而兼通其辞"与"思修其辞以明其道"，都是把"道"摆在首要的位置而置文辞以兼通的地步。这是因为古文家理论中所谓的"道"，主要指儒家之道。儒家之道的发明增损，在儒者之学。古文家之于道，不过是充实于中，曲尽其情，发为文章，增其辉光而已。古文家很少有离儒者之学言道，离儒家之道而立言的，因而道愈重而文愈贱，道愈放诸四海而皆准，文则愈是可有可无。这使古文家在论述文与道的关系时，往往先带有几

---

① 钱大昕：《经籍纂诂序》，《经籍纂诂》，阮元编，上海：上海古籍出版社 1988 年版，第 4 页。

分的内怯与紧张。他们不愿明昭大号以文士自居而须时时挟道自重，不顾勤一世精力以尽心于文字间而期望于道万一有所得，这种矛盾的心态，又使他们在论述文与道的关系时，显得曲折往复，遮遮掩掩。

桐城派在方苞选择"学行程朱，文章韩欧"为行身祈向时，即已确立了以韩欧之文，明程朱之道的基本路向。至姚鼐真正揭起桐城派旗帜时，正是乾嘉学派如日中天、汹汹然主霸坛坫的时期。姚鼐小戴震九岁，乾隆二十年（1755）姚鼐初识戴震于北京，欲奉戴震为师，戴震却以"古之所谓友，固分师之半。仆与足下，无妨交相师，而参互以求十分之见，苟有过则相规，使道在人不在言，斯不失友之谓，固大善"①之言婉拒，而许以"交相师"。姚鼐因学术观点的分歧而愤然离开四库馆后，至江南讲学授徒，成为桐城古文一派的实际组织者、创始者。姚鼐在汉学哓哓鼎沸之际，据理陈言，维护古文一派的地位和利益。

姚鼐论义理、考证、文章之学，首先持"异趋而同为不可废"之说。他在《复秦小岘书》中云：

> 鼐尝谓天下学问之事，有义理、文章、考证三者之分，异趋而同为不可废。一途之中，歧分而为众家，遂至于百十家。同一家矣，而人之才性偏胜，所取之径域，又有能有不能焉。凡执其所能为，而呲其所不为者，皆陋也。必兼收之乃足为善。②

学问三事，必以"异趋而同为不可废"为基本前提。执其所能为，而贬抑所不为，是为偏执、为陋见。姚鼐复论三者善用相济之道及义理、考证

---

① 戴震：《与姚孝廉姬传书》，《戴震集》，李敖主编，天津：天津古籍出版社 2016 年版，第 159 页。

② 姚鼐：《复秦小岘书》，《惜抱轩诗文集》，刘季高校点，上海：上海古籍出版社 1992 年版，第 104—105 页。

家不文之过云：

> 余尝论学问之事有三端焉：曰义理也，考证也，文章也。是三者苟善用之，则皆足以相济；苟不善用之，则或至于相害。今夫博学强识而善言德行者，固文之贵也；寡闻而浅识者，固文之陋也。然而世有言义理之过者，其辞芜杂俚近，如语录而不文；为考证之过者，至繁碎缴绕，而语不可了。当以为文之至美，而反以为痛者何哉？其故由于自喜之太过而智昧于所当择也。夫天之生才虽美，不能无偏，故以能兼长者为贵，而兼之中又有害焉。岂非能尽其天之所舆之量而不以才自蔽者之难得舆？[①]

姚鼐与戴震等人同言学问三事善用相济之道，而姚鼐所言，明显是为文章之学张目。宋学家与汉学家，或执于义理之端，或执于考证之端，皆以为文章之学不足道，不必言，其结果是言义理者，其辞失之于芜杂俚近，如语录而不文；为考证者，其辞至之于繁碎缴绕，而语不可了。两者之失，皆在于不讲文章之道。文章之道不讲，其言不文；言之不文，而行之不远。姚鼐论立言之可贵处云：

> 言而成节合乎天地自然之节，则言贵也。其贵也，有合乎天者焉，有因人而造乎天者也……夫文者，艺也。道与艺合，天与人一，则为文之至。世之文士，固不敢于文王、周公比，然所求以几乎文之至者，则有道矣，苟且率意，以觊天之或与之，无是

---

① 姚鼐：《述庵文钞序》，《惜抱轩诗文集》，刘季高校点，上海：上海古籍出版社1992年版，第61页。

理也。①

　　言之可贵在于合于天地自然之节；文之可贵在于至境可得道艺双臻、天人合一之妙。言达于合天地自然之节，文至于近道艺双臻之境，此不在天授，而关乎人力。如以为文章可率意为之，觊觎于天授之成，无是理也。姚鼐从这个角度讲，文之至者，最为难得。姚鼐《答鲁宾之书》云：

　　　　邃以通者，义理也。杂以辨者，典章名物凡天地之所有也。闵闵乎！聚之于锱铢，夷怿以善虚，志若婴儿之柔。若鸡伏卵，其专以一，内候其节，而时发焉。夫天地之间，莫非文也。故文之至者，通于造化之自然。②

　　正因为文之至者，通于造化之自然，在文章写作过程中，义理、典章、名物，凡天地之所有，都将成为供文学驱使的材料，都将因文而有所附着，有所彰明，有所光辉。文章之学，岂可掉以轻心而漠视之，讪笑讥讽而轻贱之？

　　在义理、考证、文章学问三事这一学术界的共同话题中，突出文章之学至高至贵、不可动摇的地位；在汉宋两学互争正统，自诩得道之时，指出他们的著述文章或芜杂俚近，或繁碎缴绕，皆有不文之失；在守经征圣、回归原典的儒学整理热潮中，独立不移，力延古文一线于纷纭之中：这就显出姚鼐特有的胆略和识见。姚鼐自言对古文辞的酷爱与追求道：

---

① 姚鼐：《敦拙堂诗集序》，《惜抱轩诗文集》，刘季高校点，上海：上海古籍出版社1992年版，第49页。

② 姚鼐：《答鲁宾之书》，《惜抱轩诗文集》，刘季高校点，上海：上海古籍出版社1992年版，第104页。

鼐性鲁知暗，不识人情向背之变、时务进退之宜，与物乖忤，坐守穷约，独仰慕古人之谊，而窃好其文辞。夫古人之文，岂第文焉而已，明道义、维风俗以诏世者，君子之志；而辞足以尽其志者，君子之文也。达其辞则道以明，昧于文则志以晦。鼐之求此数年矣，瞻于目，诵于口，而书于手，较其离合而量剂其轻重多寡，朝为而夕复，捐嗜舍欲，虽蒙流俗讪笑而不耻者，以为古人之志远矣，苟吾得之，若坐阶席而接其音貌，安得不乐而愿日与为徒也。①

正是出于对古文辞"明道""言志"之功用的推重，及对"达其辞则道以明，昧于文则志以晦"的文与道关系的理解，姚鼐才有"瞻于目，诵于口，而书之手"的勤奋和"捐嗜舍欲，虽蒙流俗讪笑而不耻"的执着。这种勤奋和执着，使得姚鼐在理论与创作两个方面，都坚定地为古文一派守望着壁垒。这种守望，关乎到古文一派的存在与发展，而守望的责任感，在其弟子中又不断地承继下来。

对于汉宋之争，义理、考证之争，姚鼐及其弟子自然旗帜鲜明地站在宋学、义理之学一边。姚鼐评论汉儒、宋儒之得失云：

自秦汉以来，诸儒说经者多矣，其合与离固非一途。逮宋程朱出，实于古人精深之旨，所得为多，而其审求文辞往复之情，亦更为曲当，非如古儒者之拙滞而不协于情也。而其生平修己立德，又实足以践行其所言，而为后世之所向慕。故元、明以来，皆以学取士。利禄之途一开，为其学者以为进趋富贵而已，其言

---

① 姚鼐：《复汪进士辉祖书》，《惜抱轩诗文集》，刘季高校点，上海：上海古籍出版社 1992 年版，第 89 页。

有失，犹奉而不敢稍违之，其得也不知其所以为得也，斯固数百年以来学者之陋习也。

然今世学者，乃思一切矫之，以专宗汉学为至，以攻驳程、朱为能，倡于一二专已好名之人，而相率而效者，因大为学术之害。夫汉人之为言，非无有善于宋而当从者也。然苟大小之不分，精粗之弗别，是则今之为学者之陋，且有胜于往时为时文之士，守一先生之说，而失乎隘者矣。博闻强识，以助宋君子之所遗则可也，以将跨越宋君子则不可也。

往昔在都中，与戴东原辈往复，尝论此事，作《送钱献之序》，发明此旨，非不自度其力小而孤，而义不可以默焉耳。①

儒者说经，有大小精粗之分，宋儒得其大者精者。以汉人之学助宋君子之所遗则可，以将跨越宋君子则不可。姚鼐的此种观点，反复见之于《送钱献之序》《程绵庄文集序》《胡玉斋双湖两先生易解序》等文中。姚鼐在汉学如日中天之时为宋学辩护，常常有"力小而孤"之感。他在给姚莹的信中也曾谈到这种感受，但义之所在，如骨鲠在喉，不吐不快。这种辩论有时也难免带有浓重的感情色彩。如《再复简斋书》云：

儒者生程朱之后，得程朱而明孔孟之旨，程朱犹吾父师也。然程朱言或有失，吾岂必屈从之哉？程朱亦岂不欲后人为论而正之哉？正之可也，正之而诋毁之，讪笑之，是诋讪父师也。且其人生平不能为程朱之行，而其意乃欲与程朱争名，安不为天之所恶，故毛大可、李刚主、程绵庄、戴东原，率皆身灭嗣绝，此殆

---

① 姚鼐：《复蒋松如书》，《惜抱轩诗文集》，刘季高校点，上海：上海古籍出版社1992年版，第95—96页。

未可以为偶然也。[1]

　　由此言也可见其情绪之激愤，几近于破口而大骂了。简斋是袁枚的号，他论义理、考证、文章三事，与姚鼐近似，此在汉学纷纭之际，不啻为空谷足音。所以姚鼐在知音者面前，也就越发少有遮拦了。

　　乾嘉之际学术界关于义理、考证、文章这学问三事相互关系的辩论，所涵盖的内容及潜在的思想意蕴是十分丰厚的。如若说它是了解清代各学术派别思想分野的一把钥匙，丝毫也不过分。姚鼐在辩论中，基本上遵循"学行程朱，文章韩欧"的思想原则，阐明了古文家对学问三事的认识和立场。"学行程朱"是道之所在、信仰所在，"文章韩欧"是文之所宗、艺之所求。姚鼐是以古文家的眼光去阐述道与文、信仰与艺术之间的关系的。"明道义、维风俗以诏世者，君子之志；而辞足以尽其志者，君子之文也。达其辞则道以明，昧于文则志以晦。"[2]明道言志，必赖辞章而焕发光辉。至文之境，合于天地自然造化。在自然造化主宰之下，义理、制度、名物，天地间一切所有，都将物化为为文的材料。从至文之境的角度看义理、考证，义理为所明之道，所言之言，是当乎人心，令读者意会神得者，而考证则可佐以论辩，或以杂博助文之境。姚鼐《尚书辨伪序》云："学问之事有三；义理、考证、文章是也。夫以考证断者，利以应敌，使获之者不能出一辞。然使读者意会神得，觉犁然当乎人心者，反更在义理、文章之事也。"又在《与陈硕士书》中云："愚意谓以考证累其文则是弊耳。以考证助文之境，正有佳处。"佐以论辩、助文之境之考证与当乎人心，令人意会神得之义理，这两者在古文家心目中是难以相提并论的。

---

　　① 姚鼐：《再复简斋书》，《惜抱轩诗文集》，刘季高校点，上海：上海古籍出版社1992年版，第102页。
　　② 姚鼐：《复汪进士辉祖书》，《惜抱轩诗文集》，刘季高校点，上海：上海古籍出版社1992年版，第89页。

义理、考证、辞章的话题，自姚鼐之后，为桐城派所乐道。至曾国藩中兴改造桐城派，将经济的内容附加在义理之上，于是论文与道的关系又与立德、立功、立言及义理、经济、考证、文章的话题纠合在一起。

曾国藩为官京师之初，曾向湖南学者唐鉴问学，唐鉴告之以学问三事，而以为"考核之学，多求粗而遗精，管窥而蠡测"，"文章之学，非精于义理者不能至"，"经济之学即在义理之中"。[①] 又以为："读文词曲，皆可不必用功，诚能用力于义理之学，彼小技亦非所难。"[②] 对于唐鉴所言，曾国藩有所遵循，也有所变更。其遵循者，如以经济附着归属于义理，注重以经世致用及礼乐典章规范，充实于以讲求君臣父子夫妇人伦道德为主的义理之学，使义理之学代表的"道"更切于日用人伦。其变更者，则在用力于义理之学的同时，并不鄙薄文章之学。且于文章之学，孜孜以求，乐此不疲。

鸦片战争过后的道光、咸丰年间，由于社会矛盾和政治背景的变化，学术界喧嚣一时的汉宋之争虽波澜未平，沟壑仍在，但其间的火药味已大大淡化，并逐渐出现调和兼容且向经世致用方向转化的趋势。这一转化的趋势在曾国藩的著作中即留有明显的痕迹。曾国藩1845年所写的《书学案小识后》，持论受乃师唐鉴的影响，是扬宋而抑汉的。曾氏以为：宋儒朱熹沿袭古昔贤圣共由之轨，而有"即物穷理"之说，陆象山、王阳明创心学良知之说，已背离周公、孔、孟好问好察，博文敏求之旨。陆、王之后，有思救其偏者，变一说则生一蔽：

> 高景逸、顾泾阳氏之学，以静坐为主，所重仍在知觉，此变而蔽者也。近世乾嘉之间，诸儒务为浩博。惠定宇、戴东原之流，

---

① 曾国藩：《日记》道光二十一年七月十四日，《曾国藩全集》，长沙：岳麓书社1994年版，第92页。

② 曾国藩：《日记》道光二十一年七月十四日，《曾国藩全集》，长沙：岳麓书社1994年版，第92页。

钩研诂训，本河间献王实事求是之旨，薄宋贤为空疏。夫所谓事者非物乎？是者非理乎？实事求是，非即朱子所称即物穷理者乎？名目自高，诋毁日月，亦变而蔽者也。别有颜习斋、李恕谷氏之学，忍嗜欲，苦筋骨，力勤于见迹，等于许行之并科，病宋贤为无用，又一蔽也。由前一蔽，排王氏而不塞其源，是五十步笑百步之类矣。由后之二蔽，矫王氏而过于正，是因噎废食之类矣。①

曾氏以为，陆、王之学及近年来矫陆、王之学者，皆有其蔽，国朝以来可称为正学者，在张履祥、陆陇其、顾炎武、陆世仪：

> 我朝崇儒一道，正学翕兴，平湖陆子、桐乡张子，辟诐辞而反经，确乎其不可拔。陆桴亭、顾亭林之徒，博大精深，体用兼赅。其他巨公硕学，项领皆望。二百年来，大小醇疵，区以别矣。②

张履祥、陆陇其之学专宗程朱，讲求即物穷理，曾氏称之为"辟诐辞而反经"；顾炎武、陆世仪之学，有康平天下之志，于古今政治制度因革源流，兵农礼乐及乡国利害，一一究明，曾氏称之为"博大精深，体用兼赅"。曾国藩稍后几年所作的《汉阳刘君家传》复论学当奉程、朱为归及汉学之弊云：

> 窃尝究观夫圣人之道，如此其大也。而历世令辟与知言之君

---

① 曾国藩：《书学案小识后》，《曾国藩全集》，长沙：岳麓书社1994年版，第166页。
② 曾国藩：《书学案小识后》，《曾国藩全集》，长沙：岳麓书社1994年版，第166页。

子，必奉程朱为归，岂私好相承以然哉？彼其躬行良不可及，而其释经之书，合乎天下之公而近于仲尼之本旨者，亦且独多，诚不能违人心之同然，遽易一说以排之也。

自乾隆中期以来，世有所谓汉学云者。起自一二博闻之士，稽核名物，颇拾先贤之遗而补其阙。久之，风气日敝，学者渐以非毁宋儒为能，至取孔孟书中心性仁义之字，一切变更旧训，以与朱子相攻难。附和者既不一察，而矫之者恶其恣睢，因并蔑其稽核之长，而授人以诟病之柄，皆有识者所深悯也。

盖用汉学家之能，综核于伦常日用之地，以求一得当于朱子，后之览者，可以谓之笃志之君子邪？抑犹未邪？①

在尊奉程朱为归的前提下，兼用汉学家稽核之长，谋求切于伦常日用，体用兼赅之学，此中已透露出汉宋兼采并容且向经世致用方向转换的痕迹。

率军之后，曾国藩名望日隆，在中兴名臣的光环之下，又俨然成为咸同之际学界的领袖。故而持论更为宏通，而对经济之学，也更加留意。1860年，曾氏作《孙芝房侍讲刍论序》一文，论及经世之术之传统云：

盖古之学者，无所谓经民之术也，学礼焉而已。《周礼》一经，自体国经野，以至酒浆廛市、巫卜缯彚，天鸟蛊虫，各有专官，察及纤悉。吾读杜元凯《春秋释例》，叹邱明之发，凡仲尼之权万变，大率秉周之旧典，故曰"周礼尽在鲁矣"。自司马氏作史，猥以《礼》书，与《封禅》衡、《平准》并列，班范而下，相沿不察。唐杜佑纂《通典》，言《礼》者居其泰半，始得先王经世之遗意。有宋张子朱子益崇阐之。圣清膺命，巨儒辈出，顾亭林著书，以

---

① 曾国藩：《汉阳刘君家传》,《曾国藩全集》，长沙：岳麓书社 1994 年版，第 212 页。

扶植礼教为己任。江慎修氏纂《礼书纲目》，洪纤毕举，而秦树沣氏遂修《五礼通考》，自天文、地理、军政、官制，都萃其中，旁综九流，细破无内。国藩私宗之，惜其食货稍缺，尝欲集盐、漕、赋、税，国用之经，另为一编，傅于秦书之次，非徒广己于不可畔岸之域，先圣制礼之体之无不赅，固如是也。①

此文正好可与曾国藩于1859年所作的《圣哲画像记》对照读之。《圣哲画像记》中言："先王之道，所谓修己治人，经纬万秉者，何归乎？亦曰礼而已矣。"治礼学者，曾氏举郑玄、杜佑、顾炎武、秦蕙田、江永、戴震等人，皆属考据学者。曾国藩《孙芝房侍讲刍论序》中引其好友刘侍莹"礼非考据不明，学非心得不成"之语，以为虽然经世之术归之于《礼》，今人之于《礼》及经民之学，又贵在心得，而不必字字考究，事事亲及，以"考诸室而市可行，验诸独而众可从"②，可付诸实施，推及于社会为终极目的。学礼及经世之术如此，考据之学如此，学程朱义理之学也是如此，重在领会其精神实质，做到"粗识几字，不敢为非以蹈大戾"③即可，不必断断于性理之辨，拘泥于静生自省之道。曾国藩于义理之学、经济之学、考据之学均强调实行致用，有裨于现世与政事，显示出与纯粹学者不同的眼光及治学态度。曾氏又有感于孙鼎臣《刍论》中将洪、杨之乱归咎于近世汉学家用私意分别门户所致，复言著述立说之道云：

---

① 曾国藩：《孙芝房侍讲刍论序》，《曾国藩全集》，长沙：岳麓书社1994年版，第256页。

② 曾国藩：《孙芝房侍讲刍论序》，《曾国藩全集》，长沙：岳麓书社1994年版，第256页。

③ 曾国藩：《家书》道光二十三年正月，《曾国藩全集》，长沙：岳麓书社1994年版，第52页。

君子之言也，平则致和，激则召争。辞气之轻重，积久则移易世风，党仇讼争而不知有所止。曩者良知之说，诚非无蔽，必谓其酿晚明之祸，则少过矣。近者汉学之说，诚非无蔽，必谓其致粤贼之乱，则少过矣。[1]

著述立说呈一时之快，发偏激之辞，必将引起无谓的争端。曾国藩的平和立言之说，再次表明了调停争端、兼收并蓄的学术意向。

当然，曾氏兼收并蓄的学术意向之意，还是表现在《圣哲画像记》与《劝学篇示直隶士子》两篇文章之中。两文将义理、考据、辞章、经济，比附于孔门德行、文学、言语、政事四科，又以为义理重在事明德，而经济重在新新民，事明德与新新民均为程朱诸子遗书所本有之意，"义理与经济，初无两述之可分，特其施功之序详于体而略于用耳"，"苟通义理之学，而经济该乎其中矣"。[2]

曾国藩关于义理、考证、辞章、经济的学术分野，体现了鸦片战争之后学术界对经世之学日益重视的普遍趋势。国内形势的急剧变化及社会不稳定因素的逐渐增多，使得汉宋之学逐渐失去了同室操戈的条件和心思。携手联袂，兼蓄并存，着力发明经学意蕴，全面继承儒学传统，倡导事明德而经人伦、新新民而成教化、体用兼备、学行一致的学术精神，培养文能坐而论道，武能决胜千里，从政能驭将率民，闲逸能登高而赋，知古而又通今，据乱而可升平的济国拯道之士，是咸同之际政治秩序恢复与稳定的当务之急。曾国藩对"经济"一词界定为"在孔门为政事之科，前代典礼政书及当世掌

---

① 曾国藩：《孙芝房侍讲刍论序》，《曾国藩全集》，长沙：岳麓书社 1994 年版，第256 页。

② 曾国藩：《劝学篇示直隶士子》，《曾国藩全集》，长沙：岳麓书社 1994 年版，第443 页。

故皆是也"①。经济加盟于学问三事之中，且与义理之学一为体，一为用，套用韩愈把儒家之道区分为资生、人伦、制度三类的说法，加入经济之后的义理之学，已基本涵盖了资生、人伦、制度等儒学的全部内容。就曾氏自身而言，更注重人伦与典章制度，而曾氏所开创的洋务派，则越来越多地注意到"资生"的内容，即以求富而求强等诸多问题。

作为政治家，曾国藩对义理与经济的关系的阐述是详尽、准确的。但作为古文家，曾氏又感到，以义理、经济作为辞章所载所明之道，以考据作为验诸所得之道是否合乎古制的手段，以辞章作为载"吾之所获达诸笔札而不差"之坚车，并不是一件十分轻松的事情。曾氏一生，政事兵事之外，最引为自得的是文章之学。他又多次以不能尽心尽力于古文之学而深引为憾事。曾国藩论文道关系，有"坚车行远"之说，表示"于诸儒崇道贬文之说，尤不敢雷同而苟随"。又以为道与文结合的极致是"见道既深且博，而为文复臻于无累"。②曾国藩关于文与道的关系的重要论述，还见于1870年写给刘蓉的信中：

> 国藩窃维道与文之轻重，纷纷无有定说久矣。朱子《读唐志》谓欧阳公但知政事与礼乐不可不合而为一，而不知道德与文章尤不可分为二。其讥韩、欧裂道与文以为两物，措辞甚峻，而欧阳公《送徐无党序》亦以修之于身、施之于事、见之于言分为三途；其云修之身者，即叔孙豹所谓"立德"也；施之事、见之言者，即豹之所谓"立功""立言"也。欧公之意盖深慕立德之徒，而鄙功与言为不足贵。且谓勤一世以尽心于文字者皆可悲，与朱子讥

① 曾国藩：《劝学篇示直隶士子》，《曾国藩全集》，长沙：岳麓书社1994年版，第442页。

② 曾国藩：《复刘蓉》，《曾国藩全集》卷十，长沙：岳麓书社1994年版，第7033页。

韩公先文后道、讥永嘉之学偏重事功，盖未尝不先后相符。朱子
作《读唐志》时岂忘欧公《送徐无党》之说，奚病之若是哉？①

欧阳修本是古文大家，他在《送徐无党南归序》中言及三不朽，以为
"修于身者无所不获，施于事者有得有不得焉，其见于言者则又有能有不能
也"。②又以为修身、施事、立言之中，言如"草木荣华之飘风，鸟兽好音之
过耳"，③最不可恃。因而"勤一世以尽心于文字间者，皆可悲也"。④欧阳修
此论，强调修身，而视文章之事不足论，此与理学家提出的"重道轻文""玩
物丧志"之说已十分接近，与朱熹讥韩愈先文后道、讥永嘉之学偏重事功之
说亦如一辙，不知朱熹在《读唐志》中为何还要批评欧阳修，而又"措辞甚
峻"。曾国藩对朱熹、欧阳修之说均表示出异议：

> 国藩之愚，以为事功之成否，人力居其三，天命居其七。苟
> 为无命，虽大圣毕生皇皇，而无济于世。文章之成否，学问居其
> 三，天质居其七，秉质之清浊厚薄，亦命也。前世好文之士，不
> 可亿计，成者百一、传者千一，彼各有命焉。孔子以斯文之将丧
> 归之天命，又因公伯寮而谓道之行废由命，孟子亦以圣人之于天
> 道，归之于命。然则文之兴衰，道之能行能明，皆有命焉存乎其
> 间。命也者，彼苍尸之，古之所无如何者也。学也者，人心主之，
> 吾之所能自勉者也。自周公而下，惟孔孟道与文俱至，吾辈欲法

---

① 曾国藩：《复刘蓉》，《曾国藩全集》卷十，长沙：岳麓书社1994年版，第7033页。
② 欧阳修：《送徐无党南归序》，《欧阳修全集》卷四十三，北京：中国书店1986年版，第297页。
③ 欧阳修：《送徐无党南归序》，《欧阳修全集》卷四十三，北京：中国书店1986年版，第297页。
④ 欧阳修：《送徐无党南归序》，《欧阳修全集》卷四十三，北京：中国书店1986年版，第297页。

孔孟，固将取其道与文而并学之。其或体道而文不昌，或能文而道不凝，则各视乎性之所近。苟秉质诚不足与言文则己，阁下即自度可跻古人，又何为舍此而他求哉？若谓专务道德，文将不期而自工，兹或上哲有，然恐亦未必果为笃论也。[①]

事功之成否，天命居多，人力居少；文章之成否，人力居多，天命居少。天命多人力少者，不可强力而致；人力多天命少者，可学而后能。此中三昧，曾氏有个人的参悟。对欧阳修、朱熹等人"有德者必有言"及"专务道德，文将不期而工"之说，曾国藩更不赞同，以为"文不期而工"之论自身就有偏颇。体道而文不昌，能文而道不凝者多有，最好的选择应是效法孔孟，文道并学而期于双至。

曾国藩于义理之学，很少涉及性理之辨，而重在对儒家的思想原则心领神会，落实于修身齐家治国平天下的行为过程中，在政治、军事、学术活动中，无不以义理之学的信仰者自居，以"立诚""坚忍""气节"等行为规范要求自己。于考据之学，主要重视汉学家对古代典章制度的稽核成果，以为此可有裨于政事。至于小学训诂之学，则以为可旁通于文章之事。他在《谕纪泽》中云：

余观汉人词章，未有不精于小学训诂者，如相如、子云、孟坚，于小学皆专著一书，《文选》于此三人之文著录最多。余于古文，志在效法此三人，并司马迁、韩愈五家。以此五家之文，精于小学训诂，不妄下一字也。

自宋以后能文章者不通小学，国朝诸儒通小学者又不能文章。余早岁窥此门径，因人事太繁，又久历戎行，不克卒业，至今用

---

① 曾国藩：《复刘蓉》，《曾国藩全集》卷十，长沙：岳麓书社 1994 年版，第 7033 页。

为疚憾。<sup>①</sup>

　　能文章而兼通小学，通小学仍是为了在文章写作中"不妄下一字"，此与姚鼐以考据助文之境之说，颇为接近。曾国藩在古文理论上，得自姚鼐处甚多，晚年日记中甚至有两处梦见姚鼐的记载。一处为："梦见姚姬传先生颀长清癯，而生趣盎然。"<sup>②</sup>一处为："梦姚姬传先生谈文颇久。"<sup>③</sup>由此也可见曾氏对姚鼐的心仪及对古文的迷恋。曾国藩继姚鼐之后，为古文一派坚守壁垒、扩大堂庑，因此，曾门弟子以"扩姚氏而大之"与"并功、德、言于一途"之语，评价曾国藩对古文发展的贡献。

　　物换星移，至吴汝纶执掌桐城派门庭时，正值十九、二十世纪之交。在西风东渐和新民救国浪潮的激荡下，义理、考据、辞章之争虽然还是余响不绝，但古文家所面临的挑战，在吴汝纶看来，主要是中西之争与雅俗之争了。

　　吴汝纶自言："吾无他长，于学问途辙，颇有闻见。""学有三要，学为立身，学为世用，学为文词。三者不能兼养，则非通才。"<sup>④</sup>吴氏所说"学问三要"中，立身近于义理，世用近于经济，文词即为辞章，而未及考证训诂。在吴汝纶看来，学问之中，"古文最难成"<sup>⑤</sup>，而说经最易措手。他在《答黎纯斋》中云："近十年来，自揣不能为文，乃遁而说经，成《书》《易》二

---

① 曾国藩:《谕纪泽》同治元年五月十四日，《曾国藩全集》卷二，长沙：岳麓书社1994 年版，第 831 页。
② 曾国藩:《日记》同治三年十二月十七日，《曾国藩全集》卷二，长沙：岳麓书社1994 年版，第 1088 页。
③ 曾国藩:《日记》同治四年十二月初十日，《曾国藩全集》卷二，长沙：岳麓书社1994 年版，第 1213 页。
④ 吴汝纶:《答王子翔》，《吴汝纶尺牍》，徐寿凯、施培毅校点，合肥：黄山书社1990 年版，第 73 页。
⑤ 吴汝纶:《答王子翔》，《吴汝纶尺牍》，徐寿凯、施培毅校点，合肥：黄山书社1990 年版，第 73 页。

种。"又在《与王子翔文》中云:"吾说《书》《易》二经,自信过于诗文,以说经易而文字难也。"①"自信过于诗文"的说经之书,是如何一种著作呢? 吴汝纶在《答柯凤荪》中述及《尚书故》的写作过程云:

> 初为此书时,乃深不满于江、孙、段、王诸人,戏欲与之争胜,并非志在释经,故即用诸公著作体裁。性苦不能广记,区区私旨,但欲求通古人文辞。不敢拘执古训,往往有私造训诂处,虽见非于小学专家而不顾也。②

吴氏说经之作,以汉学家著作体裁,而求通古人文辞,与汉学家博学多闻的著述之旨已相去甚远。至于"私造训诂","虽见非于小学专家而不顾",则出于"戏欲与之争胜"的意气用事了。这种治经方法及过程的本身,也包含着对汉学家所自诩"神圣"的一种嘲讽。吴汝纶"古文最难成"及说经易于古文之说,则将自姚鼐以来,古文家慑于经学家托经自尊、治经优胜的威严,不敢与之明昭大号、争锋抗击的怨气一吐而尽。至于义理之学,吴汝纶也坦诚告于友人曰:"仆生平于宋儒之书,独少浏览,然略识为学途辙,大率入德之始,以无诱于势利为第一要义。"③生活在世纪之交与西风东渐的文化背景下的吴汝纶,所面临的主要矛盾已不再是义理、考证、辞章及道与文之争,而是交锋更加激烈、冲突更为根本的中学与西学之争。

与世纪之交时期大部分传统士人的心态一样,吴汝纶对西学之兴、中

---

① 吴汝纶:《与王子翔》,《吴汝纶尺牍》,徐寿凯、施培毅校点,合肥:黄山书社1990年版,第171页。

② 吴汝纶:《答柯凤荪》,《吴汝纶尺牍》,徐寿凯、施培毅校点,合肥:黄山书社1990年版,第112页。

③ 吴汝纶:《答吴实甫》,《吴汝纶尺牍》,徐寿凯、施培毅校点,合肥:黄山书社1990年版,第95页。

学之衰怀有矛盾的心情。一方面意识到"方今欧美格致之学大行,国之兴衰强弱,必此之由",另一方面又感觉到,西学流行,则"吾国周孔遗业,几成绝响"。①吴汝纶以为,拆"文明"之字为二,西方得其明而未得其文,而"周孔之教,独以文胜"。

> 周孔去我远矣,吾能学其道,则固即其所留之文而得之。故文深者道胜,文浅则道亦浅。后世失治,由君相不文,不能知往昔圣哲精神所寄,固非吾圣哲之道之不足以治国也。特今富强之具,不可不取之欧美耳。得欧美富强之具,而以吾圣哲之精神驱使之,此为最上之治法。吾今不能富强,故不能自用其最上之学。欧美以富强自雄,而遂诟病吾国文学,以为无用,则亦未窥最上之等级。②

以欧美富强之具为用,以吾圣哲精神为体,中体而西用;以彼格致之学为明,以我周孔遗业为文,文存而明得。此种融合,自然是最圆满的结局。周孔遗业尚存,古文所明所载之道将俱在;周孔遗业不存,古文所明所载之道将何归?吴氏在惊呼"吾国文学将成为刍狗"③之同时,又慷慨陈言:"中学之当废者,乃高头讲章、八股八韵等事。至如经史百家之业,仍是新学根本。"④传统文化的命运,关乎到传统文学的命运,周孔之道的显晦,关

① 吴汝纶:《答日本中岛生》,《吴汝纶尺牍》,徐寿凯、施培毅校点,合肥:黄山书社1990年版,第104页。

② 吴汝纶:《复斋藤木》,《吴汝纶尺牍》,徐寿凯、施培毅校点,合肥:黄山书社1990年版,第285页。

③ 吴汝纶:《答马通伯》,《吴汝纶尺牍》,徐寿凯、施培毅校点,合肥:黄山书社1990年版,第261页。

④ 吴汝纶:《与张溥周》,《吴汝纶尺牍》,徐寿凯、施培毅校点,合肥:黄山书社1990年版,第263页。

系到古文一派的兴衰。吴汝纶"文深者道胜，文浅则道亦浅"的说法，又包孕着与中西之争相关的另一层论题，即雅俗之争。其《答方伦叔》云：

> 见今患不讲西学，西学既行，又患吾国文学废绝。近来谈西学议政策者，多欲弃中国高文改用俚言俗学。后生才力有限，势难中西并进，中文非专心致志，得有途辙，则不能通其微妙，而只谓无足轻重。西学畅行，谁复留心经史旧业，立见吾周孔遗教，与希腊、巴比伦文学等量而同归澌灭，尤可痛也。①

雅俗之争实为稍后爆发的文言、白话之争的前奏。伴随着西学风行而来的"弃中国高文改用俚言俗学"的有关议论，也是足以动摇古文家地位的。作为桐城派古文的传人，吴汝纶对此类言论也深怀忧虑。与此类言论相颉颃，吴氏在《记古文四象后》及《复严几道》等文中，对高古与雅致之文境再三致意。又沿承曾国藩之论，吴汝纶编辑《古文四象》，请林纾代为校对。其《与林琴南》书云：

> 方在振兴西学之时，而下走区区传播此书，可谓背庆时趋。然古文绝续之交，正不宜弁髦视之。此诚区区守旧之愚，不审严几道亦许此举为不谬否。②

吴汝纶"古文绝续之交"的感受是真实而迫切的。这种感受与当年姚鼐力排众议、存古文一线于纷纭之中时的感受何其相似。桐城派古文家在论

---

① 吴汝纶：《答方伦叔》，《吴汝纶尺牍》，徐寿凯、施培毅校点，合肥：黄山书社1990年版，第260页。

② 吴汝纶：《与林琴南》，《吴汝纶尺牍》，徐寿凯、施培毅校点，合肥：黄山书社1990年版，第289页。

述文道关系，论述义理、考证、辞章关系，论述中学西学与雅俗关系时，都承受着来自外界，来自于思想文化领域的种种压力，这种压力给古文家带来焦虑和紧张，也促使他们不断地调整古文与道，与义理、考证，与西学新学的关系，努力证实古文与古文之学存在的必要性、独立性和不可取代的价值。从方苞"学行程朱、文章韩欧"的双重追求，到姚鼐"达其辞则道以明，昧于文则志以晦"的文道关系的阐释；从曾国藩坚车行远之说到吴汝纶"文深者道胜，文浅者则道亦浅"的论述；无一不着力强调文之于道，辞章之学之于义理、考据之学，古文之学之于西学新学的不可取代的存在价值和意义。也正是在这一点上，古文家划清了与经学家、政治家的基本学术分野，并不断以自励增强着自信，守望着古文的壁垒。当然，古文家对古文之学不可取代的自信与守望的执着，除了来自于对具有神圣色彩的道统、文统的信仰，来自于对古文之学存在的必要性、独立性的认识之外，还来自于古文家把古文写作看作是一种实用与审美并存的艺术与情感活动，看作是一种以文学合于天地自然、通于人事消息，从而值得捐嗜舍欲、虽蒙讪笑而不耻的事业。

## 三、审美与实用的双重价值定位

古文一派在论及文道关系时，总是以明道、贯道、载道的词汇去诠释古文的功能与价值。如果古文的功能与价值仅限于明道、贯道、载道的范围，其存在的意义便会大打折扣。古文作为我国古代散文中的重要品类，以奇句单行、不事骈偶作为外在形式特征，而以抒情言志、说理叙事作为基本功能。抒情言志、说理叙事的基本功能中即包含着审美与实用的两个价值层面。古文的实用价值，表现为以奇句单行的语言形式，行使表情达意的语言载体功能；古文的审美价值，则表现为调动有效的艺术手段，使这种表情达意变得鲜活生动、顾盼生辉，从而成为一种震撼人心的艺术创造。古文的实用与艺术价值，是古文能够不断发展、不断创新、经久而不衰的两大基本动力。古文作为一种具有特定语言结构形式的载体，为不同修养、不同目的的作者在不同场合使用时，又会分别突出实用性或审美性。而古文家以古文为学，则以维护古文存在的合理性、古文发展的纯洁性及总结与传播古文写作的艺术原则为基本职志。在自宋代之后的文道之争中，古文家所努力的是维护古文存在的独立性、合理性，而在审美与实用的价值定位中，古文家则坚持古文写作的艺术性原则，他们不断扩大古文表情达意的方式，并强调古文表情达意过程中艺术与情感的构成。凭借于此，古文家划清了与单纯把古文作为一种语言载体和实用性工具者的界线。如果说古文家是以道统、文统充实自信，以贯道、明道藉以自立的话，那么他们又以古文艺术的继承者、创造者而引为自得。

桐城派创始人方苞"学行程朱、文章韩欧"的行身祈向，即包含有以道统、文统的传人自居，以韩欧之文阐明并光大程朱之道的明确意向。方苞在《与申谦居书》中论古文之难成云：

> 仆闻诸父兄，艺术莫难于古文。自周以来，各自名家者，仅十数人，则其艰可知矣。苟无其材，虽务学不可强而能也；苟无其学，虽有材不能骤而达也；有其材，有其学，而非其人，犹不能以有立焉。盖古文之传，与诗赋异道。魏晋以后，奸金污邪之人而诗赋为众所称者有矣，以彼瞑瞒于声色之中，而曲得其情状，亦所谓诚而形者也。故言工而为流俗所不弃。若古文则本经术而依事物之理，非中有所得不可以为伪。故自刘歆承父之学，议礼稽经而外，未闻奸金污邪之人而古文为世所传述者。[1]

---

① 方苞：《答申谦居书》，《方苞集》，刘季高校点，上海：上海古籍出版社 2006 年版，第 164 页。

方苞在此段话中表述了三个方面的意思。一是将古文归属于艺术范畴，是与经学、史学所不同的学科类别。二是言古文之与诗赋，同类而异道。诗赋言工情盛者即可流传，而古文本经术而依事物之理，非中有所得者不可成就。三是论古文难成。古文难成在于古文以学问、材质为基础，而学问不能骤而达，材质不可强而能；有其材，有其学，而非其人，犹不能为古文，此所以"自周以来，各自名家者，仅十数人"的原因。方苞复从学问与立身方面评价唐宋八家云：

> 韩子有言："行之乎仁义之途，游之乎诗书之源。"兹乃所以能约六经之旨以成文，而非前后文士所可比并也。姑以世所称唐宋八家言之，韩及曾、王并笃于经学，但浅深广狭醇驳等差各异矣。柳子厚自谓取原于经，而掇拾于文字间者，尚或不详。欧阳永叔粗见诸经之大意，而未通其奥赜。苏氏父子则概乎其未有闻焉。此核其文而平生所学不能自掩者也。韩、欧、苏、曾之文，气象各肖其为人。子厚则大节有亏，而余行可述。介甫则学术虽误，而内行无颇。其他杂家不能以文自襮者，必其行能少异于众人者也。①

经术之根柢，立身之大节，在方苞看来，是古文家成就古文的前提。名为古文，而不能"行之乎仁义之途，游之乎诗书之源"，此种文字则决计不能为世所传述。古文难成，难在学问深广淳厚，立身节操高洁：

> 以是观之，苟志乎古文，必先定其祈向，然后所学有以为基，

---

① 方苞：《答申谦居书》，《方苞集》，刘季高校点，上海：上海古籍出版社2006年版，第164—165页。

非是则勤而无所。若夫《左》《史》以来相承之义法，各出之径途，则期月之间可讲而明也。①

祈向学养与义法途径，虽有先后虚实难易之分，但同样不可缺少，不可忽视。以祈向学养为基，而以成就古文为果；以祈向学养为筏，而以成就古文为渡；以立身学养为手段，而以志乎古文为目的：正是古文家不同于经学家之处。重视立身学养，而不鄙薄义法途径，又是古文之所以划入艺术范畴，而又与诗赋异道的原因。

古文除了讲求义法、途径等艺术构成外，还讲求情感构成。方苞《与程若韩书》论及传志文的写作原则云：

> 来示欲于志有所增，此未达于文之义法也。昔王介甫志钱公辅母，以公辅登甲科为不足道，况琐琐者乎？此文乃用欧公法，若参以退之、介甫法，尚可损三分之一。假而周秦人为之，则存者十二三耳。此中出入离合，足下当能辨之。足下喜诵欧阳文，试思所熟者，王武恭、杜祁公诸志乎？抑黄梦升、张子野诸志乎？然则在文言文，虽功德之崇，不如情辞之动人心目也，而况职事族姻之纤悉乎？②

方苞此文主要论述志文依周秦及唐宋古文的义法，应该简胜于繁，而繁与简的关键，又在于对志主的事迹如何取舍。在方苞看来，志文记述志主功德之崇，不若情辞之动人心目。至于职事族姻，更为琐琐不足道。方苞的

---

① 方苞：《答申谦居书》，《方苞集》，刘季高校点，上海：上海古籍出版社2006年版，第165页。

② 方苞：《与程若韩书》，《方苞集》，刘季高校点，上海：上海古籍出版社2006年版，第181页。

取舍标准，自然是依照古文家的见识。以情辞动人，也是古文家特别是明代归有光之后所形成的传记志文写作的传统之一。方苞曾在《书归震川文集后》中论及归有光写亲旧之人日常之事而以情辞见长一类的文字时说：

> 震川之文……其发于亲旧及人微而语无忌者，盖多近古之文。至事关天属，其尤善者，不俟修辞，而情辞并得，使览者恻然有隐，其气韵盖得之子长，故能取法欧、曾，而少更其形貌耳。①

归有光之文以极富人情味的笔触，写身边亲旧琐事，情发于中而娓娓道来，使读者因其辞思其情而引发恻然之隐。此正是辞章能事之所在，情感力量之所在。情辞是文学家所擅长的艺术手段，而情感是文学家与读者交流的最佳通道。

方苞对古文艺术与情感构成的认识，源于古文家对古文文体表情达意特性的理解和把握。方苞的这种认识，和他对古文创作其他特性的体悟，最终被笼括于义法说之中。不同的作者，对创作素材的剪裁取舍不同，作品中艺术与情感的构成也便不同；不同的文体，目的、功能不同，艺术性、情感性及实用性的成分也会各有差异。方苞在《李穆堂文集序》中论李氏所著之文曰："其考辨之文，贯穿经史，而能决前人之所疑；章奏之文，则凿然有当于实用；记序书传状志表诔，因事设辞，必有溉于义理，使览者有所感兴而考镜焉。"②不同的用途、不同的文体，都能做到驾驭自如地因事设辞，恰如其分地因辞见意，言之有物，言之有序，物序合于体要，言语归于雅正，此正是古文家之所有事，也正是"艺术莫难于古文"的真实含意。

---

① 方苞：《书归震川文集后》，《方苞集》，刘季高校点，上海：上海古籍出版社2006年版，第117页。

② 方苞：《李穆堂文集序》，《方苞集》，刘季高校点，上海：上海古籍出版社2006年版，第107页。

方苞于经学致力于"三礼"、《春秋》，于文学则义归于义法之说。他自谓于经学文学之所得："余终世未尝一日离文墨，而智浅力分。其于诸经，虽粗见其樊，未有若古人之言而无弃者，而文章之境，亦心知而力弗能践焉。"① 方苞以古文名世，经学无论焉，其得享大名，一是创义法说，以有物有序规范古文的写作，且以清淡雅洁、音简有序的散文风格独步文坛，颇得有抒情言志之好的文人的青睐；二是选《钦定四书文》《古文约选》，以古文之波澜意度，旁通于时文，使古文与时文结盟联袂，以古文提高时文。

时文是与古文相对而言的，即八股文，是明清科举取士所规定采用的专门文体。它具有严格的思想标准，其命题自乾隆年间一律用《四书》的语句，义理的发挥必须依照朱熹的传注。时文的写作又具有严格的程式，讲究体会语气，代圣人立言，讲求破题、承题、起讲、入题等起承转合的技巧。时文对读书人来说，是入仕的必修课，而能否入仕则视时文作得好坏。这样，以帮助士子熟习和掌握时文文体为目的的各种选本纷纷应世，而研究时文文体的名家也应运而生。明清两代，时文的好恶标准，受现时代学风士风的影响，也处于不断变换之中。

时文作为一种具有特殊格式的文体，在恪守义理、表情达意、遣词造句方面，也多有与古文行文原则相通之处。方苞奉旨选《钦定四书文》及代果亲王选编《古文约选》，即试图将清朝所推尚的"清真雅正"的衡文标准融纳于选辑过程之中，以《左》《史》、唐宋古文之波澜意度，旁通于时文制艺之作。其《古文约选序例》中说：

> 自魏晋以后，藻绘之文兴。至唐韩氏起八代之衰，然后学者
> 以先秦盛汉辨理论事、质而不芜者为古文。盖六经及孔子、孟子

---

① 方苞:《李穆堂文集序》,《方苞集》,刘季高校点,上海: 上海古籍出版社 2006 年版，第 107 页。

之书之支流余肆也……学者能切究于此，而以求《左》《史》《公》《谷》《语》《策》之义法，则触类而通，用为制举之文，敷陈论策，绰有余裕矣。①

以古文通于时文，并不始于方苞。明代唐宋派中的唐顺之、归有光等即被人称为"合古今之文而兼有之"②，但唐、归所为是一种个人行为。而方苞之说，是以"功令"的面目出现的，对社会的影响更为巨大。正是通过士子之学的渠道，方苞的义法说及桐城派的古文理论，才获得相当的知名度和广阔的植被地带。

对于方苞有关古文艺术性、情感性的认识及以古文为时文的实践，稍后于方苞的乾嘉学派的代表性学者钱大昕持有不同的看法。他在《与友人论文书》中从三个方面申述了自己的意见。首先，钱氏论古文之体用曰：

夫古文之体，奇正浓淡详略，本无定法，要其为文之旨有四：曰明道，曰经世，曰阐幽，曰正俗。有是四者，而后以法律约之，夫然后可以羽翼经史而传之天下后世。③

钱大昕以为：古文之体，本无定法，方苞以简驭繁的义法说很难说尽得古文之真谛。古文之用在于明道、经世、阐幽、正俗，有此四用而兼以法约束之，可以羽翼经史而传之天下后世，古文之于经史，一仆一主，名分不

---

① 方苞：《古文约选序例》，《方苞集》，刘季高校点，上海：上海古籍出版社 2006 年版，第 612—613 页。
② 艾南英：《李龙侯近艺序》，《天佣子集》，北京：北京出版社 2005 年版，第 341 页。
③ 钱大昕：《与友人书》，《潜研堂文集》卷三十三，上海：商务印书馆 1936 年版，第 528 页。

可僭越淆乱。此与方苞以经史学养为基、以成就古文为果的出发点相比，大有不同。

其次，钱大昕就方苞关于志文写作中"虽功德之崇，不如情辞之动人心目"之说予以批评：

> 至于亲戚故旧聚散存没之感，一时有所寄托而宣之于文，使其姓名附见集中者，此其人事迹原无足传，故一切阙而不载，非本有可纪而略之，以为文之义法如此也。方氏以世人诵欧公王武恭、杜祁公诸志不若黄梦升、张子野诸志之熟，遂谓功德之崇，不若情辞之动人心目，然则使方氏援笔而为王、杜之志，亦将舍其勋业之大者，而徒以应酬之空言了之乎？[①]

志文写作中，取其功德之崇，还是取其故旧聚散存没之感，有作者的见仁见智的选择问题。作为古文家，方苞以为"虽功德之崇，不如情辞之动人心目"，所强调的是以情动人；作为经学家，钱大昕则以为要视志主的具体情况而定。如志主原无事迹可传，则可敷衍以情辞，如志主勋业伟大，可传之事甚多，则不应徒以应酬之空言而敷衍之。他并不认为情辞必然比功德更为可贵。相反，情辞应是志主无功德可言时的应酬之语。与之相应，也不应以读者熟悉与否判断文章的价值。钱大昕论曰：

> 六经三史之文，世人不能尽好，间有读之者，仅以供场屋饾饤之用，求通其大义者罕矣。至于传奇之演绎，优伶之宾白，情辞动人心目，虽里巷小夫妇人，无不为之歌泣者，所谓曲弥高则

---

① 钱大昕：《与友人书》，《潜研堂文集》卷三十三，上海：商务印书馆 1936 年版，第 528 页。

和弥寡，读者之熟与不熟，非文之有优劣也。以此论文，其与孙
矿、林云铭、金人瑞之徒何异？①

以六经三史之文，世人不能尽好，而传奇故事、优伶宾白中之情辞却
广为传唱作为对比，说明曲弥高和弥寡的道理。如以读者熟与不熟作为判断
之标准，则传奇、优伶之情辞，岂不在六经三史之上？此论一有不慎，便与
金人瑞等人同流合污了。在此，钱大昕更充分地表现出对文学之事的蔑视。

再次，钱大昕以为方苞以古文义法通于时文的作法，为世俗选本之古
文，方苞的义法说所得为古文之糟粕，而非古文之神理：

盖方所谓古文义法者，特世俗选本之古文，未尝博观而求其
法也。法且不知，而义于何有？昔刘原父讥欧阳公不读书，原父
博闻诚胜于欧阳，然其言未免太过。若方氏，乃真不读书之甚者。
吾兄特以其文之波澜意度近于古而喜之，予以为方所得者，古文
之糟粕，非古文之神理也。王若霖言：灵皋以古文为时文，却以
时文为古文。方终身病之。②

乾嘉学派以博闻为恃而傲视辞章家，因而钱氏指责方氏不读书也是习
常之论。方苞以古文通于时文的实践，为桐城派古文理论开辟了植被地带，
但也因此而招致"以古文为时文，却以时文为古文"的讥讽。方苞之后，桐
城派古文理论的发展，始终与科举制艺之文有着不间断的联系。尤其是那些
未曾致身仕途的桐城派作家，终身以教授生徒谋食糊口，虽不否认他们抱有

---

① 钱大昕：《与友人书》，《潜研堂文集》卷三十三，上海：商务印书馆 1936 年版，
第 528 页。
② 钱大昕：《与友人书》，《潜研堂文集》卷三十三，上海：商务印书馆 1936 年版，
第 528—529 页。

"以古文为时文"之初衷，但却很难免除"以时文为古文"的批评。因为他们在讲述"意度波澜""精神气魄""疏宕顿挫""草蛇灰线"一类的术语时，确实使人难辨此为古文之法还是时文之法。

方苞之后，随乾嘉学派的崛起和义理、考证、辞章这学问三事孰主孰从争论的展开，桐城派越来越明确地形成了古文作为一门艺术而存在的共识。姚鼐《敦拙堂诗集序》云：

> 言而成节合乎天地自然之节，则言贵矣……夫文者，艺也。道与艺合，天与人一，则为文之至。世之文士，固不敢于文王、周公比，然所求以几乎文之至者，则有道矣。①

其《答翁学士书》云：

> 夫道有是非，而技有美恶。诗文皆技也，技之精者必近道。②

其《复鲁絜非书》云：

> 鼐闻天地之道，阴阳刚柔而已。文者，天地之精英，而阴阳刚柔之发也……文之至者，通乎神明，人力不及施也。③

---

① 姚鼐：《敦拙堂诗集序》，《惜抱轩诗文集》，刘季高校点，上海：上海古籍出版社1992年版，第49页。
② 姚鼐：《答翁学士书》，《惜抱轩诗文集》，刘季高校点，上海：上海古籍出版社1992年版，第84页。
③ 姚鼐：《复鲁絜非书》，《惜抱轩诗文集》，刘季高校点，上海：上海古籍出版社1992年版，第94页。

古文作为一门艺术，其音节合于天地自然之节，其气韵得乎阴阳刚柔之道；其为艺，谐之于道而通乎神明，其为用，贯彻万物而天与人一。正缘于此，姚鼐才决心甘蒙谤讪，捐嗜舍俗，而以一生精力从事而追求之。

姚鼐弟子方东树勇于自信而好为议论。其综合方、姚之说而论及古文之学云：

> 仆闻人之为学，每视乎一时之所趋，风气波荡，群然相和；为之既众，往往工者亦出。独至古文，恒由贤知命世之英，为之于举世不为之日，蒙谤讪，甘寂寞，负遗俗之累，与世龃龉不顾，然后乃以雄峙特立于千载之表，故其业独尊，而遇之甚稀。自唐宋逮明，若韩、柳，若欧、曾、苏、王，若归熙甫，其人类数百年始一登于录，呜呼！盖其难矣。①

古文之难，难在立本、创意，难在汲本融意造言而为文：

> 是故文章之难，非得之难，为之实难。道德以为体，圣贤以为宗，经史以为质，兵刑政理以为用，人事之阴阳、善恶、穷通、常变、悲愉、歌泣，凌杂深颐以为之施；天地、风云、日星、河岳、草木、禽兽、虫鱼、花石之高旷夷险，清明黯露，奇丽诡谲，一切可喜可骇之状，以为之情。及其营之于口而书之于纸也，创意造言，导气扶理，雄深骇远，瑰奇宏杰，蟠空直达，无一字不自己出，而后吾之心胸、面目、声音、笑貌若与古人偕，出没隐见于前。而又惧其似也，而力避之；恶其露也，而力覆之；嫌

---

① 方东树：《答叶溥求论古文书》，《方东树集》，严云绶点校，合肥：安徽教育出版社 2014 年版，第 358—359 页。

其费也，而力损之。质而不俚，疏而不放，密而不儳。阴阳蔽
亏，天机阖开，端倪万变，不可方物。盖自孟、韩、左、马、庄、
《骚》、贾谊、扬雄、韩、欧以来，别有能事，而非艰深险怪，秃
削浅俗，与夫饾钉剿袭，所可袭而取之者也。夫文亦第期各适一
世之用而已，而必刿心刳肺，斩斩焉以师乎古人如此者，何也？
以为不如是，则不足以为文也。此固无二道也。[①]

方东树极言古文之难的目的，仍在强调古文别有能事、别有境界、别
有甘苦，绝不是无本之学，也不会不期而工。

基于古文别有能事、别有境界、别有甘苦的认识，方东树论方苞之古
文，以为为道学所累，措语矜慎，文气拘束；论陆耀所选《切问斋文钞》，
以为多为隔宿化为腐朽的随时取给之文，此类以致用为急的文字，不可与
以文为上、永世常昭之古文相提并论；又论经学家考据之作，如同"屠酤
计帐"，毫无章法文脉可言。方东树在对方苞之文的评价及与论敌的辩论中，
努力维护古文的艺术性原则，强调古文家不可取代的重要性，并从有物兼而
有序，有用复求有法的多重角度，分析古文家作者之文的特质，及其与理学
家述学之文、政治家经世之文、经学家考据之文的联系与不同。

方东树《书望溪先生集后》评方苞之文云：

树读先生文，叹其说理之精，持论之笃，沉然黯然纸上，如
有不可夺之状。而特怪其文重滞不起，观之无飞动嫖姚跌宕之势，
诵之无铿锵鼓舞抗坠之声，即而求之无玄黄彩色，创造奇词奥句，
又好承用旧语，其于退之论文之说，未全当焉。而笃于论文者，

<hr />

① 方东树:《答叶溥求论古文书》,《方东树集》,严云绶点校,合肥: 安徽教育出版
社 2014 年版，第 359 页。

谓自明归太仆后，惟先生为得唐、宋大家之传，惟树亦心谓然也。盖退之因文得道，其所谓道，由于自得，道不必粹精，而文之雄奇疏古，浑直恣肆，反得自见其精神。先生则袭于程朱道学已明之后，力求充其知而务周防焉，不敢肆；故议论愈密，而措语矜慎，文气转拘束，不能宏放也……向使先生生于程朱之前，而已能闻道若此，则其施于文也，讵止是已哉？ ①

依方东树所论，方苞之文不尽如人意处有二。一是文气重滞不起。方苞之文说理诚精，持论诚笃，但缺少飞动之势、抗坠之声与玄黄色彩。没有灵性、声音与色彩，古文便不免减色。二是造言好承旧语，与韩愈"词必己出"之说未能符合。究其原因，则在于方苞试图以韩欧之文，行程朱之道，非程朱所言而不敢立论，力求充其知而务周防，措语矜慎，文气拘束，不能宏放。方苞生在程朱道学已明之后，缺少韩愈那种以自得之道，发为浑直恣肆文章的洒脱，此正是文心文思、造语立言拘束于程朱义理之学的结果。

如此直率地指出桐城派创始者方苞文章的弱点，且将这些弱点形成的原因，归咎于作者拘泥于"学行"。作为古文理论家，方东树是真诚而富有勇气的。从思想信仰的角度来讲，方东树对程朱义理之学是极力维护的，他所著的《汉学商兑》就是措词十分激烈的代表宋学阵营讨伐汉学的卫道之作。但从古文发展的角度来讲，方东树又准确地看到了程朱义理之学在成为既定的思想原则之后，可能给古文发展本身所带来的负面影响，这种负面影响即使在桐城派最著名作家的作品中也同样存在。方东树对方苞之文的批评，进一步体现了桐城派作家对义理与辞章、道与文结合的限度、方式及辞章与文所应表现出的独立品格等问题的思考。古文是一门艺术，古文别有能

---

① 方东树：《书望溪先生集后》，《方东树集》，严云绶点校，合肥：安徽教育出版社2014年版，第313页。

事。过分拘泥于某种思想信仰，亦步亦趋，则会相应削弱古文的艺术品格或减低古文表情达意的能力。方东树弟子戴钧衡整理出版了方苞的著作，在《重刻方望溪先生全集序》中复论方苞之文说：

> 然熙甫（归有光——引者）生程朱后，圣道开明，其所得乃不能多于唐宋诸家。我朝有天下数十年，望溪方先生出，其承八家正统，就文核之，亦与熙甫异境同归。独其根柢经术，因事著道，油然浸溉乎学者之心而羽翼道教，则不惟熙甫无以及之，即八家深于道如韩欧者，亦或犹有憾焉。盖先生服习程朱，其得于道者备；韩欧因文见道，其入于文者精。入于文者精，道不必深，而已华妙而不可测；得于道者备，文若为其所束，转未能恣肆变化。然而文家精深之域，惟先生掉臂游行。周、汉、唐、宋诸家义法，亦先生出而后揭如星月，而其文之谨严朴质，高浑凝固，又足以戢学者之客气，而湔其浮言。①

戴氏认为，方苞与归有光，就文核之，异境而同归。但方苞志兼经术，以学者之心羽翼道教，此不但归有光不及，韩欧也未能企及。无羽翼道教之心的韩愈、欧阳修，道不必深而文入华妙不可测之境；存羽翼道教之心的方苞，文转而为程朱之学所束缚，未能恣肆变化。此不能不是让人引为遗憾之事。戴钧衡对方苞之文的评价，与方东树立论的口吻如出一辙。

古文作为一门艺术，与义理之述学文体有别，又与以经世致用为目的的实用性文体有别。鸦片战争之后，学术界经世致用的呼声颇高。1826年，魏源以贺长龄的名义编纂《皇朝经世文编》，选辑清初至道光年间官方文书、

---

① 戴钧衡：《重刻方望溪先生全集序》，《方苞集》，刘季高校点，上海：上海古籍出版社2006年版，第906页。

专著、述论、奏议、书札等文献，别为学术、治体、吏政、户政、礼政、兵政、刑政、工政等八类，作为经国治政之借鉴。《皇朝经世文编》的编纂主旨及体例，以乾隆年间陆耀所编辑的《切问斋文钞》为范本，旨在备经世之略，而文归于实用。方东树读两书后作《切问斋文钞书后》，力辨古文与经世致用之文之区别。方氏先论两书编辑主旨之偏颇云：

> 树尝合二编所辑而读之，窃见诸贤之作，其陈义经物、论议可取者固多矣；而浅俗之词、谬惑之见亦不少。杂然登之，漫无别白，非所以示学者之准法也。且陆氏之论文又非矣。其言曰"是编不重在文"，其说当矣。而又曰："以文言道俗情，故高下之所共赏。"又曰："道在立言，不必求之于字句。"又曰："文之至者，皆无意于为文；无意为文，而法从文立，往往与先秦、两汉、唐、宋大家模范相同。"嗟乎！谈亦何容易耶？循陆氏之言，而证以卷中之文，将使义理日以歧迷，文体日以卑伪，而安得谓克同于先秦、两汉耶？①

方东树以为：在《切问斋文钞》与《皇朝经世文编》中，陈义经物议论固有可取之处，而谬惑之见、浅俗之词也杂然登之，因而两编难以作为文章之学的标本。陆耀所编重用而不重文，主张以"文言道俗情"，而求"高下之所共赏"。又以为"文之至者，皆无意于文"，持论如此只会导致"文体日益卑伪"。这是以捍卫古文艺术性自任的古文家所不能接受的。而魏源之编以陆耀为嚆矢，亦不免重蹈旧辙。方东树以古文家的眼光，论述古文从原古执简记事之文中分离出来而成一宗的历史过程道：

---

① 方东树：《切问斋文钞书后》，《方东树集》，严云绶点校，合肥：安徽教育出版社2014年版，第328页。

夫文字之兴，肇始易绳，迹其本用，原以治百官，察万民，岂有空言无因而为一文者乎？特三代以上，无有文名，执简记事者，皆圣贤之徒，赓歌谟明者，皆性命之旨，文与道俱，言为民则。洎孔氏之门，始以文为教；四科之选，聿有专能。自是以来，文章之家，杰然自为一宗而不可没，固为其能载道以适于用也。凌夷至于秦汉，道德泯然绝矣；而去古未远，文章犹盛。往与姬传先生言，西汉文字，皆官文书，而何其高古雄肆若彼？魏、晋以降，道丧文敝，日益卑陋。至唐韩子始出而复于古，号为起八代之衰；八代者，东汉、魏、晋、宋、齐、梁、陈、隋也。故退之论文，自六经、《左》《史》、庄、屈、相如、子云者数人而外，其他罕称焉。于是重古文者，以文为上，非祖述六经、《左》《史》、庄、屈、相如、子云者不得登于作者之录；重用者，以致用为急，但随时取给，不必以文字为工。二者分立，交相持世。[1]

古文能够自成一宗，得以与官书致用之文双峰对峙、双水分流的原因，在于它是一种有着较多艺术与情感构成、具有一般实用性文字所无法替代的叙情言志的特殊功能的文体。明白古文之不同于致用之文的道理，则"作者"之头衔，是不可轻易赠之于人的。方东树又曰：

谓随时取给之文，但使有用，即与作者无异，则自东汉至于今，工为致用之文，不知几千百人，而何以都不传于后，而独此寥寥数作者，光景常新，久而不散，而为人所循诵法传乎？可知

① 方东树：《切问斋文钞书后》，《方东树集》，严云绶点校，合肥：安徽教育出版社2014年版，第328页。

文章之道，别有能事，而不得以不知而作者强预之也。①

文章之道，别有能事，未得其能事者，其文必不传；不知其能事者，与作者之名实无缘。

在辨明古文自成一宗，文章别有能事之后，方东树复论致用之文与作者之文的不同之用：

> 陆氏又谓："有用之文，如布帛菽粟；华文无实者，如珠玉锦绣，虽贵而非切需。"吾又以为不然……且夫菽粟入口，隔宿而化为朽腐矣；吾人三年不制衣，则垢敝鹑结矣。是故今日之菽粟，非昨日之菽粟也；已敝之布帛，非改为之市帛也，此随时取给之文所以不传于后世也。若夫作者之文则不然：其道足以济天下之用，其词足以媲《坟》《典》之宏，茹古含今，牢笼百氏，与六经并著，与日月常昭，而曷尝有无实之言，不试而云者乎？今不悟俗学凡浅不能为是，而徒指夫狷子浮华无用之文，以为口实，是尚不足以杜少知之口，而何以服作者之心乎？②

在方氏看来，致用之文，用于一时一事，如布帛菽粟，隔年隔宿即化为朽腐；作者之文，茹古含今，牢笼百氏，则可与六经并著，与日月常昭。作者之文流传久远的原因，不仅在于所载之道足以济天下之用，还在于其中意格、境象、字句、辞气足以见艺术匠心。有物复又有序，有用而不悖乎法，这才臻于作者之文的境界。

---

① 方东树：《切问斋文钞书后》，《方东树集》，严云绶点校，合肥：安徽教育出版社2014年版，第329页。

② 方东树：《切问斋文钞书后》，《方东树集》，严云绶点校，合肥：安徽教育出版社2014年版，第329页。

方东树《切问斋文钞书后》拈出"作者""作者之文"的概念，详尽地论述了"文章之家，自成一宗"与"文章之道，别有能事"的道理。方氏在文中对致用之文与作者之文的区别与评价，显示出桐城派古文家对带有较多艺术情感构成的古文和以致用为目的的实用性文字的各自特征的认识与把握。方东树借用"作者""作者之文"的概念，以有物而复有序，有用而兼有法的标准，划清了古文家与政治家、古文派与经世派的界限。他在论述过程中是以陆耀及其文章观念作为批评对象的，但因魏源所编辑的《皇朝经世文编》是以《切问斋文钞》为基本模式的，因而方氏"俗言易胜，谬种易传，播之来学，将使斯文丧坠，在兹永绝，亦文章之厄会也"之语，则在很大程度上是对鸦片战争之后出现的经世文派的批评。可见方东树对《切问斋文钞》大发议论，也是项庄舞剑，而意在沛公。

在维护古文的艺术性原则问题上，桐城派所遇到的论敌除义理学家、经世文派之外，还有考据学派。义理家、经世派、考据派学旨各有不同，相互间的攻讦也多有激烈之辞，但对词章之学却均持轻视与否定的态度。而以词章为安身立命之处的桐城派，也就面临着四面楚歌的境地，因此不得不四处出击，以维护古文的地位和古文派的生存。

考据学派的擅长之处是从文字训诂的考辨入手释经注经。在经历了姚鼐与戴震关于义理、考证、辞章这学问三事的辩论之后，与方东树同时代的乾嘉学派中的学者如焦循等人，进一步提出了"文莫重于注经"的论题，欲置考辨注经之文于文章之至重至尊的地位。焦循《与王钦莱论文书》云：

> 天下之物，各适于用。文何用？有用之一身者，有用之天下者，有用之当时者，有用之百世者。科举应试之文，用之一身者也；应酬交际之文，用之当时者也；二者之于文，皆无足重轻。若夫朝廷之诰，军旅之檄，铭功纪德之作，兴利除弊之议，关于军国之重，民物之生，是文之用于天下也。然必仕而在上有才艺

足以达者任之。市衣之士，穷经好古，嗣续先儒，阐彰圣道，竭一生之精力，以所独得者聚而成书，使诗书六艺有其传，后学之思有所启发，则百世之文也。[①]

依照焦循的划分，治经之文当属百世之文范围。治经之文大要有两端：一曰明意，一曰明事。明意者，"或直断，或婉述，或详引证，或设譬喻，或假藻缋，明其意而止"。明事者，"或天象算数，或山川郡县，或人之功业道德，国之兴衰隆替，以及一物之情状，一事之本末，亦明其事而止"。治经之文中，说经之文主于意，注经之文主于事，说经与注经之文，又有精粗与难易之别：

> 明其事患于不实，明其意患于不精。学者知明事之难于明意矣，以事不可虚，意可纵也。然说经之文主于意，而意必依于经，犹叙事之不可假也。孔子之《十翼》，即训诂之文，反复以明象变，辞气与《论语》遂别。后世注疏之学，实起于此，依经文而用己之意以体会其细微，则精而兼实，故文莫重于注经。[②]

说经之文主于意，意可纵放；注经之文主于事，事不可虚拟。此注经之征实难于说经纵放之处。说经或直断、或婉述，明其意求其精而止；注经或斟酌于辞气，详辨乎训诂，依经文而用己意以体会其细微，精而兼实。因此，文之重无逾于注经者。

依照"文莫重于注经"的认识逻辑及征实而不避琐细的评判标准，焦

---

① 焦循：《与王钦莱论文书》，《焦循全集·雕菰集》卷十四，刘建臻整理，扬州：广陵书社 2016 年版，第 5914 页。

② 焦循：《与王钦莱论文书》，《焦循全集·雕菰集》卷十四，刘建臻整理，扬州：广陵书社 2016 年版，第 5914 页。

循盛推"意与事最难言明"的算术与琴谱之作为至奇至巧之文：

> 阅二者之书，布算以推其数，抚弦以理其音，不差毫末，此文之至奇至巧至琐细而佶聱者也。使避琐细佶聱之名，则琴音不可说，算数不可明，周公之《仪礼》不必作，孔子之《说卦》《杂卦》不必撰，岂理也哉？如谓此非文，则惟如韩之记毛颖，苏之论范增、留侯，而始谓之文乎？顾足下穷文之所以然，主于明意明事，且主于意与事之所宜明，不必昌黎、梅庵，不必不昌黎、梅庵，不必琐细佶聱，不必不琐细佶聱也。①

焦循治经，喜《易》与算学，曾用数理解释《周易》，而著有《易经图略》《易经通解》等书。焦循称算书与琴谱为文之至奇至巧至琐细而佶聱者，既有个人偏好而爱屋及乌的因素，也有偏至偏激意气用事的成分。桐城派中的姚鼐，曾谓"为考证之过者，至繁碎缴绕，而语不可了"②，含有对考据之文烦琐不畅的批评。而焦循举出至琐细而佶聱的算书与琴谱之书，与韩、苏之作相提并论，而其"不必昌黎、梅庵，不必不昌黎、梅庵；不必琐细佶聱，不必不琐细佶聱"之语，也都是有所指有所激愤而发。

桐城派在坚持古文的艺术性原则，与考据学家的论辩中，是深引袁枚为同道的。袁枚甘心以文士诗人自命，而对自恃胸多卷轴藐视词章者多有攻伐，在维护古文艺术地位方面，与桐城派颇多共同语言。袁枚在《与程蕺园书》中论古文与考据文之别云：

---

① 焦循：《与王钦莱论文书》，《焦循全集·雕菰集》卷十四，刘建臻整理，扬州：广陵书社 2016 年版，第 5914 页。
② 姚鼐：《述庵文钞序》，《惜抱轩诗文集》，刘季高校点，上海：上海古籍出版社 1992 年版，第 61 页。

古文之道形而上，纯以神行，虽多读书，不得妄有摭拾，韩、柳所言功苦尽之矣。考据之学形而下，专引载籍，非博不详，非杂不备，辞达而已，无所为文，更无所为古也。尝谓古文家似水，非翻空不能见长，果有其本矣，则源泉混混，放为波澜，自与江海争奇。考据家似火，非附丽于物，不能有所表见。极其所至，燎于原矣，焚大槐矣，卒其所自得者，皆灰烬也。以考据为古文，犹之以火为水，两物之不相中也久矣。《记》曰："作者之谓圣，述者之谓明。"六经三传，古文之祖也，皆作者也。郑笺孔疏，考据之祖也，皆述者也。苟无经传，则郑、孔亦何所考据耶？《论语》曰："古之学者为己，今之学者为人。"著作家自抒所得，近乎为己；考据家代人辨析，近乎为人。此其先后优劣，不待辨而明也。①

袁枚在《复家实堂》一文中表述得更为简洁明确：

"形而上者谓之道，形而下者谓之器"。古文，道也；考据，器也。器易而道难。"作者之谓圣，述者之谓明"。古文，作也；考据，述也，述易而作难。②

袁枚以诗文家的经验和感受，作出古文与考据文一主创，一主述，一以翻空而见长，一以附丽而表见，一自述所得，一代人辨析的特点，并表明了自己对二者优劣与难易的判断。这种鲜活明快的论断，在姚鼐文中是很少

---

① 袁枚：《与程蕺园书》，《小仓山房文集》卷三十，上海：上海古籍出版社 2010 年版，第 382 页。

② 袁枚：《小仓山房尺牍·复家实堂》，《袁枚全集新编》第十五册，王英志校点，杭州：浙江古籍出版社 2018 年版，第 73 页。

看到的。方东树关于"作者"与"作者之文"的论述，也明显带有袁枚之说的影响。

对袁枚关于著作为道，述作为器的概括，经学家孙星衍首先在《答袁简斋前辈书》中提出商榷。孙氏认为：以抄撮故实为考据，抒写性灵为著作，而以考据为器，著作为道，是不符合经书原典中的道器观的。著作与考据同为器之属，并没有高下优劣之分。焦循认为孙氏关于著作考据的商榷，未尽之处甚多，复作《与孙渊如观察论考据著作书》，以为就性灵而言，经学家得其精髓，而属文者得其皮毛，试图从根本上颠覆袁枚关于古文与考据文的优劣难易之说：

> 经学家以经文为主，以百家、子、史、天文、术算、阴阳五行、六书、七音等为之辅，秉而通之，析而辨之，求其训故，核其制度，明其道义，得圣贤立言之指，以正立身经世之法。以己之性灵，合诸古圣之性灵，并贯通于千百家著书立言者之性灵，以精汲精，非天下至精，孰克以与此？不能得其精，窃其皮毛，敷为藻丽，则词章诗赋之学也。[1]

焦循所说的"以己之性灵，合诸古圣之性灵，并贯通于千百家著书立言者之性灵"，与他在《与王钦莱论文书》中的"依经文而用己意以体会其细微，则精而兼实"[2]之说，都道出了治经者的艰辛与甘苦。这种充满艰辛与甘苦的劳动及经学优胜的心理，使焦循认定"文莫重于治经"。注经之过程与古文创作之过程同样要付出艰辛，但考据家与古文家最终所创造的精神

---

① 焦循：《与孙渊如观察论考据著作书》，《焦循全集·雕菰集》，刘建臻整理，扬州：广陵书社 2016 年版，第 5890 页。

② 焦循：《与王钦莱论文书》，《焦循全集·雕菰集》，刘建臻整理，扬州：广陵书社 2016 年版，第 5914 页。

成果从内容到形式、到用途是大不相同的。将阐发经义、考证辨析的注经文学称之为文，已是十分牵强；至于欲置注经述学之文为文章之至重至尊的地位，则更难为古文家所接受。

方东树与焦循、阮元等经学家生年相近，在对待宋学、对待古文的认识上，意见相左。作为桐城派古文的嫡传，方东树对经学家恃经自重、藐视词章的作派甚为不满，在《汉学商兑》一书中对汉学家经学家持论之谬之妄多有驳议。其论汉学家之文曰：

> 汉学家论文每曰土苴韩欧，俯视韩欧，又曰骫矣韩欧。夫以韩欧之文而谓之骫，真无目而唾天矣。及观其自为，及所推崇诸家，类如屠酤计帐。①

方氏认为汉学家经学家眼高而手低的原因，在于自矜兼虚妄。方东树《昭昧詹言》中有《陶诗附考》一章，就钱大昕等经学家关于陶侃为陶渊明之祖的考辨文字提出疑义。钱氏立论证之以文献，而方东树则欲从渊明诗文集情事本末入手，推翻钱氏之论。方东树由此论及经学家治学之缺陷云："吾尝论考证家之病，多是不通文理。此直由读渊明诗文而昧其文义耳。"由这一小小的学术交锋中可以看出，方东树与钱大昕的分歧，并不仅仅局限于某一具体结论正确与否，实际上是两种学术思维与路径的差异。一是重征实，无征而不信；一是重体味，求佐于诗文情理。前者是述学的思维和路径，后者是文学的思维和路径，前者坐实，后者蹈虚，前者重证据，后者重情理。方东树《昭昧詹言跋》以佛教中教与乘的关系为喻，再度强调以辞通意而求道认知路径的可靠性：

---

① 方东树:《汉学商兑》卷下，漆永祥汇校，北京：北京联合出版公司 2017 年版，第 213 页。

释氏有教、乘两门。教者，讲经家也。教固不如乘之超诣，然大乘之人，未有不通教者。

在吾儒，若汉人训诂，教也；宋儒发明义理，身体而力行，乘也。然使语言文字之未知，作者年历行谊之未详，而谩谓"吾能得其用意之精微，立言之甘辛"，以大乘自处，而卒谬误百出，扪烛扣槃，盲猜臆说，诬古人，误来学，吾谁欺乎？千百年除李、杜、韩、欧数公外，得真人真知者，寥阔少见，则何如求通其辞求通其意之确有依据也。[①]

千百年中推李、杜、韩、欧为真人真知，读其诗文，求通其辞，融会其意，较之腐儒经蠹、痴人说梦之作，更能获得真知，也更能独步千古。诵读真人之诗文，是求道认识的可靠通道，此所以韩愈有"欲学古道，则应兼通其辞"之说。

如果说，方东树是在论敌四立、孤迹违众之时，不顾言忌、诐诐以辩，以维护古文的艺术性原则的话，曾国藩则是振臂一呼，在万众景从的形势下，耗精费神，斟酌揣摩着古文审美与实用的价值定位。

曾国藩关于古文审美与实用价值定位之用的认识，当以"坚车行远"说为根本。曾氏认为：从承道的角度而言，士生今日，欲明先王之道，不得不以精研文字为要务，舍文字无以窥圣人之道；而从传道的角度而言，吾辈今日苟有所见，而欲为行远之计，不可不早具坚车，不可不早日成就文字功夫，以求达到"见道既深且博，而为文复臻于无累"的境地。正是基于坚车行远的认识，曾氏对诸儒崇道贬文之说不敢苟同；而于古文之学则孜孜以求，乐此不疲。

---

① 方东树：《昭昧詹言跋》，《昭昧詹言》，汪绍楹校点，北京：人民文学出版社1961年版，第537页。

曾国藩位极人臣主要取决于事功，而得享盛名则又得力于道德、文章。在立德、立功、立言这三者关系的问题上，曾氏告诫弟子："文章之学，是道德之钥、经济之舆。道德之钥，可以自淑；经济之舆，可以淑世。淑世之事功，如云涛起灭，变幻莫测；自淑之文章，可以涵养心志，陶冶性情。"他在1858年所写的《加李如片》自言曰：

> 早岁有志著述，自驰驱戎马，此念久废。然亦不敢遽置诗书
> 于不问也。每日稍闲，则取班、马、韩、欧诸家文旧日所酷好者
> 一温习之，用此以养吾心而凝吾神。①

古文阅读，对于驰驱戎马之中的曾氏来说，成为养心凝神的一种方式，由此正可窥知古文的自淑功用。此年之后，曾氏有《经史百家杂钞》之编和《圣哲画像记》之作。1861年，曾氏困守祁门；为长子曾纪泽预留遗嘱："此次若遂不测，毫无牵恋……惟古文与诗二事，用力颇深，探索颇苦，而未能介然用之，独辟康庄。"②此时，曾氏"剿灭"太平天国的功业未成，而独以古文与诗未及成就而引为遗憾，也足见对古文与诗眷恋之深。至晚年，功成而名就，曾氏扪心自省，复以为道德可勉求而文学、事功可缓图。1869年的《日记》中写到：

> 思古来圣哲名儒之所以彪炳宇宙者，无非由于文学、事功：
> 然文学则资质居其七分，人力不过三分；事功则运气居其七分，
> 人力不过三分。唯是尽心养性，保全天之所以赋于我者。若五事

---

① 曾国藩：《加李如片》，《曾国藩全集》卷一，长沙：岳麓书社1994年版，第757页。
② 曾国藩：《谕纪泽纪鸿》，《曾国藩全集》卷一，长沙：岳麓书社1994年版，第600页。

则完其肃、义、哲、谋、圣之量，五伦则尽其亲、义、序、别、信之分。充无欲害人之心而仁足，充无穿窬之心而义足，此则人力主持，可以自占七分。人生着力之处当于自占七分者亹勉求之，而于仅占三分之文学、事功，则姑置为缓图焉。[①]

在一种复杂的暮年心态的支配下，曾国藩表现出淡忘事功、文学，追求道德完善的愿望。也许正因为曾氏曾经把事功、文学作为生命目的一部分而热情追求过，此时才有必要告诫自己，需要淡忘，需要缓图；也许是因为曾氏晚年感到资质、运气居七分，人力不过三分的事功、文学难得圆满，而人力自占七分的道德完善更能慰藉心灵。

作为政治家，曾国藩希望古文之坚车能够载负起事明德而经人伦，新新民而成教化的重载，以义理之学为体，而以经济之学为用。作为古文家，曾国藩又深知古文之能否行远，则取决于辞能否达其意，气能否举其体，文是否襟度远大，意是否精微细密，气象是否光明俊伟，造句是否珠圆玉润。曾氏论人心各具自然之文云：

> 人心各具自然之文，约有二端：曰理曰情。二者人人之所固有。就吾所知之理，而笔诸书，而传诸世，称吾爱恶悲愉之情，而缀辞以达之，若剖肺肝而陈简策，斯皆自然之文。性情敦厚者，类能为之，而浅深工拙，则相去十百千万而未始有极。[②]

人心皆有仁义礼信之道理，皆有爱恶悲愉之情感。理与情，构成了每

---

① 曾国藩：《日记》同治八年十二月二十二日，《曾国藩全集》卷三，长沙：岳麓书社 1994 年版，第 1706 页。
② 曾国藩：《湖南文征序》，《曾国藩全集》，长沙：岳麓书社 1994 年版，第 333 页。

个人心中固有的自然之文。人人心中皆有的自然之文，一旦陈于简策，缀辞成篇，其浅深工拙，则相去悬远。此是由每个人所不同的襟度气象、学识才力和艺术旨趣所决定的。所谓"坚车行远"，首先是要锻炼说理叙事、表情达意的功夫，有此功夫，有此坚车，方可行远，方可传世。而锻炼说理叙事、表情达意的功夫，又离不开读书积理，蕴藉深厚、坚车行远不是雕饰字句、巧言取悦所能奏效的。

对于读书积理之于诗文创作的关系，曾国藩早年与中晚年的认识也不尽相同。1842年，曾氏初为官于京师，初涉学术之途时曾言曰：

> 凡作诗文，有情极真挚，不得不一倾吐之时。然必须平日积理既富，不假思索，左右逢源，其所言之理，足以达其胸中至真至正之情，作文时无镌刻字句之苦，文成后无郁塞不吐之情，皆平日读书积理之功也。若平日蕴酿不深，则虽有真情欲吐，而理不足以适之，不得不临时寻思义理，义理非一时所可取办，则不得不求义于字句。至于雕饰字句，则巧言取悦，作伪日拙，所谓修词立诚者，荡然失其本旨矣。以后真情激发之时，则必视胸中义理何如，如取如携，倾而出之可也。不然，而须临时取办，则不如不作，作则必巧伪媚人矣。①

立言之真诚，是不应当有所怀疑的。至1858年，身处军营之中的曾国藩在与刘蓉的信中说：

> 鄙意欲发明义理，则当法《经学理窟》，及各语录礼记；欲学

---

① 曾国藩:《日记》道光二十二年十一月七日,《曾国藩全集》卷一，长沙: 岳麓书社 1994 年版，第 124 页。

为文，则当扫荡一副旧习，赤地新立。将前此所业，荡然若丧其所有，乃始别有一番文境。望溪所以不得入古人之闼奥者，正为两下兼顾，以致无可怡悦。①

扫荡旧习，赤地新立，是驰驱戎马之中的曾国藩所心向往之的别一番文境。义理当属义理，文章自归文章。与其两下兼顾、无可怡悦而如方苞，不如从一而择，尽情体验赤地新立、扫荡旧习的淋漓与酣畅。性情拘束太多太久，而渴望自我放纵。此种冲动，自是文人习性，也只有说与挚友旧朋。

以"坚车行远"为核心，曾氏有关自淑淑世、道德之钥、经济之舆的说法侧重于言文之用，而有关浅深工拙、养心凝神、真情激发、赤地新立之语，则侧重于言文之艺术与情感构成。这种关于自淑淑世、道德之钥、经济之舆的说法，在鼓荡经世文学风气方面有所启发，有所成效，曾门弟子称之为"并功、德、言于一途"；这种关于浅深工拙、养心凝神、真情激发、赤地新立及气象光明、襟度远大、雄奇强劲等有关艺术体悟，对桐城派古文理论有所继承，有所发展，曾门弟子称之为"扩姚氏而大之"。

曾国藩与曾门弟子被后人称为湘乡派。湘乡派主要是一个文学流派的称谓。曾国藩入京师初涉学术，"知有所谓经学者、经济者，有所谓躬行实践者，始知范、韩可学而至也，马迁、韩愈亦可学而至也，程朱亦可学而至也"，但因"体气本弱"，"不能苦思"，于程朱之学，以为"粗识几字，不敢为非以蹈大戾已耳，不复有志于先哲矣"。②而独于文学之事，兴趣盎然，自言"浅鄙之资，兼嗜华藻，好司马迁、班固、杜甫、韩愈、王安石之文，日夜诵之不厌也"③。湘军兴起后，曾氏"范、韩可学而至"之志得酬，而苦于

① 曾国藩：《致刘蓉》，《曾国藩全集》，长沙：岳麓书社 1994 年版，第 611 页。
② 曾国藩：《致澄弟沅弟温弟季弟》，《曾国藩全集》，长沙：岳麓书社 1994 年版，第 52 页。
③ 曾国藩：《致刘蓉》，《曾国藩全集》，长沙：岳麓书社 1994 年版，第 611 页。

无暇为马迁、韩愈之文，又苦于清议之苛责。无暇为文之苦，至多是留有遗憾；而清议之苛责，则让人痛心疾首。曾氏于1866年《复郭嵩焘》信中写道："性理之说，愈推愈密，苛责君子，愈无容身之地；纵容小人，愈得宽然无忌。如虎飞而鲸漏，谈性理者熟视而莫敢谁何。独于一二朴讷之君子，攻击惨毒而已。"[1]曾国藩于方苞，有义理、古文两下兼顾，无可怡悦之讥，1861年《致沅弟》书中论奏请方苞从祀之事时谓"望溪经学勇于自信，而国朝巨儒多不甚推服。《四库书目》中于望溪每有贬词，《皇朝经解》中并未收其一册一句"[2]，从而建议将奏请从祀之事置之后图。曾国藩身后，遭际却与方苞相似。后人评曾氏云："湘乡训诂、经济、词章皆可不朽，独于理学则徒以其名而附之"，其学"以杂为通，以约为陋，以正为党，博学多能，自命通人，足以致高位取大名于时而已，不当施之于讲学"。[3]但这种以杂为通、博而求约的学术态度，也许更少迂腐之气，更多性情之言，因而更易成就辞章之学。

　　湘乡派是从桐城派中脱胎变化而成的。曾氏之后，湘乡派实质上是沿着两个方向发展。薛福成、黎庶昌志在事功，而以文为行远之车，在文章中明显地增多了讨论经世要务、撷拾当代掌故的内容，发展了曾氏"并功、德、言于一途"的方向。张裕钊、吴汝纶甘心文事，而以文为立命之处。其文章于雅健、老确之境心向神往，发展了曾氏"扩姚氏而大之"的方向。湘乡派关于古文审美与实用价值的探讨，丰富了桐城派的古文理论，而写作实践则在拓展古文表现领域和表现能力方面，作出了新的努力和有益的尝试。

---

① 曾国藩：《复郭嵩焘》，《曾国藩全集》卷八，长沙：岳麓书社1994年版，第6072页。

② 曾国藩：《致沅弟》，《曾国藩全集》卷一，长沙：岳麓书社1994年版，第748页。

③ 夏震武：《复张季玗》，《中国近代思想家文库·夏震武卷》，王波编，北京：中国人民大学出版社2015年版，第296页。

# 第二节　桐城派古文理论的艺术范畴及其构成

在对桐城派古文理论诸多矛盾与限制性因素的分析中可以发现：桐城派对道统、文统体系的恪守，对文道关系的阐释及对古文艺术特性的辨析，无一不是在寻找、确认与自身存在发展有关的社会价值定位。当桐城派文人以程朱之道统、韩欧之文统的传人自居，以艺术之文的作者自任，以力延古文一线于纷纭之中作为历史使命时，便设定了自身存在与发展的社会空间。在这社会空间里，桐城派对我国古代散文，尤其是唐宋以来古文运动的理论成果、散文阅读及创作经验的总结，成为必然的自觉性行为。这种必然与自觉的集体行为，营造了桐城派生存与发展的第二空间——艺术空间。桐城派艺术空间的设定，体现了其艺术宗仰与追求。桐城派作为封建末期影响广泛而持久的散文流派，有着独具特色、风格鲜明的古文理论体系。这一理论体系从某种意义上讲，即是由桐城派作家对古文的社会价值定位与艺术价值定位的有关认识而组成的。桐城派的社会价值定位，可以通过对道统、文统、文道关系等问题的论述而得见；桐城派的艺术价值定位，则须通过对义法、雅洁、阳刚阴柔、神理气味、格律声色、因声求气等重要艺术范畴的阐释而得知。

## 一、义与法

义法说是桐城派古文理论中最基本的艺术范畴，也是桐城派文论体系的起点和基石。

以义法论文，始于方苞。方苞在《又书货殖传后》中论及义法道：

> 《春秋》之制义法，自太史公发之，而后深于文者亦具焉。义
> 即《易》之所谓"言有物"也，法即《易》之所谓"言有序"也。
> 义以为经而法纬之，然后为成体之文。①

此段话集中概述了义法说的源流、内涵及意义，是方苞义法说的纲领
性阐释。

关于义法之源流，方苞以为义法发源于孔子之《春秋》，发明于司马迁
之《史记》，又为后世深于文者所熟谙，是一种源于经，见于史，经纬于文，
源远而流长的述作传统。《春秋》相传是由孔子据鲁国史书而删定，孔子借
删书之举，评判鲁国二百余年历史，于去留笔法中，寄寓褒贬劝惩之意，为
后王立法度，为人伦立准则，且使"乱臣贼子惧"。因为重在评判，《春秋》
略于记事，而重在笔法，史称"《春秋》笔法"。

《春秋》笔法及其体例历来为后世治经治史治文者所重视。成于战国时
期的《春秋左氏传》《公羊传》《谷梁传》，或重在事实，以史料补充、说明、
订正之，或重在义例，发掘阐明其微言大义，见仁见智，各成体系。汉儒于
《春秋》，重视对"属辞比事"之例的寻绎及对其褒贬笔法、叙事体例的研
究。司马迁作《史记》，于《春秋》述作传统称引再三。在《十二诸侯年表
序》中论《春秋》述作宗旨及体例云：

> 孔子明王道，干七十余君，莫能用，故西观周室，论史记旧

---

① 方苞：《又书货殖传后》，《方苞集》，刘季高校点，上海：上海古籍出版社 2006 年
版，第 58 页。

闻，兴于鲁，而次《春秋》，上记隐，下至哀公之获麟，约其辞文，去其烦重，以制义法，王道备，人事浃。①

又在《孔子世家》中论及《春秋》定名分、寓褒贬之笔法云：

约其文辞而指博，故吴楚之君自称王，而《春秋》贬之曰"子"；践土之会实召周天子，而《春秋》讳之曰："天王狩于河阳。"推此类以绳当世。②

司马迁之后，西晋人杜预在《春秋左氏传序》中总结前人关于《春秋》体例笔法的有关论述，而有三体五例之说。三体以周公所垂法为正体，孔子修正之以成一经为变体，《春秋左氏传》随义而发为非体。五例则分别是微而显、志而晦、婉而成章、尽而不汙、惩恶劝善等。杜预在论及《春秋》的述作原则的同时，较为详尽地涉及了史书的述作方法问题。至唐人韩愈，则直将《春秋》《左传》视为文章之源。其《进学解》云：

沉浸浓郁，含英咀华；作为文章，其书满家。上规姚、姒，浑浑无涯；周诰殷盘，佶屈聱牙；《春秋》谨严，左氏浮夸；《易》奇而法，《诗》正而葩；下逮《庄》《骚》，太史所录；子云、相如，同工异曲；先生之于文，可谓闳其中而肆其外矣。③

由此可见，《春秋》所代表的述作传统也为文学家所借鉴所乐道。

———————

① 司马迁：《十二诸侯年表序》，《史记》，北京：中华书局 1959 年版，第 509 页。
② 司马迁：《孔子世家》，《史记》，北京：中华书局 1959 年版，第 1943 页。
③ 韩愈：《进学解》，《韩愈全集》，钱仲联、马茂元校点，上海：上海古籍出版社 1997 年版，第 131 页。

方苞少年时好文辞之学。入京师后，与明史专家万斯同相识，引为忘年知己。万氏告诫方苞，勿专溺于古文，方苞于是"辍古文之学而求经义"①。方苞于经义之学，主攻《春秋》《三礼》，而又曾初闻义法于万斯同。方苞《万季野墓表》记康熙三十五年（1696）万氏以《明史》整理之事相委托之情景道：

> 丙子秋，余将南归，（斯同——引者）要余信宿其寓斋，曰："吾老矣，子东西促促，吾身后之事豫以属子，是吾之私也，抑犹有大者。史之难为久矣，非事信而言文，其传不显。李翱、曾巩所讥魏晋以后贤奸事迹并暗昧而不明，由无迁、固之文是也。"②

万斯同又以为：在今而言著史，难在事必求信，难在具裁别之识。事不能求信，言语可曲附而成，事迹可凿空而构；无裁别之识，则使一代治乱贤奸之迹暗昧而不明。求信是著史之根本，裁别则见作者之匠心。万氏自信，于《明史》之作，"虽不敢具谓可信，而是非之枉于人者盖鲜矣"，而将史成身后裁别之重任嘱托于方苞：

> 昔人于《宋史》已病其繁芜，而吾所述将倍焉，非不知简之为贵也，吾恐后之人务博而不知所裁，故先为之极，使知吾所取者有可损，而所不取者，必非其事与言之真而不可益也。子诚欲以古文为事，则愿一意于斯，就吾所述，约以义法，而经纬其文，

---

① 方苞：《万季野墓表》，《方苞集》，刘季高校点，上海：上海古籍出版社2006年版，第332页。

② 方苞：《万季野墓表》，《方苞集》，刘季高校点，上海：上海古籍出版社2006年版，第333页。

他日书成，记其后曰"此四明万氏所草创也"，则吾死不恨矣。①

时年方苞二十八岁，万斯同五十八岁。六年后，万氏去世，《明史》稿不知所归。方苞追思前言，作《万季野墓表》追记其事时，年亦五十有余。方苞虽未能参与《明史》的修纂，但于义法之说，早已耳熟能详，会神于心。

作为桐城文派的创始者，方苞最大的成功，是将得之于《春秋》《史记》之研读，得之于万斯同之言传的事信言文原则的和褒贬裁别的笔法，移植应用于古文写作，并融会唐宋以来古文运动的有关理论成果，赋予义法说以广阔的内涵，使之成为桐城派古文理论的起点和基石。"义即《易》之所谓言有物也，法即《易》之所谓言有序也。"②当方苞别出心裁地使用分别来自于《易经》《易传》中的言有物、言有序来界定义法的基本内涵时，义法说不仅又增加了若干神圣的光彩，更重要的是原来主要用于记叙之作的事信言文、褒贬裁别的述作原则和笔法，因此而被赋予更普遍更广泛的意义。言有物、言有序的阐释界定，使义法说旁通于一般文章的写作，因为有物有序是一切成体之文构成的基础和要素。

以义法论文，丰富、发展了来自于纪事之文的创作启示，使之成为成体之文的艺术性原则，显示了方苞作为古文家的思维创造和良苦用心。考察中国古典散文的历史发展，方苞认为，就文体成熟的先后而言，经历了纪事之文、道古之文，论事之文，文人之文的各个发展阶段。他在《杨千木文稿序》中描述这种发展过程云：

---

① 方苞：《万季野墓表》，《方苞集》，刘季高校点，上海：上海古籍出版社2006年版，第333页。

② 方苞：《又书货殖传后》，《方苞集》，刘季高校点，上海：上海古籍出版社2006年版，第58页。

古之圣贤，德修于身，功被于万物；故史臣记其事，学者传其言，而奉以为经，与天地同流。其下如左丘明、司马迁、班固，志欲通古今之变，存一王之法，故纪事之文传。荀卿、董傅，守孤学以待来者，故道古之文传。管夷吾、贾谊，达于世务，故论事之文传。

魏晋以降，若陶潜、李白、杜甫，皆不欲以诗人自处者也，故诗莫盛焉；韩愈、欧阳修不欲以文士自处者也，故文莫盛焉。南宋以后，为诗若文者，皆勉焉以效古人之所为，而虑其不似，则欲不自局于寒浅也，能乎哉？①

对古代圣贤其事其言的记载，后人奉以为经；左丘明、司马迁、班固通古今之变，所作纪事之文称之为史；荀卿、董傅守孤学以待来者，道古之文传学术脉络；管仲、贾谊有治政之才，论事之文裨经世之用。魏晋以后，李、杜、韩、欧不以文人自处，而他们的诗文之作卓然成家。经、史、学术、治政、文人之文，更替有序，功能有自，但以文事而论，其精神气脉又多有相通，皆可视为古文之源与流。方苞在《古文约选序例》中界定古文之概念并梳理其源与流云：

太史公《自序》"年十岁，诵古文"，周以前书皆是也。自魏晋以后，藻绘之文兴。至唐韩氏起八代之衰，然后学者以先秦盛汉辨理论事、质而不芜者为古文，盖六经及孔子、孟子之书之支流余肆也。

……

---

① 方苞：《杨千木文稿序》，《方苞集》，刘季高校点，上海：上海古籍出版社 2006 年版，第 608 页。

盖古文所从来远矣，六经、《语》《孟》，其根源也。得其枝流而义法最精者，莫如《左传》《史记》，然各自成书，具有首尾，不可以分劂。其次《公羊》《谷梁传》《国语》《国策》，虽有篇法可求，而皆通纪数百年之言与事，学者必览其全，而后可取精焉。唯两《汉书》、疏及唐宋八家之文，篇各一事，可择其尤，而所取必至约，然后义法之精可见。①

"春秋三传"、《史记》及《国语》《战国策》虽得六经、《语》《孟》义法之精髓，但各自成书，具有首尾，非通览全书，难得其精义。唐宋八家古文的长处即在于把六经、《语》《孟》的义法传统纳诸薄物小篇之中，因事设辞，篇各为义，义法变化，层出不穷，其精神脉络，可揣摩而得，可触类旁通；其风神气象，亦宜浓妆淡抹，常变常新。因此，方苞在论及古文写作的有物之义、有序之法时，总是以经史之文为本源，为极则，而以唐宋八家之文为规模、为矢的。

先就有物之义而言，方苞继承了韩愈以来"行之乎仁义之途，游之乎诗书之源"的古文传统，重视作家的思想操行和道德修养，把立身、笃学、节操看作从事古文写作、言之有物的前提和基础。方苞在《答申谦居书》中论及成就古文名家的条件：

艺术莫难于古文，自周以来，各自名家者，仅十数人，则其艰可知矣。苟无其材，虽务学不可强而能也；苟无其学，虽有材不能骤而达也；有其材，有其学，而非其人，犹不能以有立焉。②

---

① 方苞：《古文约选序例》，《方苞集》，刘季高校点，上海：上海古籍出版社2006年版，第612—613页。

② 方苞：《答申谦居书》，《方苞集》，刘季高校点，上海：上海古籍出版社2006年版，第164页。

材、学、人这三个必要条件中，又以人之立身为根本。方苞复论立身之于古文家远比之于诗赋更为重要的原因道：

> 盖古文之传，与诗赋异道。魏晋以后，奸佥污邪之人而诗赋为众所称者有矣，以彼瞑瞒于声色之中，而曲得其情状，亦所谓诚而形者也，故言之工而为流俗所不弃。若古文则本经术而依事物之理，非中有所得不可以为伪。
>
> 由是观之，苟志乎古文，必先定其祈向，然后所学有以为基，匪是，则勤而无所。若夫左、史以来相承之义法，各出之径途，则期月之间可讲而明也。①

古文与诗赋的不同，除了文体形式与语言规则有所差异之外，文体功能与审美特征也大有不同。诗赋于情、意二端，则更偏重于缘情造言，在歌吟咏叹之中，以见情志。诗贵乎成声。因此，即使大节有亏，甚或奸佥污邪之人，"彼瞑瞒于声色之中，而曲得其情状"，也会因所言之工，"而为流俗所不弃"。古文于情、意二端，则更偏重于以文见意，在记叙论述之中，铺缀成章。文贵乎为用。因此，"非中有所得不可以为伪"，欲为古文，必先定其祈向，成其学养。祈向、学养既成，则《左传》《史记》以来相承古文之义法、途径，指日可通。祈向、学养是道，义法、途径是艺；祈向、学养为本，义法、途径为技。注重祈向、学养，方可言之有物；不鄙薄义法、途径，方能言之有序。

"本经术而依事物之理"，是言之有物的基础，也是方苞义法说中"义"的根本涵义。"本经术"即是以经为本，以儒家典籍为基本思想准则。"依事

---

① 方苞:《答申谦居书》,《方苞集》, 刘季高校点, 上海: 上海古籍出版社 2006 年版, 第 164 页。

物之理”则是以万事万物中所蕴含的事理物理为依据依托。以经术为本，寻求的是圣人所发见的放之四海而皆准的思想规范与行为准则；依事物之理，则是把这类思想规范与行为准则具体实施应用到万事万物事理物理的阐释与判断之中。以经术为本，体现出古文家的精神祈向和信仰选择；依事物之理，则体现出古文家的学识睿智和见解才能。为圣人之徒而又能穷理尽事，明达善断，方可言之有物，方可言及于“义”。

以“本经术”和“言之有物”的标准评价周汉唐宋之文，方苞以为：

> 抑吾观周末诸子，虽学有醇驳，而言皆有物。汉唐以降，无若其义蕴之充实者。宋儒之书，义理则备矣，抑不若四子之旨远而辞文，岂气数使然邪？抑浸润于先王之教泽者，源远而流长，有不可强也。①

就浸润先王教泽和言之有物而言，宋不及唐，唐不及汉，汉又难以望周秦诸子之项背。但就唐宋古文八家而言，其学养根基又有浅深醇驳之别。方苞评述道：

> 姑以世所称唐宋八家言之，韩及曾、王并笃于经学，而浅深广狭醇驳等差各异矣。柳子厚自谓取原于经，而掇拾于文字间者，尚或不详。欧阳永叔粗见诸经之大意，而未通其奥赜。苏氏父子则概乎其未有闻焉。此核其文而平生所学不能自掩者也。韩、欧、苏、曾之文，气象各肖其为人。介甫则学术虽误，而内行无颇。

① 方苞：《书删定荀子后》，《方苞集》，刘季高校点，上海：上海古籍出版社 2006 年版，第 37 页。

其他杂家小能以文自襮者，必其行能少异于众人者也。①

以经学根柢为衡量标准评述诗文作家，这在清代诗文评论中屡见不鲜，在一定程度上反映出清代的学术风尚和批评家的价值观念。方苞此处强调以经术学养为本，自然要论及诸人的经学根柢。方苞对欧阳修、苏轼、曾巩的经学根柢虽有疵议，但认为"韩、欧、苏、曾之文，气象各肖其人"，也同时包含着对他们古文成就的肯定。方苞《张彝叹稿序》中引其兄方百川之语云："古人之文浅深纯驳，未有不肖其人者也。其不肖者，非其人之未成，则其文之未成也。"②人、文双臻于成，才称得上"各肖其为人"。

在唐宋八家中，方苞对韩愈推崇最甚，而对柳宗元则多有微辞。即以经术根柢而论，方苞称韩愈之学，先在辨古书之正伪，故"韩公之文，一语出，则真气动人。其辞镕冶于周人之书，而秦汉间取者，仅十一焉"③。与韩愈学术的纯粹相较，柳宗元则失于驳杂。方苞论柳文道：

> 子厚自述为文，皆取原于六经，甚哉，其自知之不能审也。彼言涉于道，多肤末支离而无所归宿，且承用诸经字义，尚有未当者。盖其根源杂出周、秦、汉、魏、六朝诸文家，而于诸经，特用为彩色声音之助尔。故凡所作效古而自泪其体者，引喻凡猥者，辞繁而芜句佻且稚者，记、序、书、说、杂文皆有之，不独

① 方苞：《答申谦居书》，《方苞集》，刘季高校点，上海：上海古籍出版社 2006 年版，第 164—165 页。

② 方苞：《张彝叹稿序》，《方苞集》，刘季高校点，上海：上海古籍出版社 2006 年版，第 619 页。

③ 方苞：《书祭裴太常文后》，《方苞集》，刘季高校点，上海：上海古籍出版社 2006 年版，第 112 页。

碑志仍六朝初唐余习也。①

再以"本经术"及"言之有物"的标准衡量明末古文大家归有光之文，方苞评议道：

> 震川之文，乡曲应酬者十六七，而又徇请者之意，袭常缀琐，虽欲大远于俗言，其道无由。其发于亲旧及人微而语无忌者，盖多近古之文。至事关天属，其尤善者，不俟修辞，而情辞并得，使览者恻然有隐，其气韵盖得之子长，故能取法于欧、曾，而少更其形貌耳。
>
> 孔子于《艮》五爻辞，释之曰"言有序"，《家人》之《象》，系之曰"言有物"。凡文之愈久而传，未有越此者也。震川之久于所谓有序者，盖庶几矣；而有物者，则寡焉。②

归有光之文不避琐细，写身边亲旧友人之情之事，亲切平易，尤其是叙事碑传之作，深得《史记》气韵，为习古文者所称道。归氏之文，情辞并得，虽能做到言之有序，但因"袭常缀琐，虽欲大远于俗言，其道无由"，结果少能做到言之有物。

在方苞对历代古文大家的得失评判中，人们可以具体地体味到方苞所强调的"本经术"与"言有物"之间的逻辑联系。先王之教泽，学行之修养，见道之浅深，取原之广狭，都能被"本经术"一言以蔽之，能否做到以经术为本原，能否做到操行高洁、大节不亏，能否对源远流长的儒家思想文

---

① 方苞：《书柳文后》，《方苞集》，刘季高校点，上海：上海古籍出版社 2006 年版，第 112 页。

② 方苞：《书归震川文集后》，《方苞集》，刘季高校点，上海：上海古籍出版社 2006 年版，第 117 页。

化传统做到融会贯通，蕴藉深厚，而不仅仅流于掇拾文字，用为彩色声音之助，这些都是能否言之有物，成就古文的根本基础和首要条件。

就"言有物"而言，古文家仅能做到"本经术"是远远不够的。作为思想文化传统与文学传统的双重继承者，古文家还须有把经学典籍中放诸四海而皆准的本原精神，物化为凿然有当于百姓日用之道的能力，须有因物析理、因事设词的能力。以圣人述作为思想本原，以事物之理为致知对象，两者融会贯通，相辅相成，方有望臻于"言有物"的境地。方苞《周官辨序》中言："凡人心之所同者，即天理也。然此理之在身心者，反之而皆同。至其伏藏于事物，则有圣人之所知，而贤者弗能见者矣。"[1]这种伏藏于事物之中，"圣人之所知，而贤者弗能见者"，正是后儒所应努力、发现努力体悟的。方苞《李穆堂文集序》谓李氏"考辨之文，贯穿经史，而能决前人之所疑；章奏之文，则凿然有当于实用；记、序、书、传、状、志、表、诔，因事设辞，必有概于义理，使览者有所感兴而考镜焉"。[2]既能贯穿经史，沾溉义理，又能因事设辞，有当实用，方苞对李氏各类文体的称誉，无不体现出遵循与恪守"以经术为本""依事物之理"这双重评价标准。"本经术而依事物之理"，集中代表了方苞对古文思想内容方面的基本要求和评价尺度。

强调祈向、学养对古文创作的决定性意义，强调"本经术而依事物之理"为言之有物的基础和义法说中"义"的根本涵义，方苞对言有物和"义"的论述诠释因过于明了执着而显得有些滞重单调。与之相较，方苞对言有序和"法"的有关议论，则显得变化多端而灵动飞扬。

讲求古文写作的条理、结构、体制、法度、虚实、详略，坚持把古文写作作为一种艺术创造过程而加以研究探讨，此正是古文家擅场之处，也正

---

① 方苞：《周官辨序》，《方苞集》，刘季高校点，上海：上海古籍出版社2006年版，第599页。

② 方苞：《李穆堂文集序》，《方苞集》，刘季高校点，上海：上海古籍出版社2006年版，第107页。

是古文家安身立命、独立存在之凭借。古文写作既是一种艺术创造过程，这种创造便有真伪、美丑、高下、雅俗的区别；既把先秦以来奇句单行之作统称为古文，纪事、议论、书序、碑志各类文体便各有体制、章法、规则、技巧。如何使登堂入室者取法乎上，初学乍练者有阶级可寻，注重行身祈向、学术素养，强调以经术为本，依事物之理以外，还不可忽视对言之有序等古文创作规律的研究。方苞的义法说正是兼顾有物、有序两个方面，使之构成了一经一纬、相辅相成的一对古文理论范畴。

方苞有关古文义法的论述，主要表现为两个方面的特征。

一个特征是坚持本义言法、因义立法。古文之作，题材繁富，体制各异，作者之文心意绪，层出不穷，法度规制，千变万化。对法的理解寻绎，如过于坐实，则易造成步趋绳尺、生搬硬套之弊；如过于蹈虚，则又易走向无所遵从、矜智师心之路。方苞言法，坚持本义言法、因义立法的原则，依据义之需要、义之变化而言法，从不离开义的规定性而孤立抽象地侈谈古文之法，从而使古文之法变得有章可依，有迹可寻。

所谓本义言法，因义立法，主要是根据古文内容与文意表述的需要，相应调整运用虚实详略、互见照应等指意辞事的手段，因义定法，以义驭法，最终使一篇之中，脉相灌输，事与人称，详略有致，虚实互见，叙事议论，恰当熨帖。方苞在《与孙以宁书》《又书货殖传后》《书五代史安重诲传后》等文中，结合实际例证，具体阐发、印证了本义言法，因义立法的有关见解。

《与孙以宁书》主要讨论有关人物传志的写作方法。方苞在文中以为："古之晰于文律者，所载之事，必与其人之规模相称。"[①]事与人称，是传志文写作的基本准则，此中义法，《史记》中早有明示：

---

① 方苞：《与孙以宁书》，《方苞集》，刘季高校点，上海：上海古籍出版社 2006 年版，第 136 页。

太史公传陆贾，其分奴婢装资，琐琐者载焉。若萧、曹世家而条举其治绩，则文字虽增十倍，不可得而备矣。故尝见义于《留侯世家》曰："留侯所从容与上言天下事甚众，非天下所以存亡，故不著。"此明示后世缀文之士以虚实详略之权度也。宋元诸史若市肆簿簿，使览者不能终篇，坐此义不讲耳。[①]

陆贾与萧、曹，身分高低悬殊，传记的规模大小也悬殊。太史公作《陆贾传》，可以道其身边日常琐细小事，而于萧、曹及留侯，则非关涉天下存亡之事而不著，对传主材料的去留取舍，遵循着事与人称的体制规则。此也正是太史公《史记》写作的义法所在。宋元诸史作者，不明虚实详略之法，致使所作史书，如市肆簿籍，令读者茫然不着边际而难以终篇。义法之讲与不讲，其文高下雅俗自有不同。

在《书五代史安重诲传后》一文中，方苞就欧阳修所撰写的《新五代史》中的《安重诲传》发表议论：

记事之文，惟《左传》《史记》各有义法，一篇之中，脉相灌输，而不可增损。然其前后相应，或隐或显，或偏或全，变化随意，不主一道。

《五代史·重诲传》总揭数义于前，而次第分疏于后，中间又凡举四事，后乃详书之；此书疏论策体，记事之文古无是也。[②]

《左传》《史记》《新五代史》同为史传文，当以记事为主。记事文之义

---

① 方苞:《与孙以宁书》,《方苞集》, 刘季高校点, 上海: 上海古籍出版社 2006 年版, 第 136 页。

② 方苞:《书五代史安重诲传后》,《方苞集》, 刘季高校点, 上海: 上海古籍出版社 2006 年版, 第 64 页。

法，当于一篇之中，脉相灌输，前后相应，或隐或显，或偏或全，随意变化，但不应杂以议论评判，如《新五代史·安重诲传》。议论叙事相间的写法，属书疏论策体，与《左传》《史记》之义法不相符合。《史记》中如《伯夷》《孟荀》《屈原》等传，采用了议论与叙事相间之文体，这是因为"四君子之传，以道德节义，而事迹则无可列者。若据事直书，则不能排纂成篇"。"故于《伯夷传》，叹天道之难知；于《孟荀传》，见仁义之充塞；于《屈原传》，感忠贤之蔽壅，而阴以寓己之悲，其他本纪、世家、列传有事迹可编者，未尝有是也。"①

与《左传》《史记》的通例相较，《史记》中夹叙夹议之《伯夷》《孟荀》《屈原》诸传可谓变体。这种变异是由这些特殊的传写对象与内容需要而引发的。正所谓"夫法之变，盖其义有不得不然者"。但变体终不能代替通例。欧阳修作《安重诲传》，其病即在"未详其义而漫效焉"，实际上违背了《左传》《史记》史传文的义法。号称"最为得《史记》法"的古文大家尚且如此，其他学古文者于义法之变更当细察。

《又书货殖传后》一文首先是关于义法的来源、意涵及其相互关系的总论，即义法制于《春秋》，发自太史公，为后之深于文者所熟谙。义即言有物，法即言有序，义经法纬，为成体之文。然后以《史记·货殖列传》为例，说明"是篇两举天下地域之凡，而详略异焉"，"两举庶民经业之凡，而中别之"，②看似繁杂重复，实则秩然有序，从而点明法因义起、法随义变的道理。又将《货殖列传》与《平准书》相比较，以为"是篇大义，与《平

---

① 方苞：《书五代史安重诲传后》，《方苞集》，刘季高校点，上海：上海古籍出版社2006年版，第64页。

② 方苞：《又书货殖传后》，《方苞集》，刘季高校点，上海：上海古籍出版社2006年版，第58页。

准》相表里，而前后措注，又各有所当如此"。① 一篇之中之详略繁简，两文对照之表里措注，只有从文心文义着眼，才能充分体会作者匠心独具的妙处，此正是有物有序、义经法纬的典范之作。

本义言法，因义立法，体现出方苞对义与法、有物与有序关系的理解和思考。义或为思想义蕴，或有关伦理政教，或涉及身份规模。法讲求体要规制，讲求取舍去留，讲求虚实详略，前后措注。义与法、有物与有序之间，前为纲而后为目，前为本而后为末，两者既不可纲目混淆，本末倒置，也决不可一有一绝无。"义以为经而法纬之"②，"法以义起"③，"夫法之变，盖其义有不得不然者"④，这都是对两者关系的明确说明与定位。

方苞论古文义法的又一特征是以纪事之文为本原，以两汉书疏及唐宋八家之文为津梁，旁通于其他文体。选择纪事之文，尤其是《春秋》《左传》《史记》为古文义法之本原，一是因为纪事之文在我国出现与成熟最早。由《春秋》《左传》《史记》说起，有据经援史、究根穷源之意义，与古文家道统、文统说相契符合。二是因为《左传》《史记》纪事之文中，义蕴法度，丰富完备，可圈可点，可资借鉴处甚多。唐宋古文的成功之处，即在于将《春秋》《左传》《史记》之义法，纳诸薄物小篇之中，其气象风仪，焕然超卓不群。

方苞言及义法，再三盛推《春秋》《左传》《史记》，以为"《春秋》之制义法，自太史公发之，而后之深于文者亦具焉"。"盖古文所以来远矣。六

① 方苞:《又书货殖传后》,《方苞集》,刘季高校点,上海:上海古籍出版社 2006 年版,第 58 页。

② 方苞:《又书货殖传后》,《方苞集》,刘季高校点,上海:上海古籍出版社 2006 年版,第 58 页。

③ 方苞:《史记评语》,《方苞集》,刘季高校点,上海:上海古籍出版社 2006 年版,第 850 页。

④ 方苞:《书五代史安重诲传后》,《方苞集》,刘季高校点,上海:上海古籍出版社 2006 年版,第 64 页。

经、《语》《孟》，其根源也。得其枝流而义法最精者，莫如《左传》《史记》"。[1] "夫纪事之文成体者，莫如左氏；又其后，则昌黎韩子；然其义法，皆显然可寻"[2]。义法创制于《春秋》，《左传》《史记》得其精义，自成一体。但《左传》《史记》俱为史传之书，难以绳以篇法。学者必熟复全书，而后方能辨其门经，入其奥奥。惟两汉书疏及唐宋古文，其道古、辨理、纪事，篇各一义，义立法备。然其气韵渊源，无不承自于六经、《左传》《史记》。学古文义法者，规模唐宋八家，但仅得其津梁而已。只有溯流穷源，探经求史，方可取法乎上，得古文之精蕴真传。

以《春秋》《左传》《史记》为义法本原，以唐宋为古文津梁，方苞持论如此，并非仅仅是建立在以古为好见解之上的泛泛而谈。作为古文家，方苞深感明清两代以学古文相称者，多以唐宋八家之文为学习对象，真知唐宋以前古文义法者甚少。而就古文义法而言，唐宋诸家多不讲，有明诸公习而不察，以讹传讹处甚多，即以碑记墓志而言，汉及唐宋人不尽相合于古文义法者为实不少。方苞《书韩退之平淮西碑后》论碑记墓志义法及唐宋人碑志之作云：

> 碑记墓志有铭，犹史有赞论，义法创自太史公，其指意辞事必取之于本文之外。"班史"以下，有括终始事迹以为赞论者，则于本文为复矣。此意惟韩子识之，故其铭辞末有义具于碑志者。或体制所宜，事有复举，则必以补本文之间缺。
>
> 欧阳公号为入韩子之奥义，而以此类裁之，颇有不尽合者。

---

① 方苞：《古文约选序例》，《方苞集》，刘季高校点，上海：上海古籍出版社2006年版，第613页。

② 方苞：《又书货殖传后》，《方苞集》，刘季高校点，上海：上海古籍出版社2006年版，第58页。

介甫近之矣，而气象则过隘。①

有鉴于此，方苞评论说：

> 夫秦、周以前，学者未尝言文，而文之义法无一之不备焉。唐宋以后，步趋绳尺，犹不能无过差。东乡艾氏乃谓文之法，至宋而始备，所谓强不知以为知者邪？②

"东乡艾氏"指明代古文家艾南英。艾氏论文，好言文法。方苞举艾氏之例，意在批评与嘲讽明代古文家不能正本清源，故而步趋绳尺犹不能无过差的窘迫之象。

碑记墓志与记、序、书、传等文体，从纪事史传文体中脱化而出，讲求义法，自然顺理成章，无大疑义。而与纪事文体差别较大的道古、辨理、论事之作，义法说能否覆盖，能否通行，方苞持"触类而通"之说。如就"义法"的狭义即特殊性意义而言，"诸体之文，各有义法"③，不同的文体，有不同的用途结构，不同的体要规则，不同的创作要求。但就"义法"的广义即一般性意义而言，不论何种文体，有物与有序的基本规则是必须遵守的，义经法纬而为成体之文的总体目标是明确无误的，根据内容文意表述的需要，适时调整表述手段的为文途径是毋庸置疑的。义法说作为一种古文述作传统和述作理论的总结，是应该能够超越具体的文体形态，而具有普遍的

---

① 方苞：《书韩退之平淮西碑后》，《方苞集》，刘季高校点，上海：上海古籍出版社2006年版，第111页。
② 方苞：《书韩退之平淮西碑后》，《方苞集》，刘季高校点，上海：上海古籍出版社2006年版，第111页。
③ 方苞：《答乔介夫书》，《方苞集》，刘季高校点，上海：上海古籍出版社2006年版，第137页。

指导意义的。

以《春秋》《左传》《史记》为本原，以唐宋有篇法可求之文为津梁，将义法说作为一种述作传统与述作理论，触类而通于各类文体，创作出有物、有序、义经法纬、清真古雅的优秀散文，正是方苞以义法论文的目的与用心所在。

义法说触类旁通于其他文体，当然也包括制举之文。制举之文为士人进身之具。士人学子如能通古文义法，知本经术而依事物之理之大义，知文心篇章、详略繁简之法度及义经法纬之道，那么代圣人贤人立言，敷陈论策，道古辨理，自能左右逢源，游刃有余。

以古文义法通于制举之文，方苞早有此种意图。方苞早年，好古文辞，兼治时文，对明代科举之文兴起之后，士人因利益所关而趋之若鹜，古文之学则相应处在艰难孤危境地而感到痛心疾首。他在《赠淳安方文辀序》中追述汉唐以来古文发展、衰变之轨迹云：

> 古文之学，每数百年而一兴，唐宋所传诸家是也。汉之东，宋之南，其学者专为训诂，故义理明而文章则不能兼胜焉。而其尤衰，则在有明之世。盖唐宋之学者，虽逐于诗赋论策之末，然所取尚博，故一旦去为古文，而力犹可藉也。明之世，一于五经、四子之书，其号则正矣，而人占一经，自少而壮，英华果锐之气皆敝于时文，而后用其余以涉于古，则其不能自树立也宜矣。由是观之，文章之盛衰，一视乎上之所以教，下之所以学，各有其然，而非以时代为升降也。①

---

① 方苞：《赠淳安方文辀序》，《方苞集》，刘季高校点，上海：上海古籍出版社2006年版，第190—191页。

古文之学，一衰于东汉南宋之训诂，再衰于有明之科举文。自明之后，士人学子将英华果锐之气用于八股之作，少有于古文有所树立者。文章盛衰，不以时代为升降。古文复兴，未必不可，关键在于要有登高一呼，能掩迹秦汉而继武周人如唐韩愈者。其次，则应改变举业导向，改变"科举之士力分功浅，未由穷其途径"，从而导致"古文之学，弛废夷而不振"的局面，鼓励科举士子眼光宏远，取原经史，镕冶秦汉，最终使用于一时的科举文与用于一世的古文同道而殊归。

及至晚年，方苞奉命编选《古文约选》《四书文选》，用为承学之士举业范本和主司绳尺，遂有机会将革新科举文的想法和盘托出。他在《进四书文选表》中论及经义之作立言之道云：

> 伏读圣谕："国家以经义取士，人心士耳之端倪，呈露者甚微，而征应者甚巨。故风会所趋，即有关于气运。"至矣哉；圣谟洋洋，古今教学之源流，尽于是矣。臣闻言者，心之声也。古之作者，其气格风规，莫不与其人之性质相类。而况经义之体，以代圣人贤人之言，自非明于义理，挹经史古文之精华，虽勉焉以袭其貌，而识者能辨其伪，过时而湮没无存矣。[1]

经义之作立意成文，根本的是明于义理，挹经史古文之精华，行身植志，能自树立。而不可仅以此为取名致官之具，急功近利，用意尤苟，使古人所以为学为文之遗教斯文扫地。再返观有明以来经义文兴起发展的历史，方苞以为：

---

① 方苞：《进四书文选表》，《方苞集》，刘季高校点，上海：上海古籍出版社2006年版，第579页。

明人制义，体凡屡变。自洪、永至化、治，百余年中，皆恪遵传注，体会语气，谨守绳墨，尺寸不逾。至正、嘉作者，始能以古文为时文，融液经史，使题之义蕴，隐显曲畅，为明文之极盛。①

正、嘉作者，指归有光、唐顺之诸人。归、唐以古文之法为时文，古文平淡简朴而清古可味，时文沾溉古文精华而呈一时之盛。因此，以古文之气格风规用于时文之作，提倡清真古雅、言必有物的为文风尚，使承学之士，融液经史，开启学识，正其所趋，定其祈向，是一件与人心风气、古文复兴密切相关的事情。方苞在《古文约选序》《进四书文选表》两篇序文中，对以古文之法旁通于制举之文，致意再三。他在论及对制举之文的总体要求和设想时道：

唐臣韩愈有言："文无难易，惟其是耳。"李翱又云："创意造言，各不相师。"而其归则一，即愈所谓是也。文之清真者，惟其理之是而已，即翱所谓"创意"也。文之古雅者，惟其辞之是而已，即翱所谓"造言"也；而依于理以达乎其词者，则存乎气。气也者，各称其资材，而视所学之浅深以为充歉者也。欲理之明，必溯源六经，而切究乎宋、元诸儒之说；欲辞之当，必贴合题义，而取材于三代、两汉之书；欲气之昌，必以义理洒濯其心，而沉潜反复于周、秦、盛汉、唐、宋大家之古文。兼是三者，然后能清真古雅而言皆有物。②

① 方苞：《进四书文选表》，《方苞集》，刘季高校点，上海：上海古籍出版社2006年版，第579—580页。
② 方苞：《进四书文选表》，《方苞集》，刘季高校点，上海：上海古籍出版社2006年版，第581页。

此段文字就立意、造言、取径、格调等为文之道作出了全面而层次清晰的概括，因而常常被研究者视为方苞义法说的权威阐释之一。但此段话却又明确无误地是针对科举之文而言的，它实际上是方苞以古文义法渗透、改造科举之文的具体实践。

方苞以古文为时文的作法，在当时就曾受到讥讽。钱大昕《与友人书》中引方苞同时代人王若霖的话说："灵皋以古文为时文，却以时文为古文。"①此话常被后人用来批评桐城派的古文理论和创作。其实，时文作为一种特殊的文体，自身品格也有清浊高下之分。在以八股取士的明清两代，学子只有依靠八股敲开仕途之门，才有可能从事专门的政治文化活动。方苞提倡以古文为时文的初衷，是要依据古文的理论和标准，为科举之文确立一种取法乎上的写作与评价规范，以古文去影响、提高时文的意向居多，而没有降低古文标准去迎合时文的意思。

方苞的提倡最终是以政府功令的形式出现的。革新科举文的收效如何很难妄言，但义法说却因为与科举文结盟而获得了广泛的影响。桐城派古文自方苞、姚鼐之后，号为文坛正宗，与这种结盟也不无关系。方苞生前，并无创立文派的意图，所创义法说，是在充分领会、体悟史传文述作传统与唐宋古文理论、古文运动经验的基础上，依靠一个古文家所具有的学养、艺术感受力和思维创造力而形成的思想成果。它以朴素、简洁的形式和语言，揭示了有物有序、义经法纬等一般成体之文的思想性艺术性原则。这一思想成果成为桐城派形成、发展的基础与起点。

---

① 钱大昕：《与友人书》，《潜研堂文集》卷三十三，上海：商务印书馆1936年版，第529页。

## 二、雅与洁

严格地说，雅洁论是方苞义法说的一个重要组成部分，它与"本经术而依事物之理"、义经法纬鼎足三立，构成了义法说的整体。"本经术而依事物之理"，是讲言有物；义经法纬是讲言有序；而雅洁论则是讨论古文语言、文体的表述风格。雅洁论对桐城派文体语言风格的形成，影响深远。

雅洁论在方苞古文理论的整体中，属于义法说的一个分支，但就自身的自足性、完整性而言，又构成了一对独立的理论范畴。雅主要讨论雅驯规范、辞气远鄙的问题，侧重于语言；洁主要讨论澄清疏朗、辞约义丰的问题，侧重于文体。雅与洁结合，构成清真古雅的语言文体风格。

言雅洁当从尚简说起。方苞以为义法创制于《春秋》，而发明于《左传》《史记》。《左传》《史记》之中，义法最为完备，而明确示人以法度者，则首推《史记》。《史记》之中，又以十表之序最值得为文者揣摩寻绎。方苞《书史记十表后》云："十篇之序，义并严密，而辞微约，览者或不能遽得其条贯，而义法之精变，必于是乎求之，始的然其有准焉。"[1]十篇之中，方苞又最看重《十二诸侯年表序》中司马迁"孔子次《春秋》，上记隐，下至哀公之获麟，约其辞文，去其烦重，以制义法，王道备，人事浃"[2]之语，并将序中的"约其辞文，去其烦重"一语，引而为尚简的根据。

所谓尚简，即是在语言文体的构成中，坚持删繁就简、体清气洁的宗旨，以言约义丰、言简意赅为文之极则，以清澄无滓、至严不杂为体之要义。尚简是一条包括义、体、辞各个方面在内的总体性的写作原则，而不仅仅只是对语言的要求。

---

① 方苞：《书史记十表后》，《方苞集》，刘季高校点，上海：上海古籍出版社 2006 年版，第 49 页。

② 司马迁：《十二诸侯年表序》，《史记》，北京：中华书局 1959 年版，第 509 页。

方苞在《古文约选序例》中界定古文的概念："自魏晋以后，藻绘之文兴，至唐韩氏起八代之衰，然后学者以先秦盛汉辨理论事质而不芜的者为古文。"[1] 他将"质而不芜"看作是古文文体的重要特征。依照质而不芜的标准评价古文之作，方苞以为："《易》《诗》《春秋》及四书，一字不可增减，文之极则也。降而《左传》《史记》、韩文，虽长篇，句字可薙芟者甚少。其余诸家，虽举世传诵之文，义枝辞冗者，或不免矣。"[2] 即以《荀子》为例，方苞以为其中可删削者几半。他在《书删定荀子后》中云：

> 昔昌黎韩子欲削荀氏之不合者，附于圣人之籍，惜其书不传。余师其意，去其悖者、蔓者、复者、俚且佻者，得完者六，节取者六十有二。其篇完者，所芟薙几半；然间取而诵之，辞意相承，未见其有阙也。夫四子之中，减一字，则义不著，辞不完。盖无意于文，而乃臻其极也。荀氏之辞有枝叶如此，岂非其中有不足者哉！[3]

凡为文辞繁而芜句，枝蔓而冗长者，多因知道不深，见义不明，缺少辨析之识与折衷之力。方苞论明《统志》为世所诟病的原因道：

> 是书所难，莫若建置沿革，山川古迹。振奇矜能者，大率博引以为富，又不能辨其出入离合，而有所折衷，是以重复讹舛牴

---

① 方苞：《古文约选序例》，《方苞集》，刘季高校点，上海：上海古籍出版社 2006 年版，第 612 页。
② 方苞：《古文约选序例》，《方苞集》，刘季高校点，上海：上海古籍出版社 2006 年版，第 615—616 页。
③ 方苞：《书删定荀子后》，《方苞集》，刘季高校点，上海：上海古籍出版社 2006 年版，第 37 页。

牾之病纷然而难理。不知辞尚体要，地志非类书之比也，所尚者简明，而杂冗则愈晦。然简明非可强而能，必识之明，心之专，遍于奥赜之中，曲得其次序，而后辞可约焉。其博引无所折衷，乃无识而畏难，苟且以自便之术耳。故体例不一，犹农之无畔也；博引以为富，而无所折衷，犹耕而弗耨也。①

尚简并非仅仅约言即可奏效。只有取原经史，磨砺见识，明于体要，洞悉巨细，对所载之事、所明之理，有卓越的辨析折衷的能力和采择剪裁的匠心，才能做到所载之事不杂，所论之理显豁，义严辞约，法度有自。

方苞论及尚简原则，又常常以古文义法为依托，视尚简为归依古文述作传统，接近古文义严辞约、质而不芜的境地的第一通道。他在《书汉书霍光传后》中比较《春秋》《史记》《汉书》之规制云：

> 《春秋》之义，常事不书，而后之良史取法焉。昌黎韩氏目《春秋》为谨严，故撰《顺宗实录》削去常事，独著其有关治乱者。班史义法，视子长少漫矣，然尚能识其体要。②

《汉书·霍光传》尚能识其体要处，主要表现为班固对霍光事迹的记叙，坚持常事不书，所书的一二事必交代首尾，传其精神，且详略虚实措注，处理得当，从而起到表里互见的作用。但班固《汉书》同《春秋》之谨严、《史记》之雅饬相比，仍不免显得"少漫"，疏于义法处多有。因此，后之"韩、柳、欧、苏、曾、王诸文家，叙列古作者，皆不及班固"。其中原因，又

---

① 方苞：《与一统志馆诸翰林书》，《方苞集》，刘季高校点，上海：上海古籍出版社2006年版，第180页。

② 方苞：《书汉书霍光传后》，《方苞集》，刘季高校点，上海：上海古籍出版社2006年版，第62页。

"非肤学所能识也"。学古文者不可不从《汉书》之"少漫"处引为鉴戒，充分体味古文谨严雅饬、明于体要的奥妙，在临文构思、材料取舍的过程中，取形于大，取法乎上。

有鉴于此，方苞在碑志传记的写作中，坚持尚简原则和常事不书，所书事必具首尾，旁见侧出的古文义法。方苞在为明清之际学者孙奇逢作传时，简略记其明天启年间，舍家鬻产，使东林党魁左光斗等尸骨归还，及明亡，拒不仕清，屡徵不起，学宗陆王，兼通程朱等寥寥数事，而毅然舍弃了论其讲学宗旨及师友渊源，条举平生义侠之迹，盛称门墙广大，海内向仰者多等诸项内容。方苞以为："此三事皆徵君之未迹也；三者详而徵君之志事隐矣。"[1] 方苞对此传颇引为得意，在《与孙以宁书》中不无夸耀地说：

> 仆此传出，必有病其太略者。不知往者群贤所述，惟务徵实，故事愈详，而义愈狭。今详者略，实者虚，而徵君所蕴蓄，转似可得之意言之外。他日载之家乘，达于史官，慎毋以彼而易此。[2]

力避唯务征实，事愈详而义愈狭的窘态，追求详者略、实者虚，变幻莫测，蕴蓄得之意言之外的生动。——由这些表述中可以看出，方苞所再三致意的是寥寥数笔而人物形神兼具，栩栩如生的古文境界，而不是详讲条举、琐琐道来，使览者不能终篇的市肆簿籍。方苞在对尚简原则的解释及对古文义法的寻绎中，更多地是依据古文家的艺术感知，依据文学的标准尺度，构建为文的规范。这种倾向在《与程若韩书》中表现得更为清楚。书云：

---

① 方苞：《与孙以宁书》,《方苞集》，刘季高校点，上海：上海古籍出版社 2006 年版，第 136 页。

② 方苞：《与孙以宁书》,《方苞集》，刘季高校点，上海：上海古籍出版社 2006 年版，第 137 页。

来示欲于志有所增，此未达于文之义法也。昔王介甫志钱公辅母，以公辅登甲科为不足道，况琐琐者乎？此文乃用欧公法，若参以退之、介甫法，尚可损三之一，假而周秦人为之，则存者十二三耳。此中出入离合，足下当能辨之。足下喜诵欧公文，试思所熟者，王武恭、杜祁公诸志乎？抑黄梦升、张子野诸志乎？然则在文言文，虽功德之宗，不若情辞之动人心目也，而况职事族姻之纤悉乎？夫文未有繁而能工者，如煎金锡，粗矿去，然后黑浊之气竭而光润生。①

功德之崇，不若情辞之动人心目，这就是为什么欧阳修铺写王德用、杜衍官爵事迹之文少为人所熟悉，而叙写黄注、张先友情趣事之文则为人所喜闻乐见。墓志之作，职事、族姻皆为琐琐不足道者，所以王安石为钱公辅之母作墓志铭而不及钱之官职。文未有繁而能工者，去粗取精，方能熠熠生辉，这就是为什么简必胜于繁者。

尚简的有关论述在方苞著作中屡屡出现。方苞有关尚简的种种阐释与论述，不仅是针对古文写作中义枝辞冗的弊端而发，更重要的是传达出对一种古文审美规范和审美风格的追求。尚简之说在坚持古文语言以一字不可增减为极则，文体以明于体要，少涉繁杂为上乘的基础上，所呼之欲出的是一种简实纯净、至严不杂的古文风范，这种风范方苞称之为"洁"。"洁"涉及思想纯正，语言精练的内容，更主要的是指成体之文明于体要，不蔓不枝，合乎义法之度。方苞在《书萧相国世家后》一文中就《史记》《汉书》有关萧何的记载进行比较，以为《史记》所书萧何收秦律令图书、举韩信，镇抚关中、举曹参以自代四事，已见其至忠体国之大。至于略去定汉家律令及受

① 方苞：《与程若韩书》，《方苞集》，刘季高校点，上海：上海古籍出版社 2006 年版，第 181 页。

遗命辅惠帝事，是因为此二事对萧何来说是顺且易之事，与上述万世之功不可相提并论，因而也无写入的必要。而《汉书》承用是篇，独增汉王谋攻项羽，萧何谏止，劝入汉中一事，则属画蛇添足，甚为不妥。一是此事有无未可知；二是信有之，亦谋臣策士角色，语又鄙浅，与《萧何传》的气象规模不类。两相比较，太史公所书，本于义法，明于体要，而班固所书，则不免义枝辞鄙，失于繁杂。方苞就两书的取舍而议论道：

> 柳子厚称太史公书曰洁，非谓辞无累也，盖明于体要，而所载之事不杂，其气体为最洁耳。[1]

气体在此是指脉相灌输之古文的气脉与体制。气体称之为洁，一是气脉专注，二是体制不杂。此两者都是义法与尚简说所刻意追求的风格规范。方苞在《古文约选序例》中论古文气体道：

> 古文气体，所贵澄清无滓。澄清之极，自然而发其光精，则《左传》《史记》之瑰丽浓郁是也。[2]

《左传》《史记》的瑰丽浓郁，不在于色彩声音之上，而在于气体澄清之极，自然焕发光精，刊落浮华枝蔓，而自然炳炳麟麟。澄清无滓，正是对"洁"所代表的古文审美规范与审美风格的阐释与描述。

如果说，"洁"主要是就古文文体明于体要、不繁不杂而言，那么，"雅"则主要是就古文语辞的不俚不俗、雅驯熨帖而言。凡行文遣辞，肤末支离，

---

① 方苞：《书萧相国世家后》，《方苞集》，刘季高校点，上海：上海古籍出版社2006年版，第56页。

② 方苞：《古文约选序例》，《方苞集》，刘季高校点，上海：上海古籍出版社2006年版，第614页。

引喻凡猥，有碍雅驯，辞繁而芜，句佻且稚者，都属不雅的范围，自应予以避免。方苞删定《荀子》，意在"去其悖者、蔓者、复者、俚且佻者"①，不满于柳宗元文，缘以其文肤末支离、引喻凡猥、句佻且稚者多有。又评归有光之作，以为长处在于"不俟修饰，而情辞并得"，不足则在于"辞号雅洁，仍有近俚而伤于繁者"。②方苞在文学批评实践中，坚持离俚远俗的雅驯标准。他对门人沈廷芳云：

> 南宋、元、明以来，古文义法不讲久矣。吴、越间遗老尤放恣，或杂小说，或沿翰林旧体，无一雅洁者。古文中不可入语录中语，魏、晋、六朝人藻丽俳语，汉赋中板重字法，诗歌中隽语，南北史佻巧语。③

他在《答程夔州书》中论及散体文雅驯之道云：

> 凡为学佛者传记，用佛氏语则不雅。子厚、子瞻皆以兹自瑕，至明钱谦益则如涕唾之令人觳矣。岂谓佛说，即宋五子讲学口语，亦不宜入散体文，司马氏所谓言不雅驯也。④

方苞所讲的散体文，即是与骈偶之文相对，以奇句单行为主要文体特

---

① 方苞：《书删定荀子后》，《方苞集》，刘季高校点，上海：上海古籍出版社 2006 年版，第 37 页。

② 方苞：《书归震川文集后》，《方苞集》，刘季高校点，上海：上海古籍出版社 2006 年版，第 117 页。

③ 方苞：《方苞年谱》，《方苞集》，刘季高校点，上海：上海古籍出版社 2006 年版，第 890 页。

④ 方苞：《答程夔州书》，《方苞集》，刘季高校点，上海：上海古籍出版社 2006 年版，第 166 页。

征的古文。方苞所讲的雅洁，也是以《春秋》《左传》《史记》所代表的述作传统及文体语言规范为基本标尺的。上述两段引文强调雅驯而提出散体文不可入语录中语等种种禁忌，着眼于净化古文语言。

南宋之后，词、曲、小说诸文体有了较大的发展，讲佛传道的佛氏语、语录体也广泛流行。这些文体与诗、古文的交叉、渗透，相互影响是普遍存在的，归有光等人的传志性散文中即有相当浓厚的小说气息。方苞提出雅驯的标准，列举古文中不可入语录中语、佛氏语、藻俪俳语、隽语、佻巧语，具有矫枉与纠偏的意图。语录体、佛氏语为讲学讲道的体式，尤其是唐以后僧人讲佛、道学传道之作，弟子往往直录师语，流于鄙俗。魏晋六朝人藻丽俳语，汉赋中板重字法，诗歌中隽语，皆于奇句单行、质而不芜的古文文体特征有悖。南北史之佻巧语，谐而不庄，也与古文不类。将此类语言摒弃于古文之外，恢复古文温文不俗、雅饬远鄙的语言本色，正是方苞以雅论文的宗旨所在。

方苞的雅洁之论是从属于义法说的。雅洁论使义法说更具体化，更具有可操作性。洁侧重于文体，雅侧重于语辞。但作为一对理论范畴，两者又具有紧密的联系。不明体要、繁而芜杂必定伤雅；肤末支离、鄙俗不文也必然伤洁。雅洁论与义法说，共同构成了方苞古文理论的主体。


## 三、神气与音节

方苞的义法说与雅洁之论，揭示了有物有序、义经法纬、求雅言洁等成体之文的普遍性规律，奠定了桐城派古文理论的基石。方苞之后，刘大櫆"传其义法，而才调独出"[1]，继踵义法雅洁之论，而提出神气音节这一新的

---

① 赵尔巽等：《刘大櫆传》，《清史稿》卷四百八十五，北京：中华书局1977年版，第13376页。

文论范畴。

刘大櫆有关神气音节的论述，主要见诸《论文偶记》。《论文偶记》中论行文之道云：

> 行文之道，神为主，气辅之。曹子桓、苏子由论文，以气为主，是矣。然气随神转，神浑则气灏，神远则气逸，神伟则气高，神变则气奇，神深则气静，故神为气之主。[1]

以气论文，始于曹丕。魏晋南北朝时期，"气"的涵义主要是指作家的性格气质和作品风貌。至唐代，梁肃、柳冕、权德舆言及"气"，主要是指文章气势，且强调气以道为帅，道在气上，文不及道气则衰。韩愈出，则将孟子"养吾浩然之气"之说与古文创作结合起来，把道德学识修养视为气盛的前提，气盛则立。韩愈《答李翊书》云：

> 气，水也；言，浮物也，水大而物之浮者大小毕浮；气之与言犹是也。气盛，则言之短长与声之高下皆宜。[2]

方苞沿用韩愈之说，看重义理及学识修养对于养气，养气对于创意造言的重要意义。其《钦定四书文·凡例》云：

> 文之清真者，惟其理之"是"而已，即（李——引者）翱所谓"创意"也；文之古雅者，惟其辞之"是"而已，即翱所谓

---

[1] 刘大櫆：《论文偶记》，舒芜校点，北京：人民文学出版社 1959 年版，第 3—4 页。
[2] 韩愈注：《答李翊书》，《韩愈全集》，钱仲联、马茂元校点，上海：上海古籍出版社 1997 年版，第 177 页。

"造言"也。而依于理以达乎其词者，即存乎气。气也者，各称其
资材，而视所学之深浅以为充歉者也……欲气之昌，必以义理洒
濯其心，而沉潜反复于周、秦、盛汉、唐、宋大家之古文。[①]

方苞所言"气"，主要是指作者的道德学识修养，把作者的道德学识修
养视为将"理是"转变为"辞是"的决定性条件。并认为欲培植气，自应洒
濯义理，沉潜反复于唐宋前之古文。

刘大櫆以神气论文，不同于方苞对创作过程的认识之处有二：一是强
调古文创作以神主气，而非以理主气；二是认定道德学识之外，文人别有
能事。

先就以神主气而言。刘大櫆在前人有关气的论述的基础上，拈出一个
"神"字，强调行文之道，神为主，气辅之，神立而气附，神行而气随。他
论神在创作过程中的地位及神与气之关系云：

神者，文家之宝。文章最要气盛；然无神以主之，则气无所
附，荡然不知其所归也。神者气之主，气者神之用。神只是气之
精处。[②]

"神只是气之精处"一语，道明了刘大櫆神气说中"神"的义蕴和神与
气的分界。刘大櫆所说的"神"主要是指作者写作时精酣神足、意气飞扬
的精神状态，它至高无上，凌驾一切；而所说的"气"，主要是指贯注于作
品字里行间的气度气势，它盛大贯通，沛然有余。神者可以意致而难以言

---

① 方苞：《进四书文选表·凡例》，《方苞集》，刘季高校点，上海：上海古籍出版社
2006 年版，第 581 页。
② 刘大櫆：《论文偶记》，舒芜校点，北京：人民文学出版社 1959 年版，第 4 页。

传，气者可以体味而难以触摸。气以神为主，神以气为用。神与气灌注于字里行间而有成体之文。刘大櫆所说的神，在前代文论家的论述中，是被囊括于"气"的概念范围之中的。而刘大櫆根据自己的阅读经验和写作体会，对气之结构作了更为细致、更为详尽的层次划分，从而更加强调作者的精神状态、艺术气质在创作过程中的决定性意义，强调了明朗劲健的盛气对作品成败的重要作用。神气说在某种意义上是对方苞以义法论文、以义理论气说的纠偏和补充。神气说提倡古文创作要从大处高处、神足气盛处着手，而不必拘泥于文法，蹈袭于义理。《论文偶记》云：

> 古人文章可告人者惟法耳。然不得其神而徒守其法，则死法而已。
>
> 今粗示学者，古文行文至不可阻处，便是他气盛。非独一篇为然，即一句有之；古人下一语，如山崩，如峡流，觉拦当不住，其妙只是个直的。[1]

为文贵于神足气盛，而如何看待读书穷理？《论文偶记》云：

> 盖人不穷理读书，则出词鄙倍空疏。人无经济，则言虽累牍，不适于用。故义理、书卷、经济者，行文之实。若行文自另是一事。譬如大匠操斤，无土木材料；纵有成风尽垩手段，何处设施？然即土木材料；而不善设施者甚多，终不可为大匠。故文人者，大匠也；义理、书卷、经济者，匠人之材料也。[2]

---

[1] 刘大櫆：《论文偶记》，舒芜校点，北京：人民文学出版社 1959 年版，第 4 页。
[2] 刘大櫆：《论文偶记》，舒芜校点，北京：人民文学出版社 1959 年版，第 3 页。

读书穷理，道德学识，是为文的材料，为文的必要准备，它如同大匠的土木材料；但有道德学识，有土木材料，而行文者无大匠成风尽垩的手段，又如何能成就古文？刘大櫆由此处引出第二个论题：道德学识之外，文人别有能事。《论文偶记》云：

> 作文本以明义理，适世用。而明义理，适世用，必有待于文人之能事；朱子谓"无子厚笔力发不出"。
>
> 当日唐、虞记载，必待史臣。孔门贤杰甚众，而文学独称子游、子夏。可见自古文字相传，另有个能事在。[①]

文人别有能事，这便是大匠操斤、成风尽垩的手段，便是神明变化、遣词谋篇的手段。古文的写作自有艺术规律，对这些艺术规律的了解、把握与实践，绝不是可有可无，或以道德学识所能取而代之的。

神明变化、成风尽垩的手段如何获得？这是《论文偶记》所着力讨论的又一问题。神与气是文章至高无上的主宰、生气勃勃的灵魂，它虽然难以言传，难以触摸，但它是灌输于文章的字里行间的，于音节字句之外，可以寻绎神气的变化：

> 神气者，文之最精处也；音节者，文之稍粗处也；字句者，文之最粗处也；然余谓论文而至于字句，则文之能事尽矣。盖音节者，神气之迹也；字句者，音节之矩也。神气不可见，于音节见之；音节无可准，以字句准之。
>
> 音节高则神气必高，音节下则神气必下，故音节为神气之迹。一句之中，或多一字，或少一字；一字之中，或用平声，或用仄

---

① 刘大櫆：《论文偶记》，舒芜校点，北京：人民文学出版社 1959 年版，第 4 页。

声；同一平字仄字，或用阴平、阳平、上声、去声、入声，则音节迥异，故字句为音节之矩。积字成句，积句成章，积章成篇，合而读之，音节见矣；歌而咏之，神气出矣。[①]

在这里，全盘托出了刘大櫆影响广泛的因声求气理论。因声求气理论的构成要点有三。一是以精处、粗处的划分论述神气、音节、字句之间的相互关系。《庄子·秋水》篇有"可以言论者，物之粗也；可以意致者，物之精也"[②]之语，刘氏依照可以意致，可以言论的标准，划分神气、音节、字句，以为神气为文之最精处，音节为稍粗处，字句为最粗处。音节为神气之迹，字句为音节之矩。二是把由字句准之音节，由音节寻绎神气，看作是一个由末逐本、由粗及精、由表及里的认识过程，由字句可以言论其音节，由音节可以意致其神气。三是因声求气过程得以完成的重要手段是诵读，所谓"合而读之，音节见矣；歌而咏之，神气出矣"。在诵读中揣摩音节，想见神气。

以神气论文，由音节证入，明确把神气与音节相提并论，揭示神气、音节、字句之间的内在联系，这就是刘大櫆对桐城派古文理论的主要贡献。我国古代散文有讲究辞采、音节之美的传统，优秀散文作者善于运用汉语一字一音一义的特点，创作出顿挫起伏、抑扬抗坠的散文精品。而相应的，通过散文的字句音节，读者也可以揣摩、想见作者的精神气象。唐宋古文家反对六朝骈文过分追求声律、辞藻之弊，但并不反对吐属成辞，而具抑扬顿挫之美的散文传统。韩愈言气与辞、声，有"气盛则言之短长与声之高下者皆宜"之说，从作者的角度揭示了气主辞、声的关系；而刘大櫆主张从字句

---

① 刘大櫆：《论文偶记》，舒芜校点，北京：人民文学出版社 1959 年版，第 4 页。

② 庄周：《秋水篇》，《庄子》，曹础基注说，开封：河南大学出版社 2008 年版，第 249 页。

音节证入，在诵读中揣摩音节、想见神气，对于韩愈之说而言，则是从欣赏者、摹拟者的角度切入的一种反向思维。方苞义法雅洁之说，着眼于成体之文的规制与风范，重在强调义经法纬的原则和详略繁简的篇法。刘大櫆以为方氏论文"专以理为主，则犹未尽其妙"，又以为"古人文章可告人者惟法耳。然不得其神而徒守其法，则死法而已"，因而以神气说弥补之，且又在详略繁简的篇法之外，别求用字成句之法。如同方苞的义法说包含着为初学古文时文者指示途径的目的，刘大櫆的因声求气说也带有浓厚的为学文者导夫先路的意向。《论文偶记》云：

> 凡行文多寡短长，抑扬高下，无一定之律，而有一定之妙，可以意会，而不可以言传。学者求神气而得之于音节，求音节而得之于字句，则思过半矣。其要只在读古人文字时，便设以此身代古人说话，一吞一吐，皆由彼而不由我。烂熟后，我之神气即古人之神气，古人之音节都在我喉吻间，合我喉吻者便是与古人神气音节相似处，久之自然铿锵发金石声。[①]

因声求气的诵读方法，因为具备欣赏玩味之审美、模仿摹拟之实用的双重功能，而在桐城派中传承不衰，备受重视。姚鼐在《与陈硕士》书中论及诵读之功道："大抵学古文者，必要放声疾读又缓读，只久之自悟。若但能默看，即终身作外行也。"又云："急读以求其体势，缓读以求其神味，得彼之长，悟吾之短，自有进也。"[②]姚鼐之后的方东树、曾国藩、张裕钊等人都十分看重古文诵读。张裕钊《答吴挚甫书》云："文以意为主，而辞欲能

---

① 刘大櫆：《论文偶记》，舒芜校点，北京：人民文学出版社 1959 年版，第 6 页。
② 姚鼐：《与陈硕士》，《惜抱轩尺牍》卷六，北京：北京师范大学出版社 2014 年版，第 94、96 页。

副其意，气欲能举其辞。譬之车然，意为之御，辞为之载，气则所以行也。欲学古人之文，其始在因声以求气，得其气则意与辞往往因之而并显，而法不外是也。"又曰："往在江宁闻方存之云：长老所传刘海峰绝丰伟，日取古人之文纵声读之。姚惜抱则患气羸，然亦不废哦诵。"[1]张氏意在以刘、姚之作为，与吴汝纶共勉而不废讽诵之功。至五四新文化运动时期，桐城派中仍以讽诵之功相尚，其时以诵读见长者有贺涛、唐文治，时称南唐北贺。因声求气，已成为桐城派古文学习的传统之一。

## 四、神理气味与格律声色

以神理气味与格律声色论文，见诸姚鼐的《古文辞类纂序》。《古文辞类纂》是姚鼐编纂的古文选本。所选文章除散体文外，包括辞赋，故称"古文辞"。全书七十五卷，以文体而类编，故称"类纂"。姚鼐把包括辞赋在内的散文文体分为论辨、序跋、奏议、书说、赠序、诏令、传状、碑志、笔记、箴铭、颂赞、辞赋、哀祭计十三类。《古文辞类纂序》中简述各类文体的起源、特点、流变及编选原则，最终通论为文之总则云：

> 凡文之体类十三，而所以为文者八：曰神、理、气、味、格、律、声、色。神理气味者，文之精也；格律声色者，文之粗也。然苟舍其粗，则精者亦胡以寓焉？学者之于古人，必始而遇其粗，中则遇其精，终则御其精而遗其粗者。[2]

---

① 张裕钊：《答吴挚甫书》，《张裕钊诗文集》濂亭文集·卷四，王达敏校点，上海：上海古籍出版社 2012 年版，第 83 页。

② 姚鼐：《古文辞类纂序目》，《古文辞类纂》，北京：中华书局 2022 年版，第 1 页。

以精者粗者论文，姚鼐得之于刘大櫆。精者，是可以意致者；粗者，为可以言论者。可以意致者以抽象的形态存在，如神理气味，在文章之中则似盐入水，无迹无痕；可以言论者以具体形态存在，如格律声色，在文章之中则炳炳烺烺，采丽竞繁。抽象与具体，一精一粗，一里一表，相互依存。格律声色是神理气味之外表，离开格律声色，神理气味便不复存在；神理气味是格律声色的内蕴，无有神理气味，格律声色也变得毫无价值。为此，为文者学古人之文，必从格律声色入手，寻迹而遇其神理气味，最终达到"御其精而遗其粗"的自主境地。神理气味与格律声色作为一对理论范畴的逻辑关系大致如此。

以神理气味格律声色作为论文的标准，是姚鼐总结前人古文创作经验，吸收、承继方苞、刘大櫆古文理论成果并弥缝其偏颇，变而后大的结果。

对于方苞古文理论的得失，姚鼐曾评论道：

> 望溪所得，在本朝诸贤为最深，而较之古人则浅。其阅太史公书，似精神不能包括其大处、远处、疏淡处及华丽非常处。止以义法论文，则得其一端而已。然文家义法亦不可不讲。[1]

方苞的义法说所涉及的主要是义经法纬、气清体洁等成体之文的基本法则。他以义法论《史记》，所见也多为详略繁简、措注互见等谋篇、布局的行文之法。以义法论《史记》，相对于《史记》的博大精深来说，自然是"精神不能包括其大处、远处、疏淡处及华丽非常处"。义法所能捕捉的，只能是有形迹的规则法度，而无法企及汪洋恣肆、变幻莫测的艺术神明。姚鼐在《复鲁絜非书》中说道：

---

[1] 姚鼐：《与陈硕士》，《惜抱先生尺牍》卷五，北京：北京师范大学出版社 2014 年版，第 75 页。

抑人之学文，其功力所能至者，陈理义必明当，布置取舍，繁简廉肉不失法，吐辞雅驯不芜而已。古今至此者，盖不数数得。然尚非文之至，文之至者通乎神明，人力不及施也。

通乎神明，是一种可以意致而不可言论的境界，此种境界是义法说所不能囊括的。义法说所言范围，是功力所能至的范围，其教人作文，陈义明当，取舍繁简，不失法度，吐辞雅驯不芜。为文能做到此，已是凤毛麟角，"不数数得"。但尚未达到文之至境。文之至境，通乎神明，人力不及施。因而，"止以义法论文，则得其一端而已"。

文之至境，通乎神明。姚鼐论文，以为文虽为技为艺，但技精者必近于道，艺高者通于造化之自然，天与人一，则为文之至境。其言曰：

> 言而成节，合乎天地自然之节，则言贵也。其贵也，有全乎天者焉，有因人而造乎天者焉……夫文者，艺也。道与艺合，天与人一，则为文之至。[①]

> 夫道有是非，而技有美恶。诗文皆技也，技之精者必近道，故诗文美者命意必善。文字者，犹人之言语也，有气以充之，则观其文也，虽百世而后，如立其人而与言于此；无气，则积字焉而已。意与气相御而为辞，然后有声音节奏高下抗坠之度，反复进退之态，彩色之华。故声色之美，因乎意与气而时变者也，是安得有定法哉？[②]

---

① 姚鼐：《复鲁絜非书》，《惜抱轩诗文集》，刘季高校点，上海：上海古籍出版社1992年版，第94页。

② 姚鼐：《答翁学士书》，《惜抱轩诗文集》，刘季高校点，上海：上海古籍出版社1992年版，第84页。

文属于艺，但文有抑扬顿挫，长短驰骤，合乎天地自然之节。道与艺合、天与人一，便是文之至境。诗文皆技也。但作诗为文，讲求立意积气，使意与气相御而有辞，反复进退而有声色之美。技之精者必近于道。艺不可轻诋、技不可小视的原因，即在于通乎造化之自然。姚鼐描述意气相御，内充而后发的文学创作过程道：

> 《易》曰："吉人之词寡。"夫内充而后发者，其言理得而情当；理得而情当，千万言不可厌，犹之其寡矣。气充而静者，其声闳而不荡；志章以检者，其色耀而不浮。邃以通者，义理也；杂以辨者，典章、名物。凡天地之所有也，闵闵乎，聚之于锱铢，夷怿以善虚，志若婴儿之柔，若鸡伏卵，其专以一，内候其节，而时发焉。夫天地之间，莫非文也。故文之至者，通于造化之自然。①

在姚鼐有关文之至境的描述与阐释之中，已不期而然地囊括了神理气味的基本内容。所谓神，在姚鼐的文论中，即指文章的神妙神化、人功与天机相凑泊之处，即是合于天地自然之节，通于造化自然之境，道与艺合、天与人一之处。神是文的最高标准、最高尺度，又是一种天造地作，不可言喻的文章境界。所谓理，即持之有故，言之成理者。它包括义理，也包括典章制度，凡天地之所有者中所蕴含的事理物理，天下事理物理皆是为文材料，而事理物理又要依赖文章以发明。所谓气，是指贯输于文章字里行间，能使意与辞脉络相连，嫖姚飞动、生机勃勃的气势文势。"有气以充之，则

---

① 姚鼐：《答鲁宾之书》，《惜抱轩诗文集》，刘季高校点，上海：上海古籍出版社1992年版，第104页。

观其文也，虽百世而后，如立其人而与言于此；无气，则积字焉而已。"①所谓味，是隽永深刻，耐人咀嚼者，即姚鼐所言"理得而情当，千万言不可厌"②者。

至于格律声色，上述引文中也有所涉及。格者，格式、体制之谓也。律者，规则、法度之谓也。声即音节音调，色是辞藻色彩。古文的体制法度，方苞的义法说曾予以探讨；古文的音节辞藻，刘大櫆的神气说有所发明。姚鼐认为：体制、法度，声音节奏，高下抗坠之度，都随意与气而转移："意与气相御而为辞，然后有声音节奏高下抗坠之度，反复进退之态，彩色之华。故声色之美，因乎意与气而时变者也，是安有定法哉！自汉、魏、晋、宋、齐、梁、陈、隋、唐、赵宋、元、明及今日，能为诗者殆数千人，而最工者数十人。此数十人，其体制固不同，所同者，意与气足主乎辞而已。"③文无定法，优秀的诗文作品，因为时代、作者不同，体制法度不同，它的声音辞藻之美也不同，唯一相同之处即在于作品的意与气足主乎辞，这一点概莫能外。意与气所主之"辞"，不仅包括声与色，还包括格与律。

文无定法，是就文的纵横变化而言，但文章的写作并非无有规律和经验可循。姚鼐论法之有定无定之道云：

> 文章之事，能运其法者才也，而极其才者法也。古人文有一定之法，有无定之法。有定者，所以为严整也；无定者，所以为

① 姚鼐：《答翁学士书》，《惜抱轩诗文集》，刘季高校点，上海：上海古籍出版社1992年版，第84页。
② 姚鼐：《答鲁宾之书》，《惜抱轩诗文集》，刘季高校点，上海：上海古籍出版社1992年版，第104页。
③ 姚鼐：《答翁学士书》，《惜抱轩诗文集》，刘季高校点，上海：上海古籍出版社1992年版，第84页。

纵横变化也；二者相济而不相妨。故善用法者，非以窘吾才，乃所以达吾才也。非思之深，功之至者，不能见古人纵横变化中所以为严整之理。思深功至而见之矣，而操笔而使吾手与吾所见之相副，尚非一日事也。[1]

法有一定之法与无定之法的区别。一定之法教人严整，无定之法教人变化。就规律及经验而言，法并非仅仅体现为规则和禁忌，还是路向与通道。善用法者，才思不仅不为法所限制，反而可凭借法而纵横驰骋。姚鼐所言法，是谋篇行文、遣词成句之规律，包含格律声色诸项内容。而他所言"才"，又与意与气相关。姚鼐在强调"意与气主乎辞"，神理气味统帅格律声色的同时，并不鄙薄格律声色的价值及它在成体之文中的作用。姚鼐认为，能从古人纵横变化中窥知严整之理，已是思深功至的表现；而循严整之理操笔为文，更非一日之功。

文法有定无定，文体也有尊无尊。姚鼐论文体尊卑道：

论文之高卑以才也，而不以其体。昔东汉人始作碑志之文，唐人始为赠送之序，其为体昔卑俗也；而韩退之为之，遂卓然为古文之盛。古之为诗者，长短以尽意，非有定也；而唐人为排偶，限以句之多寡。是其体使昔未有而创于今世，岂非甚可耻笑者哉！而杜子美为之。乃通乎《风》《雅》，为诗人冠者，其才高也。

明时定以经义取士，而为八股之体。今世学古之士，谓其体卑而不足为。吾则以谓此其才卑而见之谬也。使为经义者，能如唐应德、归熙甫之才，则其文即古文，足以必传于后世也，而何

---

① 姚鼐：《与张阮林》，《惜抱轩尺牍》卷三，北京：北京师范大学出版社 2014 年版，第 49—50 页。

卑之有？故余生平不敢轻视经义之文，尝欲率天下为之。夫为之者多，而后真能以经义为古文之本，出其间而名后世。[1]

就文体的演变而言，大都有一个从创制走向成熟的过程。创制时期被认为卑俗的文体，在作家创作实践的推动下，会逐渐走向成熟，走向全盛。姚鼐所列举的碑志之文、赠序之文、近体诗的发展都是如此。雅与俗，高与卑，都是可以转换的。文体本身无雅俗高卑之分，关键在于作者所具有的艺术才能能否足以驾驭所从事的文体。足以驾驭者，俗可成雅，卑可变尊；不足以驾驭者，则雅可成俗，尊可转卑。姚鼐对"文之高卑以才而不以其体"的认识是符合文学发展历史的。

依据"文之高卑以才而不以其体"的观点去论述八股文时，姚鼐同方苞一样，希望更多的作者能同唐顺之、归有光一样，以古文为时文，使时文通乎古作者文章极盛之境而天下士人又真能以经义为古文之本，从而促进古文的复兴与繁荣。从这个意义上讲，八股之体，何卑之有！不但不以为卑，还可以为文章之至高。姚鼐《停云堂遗文序》论曰：

> 士不知经义之体之可贵，弃而不欲为者多矣！美才藻者，求工于词章声病之学；强闻识者，博稽于名物制度之事；厌义理之庸言，以宋贤为疏阔，鄙经义为俗体……夫如是，则经义安得而不日陋？苟有聪明才杰者，守宋儒之学，以上达圣人之精，即今之文体，而通乎古作者文章极盛之境。经义之体，其高出词赋笺疏之上，倍蓰十百，岂待言哉！可以为文章之至高。[2]

---

① 姚鼐：《陶山四书义序》，《惜抱轩诗文集》，刘季高校点，上海：上海古籍出版社1992年版，第270页。

② 姚鼐：《停云堂遗文序》，《惜抱轩诗文集》，刘季高校点，上海：上海古籍出版社1992年版，第53—54页。

经义八股之文为文章之至高必须满足两个条件：一是守宋儒之学，以上达圣人之精；二是以八股之体，通乎古文之境。姚鼐《与管异之》信中说：

> 作古文者生熙甫后，若不解经艺便是缺陷。本朝如李安溪所见不出时文，其评论熙甫可谓满口乱道也。望溪则胜之矣，然于古文时文界限犹有未清处。大抵从时文家逆追经艺、古文之理甚难，若本解古文直取以为经义之体则为功甚易，不过数月内可成也。①

八股文最终未能成为文章之至高。但桐城派古文家以古文为时文，先解古文再攻时文的意向与见解，则大大扩大了古文理论的植被与覆盖范围。桐城派方、刘、姚三祖，都讲究以古文之法，通乎时文，使古文理论与广大学子士人保持紧密的联系，这是桐城派古文理论得以广泛传播的重要条件。姚鼐辞官后江南讲学四十余年，以古文法教授生徒。《古文辞类纂》即是为求古文法者所编选的。《古文辞类纂序》中对文体源流正变的叙述，对古文作者及作品的取舍，对神理气味格律声色为为文要素的阐释，都体现出姚鼐在古文创作与古文理论研究方面所付出的努力。这种努力当然在相当程度上是为学文者指点路径、寻觅阶梯的。因此，姚鼐在《古文辞类纂序》中论述凡文之体类十三，而所以为文者八之后，紧接着便是论述摹拟与脱化问题：

> 学者之于古人，必始而遇其粗，中而遇其精，终则御其精者而遗其粗者。文士之效古人，莫善于退之，尽变古人之形貌，虽

---

① 姚鼐：《与管异之》，《惜抱轩尺牍》卷六，北京：北京师范大学出版社 2014 年版，第 68 页。

有摹拟，不可得而寻其迹也。其他虽工于学古，而迹不能忘，扬子云、柳子厚，于斯盖尤甚焉，以其形貌之过于似古人也。而遽摈之，谓不足与于文章之事，则过矣。然遂谓非学者之一病，则不可也。①

始遇其粗，中遇其精，是效法摹仿阶段；终御其精而遗其粗，是脱化自立阶段。刘大櫆所言精处、粗处，侧重于以字句、音节证入，以追寻古人神气为目的。姚鼐高出刘氏一筹，主张由格律声色入手，体会古人之神理气味，而最终尽其神妙、脱其窠臼而自成一家。刘氏追求"酷肖"，而姚氏追求"脱化"。刘氏着眼于学古，姚氏则把学古作为自立的必然过程。姚鼐与人论摹拟而达于脱化之过程曰：

> 夫文章之事，有可言喻者，有不可言喻者。不可言喻者要必自可言喻者而入之。②
> 学文之法无他，多读多为，以待一日之成就，非可以人力速之也。士苟非有天启，必不能尽其神妙；然苟人辍其力，则天亦何自而启之哉！③
> 夫文章一事而其所以为美之道非一端；命意立格，行气遣辞，理充于中，声振于外，数者一有不足则文病矣。作者每意专于所求而遗于所忽，故虽有志于学而卒无以大过乎凡众，故必用功勤而用心精密，兼收古人之具美，融合于胸中无所凝滞，则下笔时

① 姚鼐：《古文辞类纂序》，《古文辞类纂》，目录第 26 页。
② 姚鼐：《答徐季雅》，《惜抱轩尺牍》卷六，北京：北京师范大学出版社 2014 年版，第 66 页。
③ 姚鼐：《与陈硕士》，《惜抱轩尺牍》卷六，北京：北京师范大学出版社 2014 年版，第 79 页。

自无得此遗彼之病也。①

　　近人每云作诗不可摹拟，此似高而欺人之言也。学诗文不摹
拟何由得入，须专摹拟一家，已得似后，再易一家。如是数番之
后自能熔铸古人自成一体。若初学，未能逼似，先求脱化，必全
无成就。譬如学字，而不临帖可乎？②

　　文家之事，大似禅悟，观人评论圈点，皆是借径，一旦豁然
有得，呵佛骂祖，无不可者。③


　　学文过程中，摹拟是必不可少的，只有多读多为，用功勤而用心精密，
达于熔铸古人、得其神妙、兼收并蓄、无所凝滞的地步，然后才能豁然有
得，纵笔为文，如有神助。由摹拟达于脱化，是个循序渐进、日积月累的过
程，也是由必然而达于自由的过程。当然，能否达于脱化，则视个人的修养
与造诣如何。

　　在桐城派形成过程中，姚鼐是极重要的人物。姚鼐之前的方苞与刘大
櫆，言不及派，而姚鼐则存有扩大门庭、创立文派之意。他在《刘海峰先生
八十寿序》中叙及刘之与方、自己与刘的师承关系，借人"天下文章，其出
于桐城乎"④之言，引发桐城"儒士兴，今殆其时矣"的预告。姚鼐在古文
理论上，着意汲取方、刘之精华而弥缝其缺陷，从而使桐城派古文理论趋于
更加宏通、完整、圆满，并且有更大的理论张力。他那神理气味格律声色的

---

① 姚鼐：《与陈硕士》，《惜抱轩尺牍》卷七，北京：北京师范大学出版社 2014 年版，
第 115 页。
② 姚鼐：《与伯昂从侄孙》，《惜抱轩尺牍》卷八，北京：北京师范大学出版社 2014
年版，第 129 页。
③ 姚鼐：《与陈硕士》，《惜抱轩尺牍》卷五，北京：北京师范大学出版社 2014 年版，
第 76 页。
④ 姚鼐：《刘海峰先生八十寿序》，《惜抱轩诗文集》卷八，刘季高校点，上海：上海
古籍出版社 1992 年版，第 114 页。

论文范畴的建立以及有关阐释，即充分说明了这一点。姚鼐以神理气味之虚补充了方苞义法说之实，又以摹拟而达于脱化弥缝了刘大櫆"酷尚古人神气"说的不圆满。从天与人一抽象的极致到借径评论圈点具体的细微，使神理气味格律声色的论文范畴具备了相当巨大的理论跨度和表面张力，既可以给根柢深厚者以启迪，又可为初学者提供阶梯。姚鼐对桐城古文理论"变而后大"的成绩，也使他当之无愧地成为桐城派形成与建立过程中的揭幕者和奠基人。

## 五、阳刚与阴柔

作为桐城派的创始人，姚鼐有关阳刚阴柔的论述，也足可称得上是桐城派古文理论的基石。

姚鼐阳刚阴柔之说所建立的是文学风格论。姚鼐根据"文章之原，本乎天地。天地之道，阴阳刚柔而已。苟有得乎阴阳刚柔之精，皆可以为文章之美"[①]的基本认识，把神理气味、格律声色交错而成的文学艺术世界，简洁明快地区别为阳刚与阴柔两种风格类型。阳刚与阴柔便成为构建姚鼐文学风格论的一对重要理论范畴。

姚鼐有关阳刚阴柔的论述，主要见于《复鲁絜非书》和《海愚诗钞序》。《复鲁絜非书》云：

> 鼐闻天地之道，阴阳刚柔而已。文者，天地之精英，而阴阳刚柔之发也。惟圣人之言，统二气之会而弗偏。然而《易》《诗》《书》《论语》所载，亦间有可以刚柔分矣。值其时其人告语之，

---

① 姚鼐：《海愚诗钞序》，《惜抱轩诗文集》，刘季高校点，上海：上海古籍出版社1992年版，第48页。

体各有宜也。自诸子而降，其为文无弗有偏者。

其得于阳与刚之美者，则其文如霆，如电，如长风之出谷，如崇山峻崖，如决大川，如奔骐骥；其光也，如杲日，如火，如金镠铁；其于人也，如冯高视远，如君而朝万众，如鼓万勇士而战之。其得于阴与柔之美者，则其文如升初日，如清风，如云，如霞，如烟，如幽林曲涧，如沦，如漾，如珠玉之辉，如鸿鹄之鸣而入寥廓；其于人也，漻乎其如叹，邈乎其如有思，暖乎其如喜，愀乎其如悲。观其文，讽其音，则为文者之性情形状，举以殊焉。

且夫阴阳刚柔，其本二端，造物者糅，而气有多寡进绌，则品次亿万，以至于不可穷，万物生焉。故曰："一阴一阳之谓道。"夫文之多变，亦若是已。糅而偏胜可也，偏胜之极，一有一绝无，与夫刚不足为刚，柔不足为柔者，皆不可以言文。今夫野人孺子闻乐，以为声歌管弦之会耳，苟善乐者闻之，则五音十二律必有一当，接于耳而分矣。夫论文者，岂异于是乎？宋朝欧阳、曾公之文，其才皆偏于柔之美者也。欧公能取异己者之长而时济之，曾公能避所短而不犯。[1]

姚鼐此文，就阳刚阴柔的文学风格论而言，主要涉及三个层面的问题。

第一，论证以阴阳刚柔论文，合于天地之道，也合于文章之美。在我国古代文献中，以阴阳论天地生化之道，以刚柔论文学艺术风格，可以说源远而流长。姚鼐文中提到的"一阴一阳之谓道"，即源于《易·系辞》。《易·系辞》又以阴阳解释乾坤，以为乾即阳，坤即阴，"阴阳合德而刚柔有

---

① 姚鼐：《复鲁絜非书》，《惜抱轩诗文集》，刘季高校点，上海：上海古籍出版社1992年版，第94—95页。

体，以体天地之撰"。[①] 至于文家以刚柔论文，实始于刘勰，《文心雕龙》中以刚柔论文，见于《镕裁》《体性》《定势》诸篇中。这些都可以引为姚鼐阳刚阴柔说的祖述及援说。在《复鲁絜非书》中，姚鼐对阴阳刚柔之天道与阳刚阴柔文学风格形成之间关系的理解与描述是：阴与阳，刚与柔，本是对立的两端；造物者糅合两端，而造就了千变万化的世界。文章以天地为本原，是天地之精英，也是天地阴阳刚柔之气的凝聚形态与表现形式。文之多变，也如多变的世界一样。苟能得乎阴阳刚柔之精，皆可以为文章之美。阴阳刚柔之说，既合于天地之道，也合于文章之道。

第二，规定区分阳刚之美与阴柔之美的审美特征，强调风格即人。姚鼐认为：天地阴阳刚柔之气发而为文，惟圣人之言，统二气之合而弗偏。其他如《易》《诗》《书》《论语》所载，皆有刚柔之分。自诸子而降，为文或毗于阴，或毗于阳，风格迥然有别。得阳刚之美者，其文势雄直，其光昊然，其人有君王南面之气；得阴柔之美者，其文势纡回，其光皎然，其人有深远凄怆之貌。姚鼐以一系列感性的诗化的比喻，规定区分阳刚与阴柔之美所具有的审美特征，形象生动而意蕴丰厚。

把文学作品以风格类分，始于《文心雕龙》。刘勰在《体性》篇中把作品风格分为四组八类，即典雅与新奇，远奥与显附，繁缛与精约，壮丽与轻靡，又称八体。至唐人皎然《诗式》以十九字辨诗，司空图《诗品》以二十四格品诗，名目趋于繁杂而令人目不暇接。宋人严羽《沧浪诗话》中的《诗辨》篇以为："诗之品有九，曰高，曰古，曰深，曰远，曰长，曰雄浑，曰飘逸，曰悲壮，曰凄怆……其大概有二：曰优游不迫，曰沉着痛快。"[②] 再至明人屠隆，在《文论》中把文章风格分为寥廓清旷、风日熙明和飘风震雷、

---

① 王弼：《周易·系辞下》，长沙：岳麓书社 2000 年版，第 364 页。

② 严羽：《诗辨》，《沧浪诗话校释》，郭绍虞校释，北京：人民文学出版社 1961 年版，第 7—8 页。

扬沙走石两类。严羽与屠隆的划分，已显示出化繁为简的趋势。

姚鼐以阳刚、阴柔论文，从风格分类而言，较之前人更简约，更概括，更传神，更具有理论价值和意义。文学风格，千变万化，不外阳刚、阴柔两端。凡雄浑、劲健、豪放、疏野、悲慨、壮丽、奇伟、沉着痛快、飘风震雷、扬沙走石者，都可纳入阳刚的范畴；凡淡雅、洗练、含蓄、清奇、高远、飘逸、优游不迫、寥廓清旷、风日熙明者，都可纳入阴柔的范畴。

或毗于阳刚，或毗于阴柔，作品文学风格的形成，与不同的文体有关，但主要取决于作者的性情修养。作者所具备的个性、禀赋及学术修养，对作品风格的形成，关系重大。温深徐婉之才，所作必优游不迫，偏于阴柔风格；雄伟劲直之人，所作必劲健奇伟，以阳刚而取胜。姚鼐文中"观其文，讽其音，则为文者之性情形状，举以殊焉"，即是讲从作品中可以反观作者之性情形状。风格即人，道理就在于此。

第三，提倡阳刚与阴柔风格兼用互补。文学风格是由个人的性情与学养所决定的。惟圣人之言，统二气之会而弗偏。其他为文者，或偏于阳刚，或偏于阴柔，诸子之下，概莫能外。但这是就作者之文的整体风格而言。以阳刚为主导风格者，不妨有阴柔之美并存；以阴柔为主导风格者，也须时时有阳刚之气。因此姚鼐强调："糅而偏胜可也，偏胜之极，一有一绝无，与夫刚不足为刚，柔不足为柔者，皆不可以言文。"[1]作者之文，阳刚与阴柔之气相交错而后成篇，止可偏胜，而不可一有一绝无。若一味以犷悍不驯为阳刚，则阳刚不复存在；或一味以靡弱不振为阴柔，则阴柔也无以立身。所谓"一有一绝无"，或"刚不足为刚，柔不足为柔"的情形，当为作者所悬为为文戒律。有功力见识的作者，应能取"大江东去"与"晓风残月"兼用互补。即如欧阳修、曾巩等名家，尚需"时时取异己者之长而时济之"，"或能

---

[1] 姚鼐：《复鲁絜非书》，《惜抱轩诗文集》，刘季高校点，上海：上海古籍出版社1992年版，第94页。

避所短而不犯"，至于其他作者更应在此处留神。

与《复鲁絜非书》可以互相印证发明的有《海愚诗钞序》。姚鼐在《海愚诗钞序》中复论阳刚阴柔之说云：

> 吾尝以谓文章之原，本乎天地。天地之道，阴阳刚柔而已。苟有得乎阴阳刚柔之精，皆可以为文章之美。阴阳刚柔并行而不容偏废，有其一端而绝亡其一，刚者至于偾强而拂戾，柔者至于颓废而暗幽，则必无与于文者矣。
>
> 然古君子称为文章之至，虽兼具二者之用，亦不能无所偏优于其间，其故何哉？天地之道，协合以为体，而时发奇出以为用者，理固然也。其在天地之用也，尚阳而下阴，伸刚而绌柔，故人得之亦然。文之雄伟而劲直者，必贵于温深而徐婉。温深徐婉之才，不易得也，然其尤难得者，必在乎天下之雄才也。①

此文中"苟有得乎阴阳刚柔之精，皆可以为文章之美"和"阴阳刚柔并行而不容偏废"之言，与姚鼐《复鲁絜非书》中的意思大致相同，可以参照互见。与前文意思不太相同之处，在于《海愚诗钞序》明确认定"文之雄伟而劲直者，必贵于温深而徐婉"，这种认定似乎打破了姚鼐阳刚阴柔相提并论的平衡。

其实，认定文之雄伟而劲直者，必贵于温深徐婉，与其阳刚阴柔理论并不矛盾。对雄伟劲直之文的推尚，体现出姚鼐对雄伟劲直与温深徐婉之文天地之用的差异的认识，也体现出"取异己者之长而时济之"的自觉意识。

姚鼐在论述文之雄伟劲直必贵于温深徐婉时，有一个前提，即"其在

---

① 姚鼐：《海愚诗钞序》，《惜抱轩诗文集》，刘季高校点，上海：上海古籍出版社1992年版，第48页。

天地之用也，尚阳而下阴，伸刚而绌柔"。天地之用决定了雄伟劲直必贵于温深徐婉。温深徐婉之文，可成于温文尔雅之人；而雄伟劲直之文，必成于天下之雄才。姚鼐在《敦拙堂诗集序》中论及《诗经》，以为"文王、周公之圣，大、小雅之贤，扬乎朝廷，达乎神鬼，反复乎训诫，光昭乎政事，道德修明，而学术该备，非如列国《风》诗采于里巷者可并论也"。[①] 文、周、大、小雅诗与列国风诗不可并论的原因，即在于天地之用不同，前者光昭政事，后者备观风俗而已。同为三百首之作，其作用迥异。诗文之贵否，又视作者胸中所蓄如何。姚鼐《荷塘诗集序》云："古之善为诗者，不自命为诗人者也。其胸中所蓄，高矣，广矣，远矣，而偶发之于诗，则诗与之为高广且远焉，故曰善为诗也。曹子建、陶渊明、李太白、杜子美、韩退之、苏子瞻、黄鲁直之伦，忠义之气，高亮之节，道德之养，经济天下之才，舍而仅谓之一诗人耳，此数君子岂所甘哉？志在于为诗人而已，为之虽工，其诗则卑且小矣。"[②] 曹、陶、李、杜、韩、苏、黄等人将忠义之气、高亮之节、道德之养、经济天下之才蓄于诗中，与之相较，志在于为诗人者所作虽工，其庸俗卑小，怎可与志士之诗继踵并肩。从姚鼐对大、小雅与国风、志士之诗与诗人之诗的轩轾之中，读者可以感觉到其中所隐含的社会价值尺度。这种价值尺度同样存在于姚鼐对"文之雄伟而劲直者，必贵于温深而徐婉"的认定之中。姚鼐《复汪进士辉祖书》云："夫古人之文，岂第文焉而已，明道义、维风俗以诏世者，君子之志；而辞足以尽其志者，君子之文也。"[③] 此语似也可引为佐证。

---

① 姚鼐：《敦拙堂诗集序》，《惜抱轩诗文集》，刘季高校点，上海：上海古籍出版社1992年版，第49页。

② 姚鼐：《荷塘诗集序》，《惜抱轩诗文集》，刘季高校点，上海：上海古籍出版社1992年版，第50页。

③ 姚鼐：《复汪进士辉祖书》，《惜抱轩诗文集》，刘季高校点，上海：上海古籍出版社1992年版，第89页。

其次，姚鼐以雄伟劲直之文为贵，也体现出"取异己者之长而时济之"的虚心与自觉。姚鼐所作的诗文偏于阴柔一路，这当然与他的性情、学养及特有的社会阅历有关。姚鼐在《复鲁絜非书》中，以为鲁氏之文偏于阴柔，而教之以欧阳修"取异己者之长而时济之"与曾巩"避所短而不犯"之法[①]，以求柔中有刚，足以自立。《海愚诗钞序》中称赞《诗钞》的作者为"天下绝特之雄才"，谓其诗"即之而光升焉，诵之而声闳焉，循之而不可一世之气勃然动乎纸上而不可御焉，味之而奇思异趣角立而横出焉"[②]。这种知人之长，悟己之短，取人所长，避己之短的虚心与自觉，体现出姚鼐的宏通识见，同时也是他的"阴阳刚柔并行而不容偏废"理论的自我实践。

姚鼐之后，弟子管同对阳刚阴柔说有所承继，也有所发挥。管同《与友人论文书》云：

> 仆闻文之大原，出于天得，其备者浑然如太和之元气；偏焉而入于阳，与偏焉而入于阴，皆不可以为文章之至境。然而自周以来，虽善文者亦不能无偏。
>
> 仆谓与其偏于阴也，则无宁偏于阳，何也？贵阳而贱阴，信刚而绌柔者，天地之道，而人之所以为德者也。孔子曰："吾未见刚者。"曾子曰："士不可以不宏毅，任重而道远。"圣贤论人，重刚而不重柔，取宏毅而不取巽顺。夫为文之道，岂异于此乎！古来文人，陈义吐辞，徐婉不失态度，历代多有；至若骏桀廉悍，称雄才而足号为刚者，千百年而后一遇焉耳；甚矣阳之足贵也。
>
> 然仆以为是有天焉，有人焉，得天之刚，世亦无几，其余必

---

① 姚鼐:《复鲁絜非书》,《惜抱轩诗文集》,刘季高校点,上海:上海古籍出版社1992年版,第94页。

② 姚鼐:《海愚诗钞序》,《惜抱轩诗文集》,刘季高校点,上海:上海古籍出版社1992年版,第48页。

进之以学。进之以学者，孟子所云"以直养而无害"是也。日蓄吾浩然之气，绝其卑靡，遏其鄙吝，使夫为体也常宏，而其为用也常毅，则一旦随其所发，而至大至刚之概，可以塞乎天地之间。如此则学问成，而其文亦随之以至矣。[1]

管同论阳刚之可贵，理由有二：一是天地之道，人之为德，重刚而不重柔，取宏毅而不取巽顺；二是陈义吐辞，徐婉不失态度者历代多有，而骏桀廉悍、称雄才而足号为刚者千年难遇。此两种理由在姚鼐文中已初露端倪，管同表述得更为直白明朗。至于何以成阳刚之文，管同主张除得之天之外，应进之以学，蓄之以气，绝其卑靡，遏其鄙吝，以待有成。管同以学养达于阳刚之美的途径，与姚鼐"取异己者之长而时济之""避所短而不犯"的意思已有所出入。姚鼎所强调的是视作者性情学养，尽力做到刚中有柔，柔中有刚，不可一有一绝无；而管同则惟阳刚是求，走向片面化，失却了阳刚阴柔文学风格论的本旨。

对姚鼐阳刚阴柔风格论精义有所体会、有所阐发的是曾国藩。曾国藩私淑姚鼐，对其论文之旨多有揣摩，且思以阳刚雄奇之风格改造桐城派阴柔惬适之文。他论雄奇与惬适之道云：

> 造句约有二端：一曰雄奇；二曰惬适。雄奇者，瑰玮俊迈，以扬马为最；诙诡恣肆，以庄生为最；兼擅瑰玮诙诡之胜者，则莫胜于韩子。惬适者，汉之匡、刘，宋之欧、曾，均能细意熨帖，朴属微至。雄奇者，得之天事，非人力所可强企。惬适者，诗书酝酿，岁月磨炼，皆可日起而有功。惬适者未必能兼雄奇之长，

---

① 管同：《与友人论文书》，《管同集》，施立业点校，合肥：安徽教育出版社 2014 年版，第 42 页。

雄奇则未有不惬适者。学者之识，当仰窥于瑰玮俊迈、诙诡恣肆之域，以期日进于高明者。若施手之处，则端从平实惬适始。①

此段话，是就古文的语言风格而言，但语言风格在相当大的程度上决定文学的整体风格。雄奇者，俊迈恣肆；惬适者，细意熨帖。雄奇者，得之天事；惬适者，成于人力。惬适未必兼雄奇之长，雄奇则必然惬适。仰窥之处在于雄奇；而施手之处在于惬适。曾国藩论文之气象光明俊伟之境道：

> 文章之道，以气象光明俊伟为最难而可贵。如久雨初晴，登高山而望旷野。如楼俯大江，独坐明窗净几下，而可以远眺。如英雄侠士，裼裘而来，绝无龌龊猥鄙之态。此三者，皆光明俊伟之象。文中有此气象者，大抵得于天授，不尽关乎学术。自孟子、韩子而外，惟贾生及陆敬舆、苏子瞻得此气象最多。②

这里所谓气象光明俊伟之文境，与阳刚之美为近。曾围藩又论忧危谦谨之文境道：

> 知道者，时时有忧危之意。其临文也亦然……盖饱经乎世变之多端，则常有跋前疐后之惧。博识乎义理之无尽，则不敢为臆断专决之辞。自孟子好为直截俊拔之语，已不能如仲尼之谦谨，而况其下焉者乎！后世如诸葛武侯之书牍，纡余简远，差明此义。而曾子固亦有宛转思深之处。或此则辞与意俱尽，尚何谦谨之

---

① 曾国藩：《笔记七十二则》，《曾国藩全集》，长沙：岳麓书社 1994 年版，第 373 页。
② 曾国藩：《鸣原堂论文·王守仁申明赏罚以厉人心疏》，《曾国藩全集》，长沙：岳麓书社 1994 年版，第 554 页。

有？或辞之所至，而此心初未尝置虑于其间，又乌知所谓忧危者哉！①

这里所谓忧危谦谨之文境，又与阴柔之美为近。曾国藩对阳刚、阴柔之文境的体会，可以说是极尽揣摩之道而又极有心得的。

姚鼐以为阳刚与阴柔的偏至，是由作者的性情及学养决定的，但也与文体特征有关。不同的文体，其内容与形式表述上的特点，对文学风格的形成也会产生影响。关于文体风格，姚鼐仅引其绪而未详其论。曾国藩结合自己的阅读经验，论文体风格宜刚宜柔之道云：

> 吾尝取姚姬传先生之说，文章之道，分阳刚之美、阴柔之美二种。大抵阳刚者，气势浩瀚；阴柔者，韵味深美。浩瀚者，喷薄出之；深美者，吞吐而出之。就吾所分十一类言之，论著类、词赋类宜喷薄；序跋类宜吞吐；奏议类、哀祭类宜喷薄；诏令类、书牍类宜吞吐；传志类、叙记类宜喷薄；典志类、杂记类宜吞吐。其一类中微有区别者，如哀祭类虽宜喷薄，而祭郊社祖宗则宜吞吐。诏令类虽宜吞吐，而檄文则宜喷薄。书牍类虽宜吞吐，而论事则宜喷薄。此外各类，皆可以是意推之。②

曾氏又将阳刚与阴柔之美，概括为"八言"。阳刚之美曰雄、直、怪、丽；阴柔之美曰茹、远、洁、适。他为"八言"分别作十六字赞语，解释其中的涵义：

---

① 曾国藩：《笔记七十二则》，《曾国藩全集》，长沙：岳麓书社1994年版，第374页。
② 曾国藩：《日记》咸丰十年三月十七日，《曾国藩全集》，长沙：岳麓书社1994年版，第475页。

雄：划然轩昂，尽弃故常；跌宕顿挫，扪之有芒。

直：黄河千曲，其体仍直；山势若龙，转换无迹。

怪：奇趣横生，人骇鬼眩；《易》《玄》《山经》，张韩互见。

丽：青春大泽，万卉初葩；《诗》《骚》之韵，班扬之华。

茹：众义辐辏，吞多吐少；幽独咀含，不求共晓。

远：九天俯视，下界聚蚊；窈寐周孔，落落寡群。

洁：冗意陈言，类字尽芟；慎尔褒贬，神人共监。

适：心境两闲，无营无待；柳记欧跋，得大自在。①

　　曾国藩对阳刚阴柔之文境的体会，对不同文体宜刚宜柔的揣摩，对阳刚阴柔审身特性雄直怪丽茹远洁适"八言"的概括，显示出曾氏对姚鼐阳刚阴柔文学风格论的心仪、继承与发展。曾国藩又曾将古文分为气势、识度、情韵、趣味四属。② 曾氏弟子吴汝纶据师所言，将气势、识度、情韵、趣味四属比附于太阳、少阳、太阴、少阴四象，其中气势为太阳之类，趣味为少阳之类，识度为太阴之类，情韵为少阴之类，全称为古文四象，编成《古文四象》一书。吴汝纶记述编辑缘起道：

　　右曾文正所选《古文四象》都五卷。往时汝纶从文正所写藏其目次。公手定本有圈识，有评议，皆未及钞录，其后公全集出，虽鸣原堂论文皆在，此书独无有。当时撰年谱人，亦不知有是书。意原书故在，终当续出。今曾忠襄、惠敏二公皆逝，汝纶数数从曾氏侯伯二邸求公是书，书藏湘乡里第不可得，谨依旧所藏目次，

---

① 曾国藩：《日记》同治四年正月二十二日，《曾国藩全集》，长沙：岳麓书社1994年版，第1105页。

② 曾国藩：《日记》同治七年四月二十九日，《曾国藩全集》，长沙：岳麓书社1994年版，第1497页。

缮写成册，其评论圈识，俟他日手定本复出，庶获补定。[1]

古文四象之说，与阳刚阴柔文学风格论之本旨已相去较远，曾国藩也自谓"失之高古"。也许正因为此，曾氏全集不收入《古文四象》之选，而吴汝纶依其目次所编辑者，也不曾流传开来。

---

[1] 吴汝纶:《记古文四象后》,《吴汝纶文集》卷四，朱秀梅校点，上海：上海古籍出版社 2017 年版，第 347 页。

# 桐城派的古文创作

桐城派自方苞揭橥义法，刘大櫆标榜神气，迄至姚鼐阳刚阴柔、神理气味格律声色理论的提出，文论体系大体形成。同时，方、刘、姚又以言简有序、清淡雅洁的散文创作名噪一时，赢得"天下文章，其出于桐城乎"①的赞誉，桐城派之名，遂在文人学者中转述流传。桐城派羽翼义理的思想倾向，无碍且有益于清政府政治秩序的稳定；其清淡雅洁、言简有序的散文风格，在汉学盛行，述学之文多旁引博征，辞繁句芜，令人口赝耳倦之时，显得澹远洁适，颇得有抒情言志之好的文人雅士的喜爱。其以有物有序、指点路径为宗旨的古文理论，易为学文者所遵循并旁通于科举之文。因此，桐城派自姚鼐以后，渐由早期的私淑心仪、师徒传承的初创时期而进入明昭大号、标榜声气的发展时期，桐城籍一邑作家的个体与局部行为也随之而成为集团与社会性行为。

桐城派的发展过程，带有历史与时代的鲜明印痕。桐城派自嘉、道之后所经历的承守、中兴、复归、消亡等各个时期，都是我国社会政治与思

---

① 姚鼐：《刘海峰先生八十寿序》，《惜抱轩诗文集》卷八，刘季高标校，上海：上海古籍出版社1992年版，第114页。

想文化发生剧烈变动的历史时期。鸦片战争、洋务运动、维新变法、辛亥革命、五四运动，历史与时代的变革在快节奏中演进，桐城派作家的思想认同、审美选择与情感经历，也承受着巨大的张力与磨砺。作为时代与历史的见证者、亲历者，桐城派作家具有一以贯之的坚定和自信，充溢着新鲜澎湃的激情与活力，也具有无所适从的惶然与困惑，饱受着情感与理智悖离的不安与痛苦。作为文化与艺术的承载者、创造者，桐城派作家一方面要恪守道统、文统的信仰，维护所认同的文化传统与艺术准则；另一方面，又要殚精竭虑，因时而变，因人制宜，不断有所吐纳，有所扬弃，有所创新，有所发展。在历史与时代二百余年轰轰烈烈的演进过程中，桐城派始终是一个坚持既定的思想与艺术宗旨而又处在流动变化之中的创作群体，桐城派作家的散文创作，反映了封建末代文人思想抉择、情感经历和艺术追求的真实风貌，勾勒出世纪之变中封建知识群体纷纭复杂的精神状态、艺术气质和心路历程。

# 第一节　由狂悖不驯而至清真雅正

## ——桐城派初创期的古文创作

论及桐城派初创期的古文创作，当从戴名世与方苞的文字交往及康熙年间著名的《南山集》案谈起。

戴名世（1653—1713），字田有，一字褐夫，号南山。戴氏与方苞同生桐城，长方苞十五岁。戴名世《方灵皋稿序》叙及与方苞兄弟的文墨交谊：

始余居乡年少，冥心独往，好为妙远不测之文，一时无知者，而乡人颇用是为姗笑。居久之，方君灵皋与其兄百川起金陵，与余遥相应和，盖灵皋兄弟亦余乡人而家于金陵者也。始灵皋少时，才思横逸，其奇杰卓荦之气，发扬蹈厉，纵横驰骋，莫可涯涘。已而自谓弗善也，于是收敛其才气，浚发其心思，一以阐明义理为主，而旁及于人情物态，雕刻炉锤，穷极幽渺，一时作者未之或及也。盖灵皋自与余往复讨论，面相质正者且十年。每一篇成，辄举以示余，余为之点定评论，其稍有不惬于余心，灵皋即自毁其稿。而灵皋尤爱慕余文，时时循环讽诵，尝举余之所谓妙远不测者，仿佛想象其意境，而灵皋之孤行侧出者，固自成其为灵皋一家之文也。灵皋于《易》《春秋》训诂不依傍前人，辄时有独得；而余平居好言史法。以故余移家金陵，与灵皋互相师资，荒江墟市，寂寞相对。而余多幽忧之疾，颓然自放，论古人成败得失，往往悲涕不能自已。盖用是无意于科举，而唾弃制义更甚。乃灵皋叹时俗之波靡，伤文章之萎苶，颇思有所维挽救正于其间。[1]

此文作于康熙三十八年。是年方苞中江南乡试第一，刊其制义，戴名世为之作序，叙其文字交往，也各见心志。方苞自康熙三十年至京师，与王源、刘齐、徐念祖交友，又结识李光地、万斯同，遂一意为经学与古文。方苞在《再与刘拙修书》回忆道：

仆少所交，多楚、越遗民，重文藻，喜事功，视宋儒为腐烂。用此年二十，目未尝涉宋儒书。及至京师，交言洁与吾兄，劝以

---

① 戴名世：《方灵皋稿序》，《戴名世集》卷三，王树民编校，北京：中华书局1986年版，第53—54页。

讲索，始寓目，乃深嗜而力探焉。始寓目焉。其浅者，皆吾心所欲言，而深者则吾智力所不能逮也，乃深嗜而力探焉。二十年来，于先儒解经之书，自元以前，所见者十七八。然后知生乎宋五子之前者，其穷理之学未有如五子者也。生乎五子之后者，推其绪而广之，乃稍有得焉；其背而驰者，皆妄凿墙垣而殖蓬蒿，乃学之蠹也。[①]

由这两段引文可知：戴名世、方苞早年，以文字切磋之缘相交，又以奇杰卓荦之气相投，方苞自称所交多楚越遗民，而戴氏集中多书明末遗民事。待方苞皈依宋儒，"收敛其才气，浚发其心思，一以阐明义理为主"，戴名世则以修《明史》为己任，钻研史法。戴氏自称"多幽忧之疾，颓然自放，论古人成败得失，往往悲涕不能自已"，而谓方苞则"叹时俗之波靡，伤文章之萎苶，颇思有所维挽救正于其间"，心志虽有不同而心灵性情相通。

戴名世作《方灵皋稿序》三年后的康熙四十一年，方苞转为戴氏《南山集》作序。此年戴名世由江宁迁桐城南山新购私宅，自称归隐。其门人尤云鄂将生平所抄戴氏文百余篇，为之付梓。因戴氏卜居南山岗，即以《南山集》命名。方苞《南山集序》云：

余自有知识，所见闻当世之士，学成而并于古人者，无有也；其才之可拔以进于古者，仅得数人，而莫先于褐夫。始相见京师，语余曰："吾非役役于是而求有得于时也。吾胸中有书数百卷，其出也，自忖将有异于人人，非屏居深山，足衣食，使身一无所累，而一其志于斯，未能诱而出之也。"其后各奔走四方，历岁逾时相

① 方苞：《再与刘拙修书》，《方苞集》卷六，刘季高校点，上海：上海古籍出版社1983年版，第175页。

见，必以是为忧，余亦代为忧……是集所载，而亦非褐夫之文也。褐夫之文，盖至今藏其胸中而未得一出焉。①

方苞序文对《南山集》评价甚高。此序是否为方苞所作，历来有所争论。李塨《甲午如京记事》记方苞曾语李塨云："田有文不谨，余责之，后背余梓《南山集》，余序，亦渠作，不知也。"②后苏惇元作《方望溪先生年谱》谓"其序文实非先生作也"③。李、苏所言，代表否定一派。但方氏文集中，多次说过自己以《南山集序》牵连入狱，从未辩白《序》非己作。又据《记桐城方戴两家书案》一文中所录戴名世在刑部的口供，戴名世只承认《南山集》中署名尤云鄂的序是自己代作的，而认定"汪灏、方苞、方正玉、朱书、王源序是他们自己作的"④。再对照方苞在戴氏去世后所写的《书先君子家传后》对戴文的有关评论，与《南山集序》的口气十分吻合，应该可以肯定此序出自方苞之手无疑。未入牢狱之前的方苞，也具有写作此序的思想与情感的基础。

康熙四十八年，戴名世年五十七岁，会试及第，授编修。越二年，《南山集》案发。是年十月，左都御史赵申乔参奏，以为"翰林院编修戴名世妄窃文名，恃才放荡，前为诸生时，私刻文集，肆口游谈，倒置是非，语多狂悖，逞一时之私见，为不经之乱道"，"今名世身膺异数，叨列巍科，犹不追悔前非，焚削书版"，"祈勅部严加议处，以为狂妄不谨之戒，而人心咸知悚

① 方苞：《南山集序》，《戴名世集》附录，王树民编校，北京：中华书局1986年版，第451页。

② 李塨：《恕谷后集》，冯辰校，上海：商务印书馆1936年版，第29页。

③ 苏惇元：《方望溪先生年谱序》，《方苞集》附录，上海：上海古籍出版社1983年版，第874页。

④ 佚名：《记桐城方戴两家书案》，《戴名世集》附录，王树民编校，北京：中华书局1986年版，第480页。

惕矣"。①此时，清王朝正着意清除清初曾十分流行的反清意识和情绪，康熙处理此案雷厉风行，牵连甚众，除戴名世、方孝标两族外，为《南山集》作序者、刊刻者及与戴交往的很多人均得罪被捕，方苞即在其中。审讯两年后，以"查戴名世书内，欲将本朝年号削除，写入永历，大逆"②的罪名定罪，戴名世与尤云鄂俱论死，其他人得以宽释。方苞出狱隶籍汉军，时年四十六岁。

《南山集》案是康熙后期震惊海内的文字狱。据以定案的证据是《南山集》曾根据方孝标所作《滇黔纪闻》中的材料议论南明史事，并使用南明诸帝的年号。清王朝不惜罗织罪名，铸成大狱，在于借助此案表明对有遗民心态、以网罗明末文献而酝酿反清情绪者严惩不贷的决心和态度，其杀一儆百，敲山震虎，让世人震惊的威慑力是相当巨大的。《南山集》案拉开了清代愈演愈烈的政治迫害的序幕。

戴名世与方苞，以文字相知，以文字得罪，堪称莫逆与患难之交。《南山集》刊刻时，方苞即称："褐夫之文，盖至今藏其胸中而未得一出焉。"③戴氏死后，人隐其姓名称宋潜虚，方苞又谓："然世所见潜虚文，多率尔应酬之作，其称意者，每椟而藏之。""潜虚死无子，其家人言：椟藏之文近尺许。淮阴某人持去，或曰尚存，或曰已失去之矣。"④戴名世遭祸后，其文以隐秘的方式保存流传，遗失与讹误现象自然严重。今人王树民编辑整理《戴名世集》，录文二百八十二篇，收辑最为完备，考核也最为可信。

①　佚名:《记桐城方戴两家书案》,《戴名世集》附录，王树民编校，北京：中华书局1986 年版，第 479 页。
②　佚名:《记桐城方戴两家书案》,《戴名世集》附录，王树民编校，北京：中华书局1986 年版，第 480 页。
③　方苞:《南山集序》,《戴名世集》附录，王树民编校，北京：中华书局 1986 年版，第 451 页。
④　方苞:《书先君子家传后》,《方望溪全集》，北京：中国书店 1991 年版，第 313 页。

读《戴名世集》，最让人怦然心动的是作者自我塑造和勾画出的贫寒磊落之士失意落魄的形象及倔傲不驯的性格。戴氏自言：

> 当今文章一事贱如粪壤，而仆无他嗜好，独好此不厌。生平尤留意先朝文献，二十年来，搜求遗编，讨论掌故，胸中觉有百卷书，怪怪奇奇，滔滔汩汩，欲触喉而出。而仆以为此古今大事，不敢聊且为之，将欲入名山中，洗涤心神，餐吸沆瀣，息虑屏气，久之乃敢发凡起例，次第命笔。而不幸死丧相继，家累日增，奔走四方以求衣食，其为困踬颠倒，良可悼叹。同县方苞以为：文章者穷人之具，而文章之奇者其穷亦奇，如戴子是也。仆文章不敢当方君之所谓奇，而欲著书而不得，所以为穷之奇也。①

此段夫子自道概言了戴名世的志趣、追求与生存困境。戴氏的志趣在于文章之事。《戴名世集》中有多处表白："仆自行年二十即有志于文章之事。"② "盖田有少好左氏、太史公书，亦欲有所撰著。"③ "不佞自初有知识，即治古文，奉子长、退之为宗师。"④ 而"留意先朝文献"，"胸中觉有百卷书"者，则指《明史》的撰著。此即方苞所称"藏其胸中而未得一出焉"⑤，也即戴名世以为必"入名山中，洗涤心神，餐吸沆瀣，息虑屏气，久之乃敢发凡

---

① 戴名世：《与刘大山书》，《戴名世集》卷一，王树民编校，北京：中华书局1986年版，第11页。

② 戴名世：《与刘言洁书》，《戴名世集》卷一，王树民编校，北京：中华书局1986年版，第6页。

③ 戴名世：《与王云涛书》，《戴名世集》卷一，王树民编校，北京：中华书局1986年版，第16页。

④ 戴名世：《与张氏二生书》，《戴名世集》卷一，王树民编校，北京：中华书局1986年版，第21页。

⑤ 方苞：《南山集序》，《戴名世集》附录，王树民编校，北京：中华书局1986年版，第463页。

起例，次第命笔"①者。戴氏撰写《明史》的夙愿，为左史、太史之文，留千秋万古之名的追求，因衣食之累、穷困之扰而不能实现，则忧患不平之气油然而生。他在《初集原序》中云：

> 余生二十余年，迂疏落窦，无他艺能，而窃尝有志，欲上下古今，贯穿驰骋，以成一家之言，顾不知天之所以与我者何如。妄欲追踪古人，然家无藏书，不足以恣其观览，又其精神心力困于教授生徒，而又无相知有气力者振之于泥涂之中。
>
> 假令天而不遗斯文，使余得脱于忧患，无饥寒抑郁之乱其心，而获大肆其力于文章，则于古之人或可以无让。而荏苒岁月，困穷转甚，此其所以念及于斯文而不能不慨然而泣下也。②

欲著书而不可得的困顿，欲攀援而无人相知的烦恼，恃才自傲而不用于世的牢骚，极易酿成对社会世道不满与感慨忿怼的情绪。戴名世年轻时有《穷鬼传》一文，取意于韩愈的《送穷文》，写曾附于韩愈之身的"穷鬼"转而附身于"被褐先生"，遂使其"议论文章，开口触忌，则穷于言；上下坎坷，前颠后踬，俯仰踟蹰，左支右吾，则穷于行；蒙尘垢，被刺讥，忧众口，则穷于辩；所为而拂乱，所往而刺谬，则穷于才；声势货利不足以动众，磊落孤愤不足以谐俗，则穷于交游。抱其无用之书，负其不羁之气，挟其空匮之身。入所厌薄之世，则在家而穷，在邦而穷"。③戴氏以"褐夫"

---

① 戴名世：《与刘大山书》，《戴名世集》卷一，王树民编校，北京：中华书局 1986 年版，第 11 页。

② 戴名世：《初集原序》，《戴名世集》卷一，王树民编校，北京：中华书局 1986 年版，第 59 页。

③ 戴名世：《穷鬼传》，《戴名世集》卷十五，王树民编校，北京：中华书局 1986 年版，第 430 页。

为字，"被褐先生"实为自指。韩愈《送穷文》谓穷鬼有五，戴氏此文谓有五穷。穷并非一无是处。作者借"穷鬼"之口曰："吾能使先生歌，使先生泣，使先生激，使先生愤，使先生独往独来而游于无穷。"[1]穷不但不能使人意志消沉，自暴自弃，反能使人感发奋起，傲然兀立。与《穷鬼传》寓言式体裁相似，戴氏又有《盲者说》《鸟说》等文。《穷鬼传》近于自嘲，《盲者说》《鸟说》则意在嘲世。《盲者说》借盲童之口，说明盲者目虽不见，四肢百体自若，不疲其神于不急之务，不用其力于无益之为，盲而不盲；而世上明目不盲之人，邪正在前不能释，利害之来不能审，治乱之故不能识，不盲而盲。《鸟说》叙述羽毛洁而音鸣好之鸟，不栖深山茂林，托身非所，见辱于人奴以死的故事，说明世路凶险，洁身自好者当好自为之。此类文章，都隐含强烈的愤世嫉俗的情绪，这些情绪，或寄寓于艺术形象，令人神会；或触喉而出，锋芒毕露。戴氏《送蒋玉度还毗陵序》言士林柔媚之风尚云：

> 今之所谓才士者，吾知之矣，习剽窃之文，工侧媚之貌，奔走形势之途，周旋仆隶之际，以低首柔声乞哀于公卿之门，而世之论才士者必归焉。今之所谓好士者，吾知之矣，雷同也而喜其合时，便佞也而喜其适己，狠戾阴贼也而以为有用。士有不出于是者，为傲、为迂、为诞妄、为倨侮，而不可复近。[2]

此种直言与《盲者说》《穷鬼传》之曲语，愤世嫉俗的情绪是一脉相承的。

桐城是东林党人左光斗、复社之英方以智与方文、几社巨擘钱澄之的

---

① 戴名世：《穷鬼传》，《戴名世集》卷十五，王树民编校，北京：中华书局1986年版，第430页。

② 戴名世：《送蒋玉度还毗陵序》，《戴名世集》卷五，王树民编校，北京：中华书局1986年版，第136页。

家乡。康熙年间，政治秩序虽趋于稳定，但江南地区反清情绪仍未真正扼止。表现形式之一便是在士林谈荟中，传述前明遗老轶事，盛推前辈气度志节。戴名世有志于《明史》，史虽未成，但于明代文献掌故及史书之法是十分留意的。《戴名世集》中有传记文五十余篇，其中相当一部分是记述明末志士奇民的事迹的。《杨维岳传》记史可法部下、安徽巢县人氏杨维岳在清兵破扬州后绝食以死之事道：

> 北兵渡江，京师溃，而史可法以大学士督师扬州，城破死之。维岳泣曰："国家养士三百年，以身殉国，奈何独一史公！"于是设史公主，为文祭之而哭于庭。家人进粥食，麾之去；平日好饮酒，亦却之。
>
> 居三日，北兵至，下令薙发。维岳不肯。人谓先生："曷避诸？"维岳曰："避将何之？吾死耳，吾死耳！"其子对之泣，维岳曰："小子！吾生平读书何事？一旦苟全幸生，吾义不为，吾今得死所矣，小子何泣焉？"人有来劝慰，偃卧唯唯而已。搜先人遗文，付其子曰："当谨守之。"乃作不髡永诀之辞以见志。凡不食七日，整衣冠，诣先世神主前，再拜入室，气息仅存。亲属人来观者益众，忽张目视其子曰："前日见志之语，慎毋以示世也。"顷之遂卒。[①]

与杨维岳不肯薙发事清之事相仿佛，《画网巾先生传》记述了顺治二年发生在福建境内的故事。一位着明代衣冠，匿迹于山寺之中者，当其被逮而被迫去掉明代网巾装束时，复令仆人画网巾于额上，人称画网巾先生。画网

---

① 戴名世：《杨维岳传》，《戴名世集》卷六，王树民编校，北京：中华书局1986年版，第161页。

巾先生终因不肯去掉所画网巾而引颈就戮。作者在表彰易代之际守节死义行为的同时，也控诉了清朝入主中原所带来的屠杀与血腥。

如果说，上述传记尚可勉强以网罗旧闻，搜集轶事为掩饰，那么《八月庚申及齐师战于乾时我师败绩》《与余生书》两文则近于攘臂以出了。前文为戴氏读《春秋》之笔记。作者认为：

> 今夫《春秋》之义，莫大于复仇。仇莫大于国之夺于人，而君父之死于人也。故吾力能报焉，而有以洗死者之耻，上也；其次，力不能报而报之，不克而死；最下则忘之，又最下则事之矣。[①]

戴氏以复仇诠释《春秋》之大义的弦外之音，是任何一个经历明清社会变革的士人都能会意于心的。《与余生书》是与学生余湛讨论关于搜集南明史料之事的书札。《南山集》案以"悖逆"定案，即据此文。戴氏在文中以史学家的眼光评价南明史料搜集的重要性。戴氏认为：宋亡后，陆秀夫拥立帝昺在广东崖山坚持抗元，存在不足一年，所据又仅海岛一隅，而史书犹得备书其事。与之相比，明亡之后，弘光之帝南京，隆武之帝闽越，永历之帝西粤、滇、黔，地方数千里，首尾十七八年，必当于史有所书写，但可惜其事渐以灭没，致使"一时成败得失与孤忠效死、乱贼误国、流离播迁之情状，无以示于后世"，[②]念此而令人叹息扼腕。而在支离破碎的文献中桐城人方孝标所作《滇黔纪闻》记永历年间亲历之事，则更显得弥足珍贵。戴氏在《与余生书》中，因使用南明年号而得罪，而文中所表现出的对南明史料的

---

① 戴名世：《八月庚申及齐师战于乾寸我师败绩》，《戴名世集》卷十五，王树民编校，北京：中华书局1986年版，第409页。
② 戴名世：《与余生书》，《戴名世集》卷一，王树民编校，北京：中华书局1986年版，第2页。

珍惜是与对南明政权的眷依纠缠在一起的，史学家的良知与遗民情绪是混合并存的。这就很难为根基未稳的清王朝所接受所容忍，《南山集》案也因此而起。

方苞晚生于戴名世十五年，戴氏与方苞之兄方舟，对方苞早年行为影响极大。方苞与戴氏有志于古人立言之道者同，而方苞性情中忧患自怼的成分更多于戴氏。方苞二十六岁时所作《与王昆绳书》言己心志、性情道：

> （苞——引者）饥驱宣、歙间，入泾河路，见左右高峰刺天，水清泠见底，崖岩参差万叠，风云往还，古木、奇藤、修篁郁盘有生气，聚落居人，貌甚闲暇。因念古者庄周、陶潜之徒，逍遥纵脱，岩居而川观，无一事系其心，天地日月山川之精，浸灌胸臆，以郁其奇，故其文章皆肖以出。使苞于此间得一亩之宫，数顷之田，耕且养，穷经而著书，胸中豁然，不为外物侵乱，其所成就未必遽后于古人。乃终岁仆仆，向人索衣食；或山行水宿，颠顿怵迫；或胥易技系，束缚于尘事，不能一日宽闲其身心。君子固穷，不畏其身辛苦憔悴，诚恐神智滑昏，学殖荒落，抱无穷之志而卒事不成也。
>
> 苞之生二十六年矣，使蹉跎昏忽，常如既往，则由此而四十、五十，岂有难哉！无所得于身，无所得于后，是将与众人同其蔑蔑也。每念兹事，如沉疴之附其身，中夜起立，绕屋彷徨，仆夫童奴怪诧不知所谓。苞之心事，谁可告语哉！[①]

将此文与戴名世《与刘大山书》《初集原序》对照而读，两人潜心为文，

---

① 方苞：《与王昆绳书》，《方苞集》集外文卷五，刘季高标校，上海：上海古籍出版社1983年版，第667页。

直追古人文境的心志相同，勤苦于衣食，束缚于尘事的境况相同，而戴氏恃才傲物的成分居多，因此多牢骚之语；方苞自怨自责的成分居多，因此多沉痛之辞。

《南山集》案后，戴名世被处死，方苞虽被免死并得重用，但始终未能从心有余悸的阴影中走出。他出狱后所作之文，屡屡提及《南山集》之祸。对于亡友戴名世，方苞有怨词，更有同情。他在《送左未生南归序》中以为："余每戒潜虚，当戒声利，与未生归老浮山，而潜虚不能用，余甚恨之。"[1]戴氏因不戒声利，终至祸身，令人怨恨，也令人惋惜。方苞在其他论及戴氏之文，论及与戴氏之交时，多是一往而情深。他出狱后所作的《游潭柘记》，抒写面对山水自然而油然而生的灵魂拷问：

> 余生山水之乡，昔之日，谁为羁绁者？乃自牵于俗，以桎梏其身心，而负此时物，悔岂可追邪？夫古之达人，岩居川观，陆沉而不悔者，彼诚有见于功在天壤，名施罔极，终不以易吾性命之情也。况敝精神于寒浅，而戚戚以终世乎？余老矣，自顾数奇，岂敢复妄意于此？[2]

此时方苞五十一岁。与二十六岁时所作《与王昆绳书》相比较，在岩居川观、面对自然中思考人生追求的方式相同，但前文充满着时不我待的紧迫，而后文则多为大劫之后的追悔。

方苞记狱中之事的文章，有《狱中杂记》《余石民哀辞》《结感录》等篇。《狱中杂记》追忆狱中所见所闻，揭露了京师狱中的黑暗。狱中通明透

---

[1] 方苞：《送左未生南归序》，《方苞集》卷七，刘季高标校，上海：上海古籍出版社1983年版，第189页。

[2] 方苞：《游潭柘记》，《方苞集·集外文》卷十四，刘季高标校，上海：上海古籍出版社1983年版，第423页。

气设置不畅，春疫传病，法所不及而死于疫病者甚多。人犯一旦入狱，不问罪之有无，必械手足，俾困苦不可忍，然后导以取保，所得保费，官与吏剖分。对死刑犯人，行刑者多方索要财物。对非死刑犯人，主刑者也视贿金多少决定施刑之轻重。在狱中，无罪者可能无辜罹难，而决死者也可逍遥法外。刑部大狱成为贪官污吏横行不法的地方，个别良吏也多以脱人于死为功。中央监狱尚且如此，地方狱治则可想而知。《余石民哀辞》是为《南山集》案牵连而死于狱中的余湛所写的悼念文章。余湛为戴氏学生，戴名世在《与余生书》中使用南明年号而酿成牢狱之祸，余湛则因此信而被捕。方苞《余石民哀辞》记述余湛狱死前后的经过道：

> 康熙壬辰，余与余君石民并以戴名世《南山集》牵连被逮。君童稚受学于戴，戴集中有与君论史事书，君未之答也。不相见者二十余年矣，一日祸发，君破家，遘疾死狱中，而事戴礼甚恭。先卒之数日，犹日购宋儒之书，危坐寻览。观君之颠危而不怼其师，是能重人纪而不以功利为离合也；观君之垂死而务学不怠，是能绝偷苟而不以嗜欲为安宅也。
>
> 君提解，倾邑父老子弟出送郭门外，皆曰："余君乃至此！"今君破家亡身而不得终身事母，吾恐无识者闻之，愈以守道为祸而安于邪恶也，于其丧之归也，书以鸣吾哀。[①]

余湛童稚受学，二十余年未曾与老师见面，却因老师早年的一封书札而破家亡身，身为士人，礼师守道，垂死而读宋儒之书，却瘐死狱中而无法终事其母。此不是冤狱又能是什么？方苞为余湛喊冤，也是为自己喊冤；为

① 方苞：《余石民哀辞》，《方苞集·集外文》卷九，刘季高标校，上海：上海古籍出版社1983年版，第778—779页。

余湛鸣哀，又何尝不是为自己鸣哀？《结感录》记述了方苞被逮入狱期间所获得的意想不到的关照与帮助。其中记张丙厚急难相助之事曰：

> 及余被逮，公适为刑部郎中。时上震怒，特命冢宰富公宁安与司寇杂治。富廉直，威棱慑众，每决大狱，同官嗫不得发声。余始至，闭门会鞫，命毋纳诸司。公手牒称急事，叩门而入。问何急，曰："急方某事耳。"遂抗言曰："某良士，以名自累，非其罪也。公能为标白，海内瞻仰；即不能，慎毋以刑讯。"因于案旁取饮，手执之，俯而饮余。长官暨同列莫不变色易容，众目皆集于公，公言笑洒如。供状毕，狱隶前加锁，迫扼喉问，公厉声叱之。①

在《南山集》案朝士多牵连，虽亲故旧友，畏避不敢通问的情况下，张丙厚身为刑官之属，相护于大庭广众之前，其侠肝义胆由此可见。方苞记述张氏"某良士，以名自累，非其罪也"之语，意在点明自己在《南山集》案中所蒙受的冤屈，是人所共知的。

对于康熙不杀，雍正赦许归籍之恩，方苞有《两朝圣恩恭纪》《圣训恭纪》记载之。对两朝恩典，方苞表示"欲效涓埃之报"②，又以为"所以矜恤臣苞者，使天下万世孤傲厄穷之士闻之，莫不怵然于圣主之德意，而发其中诚"③，但蒙难受辱所带来的情感裂痕却是难以真正弥缝的。论及士风，方苞

---

① 方苞：《结感录》，《方苞集·集外文》卷六，刘季高标校，上海：上海古籍出版社1983年版，第715页。
② 方苞：《两朝圣恩恭纪》，《方苞集》卷十八，刘季高标校，上海：上海古籍出版社1983年版，第515页。
③ 方苞：《圣训恭纪》，《方苞集》卷十八，刘季高标校，上海：上海古籍出版社1983年版，第517页。

以为："士气之盛昌，则自东汉以来，未有如明末者。"他在《修复双峰书院记》中论晚明及五代之士风曰：

> 夫晚明之事，犹不足异也。当靖难兵起，国乃新造耳，而一时朝士及间阎之布衣，舍生取义，与日月争光者，不可胜数也。尝叹五季缙绅之士，视亡国易君，若邻之丧其鸡犬，漠然无动于中。及观其上之所以遇下，而后知无怪其然也。彼于将相大臣，所以毁其廉耻者，或甚于臧获；则贤者不出于其间，而苟妄之徒，四面汙行而不知愧，固其理矣。
>
> 明之兴也，高皇帝之驭吏也严，而待士也忠。其养之也厚，其礼之也重，其任之也专。有不用命而自背所学者，虽以峻法加焉，而不害于士气之伸也。故能以数年之间，肇修人纪，而使之勃兴于礼义如此。①

五代时期，士人视亡国易君，漠然无动于中，而明末清初，朝士布衣舍生取义者不可胜数，原因在于两代风教张弛不同。五代君主之于士，毁其廉耻，戮其心志，故国家一旦有事，缙绅之士皆坐而观火。明代君主之于士，待忠养厚，礼重任专，故能士气盛昌，礼义勃兴。方苞复又比较前明与有清士风之不同道：

> 士大夫敦尚气节，东汉以后，惟前明为盛。居官而致富厚，则朝士避之若浼，乡里皆以为羞。至论大事，击权奸，则大臣多以去就争。台谏之官，朝受廷杖，谏疏夕具，连名继进。至魏忠

---

① 方苞：《修复双峰书院记》，《方苞集》卷十四，刘季高标校，上海：上海古籍出版社 1983 年版，第 414—415 页。

贤播恶，自公卿以及庶官，甘流窜，捐腰领，受锥凿炮烙之毒而不悔者，踵相接也。虽曰激于意气，然亦不可谓非忠孝之实心矣。惟其如是，故正、嘉以后，国政慎于上，而臣节砥于下，赖以维持而不至乱亡者，尚百有余年。臣窃见本朝敬礼大臣，优恤庶官，远过于前明；而公卿大臣抗节效忠者，寥寥可数。士大夫之气习风声，则远不逮也。①

士林中缺乏抗节效忠、舍生取义之气节，缺乏勇担道义、赴难不辞之正气，此种庸懦不立、畏懦不争的士林风气的形成，与清王朝文网日密，禁忌重重的士林政策有关，与清王朝矫明代士人聚徒结社、清议论政之弊而过正的政治现实有关。文网笼罩，言路堵塞，钳制士口，压抑士气的政策与现实，必然造就苟且偷安、推诿因循、好谀嗜利、寡廉鲜耻的士林风气。方苞《与刘函三书》云：

> 仆自客游以来，所见当世士大夫不少，与之虚言理道，或论他人出处去就，其言侃然，其状毅然，虽好疑者不忍谓其欺。及观其临事，或至近之理，蔽而不察；微小之利，系而不舍。②

其《与徐贻孙书》云：

> 苞尝叹近世人为交，虽号以道义性命相然信者，察其隐私，亦止借为名声形势。其确然以道相刻砥，见有利，止之勿趋；见

---

① 方苞：《请矫除积习兴起人才札子》，《方苞集·集外文》卷二，刘季高校点，上海：上海古籍出版社 1983 年版，第 558 页。

② 方苞：《与刘函三书》，《方苞集·集外文》卷五，刘季高校点，上海：上海古籍出版社 1983 年版，第 653 页。

有害，勉之勿避；谅其人之必从而后无悔心者，无有也。①

前文言士人能坐言而不能起行，口言义而行拘于利；后文言友朋相交，借为名声形势者多有，而能以道义性命相交者鲜见。两相比较，明末士人敦尚气节，抗节效忠，赴难不辞的行为风范，令人仰慕而神往。方苞少年时，其父"每好言诸前辈志节之盛，以示苞兄弟"②。及长，所交友人如戴名世、朱字绿等人，皆好谈有明遗事。方苞与抗清志士钱澄之、不仕于清的名士杜浚、杜岕有过接触，《方苞集》中的《杜苍略先生墓志铭》《田间先生墓表》即是分别记述黄冈二杜及桐城钱氏事迹的。《孙徵君传》则是记述清廷征聘而不出的儒学之士孙奇逢的。在方苞为这些志节之士所写的传志中，虽不像戴名世那样锋芒毕露，但对诸位志士刚直正义、坚贞不移的行为品格所表现出的敬仰之意，却是溢于字里行间的。当然，在敬仰之余，也不无几分好景不再的遗憾和失落。

戴名世与方苞的人生命运和情感经历，是17世纪末18世纪初中国士人心路历程的简写和缩影。明末士人清议讲学、砥砺气节所激扬起来的社会参与意识和亢奋昂扬的战斗精神，在明清易代之际，很大程度上转化为沸沸扬扬的反清情绪。清王朝以严厉之策整饬士风，在不许聚徒结社、禁止清议讲学的同时，又罗织罪名，大兴文字之狱。戴名世、方苞早年所生活的南京、桐城等地，曾是几社、复社活动的主要地区，受喧嚣骄盛士风的濡染和遗民情绪的浸润，戴、方的行为言辞自然有不少可被指斥为狂悖不驯之处。戴氏文集中，愤世嫉俗之语多有。其自谓"余生抱难成之志，负不羁之才，处穷

① 方苞：《与徐贻孙书》，《方苞集》集外文卷五，刘季高校点，上海：上海古籍出版社1983年版，第676页。
② 方苞：《田间先生墓表》，《方苞集》卷十二，刘季高标校，上海：上海古籍出版社1983年版，第337页。

极之遭，当败坏之世"①。又称："余居乡以文章得罪朋友，有妒余者，号于市曰：逐戴生者视余。群儿从之纷如也。久之，衡文者贡余于京师，乡人之在京师者，多相戒毋道戴生名。"②他在北京，又尝"与昆绳行歌燕市，一市人皆笑之"③。戴名世中进士获编修之职不久，便遭参议，不能说与言行无忌无关。方苞早年"所交多吴越遗民，重文藻，喜事功"④。三十九岁中进士，不及殿试，闻母疾而遽归，后被人戏称之为"人之伦五，方君独二而又半焉。既与于进士，而不廷对，是无君臣也。始婚，日夕嗃嗃，终世羁旅，而家居多就外寝，是无夫妇也。一子形甚羸，而扑击之甚痛，盖父子之伦，亦缺其半焉。"⑤《南山集》案后，方苞幸免于死，以白衣入值南书房，开始了后半生三十年的仕宦生涯，经历康、雍、乾三朝，践履"学行继程朱之后，文章在韩欧之间"⑥的行身祈向，著书为文，立言行动，谨慎正性，整肃严峻，虽有孤怀幽怨，但纡回盘折于词意之中，含而不露。从戴名世到方苞，体现了清初士人由狂悖不驯到敛性皈依的思想过程。

戴名世与方苞共同致力于古人立言之道，论文宗旨多有投合。方苞正是在对戴氏古文理论有所借鉴，有所承接，有所变化的基础上，确立了桐城派古文的基本价值取向。

---

① 戴名世：《与弟书》，《戴名世集》卷一，王树民编校，北京：中华书局1986年版，第14页。

② 戴名世：《送萧端木序》，《戴名世集》卷五，王树民编校，北京：中华书局1986年版，第135页。

③ 戴名世：《赠刘继庄还洞庭序》，《戴名世集》卷五，王树民编校，北京：中华书局1986年版，第137页。

④ 方苞：《再与刘拙修书》，《方苞集》卷六，刘季高校点，上海：上海古籍出版社1983年版，第175页。

⑤ 方苞：《自讼》，《方苞集·集外文》卷八，刘季高校点，上海：上海古籍出版社1983年版，第774页。

⑥ 王兆符：《方望溪先生文集序》，《方苞集》附录，刘季高校点，上海：上海古籍出版社2006年版，第906页。

戴名世论文，有精、气、神之说。戴名世《答伍张两生书》中论曰：

> 盖余昔尝读道家之书矣，凡养生之徒从事神仙之术，灭虑绝欲，吐纳以为生，咀嚼以为养，盖其说有三：曰精，曰气，曰神。此三者炼之，凝之，而浑于一，于是外形骸，凌云气，入水不濡，入火不蒸，飘飘乎御风而行，遗世而远举，其言云尔。余尝欲学其术而不知所从，乃窃以其术而用之于文章，呜呼，其无以加以此矣。
>
> 古之作者未有不得是术者也。太史公纂《五帝本纪》，"择其言尤雅者"，此精之说也。蔡邕曰："炼余心兮浸太清。"夫惟雅且清则精，精则糟粕、煨烬、尘垢、渣滓，与凡邪伪剽贼，皆刊削而靡存，夫如是之谓精也。而有物焉，阴驱而潜率之，出入于浩渺之区，跌宕于杳霭之际，动如风雨，静如山岳，无穷如天地，不竭如江河。是物也，杰然有以充塞乎两间，而盖冒乎万有。呜呼，此为气之大过人者，岂非然哉！今夫语言文字，文也，而非所以文也。行墨蹊径，文也，而非所以文也。文之为文，必有出乎语言文字之外而居乎行墨蹊径之先……夫非有声色臭味足以娱悦人之耳目口鼻，而其致悠然以深，油然以感，寻之无端而出之无迹者，吾不得而言之也。夫惟不可得而言，此其所以为神也。①

先就"精"字而言。雅且清者谓之精。精之文境，将糟粕、煨烬、尘垢、渣滓、邪伪剽贼者刊削净尽，造就一种陈言务去、修辞立诚、文从字顺、清新流畅的散文语言与文体风格，此也正是唐宋以后古文家所孜孜以

---

① 戴名世：《答伍张两生书》，《戴名世集》卷一，王树民编校，北京：中华书局1986年版，第4页。

求的目标。戴氏以为：所谓雅，须立诚有物，远避庸俗；所谓清，须质胜于文，刊落浮华。戴氏论文之自然之境曰：

> 君子之文，淡焉，泊焉，略其町畦，去其铅华，无所有乃其所以无所不有者也。仆尝入乎深林丛薄之中，荆榛罥吾之足，土石封吾之目，虽咫尺莫能尽焉，余且惴惴焉惧跬步之或有失也。及登览乎高山之巅，举目千里，云烟在下，苍然、茫然，与天无穷。顷者游于渤海之滨，见夫天水浑沦、波涛汹涌，惝恍四顾，不复有人间。呜呼！此文之自然者也。文之为道如是，岂不难哉！①

再论立诚有物之道云：

> 今夫立言之道，莫著于《易》。《家人》之《象》曰："君子以言有物而行有恒。"夫有所为而为之之谓物；不得已而为之之谓物；近类而切事，发挥而旁通，其间天道具焉，人事备焉，物理昭焉，夫是之谓物也。夫子之释《乾》之九三也，曰："修辞立其诚，所以居业也。"惟立诚故有物。苟其不然，则虽菁华烂熳之章，工丽可喜之作，《中庸》之所谓"不诚无物"也，君子之所不取也。夫代人而为之言者，彼之意吾不之知也，彼之声音笑貌吾不之见也，吾之意非彼之意也，吾之辞非彼之辞也，为剽、为伪、为欺谩而已矣。②

---

① 戴名世：《与刘言洁书》，《戴名世集》卷一，王树民编校，北京：中华书局1986年版，第5—6页。

② 戴名世：《答赵少宰书》，《戴名世集》卷一，王树民编校，北京：中华书局1986年版，第6—7页。

又论质与文、平与奇之高下曰：

> 质者，天下之至文者也。平者，天下之至奇者也。莫质于素，而本然之洁，纤尘不染，而采色无不受焉。莫平于水，而一川泓然，渊涵渟蓄，及夫风起水涌，鱼龙出没，观者眩骇。是故于文求文者非文也，于奇求奇者非奇也。

> 夫为文而至于质且平，则其品甚高，而知者亦甚少，非世俗之所能为，亦非世俗之所能识也。今夫浮华浓艳，刊落之无遗，而后真实者以存。潦水既尽，寒潭以清。此其所以造于质且平也。假使世俗而为之，则其所为质且平者，枯槁顽钝而无一有，安在其文，亦安在其奇耶？①

追求淡泊质平，潦水既尽，寒潭以清之文，反对浮华浓艳，菁华烂熳，工丽可喜之文；追求修辞立诚，真实以存之文，反对世俗之言，剽伪欺谩之文。既雅且清，而谓之精。

至于"气"和"神"，则出入于浩渺之区，充塞乎天地之间，遁迹于语言文字之外，超然于行墨蹊径之先。气盛而神游，方可脱尘埃而形诸物外，凌云气而遗世远举。得"气"与"神"者，"一心注其思，万虑屏其杂，直以置身于埃堨之表，用其想于空旷之间，游其神于文字之外，如是而后能不为世人之言"②。戴氏自言"好为妙远不测之文"③；妙远不测之文，尤须借助

① 戴名世：《章泰占稿序》，《戴名世集》卷三，王树民编校，北京：中华书局1986年版，第69页。
② 戴名世：《与刘言洁书》，《戴名世集》卷一，王树民编校，北京：中华书局1986年版，第5页。
③ 戴名世：《方灵皋稿序》，《戴名世集》卷三，王树民编校，北京：中华书局1986年版，第53页。

神思盛气的扶持。戴氏又言所向往之文境曰：

> 余少而学文，耻为趋时之作。有里老父谓之曰："汝之所好者，何境可以象之？"余曰："远山缥缈，秋水一川，寒花古木之间，空濛寥廓，独往焉而无与徒也。"里老父曰："斯境凄清而幽绝，不已甚乎。汝之致则高矣，虽然，富且贵也，无望于汝矣。"①

远山秋水，寒花古木，空濛寥廓，凄清幽绝——戴氏心目中的文境充满着文人特有的意致与情趣。

从生活在顺、康时代的戴名世到生活在康、雍、乾时代的方苞，对清王朝的政治统治与文化认同，经历了从狂悖不驯到归顺皈依的思想过程，这一思想过程中复杂的情绪情感变化，在戴、方作品中所表现出的襟怀气度、审美态度、文学风格等各个方面，都有不同的反映和折射。戴氏之作，带有更多的狂狷之气，愁怨牢骚溢于言表，痛快淋漓而不免气促浮躁；方氏之作，志于文章而兼及经术，谨严肃穆，惨怛立诚，静重博厚而不免重滞不起。戴氏以"精、气、神"论文，强调质胜于文，平胜于奇，追求脱尘埃，凌云气，空濛寥廓，妙远不测之文境；方苞以义法论文，强调有物有序，删繁就简，辞远鄙倍，雅驯清洁，于戴氏所言"精"字，多有补充，多有发挥，但于"气"与"神"，却极少涉及。对宋儒义理之学与文章之学的关系，戴氏认为："学者终其身守宋儒之说足矣。至于文章之道，未有不纵横百家而能成一家之文者也。"②他把守身与行文看作是相互联系而又本质不同的两

---

① 戴名世：《成周卜诗序》，《戴名世集》卷二，王树民编校，北京：中华书局1986年版，第40页。

② 戴名世：《与何屺瞻书》，《戴名世集》卷一，王树民编校，北京：中华书局1986年版，第19页。

事，而持两种标准。方苞恪守"学行继程朱之后，文章在韩欧之间"①的原则，更注重以文见道，强调行身祈向对文章之学的决定意义。戴名世追求淡泊质平，潦水既尽，寒潭以清，远山缥缈，空濛寥廓的文境，方苞则更推重辞达理醇、清真雅正之文境。远山缥缈，空濛寥廓之文，适宜于品题泉石，摹绘烟霞，抒写畸士逸人之性情；辞达理醇，清真雅正之文，更可见兴观群怨，平正阔大之宗旨，发明作者学人之蕴藉。清真雅正，本是清初制艺之文的标准，方苞将其推广而旁通于古文。由戴名世的狂悖不驯到方苞的归顺皈依，由戴名世的妙远不测之文到方苞的清真雅正之文，显示着清代康、雍、乾时期士人思想与文学方向的转换。戴名世以"尤云鄂"之名作《南山集序》言称：

> 昔人称文章之逸气，三代以后，司马子长得之，后惟欧阳永叔得之。余谓历南宋至元、明迄今日，惟先生得之。先生留心先朝文献，十余年来，网罗散轶，次第略备，将欲成一家之言，与《史记》《五代史》相颉颃。而先生平居文字，且风神澹荡，直接龙门、庐陵。②

此段夫子自道，以风神逸气引为自得。桐城后学戴钧衡辑戴名世文为之作序论曰：

> 余读先生之文，见其境象如太空之浮云，变化无迹，又如飞仙御风，莫窥行止。私尝拟之古人，以为庄周之文、李白之诗庶

① 王兆符：《方望溪先生文集序》，《方苞集》附录，刘季高校点，上海：上海古籍出版社 2006 年版，第 906 页。
② 戴名世：《尤云鹗跋》，《戴名世集·附录》，王树民编校，北京：中华书局 1986 年版，第 454 页。

几相似，而其气之逸、韵之远则直入司马子长之室而得其神。①

钧衡又在《重刻方望溪先生全集序》中论及方苞之文曰：

> 然（归——引者）熙甫生程朱后，圣道闿明，其所得乃不能多于唐宋诸家。我朝有天下数十年，望溪方先生出，其承八家正统，就文核之，亦与熙甫异境同归。独其根柢经术，因事著道，油然浸溉乎学者之心而羽翼道教，则不惟熙甫无以及之，即八家深于道如韩欧者，亦或犹有憾焉。盖先生服习程朱，其得于道者备；韩欧因文见道，其入于文者精。入于文者精，道不必深，而已华妙而不可测；得于道者备，文若为其所束，转未能恣肆变化。然而文家精深之域，惟先生掉臂游行。周、汉、唐、宋诸家义法，亦先生出而后揭如星月。而其文之谨严朴质，高浑凝固，又足以戢学者之客气，而澌其浮言。②

狂悖不驯，好为妙远不测之文之戴名世，其文变化无迹，气逸韵远；归顺皈依，提倡清真雅正之文之方苞，其文谨严朴质，理法兼备。狂悖不驯、变化无迹者终因文生祸；归顺皈依、理法兼备者虽有孤怀，却纳诸平正阔大之中，而成为一代文章宗师。戴、方人生命运与文学道路的同与异，留给桐城派研究者一个内涵丰富的话题。

戴名世、方苞对桐城派的创立，有着筚路蓝缕之功，其后的刘大櫆、姚鼐则继踵步武，扩大堂庑，终使桐城文派名声渐起，规模初成。

---

① 戴名世：《戴钧衡编潜虚先生文集目录叙》，《戴名世集》附录，王树民编校，北京：中华书局1986年版，第459页。

② 戴钧衡：《重刻方望溪先生全集序》，《方苞集》附录三，刘季高校点，上海：上海古籍出版社1983年版，第653页。

刘大櫆（1698—1779），字才甫，又字耕南，号海峰，桐城人。早年教授乡里，二十九岁入京，见方苞，方有国士之誉，自是从方苞游，以师事之。大櫆应乡试，两中副榜，复不应试。四十岁以后，方苞荐其应"博学鸿词"试，张廷玉荐其应"经学"试，均未成。由方苞介绍，入江苏学政尹会一学幕，往来江南各地。六十三岁之后，任黟县教谕，并主安庆书院及问政书院，晚年归桐城讲学。著有《海峰诗集》及《文集》数卷。今人吴孟复整理为《刘大櫆集》。其中文十卷，诗五卷。

刘氏科场失意，一生困厄，客游京师期间所作《与某翰林书》云：

> 櫆，舒州之鄙人，而憔悴迍邅之士也。率其颛愚之性，牢键一室，不治他事，惟文史是耽。意有所触，作为怪奇磊落瑰伟之辞，以自为娱乐。未尝一往至康庆之衢，悬薄之第，曳长裾，跋珠履也。四方之荐绅先生不闻其名氏，乡里之愚，笑讥讪侮，必欲挤之陷阱而后已。[1]

又有《答周君书》云：

> 仆赋资椎鲁，又生长穷乡，不识机宜，不知进退，惟知慕爱古人，务欲一心进取，而与世俗不相投合。心甚方，虽凿之不圆；舌甚钝，虽磨之不利。单身孑立，无亲旧以为攀援，无钱财以资结纳，无华颜软语以媚悦贵人之耳目。日在京师与缙绅大夫相接见，而舛戾乖违，不得其欢心，而只逢其怒气。自分委泥涂、填

---

① 刘大櫆：《与某翰林书》，《刘大櫆集》卷三，吴孟复标点，上海：上海古籍出版社1990年版，第111页。

沟壑，蓬累终身，无复悔恨。[①]

"朝夕薪刍食物之资无所取给"[②]，"皇皇焉求升斗之禄而不可得"[③]的人生际遇，使得刘大櫆一方面生出怀才不遇的怨恨，一方面又以"达则兼济天下，穷则独善其身"的理论自我慰藉。其《见吾轩诗序》云：

> 天之生才，常生于世不用才之时，或弃掷于穷山之阿、丛薄之野，使其光气抑遏而无以自达；幸有可达之机矣，而在位者又从而掩蔽之，其厄穷以终、沦落以老者，何可胜数！[④]

其《答吴殿麟书》云：

> 然窃自思念，仆虽穷，要无足矜，非有屈，又何能愤邪？天之生人，其赋性受性异于禽兽。故古之君子又战兢怵惕，以自保其灵明，唯恐失坠，而终其身常在忧惧之中。自善其身矣，而又不忍同类之颠连，乃始出其身以先觉乎天下。其身虽在崇高，而心实存乎抑畏，其外虽若逸豫，而内更益其劭勤。若是者何也？凡以为天下之民，非为己也。是故不必富贵，不必不富贵。贵则施泽及一世，贱则抱德在一身；富则有以自厚其生，贫则有以自

---

① 刘大櫆：《答周君书》，《刘大櫆集》卷三，吴孟复标点，上海：上海古籍出版社1990年版，第120页。

② 刘大櫆：《与吴阁学书》，《刘大櫆集》卷三，吴孟复标点，上海：上海古籍出版社1990年版，第106页。

③ 刘大櫆：《与盐政高公书》，《刘大櫆集》卷三，吴孟复标点，上海：上海古籍出版社1990年版，第110页。

④ 刘大櫆：《见吾轩诗序》，《刘大櫆集》卷三，吴孟复标点，上海：上海古籍出版社1990年版，第79页。

处其约。时其天明则与物皆昌，时其阴闭则与物皆塞。爵禄之来也吾不拒，其去也吾不留。其来也吾不以一毫而增，其去也吾不以一毫而减。故可富可贫，可贵可贱，而吾之修身励行，要不以一朝而变易也。①

穷达、贫富、贵贱，非人力可及，又皆如过眼烟云；惟文章之贵，人所能自为，可以与圣贤君子齐生死，可以与天地日月同存灭。于文章之事，刘氏充满"舍我其谁"的自信。其《汪在湘文序》云：

余穷无所用于世，晏居独处，尝取三代、秦、汉以来贤人志士之所为文章，伏而读之，慨然想见其用心，欣然有慕乎作者之能事，间亦盗剿仿效拟作以自娱嬉。窃叹古之为文者，蜀山、秦陇、江、河之渎也，后之人臠以为部娄、汙渠。思有以振兴追蹑之，而苦才力之不逮，徒怀虚愿，谁其助予？②

其《东皋先生时文序》云：

以古之道为不足法者，妄也；以古之道为高远而不可几者，怯也。今之善弈者未必不如秋，善射者未必不如养。至于赋诗作文，专以末流自待。言及杜甫、韩愈，则愀然变色，以为是天人，非吾之所企，吾是以悲其志之不立也。有志者视先王之法，尧、舜、孔子之道，皆可以一身任之而有余。夫以尧、舜、孔子之道，一身任

---

① 刘大櫆：《答吴殿麟书》，《刘大櫆集》卷三，吴孟复标点，上海：上海古籍出版社1990年版，第116—117页。

② 刘大櫆：《汪在湘文序》，《刘大櫆集》卷二，吴孟复标点，上海：上海古籍出版社1990年版，第54页。

焉，则其志愈大，而力亦从之。文章末技也，于以复古奚难哉？[①]

憔悴迍邅、厄穷沦落的生活际遇，弃掷山野、怀才不遇的牢愁怨恨，以先觉自居，以觉民自任的士人秉赋，耽意文史、追踪古人的心志抱负，使得刘大櫆文既有波澜阔大的一面，又有真气淋漓的一面。波澜阔大如《观化》《息争》《天道》《海舶三集序》《答吴殿麟书》诸篇，驰才骋思，气势夺人，显示出贵奇求变气肆才雄的艺术追求。其《海舶三集序》云：

> 乘五板之船，浮于江淮。滃然云兴，勃然风起，惊涛生，巨浪作，舟人仆夫失色相向，以为将有倾覆之忧、沉沦之惨也。又况海水之所汩没，渺尔无垠，天吴睒睗，龟鼋撞冲，人于其中，萍飘蓬转，一任其挂胃奔驰，曾不能以自主，故往往魄动神丧，不待樯摧橹折，而梦寐为之不宁。顾乃俯仰自如，吟咏自适，驰想于沆瀣之墟，寄情于霞虹之表，翩然而藻思翔，蔚然而鸿章著，振开、宝之余风，仿佛乎杜甫、高、岑之什，此所谓神勇者矣。[②]

《海舶三集》为友人徐葆元奉使琉球时所作的诗集。刘大櫆以铺张、渲染的笔触，写江水之险、海水之险，描摹面对江、海奇险，从容吟诗者之镇定神勇，写来气势宏大，笔有丘壑。《答吴殿麟书》为刘氏晚年之作，文中将一生潦倒、穷愁怅恨尽情吐露，在迂回往复中淋漓尽致地表达了士人落魄而不甘沉沦，追求行止高洁、自我完善的心志心态与精神面貌。文章起灭转接，层层叠叠，是波澜阔大风格的又一代表之作。

--------

[①] 刘大櫆：《东皋先生时文序》，《刘大櫆集》卷三，吴孟复标点，上海：上海古籍出版社 1990 年版，第 92—93 页。

[②] 刘大櫆：《海舶三集序》，《刘大櫆集》卷二，吴孟复标点，上海：上海古籍出版社 1990 年版，第 57 页。

刘大櫆文真气淋漓的一面，主要表现在《章大家行略》《张十二郎圹铭》《张复斋传》《游碾玉峡记》等传志记叙之作中。在这类文章中，作者善于通过简洁的笔触和传神的刻画，使文章形神兼备，情景交融。《章大家行略》写祖父之妾章氏善良而孤苦的一生。文中写章氏目虽失明而操劳不辍之境况云：

> 櫆七岁与伯兄、仲兄从塾师在外庭读书。每隆冬，阴风积雪，或夜分始归。僮奴皆睡去，独大家煨炉火以待。闻叩门，即应声，策杖扶壁行，启门，且执手问曰："若书熟否？先生曾扑责否？"即应以书熟，未曾扑责，乃喜。①

对章氏深夜煨炉火以待，闻叩门，即应声，策杖扶壁行，启门，执手相问的简洁描写，深得归有光散文以身边琐细写世间沧桑的神韵。其《游碾玉峡记》写峡中幽丽之景道：

> 峡形长二十丈。溪水自西北奔入，每往益杀，其中旁陷迫束，水激而鸣，声琮然，为跳珠喷玉之状。又前行，稍平，乃卒归于壑。旁皆石壁削立。有树生石上，枝纷叶披，倒影横垂，列坐其荫，寒入肌骨。予与二三子扪萝陟险，相扳联而下，决丛棘，芟秽草，引觞而酌。既醉，瞪目相向，恍惚自以为仙人也。②

描摹山水，移步换景，细致简洁，与驰才骋思，铺张阔大的写法大有

---

① 刘大櫆：《章大家行略》，《刘大櫆集》卷五，吴孟复标点，上海：上海古籍出版社1990年版，第161页。

② 刘大櫆：《游碾玉峡记》，《刘大櫆集》卷九，吴孟复标点，上海：上海古籍出版社1990年版，第303页。

不同。

刘大櫆在《论文偶记》中，有文贵奇、贵高、贵大、贵远、贵简、贵变、贵瘦、贵华、贵参差、贵去陈言诸说。贵简、贵疏、贵瘦之说，与方苞义法说契合；而贵大、贵华诸说，则为义法说少有涉及。刘氏论"文贵华"之道理云："华正与朴相表里，以其华美，故可贵重。所恶于华者，恐其近俗耳；所取于朴者，谓其不着脂粉耳。"[1]在文学发展史上，华与朴、文与质，此消彼长，至"昌黎氏矫之以质，本六经为文，后人因之，为清疏爽直，而古人华美之风亦略尽矣"[2]。唐人之体，与汉人相较，少浑噩之象；宋人文虽佳，而奇怪惶惑处少矣。刘氏贵大贵华之说，不无在雅洁简疏的义法说之外，提倡浑噩之象与怪奇瑰伟之辞的意图。而刘氏之文真气淋漓的一面，与归、方之作较为贴近，波澜阔大的一面，则是其贵华贵大理论的自觉实践。姚鼐《刘海峰先生传》论及方、刘，以为方苞为文章之首，但"终身未尝作诗"，而刘大櫆"则文与诗并极其力"，刘氏诗文之作，"能包括古人之异体，熔以成其体，雄豪奥秘，麾斥出之，岂非其才之绝出今古哉"！[3]姚鼐此论出，世人遂以"才"称刘氏。《清史列传·刘大櫆传》曰："大櫆虽游方苞之门，所为文造诣各殊。苞盖选取义理与经，所得于文者义法。大櫆并古人神气音节得之，兼集《庄》《骚》《左》《史》、韩、柳、欧、苏之长，其气肆，其才雄，其波澜壮阔。"[4]梅曾亮评方、刘之文，以为"亦皆较然不同，盖性情异，文亦异焉。其异也，乃其所以为真欤"[5]！恽敬评刘文，以

---

① 刘大櫆：《论文偶记》，吴德旋、林纾编，北京：人民文学出版社1959年版，第9页。

② 刘大櫆：《论文偶记》，吴德旋、林纾编，北京：人民文学出版社1959年版，第9页。

③ 姚鼐：《刘海峰先生传》，《惜抱轩诗文集》文集·卷五，刘季高标校，上海：上海古籍出版社1992年版，第309页。

④ 王钟翰点校：《刘大櫆传》，《清史列传》卷七十一，北京：中华书局1987年版，第5856页。

⑤ 梅曾亮：《太乙舟山房文集叙》，《柏枧山房文集》卷五，彭国忠、胡晓明校点，上海：上海古籍出版社2005年版，第122页。

为"细加检点，于理实有未足"。<sup>①</sup>吴德旋以为"刘海峰文最讲音节，有绝好之篇；其摹诸子而有痕迹者，非上乘也"<sup>②</sup>。曾国藩认为"刘才甫字句都洁，而意不免芜近"<sup>③</sup>，又以为姚鼐选《古文辞类纂》，将刘大櫆与归、方并提是"不免阿私"<sup>④</sup>。对刘氏古文成就与地位的评价，可谓见仁见智，褒贬各自。

在桐城派初创时期，具有里程碑意义的人物是姚鼐。姚鼐（1731—1815），字姬传，乾隆二十八年（1763）进士，以庶吉士散馆，任礼部主事，迁刑部郎中。四库馆开，任纂修官，书未成告归江南，历主安徽敬敷、南京钟山、扬州梅花诸书院凡四十年。

姚鼐生活的乾隆年间，由清兵入关而引发的汉民族的反清情绪已渐趋平和，清王朝以显赫的文治武功证实了自己存在的合理性，并逐渐得到汉民族知识分子的认同。戴名世、方苞作品中曾有过的遗民心态和狂悖不驯的文字，在姚鼐的《惜抱轩文集》中已不复存在。自言"幸遭清时"，"三十而登第，跻于翰林之署"<sup>⑤</sup>的姚鼐，有过"浮沉部曹"的失意，也遭遇到《四库全书》馆中汉学家的讥议，故于壮盛之年，托疾辞官，讲学江南，为自己营造了一个有从容闲暇心情，为清和恬雅之文的生存环境。姚鼐《复张君书》论托疾辞官，不愿复出的心境道：

> 古之君子，仕非苟焉而已，将度其志可行于时，其道可济于

① 恽敬：《答曹侍郎书》，《恽敬集》大云山房文稿言事，万陆、谢珊珊、林振岳标校，上海：上海古籍出版社 2013 年版，第 485 页。

② 吴德旋：《初月楼古文绪论》，吕璜纂，上海：医学书局 1930 年版，第 13 页。

③ 曾国藩：《复欧阳筱岑书》，《曾文正公全集》曾国藩书札·卷十九，李瀚章编撰，李鸿章校刊，北京：线装书局 2012 年版，第 60 页。

④ 曾国藩：《致吴南屏书》，《曾文正公全集》曾国藩书札·卷二十五，李瀚章编撰，李鸿章校刊，北京：线装书局 2012 年版，第 195 页。

⑤ 姚鼐：《复张君书》，《惜抱轩诗文集》文集·卷六，刘季高标校，上海：上海古籍出版社 1992 年版，第 86 页。

众，诚可矣。虽皇皇以求得之而不为慕利，虽因人骤进而不为贪荣。何则？所济者大也。至其次，则守官摭论，微补于国而道不章。又其次，则从容进退，庶免耻辱之大咎巳尔。夫自圣以下，士品类万殊，而所处古今不同势，然而揆之于心，度之于时，审之于己之素分，必择其可安于中而后居，则古今人情一而已。夫朝为之而暮悔，不如其弗为；远欲之而近忧，不如其弗欲。①

或道济于众，或微补于国，或从容进退，在姚鼐所认定的士人君子的三种生活道路中，最终选择了后者。志既不能行于时，又不屑微补于国，反不如审时度势，激流勇退，庶免耻辱之大咎。姚鼐所言的耻辱，主要来自于学术界。乾隆时期是汉学鼎盛的时期，士人多弃宋学而张汉帜。汉学家以强闻博识、详熟于名物制度而鄙夷讪笑义理之学、文章之学。他们"厌义理之庸言，以宋贤为疏阔，鄙经义为俗体"②的言论行为，对奉行"学问在程朱之后，文章在韩欧之间"宗旨的桐城派文人的发展生存来说，构成了相当的威胁。姚莹《姚氏先德传·惜抱公鼐》记述姚鼐在《四库全书》馆中的处境道："纂修者竞尚新奇，厌薄宋元以来儒者，以为空疏，掊击讪笑之不遗余力。公往复辩论，诸公虽无以难而莫能从也。"③道不同不相为谋，是姚鼐离开《四库全书》馆的真实原因。姚鼐在书馆中的遭遇和辞职时"诸君皆欲读人未见之书，某则愿读人所常见书耳"④的愤言，从一个侧面揭示了姚鼐

<hr>

① 姚鼐：《复张君书》，《惜抱轩诗文集》文集·卷六，刘季高标校，上海：上海古籍出版社1992年版，第86页。
② 姚鼐：《停云堂遗文序》，《惜抱轩诗文集》文集·卷四，刘季高标校，上海：上海古籍出版社1992年版，第53页。
③ 姚莹：《惜抱先生行状》，《姚莹集》东溟文集·卷六，施立业点校，合肥：安徽教育出版社2014年版，第89页。
④ 姚莹：《姚氏先德传》，《惜抱轩尺牍》附录一，卢坡点校，合肥：安徽大学出版社2014年版，第204页。

"从容进退，庶免耻辱之大咎"①的内在意义姚鼐告归之后，潜心学术。继踵方、刘，总其大成，标榜声气，使方、刘之学发扬光大。他授业江南，奖掖学子，启迪后进，使桐城派文名传播海内。姚鼐为学，服膺程朱，而间涉佛典道藏。他不以崖岸自高，虚怀谨言，而义有不可，则又断断以辩，侃侃以争。姚鼐于古文，以体悟精深，立论通脱，行文清和恬雅而著称。姚鼐所作，除古文外旁及诗歌，着意在诗与文相通互证之中，探寻天与人一，道与艺合，文与质备，阳刚与阴柔相济，神理气味与格律声色并举的艺术境界。姚鼐弟子方东树比较桐城三祖方、刘、姚之文，以为方苞之文"静重博厚，极天下之物赜而无不持载"，"是深于学者也"；大櫆之文"日丽春敷，风云变态"，"是优于才者也"；而姚鼐之文"纡余卓荦，樽节隐括，托于笔墨者净洁而精微。譬如道人德士，接对之久，使人自深"，而"尤以识胜"。② 以"纡余卓荦""净洁精微"概括姚鼐之文的总体风格，是准确而精当的。而"尤以识胜"之处，又集中地体现在他论学论艺之类的文章中。

处在考据学鼎盛时代的姚鼐，坚定地为义理之学、文章之学守望着阵地。他对学术界流行的义理、考据、辞章之辩，立言谨慎而旗帜鲜明。就治经说经的基本态度而言，姚鼐认为，一代有一代之学术，一代也便有一代之经说，时代推移，经说不穷，说经以精思慎求，博稽能断为根本，不必以汉宋划界而有任何违心之言。其《礼笺序》云：

> 经之说有不得悉穷，古人不能无待于今，今人亦不能无待于后世，此万世公理也。吾何私于一人哉？大丈夫宁犯天下之所不

---

① 姚鼐：《复张君书》，《惜抱轩诗文集》文集·卷六，刘季高标校，上海：上海古籍出版社 1992 年版，第 86 页。
② 方东树：《书惜抱先生墓志后》，《方东树集》考槃集·文录卷五，严云绶点校，合肥：安徽教育出版社 2014 年版，第 325 页。

魋，而不为吾心之所不安，其治经也，亦若是而已矣。[1]

就汉宋儒治经成就而言，姚鼐认为两者所得有精与粗、大与小之别。程朱之学，一是于古人精微之旨，所得为多；二是其说经审求文辞往复之情，亦更为曲当，非如古儒者之拙滞而不协调；三是其生平修己立德，能践行所言。故而自元、明以来，其学风靡不衰：

> 然今世学者，乃思一切矫之，以专宗汉学为至，以攻驳程朱为能，倡于一二专己好名之人，而相率而效者，因大为学术之害。夫汉人之为言，非无有善于宋而当从者也；然苟大小之不分，精粗之弗别，是则今之为学者之陋，且有胜于往者为时文之士，守一先生之说，而失于隘者矣。博闻强识，以助宋君子之所遗则可也，以将跨越宋君子则不可也。[2]

汉、宋之学，既然有精粗大小之分，治经者不应舍其精而就粗，遗其大而得小。如果恃汉学之博闻强记，而讪笑宋学之修齐治平，未免失之于隘，失之于陋。义理、考证、文章三者，异趋而同为不可废。人之才性，或有偏胜，但"凡执其所能为，而呲其所不为者，皆陋也，必兼收之乃足为善"[3]。

兼收并蓄，在考据学如日中天的时代，不失为一种以退求进、以守为

---

① 姚鼐：《礼笺序》，《惜抱轩诗文集》文集·卷四，刘季高标校，上海：上海古籍出版社1992年版，第60页。

② 姚鼐《复蒋松如书》，《惜抱轩诗文集》文集·卷六，刘季高标校，上海：上海古籍出版社1992年版，第95—96页。

③ 姚鼐：《复秦小岘书》，《惜抱轩诗文集》文集·卷六，刘季高标校，上海：上海古籍出版社1992年版，第105页。

攻的策略。姚鼐在提倡异趋同归、兼收并蓄的同时，着意为义理之学、文章之学张目：

> 夫古人之文，岂第文焉而已。明道义维风俗以诏世者，君子之志；而辞足以尽其志者，君子之文也。达其辞则道以明，昧于文则志以晦。[①]
>
> 学问之事有三：义理、考证、文章是也。夫以考证断者，利以应敌，使护之者不能出一辞。然使学者意会神得，觉犁然当乎人心者，反更在义理、文章之事也。[②]

就社会功用而言，义理之学有关道义风俗，文章之学有关明道见志，与专求古人名物、制度、训诂、书数的考证之学相比，更有裨于世道人心。就文体特征而言，以义理诏世、文章明道者，其文辞往复，曲当协情，循循善诱，与以博为量，以窥隙攻难为功的考证之文相比，更为贴近人情而易使学者意会神得。

为义理、文章之学守望着阵地的姚鼐，在论及古文艺术时，更是议论风生，神采飞扬。姚鼐在方苞义法说、刘大櫆神气说的基础上，纯熟地运用天与人一、道与艺合、文与质备、古与今宜、阳刚与阴柔兼济、神理气味与格律声色并举等艺术范畴，构筑着他的审美理想和古文理论体系。

天与人一是一种天机与人力相凑泊，浑然一体、高度和谐的文学境界。天与人一，通乎神明，为文学之至境，非单纯人力所能企及。人力所能及者，在于"陈义理必明当，布置取舍，繁简廉肉不失法，吐辞雅驯不芜而

---

① 姚鼐：《复汪进士辉祖书》，《惜抱轩诗文集》文集·卷六，刘季高标校，上海：上海古籍出版社 1992 年版，第 89 页。

② 姚鼐：《尚书辨伪序》，《惜抱轩诗文集》后集·卷一，刘季高标校，上海：上海古籍出版社 1992 年版，第 251 页。

已"①。而以天地协合为体，通乎天地之律，合乎自然之节，显现造化之功，天机勃发，连犊殊体，累见诡出者，则非巨才而深于文法者不能。可见天与人一之文弥足珍贵。

天与人一之文固然难能可贵，道与艺合之境也不是唾手可得。道有是非，艺有高下，技有美恶。若欲将忠义之气，高尚之节，道德之养，经天纬地之才付诸音节，见于文辞，以清气逸韵，见心见志，以心手之运，贯彻万物，也并非易事。艺之精者，技之美者，必近于道。道与艺合，方是文学的至境。

文与质备，是强调文学风格的平淡或奇丽，应视作者的才性、禀赋而有所选择。作为方苞、刘大櫆古文理论和唐宋古文传统的继承者，姚鼐更推尚内充而后发，理得而情当，布置取舍有法，吐辞雅驯不芜，以质胜文、以柔驭刚的文体风格。其《与王铁夫书》云："文章之境，莫佳于平淡，措语遣意，有若自然生成者，此熙甫（归有光——引者）所以为文家之正传。"②依据文与质备，以质胜文的标准，姚鼐批评"世有言义理之过者，其辞芜杂俚近，如语录而不文"，"为考证之过者，至繁碎缴绕，而语不可了当"。③言义理者之芜杂俚近，浅鄙不文，言考据者之繁碎缴绕，絮絮不休，均不符合文与质备的准则，均有悖于古文义法与雅洁之道。

论及古今之宜，姚鼐以为，诗文之美，在于"意与气相御而为辞，然后有声音节奏高下抗坠之度，反复进退之态，采色之华"④。意与气因人因事

① 姚鼐：《复鲁絜非书》，《惜抱轩诗文集》文集·卷六，刘季高标校，上海：上海古籍出版社1992年版，第94页。
② 姚鼐：《与王铁夫书》，《惜抱轩诗文集》集外集·卷三，刘季高标校，上海：上海古籍出版社1992年版，第289页。
③ 姚鼐：《述庵文钞序》，《惜抱轩诗文集》文集·卷四，刘季高标校，上海：上海古籍出版社1992年版，第61页。
④ 姚鼐：《答翁学士书》，《惜抱轩诗文集》文集·卷六，刘季高标校，上海：上海古籍出版社1992年版，第84—85页。

因诗文体制不同而变化无穷，所以诗文无有定规定法。古人之作能百世不朽并为后人楷模者，惟在于意与气主乎辞而已。明白于此，今之作者当以自立为本，而求师古，而求应时。姚鼐《陈仰韩时文序》云：

> 世之文士，以文进于有司，使一依古之格度，枯槁孤寂，与世违远，以觊见赏于俗目，此亦不近人情之事矣。然遂背畔规矩，蔑理弃法，以趋时嗜，则必不可。譬如相人者，于侪类万众之中，求尧颡而舜目，龙章而凤姿，然后许为人，固不得也。若夫耸肩逾顶，隐口于脐，支离跛躄，而犹为全人乎哉？酌古今之宜，审文质之中，内足自立，外足应时，士所当为，如是而已。[①]

为文一依古之格度，而无有生气贯注，必然是与世违远，不近人情。由此而走向另一极端，违背规矩，蔑理弃法，以趋时嗜，必然是支离破碎，无有规制。酌古今之宜，关键在于注重培养自我的见解与判断力，内足自立，外足应时，方能师古而不佞古，依法而不惟法，独立于世，敢于创新而不人云亦云，仰俯于人。

内足自立，外足应时的准则，贯彻在姚鼐为学为文的整个过程中。姚鼐在学术宗仰、艺术追求诸方面，都表现出虚怀谨言而又独立不移的精神品格。他在汉学如日中天之时，倡言义理、考据、辞章学问三事兼收并蓄，善用相济，为义理之学张目，传古文一线于纷纭之中，不肯屈己而随波逐流。他首揭桐城文派旗帜，借《古文辞类纂》编织古文传承系统，以方、刘上接归有光、唐宋八家，对桐城派的建立，功莫大焉。他注意在诗文艺境融通互证中，综合运用天与人一、道与艺合、文与质备、古与今宜以及阳刚阴柔，

---

① 姚鼐：《陈仰韩时文序》，《惜抱轩诗文集》文集·卷四，刘季高标校，上海：上海古籍出版社 1992 年版，第 65 页。

神理气味格律声色等艺术范畴，在汲取前人诗文创作经验与方、刘古文理论的基础上，加入个人的艺术思考与审美理想，重建了桐城派古文理论体系和话语系统，从而使桐城派古文理论从偏重于史传文体悟的义法说和偏重于写作技艺传授的神气说所形成的狭窄地带中走出，而更加系统化、理论化、规范化，从而具有更广泛的指导意义和覆盖范围。新的话语系统也使桐城派古文理论更便于与传统诗文理论对接，与同时代其他诗文流派对话。读《惜抱轩文集》中论学论艺之作，很容易在"净洁精微"中体味到"尤以识胜"的长处；也可以在"纡余卓荦"中感受到"自立应时"的洒脱。他在《答鲁宾之书》中有关"文之至者，通于造化之自然"[1]的议论，在《答鲁絜非书》中有关阳刚阴柔风格的设喻，在《答翁学士书》中有关意与气主乎辞的辩白，既是体现缜密之思的论艺之作，又是纡余卓荦的艺术之作。姚鼐的散文创作，是其古文理论的具体实践。

姚鼐提倡义理、考据、辞章学问三事兼善共济，兼收并蓄，是从古文家的立场出发，以言文行远作为标矢归穴的。他有感于"矜考据者每窒于文词，美才藻者或疏于稽古"[2]，"言义理之过者，其辞芜杂俚近，如语录而不文；为考证之过者，至繁碎缴绕，而语不了当"[3]，因而主张：义理之文应远避俚俗，去其语录讲章之气；考据之文当按理切事，去其旁引支蔓之弊，庶近于古人言文行远之意。他又以为"夫天地之间，莫非文也"，"文之至者，通于造化之自然"，[4]若能做到内充而后发，理得而情当，则千万言不为

① 姚鼐：《答鲁宾之书》，《惜抱轩诗文集》文集·卷六，刘季高标校，上海：上海古籍出版社 1992 年版，第 104 页。
② 姚鼐：《谢蕴山诗集序》，《惜抱轩诗文集》文集·卷四，刘季高标校，上海：上海古籍出版社 1992 年版，第 55 页。
③ 姚鼐：《述庵文钞序》，《惜抱轩诗文集》文集·卷四，刘季高标校，上海：上海古籍出版社 1992 年版，第 61 页。
④ 姚鼐：《答鲁宾之书》，《惜抱轩诗文集》文集·卷六，刘季高标校，上海：上海古籍出版社 1992 年版，第 104 页。

繁碎，旁引博征不为芜杂，"邃以通者，义理也；杂以辩者，典章，名物"①，凡天地之所有，均可入文，均可谋篇。即以考证而言，考证讲求繁征博引，易使文气不畅，但考证以证据说话，却"利于应敌"。姚鼐以为："以考证累其文则是弊耳，以考证助文之境，正有佳处。"②以考证助文，而不以考证累文，途径有二：一是考证辩论，"当举其于世甚有关系，不容不辩者"③；二是"但当以笔意识趣为主"④，以助谈资者。在姚鼐的文集中，纯属考证之作的有《郡县考》《汉庐江九江二郡沿革考》《项羽王九郡考》等数篇。其他有涉考证的，多为以"笔意识趣为主"的以助文境之作。如脍炙人口的《登泰山记》《游灵岩记》，本为纪游之作，姚鼐却看似闲笔地加入对泰山及灵岩的地理形势、历史沿革的叙写，笔意简洁舒畅，令人耳目一新。《登泰山记》开篇就交待泰山的地理形势：

> 泰山之阳，汶水西流；其阴，济水东流。阳谷皆入汶，阴
> 谷皆入济；当其南北分者，古长城也。最高日观峰，在长城南
> 十五里。⑤

《游灵岩记》描写作者踏雪探访灵岩之行迹后，加入对灵岩的地理与历史沿革的叙写：

---

① 姚鼐：《答鲁宾之书》，《惜抱轩诗文集》文集·卷六，刘季高标校，上海：上海古籍出版社1992年版，第104页。

② 姚鼐：《与陈硕士》，《惜抱轩尺牍》，卢坡点校，合肥：安徽大学出版社2014年版，第75页。

③ 姚鼐：《与陈硕士》，《惜抱轩尺牍》，卢坡点校，合肥：安徽大学出版社2014年版，第75页。

④ 姚鼐：《与伯昂从侄孙》，《惜抱轩尺牍》，卢坡点校，合肥：安徽大学出版社2014年版，第128页。

⑤ 姚鼐：《登泰山记》，《惜抱轩诗文集》文集·卷十四，刘季高标校，上海：上海古籍出版社1992年版，第220页。

盖灵岩谷水西流，合中川水入济，琨瑞山水西北流入济，皆泰山之北谷也。世言佛图澄之弟子曰竺僧朗，居于琨瑞山，而时为人说其法于灵岩。故琨瑞之谷曰朗公谷，而灵岩有朗公石焉。当符坚之世，竺僧朗在琨瑞大起殿舍，楼阁甚壮，其后颓废至尽，而灵岩自宋以来，观宇益兴。①

寥寥数笔勾勒，没有认真的调查和案头阅读功夫是难以完成的。即以《登泰山记》中"当其南北分者，古长城也"一句为例，长城在一般人心目中，是起于战国时燕、赵、秦各国于北边筑以备胡的，殊不知春秋时齐国境内早已筑有长城了，此事在《管子》《括地志》中均有记载。姚文并不繁琐引用有关资料，只在"长城"前冠以"古"字，便将两者区别开来。这种以笔意识趣为主的考证杂谈，在徜徉山水的闲情逸致中，增添了若干引经证史的书卷之气。作者铺缀文字时，以最简约的文字说古道今而又言之有据，是对"矜考据者每窒于文辞，美才藻者或疏于稽古"②现象的身体力行的纠正，也是"以考证助文之境"③的自我实践。这种实践在《泰山道里记序》《五岳说》《庐川府志序》《老子章义序》等文中也有不同程度的体现，向读者展示出古文家遣词造句、铺缀文字之外的渊博厚重。

姚鼐文集中，有关时政的文字很少。作者议论风生，慷慨以言的风采，主要体现在论学论艺的篇章中。戴名世、方苞作品中的遗民情绪和狂悖不驯的色彩，在姚鼐文集中已完全淡化。在一些说经论史的题目下，作者有关时

---

① 姚鼐：《登泰山记》，《惜抱轩诗文集》文集·卷十四，刘季高标校，上海：上海古籍出版社1992年版，第221页。

② 姚鼐：《谢蕴山诗集序》，《惜抱轩诗文集》文集·卷四，刘季高标校，上海：上海古籍出版社1992年版，第55页。

③ 姚鼐：《与陈硕士》，《惜抱轩尺牍》，卢坡点校，合肥：安徽大学出版社2014年版，第75页。

政的见解，也是曲折迂回，若明若暗。其所作《翰林论》，以为唐之初设翰林，百工皆入焉，猥下之职也。其后乃益亲益尊，益亲益尊的同时，谏争弹劾之责愈重。作者比较明清两代士风，以为"明之翰林，皆知其职也，谏争之人接踵，谏争之辞运策而时书。今之人不以为其职也，或取其忠而议其言为出位。夫以尽职为出位，世孰肯为尽职者"。<sup>①</sup> 姚鼐以为：清代士林中缺少的是极忠谏争之道，徒以文字居翰林，则翰林之职已同唐初一样，猥下而不可言。姚鼐"三十而登第，跻于翰林之署"，<sup>②</sup> 其论清代翰林不能尽谏争弹劾之责，其失落之意隐约于文中。再如《李斯论》，以为李斯事秦，主要是"趋时"以保个人权势地位，是一种典型的小人之仕。小人之仕，"见其君国行事，悖谬无义"，却"知其不义而劝为之"，李斯之于秦，章惇、蔡京之于宋，均为如此。作者最后以"吾谓人臣善探其君之隐，一以委曲变化从世好者，其为人尤可畏哉"<sup>③</sup> 的结论警世。全文虽事核而理备，但终让人感到立意混茫。《惜抱轩文集》中，有《宋双忠祠碑文并序》一文，是表彰宋末抗元英雄李庭芝、姜才不肯降元、殉职死难的事迹的。但这种表彰是在乾隆下诏"旌谥"明季抗清死节之臣史可法等一千六百余人的背景下的应诏之作，与戴名世、方苞旌表明末志士、清初逸民的用意、心情大不相同。在行文的一片和气中，难以显露出任何思想的锋芒。

《惜抱轩文集》中，最能体现姚鼐散文艺术本色的，当属赠序杂记之文。此类文体，或纪游历，或馈赠言，或记载登临意绪，或抒写友朋情分，在一片多姿多彩中，显现出作者的情感世界与艺术才能。《游媚笔泉记》以

---

① 姚鼐：《翰林论》，《惜抱轩诗文集》文集·卷一，刘季高标校，上海：上海古籍出版社1992年版，第6页。

② 姚鼐：《复张君书》，《惜抱轩诗文集》文集·卷六，刘季高标校，上海：上海古籍出版社1992年版，第86页。

③ 姚鼐：《李斯论》，《惜抱轩诗文集》文集·卷一，刘季高标校，上海：上海古籍出版社1992年版，第6—7页。

精练之笔写桐城龙溪胜景，移步换形，而又历历在目：

> 以岁三月上旬，步循溪西入。积雨始霁，溪上大声淙然十余里，旁多奇石、蕙草、松、枞、槐、枫、栗、橡，时有鸣巂。溪有深潭，大石出潭中，若马浴起，振鬣宛首而顾其侣。援石而登，俯视溶云，鸟飞若坠。①

在山水游历，怀古吊今的徜徉中，许多割舍不断的人世尘缘，不平磊落，归于消解沉寂：

> 余驽怯无状，又方以疾退，浮览山川景物，以消其沉郁。与子颖仰瞻巨岳，指古明堂之墟，秦汉以来登封之故迹，东望汶源西流，放乎河济之间苍莽之野，南对徂徕、新甫，思有隐君子处其中者之或来出。慨然者久之，又相视而笑。②

> 当文端遭遇仁皇帝，登为辅相，一旦退老，御书“双溪”以赐，归悬之于此楣，优游自适于此者数年乃薨，天下谓之盛事。而余以不材，不堪世用，亟去，早匿于岩穴，从故人于风雨之夕，远思文端之风，邈不可及。而又未知余今者之所自得，与昔文端之所娱乐于山水间者，其尚有同乎耶？其无有同乎耶？③

---

① 姚鼐：《游媚笔泉记》，《惜抱轩诗文集》文集·卷十四，刘季高标校，上海：上海古籍出版社 1992 年版，第 220 页。

② 姚鼐：《晴雪楼记》，《惜抱轩诗文集》文集·卷十四，刘季高标校，上海：上海古籍出版社 1992 年版，第 223 页。

③ 姚鼐：《游双溪记》，《惜抱轩诗文集》文集·卷十四，刘季高标校，上海：上海古籍出版社 1992 年版，第 224 页。

上述两段文字均写于姚鼐辞官南归之后不久。作者在仰瞻巨岳，指点秦汉故迹，放眼苍莽之野中寻求精神寄托，又在桐城籍名相张英告归后的居住地龙眠双溪想象张氏日手一编、莳花鼓琴、宾客自远的归隐生活与人生境界。

姚鼐以天与人一，道与艺合，文与质备，古与今宜论文，为文除做到当理切事，要言不烦，吐辞雅驯之外，还注意以诗歌辞赋的境界神韵与吞吐抑扬的气势节奏入文，使古文之作有诗韵诗境与铿锵音节。他在《左仲郛浮渡诗序》中记昔日与友人江上之游的快意与尽揽天下之胜的平生之志道：

> 昔余尝与仲郛以事同舟，中夜乘流出濡须，下北江，过鸠兹，积虚浮素，云水郁蔼，中流有微风击于波上，其声浪浪，矶碛薄涌，大鱼皆霜然而跃。诸客皆歌呼举酒更醉。余乃慨然曰：他日从容无事，当裹粮出游。北渡河，东上泰山，观乎沧海之外；循塞上而西，历恒山、太行、太岳、嵩、华，而临终南，以吊汉唐之故墟；然后登岷、峨，揽西极，浮江而下，出三峡，济乎洞庭，窥乎庐、霍，循东海而归，吾志毕矣。客有戏余者曰：君居里中，一出户辄有难色，尚安尽天下之奇乎？余笑而不应。今浮渡距余家不百里，而余未尝一往，诚有如客所讥者。嗟呼！设余一旦而获揽宇宙之大，快平生之志，以间执言者之口，舍仲郛，吾谁共此哉？[①]

姚鼐之文，以澹远洁适、萧然高寄著称，而其诗则以清刚雄深、体骨坚苍著称。姚鼐以诗格入文，则给近于阴柔之美的古文创作带来若干阳刚之气。《左仲郛浮渡诗序》等文中表现出来的"揽宇宙之大，快平生之志"的

---

① 姚鼐：《左仲郛浮渡诗序》，《惜抱轩诗文集》文集·卷四，刘季高标校，上海：上海古籍出版社 1992 年版，第 44—45 页。

豪迈气势，在姚鼐文集中不是绝无仅有的。它使姚鼐的文体风格呈现出多样化的色彩。

姚鼐《惜抱轩文集》中的传记之作，虚实相间，详略有致，重在传神。作者善于选取表现人物精神风貌与个性特点的事迹，予以简洁的描叙与勾勒，从而使人物的音容笑貌跃然纸上。姚鼐作《中宪大夫云南临安府知府丹徒王君墓志铭》，对其"少以文章、书法称于天下"及以"御试翰林第一"之后的官场沉浮一语带过，而着重写其告归之后的乖离行为：

> 君之归也，买僮教之度曲，行无远近必以歌伶一部自随。其辨论音乐，穷极幽渺。客至君家，张乐共听，穷朝暮不倦。海内求君书者，岁有馈遗，率费于声伎，人或谏之不听，其自喜顾弥甚也。然至客去乐散，默然禅定，夜坐胁未尝至席，持佛戒，日食蔬果而已，如是数十年，其用意不易测如此。①

一方面是对音乐歌伶穷朝暮而不倦的喜爱，另一方面是持佛戒、日食蔬果而已的虔诚，绝然矛盾的行为集于传主一身。作者再记其"风雨中登焦山东升阁，临望沧海，邈然言蝉蜕万物无生之理"与临终"趺坐室中逝矣。妻女子孙来诀，不为动容；问身后事，不答"两事，感慨系之，以为"君殆庄生所谓游方之外与造物为人者耶？著作文艺虽工妙，特君寄迹而已，况其于伎家游戏之事乎"！文末的点睛之笔，使传主乖离、矛盾的行为有了合乎情理的解释，一个游方物外、禅意人生的旷达之士的形象跃然纸上。再如《朱竹君传》记清代学者朱筠事迹。朱筠为乾隆十九年进士，官至翰林院侍读学士，曾督安徽、福建学政。他奖掖人才，主持风会，一时学者如戴震、

---

① 姚鼐：《中宪大夫云南临安府知府丹徒王君墓志铭并序》，《惜抱轩诗文集》后集·卷七，刘季高标校，上海：上海古籍出版社 1992 年版，第 345 页。

汪中、王念孙、洪亮吉、邵晋涵、章学诚皆尝居其幕，所可记述事甚多。姚鼐此传着重记叙朱筠建议开四库全书馆一事，然后以极富人情味的笔调评论朱筠的为人与为学：

> 先生为人，内友于兄弟，而外好交游。称述人善，惟恐不至，即有过，辄覆掩之，后进之士，多因以得名。室中自晨至夕，未尝无客。与客饮酒谈笑穷日夜，而博学强识不衰。

> 先生暮年宾客转盛，入其门者皆与交密，然亦劳矣……先生没年才逾五十，惜哉！当其使安徽、福建，每携宾客饮酒赋诗，游山水，幽险皆至。余间至山中厓谷，辄遇先生题名，为想见之焉。①

耽酒豪饮，谈笑穷日夜的生活，使传主劳累过度，以致早卒，所欲著书皆未就；一代高才未及以鸿著传世，不能不让人深感惋惜。章学诚也曾为朱筠作传，两传相比，章传为史家之传，以完备详尽见长；而姚传为文家之传，以精约传神取胜。

姚鼐对毕生孜孜以求的古文之学、古文之作自我评价道："夫学问之事，天下后世之事，非自亢者所能高，亦非自抑者所能下。鼐于文事粗识门径，而才力不足尽赴其识。"②"夫文章之事，望见涂辙，可以力求，而才力高下，必由天授。鼐所自歉者，正在才薄耳。"③粗识门径，自歉才薄，姚鼐

---

① 姚鼐：《朱竹君先生传》，《惜抱轩诗文集》文集·卷十，刘季高标校，上海：上海古籍出版社1992年版，第142页。

② 姚鼐：《与王惕甫》，《惜抱轩尺牍》卷二，卢坡点校，合肥：安徽大学出版社2014年版，第33页。

③ 姚鼐：《与陈硕士》，《惜抱轩尺牍》卷五，卢坡点校，合肥：安徽大学出版社2014年版，第75页。

的歉谨之言中充满着自信和当仁不让之意。姚鼐在揭橥桐城派旗帜，扩大桐城派影响，完善桐城派古文理论体系，拓展桐城派古文的艺术表现领域等方面贡献颇多。姚鼐与方苞、刘大櫆并称为桐城三祖，而姚氏尤为桐城派后裔所推重。方东树以为方氏之文，象地之德，深于学；刘氏之文，象太空之无际，是优于才者；姚氏之文，如道人德士，对接之久，使人自深。他论姚鼐贡献之过于方、刘之处道："先生后出，尤以识胜，知有以取其长，济其偏，止其敝。此所以配为三家，如鼎足之不可废一。"① 姚莹论曰："自康熙朝，方望溪侍郎以文章称海内，上接震川，为文章正轨。刘海峰继之益振，天下无异词矣。（姚——引者）先生亲问法于海峰，海峰赠序盛许之。然先生自以所得为文，又不尽用海峰法。故世谓望溪文质，恒以理胜；海峰以才胜，学或不及；先生乃理文兼至。"②

至曾国藩，则对姚鼐推崇有加，不仅自言"粗通文章，由姚先生启之"，③置姚鼐于三十二圣哲之列，而且又与吴敏树论姚鼐之学及其在桐城派中的地位道：

> 与欧阳筱岑书中，论及桐城文派，不右刘、姚，至比姚氏于吕居仁，讥评得无少过。刘氏诚非有过绝辈流之诣，姚氏则深造自得，词旨渊雅。其文为世所称诵者，如《庄子章义序》《礼笺序》《复张君书》《复蒋松如书》《与孔㧑约论禘祭书》《赠㧑约假归序》《赠钱献之序》《朱竹君传》《仪郑堂记》《南园诗存序》《绵庄文集序》

---

① 方东树：《书惜抱先生墓志后》，《方东树集》卷五，严云绶点校，合肥：安徽教育出版社2014年版，第325页。

② 姚莹：《惜抱先生行状》，《姚莹集》东溟文集·卷六，施立业点校，合肥：安徽教育出版社2014年版，第91页。

③ 曾国藩：《圣哲画像记》，《曾国藩全集》第二十三册，长沙：岳麓书社2011年版，第150页。

等篇，皆义精而词俊，复绝尘表。其不厌人意者，惜少雄直之气，驱迈之势，姚氏固有偏于阴柔之说，又尝自谢为才弱矣。其论文亦多诣极之语，国史称其有古人所未尝言，鼐独抉其微而发其蕴。惟亟称海峰，不免阿于私好。要之，方氏以后，惜抱固当为百年正宗，未可与海峰同类而并薄之也。①

初创期的桐城派是沿循"有所法而后能，有所变而后大"②的路径发展的。戴名世、方苞、刘大櫆、姚鼐之间，有所师承，有所变化，有所拾遗补缺，取长补短，至姚鼐而总其大成，揭橥旗帜，桐城派之名，遂流播海内，桐城一邑作家的个体行为也随之而成为一种集团和社会性的行为。从戴名世获罪至姚鼐去世，其间约有百余年的历史，初创中的桐城派，充满着困厄与艰辛。

# 第二节　因时立言与立诚求真

## ——桐城派承守期的古文创作

姚鼐告归后讲学江南四十余年，"禀其师传，覃心冥追，益以所自得，推究阃奥，开设户牖，天下翕然号为正宗。承学之士，如蓬从风，如川赴

---

① 曾国藩：《复吴敏树》，《曾国藩全集》书信·一，长沙：岳麓书社1990年版，第7495页。
② 姚鼐：《刘海峰先生八十寿序》，《惜抱轩诗文集》文集·卷八，刘季高标校，上海：上海古籍出版社1992年版，第114页。

壑，寻声企景，项领相望，百余年来，转相传述，遍于东南。由其道而名于文苑者，以数十计"①，可谓一时之盛。姚门弟子众多，其中又有著籍、私淑之分。著籍者如梅曾亮、管同、刘开、方东树、姚莹、陈用光，私淑者如吴德旋、姚春木、毛岳生。方东树论方、姚学之传绪曰："及考方、姚之名，四方皆知，其门人传业虽多，然除一二高第亲炙真知外，皆徒附其声，而不克继其绪。"②在姚鼐的亲炙真知弟子中，又有姚门四杰之称。姚莹在《惜抱轩先生与管异之书跋》中说："当时（管——引者）异之与梅伯言（曾亮——引者）、方植之（东树——引者）、刘孟涂（开——引者）称姚门四杰。"③姚莹此书跋作于1849年。十年后，曾国藩作《欧阳生文集序》时，将姚门四杰中的刘开改换为姚莹，"姚门四杰"遂有两种说法。至王先谦续编《古文辞类纂》时，融合两说，将五人相提而并论。本节在考察嘉道时期桐城派的古文创作时，即以活跃在这个时期的姚门弟子中的梅曾亮、管同、刘开、方东树、姚莹为主要研究对象。

嘉道之际，清王朝正由强盛的巅峰而渐渐走向衰败。在17世纪末至十九世纪中叶的百余年内，全国人口猛增至四亿三千万，使得资源不足、生产力水平不高与人口增长过快的的矛盾加剧，流民无以为业，士人仕途拥挤，成为国内政治不安定的重要根源；承平日久，官场骄奢腐败之风愈演愈烈，在文恬武嬉之中，政府的权力机能严重削弱，直接关系到国计民生的重大问题，如漕运、盐法、河工三大政，举步维艰，弊端重重，严重影响了国家经济体制的运转；西北、西南边疆地区，外扰不已，东南沿海，鸦片贸易剧

---

① 王先谦：《续古文辞类纂序》，《王先谦诗文集》卷三，长沙：岳麓书社2008年版，第33页。

② 方东树：《刘悌堂诗集序》，《方东树集》，严云绶点校，合肥：安徽教育出版社2014年版，第303页。

③ 姚莹：《惜抱轩先生与管异之书跋》，《姚莹集》东溟文集·卷六，施立业点校，合肥：安徽教育出版社2014年版，第313页。

增，白莲教与南方秘密会社起事频繁，屡禁不止，尤其是嘉庆末年天理教攻入北京，长驱直入紫禁城一事，震动朝野上下。国内政治动荡的帷幕从此拉开，清王朝的乾嘉盛世由此宣告结束。

即使没有后来外敌入侵所引发的鸦片战争，清王朝所面临的诸多危机，也必然会诱发巨大的社会动荡。其中的消息，最先为生活在这一时期具有敏感触角和强烈社会责任感的知识群体所窥破，他们中的龚自珍、魏源、林则徐、陶澍、贺长龄、黄爵滋、包世臣、徐继畬以及桐城派中的管同、方东树、梅曾亮、姚莹诸人，在风云际会、变局在即之时，一方面以盛世之危言向全社会预告危机，另一方面又以挽狂澜于既倒的救世热情寻求补救弥缝之良方。他们以补天自救为基本出发点的奔走呼号，促使经世致用思潮在嘉道之际再度兴起，最终完成了学风由纯粹古籍考辨和性理玄想向悉心于治平外王之道，士风由"避席畏闻文字狱，著书都为稻粱谋"[①]向"相与指天画地，规天下大计"[②]方向的转换。学风、士风的转换，又为嘉道之际议论军国、臧否政治、慷慨论天下事的文学主潮的形成，坚实地作了奠基。

此后不久，即有鸦片战争的爆发。鸦片战争本身给中国经济所带来的破坏，远远不能和中国历史上全国性的战乱相比，甚至不能和清兵入关相比。但鸦片战争对中国历史文明进程的影响和对中国人心灵上的震撼却是无比巨大的。当英国把鸦片贸易转换成为战争形式时，当清政府战败，签定了割地赔款的《南京条约》，中国被迫进入一个条约制度的时代后，天朝上国的心理定势，处理与夷狄争端的历史经验，以及最基本的民族自尊心与主权意识，使中国人都无法接受这场战争及战争所带来的结果。中国古老文明所遭遇的对手，是已经完成工业革命的英国资产阶级，而他们所代表的又是正

---

① 龚自珍：《咏史》，《龚自珍诗全集汇校汇注汇评》，汤克勤编，武汉：上崇文书局2019年版，第118页。

② 梁启超：《清代学术概论》，上海：上海古籍出版社2019年版，第124页。

在世界范围内泛滥的攫取性、贪婪性极强的资本主义洪流。战争的失败，迫使中国人开始重新估量对手，也重新估量自己。前者，有"师夷之长技以制夷"战略口号的提出；后者，则有富国强兵意识的萌生与自觉。鸦片战争后所形成的师夷制夷、富国强兵的思想倾向与鸦片战争前已经自发兴起的学以致用、补天自救的士林风尚自然融合，共同构成了弥漫嘉道年间的经世实学思潮。

嘉道经世实学思潮，拉开了中国近代思想史演进的序幕。生活在鸦片战争时期的桐城派文人，有着与先辈不同的生存环境。面对纷纭变动的时局，如何描摹运会，抒写心志，因时立言？如何承继道统、文统的既有之业，使先辈精神与文学传统昭然于世，发扬光大？承守与变革，成为摆在姚门弟子面前不可回避的问题。

经世实学思潮鼓荡下的姚门弟子，在摆脱了出口罹难、动辄得咎的专制政治的阴影之后，以一种意气风发的精神面貌批判现实，设计自我。此种意气风发，是先辈戴名世、方苞、刘大櫆、姚鼐所不可想见的。对于清代政治和过于严厉的士人之策，方苞、姚鼐都有过讳莫如深、小心翼翼的触及与批评，而至管同、姚莹、梅曾亮等人，这种批评则变得直接、大胆，锋芒毕露。在嘉道之际士风复苏的大背景下，姚门弟子开始充满自信地评价自身的价值和设计所应承当的社会角色。他们在社会地位上虽显达有别，却无不以昌明道术、辨析是非治乱为己任，而毫不掩饰对建功立业、平治天下一类政治行为的渴望。对鸦片战争前后的时局，他们既充满着风雨飘摇的忧患情绪，又保持着踌躇满志的躁动心态。

鸦片战争前后时局的动荡和学风士风的转换，使姚门弟子充分意识到：他们所生活的时代与先辈大大不同，必须因时立言，因时而变。梅曾亮《答朱丹木书》云：

> 惟窃以为文章之事，莫大乎因时。立吾言于此，虽其事之至

微，物之甚小，而一时朝野之风俗好尚，皆可因吾言而见之。使为文于唐贞元、元和时，读者不知为贞元、元和人，不可也；为文于宋嘉祐、元祐时，读者不知为嘉祐、元祐人，不可也。韩子曰"惟陈言之务去"，岂独其词之不可袭哉？夫古今之理势，固有大同者矣，其为运会所移，人事所推，演而变异日新者，不可究极也。执古今之同，而概其异，虽于词无所假者，其言亦已陈矣。阁下前任剧邑、治悍民，不尚黄老，今官督道，乃尚黄老，此持权合变者也。文之随时而变者，亦如是耳。①

一代有一代之文。时代迁徙，运会转移，人事推演，事理日新，文当因时而变，也必须因时而变。梅曾亮极富代表性的话语，道出了姚门弟子对古文创作时代性的认知。

文如何因时而变？在忧患意识与躁动心态支配下的姚门弟子，压抑不住追导先儒风范，拯衰救敝，立言而为帝王百姓之师的冲动，而将诗文创作视为议论时政，抒写感慨，作人间清议，写书生忧患，获取人生自我价值实现的重要方式。身为一介书生的管同，却以为："士生于世，上之不能修孔、颜之德，次之不能建禹、皋、周、召之功，敝精疲神，作为文字，使爱者与俳优并蓄，而憎者至以相訾謷，其也可谓愚也夫"，"四十以来，悟儒者当建树功德，而文士卑不足为"。② 管同又将古文区分为文士之文与圣贤之文。"谓文必穷而后工，与所谓得乎山川之助者，皆在文士之文"，而"诚于

① 梅曾亮：《答朱丹木书》，《柏枧山房文集》卷二，彭国忠、胡晓明校点，上海：上海古籍出版社 2005 年版，第 38 页。
② 管同：《方植之文集序》，《管同集》因寄轩文二集·卷四，施立业点校，合肥：安徽教育出版社 2014 年版，第 124 页。

中也，形于外也，穷则见诸文也，而达则见诸政也"，①则为圣贤之文。圣贤之文，当全力以赴，而模山范水者，不妨以余力为之。无独有偶，梅曾亮将古文分为世禄之文与豪杰之文，以为"模山范水，叙述情事，言应尔雅，如世家贵人珍器玩好，皆中度程应故实，此世禄之言文也；开张王霸，指陈要最，前无所袭于古，而言当乎时，论不必稽于人而事核其实，如鱼盐版筑之夫，经历险阻，致身遭时，虽居庙堂之上，匹夫匹妇之謦笑，可得而窥也，此豪杰之文"②。以世禄之文为卑，推豪杰之文为尊。与管同、梅曾亮见解相仿佛，姚莹以为："自古豪杰之士成名于天下后进者，岂必其生平之所自命哉？夫人之一身，有子臣弟友之责，天地民物之事。至没世后，举无一称，而独称其文章，末矣。文章之大者，或发明道义，陈列事情，动关乎人心风俗之盛衰，乃又无一称，而徒称其诗，抑又末矣。"③视诗文为人生之末，毫无掩饰地追求轰轰烈烈的事功，讲求个人对社会的职责、义务，这与当年姚鼐以韩欧之文瞩望于弟子，自然是大相径庭，它反映出桐城派两代人精神风貌的差异。

文因时立言，推阐人事，描摹运会，当以境真情真为出发点。真、伪之辨，是姚门弟子论文的重要范畴。真者，立言守诚，读其文，知其人、其世、其心灵心迹；伪者，揖首于古人成法，饰其外，伤其内，害其神，蔽其真。真者，是心力强健，蕴藉深厚，充满自信的表现；而伪者，则是泥古不化、涂泽文字而已。真者，是崇尚性情，张扬个性，尊重自我的表现；而伪者，则是泯灭本真、摧戮性灵、丧失自信的结果。"物之可好于天下者，莫

---

① 管同：《送李海飇为永州府知府序》，《管同集》因寄轩文二集·卷三，施立业点校，合肥：安徽教育出版社 2014 年版，第 116 页。

② 梅曾亮：《送陈作甫叙》，《柏枧山房文集》卷三，彭国忠、胡晓明校点，上海：上海古籍出版社 2005 年版，第 52 页。

③ 姚莹：《黄香石诗序》，《姚莹集》东溟外集·卷一，施立业点校，合肥：安徽教育出版社 2014 年版，第 112 页。

如真也"①。在对"真"的赞美与向往中，包蕴着姚门弟子对人生的自信，对性灵的崇尚，对本能的放纵，对创新的渴望。

姚门弟子所论述的"真"，具有数层含义。一是时代之真，即如梅曾亮所言，文要反映出特定时代的风俗好尚、运会消息与精神气象，"使为文于唐贞元、元和时，读者不知为贞元、元和人，不可也；为文于宋嘉祐、元祐时，读者不知为嘉祐、元祐人，不可也"。②二是性情之真。为文要具有鲜明的个性特征和独特的精神风貌。人的性情千差万别，其文亦当面目各殊。梅曾亮论及性情之真说："见其人而知其心，人之真者也；见其文而知其人，文之真者也。""失其真，则人虽接膝而不相知；得其真，虽千百世上，其性情之刚柔缓急，见于言语行事者，可以坐而得之。"③梅氏又以为人之性情有别，文亦各肖其性情而足矣；一性而欲兼众情，必失其真。"人有缓急刚柔之性，而其文有阴阳动静之殊。譬之查梨橘柚，味不同而各符其名，肖其物；犹裘葛冰炭也，极其所长，而皆见其短，使一物而兼众味与众物之长，则名与味乖，而饰其短，则长不可以复见，皆失其真者也。"④失其真，情则近于伪情，体亦近于伪体。失却本真者，纵将"尧之眉、舜之目、仲尼丘山之首，合以为土偶"，其结果必然是丑陋而"不如蘧篨戚施"，⑤取范不为不美，但若穷于拼凑而没有生气灌注，则难免画虎类犬，弄巧成拙。三是语真。时代之真与性情之真是强调境真、情真，而境真、情真，又须以语真见

---

① 梅曾亮：《黄香铁诗序》，《柏枧山房文集》卷五，彭国忠、胡晓明校点，上海：上海古籍出版社 2005 年版，第 115 页。

② 梅曾亮：《答朱丹木书》，《柏枧山房文集》卷二，彭国忠、胡晓明校点，上海：上海古籍出版社 2005 年版，第 38 页。

③ 梅曾亮：《太乙舟山房文集叙》，《柏枧山房文集》卷五，彭国忠、胡晓明校点，上海：上海古籍出版社 2005 年版，第 121 页。

④ 梅曾亮：《太乙舟山房文集叙》，《柏枧山房文集》卷五，彭国忠、胡晓明校点，上海：上海古籍出版社 2005 年版，第 121 页。

⑤ 梅曾亮：《杂说》，《柏枧山房文集》卷一，彭国忠、胡晓明校点，上海：上海古籍出版社 2005 年版，第 7 页。

之。管同论语真之意曰："文辞者，人之所自为也，自为之则宜有工拙之殊，而不当有真伪之辨。"[1] 语有真伪之辨，是因为摹古拟古之风日久，剽贩古人，涂泽古语以文其浅陋者比比皆是，"词必己出"之意荡然渐灭，故语失真而近伪。方东树强调文贵有己，"立己于此，将使天下确然信知有是人也，则必不俟假他人之衣冠笑貌以为之"。若"徒剽袭乎陈言，渔猎乎他人"，则"无能求审此人面目之真，而己安在哉"？[2] 方氏在《续昭昧詹言》中又将语真与立诚并提，以为不论为文为诗，尤贵于立诚，"立诚则语真，自无客气浮情、肤词长语、寡情不归之病"。[3]

因时立言，自足性情，立诚求真，姚门弟子的审美追求，表现出作为古文家本能的创新冲动和在鸦片战争前后士风复苏的历史背景下生成化育的自作主宰的时代精神。但要真正做到因时立言、自足性情、立诚求真并非易事，在通向创新、求真的途中，使得姚门弟子左右逢源和左右掣肘的，均来向于道统、文统传人的角色认同。

自姚鼐后，桐城派旗帜既张，毁誉也随之而来。尤其是方、姚"学行程朱、文章韩欧"的道统、文统之说，更是众说纷纭。姚门弟子作为桐城派传人，他们充分意识到，已编制而成的文、道系统，不仅仅再是一种思想信仰、行身祈向与审美理想，拥戴与维护这个系统，对于巩固桐城派文、道正统传人的地位，并取得更广泛的社会认同，具有至关重要的意义。因此，鸦片战争时期的姚门弟子在崇尚因时立言、自足性情、立诚求真的同时，又不遗余力地标榜声气，编排文、道传承系统。他们声称，清初古文三杰，"侯

---

① 管同:《蕴素阁全集序》,《管同集》因寄轩文二集·卷六，施立业点校，合肥：安徽教育出版社 2014 年版，第 143 页。

② 方东树:《答叶溥求论古文书》,《方东树集》考槃集·卷六，严云绶点校，合肥：安徽教育出版社 2014 年版，第 360 页。

③ 方东树:《续昭昧詹言》,《昭昧詹言》，汪绍楹校点，北京：人民文学出版社 1961 年版，第 381 页。

（方域——引者）、魏（禧——引者）、汪（琬——引者）皆不得接乎文章之统"①，明确将方、刘、姚作为归有光、唐宋八家的传人。甚至认为，居今之世，"非祖述六经、《左》《史》、庄、屈、相如、子云者，不得登作者之录"②，而"欲志乎古，非由三先生（方、刘、姚——引者）之说，不能得其门"③。桐城派从历代学者、作家中择选数人，作为行身祈向、精神归趋及审美理想的代表，自然无可指责，但将他们编排成某种序列，夸大其中的承继关系，并赋予唯此为正，舍此皆旁门左道的神秘色彩，则不免助长了托统自尊和党同伐异的宗派情绪。若又惟此道统、文统是守，非五子书不读，非《左传》《史记》、唐宋八家、归、方、刘、姚之文不学，划地为牢，则极易走向自我封闭、孤陋寡闻的境地，失去创新的锐气。道统、文统情结在为桐城派作家编织了一个思想与古文信仰体系的同时，也限制了他们阅读、取范的眼界和对创新路径的选择设计。

古文一派无不谈文、道关系。桐城派所言之"道"，大体是指儒家的政治、伦理思想体系，而"道统"正是对这一思想体系之传承关系的认同性描述。桐城派自诩所承道统上接程朱理学，宋代理学家于"道"之外，另立一"理"世界，以为"理"为天所固有，圣人循而行之谓之道。"理"在人为纲常伦理，为义理，在事在物则为事理、物理。因而，在桐城派中，文以载道，又常被表述为"文以明理"。文以明理首先当为义理。义理之学，在清代已是"言竭而无余华"④，清代理学家所谓的性理之辨已不具有哲学意义

① 管同：《国朝古文所见集序》，《管同集》，施立业点校，合肥：安徽教育出版社2014年版，第95页。

② 方东树：《切问斋文钞书后》，《方东树集》考槃集·卷五，严云绶点校，合肥：安徽教育出版社2014年版，第328页。

③ 方东树：《刘悌堂诗集序》，《方东树集》考槃集·卷四，严云绶点校，合肥：安徽教育出版社2014年版，第303页。

④ 章炳麟：《訄书·清儒》，《章太炎全集》（三），上海：上海人民出版社1984年版，第154页。

上的思辨色彩，而流于对伦理纲常的单调重复。桐城派所张扬的义理之学，即堕于此道。生活在鸦片战争时期的姚门弟子，并不乏论及政治、经济、学术、风俗的文章。在这些文章中，他们抨击官场、科举的腐败，对国家财政经济的困窘、资本主义的侵入深表担忧，对潜在的社会危机亦有敏锐的觉察，但他们把造成封建秩序紊乱的一切因素，都看作是人心、世风、士风不正的结果，而开具出一个千篇一律的药方：正风俗，兴教化，明伦理道德，振礼教纲常。这种泛伦理主义的救世之方大而无当，无所适而又无所不适。它使得姚门弟子富有深度的社会批判，在转向对社会改革方案与措施的探寻时，极易变为近于大言欺世的老生常谈，不切实际，不敷实用。姚门弟子拯衰救敝、有用于世的热情也因此而大打折扣。

义理如此，再看事理、物理。事理、物理存在于万事万物之中。姚门弟子在鸦片战争前后学风士风复苏的鼓荡下，对社会现实和历史进程，表现出积极的参与态度，但对事理、物理的分析阐发，也不可避免地表现出文人所特有的天真与书生之气。管同的《禁用洋货议》，把不断输入中国的洋货通称为"奇巧无用之物"，主张"严加厉禁洋与吾商贾，皆不可复通，其货之在吾中国者，一切皆禁毁不用"。[1]方东树的《病榻罪言》及《化民正俗论》论及严禁鸦片，以为根本之方在重惩吸食者。在重惩吸食者的种种措施中，方氏对"象刑墨黔，殊其衣冠"以别于良民的惩处办法最引为得意。梅曾亮在鸦片战争爆发时与友谈御敌之方，以为敌寇之长处在船高炮猛，应在去海十余里处多掘深沟以御炮。待其登陆后，方与之交战，"彼空行二十里，锐气已衰，我兵又无火器之患，彼衰我壮，然后胜负可得而言之"。[2]又《与陆立夫书》云："敌来之方，近沟百步，多掘小坎，深广尺余，内用枯枝或

① 管同:《禁用洋货议》,《管同集》,施立业点校,合肥:安徽教育出版社2014年版,第24页。

② 方东树:《病榻罪言》,《方东树集》考槃集·卷二,严云绶点校,合肥:安徽教育出版社2014年版,第231页。

短木支撑，芦席上盖浮土，以惑敌人。一贼失足，百人皆惊。我军以整攻乱，胜之必矣。"①管同的洋货禁毁不用论，方东树"象刑墨黔，殊其衣冠"之刑论，梅曾亮的挖深沟以御敌论，无一不是难以付诸实行的书生之言与纸上谈兵，表现出社会参与热情高涨的书斋中人与社会现实隔膜的一面。文人议政，慷慨激昂之余，难免有陈腐迂阔之见掺杂其中。

姚门弟子说理论政之文有大而无当、纸上谈兵的一面，因而不免"空疏""枵腹"之讥。至于杂记序跋、碑志传状之文，本为古文一派所擅长，却因禁忌重重、动辄得咎而流于文气拘谨，规模狭小。桐城派的义法说，得力于《左传》《史记》为最多。方苞正是从《左传》《史记》叙事行文的启发中，体悟到古文写作明于体要、辨于规模、删繁就简、清正雅洁等成文之法的。因而，桐城派编排的文统体系中，以《左传》《史记》上接六经，下启韩、柳，可谓推崇备至。杂记序跋、碑志传状一类文体，记事抒志、描摹山水，易为文苑人物所偏爱。也正是在这一类体裁中，桐城派作家较多地显示出自己的才华和优势，创作出一些于平易琐细中见情致，言简有序、清淡朴素的优秀之作，较为充分地体现出清真雅正的审美理想与文派风格。但桐城派刻意追求行文有序，要言不繁，语言以纯净规范、不涉鄙俚猥佻为尚，加上"本经术而依事物之理"②等思想原则的限制，文章风格的细腻有余而宏放不足，能做到秩然有序而少有腾挪变化，语言表述无辞繁而芜、句佻不文之病，却又往往流于滞重、呆板、拘谨。姚门弟子对桐城前辈的优长与不足深有体会。方东树在《书方望溪先生集后》中以为，方苞以程、朱之学为"道"，故而为文务周防，不敢肆，措语矜慎，从"道"对文的钳制方面分析了方苞之文文气转拘束，不能宏放的原因。方东树委婉地揭示、批评了某种

① 梅曾亮：《与陆立夫书》，《柏枧山房文集》卷二，彭国忠、胡晓明校点，上海：上海古籍出版社 2005 年版，第 36 页。
② 方苞：《答申廉居书》，《方苞集》卷六，刘季高标校，上海：上海古籍出版社 1983 年版，第 164 页。

固定的僵死的思想规范与文学创作之间的紧张与冲突。屈从求全于某种既成的思想规范，必然会扭曲某种孕育之中的艺术创造。方东树等人虽明确无误地认识到这一点，但与因时立言、自足性情、立诚求真的艺术追求相比，道统、文统的旗帜，对桐城派的发展来说，更显得重要和须臾不可离开。面对鸦片战争前后纷纭变化的时局，姚门弟子为着文派生存的需要，而不得不步入艺术的误区。鸦片战争时期的桐城派，在理论与创作方面承守多于创新，桐城派文文气拘谨、规模狭小的弊端，在姚门弟子手中未能得到免除。梅曾亮言文随时而变，提倡的便是"立吾言于此，虽其事之至微、物之甚小，而一时朝野风俗好尚，皆可因吾言而见之"①。他又称赞陈用光之文"扶植理道，宽朴博雅，不为深刻毛挚之状，而守纯气专，主柔而不可屈。不为熊熊之光，绚烂之色，而静虚澹淡，若近若远，若可执而不停"②。这些见解中都包含着立足于事之至微、物之甚小，不为熊熊之光、绚烂之色的古文的艺术价值取向。对这种规模狭小、禁忌繁多、文气拘谨、以平易琐细见长的文章，曾国藩曾不无讥讽地称之为："浮芥舟以纵送于蹄涔之水，不复忆天下有曰海涛者乎？"③

以因时立言与立诚求真自策的姚门弟子，由于个人经历与生活道路的差异，在古文创作中又显示出各自的个性与风貌。

姚门五弟子中，去世于鸦片战争之前的有管同、刘开两人。

管同（1780—1831），字异之，江苏江宁人。管同家境贫寒，祖父曾任教谕之职，此时，"家虽贫，饱食暖衣，有奴婢任呼使"。祖父、父亲早逝，

---

① 梅曾亮：《答朱丹木书》，《柏枧山房文集》卷二，彭国忠、胡晓明校点，上海：上海古籍出版社 2005 年版，第 38 页。

② 梅曾亮：《太乙舟山房文集叙》，《柏枧山房文集》卷五，彭国忠、胡晓明校点，上海：上海古籍出版社 2005 年版，第 121 页。

③ 曾国藩：《书归震川文集后》，《曾国藩全集》（诗文），石家庄：河北人民出版社 2016 年版，第 7 页。

两代遗孀抚养二三幼子，生活转为艰难。嘉庆初年，姚鼐主讲钟山书院时，管同与梅曾亮同时受业于姚氏。管同1825年举于乡，典试官为姚鼐弟子陈用光。两人同出于姚门，因此陈用光不以门生视管同。时邓廷桢任安徽巡抚，延管同课其子。后管同在偕邓子入都时，死于途中。邓廷桢衰刻其文曰《因寄轩文集》。

管同一生未仕，但《因寄轩文集》中却多有论及社会政治与风俗的文字。其中脍炙人口的《拟言风俗书》，是就滑县天理教徒1813年攻入紫禁城一事代谏臣立言的。文章认为：天下风俗，代有所敝，清代治士之策，严厉于明代。明之为俗，官横而士骄；清矫其敝而过正，"是以百数十年，天下纷纷亦多事矣，顾其难皆起于田野之奸，闾巷之侠，而朝宁学校之间，安且静也"，①追究"朝廷近年，大臣无权而率以畏愞；台谏不争而习以为缄默；门户之祸不作于时，而天下遂不言学问，清议之持无闻于天下"之万马齐暗局面的形成，无不缘于清承明敝而不善于矫之的原因。风俗关乎治乱，"风俗正然后伦理明，伦理明然后忠义作"，欲正风俗，当从除却禁忌，鼓励放言处作起："今日者宜损益前令，令言官上书，士人对策及官僚之议乎政令者，上自君身，下及国制，皆有论而无所忌讳"，以期"劲直敢为之气作"，"洁净自重之风起"。②与《拟言风俗书》同一个议题的《上方制军论平贼事宜书》，以为天理教"狂寇突发三省，旬日之间连破数县，既乃入京邑犯宫城蹀血阙庭"是"今古所希闻"之事。但最让作者感到忧虑的还是日趋浇薄的风俗人心：

　　同所虑者，不在乎已兴之寇与州县之已被贼践者也。国家承

<hr>

　　① 管同：《拟言风俗书》,《管同集》，施立业点校，合肥：安徽教育出版社2014年版，第31—33页。
　　② 管同：《上方制军论平贼事宜书》,《管同集》，施立业点校，合肥：安徽教育出版社2014年版，第45页。

平百七十年矣。长吏之于民，不富不教而听其饥寒，使其冤抑，百姓之深知忠义者盖已鲜矣。天下幸无事，畏懦隐忍无敢先动，一旦有变，则乐祸而或乘以起，而议者皆曰必无是事。彼无他，恐触忌讳而已。天下以忌讳而酿成今日之祸，而犹为是言欤，夫岂忠臣义士忧国家者所敢出？①

上述两文均写作在1813年稍后的嘉庆末年。此时，乾、嘉盛世的釉彩尚未褪尽，但清王朝出口罹难的政治钳制却因天理教事件而稍稍松懈。即使如此，管同对清政府论治士之策的批评，对废除言禁的倡言及"天下以忌讳而酿成今日之祸"的见识，在当时也是极为率直和大胆的言论。它是嘉道之际士林风气复苏转换的起点与重要标志。

十九世纪二三十年代，中国与海外国家通商互市虽未形成大的规模，但商品的交易仍在通过不同渠道进行着。当英国曼彻斯特的制造商正处心积虑地算计着如果每个中国人的衬衣下摆长一英寸，他们的工厂就得忙上数十年的时候，中国人却一厢情愿地想象着关闭通商门户，防止洋货蔓延。管同的《禁用洋货议》以乡人与邻居比喻中外交易双方：

今乡有人焉，其家资累数百万，率其家人妇子甘裕衣食，经数十年不可尽。既而邻又有人焉，作为奇巧无用之物以诳耀乎吾，吾子弟爱其物因日以财易之，迨其久则吾之家徒得乎物之奇巧无用者，而吾之财尽于邻。今中国之与西洋固邻居也。凡洋货之至于中国者，皆所谓奇巧无用者也，而数十年来，天下靡靡然争言洋货，虽至贫者亦竭蹶而从时尚。夫洋之货胡为而至于吾哉？洋

---

① 管同：《上方制军论平贼事宜书》，《管同集》，施立业点校，合肥：安徽教育出版社2014年版，第46页。

之货十分而入吾者一，则吾之财十分而入洋者三矣。①

管同对于洋货的侵入有两个基本判断：一是洋货是奇巧无用之物；二是洋货交易的结果必然造成白银外流。正是在这两个判断的基础上，管同以为以财而易洋之货，此为"伤民资而病中华"之举，因而主张"宜令有司严加厉禁，洋与吾商贾，皆不可复通，其货之在吾中国者，一切皆焚毁不用"，以求"如是数年而中国之财力纾矣"。②十九世纪，西方殖民主义正在全世界范围内疯狂地无孔不入地寻觅商品市场和殖民地的时候，中国士人尚在做着闭关自守，严禁与洋人通商，洋货在中国一切禁毁不用的好梦。这种好梦不久便被鸦片战争的炮火惊醒，西方帝国主义终于用利炮打开了中国的大门，而打开大门后的中国被迫进行的却不仅仅是通商互市。这当然是 1831 年就去世的管同所未能也不愿看到的。

管同政论之外的传志游记，显示出简洁明快的文体风格。其中，寓言式小品文《记蝎》，由蝎之去尾者，更生双钩，其毒不可疗，以说明恶人久制于人，而一旦得势，则不可复制。《记鸽》感慨"健而善飞，当其悬哨薄云，虽鸷若鹰鹯莫能害"的鸽子，一旦见获于人，竟为野狸所食的故事，告谕"世之见获于人者"③以此为鉴。《宝山纪游》写徜徉于海潮涛声、舟影月色中的惬意，极有层次。《抱膝轩记》写钟山山林、江宁流水环抱之中，吟哦啸歌的乐趣，富有诗意。《饿乡记》则别出心裁，勾画出"去中国不知几

---

① 管同：《禁用洋货议》,《管同集》，施立业点校，合肥：安徽教育出版社 2014 年版，第 23—24 页。

② 管同：《禁用洋货议》,《管同集》，施立业点校，合肥：安徽教育出版社 2014 年版，第 24 页。

③ 管同：《记鸽》,《管同集》，施立业点校，合肥：安徽教育出版社 2014 年版，第 60 页。

何里，其上荡然，自稻粱麦菽牛羊鸡彘鱼鳖瓜果一切生人之物无一有焉"①的饿乡。饿乡之中，另有洞天，是"省经营，绝思虑，不待奔走干渴，而子女之呼号、妻妾之交谪、人世讥骂笑侮、轻薄揶揄之态无至择前者"的绝好去处。此去处非违世乖俗、廉耻礼义之士不得至。非强忍坚定、守死善道之君子，虽至是乡辄不幸中道而反。饿乡自伯夷、叔齐之后，代有仁人志士相聚于此，互慰寂寥，称莫逆交，其乐融融。文末，作者宣称"穷于世久矣，将往游焉"，于子虚乌有的饿乡之中，寄寓穷愁之慨。

管同的传志文，继承了桐城派文的优秀传统，善于以生动的细节描写、传达人物精神。他的《邹梁圃先生传》写安东教谕邹森早年的读书生活：

> 尝夜读书舍后水亭，有贼自水潜上，由水亭至中闺，窃衣走去。家人觉，愠谓："贼自先生侧过，宁不闻耶？"先生曰："闻之，顾吾时读书，属有所得，苟少辍即失矣。失衣重乎？抑失吾读书所得重乎？"乡人至今传为美谈。家失火，仅余屋一楹。明日戚友来吊，则先生方正襟端坐，读汉贾谊《陈政事疏》，声琅然达户外。②

邹森读书之痴，人或谓迂，而作者认为："以俗情衡之，则谓迂也。""若先生者，岂非君子正人孔子所谓古之学者与？"管同又有《亡妹圹碣》一文，记叙家道中落后小妹"未尝一日安乐""困苦殆不忍言状"的生活：

> 其在家惟母与妹，妹之事母能先意承志。每当食，母烹饪则

---

① 管同：《饿乡记》，《管同集》，施立业点校，合肥：安徽教育出版社2014年版，第65页。

② 管同：《邹梁圃先生传》，《管同集》，施立业点校，合肥：安徽教育出版社2014年版，第74页。

妹执薪坐灶下，俟饭熟乃起。食毕，辄手携针线相随坐闺阁，而时出笑语以悦母。以是家虽贫而母尚乐焉。及今年江宁同知延予教子弟，予归益稀。二月某夜，忽梦妹双目白瞪，呼之不一应，醒而大恶之，急走归，归则妹患痘疹，不数日而死。其死时正如予梦中所见状。然当妹初病时，恐母忧，犹日强欢笑。又以家贫，数戒家人勿市贵药。及其病笃，将死，进以药，已气逆不可受。姊与予在旁呼曰："吾尚未饭，待汝药而后饭。"妹遂强咽一匙而气绝。[①]

以白描写琐事，以琐事见亲情。在作者管同流淌着爱怜与思念情感的笔触下，作为艺术形象的小妹已是其行可见，其声可闻。

管同受业于姚鼐，自然以桐城学传人自居，其《国朝古文所见集序》论桐城古文之传统曰：

予幼闻人言古文辞之善，或并世而数人，或数十年而一人，或数百年而后有一人，自明归太仆有光死后无人焉，侯（方域——引者）、魏（禧——引者）、汪（琬——引者）皆不得接乎文章之统，他何论哉！及予受学桐城姚先生，先生之文出于刘学博，学博之文源于方侍郎，是三公者，吾党以为继太仆矣，而外人谓阿其所好，或不然焉。外人言不足论，要以见古文之难，从事者希，故其真者鲜耳。[②]

① 管同：《亡妹圹碣》，《管同集》，施立业点校，合肥：安徽教育出版社2014年版，第84页。
② 管同：《国朝古文所见集序》，《管同集》，施立业点校，合肥：安徽教育出版社2014年版，第95页。

姚鼐论文有阳刚阴柔之说，而又在《海愚诗钞序》中以为："文之雄伟而劲直者，必贵于温深而徐婉。"①管同承用此说，论文以阳刚为贵，在《与友人论文书》中有所阐明。晚年，管同又修正此说，以为"文人之心，控引天地，囊括万物，神机辟阖，不知其故，乃为能尽文章之极致，而宏毅特其一端耳"②。管同在《送姚石甫序》一文中论及与刘开、方东树、姚莹等桐城籍姚门弟子的私谊，以为刘开之文辞"飘忽而多奇"，方东树"意欲穷理尽性，厄于穷而不能自振也"，姚莹"接其人爽而直，读其书辩博而驰骋甚矣"。③他在《书梅伯言马韦伯诗后》中以梅曾亮为"少时求友于乡中其先得而交厚者"，又以为梅氏"强圉而不移，深沉而不露，处事精明劲悍"，于诗于文，"意欲其深，词欲其粹，一思之偶浅必凿而幽之，一语之稍抵必觉而精之"。④管同推尚文友、标榜声气的拳拳之意，时在字里行间显现。

邓廷桢序《因寄轩文集》，分析宋以后文派，以为"司马子长之文雄阔而澹远，得其淡远者欧阳庐陵也，而归熙甫继之；董生、刘子政之文浑噩朴茂，曾子固、朱文公取之，苏长公取《国策》《庄子》而参以班孟坚。明允（苏洵——引者）之文峻厉严切似贾生，其原出于韩非、荀子；能学孟子者，惟昌黎而已"。至清代，"学庐陵而兼子固者方望溪侍郎，学庐陵而兼长公者刘海峰学博也，然皆不及熙甫（归有光——引者）。姚先生（鼐——引者）文师庐陵而上溯子长，故与熙甫皆神似庐陵而不以貌也"。至于管同，"学于姚先生而文似明允，其平居亦未尝诵法宋人，独好贾生文"，正因为管同

①　姚鼐：《海愚诗钞序》，《惜抱轩诗文集》文集·卷四，刘季高标校，上海：上海古籍出版社 1992 年版，第 48 页。

②　管同：《又答念勤书》，《管同集》，施立业点校，合肥：安徽教育出版社 2014 年版，第 49 页。

③　管同：《送姚石甫序》，《管同集》，施立业点校，合肥：安徽教育出版社 2014 年版，第 40 页。

④　管同：《书梅伯言马韦伯诗后》，《柏枧山房诗文集》附录三，彭国忠、胡晓明校点，上海：上海古籍版社 2005 年版，第 701 页。

"师姚先生之不袭其派，此先生所以以文事深许与"。① 邓氏论管同文，着重强调其峻厉严切的一面。姚莹与梅曾亮论管同之文，以为"异之之文精矣，而惜其未宏，意者其在阁下乎"②。方宗诚在《记张皋文茗柯文后》引方东树之言说："异之受学惜抱，以早卒，未能脱然自成，而渊雅静邃，实出同门诸子之上。"③ 诸位文友对管同之文，见仁见智，不一而足。

姚门弟子中另一位生年不永而才华横溢的人物是刘开。刘开十四岁以书谒姚鼐，姚鼐大奇之，授以诗古文法。曾补县学生。家贫不能养，游人幕府，1824 年卒于亳州志局，年四十一岁。著有《孟涂文集》。

刘开一生坎坷，自称"制举之学，败之于其中，时俗之累，扰之于其外。而又身遭困厄，凡人世所称险阻艰难者无不备历其境"④。在《与陈梦白刺史书》中，他又称"吾之于文非天有意成就之，乃吾强力以致之者也。天未尝与吾以优游闲旷之时，使得舒其心志，吾力排得失，捐忧乐，屏家室之累而为之"。⑤ 又言："仆之不见弃于君子者，非有殊能绝技也，又非仆言语智术足以动众也。直以厄穷未遇，志郁而不扬，道屈而不光，无以泄奇骋怪，遂并其平昔悲愤抑塞之思，磅礴兀臬之气，激说放恣之状，所谓横溢四出，不可一世者，尽发之于文章。"⑥ 上述文字既是刘开生活境遇的自我写

① 邓廷桢：《因寄轩初集序》，《管同集》，施立业点校，合肥：安徽教育出版社 2014 年版，第 160 页。

② 姚莹：《再与梅伯言书》，《姚莹集》东溟文后集·卷八，施立业点校，合肥：安徽教育出版社 2014 年版，第 279 页。

③ 方宗诚：《记张皋文茗柯文后》，《方宗诚集》柏堂文集·卷八，杨怀志、方宁胜点校，合肥：安徽教育出版社 2014 年版，第 31 页。

④ 刘开：《复陈编修书》，《刘开集》孟涂文集·卷三，合肥：安徽教育出版社 2014 年版，第 35 页。

⑤ 刘开：《与陈梦白刺史书》，《刘开集》孟涂文集·卷四，合肥：安徽教育出版社 2014 年版，第 64 页。

⑥ 刘开：《与姚幼楮孝廉书》，《刘开集》孟涂文集·卷五，合肥：安徽教育出版社 2014 年版，第 68 页。

照，也是对他心境与文境的注解。

刘开因生活所累而不时奔走于豪权之门，希望言有所售而身有所寄。所以他的《孟涂文集》中给各级官员的上书占有一定的数量。这些上书，或议论政治，或辨析学术，或抒写心志，或显露才情。为了打动对方，刘开在上书中极讲究辞采，又多用铺张兀累之笔，从而在以清淡朴素为基本风格的桐城散文中增添了若干异样的色彩。如《上莱阳中丞书》云：

> 开闻为政莫若得民，而士者民之耳目也。民无定见，随士之气习为转移，故化民必以士为先。士之贤否系乎学，学之得失系乎道术。夫道术之与政事，其迹若不相关，然何晏以清言倡士流，举天下相率为老庄之学，卒至废纪纲之务；王安石以新学参王政，举天下相激于变更之法，卒至贻生民之患。故道术之明晦，非徒人才之忧，乃社稷之大计也。伏愿明公宣礼教以正人心，崇气节以厉风俗，破寻常之格以待奇才，何贤俊之不至？略势分之崇，以亲正学，何儒术之不明？恢江海之量，以容善言，何视听之不广？以躬行实践造人才，而天下之大本立；以有用之说诏后进，而古今之治体明。抑其欲速之心，养其敢为之气，施之以恻怛之意，动之以鼓舞之机，振百年积习之余，开一时事功之始。如是则士气立而民风可移，俗学除而真儒日出，达则佐君图治而民获其泽，固可以为苍生致乐利之休；穷则修德于乡而人法而行，亦可为国家任教化之责。[①]

再如《上阮芸台侍郎书》云：

---

① 刘开：《上莱阳中丞书》，《刘开集》孟涂文集·卷三，合肥：安徽教育出版社2014年版，第45页。

则今人之所能者，开亦能之。学不敢谓博也，而古今名物之理，天下国家之务，典章度数之精，身心性命之奥，固素所讲求而能得其枢要；说不敢谓精也，而以之判可否，决得失，辨几微之分，明隐显之情，则自谓无过；才不敢谓异也，而以之论道德之要，阐圣贤之业，穷庶物之变，震金戛石，擒为文辞。至于出深入高，钩元启妙，荡涤群垢，横鹜四恣，江河之流，日星之明，风霆之声，取之左右，运为固有，则虽坐古人而进退之，与之角力竞胜亦无愧容。①

这些文章多用排比与骈偶句式，纵横捭阖，气势凌人，神采飞扬，大有《战国策》中游说家的风范。这种文章风格的形成，固然与求售者狂率躁进的心境有关，也与刘开对古文独特的认识有关。

刘开以为古文之作，当从八家、归、方入手，但取范又不可拘限于八家、归、方。他在《与蔡云桥太守书》中自称："开从事文章者十余年，于古人用心之甘苦，得力之深浅，窃有以窥其微而得其方，虽功不能至而志之所向，实不欲终囿于八家之囊括也。"②至于古文不当拘囿于八家的原因，刘开在《与阮芸台宫保论文书》中有较为详尽的阐述。刘开认为：文章之变，至八家齐出而极盛；文章之道，也至八家齐出而始衰。所谓盛者，八家于文各有心得，碑志记序诸种体制皆备于八家；所谓衰者，众美集合于八家，学文者不克远溯而眼光仅限于八家，刘开列举专学八家者其失有三。八家于汉以上文章，皆有其得力处，韩愈约六经之旨，兼众家之长；柳宗元深于《国语》，王安石原于经术，欧阳修传神于史迁，苏氏取裁于《国策》，曾巩衍派

---

① 刘开：《上阮芸台侍郎书》，《刘开集》孟涂文集·卷三，合肥：安徽教育出版社2014年版，第47页。

② 刘开：《与蔡云桥太守书》，《刘开集》孟涂文集·卷四，合肥：安徽教育出版社2014年版，第58页。

于匡、刘，今不求其用力所自，但规仿其辞，此其失一也。汉人能文，彼非有意为文，忠爱之谊、悱恻之思、宏伟之识、奇肆之辩、诙谐之辞，皆出于自然。八家有意为文，寸寸而度之，至丈必差。效之过甚，拘于绳尺而不得其天然。此其失二也。退之起八代之衰，非尽扫八代而去之也，八代瑰丽之美，韩、柳未尝不备有，宋诸家迭起，扫八代瑰丽之辞太过，于是文体薄弱，无复沉浸酣郁之致、瑰奇壮伟之观。夫体不备不可以为成人，辞不足不可以为成文。学八家者，并西汉瑰丽之文而皆不敢学。此其失三也。

刘开关于专学八家者三大失误的概括，切中包括桐城派在内的明清古文家在古文理论及创作实践中存在的时弊。如何能使古文走向更广阔的发展道路，刘开提出了广收博取、取精用宏与骈散相成、殊途合辙的两条途径。

广收博取、取精用宏意谓通古知今，聚千古心思才力为文章之神明之意趣之技术。刘开在《与阮芸台宫保论文书》中激情四溢地论述道：

> 于是乎从容于《孝经》以发其端，讽诵于典谟训诰以庄其体，涵泳于国风以深其情，反复于变雅、《离骚》以致其怨。如是而以为未足也，则有《左氏》之宏富，《国语》之修整，益之以《公羊》《谷梁》之清深。如是而以为未足也，则有《大戴记》之条畅，《考工记》之精巧，兼之以荀卿、扬雄之切实。如是而又以为未足也，则有老氏之浑古，庄周之骀荡，列子之奇肆，管夷吾之劲直，韩非之峭刻，孙武之简明，可以使之开涤智识，感发意趣。如是术艺既广，而更欲以括其流也，则有《吕览》之赅洽，《淮南》之瑰玮，合万物百家以泛滥厥辞，吾取其华而不取其实。如是众美既具，而更欲以尽其变也，则有《山海经》之怪艳，《洪范传》之陆离，《素问》《灵枢》之奥衍精微，穷天地事物以错综厥旨，吾取其博而不取其侈。凡此者，皆太史公所遍观以资其业者也，皆汉人所节取以成其能者也。以之学道，则几于杂矣；以之为文，则

取精多而用愈不穷，所以聚千古之心思才力而为之者也。①

有关这方面的主要内容，刘开在《与王子卿太守论骈体书》中有更为充分的论述。就在"论骈体书"中又论骈散合一之道曰：

　　夫文辞一术，体虽百变，道本同源，经纬错以成文，元黄合而为彩。故骈之与散，并派而争流，殊途而合辙。千枝竞秀，乃独木之荣；九子异形，本一龙之产，故骈中无散，则气壅而难疏；散中无骈，则辞孤而易瘠。两者但可相成，不能偏废。

　　宗散者鄙俪词为俳优，宗骈者以单行为薄弱，是犹恩甲而仇乙，是夏而非冬也。夫骈散之分，非理有参差，实言殊浓淡，或为绘绣之饰，或为布帛之温，究其要归，终无异致，推厥所自，俱出圣经。夫经语皆朴，惟《诗》《易》独华。《诗》之比物也杂，故辞婉而妍；《易》之造象也幽，故辞惊而创。骈语之彩色于是乎出。《尚书》严重而体势本方，《周官》整齐而文法多比，《戴记》工累叠之语，《系辞》开属对之门，《尔雅·释天》以下句皆珠连，左氏叙事之中言多绮合，骈语之体制于是乎生。是则文有骈散，如树之有枝干，草之有花萼，初无彼此之别，所可言者，一以理为宗，一以辞为主耳。夫理未尝不藉乎辞，辞亦未尝能外乎理，而偏胜之弊，遂至两歧，始则土石同生，终乃冰炭相格，求其合而一之者其唯通方之识，绝特之才乎？②

---

① 刘开：《与阮芸台宫保论文书》，《刘开集》孟涂文集·卷四，合肥：安徽教育出版社2014年版，第54页。

② 刘开：《与王子卿太守论骈体书》，《刘开集》孟涂文集·骈体文卷下，合肥：安徽教育出版社2014年版，第459页。

师从姚鼐，身处桐城派壁垒之中的刘开，以纵横捭阖，收放自如，骈散交错，酣畅淋漓之文，陈言专学八家者的局限弊端，提倡广收博取、骈散相成、华实并重、理辞合一之道，其论多为摆脱门户之见的通脱之语。它较为充分、集中地体现了刘开对古文的感受与理解，他那"以汉人之气体，运八家之成法，本之以六经，参之以周末诸子"[1]的倡言，对于桐城派文从拘谨空疏、划地为牢、规模狭小的窘困中走出，也具有针砭的意义。此后曾国藩中兴、改造桐城派，正是从扩大取范，骈散相成处入手的。但刘开的言论，在当时并没有引起人们足够的重视和注意。

值得说明的是，刘开广收博取，骈散相成，华实并重，理辞合一，集千古心思才力，成殚精竭虑之文的境界，是为具通方之识、怀绝特之才者设计的，而对学文者来说，刘开仍强调循序渐进，"学《史》《汉》者由八家而入，学八家者由震川、望溪而入，则不误于所向"[2]。刘开阐述理由说：

> 故文之义法，至《史》《汉》而已备；文之体制，至八家而乃全。彼固予人以有定之程式也。学者必先从事于此，而后有成法之可循。否则，虽锐意欲学秦汉，亦茫无津涯。[3]

刘开所著《孟涂文集》中也有一些清淡隽永的散文作品，如《游九龙山记》《岐岭看云记》《自乐亭记》，写来起落有致，意象鲜明。《樵者传》从樵者的言语行为中悟出为学与用世之间的养锋蓄锐的道理，《潜真子传》托

---

① 刘开：《与阮芸台宫保论文书》，《刘开集》孟涂文集·卷四，合肥：安徽教育出版社 2014 年版，第 55 页。
② 刘开：《与阮芸台宫保论文书》，《刘开集》孟涂文集·卷四，合肥：安徽教育出版社 2014 年版，第 54 页。
③ 刘开：《与阮芸台宫保论文书》，《刘开集》孟涂文集·卷四，合肥：安徽教育出版社 2014 年版，第 53 页。

隐逸山林、远离人俗者之口，道出"耕而食，汲而饮"之乐业，"沉潜乎诗书之府，优游乎道德之林"之乐天及"麋鹿之与居，猿鹤之与友"之乐群的逍遥快乐。① 《孟涂文集》中又有骈文数卷，其中的《书洛神赋后》《小园记》饶有韵味。姚鼐八十寿辰时，刘开曾有《姬传先生八十寿序》一文，赞扬姚鼐卓起于波靡之中，力持正议，以昭后学的功绩。姚鼐称赞此文"命意遣辞俱善，世不可无此议论，亦不可无此文，尽力如此作去，吾乡古文一脉庶不至于继绝矣"②，寄望可谓殷厚。文家评刘开文，多推尚其识见、才气，复惋惜其生平不永。沈垚《与孙愈愚书》论曰："近见桐城刘孟涂古文，论事切当，才气横溢，不胜钦服。孟涂为姬传先生高第弟子，抱才不遇，又不幸早逝，而文之光焰自不容掩。"③ 方宗诚《桐城文录序》则云："惜抱门人在桐者，刘孟涂之才为最，光气煜耀纵横，虽不免浮词客气，亦惜其学未成而早卒耳。"④

1856 年，姚门弟子中的方东树、梅曾亮先后去世。他们分别享年八十四岁和七十岁。

方东树，字植之，桐城人。受姚鼐之学于钟山书院。二十二岁时，入县学补弟子员，十试于乡，不中，以诸生终身。1824 年，阮元延请至粤，修《广东通志》，居阮元幕府数年，晚年著书讲学，历主庐州、亳州、宿松、廉州、韶州等书院。卒于祁门。著有《仪卫轩文集》《汉学商兑》《昭昧詹言》等。

---

① 刘开：《潜真子传》，《刘开集》孟涂文集·卷十，合肥：安徽教育出版社 2014 年版，第 132 页。

② 姚鼐：《与刘明东》，《惜抱轩尺牍》，卢坡点校，合肥：安徽大学出版社 2014 年版，第 66 页。

③ 沈垚：《落帆楼文集·与孙愈愚》，《中国近代文学大系·散文集》，任访秋主编，上海：上海书店 1991 年版，第 333 页。

④ 方宗诚：《桐城文录叙》，《方宗诚集》柏堂集次编·卷一，杨怀志、方宁胜点校，合肥：安徽教育出版社 2014 年版，第 118 页。

方东树一生著述颇为丰富。其弟子苏惇元谓："先生少究经世学，而老于诸生，未能一试，其所著书多有功于道教。"①另一弟子方宗诚评曰："植之先生生平著述，专以卫道为己任。"②方东树自称："盖昔人论文章不关世教，虽工无益。故吾为文，务尽其事之理而足乎人心，窃希慕乎曾南丰，朱子论事说理之作。"③又言："士不能经世济民，著书维挽道教，或亦补不耕织而衣食之咎也。"④由此也可知方东树的著述，必然是充溢着化民正俗的参与意识与社会使命感的。《清史稿》谓："东树始好文事，专精治之，有独到之识。中岁为义理学，晚耽禅悦。凡三变，皆有论撰。务尽言，唯恐词不达。"⑤这些话言简意赅地说明了方东树学术趣味的先后变化以及著述立言的特点。

先就文事而言，方东树在古文理论上的独到之处及在古文创作上的独创之处，表现为以下四个方面。

一、浓烈的文统情结和文派意识。文统情结与文派意识，在姚门弟子中普遍存在，但在方东树的有关论著中表现得最为浓烈。方东树明确地认识到：编织文道传统及延伸其传绪，对于巩固桐城派的地位，扩大桐城派的社会认同，是至关重要的。方东树在《书惜抱先生墓志后》中提出国朝古文方、刘、姚三足鼎立不可废一说。方氏以为：近世论古文者谓八家之后，于明推归有光，于国朝推方、刘、姚。方苞之文，静重博厚，象地之德，是深于学者也；大櫆之文，日丽春敷，象太空之无际，是优于才者也；姚鼐之

① 苏惇元：《仪卫方先生传》，《方东树集》仪卫轩文集·附录，严云绶点校，合肥：安徽教育出版社 2014 年版，第 614 页。

② 方宗诚：《柏堂师友言行记》，台北：文海出版社 1968 年版。

③ 方东树：《仪卫轩文集·自序》，《方东树集》，严云绶点校，合肥：安徽教育出版社 2014 年版，第 177 页。

④ 苏惇元：《仪卫方先生传》，《方东树集》仪卫轩文集·附录，严云绶点校，合肥：安徽教育出版社 2014 年版，第 614 页。

⑤ 赵尔巽等：《方东树传》，《清史稿》卷四百八十六，北京：中华书局 1977 年版，第 13430 页。

文，纡余卓荦，如道人德士，尤以识胜。以天、地、人喻方、刘、姚，此说自方东树发明，影响颇大。他在《答叶溥求论古文书》中论及姚鼐《古文辞类纂》的编选，以为姚选古文辞，八家后明录归有光，清录方、刘，以指示古文传脉之所在，而外人谤议不许，以为党同乡。对姚鼐晚年嫌起争端，悔欲去之，方东树则认为，此只当论其统之真不真，不当问其党不党，不必计较外人的种种谤议。此种不避谤讪、义无反顾的精神气质，也是方东树所特有的。

二、审慎的古文艺术定位。古文家喜谈文道关系，桐城派以"学行程朱，文章韩欧"为行身祈向，鸦片战争时期经世思潮崛起，古文别无选择地成为陈义经物的载体。如何处理好文与道、文与学、文与经世致用的关系，方东树提出古文家应审慎地对待古文的艺术定位和艺术标准问题。他在《书望溪先生集后》中对桐城派鼻祖方苞之文有一段脍炙人口的评论。东树认为：读方苞文集，叹其说理之精，持论之笃，沉然黯然纸上，如有不可夺之状。而特怪其文重滞不起，观之无飞动嫖姚跌宕之势，诵之无铿锵鼓舞抗坠之声，既而求之无玄黄彩色。并造奇词奥句，又好承用旧语。究其原因，根源于文道游离。道是程朱之道，文围绕道而铺缀，作者"力求充其知而务周防步，不敢肆，故议论愈密，而措语矜慎，文气转拘束，不能宏放也"。[①]古文家讲求因文见道，文作为道的语言艺术载体，具有自身的整体性和谐性的要求。道若非作者自得，文也很难做到浑直恣肆，过分注意道的周严，必然会使古文缺少灵性，重滞不起。作为桐城派大师的方苞尚且顾此失彼，其他作者又怎可对古文的艺术性掉以轻心？

道光年间，陆耀编辑的《切问斋文钞》、魏源编辑的《皇朝经世文编》相继问世，编者选辑有关政治、经济、学术、风俗、刑法等国计民生问题的

---

① 方东树：《书望溪先生集后》，《方东树集》仪卫轩文集·卷五，严云绶点校，合肥：安徽教育出版社 2014 年版，第 313 页。

时论，不分派别，按类纂集，目的在于为国家治理者提供借鉴，提倡经世致用的风气。陆耀声称：是编不重在文。又言：文之至者，皆无意于文；无意于文，而法从文立。对于两书的编辑，方东树作《切问斋文钞书后》申明古文同重用之文、作者同经世者的区别。方东树认为：文章之道，别有能事。重古文者，以文为上，非祖述六经、《左》《史》、庄、屈、相如、子云者不得登作者之录；重用者，以致用为急，但随时取给，不必以文字为工。以文为上者，可以称为作者，作者之文，道足以济天下之用，词足以媲《坟》《典》之宏，茹古含今，牢笼百氏，与六经并著，与日月常昭；以致用为急者，不可称为作者，其文随时取给，不必以文字为工。致用之文，虽如布帛菽粟，为人切需，但菽粟陈宿化为朽腐，布帛隔年垢敝鹑结，无有能传之后世者。明白于此，则古文与致用之文，作者与致用者，其高下雅俗，不待辨而明。方东树告诫欲以文为上的作者之徒道："夫有物则有用，有序则有法；有用尚矣，而法不可背，必有以矫而正之，讲明切究，遵乎轨迹，以会其精神，使夫古人音响之节，律法之严，学者有所望而取则焉，岂可以随俗恒言，任意驱役楮墨乎？作者之徒，宜谨之于此。"[①]呴呴以成就古文自期者，遵守古文特有的艺术准则与法度，捍卫古文的尊严与纯洁，切不可随波逐流，降格以求。

三、以古文之法旁通于诗。方东树一生未仕，教书课生成为重要的谋生手段。总结诗古文义法，指点诗古文写作的途径，评点古人诗古文作品的得失，大多数桐城派文人在从事教学职业的同时，也把教学作为传授知识、传授解读诗古文方法的场所。桐城义法在一代一代读书人中流传不衰，与科举文的需要及评价标准有关，也与私塾、书院类教育内容、形式有关。方东树所著《昭昧詹言》，写于 1840 年，初成十卷，1842 年又续至二十一卷，洋

---

① 方东树：《切问斋文钞书后》，《方东树集》考槃集·卷五，严云绶点校，合肥：安徽教育出版社 2014 年版，第 329 页。

洋数十万言。此书本为课生之作，主要论诗，而偏重于诗法的体会、讲解和鉴赏。《昭昧詹言》所评讲之诗以王士禛《古诗选》、姚鼐《今体诗钞》中所选诗为主，分五言古诗、七言古诗、七言律诗三大部分，涉及近三十位诗人，并冠以通论。此书的最大特点是以古文义法评诗，将古文理论术语用于讲解诗歌。方氏在《昭昧詹言》卷一中解释说，"大约古文及书、画、诗四者之理一也，其用法取境亦一"，"凡古人所为品藻此四者之语，可聚观而通证之也"。[①]艺术之性相通，艺术之境相通，品藻之语也可聚观而通证之。实际上，姚鼐的神理气味格律声色的理论，阳刚阴柔的理论，都是诗与古文聚观而通证的结果。只是姚鼐立论更为抽象、更为概括，而方东树讲解得更为具体，甚至失之破碎。

以古文品藻之语论诗，开辟了诗论诗评新的天地，这是方东树最引为自得之处，其卷十一《总结七古》章云："诗莫难于七古。七古以才气为主，纵横变化，雄奇浑灏，亦由天授，不可强能。杜公、太白，天地元气，直与《史记》相埒，二千年来，只此二人。其次则须解古文者，而后能为主。观韩、欧、苏三家，章法剪裁，纯以古文之法行之，所以独步千古。南宋之后，古文之传绝，七言古诗，遂无大宗。阮亭号知诗，然不解古文，故其论亦不及此。"[②]若不解古文章法剪裁与诗法相通，就不知韩、欧、苏何以能成为七古大家，若不解诗与古文相辅相承，就不知宋之古文传绝后，七言古诗也何以遂无大宗。此中奥妙，是号称知诗而不知文的王阮亭所不能理解的。

以创意、造言、选字、文法、章法、插叙、倒叙之语论诗，固然会有许多新鲜独到的见解，但也难免牵强附会、捉襟见肘之处。尤其是"伸缩离合""草蛇灰线""收足题面""题后绕补"等评点八股文、试帖诗专用术语

① 方东树:《昭昧詹言》卷一，北京：人民文学出版社1984年版，第30页。
② 方东树:《昭昧詹言》卷十一，汪绍楹校点，北京：人民文学出版社1961年版，第232页。

的掺入，更为人留下诟病的话柄。当其以字意为阅读对象，对章法、句法、古人作诗之用心不厌其烦地予以剖析时，连作者自己也不免产生"讲解太絮"①的感觉。

四、"身虽未仕常怀天下忧"②。方东树的古文创作，充满强烈的社会参与意识和不屈不挠的生命意志。"君子立言，为足以求乎时而已……必也才当用世，卓乎才能济世，不幸不用而修身立言足为天下后世法。古之君子未有不如此励志力学者也。"③方东树《辨道论》中的名言，可以用来概括其古文创作的一贯宗旨。在他的《仪卫轩文集》中，绝少徜徉山水、叙事记趣之作，更多的是救时补弊、励志力学之作。其中，最具代表性而方东树也最引为得意的是《化民正俗论》与《病榻罪言》。

《化民正俗论》写作于1838年。是年，以许乃济为代表的鸦片弛禁派上书道光，陈言禁烟所可能带来的不良后果，主张允许外国输入鸦片，而以内地也大面积种植鸦片与之对抗，使之蚀本而不复再来。道光将许乃济的奏折发交两广总督邓廷桢等人，征询意见。方东树时在广州，作《化民正俗论》陈言邓廷桢。方东树认为：当今政府禁烟，治其贩者而不治食者，治下者而不治在上者，此为不塞其源而徒止其流者；"故欲今鸦片之害永绝则莫若严治食者，欲严治食者，则莫如先治士大夫在上之人。"④方东树在主张严禁鸦片的同时，又对弛禁论者进行了批驳："最可异者，有谓宜弛其禁，益令内地种熬，以分夷人之利，以餍食之者之欲。无论古今，无此治体，且又安能

---

① 方宗诚：《校刊仪卫轩诗集后叙》，《方宗诚集》柏堂集续编·卷二，杨怀志、方宁胜点校，合肥：安徽教育出版社2014年版，第226页。

② 苏惇元：《仪卫方先生传》，《方东树集》仪卫轩文集·附录，严云绶点校，合肥：安徽教育出版社2014年版，第614页。

③ 方东树：《辨道论》，《方东树集》仪卫轩文集·卷一，严云绶点校，合肥：安徽教育出版社2014年版，第180—183页。

④ 方东树：《化民正俗对》，《方东树集》仪卫轩文集·卷二，严云绶点校，合肥：安徽教育出版社2014年版，第222—223页。

止其害乎？是抱薪救火，紾兄之臂而谓之姑徐徐云者之喻也，亦见其愚而闇甚矣。"①《病榻罪言》写在林则徐、邓廷桢因禁烟获罪之后，认为世人将鸦片战争爆发的罪过归咎于林、邓禁烟是太不公平的。英夷之祸的根源不在近年之禁烟缴烟，而是长期以来内治不严、外夷纵恣的必然结果。清廷在敌盈我竭之时求和，彼方决无受约之理。只有动员民勇，各自为防，不恃官兵，以战求和，方有成功的可能。方东树作《病榻罪言》时，已七十一岁。书成后上浙江军门，时朝廷正议抚夷，其论根本不可能实行。是年，方东树自订文集，将《化民正俗论》与《病榻罪言》一并收入。在这类未见实行而有切时弊的文章中，读者可体味到作者对时势、对国家命运的热切关怀和"不幸不用而修身立言足为天下后世法"②的自信与旷达。

再说其义理之学。方东树在《答姚石甫书》中自言由为文转而为义理之学的思想认识过程：

> 忆自十一岁学为文时，先子承海峰先生暨惜翁倡古文辞之学，仆耳能熟之，虽不能尽识，然亦与于此流矣。其后十八九时，读孟子书，恍然悟吾学之更有其大者、切者，遂屏文章不为。性喜庄、老及程、朱、陆、王诸贤书，读之，若其言皆如吾心之所发者。以观近时人文字，辄见其舛驳谬盭，为不当意。③

方东树弟子方宗诚《仪卫先生行状》云：

① 方东树：《化民正俗对》，《方东树集》仪卫轩文集·卷二，严云绥点校，合肥：安徽教育出版社 2014 年版，第 224 页。
② 方东树：《辨道论》，《方东树集》仪卫轩文集·卷一，严云绥点校，合肥：安徽教育出版社 2014 年版，第 180—183 页。
③ 方东树：《答姚石甫书》，《方东树集》仪卫轩文集·卷六，严云绥点校，合肥：安徽教育出版社 2014 年版，第 355 页。

先生幼承家范，……长学于姚惜抱，好为深湛浩博之思，四十以后不欲以诗文名世，研极义理而最契朱子言。每日鸡鸣起至漏数十下始就寝，严寒酷暑，精进靡间。①

方东树对清代义理之学的最大贡献，莫过于写作《汉学商兑》一书。乾、嘉年间，汉学大盛。汉学从考据训诂入手，多发见宋儒解经注经乖违之处，戴震等人又从理欲之辨入手，指斥宋代理学家以理杀人，宋学声望一蹶不振，士人也多拔宋学之帜而事汉学。汉学鼎盛时期，宋学的权威受到了很大挑战。桐城派是以程朱宋学作为思想旗帜的，姚鼐之后，桐城派文人为捍卫思想旗帜与汉学家打过不少文墨官司。1818 年，汉学阵营中的江藩著《汉学师承记》一书，意欲对汉学的发展作一总结，同时也给宋学留下了许多挑战性的话题。1824 年，客居阮元幕府中的方东树写作《汉学商兑》四卷（初刊于 1831 年），代表宋学阵营予以回击。

《汉学商兑》归纳汉学对宋学的攻击、指责，以为不外乎三端：一曰标榜门户，为害于家国；二曰言心言性，为歧于圣道；三曰束书不观，为荒于经术。方东树旁引博征，以说明息邪说、正人心，惟程朱之学是赖，其为功于家国者实在远大于汉学。方东树以为：自汉学兴起，新编林立，声气扇和，专与宋儒为水火，而其众口一舌，不出训诂小学、名物制度，于圣人躬行求仁、修齐治平之教，一切抹煞，不知学之有统，道之有归，聊相与逞志快意以骛名而已。方东树进而举例说明汉、宋儒学术之用道：

吾尝譬之：经者，良苗也；汉儒者，农夫之勤畲者也，耕而耘之，以殖其禾稼；宋儒者，获而舂之，蒸而食之，以资其性命，

---

① 方宗诚：《仪卫先生行状》，《方宗诚集》柏堂集前编·卷七，杨怀志、方宁胜点校，合肥：安徽教育出版社 2014 年版，第 56 页。

养其躯体，益其精神也。非汉儒耕之，则宋儒不得食；宋儒不舂
而食，则禾稼蔽亩，弃而无用，而群生无以资其性命。今之为汉
学者，则取其遗秉滞穗而复殖之，因以笑舂食者之非，日夜不息，
曰：吾将以助农夫之耕耘也。卒其所殖，不能用以置五升之饭，
先生不得饱，弟子长饥。①

在数万言的"商兑"中，有许多学理上的辨析，显示出方氏的学养，
也显示出其文字的功底。对汉学家以六朝骈俪有韵者为文章正宗，而斥韩欧
为伪体的种种说法，方东树也给予回击："汉学家论文每曰土苴韩欧，俯视
韩欧，又曰帠矣韩欧，夫以韩欧之文而谓之帠，真无目而唾天矣。及观其自
为，及所推崇诸家，类如屠酤计帐。"②《汉学商兑》一出，即赢得一片赞誉
之声。姚莹以为："此书有功圣道，其力量岂不越昌黎而上耶？"③李兆洛以
为："窃谓汉宋纷坛，亦事势相激而然。得先生昌言之，拔本塞源，廓清翳
障，程朱复明，此亦功不在禹下也。非博学深思安能得此明辨哉！"④书成
之后，方东树也曾以书上时任两粤总督的汉学大家阮元，"文达始不悟，晚
年乃致书称先生经术文章信今传后"⑤。《汉学商兑》的刊印，为汉宋之争画
了一个句号。

方东树晚年，对义理之学看得重于文事。他在《答戴存庄》中云："仆

①　方东树：《重序》，《汉学商兑》，漆永祥校，北京：北京联合出版公司 2017 年版，
第 3 页。
②　方东树：《汉学商兑》卷下，漆永祥校，北京：北京联合出版公司 2017 年版，第
213 页。
③　姚莹：《题辞》，《汉学商兑》，漆永祥校，北京：北京联合出版公司 2017 年版，第
1 页。
④　李兆洛：《题辞》，《汉学商兑》，漆永祥校，北京：北京联合出版公司 2017 年版，
第 3 页。
⑤　方宗诚：《仪卫先生行状》，《方宗诚集》柏堂集前编·卷七，杨怀志、方宁胜点校，
合肥：安徽教育出版社 2014 年版，第 58 页。

之文粗而犷气未除，其于古人精醇境地实未能臻，又于六经根柢未有所得，故不自信，决意焚而不存，其他著亦皆剽窃浅陋，惟空言析理之说或有可取。"① 他在《终制》一文中自言："我于文事幸及承教先辈，粗闻绪言，亦幸天启其衷，时有获于思虑所开悟，但仅望其涂辙，实未曾专心深学之也。平日所为，率牵事应付，冗陋凡下，渐恶不自信，已判只字不存，至其中或有议论所及义理可取者，尝欲别出一编，久而未暇。"② 戴钧衡、方宗诚、苏惇元为方东树弟子，均有文名，整理桐城先贤文献，阐扬桐城古文理论，不遗余力，是姚门弟子之后桐城文派的中坚力量。

梅曾亮，字伯言，江苏上元人。曾于钟山书院受业于姚鼐。梅氏与管同、刘开、方东树的个人生活道路有所不同。梅氏道光二年中进士，用知县，不乐外吏，援例改户部郎中，居京师二十余年，文名甚高。著有《柏枧山房文集》。姚莹《惜抱先生与管异之书跋》中曾言："当时异之与梅伯言、方植之、刘孟涂称姚门四杰，然孟涂、异之皆早卒，植之著述虽富而穷老不遇，言不出乡里。独伯言为户部郎官二十余年，植品甚高，诗古文功力无与抗衡者。以其所得为好古文者倡导，和者甚众。"③ 梅曾亮凭借古文方面的精深造诣和仕宦京师，身处文化中心的特殊条件，自然成为姚鼐之后桐城文派的一面旗帜和精神领袖。

与姚门其他弟子一样，梅曾亮也有过心高气盛，壮志凌云的时期。他在 1832 年所写的《上汪尚书书》中以为："士之生于世者，不可苟然而生，上之则佐天子宰制万物，役使群动；次之则如汉董仲舒、唐之昌黎，宋之欧

① 方东树：《复戴存庄书》，《方东树集》仪卫轩文集·卷六，严云绶点校，合肥：安徽教育出版社 2014 年版，第 372 页。

② 方东树：《终制》，《方东树集》仪卫轩文集·卷十一，严云绶点校，合肥：安徽教育出版社 2014 年版，第 466—467 页。

③ 姚莹：《惜抱先生与管异之书跋》，《姚莹集》东溟文后集·卷十，施立业点校，合肥：安徽教育出版社 2014 年版，第 313 页。

阳，以昌明道术、辨析是非治乱为己任。其待时而行者，盖难几矣；其不待时而可言者，虽不能逮而窃有其志。"①是年梅曾亮为进士。至1847年，梅氏离开京城前五年，在《答王鹏云书》中复言："曾亮居京师二十年，静观人事，于消息之理稍有所悟，久无复进取之志。虽强名官，直一逆旅客耳。每自思念，即以此当教官作，何不可过。"②书中反映出的颓唐心境，和十五年前《上汪尚书书》中意气风发的议论，简直是判若两人。京城的日月，将梅氏的心志心力，消磨殆尽。

入世之心态如此，作文之心境又如何呢？梅曾亮1842年《与容澜止书》云："曾亮年十三四岁学执笔为诗文，见时贤集多快语，无忌惮，大以为佳。二十余，见吴县王惠川曰：'君博览而不循其本，未终卷而已易他书，不足以为学也。读书当先其古者，专治一书，熟其神情词气，再易他书，数年后，视近人当何如耳。'其时闻若言，面赤汗沾衣也。稍取《史记》点定两三次，继以《汉书》及先秦子书，渐及诸史，数年前所叹赏者，渐化去，无顾藉心。"③此语道出自己古文审美趣味的变化过程。他又言入都后发愤于文字的原因："进取之事，固已置之望外，惟家世贫薄，当有时仰面向人，此其酷也。""以此自识退避，时闭门，性不能默默，有所言语，付之纸笔，强名之曰著书，妄以敌世人轻重。"④进取无望，便企求悉心于文字以敌世人轻重，此对于刚刚入仕的梅氏来说，也许是一时戏言，但却不幸而言中。二十余年的仕官生活，梅氏以"惰窳无耻"四字概而言之："官事既懒于趋走，

---

① 梅曾亮：《上汪尚书书》，《柏枧山房文集》卷二，彭国忠、胡晓明校点，上海：上海古籍出版社2005年版，第24页。

② 梅曾亮：《答王鹏云书》，《柏枧山房文集》卷二，彭国忠、胡晓明校点，上海：上海古籍出版社2005年版，第39页。

③ 梅曾亮：《与容澜止书》，《柏枧山房文集》卷二，彭国忠、胡晓明校点，上海：上海古籍出版社2005年版，第27页。

④ 梅曾亮：《与容澜止书》，《柏枧山房文集》卷二，彭国忠、胡晓明校点，上海：上海古籍出版社2005年版，第28页。

又不能无事静坐，聊藉笔墨，以消其无聊之岁月，而人乃谬以言语、文字相属。每一握笔，辄耻于不如古人，又不肯为今人，二者交战，终岁中惟是为大苦，可为无其实而窃其名者之戒。"①由初入都时，悉心于文字以敌世人轻重，到将离都时，聊藉笔墨，以消无赖之岁月，梅曾亮的创作心境充满着郁愤与失落之感。"耻于不如古人，又不肯为今人"之语，明晰地道出了嘉道间文人徜徉于创新与复古之间的尴尬与困苦。这种尴尬与困苦对于作家心灵的压力是十分巨大的。

对于义理、考证之间的学术纷争，梅曾亮绝少涉及。他在《春秋溯志序》中饶有兴致地描述了康熙至嘉庆间学术热点的转移、变化："当康熙时，公卿多崇尚理学者，进取之士摹时好以成俗，儒先语录之书遍天下矣。而士或空疏窳陋立词不根，视经传如异物。有志之士，慨然思变之，义理考据之学，遂判然不可复合。今天下考据之风如昔之言义理者矣。其设心注意，专以为吾学而不因习尚者，固亦有之而不数数觏，然则当昔时而能言考证者，真考证也；而当今世能言义理者，真义理也，可谓雄俊特出，不惑于流俗之君子矣。"②义理、考证之学的此起彼伏，时盈时虚，使得清代学术界呈现出纷纭繁复的景象。在这种纷纭繁复的表象下，有多少是推动历史文明进步的真知灼见？梅氏对此抱有怀疑的态度："说经者，自周以来更历二三千岁，其考证、性命之字，类不能别出汉、唐、宋儒之外，率皆予夺前人，迭为奴主，缭绕其异，引伸其同，屈世就人，越今即古，多言于易辨，抵牾于小疵，其疏引鸿博，动摇人心，使学者日靡刃于离析破碎之域，而忘其为兴亡

---

① 梅曾亮：《答王鹏云书》，《柏枧山房文集》卷二，彭国忠、胡晓明校点，上海：上海古籍出版社 2005 年版，第 40 页。

② 梅曾亮：《春秋溯志序》，《柏枧山房文集》卷四，彭国忠、胡晓明校点，上海：上海古籍出版社 2005 年版，第 95 页。

治乱之要最、尊主庇民之成法也，岂不悖者。"①注经、解经，即无能出汉、唐、宋儒之外者，那么迭为奴主，缭绕其异又有何意义？最终只能混淆六经作为兴亡治乱之要最、尊主庇民之成法的真正存在意义。对于学界"多言于易辨，抵牾于小疵"②及大言欺世的不良学术风气，梅曾亮批评道："读古人书，求其为吾益而已，求其疵而辨胜之，无当也。专求其疵，则可为吾益者，寡矣。方其得一说焉，皆自以为维世道，防人心也，然人心世道久存而不毁者，自有在焉。虽朱陆之是非，良知格物之同异，犹未足为轻重也，况所辨有下于此者。"③有鉴于此，梅曾亮在《答吴子叙书》中坦然相告："向于性理微妙，未尝窥涉，稍知者，独文字耳。"④

自方、姚以来，桐城派中独以文辞自期者并不多有。梅氏的选择便格外显得坦诚。梅曾亮《赠汪写园序》中对归有光的分析，可以帮助人们理解他独以文辞自期的选择：

夫古之为文词者，未有不言事功者也，至熙甫而人始以文人归之。观其《论倭患水利书》，亦非无意于世者，卒舍彼就此何哉？盖高世奇伟之士，莫不欲有所自见于世，其所欲自见者，虽不必有非常之功，必求异乎众人之所为以为快。夫求异乎众人之所为，则非有非常之遇与破格之权，不足以行其竟。苟无其遇，徒徇徇焉，谨管库，守绳墨，与众人同。其功其心固不能安于是

---

① 梅曾亮：《复姚春木书》，《柏枧山房文集》卷二，彭国忠、胡晓明校点，上海：上海古籍出版社 2005 年版，第 22 页。
② 梅曾亮：《复姚春木书》，《柏枧山房文集》卷二，彭国忠、胡晓明校点，上海：上海古籍出版社 2005 年版，第 22 页。
③ 梅曾亮：《答吴子叙书》，《柏枧山房文集》卷二，彭国忠、胡晓明校点，上海：上海古籍出版社 2005 年版，第 42 页。
④ 梅曾亮：《答吴子叙书》，《柏枧山房文集》卷二，彭国忠、胡晓明校点，上海：上海古籍出版社 2005 年版，第 41 页。

也，而其才不足以他有所为以自见于后世者，又敝于管库绳墨之间，而不可复振。故往往度其才之所宜，与其时之所诎，以为两涉而俱败也，莫如决其一而专处之，甘心于寂寞之道而不悔，此熙甫所以宁自居于文人之畸，而不欲以功名之庸庸者自处也。[①]

"度其才之所宜，与其时之所诎，以为两涉而俱败也，莫如决其一而专处之"，此为归有光宁居于文人之畸的原因，也正是梅曾亮独以文辞自期的原因。居于文人之畸，独以文辞自期，事功者、义理者、考证者，皆可以置之度外，而不复时时惊扰于心。梅曾亮《李芝龄先生文集序》借评李氏之诗而剖白心迹：

> 功名也，节义也，文章也，皆人之动乎天机者也。是机也，峙而为山，流而为川，发敛之而为草木之花实，亦皆动于天而不知其所以然。君子见大水焉必观焉，山林皋壤则欣欣然乐之，是之谓以天合天。以天合天，又安往而不得。吾文者不若是，则以人塞天，容一心之得丧而不足也，况能容于天地万物之蓄变者哉！然则古君子所以善其文者无他，勿夭阏其天机而已。所以全其天机者无他，超然于荣观而已。[②]

超然荣观，全其天机以属文缀辞，心无旁骛，其收获亦当丰硕。《柏枧山房文集》中，论艺之作多为有真知灼见者。

梅曾亮于古文，刻意追求通时合变、立诚求真的境界。通时合变，即

---

① 梅曾亮：《赠汪写园序》，《柏枧山房文集》卷三，彭国忠、胡晓明校点，上海：上海古籍出版社 2005 年版，第 61—62 页。

② 梅曾亮：《李芝龄先生文集叙》，《柏枧山房文集》卷五，彭国忠、胡晓明校点，上海：上海古籍出版社 2005 年版，第 118 页。

梅氏《答朱丹木书》中所谓的因时立言："虽其事之至微，物之甚小，而一时朝野之风俗好尚，皆可因吾言而见之。使为文于唐贞元、元和时，读者不知为贞元、元和人，不可也；为文于宋嘉祐、元祐时，读者不知为嘉祐、元祐人，不可也。"①立言而见朝野风俗好尚，立言而见运会转移消息，立言而见人事推演奥妙，以古文反映变异日新，不可穷极的外部世界与内心世界，无假于古人，不媚世随俗，此可称为通时合变者。为通时合变之文，要有操心虑患的人生阅历和洞悉世情的卓然之识，只有如此，才能达到"开张王霸，指陈要最，前无所袭于古，而言当乎时，论不必稽于人，而事核其实。如鱼盐版筑之夫，经历险阻，致身遭时，虽居庙堂之上，匹夫匹妇之嗤笑，可得而窥也"②的境地。这是一种豪杰之文的境地，"文章家未有不豪杰而能成大文者。此昌黎诸君子所造为不可及也"③。

至于立诚求真，梅曾亮的见解更为深刻。梅氏早年所写的《杂说》论真与伪道："尧之眉，舜之目，仲尼丘山之首，合以为土偶，则不如篷篠戚施。"④尧眉舜目，合为土偶，也会因为其伪而不真，缺乏生气而失去美的光彩。诗文之真在于文如其人，肖乎性情。如欲剽窃众美，学而为诗，必然如尧眉舜目以为土偶一样，不见其美。梅氏早年喜骈偶之文，后听从管同的劝说改学古文。梅曾亮比较骈、散之文，以为骈体之文的最大弊端在于与人情有隔："骈体之文，如俳优登场，非丝竹金鼓佐之，则手足无措，其周

① 梅曾亮：《答朱丹木书》，《柏枧山房文集》卷二，彭国忠、胡晓明校点，上海：上海古籍出版社 2005 年版，第 38 页。
② 梅曾亮：《送陈作甫叙》，《柏枧山房文集》卷三，彭国忠、胡晓明校点，上海：上海古籍出版社 2005 年版，第 52 页。
③ 梅曾亮：《送陈作甫叙》，《柏枧山房文集》卷三，彭国忠、胡晓明校点，上海：上海古籍出版社 2005 年版，第 52 页。
④ 梅曾亮：《杂说》，《柏枧山房文集》卷一，彭国忠、胡晓明校点，上海：上海古籍出版社 2005 年版，第 7 页。

旋揖让，非无可观，然以之酬接，则非人情也。"①因而，从表现性情之真的方面来讲，班、马、韩、柳之文更为可贵。同样的道理，那些以学问入诗的诗人，必然也会因炫耀才学而使诗与性情有隔。梅氏谓："诗人不可以无学。然方其为诗也，必置其心于空远浩荡。凡名物象数之繁重丛琐者，悉举而空其糟粕。夫如是则吾之学常助吾诗于言意之表，而不为吾累，然后可以为诗。"②又云："诗何乎工？曰：肖乎吾之性情而已矣，当乎物之情状而已矣。审其音，玩其辞，晓然为吾之诗，为吾与是物之诗，而诗之真者得矣。"③此种说法对以学问入诗自尚的宋诗派来说，也具有针砭的意义。诗工与不工的第一标准是能否肖诗人之性情、当乎物之情状，做到境不同、人不同、情不同而诗为之征象，诗方可以言真，而诗真方可以言好。梅曾亮《黄香铁诗序》中有关"物之可好于天下者，莫如真也"④的大段议论，对真与好关系的阐述，也是颇有见地的。

正如自居于文人之畸的归有光有《论倭患水利书》一类意在用世的作品一样，梅曾亮也有一些政论之作。《民论》是他早期的作品，写于天理教起事后的1813年。文中把民分为乱民、奸民两种，乱民常迫于饥寒而起事，奸民则无所激发而倡为狂悖之说。天理与白莲两教均是奸民之属。治奸息乱，必以王者之权而兴教化。与《民论》写于同年的《士说》，以为士之于国，犹木之于室也。国家待士与商贾负贩者同，此士之所以终不出也。《上汪尚书书》《臣事论》分别对阶级太繁、事权不一、互相掣肘和居官者有不

① 梅曾亮：《复陈伯游书》，《柏枧山房文集》卷二，彭国忠、胡晓明校点，上海：上海古籍出版社2005年版，第20—21页。

② 梅曾亮：《刘楚桢诗序》，《柏枧山房文集》卷七，彭国忠、胡晓明校点，上海：上海古籍出版社2005年版，第153页。

③ 梅曾亮：《李芝龄先生诗集后跋》，《柏枧山房文集》卷五，彭国忠、胡晓明校点，上海：上海古籍出版社2005年版，第123页。

④ 梅曾亮：《黄香铁诗序》，《柏枧山房文集》卷五，彭国忠、胡晓明校点，上海：上海古籍出版社2005年版，第115页。

事事之心，而以其位为寄的官僚腐败现象予以抨击，并提出了吏治改良的建议。梅氏早期的议论文字，也表现出对封建专制心有余悸的畏惧心理及避祸灾、远是非的处世态度。如《观渔》，言沉网于池中，鱼之跃者有入者，有出者，有屡跃而不出者。渔者视之，忽不加得失于其心。作者感慨之，以为"人知鱼之无所逃于池也，其鱼之跃者可悲者。然则人之跃者何也"。① 由池中之鱼的命运，联想到人的生存状态，颇类于《庄子》中的寓言。梅氏读《庄子》，以为庄子工于文而意隐："庄周也，屈原也，司马迁也，皆不得志于时者之所为也，皆怨悱之书也，然而，庄子之怨悱也隐矣。"② 梅氏的政论之作，深谙意隐之道。

《柏枧山房文集》中的纪游传记类文章，大多隽永可读，体现出桐城派文的优长。如《钵山余霞阁记》《游小盘谷记》《冯晋渔舍人游梦记》《王荐传》等，构思精美，语句雅饬，意象鲜明。在《冯晋渔舍人游梦记》中，作者依托梦境，设计了一个"不登而山，不涉而水，不拜跪迎送而主客"③ 的幽雅之所，与管同的《饿乡记》异曲同工。梅曾亮还有一篇《惜字纸说》，把专守一经的经学家比作蠹虫，以为他们大有罪于文字，"能使字之通者塞，美者丑，完好者坏，而独肥其身，滋其族，且以是高其名，凡所居所食，他虫莫敢望焉"④。梅氏弃骈从散后，所写的《姚姬传先生八十寿序》仍用骈体，晚年自定文集，又将骈文分上下两卷附于集中。

梅曾亮于姚门诸弟子中功名较著，又专攻文章之学，不轻言道统、文

---

① 梅曾亮：《观渔》，《柏枧山房文集》卷一，彭国忠、胡晓明校点，上海：上海古籍出版社 2005 年版，第 6—7 页。

② 梅曾亮：《读庄子书后》，《柏枧山房文集》卷四，彭国忠、胡晓明校点，上海：上海古籍出版社 2005 年版，第 85 页。

③ 梅曾亮：《冯晋渔舍人梦游记》，《柏枧山房文集》卷十，彭国忠、胡晓明校点，上海：上海古籍出版社 2005 年版，第 234 页。

④ 梅曾亮：《惜字纸说》，《柏枧山房文集》卷一，彭国忠、胡晓明校点，上海：上海古籍出版社 2005 年版，第 10 页。

统，少涉学术纠纷，所以在京时交了不少文字朋友，形成了一个介于师友之间的志同道合、切磋为文之道的群体。据朱庆元《柏枧山房文集跋》中所开列的名单，江苏籍的有许宗衡、鲁一同、邹鸣鹤，山西籍的有冯志沂，浙江籍的有邵懿辰，江西籍的有吴嘉宾、陈学受，湖南籍的有曾国藩、孙鼎臣，广西籍的有龙启瑞、朱琦。京师因梅氏而有桐城学。因此，朱庆元认为："虽谓我朝之文得方而正，得姚而精，得先生而大其可也。"① 此大概即是后人以方、姚、梅并称的依据之一。

姚门弟子中，梅曾亮文名最高而姚莹事功最著。姚莹（1785—1853），字石甫，姚鼐之从孙。1806 年，从姚鼐就读于敬敷书院。越二年中进士，时年二十四岁。此后游学于广东。1816 年起，任平和、龙溪、台湾、武进、元和县令。1838 年为台湾兵备道。鸦片战争期间，率军民数次击退侵犯台湾的英军，因功获嘉奖，加二品衔。1842 年《南京条约》签订后，以"冒功""妄杀"罪名被弹劾入狱。不久贬官四川，补蓬州。1848 年引疾乞归。1851 年冤狱昭雪，复起用为广西按察使，参与围堵太平军事宜，病死于湖南。著有《东溟文集》。

与姚门其他几位弟子相比，姚莹有更丰富而曲折的人生经历。他得意辉煌处多，困顿蹉跎处亦多。于诗古文，有家学渊源而不能忘情，但颠沛仕途，志在经世，又不得不常以不能负荷家学为歉。姚莹与方东树、刘开、梅曾亮、管同等人出自同门，情同手足，以著述励志；又与龚自珍、魏源、张际亮、汤鹏等一代名士志同道合，以道义相交。姚莹的学术与文学选择，源于桐城；而气质与行为方式，又与鸦片战争时期的经世派为近。姚莹是一个具有桐城派与经世派过渡色彩的人物。

姚莹《复吴子方书》论述自己的为文宗旨道：

---

① 朱庆元：《梅伯言全集跋》，《柏枧山房文集》附录二，彭国忠、胡晓明校点，上海：上海古籍出版社 2005 年版，第 693 页。

仆少即好为诗古文之学，非欲为身后名而已，以为文者，所以载道于以见天地之心，达万物之情，推明义理，羽翼六经，非虚也。世俗辞章之学既厌弃而不肯为，即为之亦不能工，意欲沉潜于六经之旨，反复于百家之说，悉心研索，各使古人精神奥妙无一毫不洞然于心，然后经营融贯，自成一家，纵笔为之，而非苟作矣。诗之为道亦然。①

姚莹不以世俗辞章之学自期自限，而对文以载道"以见天地之心，达万物之情，推明义理，羽翼六经"的诠释，带有明显的立言而求经世，为文以达致用的价值取向。在这种价值取向的指导下，论者最为看重和着力发掘的是文学的社会功用，诗古文成与不成，传与不传，首先取决于所载之道能否经天纬地。姚莹《复杨君论诗文书》云：

夫诗之与文，其旨趣不同矣。顾欲善其事者，要必有意囊括古今之说，胞与民物之量，博通乎经史子集以深其理，遍览乎名山大川以尽其状，而一以浩然之气行之，然后可传于天下后世；岂徒求一韵之工，争一篇之能而已哉？

夫文者，将以明天地之心，阐事物之理，君臣待之以定，父子赖之以亲，夫妇朋友赖之以叙其情而正其义。此文之昭如日月者，六经所以不废；为文苟求其不废，舍斯道无由也。②

诗文者，艺也；所以为之善者，道也；道与艺合，气斯盛矣。

① 姚莹：《复吴子方书》，《姚莹集》东溟文集·卷二，施立业点校，合肥：安徽教育出版社 2014 年版，第 125 页。

② 姚莹：《复杨君论诗文书》，《姚莹集》东溟文集·卷二，施立业点校，合肥：安徽教育出版社 2014 年版，第 124 页。

要做到道与艺合，臻于古人为文之境，当以韩、柳、八家与方、刘、姚为途轨，为津渡。在对文统的认同与维护问题上，姚莹与姚门其他弟子持有共识。姚莹在《与陆次山论文书》一文中云：

> 夫文无所谓古今也。就其雅驯高洁，根柢深厚，关世道而不害人心者，为之可观可诵则古矣，非是，而急求华言，以悦世人好誉，为之虽工，斯不免俗耳。唐以前论文之言，如曹子桓《典论》、陆士衡《文赋》、挚虞《文章流别》、刘彦和《文心雕龙》，非不精美，然取韩昌黎、柳子厚、李习之诸人论文之言观之，则彼犹俗谛。此未易为浅人道也。大抵才、学、识三者，先立其本，然后讲求于格律、声色、神理、气味八者以为其用。而尤以绝嗜欲，淡荣利，荡涤其心志，无一毫世俗之见干乎其中。多谈书，而久久为之，自有独得，非岁月旦夕所几也。仆之所闻，如是而已。近代方望溪最善此事，其言以义法为主，虽非文章之极诣，然途轨莫正于此。①

认定韩、柳论文之言高明于曹、刘、挚、陆，以才、学、识为本，格律声色神理气味为用，以方苞义法说为古文正途，此种议论，处处可见桐城文派的印痕。

对于方、刘、姚的评价，姚莹沿用方以理胜、刘以才胜、姚乃理文兼至，方、刘、姚上接归氏八家，为文家之正轨的说法。而对于姚鼐其学其文，更是阐扬不遗余力。《东溟文集》中《朝议大夫刑部郎中加四品衔从祖惜抱先生行状》《姚氏先德传·惜抱公鼐》记姚鼐事迹甚详。姚莹在《识小

---

① 姚莹：《复陆次山论文书》，《姚莹集》东溟文后集·卷八，施立业点校，合肥：安徽教育出版社 2014 年版，第 282—283 页。

录·惜抱轩诗文》一节评姚鼐之文道:

> 惜抱轩诗文皆得古人精意,文品峻洁,似柳子厚,笔势奇纵,
> 似太史公。若其神骨幽秀、气韵高绝处,如入千岩万壑之中,泉
> 石松风,令人冷然忘反,则又先生自得也。或谓文学六一,佘意
> 不尔。集中文以记、序、墓志为最,铭辞不作险奥语,而苍古奇
> 肆,音节神妙,殆无一字凑泊。
>
> 文章最忌好发议论,亦自宋人为甚。汉唐人不然,平平说来,
> 断制处只一笔两笔,是非得失之理自了,而感慨咏叹,旨味无穷。
> 此盖文章深老之境,非精于议论者不能,东坡所谓绚烂之极也。
> 先生文不轻发议论,意思自然深远,实有此意,读者言外求之。①

姚莹对姚鼐诗古文创作的体味是颇有见地的,但姚莹为文,并不追求
神骨幽秀,气韵高洁,感慨咏叹,旨味无穷之境。姚莹身在风云际会的年
代,又处在政治漩涡的中心,没有从容的心境也不屑于去作苍古奇肆、音节
神妙的文章。其《复方彦闻书》云:

> 先正论文所以必主八家者,非谓文章极于八家,谓八家乃
> 斯文之途轨耳。斤斤一先生不敢失,其趋跄謦欬,又岂八家之意
> 哉! 莹力薄志衰,未能究心斯道,然生平不为无实之言,称心而
> 出,义尽则止,何者周秦,何者建安,何者唐宋,放效俱黜。②

---

① 姚莹:《惜抱轩诗文》,《识小录》卷五,黄季耕点校,合肥:黄山书社 1991 年版,第 132—133 页。
② 姚莹:《复方彦闻书》,《姚莹集》东溟文集·卷五,施立业点校,合肥:安徽教育出版社 2014 年版,第 134 页。

以八家之文为途轨，而不亦步亦趋；以桐城义法为津渡，而不胶柱鼓瑟；承认以方、姚上接八家，以八家直追《史》《汉》的文统，而不惟此统是守：姚莹以善入善出的态度对待桐城古文理论体系。不为无实之言，称心而出，义尽而止，姚莹以放效俱黜的方式处置唐宋、建安、周秦之争。

在风云际会的年代，姚莹的心胸更易为挽狂澜于既倒的救世热情和施展治平理想的巨大冲动所鼓荡。他不以书斋中人自期，也不以书斋中人期望士阶层，其《与吴岳卿书》云：

> 今天下彬彬，可谓同文之盛矣。然窃自有慨焉者，非士不读书，而读书通大义者罕其人也。夫读书不通大义，与不读同；为学不法古义，与不学同。二者不可不择也。古之学者不徒读书，日用事物出入周旋之地皆所切究，其读书者，将以正其身心，济其伦品而已。身心之正，明其体；伦品之济，达其用。总之，要端有四：曰义理也，经济也，文章也，多闻也。四者明贯，谓之通儒，其次则择一而执之，可以自立矣。①

这里，姚莹已将姚鼐义理、考证、辞章三事改换为义理、经济、文章、多闻。经历着亘古未有之变的中国，需要据乱升平，以佐折冲的宏才巨略，需要睁眼看世界的贤达之士，需要议论军国、臧否政治、慷慨论天下事的文学精神。姚莹将经济、多闻与义理、文章相提并论，将这些视为通儒的必备条件，正是在某种程度上反映了变化中的时代及其需要。

姚莹的"经济"之作，论析天人事物之理，缕分古今学术流变，评说人才政治是非得失，显示出论者具有睿智宏通之识和对社会现实的关注。写

---

① 姚莹：《与吴岳卿书》，《姚莹集》东溟外集·卷二，施立业点校，合肥：安徽教育出版社 2014 年版，第 120 页。

于鸦片战争前夕的《通论》，对山雨欲来形势下国家的政治、民心、吏治、人才选举等方面的隐忧予以点明，呼吁"二三大臣执政，诚当国家又安之时，逆虑未然之患，深心实意求其才智绝特、阔达有为如王景略其人者，举而用之，以济当世之务"。① 又以为"今习委蛇之节，而忘震惊之功，仍贪冒之常，而昧通时之识，徒以议论相高，莫究实用，一闻异论，则摇手咋舌，以为多事，是坐视大厦之敧，而不敢易其栋梁者也"。②《师说》论国家教士养士之方："士之不振于天下也，非一日矣。道德废，功业薄，气节丧，文章衰，礼义廉耻何物乎？不得而知也"。③ 此诚为国家之大不幸。而今教士养士，应鼓其心志，励其气节，使之悦乎道德、功业、气节、文章，而摒弃科名、荣利与夫一切苟简之事。《复座师赵分巡书》对天理教攻入北京一事甚感震动，惊呼"溃痈之患已形，厝薪之势弥急。而二三执政，方且涂饰为文，讳言国事。大体既昧，小节徒拘，忠志不存，空言掣肘。其当官有言责者，微文琐屑，几等弹蝇，更生之封事不闻，贾谊之痛苦安在！肉食者鄙，未能远谋，窃钩者诛，可为太息"。④《复管异之书》将天下分为开创之天下、承平之天下、艰难之天下三类。开创之天下万物复甦，气象更新；承平之天下，人主得道，庶人不议；及艰难之天下，则秋气横生，百病缠绕，君不能安其位，民不能得其养，士人则惶惶不可终日。姚莹论及艰难之天下，曰：

及乎承平日久，生齿繁地利不足养，文物盛而干盾不足威，

① 姚莹：《通论》上，《姚莹集》东溟文集·卷一，施立业点校，合肥：安徽教育出版社 2014 年版，第 2 页。

② 姚莹：《通论》下，《姚莹集》东溟文集·卷一，施立业点校，合肥：安徽教育出版社 2014 年版，第 4 页。

③ 姚莹：《师说》上，《姚莹集》东溟文集·卷一，施立业点校，合肥：安徽教育出版社 2014 年版，第 11 页。

④ 姚莹：《复座师赵分巡书》，《姚莹集》东溟外集·卷二，施立业点校，合肥：安徽教育出版社 2014 年版，第 130 页。

地土广而民心不能靖，奸伪滋而法令不能胜，财用竭而府库不能供，势重于下，权轻于上，官畏其民，人失其业。当此之时，天下病矣，元气大亏，杂症并出，度非一方一药所能愈也。今去求马者于冀北，蓄蚕者以江南。稼问农，蔬问圃，天下艰难，宜问天下之士。[1]

在上述"经济"之作中，姚莹对国家命运、国计民生充满忧患之情，对官场委蛇，士气萎靡，才智绝特、阔达有为人才的匮乏，深感痛心。姚莹同嘉道之际富有敏锐觉察力的其他读书人一样，在向社会预告危机，告知艰难之天下的到来的同时，又以"天下艰难，宜问天下之士"的精神气概，自觉地担负起拯衰救敝的责任。

姚莹的"多闻"之作，主要是指留心海外事宜及有关边疆地域的著述。姚莹有感于中国无人留心海外事，不待兵革之交，而胜负之数已定，"莹实痛心，故自嘉庆年间，购求异域之书，究其情事"[2]。在镇守台湾期间，他更是注意了解夷情，将审讯俘虏的口供记录收集起来，成为魏源编纂《海国图志》时的参考资料。在被贬官四川后，他两次入藏，留心对边疆地域的考察，将所闻所见写成《康輏纪行》一书，作为《海国图志》的续书。书中对海外诸国如英、美、法、印度诸国的历史、地理、国情，佛、回、天主教的源流支派及西藏之要隘——详考，并绘图附于卷末。姚莹1846年成书后在《复光律原书》中论及写作《康輏纪行》的宗旨道：

盖时至今日，海外诸夷侵凌中国甚矣。沿海数省既遭蹂躏，

---

① 姚莹：《复管异之书》,《姚莹集》东溟文后集·卷六，施立业点校，合肥：安徽教育出版社2014年版，第233页。

② 姚莹：《复光律原书》,《姚莹集》东溟文后集·卷八，施立业点校，合肥：安徽教育出版社2014年版，第273页。

大将数出，失地丧师，卒以千万取和。至今海疆大吏，受其侮辱而不敢较。天主邪教，明禁已久，一旦为所挟而复开，其他可骇可耻之事，书契以来所未有也。忠义之士，莫不痛心疾首，旦夕愤恨。

夫海夷之技，未有大胜于中国也，其形地势且犯兵家大忌，然而所至，望风披靡者何也？正由中国书生狃于"不勤远略"，海外事势夷情，平日置之不讲，故一旦船猝来，惊若鬼神，畏如雷霆，夫以是偾败至此耳。[①]

此书之作，目的在于"欲吾中国童叟皆习见习闻，如彼虚实，然后徐筹制夷之策"。"冀雪中国之耻，重边海之防，免胥沦于鬼域。"[②] 耿耿爱国之心，于书可鉴。

姚莹以为："古人文章所重于天下者，一以明道，一以言事。""然理义可以空持，利害必以实验，故言事之文为尤难也。"[③] 又言："莹之于经术之文，尝慕董胶西、刘中垒，论事之文尝慕贾长沙。"[④]《清史稿》谓姚莹"师事从祖姚鼐，不好经生章句，务通大意，见诸施行。文章善持论，指陈时事利害，慷慨深切"[⑤]。姚莹慷慨深切的论事之文中，最令人荡气回肠、肃然起敬的是为国家分忧的博大胸怀和屡踣屡起的生命意志。他在《答张亨甫书》

① 姚莹：《复光律原书》，《姚莹集》东溟文后集·卷八，施立业点校，合肥：安徽教育出版社 2014 年版，第 272—273 页。

② 姚莹：《复光律原书》，《姚莹集》东溟文后集·卷八，施立业点校，合肥：安徽教育出版社 2014 年版，第 273 页。

③ 姚莹：《重刻山木居士集序》，《姚莹集》东溟文后集·卷九，施立业点校，合肥：安徽教育出版社 2014 年版，第 288 页。

④ 姚莹：《重刻山木居士集序》，《姚莹集》东溟文集·卷三，施立业点校，合肥：安徽教育出版社 2014 年版，第 48 页。

⑤ 赵尔巽等：《姚莹传》，《清史稿》卷三百八十四，北京：中华书局 1977 年版，第 11671 页。

中言及个人穷愁：

> 仆虽蒙知一二巨公而名不挂于朝端，一第放归，久之乃得外授，又见恶于上官，既罢斥废弃，复阴摧沮之，几不能容，谁知之而谁白之者。无家可归，老父殁于海外，孀母旅寓福州，浮寄一身，渡海依人存活，其穷如是，视子瞻当日何如哉！①

1843 年，姚莹因台湾抗英事含冤入狱。他与方东树讲述事情始末时，早将个人荣辱置之度外：

> 大局已坏，镇道又何足言。但愿委身法吏，从此永靖兵革，以安吾民，则大幸耳。夫君子之心，当为国家宣力分忧，保疆土而安黎庶，不在一身之荣辱也。是非之辨，何益于事。古有毁家纾难，杀身成仁者，彼独非丈夫哉！区区私衷，惟鉴察焉。倘追林、邓二公相聚西域，亦不寂寞。②

此种正气浩然、声情并茂之文，在桐城派文中当属上品之作。

---

① 姚莹：《答张亨甫书》，《姚莹集》东溟外集·卷二，施立业点校，合肥：安徽教育出版社 2014 年版，第 132 页。
② 姚莹：《再与方植之书》，《姚莹集》东溟文后集·卷八，施立业点校，合肥：安徽教育出版社 2014 年版，第 266 页。

## 第三节　扩姚氏而大之并功德言于一途

### ——桐城派中兴期的古文创作

作为桐城派中兴的盟主，曾国藩在理论创建与改革上的影响与成就，远远大于古文创作。在桐城派文人中，曾国藩以姚鼐为师，梅曾亮为友。曾氏《圣哲画像记》中有"国藩之粗解文字，由姚先生启之"①之言，在《复吴敏树》书中，推姚鼐古文为"百余年主盟"②，而置身于姚鼐私淑弟子之列。晚年在军营中，他还多次梦中与姚先生谈文，由此也可见痴迷之深。曾国藩在京师居官时，京师中梅曾亮以古文、何绍基以诗名天下，曾国藩曾与梅、何讨论诗古文。朱庆元作《柏枧山房文集跋》时，据此将曾氏列入向梅曾亮请问古文法者的行列。曾国藩在《致南屏书》中以"往在京师，雅不欲遁入梅郎中之后尘"③之语辩解。曾国藩虽不愿置身于步梅曾亮之后尘的地位，但对梅曾亮之学之文还是由衷地佩服与推崇的。他所著《笔记二十七则》中，论及清代诗书世泽，以为桐城张氏、高邮王氏、宣城梅氏为不可及。梅氏六世孙梅曾亮，"自谓莫绍先绪，而所为古文诗篇，一时推为

---

①　曾国藩：《圣哲画像记》，《曾国藩全集》文集，石家庄：河北人民出版社 2016 年版，第 48 页。

②　曾国藩：《复吴敏树七月十六日》，《曾国藩全集》书信，长沙：岳麓书社 1994 年版，第 7496 页。

③　曾国藩：《复吴敏树十二月初二日》，《曾国藩全集》书信，殷绍基等整理，长沙：岳麓书社 1990 年版，第 1153 页。

祭酒"①。同治元年，已入垂暮之境的曾国藩，再读梅曾亮与姚鼐之著作，感慨颇深。他在日记中写道："夜阅《梅伯言文集》，叹其钻研之久，工力之深。"②九月廿一日日记云："阅《梅伯言集》《姚惜抱集》，叹其读书之多，火候之熟，良不可及。吾年已老，精力已衰，平生好文之癖，殆不复有自达其志矣。"③

私淑姚鼐，推服梅曾亮，但曾国藩决不是仰承鼻息、人云亦云之辈。曾国藩曾用为人还是为己的标准评价清代学术，以为"本朝博学之家，信多闳儒硕士，而其中为人者多，为己者少。如顾、阎并称，顾则为己，阎则不免人之见者存。段、王并称，王则为己，段则不免人之见者存。方、刘、姚并称，方、姚为己，刘则不免人之见者存"④。由此可见："学者用力，固宜于幽独之中，先将为己为人之界分别明白，然后审端致功。"⑤在治古文之学时，曾国藩为己为人的界线是十分清楚的。桐城派古文义精词俊，清通渊雅，古文理论示人途径又多诣极之语，这是曾氏私淑姚鼐、推服梅曾亮的原因。但桐城古文及理论也有空疏、窳弱，取范狭窄，立论偏颇之处。曾国藩不愿以人之见者存，他在古文创作与理论上的致力之处，即要以自己的审美识度、审美经验为基本点，改造桐城派古文，增强古文表情达意的功能，扩大古文的适应能力和植被地带，使之更适应鸦片战争之后社会发展的需求。曾国藩对桐城派古文的改造与发展，被曾门弟子概括为"扩姚氏而大之"，

---

① 曾国藩：《世泽》，《曾国藩全集》文集，石家庄：河北人民出版社 2016 年版，第 106 页。

② 曾国藩：《日记》同治元年九月廿十一日，《曾国藩全集》第 17 册，长沙：岳麓书社 2011 年版，第 344 页。

③ 曾国藩：《日记》同治元年九月廿十七日，《曾国藩全集》第 17 册，长沙：岳麓书社 2011 年版，第 344 页。

④ 曾国藩：《日记》咸丰八年十一月初九日，《曾国藩全集》第 16 册，长沙：岳麓书社 2011 年版，第 380—381 页。

⑤ 曾国藩：《日记》咸丰八年十一月初九日，《曾国藩全集》第 16 册，长沙：岳麓书社 2011 年版，第 381 页。

"并功、德、言于一途"。①

先就"扩姚氏而大之"而言。曾国藩以为姚鼐于古文"深造自得，词旨渊雅"，其为文为世所称诵者，"皆义精而词俊，复绝尘表。其不厌人意者，惜少雄直之气，驱迈之势。姚氏固有偏于阴柔之说，又尝自谢为才弱矣"。②曾氏指明姚文"少雄直之气，驱迈之势"的弱点，当然是以个人的审美识度与审美趣味为标准的。他在《复刘翰清书》中称："古文一道，国藩好之，而不能为之。然谓西汉与韩公独得雄直之气，是与平生微尚相合，愿从此致力不倦而已。"③曾氏以为：雄直之气的形成与作者的气质有关、与作者的才力有关，作者须具有宏大刚毅、坚劲有为之气质，有列子御风、喷薄而出之才力，又须有训诂精确、声调铿锵的选字造句功夫，即所谓"雄奇以行气为上，造句次之，选字又次之"，"文章之雄奇，其精处在行气，其粗处全在造句选字也"。④雄奇之文是得于阳与刚之美者。姚鼐论文贵阳刚，而为文却偏于阴柔，原因在于"特才力薄弱，不足发之耳"⑤。曾国藩认为，欲救柔弱之弊而为雄奇之文，则需"熟读扬、韩各文，而参以两汉古赋"⑥，需要打破取范八家、奇句单行的为文戒律，打破桐城派所苦心营造的朴素淡雅、纡余悠长的文派风格。

曾国藩文集中的论学之作，较为全面地体现出宏大卓然的气质和举重

① 黎庶昌：《续古文辞类纂序》，《中国近代文学大系·文学理论集》，徐中玉主编，上海：上海书店 1994 年版，第 450 页。

② 曾国藩：《复吴敏树》，《曾国藩全集》第 31 册，长沙：岳麓书社 2011 年版，第 563 页。

③ 曾国藩：《复刘翰清》，《曾国藩全集》第 29 册，长沙：岳麓书社 2011 年版，第 239 页。

④ 曾国藩：《谕纪泽》，《曾国藩全集》第 20 册，长沙：岳麓书社 2011 年版，第 564 页。

⑤ 曾国藩：《复欧阳兆熊》，《曾国藩全集》第 23 册，长沙：岳麓书社 2011 年版，第 276 页。

⑥ 曾国藩：《加张裕钊片》，《曾国藩全集》第 23 册，长沙：岳麓书社 2011 年版，第 124 页。

若轻的才力。他在《书归震川文集后》中超越文坛对归有光之文的一片叫好声，极有见识地指出：归有光文的长处在于不事涂饰而选言有序，不刻画而足以昭物情；但归文闻见不广，情志不阔，其所为抑扬吞吐、情韵不匮者，苟裁之以义，或皆可以不陈，学归文者不可不察。此文在短短的几百字中，以富有概括力的文字，道出对归文精到确切的评价。曾国藩在晚年引为得意的《送刘君椒云南归序》中，描述学术界无真知灼见而俯仰于人者惶惶不安之情状道：

> 今之君子之学者，吾惑焉。耳无真受，人耳之所倾亦倾之；目无真悦，众目之所注亦注之。奸视而回听，言不道而动不端，无过而非焉者。曹好所在，而不之趋焉，则不相宾异矣。为考据之说者曰"古之人，古之人，如此则几，彼则否"，为词章立说者曰"古之人，古之人，如此则几，彼则否"，起一强有力者之手口，群数十百人蚁而附之，朝记而暮诵，课迹而责音。竭己之耳目心思，以承奉人之意气。曾不数纪，风会一变，荡然渐灭，又将有他说者，出为群意气之所会，则又焦神悴力而趋之。[1]

在清代学术的云蒸霞蔚之中，也裹挟了不少无有定见、随风偃俯者。此类敝身心以役于众好的做法，不足以言学问，不足以称学人。曾氏论学之作中最见阳刚喷薄之气与举重若轻才力的，莫过于《圣哲画像记》。此文将古今三十二贤哲统笼于笔端，赞叹其风采，点评其学术，显现撷采众长、兼收并蓄的博大气概。作者在对三十二贤哲心仪柱香、顶礼膜拜中，传达出纷乱之世士儒阶层文能坐而论道，武能决胜千里，从政能驭将率民，闲逸则登

---

① 曾国藩：《送刘君椒云南归序》，《曾国藩全集》第 14 册，长沙：岳麓书社 2011 年版，第 243 页。

高能赋的人生理想及承先启后、全面继承学术文化传统的精神面貌。文中所贯穿始终的"沙场秋点兵"的豪侠气魄，既有书生意气的成分，也有舍我其谁的底蕴，令读者心驰而神往。与《圣哲画像记》的豪侠之气相比，《欧阳生文集序》则具有较多的敛退气象。文中先说明桐城文派的来历，又描述桐城文派自姚鼐之后的流播传承，最后写"洪杨之乱"使桐城之学命如游丝，而湖南少安，尚有二三君子曲折以合桐城之辙。在文意纡回的起承转合中，桐城文脉今在湖南的结论隐然推出。曾国藩论诗古文，推尚单行嫖姚之气，但又以为：若在豪士而有侠客之风中，"加以悚惕戒慎，豪侠而具敛退气象，尤可贵耳"①。曾文之豪侠雄直，正是具有敛退气象与悚惕之心的豪侠雄直。与姚鼐、梅曾亮的义精词俊，复绝尘表相比，曾国藩气度过之而精微不及，但立言谨慎，措语熨帖，却是一脉相承的。

再说"并功、德、言于一途"。随着鸦片战争前后社会时局的变化和士风学风的转换，桐城派古文自姚门弟子以后，便逐渐自觉地强化社会功能。姚门弟子关于立德、立功、立言的讨论，梅曾亮关于世禄之文与豪杰之文的区分，姚莹关于义理、经济、文章、多闻学者四事的提出，都证实了这种古文社会功能强化的趋势。曾国藩以书生率军，对古文与事功关系的看法，有著名的"坚车行远"理论。这"坚车行远"论，在把文事辞章之学视为士儒侧身天地、有所作为的必备功夫之外，还把其看作是实现某种政治功利与人生目的之手段，是一种极富实际使用价值的工具。事功无异于浮云变幻于太虚，怒涛起灭于沧海，不宜撄以成心；而文章为道德之钥、经济之舆，不可不早作准备。曾氏以为：为学之术有四，曰义理、考据、辞章、经济，分别对应于孔门德行、文学、言语、政事四科。其中，义理与经济是究理与致知、成物与致用的关系，"苟通义理之学，经济该乎其中矣"，"义理与经济，

---

① 曾国藩：《大潜山房诗题语》，《曾国藩全集》第 14 册，长沙：岳麓书社 2011 年版，第 226 页。

初无两术之可分，特其施功之序详于体而略于用耳"。① 义理之学明德而为体，经济之学新民而为用，体用合一，见之于事功，见之于辞章，此便是并功、德、言于一途。

并功、德、言于一途，其于辞章，则意味着要在阐明性道的同时，增加讨论经世方略、探求自强之路的内容；在抒写情志之外，留意于记叙事功、摭谈掌故之作，使得古文之学，真正成为议论军国、臧否政治、慷慨论天下事的利器，成为开启蒙昧、昌言建策，道问学与新新民的坚车，并为据乱升平、建功立业者留下文字的存照。并功、德、言于一途，可以在一定程度上克服桐城派文不长于持论、以虚义相演的弊端，但同时也使桐城派朴素雅洁的文人之文，逐渐变为纵横捭阖的政治家之文。

作为咸同年间的中兴名臣，曾国藩政治生涯的辉煌是与"围剿"太平天国与兴办洋务运动联系在一起的，其文集中有关"经济""事功"的文章也大都与太平天国、洋务运动及清王朝内忧外患的局势有关。

曾国藩起兵之初，以汉人在籍侍郎的身份操办团勇，身处满与汉、君与臣、钦差与地方、王师与"贼寇"重重矛盾的夹缝之中，且常常处在一着失手、全盘皆输的窘迫境地。至手握重权、身居高位时，他又常遭受清议、猜忌，事事须投鼠忌器，时时有颠坠之虞。作为湘军主帅，曾国藩与清王朝沟通的主要形式是奏议上疏，如何能以简洁扼要、明白显豁的文字，分析形势，讲明利害，陈述建策，这不但需要有卓然的见识，又需要有遣词的功力。为了便于临习揣摩，曾氏编辑了《鸣原堂论文》，选汉唐至清代名臣奏疏十七篇，并予以分析评点。曾氏论奏疏之体，以为古今奏议，推贾谊、陆贽、苏轼三人为超前绝后。贾谊明于利害，陆贽明于义理，苏轼明于人情。

---

① 曾国藩：《劝学篇示直隶士子》，《曾国藩全集》第 14 册，长沙：岳麓书社 2011 年版，第 486 页。

"吾辈陈言之道，纵不能明此三者，亦须有一二端明达深透。"①

曾氏之奏议上疏，以言事深切立诚著称。1853年，湘勇初成时，咸丰帝令湘勇赴援外省。曾氏审时度势，以为湘勇不宜仓卒成行。他在奏折中陈述船炮未备、兵勇不齐的情况后，激昂陈言道：

> 臣自维才智浅薄，惟有愚诚不敢避死而已，至于成败利钝，一无可恃。皇上若遽责臣以成效，则臣惶悚无地，与其将来毫无功绩受大言欺君之罪，不如此时据实陈明受畏葸不前之罪。
>
> 臣不娴武事，既不能在籍终制贻讥于士林，复又以大言偾事贻笑天下，臣亦何颜自立于天地之间乎！中夜焦思，但有痛哭而已。②

咸丰帝深为曾国藩一片"血诚"所打动，不再催其赴援外省，且以"汝之心可质天日"之语好言慰抚。曾氏对此次上疏，晚年仍念念不忘。行远之坚车，给上疏者带来了明显的益处。

1854年2月，在湘军初具规模，即将出省与太平军作战之时，曾国藩撰写了《讨粤匪檄》，历数太平天国"荼毒生灵、蹂躏州县"，"窃外夷之绪，崇天主之教"，"举中国数千年礼义人伦诗书典则，一旦扫地荡尽"的种种"罪恶"，号召血性男儿，助军征剿。③《讨粤匪檄》对太平天国来说，是一种军事斗争的宣言，更是一种政治与文化斗争的宣言。曾国藩在这场军事、政治与文化的斗争中，扮演的是清王朝与传统文化卫道士的角色。

---

① 曾国藩：《鸣原堂论文·苏轼代张方平谏用兵书》，《曾国藩全集》第14册，长沙：岳麓书社2011年版，第535—536页。

② 曾国藩：《沥陈现办情形折（咸丰三年十二月二十一日）》，《曾国藩全集》第1册，长沙：岳麓书社2011年版，第116—117页。

③ 曾国藩：《讨粤匪檄》，《曾国藩全集》第14册，长沙：岳麓书社2011年版，第139—140页。

在与太平天国作战的过程中，曾国藩体味到为王前驱的艰辛。而在和外国人打交道的过程中，曾国藩体味到自立自强的可贵。1860年《北京条约》签订后，作为一种笼络手段，俄国公使首先提出助清剿发的问题。两年后，清政府与美、法、英、俄达成"借夷助剿"的协议。曾国藩以为："洋人十年八月入京，不伤毁我宗庙社稷；目下在上海宁波等处，助我攻剿发匪，二者皆有德于我。"[①]但目前资夷力以助剿，只能纾一时之忧，将来师夷力以助剿，尤可期永远之利。而夷人豺狼之性，也不可不随时提防。"欲求自强之道，总以修政事、求贤才为急务，以学作炸炮、学造轮舟等具为下手工夫，但使彼之长技我皆有之，顺则报德有其具，逆则报怨亦有其具。"[②]造炮制船，以图自强，这正是洋务运动形成的思想基础。次年，曾国藩与李鸿章联名奏章请办江南机器制造局，拉开了洋务运动的序幕。

曾国藩生前，与李鸿章、左宗棠等人结成了松散的兴办洋务的思想同盟。湘淮集团致力于近代军事工业的兴起，把魏源等人"师夷之长技"的设想付诸实践，为近代民族自强运动的发展开辟了道路，培养了人才。但曾、李等人对西方文明的接受仅止于船坚炮利的范围之内。他们是在被迫的情况下，踏上中国近代化端线的。

留意于记叙事功、撷谈掌故之作，为据乱升平、建功立业者留下文字存照，此也是并功、德、言于一途者所热衷的写作题材。曾国藩文集中，为湘军战死的著名将士所写作的神道碑铭、墓志很多，这些碑铭、墓志从传主的出身、仕宦、从军战功处入手，而将它们连结读来，又不啻为湘军作战的简史，因此，对传主事功、精神的表彰，实际上即是对湘军事功及精神的表彰。如《江忠烈公神道碑》写江忠源事，《季弟事恒墓志铭》写曾国葆事，《罗

① 曾国藩：《日记》同治元年五月初七日，《曾国藩全集》第17册，长沙：岳麓书社2011年版，第289页。

② 曾国藩：《日记》同治元年五月初七日，《曾国藩全集》第17册，长沙：岳麓书社2011年版，第289页。

忠节公神道碑铭》写罗泽南事，所写的这些人物都是为湘军出生入死、立下赫赫战功的人物。对他们的表彰，正是为湘军事功及精神立此存照。其他如《何君殉难碑记》《林君列难碑记》莫不如此。曾国藩所作《湘乡昭忠祠记》回顾湘乡籍军队由组建到战功赫然的经过后赞叹道：

> 一县之人，征伐遍于十八行省，近古未尝有也。当其负羽远征，乖离骨肉，或苦战而授命，或邂逅而戕生。残骸暴于荒野，凶问迟而不审。老母寡妇，望祭宵哭，可谓极人世之至悲，然而前者覆亡，后者继往，蹈百死而不辞，困厄无所遇而不悔者，何哉？岂皆迫于生事，逐风尘而不返与？亦由前此死义数君子者为之倡，忠诚所感，气机鼓动，而不能自已也。君子之道，莫大乎以忠诚为天下倡。世之乱也，上下纵于亡等之欲，奸伪相吞，变诈相角，自图其安，而予人以至危，畏难避害，曾不肯捐丝粟之力，以拯天下。得忠诚者，起而矫之，克己而爱人，去伪而崇拙，躬履诸艰而不责人以同患。浩然捐生，如远游之还乡而无所谓顾悸。由是众人效其所为，亦皆以苟活为羞，以避事为耻！呜呼，吾乡数君子所以鼓舞群伦，历九州而戡大乱，非拙且诚者之效与！亦岂始事时所及料哉！①

以湘军蹈百死而不辞、困厄无所遇而不悔的死难忠诚精神与自图其安、不肯捐丝粟之力以拯天下者相互对照，足见前者高大而后者卑琐。曾国藩率军十几年，杀人多伤亡亦多，时人送"曾剃头"之绰号。1861年安庆之役中，曾氏多次写信给曾国荃，主张"克城以多杀为妥，不可假仁慈而误

---

① 曾国藩：《湘乡昭忠祠记》，《曾国藩全集》第14册，长沙：岳麓书社2011年版，第173—174页。

大事"①，"既已带兵，自以杀贼为志，何必以多杀人为悔"②。他有《赠吴南屏诗》描写连年战乱中的江南"荒村有骨饲狐貉，沃土无人辟蒿莱"③，对此种荒凉与灾难，杀戮成性的湘军及其主帅怎可辞其咎。曾国藩在《湖口县楚军水师昭忠祠记》中面对水师亡灵为自己辩白道："吾因是而思夫豪杰用兵，或敝一生之力，掷千万人性命，以争尺寸之土，不得则郁郁以死者，宁皆忧斯民哉！亦将以境有所迫，而势有所动者然也。"④就是说，杀人盈城，是境有所迫、势有所动的结果。

曾国藩一生，以通儒自期，但于经求考据、天文地理、金石书画，多是略涉涯涘，未能登堂入室。他自以为于诗古文"用力颇深，探索颇苦，而未能介然用之，独辟康庄"⑤。就古文而言，他在理论上的改革、倡导之功，远远大于创作实践。曾国藩之文以叙事质实、笔力苍劲著称。章太炎谓曾文"善叙行事，能为碑版传状，韵语深厚，上攀班固、韩愈之轮"⑥。又言："他底著作，比前人都高一着，归、汪、方、姚都只能学欧、曾（巩——引者），曾才有些和韩相仿佛。"⑦

曾门弟子中，以古文为行远坚车，致力于经世实学，着意发展并功德言于一途方向的是薛福成、黎庶昌。

---

① 曾国藩：《致沅弟》咸丰十一年五月十八夜，《曾国藩全集》第20册，长沙：岳麓书社 2011 年版，第 651 页。

② 曾国藩：《致沅弟季弟》咸丰十一年六月十二日，《曾国藩全集》第20册，长沙：岳麓书社 2011 年版，第 661 页。

③ 曾国藩：《喜吴南屏至》，《曾国藩全集》第14册，长沙：岳麓书社 2011 年版，第 87 页。

④ 曾国藩：《湖口县楚军水师昭忠祠记》，《曾国藩全集》第14册，长沙：岳麓书社 2011 年版，第 157 页。

⑤ 曾国藩：《谕纪泽纪鸿》咸丰十一年三月十三日，《曾国藩全集》第20册，长沙：岳麓书社 2011 年版，第 593 页。

⑥ 章太炎：《校文士》，《太炎文录初编》，上海：上海人民出版社 2014 年版，第 120 页。

⑦ 章炳麟：《国学之派别》（三），《国学概论》，长沙：岳麓书社 2010 年版，第 51 页。

薛福成（1838—1894），字叔耘，号庸庵，江苏无锡人。父薛湘，曾任湖南安福等县县令，为曾国藩故友。1865 年夏，曾国藩北上剿捻，二十七岁的薛福成上书宝应舟次，得入曾氏幕府。薛福成《上曾侯书》中言及学术兴趣之变化云：

> 福成于学人中，志意最劣下。往在十二三岁时，强寇窃发岭外，慨然欲为经世实学，以备国家一日之用，乃屏弃一切而专力于是。始考之二千年成败兴坏之局，用兵战阵变化曲折之机，旁及天文、阴阳、奇门、十筮之崖略，九州厄塞山川险要之统纪，靡不切究。盖穷其说者数年，而觉要领所在，初不止此。因推本姚江王氏之学，以收敛身心为主，然后浩然若有得也。既又知为学之功，居敬穷理，不可偏废，而溯其源不出六经四子之说。盖术凡三变而确然得所归宿处。①

由经世之学到姚江心学，再到义理之学，薛福成以术凡三变概括入曾氏幕府前的学术变化。薛福成的此次上书，深得曾国藩的嘉赏："子文长于论事，年少加功，可冀成一家之言。"②

入幕府后的薛福成，更留心于文事。他推尚曾国藩扩姚氏而大之的功劳，而又以为桐城义法虽百世而不易。他不鄙薄扩姚氏而大之，但更属意于并功德言于一途：在关心文事的同时，也关心"兵事、饷事、吏事"；行远之坚车初备之后，便将更多的热情投入经世要务的讨论。

作为洋务运动的思想继承者，薛福成对自立自强的理解已不再拘囿于

---

① 薛福成：《上曾侯相书》，《薛福成集》庸庵文外编·卷三，周中明点校，合肥：安徽教育出版社 2014 年版，第 337 页。

② 薛福成：《上曾侯相书》，《薛福成集》庸庵文外编·卷三，周中明点校，合肥：安徽教育出版社 2014 年版，第 351 页。

制船造炮、师夷制夷的范围。光绪元年（1875），新帝登位，决定广开言路，以济时艰。薛福成将多年对经世要务思考的结果，一吐为快，成就万余言的《应诏陈言疏》。上书以为：国家内政的治理，不外养贤才、肃吏治、恤民隐、筹漕运、练军实、裕财用六条，即治平六策。治平六策中，不乏切中时弊的精辟论述，但作者认为：六策均为"史册经见"，"或经列圣创垂而著为良法，或系大臣筹措而迭见成功"。[①] 薛福成最引为自得的是"治平六策"之外的"海防密议十条"。海防密议讲的是洋务，是如何适应国内外形势，调整政治与外交战略，造就新式人才，兴办军事、民族工业，发展商业，以走上更有效的自立自强的发展道路。就外交而言，薛福成认为：西方各国合纵连横，"而我以孤立无援，受其钳制，含忍至今"。[②] 中国应尽快改变孤立无援的状况，谨慎择交，预筹布置，隐为联络，"一旦有事，则援助必多，以战则操可胜之权，以和必获便利之约矣"。[③] 此外，西人风气，最重条约。方今海疆州县，商船之络绎，传教之纷繁，事事与洋人交涉。但当事者往往不知条约，茫然不知所措，或违约而滋事端，或忘约而失体统。因此宜将万国公法、通商条约等书，多为刊印，随时披览，一临事变，可以触类旁通，援引不穷，减少启衅召侮的可能。再如制器、造船、海防事宜，应养成崇尚新学、鼓励制造的观念和风尚，对有制造技术专长的人，应提供出洋游历、参观的机会，给予专利，使巧工日出，以期足以与西方争长。中国海军，应挑选沿海"勤敏"之子到西方军舰上见习，学成后回国，使中国海军日益精锐。至于人才的培养，更是万事中的

---

① 薛福成：《应诏陈言疏》，《薛福成集》庸庵文外编·卷一，周中明点校，合肥：安徽教育出版社 2014 年版，第 12 页。

② 薛福成：《应诏陈言疏》，《薛福成集》庸庵文外编·卷一，周中明点校，合肥：安徽教育出版社 2014 年版，第 12 页。

③ 薛福成：《应诏陈言疏》，《薛福成集》庸庵文外编·卷一，周中明点校，合肥：安徽教育出版社 2014 年版，第 13 页。

根本。薛福成论储才宜预道：

> 自中外交涉以来，中国士大夫拘于成见，往往高谈气节，鄙弃洋务而不屑道，一临事变，如瞀者之无所适从。其号为熟习洋务者，则又惟通事之流与市井之雄，声色货利之外，不知其他。此异才所以难得也。今欲人才之奋起，必使聪明才杰之士，研习时务而后可。……其用之之道，如胆识兼优、才辩锋生者，宜出使；熟谙条约、操守廉洁者，宜税务；才猷练达、风骨峻整者，宜海疆州县。求之既早，斯用之不穷。彼士大夫见闻习熟，亦可以转移风气，不务空谈。①

《应诏陈言疏》上达后，在京城内外引起了较大轰动。清廷认为"海防十议"中"择交""储才"关系重大，与正在酝酿中的派使节出使海外的想法不谋而合，于是作出了遣使出洋的决定，中外约章、国际公法也印制颁发各地。购买铁甲舰，派子弟到国外学习海军的措施，也逐步得到实行。通过此次上疏，薛福成的名字也为天下士人所知。此年，薛氏进入李鸿章幕府，并很快成为李鸿章的主要助手。

《应诏陈言疏》是写与皇帝的，昌言建策中并没有提出变法的内容，但写于同年的《答友人书》中已赫然有变法之议：

> 夫以我疆圉如此之广，而四与寇邻，譬诸厝火积薪，凛然不可终日。呜呼，中国不图自强，何以善其后？夫今日中国之政事，非成例不能行也，人才非资格不能进也。……而彼诸国则法简令

---

① 薛福成：《应诏陈言疏》，《薛福成集》庸庵文外编·卷一，周中明点校，合肥：安徽教育出版社 2014 年版，第 13 页。

严，其决机趋事，如鸷鸟之发，如是而外国日强中国日弱。非偶然也，皆其所自为也。

尝谓中国人民物产风俗，甲于地球诸国，若能发愤自强，原可操鞭笞八荒之具，弊在不能删成例以修改，破资格以求才。士大夫不肯捐除故见，务为有用之学。其聪明才杰之士又往往讳言洋务，仅使一二当事者，区区于轮船枪炮，慕效西人，此犹见人之行百里而劳神惫形以随之，不能具轻车购骏马以骋长途而遰属千里也。大抵天道数百年小变，数千年大变，自尧舜至今世益远，变益甚。①

四年后，薛福成作《筹洋刍议》，专立《变法》一章，呼吁在敌国环伺的今天，中国应早图变法，以革其弊。与西洋诸国相比，商政矿务宜筹也，不变则彼富而我贫；考工制器宜精也，不变则彼巧而我拙；火轮舟车电报宜兴也，不变则彼捷而我迟；约章之利病，使才之优绌、兵制阵法之变化宜讲也，不变则彼协而我孤，彼坚而我脆。薛福成所言的变法，基本上仍局限于技术及与技术人才选拔有关的制度层面，所可变者惟法，所不可变者曰道。从曾国藩、李鸿章的造船制炮以图自强，到薛福成卫道变法以求自强，再到康有为、梁启超维新变法以救亡图存，中国近代知识分子探求民族进步、民族解放的思想脉络极富逻辑性层次性地延伸开来。与曾、李相比，薛福成有关兴办洋务的理论更大胆，更富有思想性与建设性。

在北洋幕府期间，薛福成参与了许多兴办洋务的实际工作，如轮船招商局、上海机器织布局的谋划，北洋海军的筹建，有关铁路创办的辩论。在卫道变法以求自强的思想主旨和强烈的民族忧患意识的支配下，薛福成这个

---

① 薛福成:《答友人书》,《薛福成集》庸庵文外编·卷三，周中明点校，合肥：安徽教育出版社 2014 年版，第 354 页。

时期所作的描写动物间争斗的《杂记四首》，也充满着带有政治色彩的感悟。《杂记四首》其二写东西两穴蚁群争斗，东蚁初败，纷奔告急，倾巢而出，以三倍于敌的力量打败西蚁。作者从中悟出天道好还而盛衰不常的道理。其三写两鸡争斗，赤胜白败，待赤鸡为邻鸡所伤，见了往日斗败的白鸡，也绕道而行。作者从中悟出"白羽不获邻鸡之力，则无以雄其侪"的道理。这些感悟都与四敌环伺中国的局势有关。

桐城派文善于以琐事写亲情，不刻画而足以见情致。薛福成《母弟季怀事状》怀念与兄弟福保的手足情深，与桐城文相比，多了几分俊迈，少了几分亲切：

> 避粤寇之难，举家侨徙宝应之东乡，兄弟数人，益以读书求志相砥砺。聚居斗室中，昼则纵观经史，质问疑义；夜则一灯围坐，互论圣贤立教微言，古今理乱得失之要最。有不合，则龂龂辩难，欢声与僮仆鼾声相应。俄而鸟鸣日出，余亦颓然欲卧，季怀方启户至宅后，观田禾滴露以为乐，徜徉而归，归则高卧，日中方起。如是者五六年。是时，余兄弟怡怡愉愉，乐道娱亲，几不知饥寒之将迫、寇警之环逼也。

在曾、李幕府期间，薛福成十分注意网罗收集本朝的史料、掌故及逸闻，然后将所见所闻铺缀成文。薛福成所处的特殊位置，使得他所记录的史料、逸闻保留了许多官方正史所不及的内容，成为正史之外颇有参读价值的史林掌故。而从史传文学的角度来讲，也确有许多生动、传神的描写。其中，《书太监安德海伏法记》详细叙述了山东巡抚丁宝桢用计除掉西太后宠宦安德海的经过。《书宰相有学无识》记述祁鸿藻嫉贤妒能，在朝中与曾国藩作梗之事。曾国藩以丁忧侍郎起乡兵，逐贼出湖南境，且肃清湖北。"捷书方至，文宗显皇帝喜形于色，谓军机大臣曰：不意曾国藩一书生，乃能建此奇功。某公（指祁鸿藻——引者）对曰：曾国藩以侍郎在籍，犹匹夫耳。匹夫居闾里，一呼，蹶起从之者万余人，恐非国家福也。文宗默然变色者久之，由是曾公不获大行其志者七八年。"①《书陈玉成苗沛霖二贼伏诛事》写太平天国晚期著名将领陈玉成等被捕后之事。陈玉成被捕后，"送胜保军中，胜保欲降之，不屈，因述胜保败状以为诮，槛送京师。行至延津，有诏磔死"②。由记述中，人们可以想知陈玉成的英勇不屈。其他如《科尔沁忠亲王死事略》《书益阳胡文忠公与辽阳官文恭公交欢事》《书剧寇石达开就禽事》等，都是极富文学色彩和史料价值的作品。对《庸庵文编》中的此类文章，论者称为"以史汉之笔法，叙一代之要事"③。

1890 年 1 月起，薛福成出使英、法、意、比等国。迈出国门所闻所见的一切，对薛福成来说，都是新奇的。在广泛考察西方的政治制度、社会风俗的基础上，在参观了众多的博物馆和"万生园"之后，在饱览了沿途的山川形势、地理风貌之余，薛福成几乎不停地撰写奏疏、文章、日记，向朝廷和国内人士报告所见所闻，记录自己的种种感受，自觉地从各个方面对中西文化、制度、风俗进行比较，提出中国应改进、学习的事宜。薛福成写于国外的《观巴黎油画记》《普法交战图》成为脍炙人口的散文名篇。《出使四国日记》因对四国形势、政事、风俗记述不厌其详，而与《海国图志》一样，成为一个时期国人研究西方的必读之书。

黎庶昌评《庸庵文编》，以为所载"皆所谓经世要务，当代掌故得失之林也。尤拳拳于曾文正公之德之业，反复称述，乐道不疲"。又言："叔耘辞

---

① 薛福成：《书宰相有学无识》，《薛福成集》庸庵文续编·卷下，周中明点校，合肥：安徽教育出版社 2014 年版，第 135 页。

② 薛福成：《书陈玉成苗沛霖二贼伏诛事》，《薛福成集》庸庵文续编·卷下，周中明点校，合肥：安徽教育出版社 2014 年版，第 137 页。

③ 萧穆：评《书剧寇石达开就禽事》，《薛福成集》庸庵文续编·卷下，周中明点校，合肥：安徽教育出版社 2014 年版，第 153 页。

笔醇雅，有法度，不规则于桐城论文之法，而气息与子固、颍滨为近。"①

曾门四弟子中，与薛福成生活经历颇为相似、志趣甚为相投、交谊最为深笃的是黎庶昌。黎庶昌（1837—1897），字莼斋，贵州遵义人，初从郑珍学。1862 年，应诏上书言时政，以廪贡生授知县，发往安庆大营入曾国藩幕府。1876 年充任英、法、西班牙诸国参赞。1881 年、1887 年两次出使日本，1891 年归国任川东兵备道。1897 年逝于家乡。著有《拙尊园丛稿》。

使黎氏跻身曾氏幕府的《上穆宗毅皇帝书》长达五六千言。作者以耸听之危言分析国家形势，以为"今日大势犹贾生所谓病胕四肢不能运用，窃恐日削月弱，痿瘵不起之证深入膏肓，一旦元气厥绝，而国有不济之患矣"②。具体而言，英法诸夷之祸，耶稣之教流传，均为亘古未有之变，遗祸之烈不可预料："若再姑息隐忍，臣恐数十百年后，挈二百余年衣冠礼乐子女玉帛之天下，一旦被发左衽于夷狄，变人类为禽兽，化孔孟为耶稣，尽四民为行教，稍有变动而中国不可复问矣。"③除英法、耶稣之患外，他还认为，天下还有十二种危道，京师亦有十种危道：

> 开捐取利，上下交征，一危也；冗官芜杂，贻害百姓，二危
> 也；捐厘抽税，刻剥无已，三危也；律例牵掣，百度不张，四危
> 也；空言粉饰，务为太平，五危也；言路不宏，见闻多隘，六危
> 也；士无实行，正气不伸，七危也；礼义廉耻，上无倡率，八危
> 也；官人不择，援例是诠，九危也；州县无权，滥授轻调，十危

---

① 黎庶昌：《庸庵文编序》，《薛福成集》庸庵文编·附录，周中明点校，合肥：安徽教育出版社 2014 年版，第 1035 页。
② 黎庶昌：《上穆宗毅皇帝书》，《拙尊园丛稿》卷一，北京：中国文史出版社 2007 年版，第 8 页。
③ 黎庶昌：《上穆宗毅皇帝书》，《拙尊园丛稿》卷一，北京：中国文史出版社 2007 年版，第 10 页。

也；兵制破坏，散漫不修，十一危也；财源闭竭，不思变通，十二危也。

不特如此，京师亦有十危焉：无劲兵，一也；无一月之储蓄，二也；多游民，三也；盗贼公行，不用重典，四也；旗人坐食，毫无生计，五也；商人把持，物价踊贵不常，六也；律例屡更，法令不一，七也；户口繁重，无所统纪，八也；官禄不给，无以养廉，九也；闲暇时日，不筹备防，十也。凡此危道不除，而欲根治天下，岂不难哉！①

至于治理之道，黎庶昌在《上穆宗毅皇帝书》中陈言：

臣愚以谓今日之事，当用创为守而后天下乃大可为也。陛下何不鉴当代治乱之故，考今日得失之由，重守令之权，讲取士之法，宽用贤之格，宏听言之路，除冗官之害，罢开捐之途，去满汉之间，破律例之习，复钞币之法，修兵政之坏，延揽天下贤才，开诚市公，与之筹根本不拔之基，创生民未有之业，庶足以恢宏国脉而兴先帝旧德也。②

黎氏的上书言时弊者多，而言兴利处少。书上之后，都察院又传黎庶昌，要求详论当革当行的具体措施。不久黎氏便有了第二次上书，对未详之言予以补充。清廷对黎氏的应诏进言的奖勉，即是"加恩以知县用，发交曾

---

① 黎庶昌：《上穆宗毅皇帝书》，《拙尊园丛稿》卷一，北京：中国文史出版社2007年版，第16页。

② 黎庶昌：《上穆宗毅皇帝书》，《拙尊园丛稿》卷一，北京：中国文史出版社2007年版，第17页。

国藩军营差遣委用，以资造就"①。对黎庶昌的万言书及"加恩"擢用，也有官员持不同意见：陕西道监察御史吕序程奏折中云："详阅各条，率多摭拾史书；议更定制，似未免生今仪古之弊"，"且片纸敷陈，立致显达，诚恐此风一开，天下纷纷，尽图赏次，亦易开悻进之渐"。②

黎庶昌入曾国藩幕府后，曾氏谓其"生长边隅，行文颇得坚强之气"③，而以文事相勉嘱。黎氏视曾国藩，如师如父，以为"始吾读书识字尝欲抗志夫先哲，而如幽乏烛，无以辨于学术之歧，自遇公而始有师，以为世不复见孔子，见公亦庶几"④。又与同僚意气相投，以经世之学，互相劢勉。他在《青萍斋遗稿序》中追忆道："方是时，同幕诸贤各以经世之学相磨砺，余雅不欲以文士自期，亦遂不以此期诸僚友。"⑤

在六年的幕府生涯中，黎庶昌结识了不少文字朋友，也增长了不少经世才干。1868 年起，曾国藩保奏黎庶昌，以直隶州知州留江苏补用，后分别调署吴江、青浦知县。1872 年曾国藩去世后，黎庶昌与李瀚章着手编辑《曾文正公全集》，并撰写《曾文正公年谱》十二卷及《曾太傅毅勇侯别传》。1876 年 10 月，驻英公使郭嵩焘调黎庶昌为三等参赞，使他开始了为期四年的在英国及西欧十国的游历。黎庶昌的游历见闻辑为《西洋杂志》。

《西洋杂志》有散文及游记八十余篇，以广泛而好奇的目光，描述了西欧诸国社会生活的种种画面。其中包括国会开会盛况、总统宴会、王室婚丧

---

① 《附录明谕》同治元年十月初八日，《曾国藩全集》第 5 册，长沙：岳麓书社 2011 年版，第 209 页。

② 转引自黄万机：《黎庶昌评传》，贵阳：贵州人民出版社 1989 年版，第 38 页。

③ 薛福成：《拙尊园丛稿序》，《庸庵海外文编》卷四，《薛福成集》，周中明点校，合肥：安徽教育出版社 2014 年版，第 643 页。

④ 黎庶昌：《祭曾文正公文》，《拙尊园丛稿》卷四，北京：中国文史出版社 2007 年版，第 223 页。

⑤ 黎庶昌：《祭曾文正公文》，《拙尊园丛稿》卷四，北京：中国文史出版社 2007 年版，第 154 页。

之礼、阅兵大典及民间节日风情、工厂商业所见、名胜古迹游览等。其中写法国议政院之见闻道:

> 院不甚巨,绅士集者可二百人。刚贝达(议长——引者)据案中央台上坐,旁置一铃铛。有一绅连次主台下发议,刚贝达不欲其议,数数摇铃止之。其人弗听,下而复止,众皆丑语诋呵。又一绅,君党也,发一议,令众举手,以观从违。举右手不过十人,余皆民党,辄拍手讪笑之。当其议论之际,众绅上下往来,人声嘈杂,几如交斗,一堂毫无肃静之意。[①]

参观游览之中,黎庶昌充分感受到西方精神与物质文明所不可抗拒的穿透力。他在《与莫芷升书》中云:

> 计彼所以夸示于我者,则街道也,宫室也,车马也,衣服也,土木也,游玩也,声色货利也,此犹有说以折之。至于轮船火车、电报信局、自来水火、电气等公司之设,实辟天地未有之奇,而裨益于民生日用甚巨,虽有圣智,亦莫之能违矣。[②]

面对西方人的政治制度、物质文明,黎庶昌以为尚有回避逃遁之辞,但面对轮船、火车、电报等与民众生活息息相关的公众事业的发展,谁又能拒绝、违抗呢?物质世界的诱惑,比政治文明的诱惑,来得更早也更直接。

1884年,黎庶昌在日本使署时,将奉使东西两洋八年以来的闻见思虑,

---

① 黎庶昌:《法国议政院》,《西洋杂志》,谭用中点校,贵阳:贵州人民出版社1992年版,第82—83页。

② 黎庶昌:《与莫芷升书》,《拙尊园丛稿》卷六,北京:中国文史出版社2007年版,第256页。

写成《敬陈管见折》，上书朝廷。上书以为：法、越事定，外祸渐纾，当务之急，朝廷应调整思路，打破因循，整饬内政，酌用西法。黎庶昌论治国方略必当有所改变的迫切性说：

> 然而今日所宜加意讲求者专在整饬内政矣。《易》曰：物穷则变，变则通，通则久。处今时势，诚宜恢张圣量，稍稍酌用西法，不必效武灵之变服，但当求秦穆之荣怀，中外协力图谋，犹不失为善国。若徒因循旧贯，意气相高，援汉家法度以自解，臣虑后悔仍未已也。①

不谙世界大势，因循旧贯，援汉家法度以自解，往往在处理对外事务中，非过刚则过懦，非过急则过缓，招衅寻侮，在所难免。黎庶昌"恢张圣量，酌用西法"的婉转说辞下，有着含意丰富的潜台词。就整饬内政、酌用西法而言，黎庶昌提出三个方面的问题。这就是水师宜急练大支，火车宜及早兴办，京师宜修治街道，公使宜优赐召见，商务宜重加保护，度支宜豫筹出入。以水师为例，自曾国藩、李鸿章提议开局制造以来，二十年间，东南数省，各自为谋，鲜睹成效。惟北洋水师粗立基础。中国沿海海疆，袤延万里，一朝有警，无有大批兵船断难分布。因此应不惜巨金，加大水师投资，分年筹办，志在必成。再以公使宜优赐召见为例。国外惯例，对公使极为尊重。建议太后与皇帝每年应在合适的时候，接见外国使节一两次，"接以温语，赐燕款之。凡其眷属人等例得侍从，不苟以仪文，概随其国俗"②。

六条献策之外，黎庶昌认为更重要的是处理对外事务，应遵守外交惯

---

① 黎庶昌：《敬陈管见折》，《拙尊园丛稿》卷五，北京：中国文史出版社2007年版，第229页。

② 黎庶昌：《敬陈管见折》，《拙尊园丛稿》卷五，北京：中国文史出版社2007年版，第232页。

例。"中国名为共入公法，实则屏之局外，而交涉事件又极重大繁多，一有龃龉，动烦宸虑。不知西人情伪，大事必用力争，小事可因势利导，然此非身亲其境，目验耳闻，亦难悬得要领。"[1]培养可樽俎折冲的外交人才，尤为迫切。

黎庶昌精心炮制的《敬陈管见折》因不合时宜，寝而不奏，原折又被退回，他昌言经世要务的热情因此而减退。此后，客居日本的黎庶昌便将精力投入《古逸丛书》的辑印和《续古文辞类纂》的编选上。《古逸丛书》的编者，选择流播于日本而为国内所佚或稀见的珍本二十六种，逐一影刻。黎庶昌对每种古籍均写有题辞，介绍该书的版本源流和访求过程，并用个人的薪俸刊刻。此书刊刻后，国内学者争相购求。《续古文辞类纂》1890年初刻于日本使署。黎庶昌在《答赵仲莹书》中谈及编辑此书的宗旨时说：

> 本朝人喜言考据，然其学在今日实已枝搜节解，无剩义可寻。鹜而不已，诚不免于破碎害道之讥，惟独文章一事，余意以尚留未尽之境以待后人。而因文见道之说，仆尤笃信不惑，何也？盖文以载道，周子固尝言之也。古之善为文者，莫盛于马迁、班固、韩愈、欧阳修。韩欧之文，世颇以道归之矣，而马班则未也。独苏明允称之曰，迁、固虽以辞胜，然亦兼道与法而有之，时得仲尼遗志焉。望溪方氏推尊子长，曾文正公则兼及班氏，谓其经世之典，六艺之源，幽明之情状，粲然大备，是岂逐世俗为毁誉哉！故仆近者妄有《古文辞类纂》之续，于《史》《汉》所选独多，欲以蹱姚氏义法后。[2]

① 黎庶昌：《敬陈管见折》，《拙尊园丛稿》卷五，北京：中国文史出版社2007年版，第234—235页。

② 黎庶昌：《答赵仲莹书》，《黎庶昌全集》拙尊园丛稿·卷二，黎铎、龙先绪点校，上海：上海古籍出版社2015年版，第65页。

黎庶昌所编选的《续古文辞类纂》，意在按照曾国藩《经史百家杂钞》的标准，续姚鼐《古文辞类纂》之书。黎编续书四辑，文四百篇，分上、中、下三编。上编经与子。姚选以《国策》为首，不及六经，黎选选经与子之文，以补姚选之未备。所选文分为十一类，其中叙记、典章两类为姚选所未有。中编曰史。姚选不录史传，以为史多，不可胜录。黎选录《史》《汉》纪传，间或选一二于《三国志》《五代史》。下编辑方、刘前后之文，曾国藩、吴敏树、郑珍及曾门弟子文，均在编选之列，以示传统所在。黎选与姚选相较，黎选更强调经与子的地位，突出史传文传统，重视叙记、典章类文，续编了曾国藩以后的作者。黎选与王先谦所选的《续古文辞类纂》相比，王选只选方、刘以后人，纯粹是从时间上续编，与黎选"补姚氏姬传《古文辞类纂》所未备"的主旨不同。王选对文体的分类，无奏议、叙记、典章三类。

黎选《续古文辞类纂》比较全面地体现了曾国藩之后湘乡派的扩姚氏而大之，并功、德、言为一途的理论选择。黎庶昌在《续古文辞类纂叙》中论曾国藩与桐城派之关系，曾国藩对古文发展的特殊贡献道：

> 姚先生兴于千载之后，独持灼见，总括群言，一一衡量其高下。铢黍之得，毫厘之失，皆辨析之，醇驳较然。由是，古今之文章谬悠淆乱莫能折衷一是者，得姚先生而悉归论定。即其所自选造述，亦浸淫近复于古。然百余年来，流风相师，传嬗赓续，沿流而莫之止，遂有文敝道丧之患。至湘乡曾文正公出，扩姚氏而大之，并功德言为一途，挈揽众长，轹归掩方，跨越百氏，将遂席两汉而还之三代，使司马迁、班固、韩愈、欧阳修之文绝而复续，岂非所谓豪杰之士大雅不群哉？盖自欧阳氏以来，一人而已。
>
> 余今所论纂，其品藻次第，一以昔闻诸曾氏者述而录之。曾

氏之学，盖出于桐城。固知其与姚先生之旨合，而非广已于不可畔岸也。循姚氏之说，屏弃六朝骈俪之习，以求所谓神理气味格律声色者，法愈严而体愈尊。循曾氏之说，将尽取儒者之多识格物、博辨训诂，一内诸雄奇万变之中，以矫桐城末流虚车之饰，其道相资，无可偏废。

桐城宗派之说，流俗相沿已逾百岁。其敝至于浅弱不振，为有识者所讥。读曾文正公暨吴南屏二家之书，龂龂之辩自可以止。然工输虽巧，不用规矩准绳又可乎哉？本朝文章，其体实正自望溪方氏，至姚先生而辞始雅洁；至曾文正公始变化以臻于大。桐城之言乃天下之至言也。[①]

姚鼐于古文之功，在于将古今文章谬悠淆乱、莫衷一是者悉归论定；曾氏之功，在于扩姚氏而大之，并功德言为一途，遂席两汉而还之三代。循姚氏说，屏弃六朝骈俪之习，以求所谓神理气味格律声色者，古文之法严而古文之体尊；循曾氏说，将尽取儒者多识格物，一内诸雄奇万变之中，以矫桐城末流虚车之饰。本朝文章自方、姚而辞始雅洁，至曾氏而变化以臻于大。黎庶昌此叙，是对湘乡派与桐城派继承、变革关系最为全面、权威的诠释。因而常为后代学人引以为据。

同样以上书言时务获知，同出曾氏幕府，同样意气俊迈，以经世之学自期，同为出洋大使，黎庶昌与薛福成的生活经历、情志爱好颇为相近。两人为文，追求坚强之气与阔大之境，追求并功德言为一途，道备而文至。比较而言，薛文更长于叙事议论，而黎文好为议论之外，又长于状物。黎庶昌的政论之文，有廉悍峭折的一面，其记人纪游之文，则又有风神逸宕的一

---

① 黎庶昌：《续古文辞类纂序》，《拙尊园丛稿》卷二，北京：中国文史出版社2007年版，第43—45页。

面。《书桴湖文录后》写忘年之交吴敏树年老而童心不减，富贵贫贱，趋舍得丧，无一萦怀：

> 君故善饮，每夕必得酒而后寐。一夕与客剧谈，忽忘饮酒。客去，夜分向尽，索之厨下，不得。顾视床头有巨瓮，命仆趣启封，封涂胶，骤不可启。君乃自持门撑击剥之，其声硕硕然。余遥与君戏语曰："徐之，否者酒且迸矣。"良久，瓮启，持碗汲引。碗巨，瓮又不可入，君益叫跃号呼，如渴骥将奔冷泉也。卒易盏斟酌之，乃已。翌日，相与大笑，以为乐。其不滞于天机若此。[①]

作者用简洁生动的语言，将吴敏树好夜饮，偶尔不得而叫跃号呼、急不可待的样子，描述得栩栩如生。透过此细节，也可见吴氏清夷和惠、率直乐天的性格。黎庶昌的写景纪游之作，也颇得桐城派文清新雅致的风韵。其《夷牢亭图记》记述家乡田野四季之风光道：

> 时方春也，梅、梨、桃、李怒华，麦秀陵陂，生气盎勃。夏至时，鸟变声于众绿阴中，子鹃、莺、燕旦暮互啼，欣然有会于耳。蚕事毕，人家插秧行水，被蓑戴笠，叱犊饷耕，妇子嬉于陇亩。秋稼既成，当七八月之交，而黄云布野，蚱蜢如繁星。农夫腰镰刈获，趁新月荷担归，笑语乐丰岁。及冬尽，百物腓残，云水寥落，独余山松、庭桂不改故容，使可悦目而怡性。[②]

---

① 黎庶昌：《书桴湖文录后》，《拙尊园丛稿》卷二，北京：中国文史出版社 2007 年版，第 40—41 页。

② 黎庶昌：《夷牢亭图记》，《拙尊园丛稿》卷二，北京：中国文史出版社 2007 年版，第 109 页。

这篇写在日本使署的图记，寄托着作者晚年对家乡贵州山水的眷恋、热爱，也寄托着作者以山水澄虑洗心，超然于荣观的心志心情。对照作者初游西欧时所写的《西洋杂志》中的大部分游记，西欧游记考察对比的痕迹较浓，对中国读者来讲，新奇而富有吸引力。作者晚年，以曾经沧海之心情写作游记，则着意在山水徜徉中，咀嚼人生的滋味，文境自然不尽相同。

与薛福成、黎庶昌不愿以文士自期不同，张裕钊则自称甘心处于文人之畸。张裕钊于曾门四弟子中年齿最长，入曾氏幕府亦最早。《清史稿》本传曰：

> 张裕钊，字廉卿，武昌人。少时，塾师授以制举业，意不乐。家独有《南丰集》，时时窃读之。咸丰元年举人，考授内阁中书。曾国藩阅卷赏其文，既来见，曰："子岂尝习子固文耶？"裕钊私自喜。已而国藩益告以文事利病及唐、宋以来家法，学乃大进，窹前此所为犹凡近，马迁、班固、相如、扬雄之书，无一日不诵习。……国藩既成大功，出其门者多通显，裕钊相从数十年，独以治文为事。国藩为文，义法取桐城，益宏以汉赋之气体，尤善裕钊之文。尝言吾门人可期有成者，惟张、吴两生，谓裕钊及吴汝纶也。①

张裕钊以文事得知于曾国藩，又以专攻文章之学而穷其一生。薛福成在《叙曾文正公幕府宾集》一文中，把黎庶昌、吴汝纶列入"从公治军书，涉危难，遇事赞画"类，而把张裕钊同吴敏树、方宗诚一道列入"以宿学客

———————

① 赵尔巽等：《张裕钊传》，《清史稿》卷四百八十六，北京：中华书局 1977 年版，第 13442 页。

戎幕，从容讽议，往来不常，或招致书局，并不责以公事"① 之类。相对而言，张裕钊与曾氏政治集团的关系要疏远一些。张裕钊与《黎莼斋书》中谈及自己的学术选择云：

> 裕钊自惟生平于人世都无所嗜好，独自幼酷喜文事，顾尝窃怪学问之道，若义理、考据、辞章之属，其途径至博，其号为名家亦往往而有，独至于古文而能者盖寡。

> 夫文章之事，非资才夐绝而程功致力深且文者，则必不能以至。才优而力深矣，其能至，以几于成与不能成，则亦有天焉。既至而几于成矣，其传不传，与传之显晦，若近与远，则又有天焉。

> 捐弃一世华靡荣乐之娱，穷毕生之力，苦形瘁神，以徼幸于或成或不成，或传或不传之数，而慕想乎千百年后，冥漠杳渺邈不及见之虚誉而不以自止，岂非所谓至迂而大惑者哉！宜彼世之所谓贤俊能一切以取高贵显荣者讪笑而背驰之也。

> 吾观古之能文者，若司马迁、韩愈、欧阳修之徒，其始设心措意亦无过存乎以文自见，卒其所至，世不得徒文人目之，是故，深于文者，其能事既足以自娱熙，及其所诣益邃以博，乃与知乎圣人之道而达乎天地万物之原，独居讴吟一室之中，而傲然睥睨乎尘埃之外，虽天下又孰有能易之者哉！又遑暇较量于我生以前与身后之赢失而为之进退哉！②

---

① 薛福成：《叙曾文正公幕府宾集》，《薛福成集》庸庵文编·卷四，周中明点校，合肥：安徽教育出版社 2014 年版，第 93—94 页。
② 张裕钊：《与黎莼斋书》，《张裕钊诗文集》文集卷四，王达敏校点，上海：上海古籍出版社 2007 年版，第 80—81 页。

以司马迁、韩愈、欧阳修为楷模，捐弃一世华靡荣乐之娱，苦形瘁神，甘心于探求或成或不成、或传或不传的古文之道，以期达到求知圣人之道而达乎天地万物之原，独居讴吟一室之中而傲然睥睨乎尘埃之外的为文境地。若能如此，则不必计较生前身后得失。张裕钊为文之志向可谓坚韧不拔。

张裕钊中举人后，相继主讲于江宁、湖北、直隶、陕西各书院。咸丰九年，曾国藩行船至湖北时，与张氏在船上连续几个夜晚畅谈古文。曾氏日记中记载："张廉卿于午刻及夜间来船畅谈古文，喜吾学之有同志者，忻慰无已。"[1] "张廉卿来，与之论古文颇畅。"[2] 是年三月，曾国藩曾有书信于张裕钊，指出张文的弱点及改进之方：

> 足下为古文，笔力稍患其弱。昔姚惜抱先生论古文之途，有得于阳与刚之善者，有得于阴与柔之善者，二端判分，画然不谋。余尝数阳刚者约得四家，曰庄子，曰扬雄，曰韩愈，柳宗元。阴柔者约得四家，曰司马迁，曰刘向，曰欧阳修、曾巩。然柔和渊懿之中必有坚劲之质，雄直之气运乎其中，乃有以自立。足下气体近柔，望熟读扬、韩各文，而参以西汉古赋，以救其短，何如？[3]

熟读扬、韩之文，参以两汉古赋，以救古文气体羸弱之短，此正是曾国藩及曾门弟子自诩扩姚氏而大的重要内容。张裕钊言称"自少时治文事则

① 曾国藩：《日记》咸丰九年九月初三，《曾国藩全集》第16册，长沙：岳麓书社2011年版，第466页。

② 曾国藩：《日记》咸丰九年九月初七，《曾国藩全集》第16册，长沙：岳麓书社2011年版，第468页。

③ 曾国藩：《加张裕钊片》咸丰九年三月十一日，《曾国藩全集》第23册，长沙：岳麓书社2011年版，第124页。

笃嗜桐城方氏、姚氏之说，常诵习其文"①。扩姚氏而大之，张裕钊在《答刘生书》中提出"雅健"之说。雅健是一种雄直而不偏于戾厉，儒雅而不流于柔弱，坚劲与自然融合，阳刚与阴柔适度，没有矫揉造作、生拼硬凑之迹的为文境地。矫柔弱之弊过甚，则易走向戾厉，缺乏自然之趣；偏面追求儒雅，则易走向柔弱，缺乏坚劲之质。扩姚氏而大之，如不能适度，则与雅健无缘。欲达雅健之境，只有广获而精择，熟讽而湛思而已。

在桐城派古文理论中，张裕钊最着意发挥的是因声求气之说，因声求气，熟讽湛思，是学习古文的不二法门。他在《答吴挚甫书》中云：

> 古之论文者曰：文以意为主，而辞欲能副其意，气欲能举其辞。譬之车然，意为之御，辞为之载，而气则所以行也。欲学古人之文，其始在因声求气，得其气，则意与辞往往因之而并显，而法不外是也。是故挚是一而其余可以绪引也。

> 盖曰意、曰辞、曰气、曰法，之数者，非判然自为一事，常乘乎其机，而混同以凝于一，惟其妙之一出于自然而已。自然者，无意于是而莫不备至，动皆中乎其节，而莫或知其然，日星之布列，山川之流峙是也。宁惟日星山川，凡天地之间之物之生而成文者，皆未尝有见其营度而位置之者也，而莫不蔚然以炳，而秩然以从。夫文之至者，亦若是焉而已。观者因其既成而求之，而后有某者某者之可言耳。

> 夫作者之亡也久矣，而吾欲求至乎其域，则务通乎其微。以其无意为之而莫不至也，故必讽诵之深且久，使吾之与古人诇合于无间，然后能深契自然之妙，而究极其能事。若夫专以沉思力

---

① 张裕钊：《吴育泉先生暨马太宜人六十寿序》，《张裕钊诗文集》文集卷三，王达敏校点，上海：上海古籍出版社 2007 年版，第 71 页。

索为事者，固时亦可以得其意，然与夫心凝形释，冥合子言议之表者，则或有间矣。故姚氏暨诸家因声求气之说，为不可易也。[①]

文章转折甚多，主要有三层意思：一是文章的四大要素——意、辞、气、法各司其职，但在为文与学文的过程中，孰主孰次有所不同。为文之时，以意为主，辞副其意，气举其辞；学文之时，须从声音入手，得其气，得其意、辞与法。二是意、辞、气、法的最佳组合是出于自然，如天地万物之生一样，各有其营度，各有其位置，蔚然以炳，秩然以从，这种自然组合，便是至文之境。二是欲求古人古文之妙，必讽诵之深且久，方能深契其自然之妙，方能与古人近合无间。讽诵与深思不能互相代替。深思可以得其意，但达不到通乎其微的地步，惟讽诵能究极文心意气。所以桐城因声求气之说为不可易。

桐城派中的因声求气说最早见于刘大櫆的《论文偶记》。姚鼐与诸弟子书札中也屡屡提及，将因声求气作为体会古文、揣摩古人用心的一种重要学习方法。张裕钊论文，强调深思与熟读，甚至将熟读讽诵看得更重于深思，将揣摩体会古人古文之妙看得更重于创意匠心，这在一定程度上发展与充实了桐城派因声求气的理论。

以文事自期而甘心于寂寞之道，张裕钊深感古文之作诚非易事。他在《答黎莼斋书》中自述为文之苦楚：

> 自唐以来称文者，惟韩退之于本末精粗表里之数无所不尽，故焯为百代之宗，其他或注意于此而实不能无脱露于彼，固赋于天有以限之，抑其人之致力各有所偏至也。文之难为工，故若是

---

① 张裕钊：《答吴至甫书》，《张裕钊诗文集》文集卷四，王达敏校点，上海：上海古籍出版社 2007 年版，第 84 页。

哉！曹子桓有言：文章经国之大业，不朽之盛事。裕钊从事于此三十有余年矣。曩既苦才薄，而自少至老，忧患寒饥之扰其虑，夺其日力，进寸尺如走千里，今虽欲追古人最上之境而从之，而齿发日衰，精力益减于前时，顾视前后，中心恓慄惝惧，洒焉如新寒之粟体。尝以谓千百世之中，四海之内，有志奋厉为文辞者不少，下者才力不逮，其稍进者或学不得其术，或所遇足以苦之，赢诎于人者居其半焉，赢诎于天者居其半焉。[①]

进寸尺如走千里，张裕钊对为文艰辛的体会可谓深切。但古文之作，也不尽是苦楚，一旦有得意之作，与朋友共读，不亦乐乎。张裕钊在《答李佛笙太守书》中表达的即是另外一种心情："近者撰得《书元后传后》一篇，乃忽妄得意，自以甚近似西汉人，且私许国朝为古文者，惟文正师吾不敢望，若以此文校之方、姚、梅诸公，未知其孰先孰后也。"[②]此种踌躇满志、求仁得仁的心情，不正是以进寸尺如走千里之艰辛所换得的结果吗？

为文以近似西汉人而引为得意，由此也可看出张氏古文艺术追求的指向。曾国藩告之以熟读扬、韩各文，参以两汉古赋。张裕钊的一些作品，刻意追求铺张恣肆的文体风格，其中《赠范生当世序》最为典型。序中作者以汉赋特有的铺张写物的方法论文，其言道：

> 夫文必有其本，匪第以文而已。生独不见夫云乎？轧忽轮囷，滃然起于山川之间，潢洋浩渺，旁魄乎大地。及其上于天也，鸿绚缤纷，骈阗胶辀，瓣若层台，蠹若崇墉。澹乎若波，萃乎若峰。

---

① 张裕钊：《答黎莼斋书》，《张裕钊诗文集》文集卷四，王达敏校点，上海：上海古籍出版社 2007 年版，第 96 页。
② 张裕钊：《答李佛笙太守书》，《廉亭文集》卷四，王达敏校点，上海：上海古籍出版社 2007 年版，第 94 页。

旁唐日光，与风骇硞。倏忽万变，光色照烂，爁閬澔汻。蟉若龙者，腾若猱者，蹲若虎者，奔若骥者，翥若鸿者，厉若隼者，漾若倏者，軬若盖者，扬若旃者，曳若带者，累若菌者，萦若藻荇者，晔若葩华，椮若长松，烂若黼绣，扁若鼎钟，嫭若美姝，嶷若列仙。奇变儵诡，千汇亿形，不可殚陈。①

以万物之形描述云之变幻，以万变之云比喻文之波澜，显得气象壮阔，文辞富丽，在《廉卿文集》中别具一格。此文是学习汉赋典雅堂皇风格的有意实践。当然，其中夸饰、堆砌的痕迹也不免为人垢病。

裕钊之文，以简古凝练、峭直拗折著称。其《虫单传》摹仿韩愈《毛颖传》的笔意，描写了一个"善音乐、有文章，然性孤洁，不乐与人偕"②，不为权贵折腰，不与污浊同流的隐逸者的形象。文中写虫单在吕后称制后，耻于为官，隐不复出的情形道：

> 一日弃官去，入商洛山中，不复出。遇佳山水，穹林茂树，辄终岁留。长年独坐树间，纵声哦诵，穷朝夕不倦。人或窃听之，皆莫能辨识，意其所读皆皇古上世鸟迹虫篆，幽经怪牒，当世所未见也。晚乃好神仙家言，求得辟谷方，专精学之。日惟吐纳呼吸，餐朝露，于时俗人一无所求请。③

---

① 张裕钊：《赠范生当世序》，《张裕钊诗文集》文集卷二，王达敏校点，上海：上海古籍出版社 2007 年版，第 32 页。

② 张裕钊：《虫单传》，《张裕钊诗文集》文集卷七，王达敏校点，上海：上海古籍出版社 2007 年版，第 185 页。

③ 张裕钊：《虫单传》，《张裕钊诗文集》文集卷七，王达敏校点，上海：上海古籍出版社 2007 年版，第 185 页。

作者在虫单性高气洁的艺术形象中，寄托着远避尘嚣、高蹈人世的生命理想。虫单告隐，才得以忘情世俗，得享天年。作者感慨由此而发："乌乎！人何所不易足？顾世常受多欲之累，挟其能以自鸣于势物之地，驰驱垢浊，日求人而不知止者，何也。"① 无欲则刚，知足常乐，此种议论，也是作者何以自甘寂寞而选择以古文为毕生事业的一个旁白。虫单之传又何尝不是作者的自画像？

这种人生的感悟，有时也出现在张氏的游记之作中。写于光绪二年的《游狼山记》在记述了狼山形势之后，抒写登山之志道：

> 今余与苑斋幸值兹世，寇乱殄息，区内无事，蕃夷绝域，约结坚明。中外以恬熙相庆，深忧长计，复奚以为？余又益槁枯朽纯，为时屏弃，独思遗外身世，捐去万事，徜徉于兹山之上，荫茂树而撷涧芳，临望山海，慨然凭吊千载之兴亡。左挟书册，右持酒杯，啸歌偃仰，以终其身。人世是非理乱，天地四时变移，眇若坠叶与飘风，于先生乎何有哉。②

在中外以恬熙相庆，深忧长计，无复实施之时，何不左挟书册，右持酒杯，啸歌偃仰，以终其身，而视人世是非、天地变移，如同坠叶飘风一般，无所顾及。三年后，张裕钊有《愚园雅集图记》之作，谓乱世中的士人雅集，与杜甫、白居易、陶渊明的狂饮大噱，放形遗物，忘得丧，外非誉，宠辱不惊、理乱不闻一样，是一种悲愤已极、出于无奈的行为。"盖君子之处于世，夷怿险艰不能以一致，或中有不自得，则一放意于林泉岩壑，宾朋

---

① 张裕钊：《虫单传》，《张裕钊诗文集》文集卷七，王达敏校点，上海：上海古籍出版社2007年版，第186页。

② 张裕钊：《游狼山记》，《张裕钊诗文集》文集卷八，王达敏校点，上海：上海古籍出版社2007年版，第187—188页。

宴集以自遗";"而众莫知其所以，乃以令其真而得其志。"①

　　与薛福成、黎庶昌倡言建策、积极入世的人生态度不同，张裕钊沾溉了更多的文人气质和名士作派，更喜欢把对世事的评价以牢骚的形式和激愤的言辞表达出来，他在《赠吴清卿庶常序》中自言"废于时久矣，自度其才不足拯当世之难，退而自伏于山泽之间，然区区之隐，则未能一日忘斯世，其耳之所闻，目之所接，怆然感于其心"。②故作旷达，故作忘得丧、外非誉的表象和未能一日忘斯世的真实，使得张氏之文中充溢着磊落不平之气。其《送黎庶昌使英吉利序》将中国与泰西结盟通约，视为天地剖判以来所未曾有之事。通使外国，兴办洋务，自然也就成为国家的重要事务。"而当世学士大夫，或乃拘守旧故，犹尚鄙夷诋斥，羞称其事，以为守正不挠。乌乎！司马长卿有言：'鹓鹏已翔于寥廓，而罗者犹视夫薮泽。'岂非其惑欤。"③作者认为：当世学士大夫对通使与洋务的鄙夷，造成了国中能够精求海国要务、能够樽俎折冲的人才的匮乏。这是不明世界大势的结果。他在《送吴筱轩军门序》一文中对任国事者及士大夫昏庸误国的行为进行了更为强烈的抨击：

　　　　天下之患，莫大乎任事者好为虚伪，而士大夫喜以智能名位相矜。自夷务兴，内自京师，外至沿海之地，纷纷藉藉，译语言文字，制火器，修轮舟，筑炮垒，历十有余年，糜帑金数千万，一旦有事，责其效，而茫如捕风。不实之痼，至于如此。海外诸

　　① 张裕钊：《愚园雅集图记》，《张裕钊诗文集》文集卷八，王达敏校点，上海：上海古籍出版社 2007 年版，第 190—191 页。
　　② 张裕钊：《赠吴清卿庶常序》，《张裕钊诗文集》文集卷二，王达敏校点，上海：上海古籍出版社 2007 年版，第 49 页。
　　③ 张裕钊：《送黎莼斋使英吉利序》，《张裕钊诗文集》文集卷二，王达敏校点，上海：上海古籍出版社 2007 年版，第 35 页。

国，结盟约，通互市，帆樯错于江海。中外交际，纠纷错杂，阗咽胶辖，国家宿为怀柔包荒，以示广大，虽元臣上公，忍辱含诟，一务屈己。而公卿将相大臣，彼此之间，上下之际，一语言之违，一酬酢之失，刻绳互竞，忿恨懻忮，莫肯先下。置国之恤，而以胜为贤，挞于市而诤于室，忘其大耻而修其小忿，何其不心竞其欤？国之所以无疆，外侮之所以日至，其不以此欤？[①]

读此等文章，闻此等议论，谁能认为作者是一个"人世是非理乱，天地四时变移，眇若坠叶与飘风"[②]的世外之人欤？

张裕钊与黎庶昌为儿女亲家，《廉卿文集》中提及黎氏处甚多。张裕钊晚境凄楚，吴汝纶请他主直隶书院，吴、张门下士互交通。张门子弟以范当世、朱铭盘、查燕绪有文名。

曾门四弟子中，惟吴汝纶为桐城籍人。吴汝纶于同治四年（1865）中进士，时方二十五岁。用为内阁中书，曾国藩奇其文，奏调改外，留于幕府。曾国藩初见吴汝纶后，在《日记》中称赞吴汝纶"古文、经学、时文皆卓然不群，异材也"[③]。吴汝纶在《姚公谈艺图记》中回忆随曾府幕僚泛舟秦淮时的情景道：

> 曾文正公在江南时，大乱新定，往往招携宾客泛舟秦淮，徜徉玄武、莫愁之间，登眺钟阜、石头，流连景物，饮酒赋诗，以

---

① 张裕钊：《送吴筱轩军门序》，《张裕钊诗文集》文集卷二，王达敏校点，上海：上海古籍出版社 2007 年版，第 43 页。

② 张裕钊：《游狼山记》，《张裕钊诗文集》文集卷八，王达敏校点，上海：上海古籍出版社 2007 年版，第 188 页。

③ 曾国藩：《曾国藩日记》第 3 册，唐浩明编，长沙：岳麓书社 2015 年版，第 226 页。

相娱嬉。汝纶于时间厕末座，实尝躬与其盛。[1]

吴汝纶在曾氏幕府约六年，得荐于补深州知州。后入李鸿章幕，不久例补冀州。李鸿章为安徽合肥人，有人以攀联相讥时，吴汝纶答曰："某虽皖人，未受李相荐举，其来直隶补深州，乃曾文正所成就，丁忧服阕，例补冀州，则李相疏题耳。某自少孤立，无先达相知攀联于时，生平知遇，前惟曾文正，后惟李相。"[2]

以曾国藩、李鸿章为知遇，对曾、李事功，吴氏自然也多有褒扬之辞。吴汝纶为曾国藩作神道碑，记曾氏兴办湘军、议开局制造与处理天津教案三件大事，扼要而简明。其中记议开局制造事云：

初，咸丰三年，金陵始陷，米利坚人尝谒江南帅，愿以夷兵助战。十一年，和议既成，俄罗斯、米利坚皆请以兵来助。会议以为宜嘉其效顺，而缓其师期。及同治元年，英吉利、法兰西又以为请，公又议以为宜申大义以谢之，陈利害以劝之，皆报可。廷议购夷船，公力赞之。比船至，欲用夷将，则议寝其事。其后自摹工写夷船之制，近似之。遂议开局制造。自是外洋机器轮舟夷炮，中国颇得其要领。[3]

在吴氏笔下，曾国藩不但是再造土壤、还之太平的"功臣"，还是"扫

① 吴汝纶：《姚公谈艺图记》，《吴挚甫文集》，北京：朝华出版社 2019 年版，第 243 页。

② 吴汝纶：《与陈右铭方伯》，《吴汝纶尺牍》，徐寿凯、施培毅标校，合肥：黄山书社 1990 年版，第 70 页。

③ 吴汝纶：《皇清诰授光禄大夫赠太傅武英殿大学士两江总督一等毅勇侯曾文正公神道碑》，《吴挚甫文集》卷四，北京：朝华出版社 2019 年版，第 183—184 页。

因循之习，开维新之化"①的先导。对李鸿章，吴氏更是称赞而不遗余力。他在《李文忠公神道碑》中论李鸿章外交与洋务之功曰：

> 曾公薨后，西国势力益东注，若倒瓴水，不可遏止。国家一以故常待之。公独迈往竞进，导国先路，虽众疑莫随，而坚忍尽瘁，外国望之如大厦一柱。既用西法勒习海陆军，设防旅顺、威海，财政不已属，则兴立招商轮船，建设各行省电线，倡造铁路，开采唐山煤矿、漠河金矿，皆成绩昭著。与兵备表里，其外交机智，能以弱势驱策群强，使寝谋释怨，谓国有人，任艰驭远，前古无有。②

为人作碑志，属盖棺论定之作，不免有溢美之言、推誉之辞。吴汝纶于曾、李二碑，推戴由衷，而用笔拘谨。及至为左宗棠作神道碑，他则稍去拘谨之意而时有生动之笔：

> 公性刚行峻，不为曲谨小让。始未出时，与曾公胡公交，气陵二公出其上，二公皆绝重公。公每语人曰：曾、胡知我不尽。三人者相与会语，公辄题目二公，亦撰语自赞，务压二公，用相嘲谑。又尝言"当今善章奏者三人，我第一，余二人"。谓二公也。公与曾公内相倾服，至趣舍时合时不合。既出治军，交欢无间矣。及金陵平，又以争是非不合。后曾公薨，公西征，在肃州闻之，叹曰：谋国忠，知人明，吾不如曾公也。中兴诸将帅，大

---

① 吴汝纶：《保定曾文正公祠堂碑记》，《吴挚甫文集》卷四，北京：朝华出版社2019年版，第235页。

② 吴汝纶：《李文忠公神道碑》，《吴挚甫文集》卷四，北京：朝华出版社2019年版，第201页。

率曾公所荐起，虽贵，皆尊事曾公。公独与抗行，不少贬屈。①

至此，一个自信自傲、负气斗胜的左公形象跃然纸上，让人感到传神亲切。

吴汝纶在曾、李幕府多年，耳濡目染，对兴办洋务，富国强兵抱有一腔热忱。但对世界大势，却道听途说者居多，真知灼见者甚少，对洋务运动的理解，甲午以前大体拘囿于中体西用的思想范围内。吴氏《送曾袭侯入觐序》在一定程度上反映出对中、西方文化差异的认识。序云：

> 岸大海，凭岛屿，裂土而治者以百千数。中国恃海为险，自古绝不通。圣清有天下，声教枞被东首致水土物款关求市者，卅有余国，其强大者辄遣使诣阙下，置邸第，通聘好，以号令其人。边吏失控驭，得自直于天子，不能以一国之法治也。其人好深湛之思，其为学无所谓道也，器数名物而已；其为治无所谓德厚也，富强而已。其术业父子世继以底其成，其政令上下共听以谋其当。其法由至粗者推之极于至精，以至近驭至远，以至轻运至重。自天地之气，万物之质，皆剖析而糅合之以成其用。其上之所教，下之所学，一也。其饮食、衣服、语言，与中国绝殊，中国之人不习也。其于中国圣人所谓父子君臣夫妇之礼，道德之说，诗书之文，渺然不知其何谓。若爰居之于九奏也。学士大夫尤简贱之，以为中国至尊，外国至卑，彼安有善哉！②

---

① 吴汝纶：《左文襄公神道碑》，《吴挚甫文集》卷四，北京：朝华出版社 2019 年版，第 194 页。

② 吴汝纶：《送曾袭侯入觐序》，《吴挚甫文集》卷三，北京：朝华出版社 2019 年版，第 120—121 页。

第三章 桐城派的古文创作 | 389

显然，吴汝纶是不赞成中国至尊、外国至卑这种看法的。但把外国学术理解为器数名物之学，认定其于中国的父子君臣夫妇之礼、道德之说、诗书之文渺然不知其何谓，作者居高而临下的价值判断即已经形成。也许其器数名物、富强之术可以借鉴，但中国的德厚之治、君臣之礼却是不容怀疑，不用动摇的。他在《筹洋刍议序》中明确地表示出这种观念：

> 宁绍台道薛使君，示余所为《筹洋刍议》，其卒篇曰《变法》，余读之为广其说曰：法不可尽变。凡国必有以立。吾儒也，彼外国者工若商也。儒虽贫，不可使为工商。为之而工商不可成，而儒已前败失其所以立矣。使彼之为法者而生乎吾之国，其所以为作也，故且异乎是，吾独奈何而尽从之。然则将一守吾故而不变乎？是又不然。吾之法，圣法也，其本自尧舜禹汤文武。由尧舜禹汤文武而秦汉而唐而宋而明而逮乎公，每变而益敝。而彼乃始开而之乎完，以吾之敝，当彼之完，其必不敌者势也，是乌可不变。夫法不可尽变，又不可一守吾故而不变，则莫若权乎可变不可变之间，因其宜而失之。①

承认尧舜禹汤文武之法，变而益敝，而西方之国正处上升时期，以吾衰敝，当彼上升，彼盈我竭，势必不敌，吾之法必当有所变；但吾以儒立国，立国之本，不可动摇，则吾之法又不可尽变。这种思想逻辑是较为典型的洋务派理论。

甲午战后，洋务理论遭人讥议，有人以李鸿章"孝子慈孙"之说攻击吴氏，吴汝纶在《与陈右铭方伯》书中愤愤而言曰：

---

① 吴汝纶：《筹洋刍议序》，《吴汝纶全集》卷一，徐寿凯、施培毅校点，合肥：黄山书社2002年版，第274页。

若某者，以退休下吏，留滞此土，又不自揣量，僭与诸公分庭抗礼，非荷优容，何敢忘分攀附。蜷伏草野，于世事多不通晓。尊论谓不佞以浊流自处，亦殊不然。近来世议，以骂洋务为清流，以办洋务为浊流。某一老布衣，清浊二流，皆摈弃不载，顷故以未入流解嘲也。①

又论清议之流误国道：

中国不变法，士大夫自守其虚矫之论以为清议，虽才力十倍李相，未必能转弱为强。忠于谋国者，将何从自处！李相之欲变法自强，持之数十年，大声疾呼，无人应和，历年奏牍可覆按也。今断国者，持书生之见，采小生妄议，必欲与之为难，乃群集矢于李相，而隐托正论以自附于政府，其意殆别有所为。②

文中的"小生妄议"，概指康、梁变法之议。吴汝纶在戊戌之后，洋务思想一变而为教育救国，认为振兴国运，今在得人，不在议法，"南海康梁之徒，日号泣于市，均之无益也，唯亟派亩捐立县乡学堂，庶冀十年五年，人才渐起乎！无人才，则无中国矣"③。

在如何兴办教育，培养人才上，吴汝纶又感到困惑重重。一方面，他认为从培养可富国强兵人才计，应"废去时文，直应废去科举，不复以文字

---

① 吴汝纶：《与陈右铭方伯》，《吴汝纶尺牍》，徐寿凯、施培毅校点，合肥：黄山书社1990年版，第70页。

② 吴汝纶：《答陈右铭》，《吴汝纶尺牍》，徐寿凯、施培毅校点，合肥：黄山书社1990年版，第71—72页。

③ 吴汝纶：《与阎鹤泉》，《吴汝纶尺牍》，徐寿凯、施培毅校点，合肥：黄山书社1990年版，第131—132页。

取士，举世大兴西学，专以西人为师"①。另一方面，又深感书院改为学堂，兼习中西之学，而己主讲书院，"素无西学，自应叱避而退"，"此后海内更无地能容吾辈废物矣"②。这种理智与情感的剧烈交战，曾门四弟子中唯吴汝纶体会得最为深切。

作为桐城人氏，吴汝纶对乡邦文化满怀骄傲与神往之情。所作《安徽通志序》云："安庆跨江淮为境，名山峻岳，蕴蓄精英，人文之兴，著自前史。入国朝瑰人杰士，后先映蔚，经师若婺源江氏、休宁戴氏，文章若桐城方、刘、姚氏，皆所谓特立于一时，而不泯泯于后代者。"③对于桐城古文，复有振起而侈大之意。其论文以体清气洁、清真雅正的桐城派方、姚之文为至境，对以驰骋为才、纵横为气的绚烂阂肆之文及郭嵩焘、薛福成志在经济之文，颇有微辞。又以为说道说经不宜成佳文：说道之文，易坠理障；说经之文，易成繁琐。学行程朱与文章韩欧，此为两事，欲并入文章之一途，志虽高而力不易赴。在曾国藩以汉赋倔强之气扩姚氏而大之，以义理、经济合一并功、德、言于一途，以湘乡派政治家之文替代桐城派文人之文之后，在洋务运动破产、湘乡派讨论经国世务、撼谈当代掌故之文成为弃履、康梁维新派新文体不胫而走之际，吴汝纶重提方姚传统与古文义法，致力于湘乡派文向桐城派的复归，并俨然而成为后期桐城派的领袖。桐城派文在吴汝纶的倡导下，于十九世纪末二十世纪初呈现出最后的辉煌。

---

① 吴汝纶：《与李季高》，《吴汝纶尺牍》，徐寿凯、施培毅校点，合肥：黄山书社1990年版，第132页。

② 吴汝纶：《答郑薪如》，《吴汝纶尺牍》，徐寿凯、施培毅校点，合肥：黄山书社1990年版，第135页。

③ 吴汝纶：《安徽通志序》，《晚清文选》，郑振铎编，长春：吉林人民出版社1998年版，第268页。

# 第四章

# 后期桐城派与
# "五四"新文学

# 第一节　后期桐城派发展概况

　　曾门四弟子中，薛福成、黎庶昌致力于经济，求事功传之后世，未曾执教鞭传其文道。张裕钊、吴汝纶讲学于书院，因两人曾亲闻中兴名臣、洋务要员之謦欬，社会名望甚高，又俨然文坛泰斗、古文传脉，所以问学于门下的弟子不少。据贺培新《北江文集序》之言，"至父（挚甫——引者）先生布教北方，门下注籍者数千人"①，可谓盛观。有文名者，张裕钊门下有范当世、朱铭盘、查燕绪；吴汝纶门下有贺涛、马其昶、姚永朴、姚永概。张、吴门下弟子，相互通流，所以诸门生道其师传，大都并称张、吴。其中姚永朴、姚永概、马其昶为桐城籍人，永朴、永概为姚莹之孙、姚浚昌之子，其昶、当世分娶浚昌长女、次女。马、范、两姚以古文名世，使吴汝纶振兴侘大乡文化的夙愿，稍稍得酬。后期桐城派即主要指出自张、吴门下，

---

　　①　贺培新:《北江先生文集序》,《北江先生文集》, 吴闿生著, 北京: 人民文学出版社 1924 年版。

活跃在十九世纪末二十世纪初，以桐城义法相号召的古文创作群体。

后期桐城派中的贺涛、范当世，其文学活动主要在甲午战争前后。

贺涛（1849—1912），字松坡，河北武强人。1886 年中进士，官刑部主事。吴汝纶知深州，奇贺涛文，遂授以学，并使问学于张裕钊。吴氏改官登州，邀贺涛主讲信都书院，凡十八年。后又举贺涛主讲莲池书院。贺涛为学谨守吴、张师说。徐世昌叙《贺涛文集》论其学术传承道：

> 自桐城姚姬传氏推本其乡先生方氏刘氏之微言绪论，以古文辞之学号召天下，湘乡曾文正公廓而大之，曾文正之后武昌张廉卿、桐城吴挚甫两先生最为天下老师。继二先生而起者，则刑部君也。
>
> 盖桐城诸老气清气洁，义法谨严，笃守先正之遗绪，遵而勿失于异学争鸣之时，厘然独得其正，此其长也。曾公私淑桐城之义法而恢之以汉赋之气体，闳肆雄放，光焰熊熊，遂非桐城宗派所能限。张先生攟古至深，吴先生复参以当时之世变，匡济之伟略，堂奥崇隆，视前人超绝矣。两先生门下贤隽相通流，如通州张謇季直、范当世肯堂，沧州张以南化臣，桐城马其昶通伯、姚永概叔节，南宫李刚己刚己，冀州赵衡湘帆，皆其著者也。刑部受知吴先生独早，先生矜宠异甚，复为通之于张先生，以故兼受两家学，于吴先生门尤为耆宿。[①]

贺涛论文，承张、吴二师之说，揣摩而力求会通。他在《送张先生序》中论述汉唐以来古文质与丽、简朴与闳肆的数次转折变化，以说明曾国藩之

---

① 徐世昌：《贺涛文集序》，《贺先生文集》，上海：上海古籍出版社 2010 年版，第 527 页。

于姚鼐，是一个"变而后大"的自然过程。

> 经词质，诗独灿然而华。楚人既侈其体以为赋，而贾谊、司马相如、枚乘、扬雄、班固、张衡之伦，用以荐功讽时，抒怀愫，状物变，盖瑰放诡怪而不可穷承。效者多沿用为体，其弊也庞芜而纤伪。韩愈氏急起而持之，汰繁抑浮，一归于朴，群天下学者惟韩之从，自汉迄唐旷数百年而文章始复于古。习传之既久，或孤抱韩氏之义法而不敢他有所涉，其弊也意固而言俚。国朝姚姬传氏纂录古文益以楚辞汉赋，其说既美矣，曾文正公取其说而益恢之以自治其文，而宋后数百年沿用之体于是始变。汉文伟丽矣，而所谓质者固在也，末流汩焉耳；韩文简朴矣，而汉文气体固在也，末流靡焉耳。韩氏振汉氏之末流反之古，曾公振韩氏之末流而反之汉，先生师曾公，尝取姚氏所纂录，而独以辞赋以示学者……夫闳肆之境舍先生所说，固莫由达也。[1]

这篇写给张裕钊的序文以桐城派中曾、姚之变化，比照于汉、唐文之变化，甚至将曾国藩振韩氏之末流而反之汉，与韩愈振汉氏之末流而反之古相提并论，体现出桐城派一以贯之的标榜声气的作派。文中提到张裕钊教人为文，独以《古文辞类纂》中的辞赋示学者，以求闳肆之境，也可见张氏对曾国藩为文途径的恪守。

对于张、吴二师有所发明的"因声求气"之说，贺涛也引为至论。贺涛《答宗端甫书》对宗氏所提出多读书晓事则理富，理富则文有质干而义法自从，不必斤斤以学文为事的说法，不以为然。以为此说未能尽文之能

---

[1] 贺涛：《送张先生序》，《贺先生文集》，上海：上海古籍出版社2010年版，第551页。

事。文犹人也，人之外形无差，但人之闳隘都鄙相去甚远，则精神意象之为也。文之雅俗高下，也有赖于精神意象，不可以其诚具其形，可适于用而定夺之。

> 冶金以为钟，斫桐以为琴，截竹以为管，依古谱而奏之，伶人乐工盖可学而能矣。至于感阴阳动万物而辨治理之盛衰，则伶伦夔旷之外，盖无几人。以其神解妙会，无法之可传，不能据成迹以求之也。后之学者将取乎古，必取古人之文长吟，反复而会其节奏，其徐有得也，含而咀之，毋操毋忘，薰炙浸灌而渐而进焉，以契乎其微而几于自然。然后吾之气与古人之气相翕合，而吾之文乃随其意之所向，措焉而皆得其安。此之不能，罗列纂排，章摹而句仿之，其精神气象岂有合哉！ [1]

用因声求气之法，寻求古人神解妙会，不可言传之精神气象，而渐进于古人之境，此中的艰辛与愉悦，是持不必斤斤以学文为事的论者所不能体会的。这是坐拥书城、潜心古文者独有的一份快乐。

贺涛尝闻言于吴汝纶，"古人著书未有无所为而漫言道理者" [2]。贺涛读古人集，着意探求其幽怀微旨，而力求有所见地。读《墨子》，以为杨、墨与老、庄之学，并世生成，孟子攻剖杨、墨，不遗余力，而对老、庄之学未尝有辩的原因，在于名法利于用而效速，世主虽祸其国而不悔，孟子以卫吾道故攻之；老子言清净，人便其简，无所损益于世，孟子不屑攘臂其间断断

---

① 贺涛：《答宗端甫书》，《贺先生文集》，上海：上海古籍出版社 2010 年版，第549 页。

② 贺涛：《送吴先生序》，《贺先生文集》，上海：上海古籍出版社 2010 年版，第551 页。

与之角。①读《柳子厚集》，以为韩、柳志在用世，虽遭贬抑，不忍矜饰以廉谨。韩愈《潮州谢表》，情迫而辞切，有所谓蜷蜷不忘君者；柳宗元《与故人书》词旨与韩愈同，惟赋骚及诸杂说词多激，尤取世讥，以为文中怨嗟之语过多，失其忠厚之意。对于世人对柳宗元的误读，贺涛有不同看法：

> 吾尝反复其文而深思之，怨矣有悔心焉。读其书者固当哀其志而嘉与之，况《国风》《小雅》、屈子之作，其怨嫉者皆不减。子厚所为，惜之不见用而不能恕。吾君民忧思愤怼形诸文章，才志忠恳之士之所同也，又乌取夫中无所有，退托淡泊而以矫为高者。②

柳宗元身遭贬抑而有怨嗟之辞于文中，表述的是十分真实的情绪，何必讥其怨嗟而以退托淡泊为高呢？贺涛文集中《书三国志蜀志后》《读韩子》《书韩退之答刘秀才论史书后》等文，都能自抒其见，显示读书之湛思与勤勉。

沉浸于古书阅读之中的贺涛，对古书之外现实世界的变化也予以关注而又充满困惑。他在《送张京卿使外国序》中以为：天下之变，莫究所终，今所闻见，生民所未有也。海西诸强，合纵连横，情伪错出，事势攸变，举手措足，动有牵触。善为国者，应"综众国以参其执，远睎高瞩，擿摘幽隐而穷极其变幻，批郤抵瑕，握乎其机，然后刚柔疾徐，随所施而无不当。今之议者乃欲颛己守故，执旧闻以揆量天下，恶足御无穷之变哉"！③

胶柱鼓瑟，闭关锁国，不思变革，是无法适应世界大势之变化的。贺

---

① 贺涛：《读墨子》，《贺先生文集》，上海：上海古籍出版社 2010 年版，第 539—540 页。

② 贺涛：《读柳子厚集》，《贺先生文集》，上海：上海古籍出版社 2010 年版，第 551 页。

③ 贺涛：《送张京卿使外国序》，《贺先生文集》，上海：上海古籍出版社 2010 年版，第 540 页。

涛与诗人陈三立同举于礼部。1895 年陈三立的父亲陈宝箴巡抚湖南，贺涛作《送湖南巡抚陈公序》以为：西方诸国多富强之术，中国人与之交通，士大夫皆以效其所为为深耻。其后风气渐开，自西人殖财通货与一切器物之适于用者无不穷探博访。初试其法于海疆，推而渐广，延及内地。而独湖南之民不欲与外国接触，朝廷也听之不强，凡所措置独不施于湖南。湖南居中国之中部，水陆交会，于洋务之事终不能拒而不为。陈公巡抚湖南，必将使湖南成务济时，风气大开。此序表达出贺涛对新任巡抚的殷切希望。陈宝箴至湖南后，赞助维新，大批维新人物如梁启超、黄遵宪、谭嗣同聚集湖南，湖南一变而成为维新思潮最盛之地。戊戌政变后，陈宝箴也因此被革职而永不叙用。此种结果，自然是贺涛所始料不及的。

与吴汝纶徘徊于新旧之学、中西之学之间一样，赞成开洋务之风气的贺涛，在"朝廷欲以外国学制育才，而取其政艺之说试士，学犹未立而趋时之士，或走四方以求师，争购西书惟恐不及"[1]之时，则又喜忧参半。喜在民智渐开，世运可转；忧在新学兴盛，而旧学废黜：

> 朝廷既倡道天下以新学矣，中国之书虽未遽废，势必有所偏重。其修旧业者不过如胥吏之考故事，幕宾之读律法，俗儒采集性理之说耳。先圣昔贤之所撰著，通人志士之所编摩，其精神意趣多寓于文字之间，文字至深难知，以世知重之而好者之多也，而能之者亦仅间世而一遇。今乃以胥吏之故事、幕宾之律法、俗儒之性理当之，吾恐秦汉以来知文之士，遥承迭嬗，流衍于数千年之间几绝而复续者，将遂扫地以尽。[2]

---

① 贺涛：《复吴辟疆书》，《贺先生文集》，上海：上海古籍出版社 2010 年版，第592 页。

② 贺涛：《复吴辟疆书》，《贺先生文集》，上海：上海古籍出版社 2010 年版，第592—593 页。

对新学西学汹然之势，贺涛所感受到的失落与忧患在晚清知识分子及后期桐城派中是普遍存在的。西方以器物立国，中国以儒学立国。西方之学好新，故其奇技淫巧，层出不穷；中国之学好古，周孔之教，圣哲精神，绵远流长。"今世富强之具，不可不取之欧美耳；得欧美富强之具，而以吾圣哲之精神驱使之，此为最上之治法"①，这种由中体西用所演绎出来的民族心理定势，使得中国人以精神文明的拥有者保持民族自尊。一旦感觉到周孔之教、圣哲精神的传承也面临着摇摇欲坠的危险，其惶惶不可终日更甚于购船置炮，互市通商。以道统、文统传绪自居的桐城派文人，对西学新学的流传有更深一层的忧患意识。

与贺涛同时师承张裕钊、吴汝纶古文之学有文名的当推范当世。范当世（1854—1904），字无错，号肯堂，通州人，诸生。初闻《艺概》于刘熙载。1880年，张裕钊客扬州、江宁时，范当世求问诗古文法。张裕钊《赠范生当世序》言此事甚详："余以今年三月，因通州张生謇晤其同里范生当世邗江舟次。范生出所为文示余。余读之，其辞气诚盛昌不可御。深叹异，以为今之世所罕觏也。洎七月，生偕泰兴朱生铭盘来金陵，复携所为文，求余为是正，且恳恳问为文法甚至。"②范当世、朱铭盘、张謇同为南通人，又同居吴长庄幕府，被称为通州三生。姚永概《范肯堂墓志铭》记此事道："张先生大喜，自诧一日得通州三生，兹事有付托矣。""吴先生汝纶官冀州，见君与謇、铭盘唱和诗，贻书钩致，君亦乐依吴先生，遂之冀。而张先生亦来主讲保定，益相与论定古圣贤人微言奥义，学更大进"③。时当世丧夫

---

① 吴汝纶：《复斋藤木》，《吴汝纶尺牍》，徐寿凯、施培毅校点，合肥：黄山书社1990年版，第284页。

② 张裕钊：《赠范生当世序》，《张裕钊诗文集》卷二，王达敏校点，上海：上海古籍出版社2012年版，第31页。

③ 范当世：《范肯堂墓志铭》，《范伯子诗文集》，马亚中、陈国安校点，上海：上海古籍出版社2003年版，第610—611页。

人。吴汝纶为之介聘姚永概之仲姊，吴汝纶有文《题范肯堂大桥遗照》专记此事。此后范当世入李鸿章幕府，课其子。张謇鄙夷当世此举，数年不与通问。甲午后，范当世东归，"与謇谋乡里教育如初好"①。著有《范伯子文集》。

诗人陈三立序《范伯子文集》，谓"君虽若文士，好言经世，究中外之务，其后更甲午、戊戌、庚子之变，益慕泰西学说，愤生平所习无实用，昌言贱之。岁时会金陵，稍喜接乘时之彦及号尸新学者下上其议论，余尝引梅圣俞'谈兵究弊又何益，万口不谓儒者知'之句以谴之，君复抚掌为笑也"②。但《范伯子文集》中，绝无论政论学之篇，不知是陈三立夸饰其言，还是文集编辑时有意略去，其所谓经世之言，不可得端绪。文集中有《故湖南巡抚义宁陈公墓志铭》一文，言陈宝箴巡抚湖南得罪之事甚详：

其年八月，上擢公湖南巡抚，公益若茹痛而之官。以湖南号天下胜兵处，而民智尤塞，遏绝西法，至不通电杆。于是举李公及湖南总督张公所已尝为，及为之而实不至，或并不得为者，穷昕夕讨论，次第而毕行之，行之两年，而湖南风气盛开，吏治亦称最至。

二十四年，上感于主事康有为之所称奏，益决意变法，而屡诏嘉公忠，公以上将大有为，则无往而不须才，遂罄举平生所知京外官之能者，与所属吏士之可用者三十余人，备上之采择。于时京官在京者独杨锐、刘光第，而外官在京者独候补道恽祖祁。上遂擢祖祁为厦门道，而用杨锐、刘光第与谭嗣同、林旭者并为新政章京。公疏言：四章京虽有异才，然臣恐其资望轻而视事易，

① 范当世：《范当世传》，《范伯子诗文选集》，寒碧笺评，杭州：浙江古籍出版社2006年版，第379页。

② 范当世：《范伯子文集序》，《范伯子诗文选集》，寒碧笺评，杭州：浙江古籍出版社2006年版，第284—285页。

愿得大臣领之，复力荐张公之洞。疏上而皇太后训政，四章京诛，公坐滥保匪人废斥不用，然固不罪公所为也，而人遂汹汹目公以康党。

康亦当世之所尝识也。尝以其下第时过当世天津，当世独许其才不喜其学。已闻上召对康有为时，公疏言其长短所在，推其疵弊，请毁其所著书曰《孔子改制考》者，心独喜其与吾意同也。湖南既设时务学堂，其官绅并缘《时务报》推梁启超为主讲，而公从之。及《湘报》与学堂所论有疵，公则为之遏其渐，剖析而更张之，吾未见其为谁氏党也。[①]

范当世与陈三立为姻亲（三立之子衡恪为范之女婿），范文断断以辩，力求说明陈宝箴与康梁并未同流合污，宝箴得罪在于荐人失察而并非赞助维新。此中辩白，也可窥知范氏对维新变法的态度。

《范伯子文集》中有《书日本高权保郎上使臣书后》一文，论中国之教与西方之教的不同，体现出作者朴素而具有前瞻性的中西文化观。文章以为：自海上交通以来，时观览泰西人之载籍，以为中国教化不同于泰西之处，则在于孔孟之教，以仁育天下，无求生以害仁，有杀身以成仁。西教则不然，范氏论曰：

环瀛海而建国不相谋而并有所谓教，皆圣人也，而立本殊焉。西方教徒惟教之是争，动亦至于戕杀百万，穷兵数十年不休，此其所由来者酷矣。吾教虽有异同，不至于是也。有天下者用吾教则勿论，其为孔墨黄老皆足以善国而兴邦，久而道归于一。国之

---

① 范当世：《故湖南巡抚义宁陈公墓志铭》，《范伯子诗文选集》，寒碧笺评，杭州：浙江古籍出版社 2006 年版，第 347—348 页。

善败，益惟是之从。方其盛也，一君数臣仁悯忧恻于堂序之上，而人人自得于天下矣。及乎世衰乱成，神德盛化之机退，缄而不用，惟独一二岂弟君子出，身以殉世主之难，发于不忍而成于至是，用使介胄兴王，流连叹惜，追原祸败之所由作，而益知吾道之不可以废，以是循环而不休。此乃所谓杀身成仁之至也，非所以殉名而兴利也，非其术之果于杀也，仁育天下，此之谓也。

呜呼，机器兴而耶稣之道左，吾道亦将微矣。人巧物幻之来，异时必有一决。不幸至于天动地岌，则其最终能出而已乱者，果谁氏之教耶？[①]

范当世的敏锐在于从西方"机器兴而耶稣之道左"的现象中，作出"吾道将衰"的判断，同时预感到：人巧物幻之来，东西两教，必有决一雌雄，互为冲突的时候，谁能出而已乱，主宰沉浮，尚在未知之数。虽属未知，但作者认为：东教其仁育天下，相对于西教惟教是争来讲，优势是不言而喻的。他敏锐的判断和预感逐渐被历史的发展所证实，但他对东教优于西教之处的种种论述，却是很难成立的。号称以仁育天下的东方，照样有杀戮百万、穷兵数十年的战争，仁义道德的表面下也蕴含着许多惨绝人寰的故事。范当世的东方优势说，只能说明中国人在中西文化冲突中的一种情感倾向。

范当世科场失意，生计多艰，自言"游淡十年而产不进，不以为贫；九试不得一科，不以为贱"。但却常常以硁硁之才，不能改趋于有用之途而自怨自嘲。他于诗古文事，孜孜以求，诗名又大于文名。范当世论文之篇什不多，其中《与蔡燕生论文第一书》云：

---

① 范当世：《书日本高松保郎上使臣书后》，《范伯子诗文集》，马亚中、陈国安校点，上海：上海古籍出版社 2003 年版，第 463 页。

积学多年，不患无意；辙辕万里，不患无题。苟意有所动，便放胆为之，为之之道，第一求意雅，不求字雅，则所见若某某君之病去矣。布帛菽粟，平实说来，不必矫揉造作，以求波峭，则所见若某某君之病又去矣。

古人佳文大抵必多所磊砢不平而含蓄不露，意思稠叠而随手包裹，不碍于奔放，著字数百，而旁见侧出之虚影不啻数千，空明澄澈而万怪惶惑于其间。此皆可遇而不可求。熟于古人之文境可以先机影射，而四远为之罗，亦不能知其必获否也。所尤难者在乎骂讥王侯将相而敬慎不渝，与下辈粗解文字纵情牢骚者判若天壤。文章虽极诙嘲，而定有一种渊穆气象，望而知为儒人之盛业，与杂家小说不同。此则所谓胸襟不至豪杰，不足谈古文；德器不类圣贤，亦不足以俯笑一世耳。①

作平实之文，作儒雅之文——范当世论文主旨可以用此两句话来概括。平实之文，贵在自然、切用，布帛菽粟，娓娓道来，朴素平易，雕饰去尽而显天然秀色。儒雅之文，贵在气象渊穆、吐辞雅训，有凭高视远之胸襟，有君朝万众之德器。如道人德士，对接之久，使人自深。范当世对朴素雅洁之文的推尚，在一定程度上也显示出向桐城派文人之文靠拢的迹象。他又有《课乡弟子约》阐发古文之论道：

当世盖窃闻之矣，学所以学为文。《语》《孟》六经，莫非文也。文之盛者不可以猝为，由其近者通之，变而为《庄》《骚》，博而为《史》《汉》，泛滥淫溢而为《选》，狷洁自喜而为八家。八家

① 范当世：《与蔡燕生论文第一书》，《范伯子诗文集》，马亚中、陈国安校点，上海：上海古籍出版社 2003 年版，第 455 页。

往而经义兴焉。今人以次毕诸经而即为举业，是犹地天之不可以接。而高明卓见之士文语周秦，诗称汉魏，厌薄近古文字，以为无足观焉，余又以为非是也。

凡文无远近，皆豪杰之士乘于运会之为之，学者务观其通，弗狃于近，亦弗务为高远，祗自拔于流俗，以同归于雅正而已。且为学岂不贵乎有用，而学无所谓经济也，识时务耳。不达于当时之务，不能窥古人之迹，其不学犹可也。若既充然有以自负，而谬为一切之论，以概无穷之变，释褐而仕，病国家矣。君子之道，不谈非分之事，而有通人之识，读书咏歌，进退优裕。①

此段言论中，值得注意的有两点。一是主张为古文之学，不狃于近，亦不务为高远。务为高远者，文语周秦，诗称汉魏，厌薄近古文字，其立志可谓高矣；但文必周秦，与现实社会无涉，与时下运会脱节，学者无阶梯可寻，无蹊径可入。文无远近，自拔于流俗，同归于雅正可矣。二是学贵乎有用，可达于当世之务，能窥知古人之迹，方谓有用之学。枵腹不学而又好谈经济，必有祸于国家。范当世将数年来最为时兴的"经济"改换为"识时务"，又以为"君子之道，不谈非分之事"，也是一种将古文还给文人的主张与努力。

1903 年吴汝纶去世，次年范当世去世。贺涛晚年盲目。此后，在文坛上承继桐城派传绪的惟有马其昶及姚永朴、姚永概兄弟。

马其昶（1855—1930），字通伯，桐城人，少随方宗诚，后随吴汝纶、张裕钊习为古文辞，主庐江潜川书院、桐城中学堂。1910 年，应学部聘入都，任《礼》经课本编纂，授学部主事，充京师大学堂教习。不久回皖，任

---

① 范当世：《课乡弟子约》，《范伯子诗文集》，马亚中、陈国安校点，上海：上海古籍出版社 2003 年版，第 493—494 页。

安徽高等学堂监督。1914年再至北京，主持政法学堂教务，充袁世凯政府参政院参政。1916年，清史馆聘为总纂，主修儒林、文苑及光宣大臣传。后以老病归里。

马其昶《书张廉卿先生书札后》自述为文师承之道曰：

> 其昶学为古文，自同里方柏堂、吴至父二先生。二先生爱之笃教之切也。方先生曰："文不衷理道，则其用衰，是宜本经史体，诸躬旁及大儒名臣所论著。今子文虽工曷用邪？"吴先生则戒作宋元人语，曰："是宜多读周秦两汉时古书。"又言："今天下宿于文者无过张廉卿，子往问焉，吾为之介。"赋诗一篇，谐庄杂出，谓得之桐城者，宜还之桐城。其昶至江宁谒张先生凤池书院，先生则大喜，赋诗为答。于是其昶年二十有一矣。后屡赴江宁试，从游久益多闻绪论。先生之言曰："文之道至精。古之能者义不苟立，词不苟措，陈义必取其最高而尤雅者。造言必深古，不使片词杂乎凡近。其句调声响必在叶乎铿锵鼓舞之节。"又曰："培其源无速厥成。善学者宜俟其自至"。[①]

马其昶奔走于张裕钊、吴汝纶之门，亲闻謦欬，转益多师，揣摩以精思，存志于古文。他又有振兴乡邦文化的强烈意愿。青年时期，马其昶以数年之精力，搜集文献，将桐城一邑明清两代名臣、忠节、循吏、文苑、孝义百数十人生平事辑为《桐城耆旧传》，以表彰先贤，激励后进。他在《桐城耆旧传序》中论桐城文学道：

---

① 马其昶：《书张廉卿先生书札后》，《抱润轩文集》卷三，上海：上海古籍出版社2010年版，第86—87页。

圣清文治，远迈前古，于是吾邑人才后先迭起，彬彬称极盛矣。而方姚之徒，益以古文为天下倡，海内言文章者必推桐城，而桐城之文遂为宗于天下。吾尝以暇日陟嵂崺、投子之巅，望西北，曾峦巨岭，隐然出云表，而湖水迤丽荡漓于其前，因念姚先生所称，黄舒之间，山水奇杰之蕴蓄且千年，宜其遏极而大昌。又窃怪今者风流歇绝，何其蹶而不复可振也？岂不以师友之渊源渐被沦而日薄，士或数典而忘其祖？①

桐城古文旧日的辉煌，使桐城士人引为自豪，而桐城古文今日的命运，何以风流歇绝而一蹶不振？重振乡邦文化，再现古文辉煌，一直是马其昶及其他桐城籍古文家的夙愿。

但海内言文章者必称桐城的时代已经一去不返。马其昶《书张廉卿先生手札后》忆及当年与张裕钊泛舟湖上时，有一段抒情的文字：

一日，擢小舟，招其昶游妙相庵，登台观日落，诵杜公《出塞》诸什，回顾钟山云气瀹起，须臾弥满，雨甚，侵夜及晓，庵内一室祀曾文正公，相与危坐其下，先生为述文正轶事，慨今者之无其人。②

师徒二人所可感慨者何尝没有文事？马其昶《廉亭集序》论曾国藩之于桐城派及桐城派之于古文传统道：

---

① 马其昶：《桐城耆旧传序》，《抱润轩文集》卷三，上海：上海古籍出版社 2010 年版，第 75 页。
② 马其昶：《书张廉卿先生书札后》，《抱润轩文集》卷三，上海：上海古籍出版社 2010 年版，第 87 页。

同治中兴，曾文正公以德行文学铸陶天下，群材辐辏，不专一长。曾公论文私淑方姚而友梅氏，其余门徒则盛称张廉卿、吴至父两人。廉卿者，先生字也。吴先生后死，文名被海内外，乃独心折先生。由二先生之言，以上溯文正及姚、方、归氏，又上而至宋唐大家，而至两汉，犹循庭阶入宗庙而禘昭穆也。古今为文者众矣，然而浅深离合之际，其辨至严，世固有能审雅宴之声而别淄渑之味者，宗派之说固由此起焉。曾公序欧阳生文集详矣。学问之渊源渐被，诚未可诬，要皆不戾乎经术，足以持世而章教。①

得黄、舒之奇气，使桐城之文遂为宗于天下的方苞、姚鼐已成古人，以文章德行陶铸天下、群材辐辏的曾文正公也被祭祀于妙相庵中。如何自见于世，实现四方之志，如何以所学经天纬地，持世章教，马其昶为之颇费思量。他写于1887年三十二岁时的《抱润轩记》，对自己纵心力于凡业之足以为名者，奔逐于众好之场的行为深感懊悔，以为年齿日盛，米盐凌杂之事，日益纷予，如不能专心致志，自坚其学，则心志学术终夺于外也。读《易》至乾初九，"潜龙勿用"，他恍然有悟，"潜龙勿用，不潜未有能用者也"。"今夫龙之为物，其蛰也，蟠泊于深渊，及其上下云雨，开阖出没，御阴乘阳，而人莫测其迹。其施无方，其敛若亡，其或藏或翔，盖无所往，而非潜焉，而又何用不用之异致邪？人之于学，悗亦有然邪"。

但时代终于没有给以潜龙自喻的马其昶提供上下云雨、开阖出没、御阴乘阳的机遇。1910年，马其昶应学部聘，授学部主事，充京师大学堂教习。是年，有《宣统二年上皇帝疏》，次年又有《代常裕论新政书》之作，

---

① 马其昶：《廉亭集序》，《抱润轩文集》卷三，上海：上海古籍出版社2010年版，第123页。

因所论不合时宜，加上辛亥革命爆发而匆忙归还桐城。1914年，充袁世凯政府参政院参政。袁氏复辟，马其昶曾有《上大总统书》，以为"共和不宜于中国，固不待讨论而知，然今既以共和为名，建立未久，国基未固，无端而动摇之，则其事所关甚远，其昶虽愚，不敢漫然附和"。虽不愿附合袁世凯称帝，但马其昶对共和制度的建立，是明显地持否定态度的。

随着袁世凯的倒台，马其昶短暂的政治生涯也告结束。当他入国史馆，以曲折尽意之笔，写作儒林与文苑传时，则已消褪"足以持世而章教"的浮躁，而纯然儒者气度了。马其昶《清史稿·文苑传序》描述清代文学发展脉络：

> 清有天下，文治迈隆前古，综其大要，可得而言。始明代王、李盛言复古，绘章缔句，识者讥其伪体。虽以归有光之雅正，名位下莫能与抗。钟、谭论文，益务纤佻。至魏禧、侯朝宗、汪琬始革其余习。方苞继起，经术深，尤严义法，故曾国藩推苞文为国朝二百余年之冠。诗者北有宋琬、王士祯，南有施闰章、朱彝尊，主盟坛坫，并足名家。
>
> 盖自圣祖十八年，诏举博学鸿辞，得人称盛，高宗绍述，再开特科，兼征经学。当是时，海内沉博绝丽之才，彬彬出矣，而汉学之风亦由是炽。人人自以为许郑，士有不谈著述者摈而不与聚会。又薄宋贤义理之说为空疏，下笔乃甚嚣尘上，钩析钘乱。于是姚鼐排众议，以义理、考据、辞章不可偏废，诗文皆渊雅。张惠言汉学巨子，然甚工文，不类经生之繁碎，世称苞、鼐桐城派，惠言及其友恽敬阳湖派。此目论也。称宋宗唐祖汉而一本于经，安有彼此地域之殊异哉！鼐门人著籍尤言者梅曾亮。曾亮与国藩善，自嘉道后言古文者皆法姚氏，然流演既广，循声蹈迹，稍不厌才士之望，国藩以宏识伟度起而振之，又居处高明，广揽

群彦，弼佐中兴而文字之堂庑益大。

初士祯论诗主唐贤风调，同时赵执信已龂龂争议，然和声鸣盛，要自为大宗。其后诸家各极其才力所至，或颇阑入宋格，文士避熟求生，其派别尤不可胜原。

自前史以经学理学属《儒林》，辞章属《文苑》，二者遂分轩轾，然实非也。经纬天地之谓文，文岂劣词乎？孔子论儒有君子，有小人，则儒不必皆贤。以其说世所习闻，故不易。要之，文章自有能事，其工者往往兼义理考据之胜。①

此序就文风而言，扼要简练，不着浮辞，不蔓不枝，纯然桐城气息。末段谈到史书中《儒林》《文苑》两传的区分，以为经天纬地谓文，《文苑传》中人并不逊色于《儒林传》，立言并不讳忌古文家的立场。但一部争奇斗妍、色彩斑斓的清代文学史，在马其昶的序中，真正成了一部桐城文派发展概略。序中讲由明至清的文学变动，是为了引导方苞文为国朝二百余年之冠；交待汉学兴起的背景，是为了讲述姚鼐力挽狂澜，力延古文一线。言曾国藩对桐城派的振兴，前面以"稍不厌才士之望"说明原因，置曾氏于才士之列，褒贬皆有。与之相比，蔚为大观的清代诗歌的发展流变，则寥寥数笔，无关痛痒，成为古文的陪衬。与清代诗歌相较，清代小说、戏曲创作的成就，在作者看来，更是不值一提，清代小说、戏曲作家也无缘列名于《文苑传》之中。尽管《文苑传》写作时，已是二十世纪之初。作为后学，马其昶为桐城派张目的用意随处可见，即使为《国史文苑传》作序，也毫不掩饰标榜渲染之意。

作为吴汝纶之后的后期桐城派主帅，马其昶深感世变日亟，古文的发

---

① 马其昶：《清史文苑传序》，《中国近代文学大系·散文集》，任访秋主编，上海：上海书店 1993 年版，第 89—90 页。

展已失去了从容不迫的生存环境，而进入危亡濒死的境地，尤其是废除科举、兴办学堂以后，古文不再与进身仕途结缘，使用范围及在青年学子中的号召力与影响也大打折扣。马其昶写于1914年的《陶庐文集序》论古文之命运及其出路道：

> 呜呼，文事之轻于天下久矣，况世变日亟。曾不能抒谟建议，乃抱其陈朽之业，互慰寥寂，召笑取侮而不知止者，何也？窃尝以谓人之命质于天也，各有所宜。善用之其长皆有以自见，或以德淑，或以才效，或以言牖，叔孙氏所谓三朽者，不必强同，要归有益于世而已。
>
> 世与世相续以至于无穷。有此一世，则有此一世之政典焉，人物焉，欲传载之以饷后世，则文尚矣。而或工或否相倍蓰焉。其传载之久暂晦显，一视其文工否以为之差。故世不能无赖于文，赖于文又不能不求其工，亦其理然也。[①]

比较马其昶1889年所作的《答金仲远书》，则可发现他二十年间立论的变化。《答金仲远书》论立言之道云：

> 立言者，必使吾言世不可无，不必其皆古人所未有。切于事理虽源于古可也。伸吾所独见而无阐于圣文，无裨于世教，虽不言可也。
>
> 论议今事，则利害所被，尤大言之甚易，行之实难，事机万变，匪可揣知，徒作快语，惊流俗耳。故区区之意，愿足下一以

---

① 马其昶：《陶庐文集序》，《抱润轩文集》卷四，京师刻本1923年版，第18—19页。

纯儒之学自处，从事经术，以广大其德业。<sup>①</sup>

《答金仲远书》中的反对徒作快语，惊骇流俗，提倡以纯儒之学自处，这与范当世所说的文章应"望而知为儒人之盛业"<sup>②</sup>的说法近似，表现出后期桐城派作家以文人自立的自觉，但其仍保持有阐于圣文、有裨于世教的热情。至辛亥革命之后，马其昶论文则以"陈朽之业"，"互慰寥寂，召笑取侮"之类的言语自嘲，而希望以文传载一世之政典、人物而有益于世。文入困境，而论者之心也渐入老境。

陈三立序《抱润轩文集》，以马其昶所遇之世与吴汝纶所遇之世比较，试图说明马、吴的遭遇不同，其文亦当不同：

> 方、刘仕国初，方兴太平，姚先生及其弟子际乾、嘉，声教翔洽称极盛。独吴先生睹光绪甲午之败，盖逮庚子八国会师扰畿辅之难，流离困厄，不遑栖息，已异于诸乡先辈而莫能同也。然吴先生终光绪末叶，所谓革命军且未起，而吾通伯者，则躬及宗社之迁移，万方之喋血，其与吴先生生同时而所遭又异。当吴先生之世，中外多故，改制之议浸昌，吴先生颇委输万国之学说，缘饰为文，文若为之一变。通伯不获安乡里，孤寄京师，厕抢攘嚣哄之场，危祸交乘，听睹皇惑，怏郁之极，辑费氏《易》、毛公《诗传》毕，遂浸淫于佛乘。通伯异日之文当不免更为之一变。<sup>③</sup>

① 马其昶：《答金仲远书》，《抱润轩文集》卷十，京师刻本1923年版，第90—91页。
② 范当世：《与蔡燕生论文第一书》，《范伯子诗文集》，马亚中、陈国安校点，上海：上海古籍出版社2003年版，第455页。
③ 陈三立：《抱润轩文集序》，《抱润轩文集》，京师刻本1923年版，前言第1—2页。

马其昶之文，以雅洁有序、瘦硬精谨为尚，追求言简意赅，音节铿锵的阅读效果，尤擅叙记碑传文。《游冶父山记》写望江楼晨景道：

> 迟明，登望江楼，晨光纳牖，目际无垠，前至伏虎岩，箕踞石上，时则白湖、焦湖、黄陂诸湖，云气坌起，洼隆环瘫，皓若积雪，阳景腾薄，摩荡成彩，然后徐入山腹，尽势极态。钱君跃喜，以为观雪无此奇也。①

写景状物，笔墨极省，却穷相极形，有姚鼐《登泰山记》之神采。马其昶《西山精舍记》《慎宜轩集序》回忆早年与姚氏兄弟诵声朗朗、放意高言、其乐融融的情景，真挚中夹杂着怀旧的意绪和淡淡的乡思。《宣统二年上皇帝疏》《代常裕论新政书》则言辞慷慨，与文集中其他文章风格不同，但立论保守，不合时宜。《南山集序》写于1914年，时清廷已遭覆灭。作者认为，戴名世在清人初定天下之时，以雅尚儒术的一介书生，惨遭杀祸，而现在种族革命之说兴，清朝累世之基毁于一旦，重要原因之一即在于当初用势太尽："行之而可久者，道也。势则有时而穷，势之既穷，则前之抑者愈甚，后之动而反也愈力"。此正是清王朝当初固未暇恤一人之冤而坐贻宗社倾危之祸的根本所在。《谦斋诗集序》记其父友、"合肥三怪"之一的王谦斋先生事，娓娓谈来而笔力传神：

> 先生盛壮时，尝独身往说捻首苗沛霖，意气甚豪，樽酒赋诗，一时名流贵卿暨郡邑长吏交相引重，然卒困于诸生。今年且八十矣，家有小园，蓄一鹤一汉铜镜，古书名画，参错几席，抚孤孙，

---

① 马其昶：《游冶父山记》，《抱润轩文集》卷二十一，京师刻本1923年版，第85页。

吟啸其中，人事之纷乘，犹不得不降其辞色，与后生少年通殷勤、相欵语，俯仰今昔数十年间世运之迁变，乃如隔千岁，固宜其自见于诗者愤惋而不平也。①

真是借他人酒杯，浇自己块垒。《南山集序》与《谦斋诗集序》皆如此。《抱润轩文集》中碑传之体约占半数，其中如《吴先生墓志铭》《姚叔节墓志铭》写师友生平著述，荦荦大端，言简意明，其他大多受请之作，其真情实意，无能与相比。

马其昶之文因沾溉桐城文体洁气舒、志和音雅之气，而被推为向桐城派文人之文回归的典范之作。《抱润轩文集》中所附题辞中，好评连篇。王树枏为《抱润轩文集》作序，以为其昶"乃不幸身丁丧乱，蒿目瘝心常岌焉，若不克终日，故其思深而辞婉，其言虽简而意有余，往往幽怀微惜，感喟低徊"②。以辞婉、言简、感喟低徊概言马其昶文的特点，是较为熨帖的。

姚永朴（1862—1939），字仲实，桐城人，光绪二十年举人，候选训导。少承家学，好古文辞，与弟永概同师事张裕钊、吴汝纶，并从马其昶、范当世研习探求。后见萧穆于上海，萧穆"劝之用力经史，谓匪是无以为文章根本，语意肫勤"，永朴自言"由是始从事朴学"。③清末，曾任职于安徽高等学堂、京师大学堂、法政专门学校。辛亥革命后，任清史馆协修，从教于北京大学。1920年南归，教授于东南大学、安徽大学。有《蜕私轩集》《文学研究法》及经学著作多种。1932年，姚永朴续刊《蜕私轩集》三卷，同仁李大防序之曰：

---

① 马其昶：《谦斋诗集序》，《抱润轩文集》卷三，京师刻本1923年版，第93页。

② 王树枏：《抱润轩文集序》，《抱润轩文集》，京师刻本1923年版，前言第6页。

③ 姚永朴：《萧敬孚先生别传》，《敬孚类稿》，萧穆撰，合肥：黄山书社1992年版，第560页。

逊清光宣之际，先生都讲京师法政专门学校，时监督是校者为外叔舅乔损庵先生，数数为余言，先生乃当代两经师之一。两经师者，先生与廖季平也。乔丈且曰：先生说经，虽以宋儒为宗，而于汉唐博稽兼采，无门户之见。世谓通儒，且世之治朴学者，往往不工于文，而先生则文与诗并工，且卓有惜抱家法，殆所谓华实两胜者。又言国朝自康雍以来，父子祖孙踵为大儒，著书之多，赓续至二世三世者，或有其人，如桐城姚氏，代代有著述，历三百年而未有已，则未之前闻，求之史策，亦罕其匹。[①]

言永朴为当代两经师之一，诗文有惜抱家法，家学代有著述历三百年。李大防此序，常为评姚永朴之学之文者所援引。

姚永朴以"蜕私"名其轩，是遵乃父姚浚昌之命。姚浚昌与永朴言荀子"君子学如蜕"之说，以为蜕者，蜕其害吾德者也，害德莫如私，故当以"蜕私"名其轩。永朴晚年追记其事，作《蜕私轩记》曰：

　　呜呼，年欲永，位欲崇，田宅欲广，子孙欲众，且贤人之同情也，或第求有之于己，而不能推此心及人，不得，则忌人之得，夫是之谓私。不宁惟是，以其聪明才辨陵人，发一言行一事，辄思人之同己，誉之则喜，訾焉则怒，若此者亦私也。[②]

所谓"蜕私"，不外乎淡泊名利，仁义厚朴，以宁静致远，以无欲求刚。姚永朴晚年署文，仍以"吾邑先辈为学，其途不必同，而立身皆以宋五

---

　　① 姚永朴：《蜕私轩续集序》，《姚永朴集》，方宁胜、杨怀志点校，合肥：安徽教育出版社2014年版，第131页。

　　② 姚永朴：《蜕私轩记》，《姚永朴集》，方宁胜、杨怀志点校，合肥：安徽教育出版社2014年版，第102—103页。

子为归"①引为骄傲，又以为："可以萃一国之人以兴物而成务"者，莫如道德，"使不以道德为尚，则人人徇私忘公，所得之赀肥其家，以所造枪若炮交乱于域内，国焉得不蹶"。②姚永朴作此文时，距五四运动已十二年有余。

《蜕私轩文集》中，以传志之文最得桐城精神。如《郑君东甫传》《汪梅村先生传》《方存之先生传》《邵位西先生传》《萧敬孚先生传》《梁君巨川传》，传主或师或友，皆一代宿儒。作者记其逸事、旌其大节，谨厚沉挚。《郑君东甫传》记经学好友郑杲甲午年间故事云：

> 甲午日本构衅，我师失利于外。宵人复离间两宫，猜疑日积。御史安维峻抗疏讥切，皇太后虽获谴而朝论高之。君独以为与人子言，无诋其母之理，且救火而益以薪，是欲其燎原也。为今日计，宜本《春秋》襄王不能事母之义以匡今上，然后可言和言战。故事，部属不能奏事，乃与编修柯劭忞、内阁中书王宝田等联名入奏，枢臣迁之，寝其章不报。

> 戊戌康有为用事，约会试举人上书请迁都，君与劭忞、宝田沮同省者勿署名。有为闻之，曰："吾固知山东人立异也。"已而有为得罪皇太后，欲诛京朝官附之者，君又以为国朝二百数十年，未尝轻杀士大夫，今奈何启其端，走白枢臣，复不能用。其后，端郡王载漪卒以其子嗣穆宗，揽权酿乱，大诛谏臣，世乃叹君为识微。③

---

① 姚永朴:《书朱子语类日钞后》,《姚永朴集》, 方宁胜、杨怀志点校, 合肥: 安徽教育出版社 2014 年版, 第 136 页。

② 姚永朴:《历代圣哲学粹序》,《姚永朴集》, 方宁胜、杨怀志点校, 合肥: 安徽教育出版社 2014 年版, 第 139 页。

③ 姚永朴:《郑君东甫传》,《姚永朴集》, 方宁胜、杨怀志点校, 合肥: 安徽教育出版社 2014 年版, 第 70 页。

此种不入正史的趣闻逸事，得作者笔意传达而栩栩如生。《萧敬孚先生传》记同光年间几位桐城籍名士，性情学业各异，相处之间，庄谐杂出：

（萧——引者）先生屡应东南乡试不售，客上海制造局广方言馆，得俸辄购书，筑小楼于家庋之，不戒于火烬焉。踵求不怠，久乃愈其久。犹谓未足，踔海至日本以求。所储皆善本或孤行于世人未见者。盖先生所至，书贾每盈座焉。是时吾邑先辈如方先生宗诚，著书多谈性道及军国利病史吏治得失。徐先生宗亮亦究心边事。吴先生汝纶尤喜以泰西学说为吾国昌。惟先生一意编摩古籍，与后生言于字句异同、刊本良否以及前闻轶事，历历然如数室中物，而无一语及事务。吴先生每思广以异域之事，见必极论，先生意不与之合，讥嘲轰发。然吴先生退，未尝不重先生。①

萧穆为著名书籍收藏家与版本学家，求书痴迷而论书忘情，言不及事务。而吴汝纶喜谈西欧学说，试图以异域之事启发藏书家的蒙昧，双方口舌冲突在所难免。姚永朴传记文善于以生动的细节，叙写情状，以凸现人物性格。萧穆、吴汝纶"讥嘲轰发"，就是颇能体现双方性情的生动一笔。

1918年，学者梁济在京投湖自杀，遗书中自称为殉清殉志而死。姚永朴作《梁君巨川传》记其生平事迹道：

梁君讳济，字巨川，广西临桂人。祖讳宝书，道光二十年进士，官直隶遵化州知州，考讳承光，道光二十九年举人，官山西永宁州知州，两世皆有廉名。永宁君卒官，君方九岁，贫不能归

---

① 姚永朴：《萧敬孚先生别传》，《敬孚类稿》，萧穆撰，合肥：黄山书社1992年版，第559页。

依，其戚京师姚刘恭人授以经史大义。稍长，喜观戚继光论兵诸书暨近世名臣奏议。光绪十一年举顺天乡试。时父执吴县潘文勤公、济宁孙文恪公皆贵盛，君不求通。迨孙公罢政，始一谒之，以大挑二等得教谕，改官内阁中书，迁侍读，署民政部主事，升员外郎。宣统三年，帝逊位，遂辞职家居。明年，内务部总长邀之出，力辞。顾以时方议增官俸而不筹及民事，上书言：方今士大夫所当忧有甚于一身之冻馁者，必各屏其私，治平乃可望也。当事者不能用，而徵之愈急，卒不出。

岁戊午年六十，诸子谋为寿，止之不可，乃避居城北彭氏宅。先期三日昧爽，自投净业湖以死，时十月七日也。遗书数千言，告子及诸友，谓己之死殉清而死也。然非徒殉清，实殉所志。吾之志在匡世，使国果安，吾犹可不死。今数年矣，内讧不息，外患且来，吾宁以死激人心全国性，知我罪我，所不计也。其拳拳者五事，曰民、曰官、曰兵、曰财、曰清室，区画甚备。执友袁励位闻于上，予谥贞端。初，君常与游有吴宝训者，字梓箴，蒙古人，从汉姓，尝为理藩院员外郎，闻其事恸哭，越日亦投净业湖同殉。

论曰：君耿介人也。钱塘吴君家楝尝与同官内阁，为予言：自国变后仅一遇之书肆中，见方购词曲，颇怪之，既乃知此数年中君虑人心日泯，爰取忠孝节廉事撰新曲授伶人，观者往往泣下。呜呼，如君者岂犹计及身后之名哉，其欲救国与民，被发缨冠，不足喻也。不得已乃出一死，世有仁人，其果无动于中邪？①

---

① 姚永朴：《梁君巨川传》，《姚永朴集》，方宁胜、杨怀志点校，合肥：安徽教育出版社 2014 年版，第 77—78 页。

梁济之死，在新旧知识分子中都曾引起极大的轰动。姚永朴以同情之笔调述其事迹，引为同调，更显得真挚而低回。

姚永朴主讲国立法政学校期间，讲授古文，曾著有《国文法》四卷。1914 年，姚永朴复应文科大学之聘，在《国文法》的基础上，成《文学研究法》二十五章，仿《文心雕龙》体例，摭拾自有书契以来各家论文要旨，参照以桐城派古文理论，讲述文学而主要是文章之学、古文辞之学的起源、范围、功效、根本及写作应知等基本问题。书中立论，虽大多是摭拾先人遗绪，但把散在零星、只言片语的古文辞理论系统化，变成可以在大学讲坛上传授的知识，却是一次有益的尝试。姚永朴的《文学研究法》与林纾的《春觉斋论文》都是要在桐城派韶华未尽之时，将桐城派古文辞理论作一总结，并以大学讲坛作为布道之所。

《文学研究法》分卷上卷下。卷上十二章，分别为起源、范围、功效、根本、纲领、运会、派别、门类、著述、告语、记载、诗歌。姚永朴认为：文学起源于天地之元气、人性之精灵。作文之根本在于涵养胸趣，识明气生，然后可以商量修齐治平之学，以见诸文字，措诸事业。文学的功效有六：论学、匡时、纪事、达情、观人、博物。文学家当有别于性理家、考据家、政治家、小说家。文学的纲领以义法为首，但得义法仅入门户，升堂入室还要得精神意象之妙而归于自然。文学之盛衰推移，固然与运会有关，但又不以时代为升降，一视乎上之所以教，下之所以学。至于文学流派，用奇用偶，其流异，其源同，不必彼此訾謷。古文辞可分为四类十四体，四类为著述、告语、记载、诗歌，各类体裁有不同的写作规律。

卷下十三章，为性情、刚柔、功夫、状态、神理、气味、格律、声色、奇正、雅俗、繁简、疵瑕和结论。姚永朴以为：人之情各有殊，性也不能不各有所偏，所以刚柔缓急，皆于文章见之。苟不能见其性情，虽有文章，伪体而已。要准确地表达性情，须从古人入手，因声求气，积理练识，由摹仿到脱化，渐臻于神化之境。气以行之，味以永之，文可望不朽矣。神理气味是文章最精处，而其粗处也不容疏忽。作文一类有一类之格，一篇有一篇之格，谋篇制局既重要，清规戒律亦不可触犯。古文辞讲求声音的大小、短长、疾徐、刚柔、高下及文章的清奇、浓淡，其要不外是炼字、造句、隶事。奇正则要求文章既戛戛独造，陈言务去，又不流于恢俭险僻。文章求雅避俗，既要洗心，不存一毫名利心，又要积学，使言有本原。删繁就简要求克服义赘辞芜的弊端，追求简峻自然的文境。《文学研究法》中所谓的"文学"，主要指古文辞，以古文辞为文学，并称文学家应别于性理家、考据家、政治家，体现出古文家角色认同中的自觉；但又别于小说家，则体现出对文学理解的褊狭，而二十世纪初年的小说创作，已是铺天盖地之势，即便如此，古文辞家仍囿于旧见而不愿予以正视。

姚永概（1866—1924），字叔节，桐城人，永朴之弟。光绪十四年（1888）举人，以大挑得太平县教谕，未任。1892 年前后，从吴汝纶学于莲池书院，得交王晋卿、贺松坡。光绪末任安徽高等学堂教务长及师范学堂监督之职。1912 至 1913 年任北京大学文科学长，正志学校教务长，清史馆协修，分任诸名臣传。五十八岁卒于桐城，著有《慎宜轩文集》。

与永朴相同，永概以"慎宜"名其轩，也是尊父命而有所训戒的。姚永概 1910 年作《慎宜轩记》记其事曰：

> 昔岁读书挂车山中，先君子呼而诏之曰："汝知出话之道乎？当发而宿之，不欲其捷也；当纵而止之，不欲其尽也；当骧而重之，不欲其轻也；当怠而振之，不欲其慢也。非独禋福之召，胥介以言，士君子之词气固宜尔也。昔蜀孟光解隙正慎宜，不为放言，今以慎宜名汝斋，毋忽余言。"
>
> 其后移居县城，奔走四方，忽已四十余岁人，先君子终已十载。惟训词尚谨藏于中心矣。今年始茸小斋于居室之南，列置书册，种竹数竿。而以校事，不得时居，惟寒暑假日一归，盘桓

其中。追念前训，流涕而言曰：痛矣，夫先人言之深切也。小子无状，不能稍副教训，有所树立，山林，乎？朝市乎？进乎？退乎？何所持而可免于今之世乎？诗曰"既明且哲，以保其身"，又曰"明发不寐，有怀二人"。转使我四顾渺茫而未知厥宜之所在也。呜呼，悲夫。①

以慎宜名轩，慎者易为，而宜者令人颇费踌躇。天地之气，有刚有柔，人事之行，有当有不，何者为宜，是让人最难下判断之处。生在清王朝土崩瓦解之际，身处世界大局万国争强之时代，进还是退，山林还是朝市，何去何从，令人四顾渺茫而举步维艰，宜者不知，慎又如何？姚永概辛亥革命前夕所作的《慎宜轩记》从个人的感受出发，写出了清朝末代士大夫惶恐不安、无所适从的心态。

姚永概在写作稍早于《慎宜轩记》的《与陈伯严书》中，对清王朝诏立学堂、兼通中外之举感到鼓舞，同时，又以"鄙人兄弟学文二十年至今，全无用处"，"差幸经史及儒先之书，少焉读之与沉潜之，近亦略通中外大势"，②而自我解嘲，自我抚慰。其论中西学优劣及中国当以纲常伦理立国道：

> 窃谓甲午以前，拘于锢蔽，稍自激昂者，辄拒外来，若遇仇敌。于时大患在西学之不知。今之数巨公倡于上，通达之士和于下，风声大行，明诏严切，驱以利禄，虑亡有不攘袖扼臂而谈西学者，则此时所患正在中学之全弃耳。

---

① 姚永概：《慎宜轩记》，《慎宜轩文集》，上海：上海古籍出版社 2010 年版，第383 页。

② 姚永概：《与陈伯严书》，《慎宜轩文集》，上海：上海古籍出版社 2010 年版，第327 页。

夫中国之所以见弱于外国者，政也，艺也，非道也。六经之训，程朱之书，欧韩之文章，忠臣、孝子、悌弟、节妇，至性之固结，文耀如日星，淳浩如江海。由是则治，不由是则乱，虽百千新学，奇幻雄怪而终莫之夺也。中国今日之失政与艺，其末也，易于挽回者也。道，其本也，不亟亟焉讲明而昌大之，政与艺无所用之也。①

甲午前患西学不知，今患中学之全弃；西学中惟政、艺可学，中学则六经程朱韩欧之书、伦理纲常之道为不可弃。姚永概致陈三立信中所陈述的观点，代表了后期桐城派共同的文化选择，这也是"五四"新文化的倡导者提倡新道德、反对旧道德，提倡新文学、反对旧文学何以以桐城派为攻伐对象的重要原因。

姚永朴在永概去世后曾作《叔弟行略》，以为永概的"议论雄辩，为文章浩博无涯矣"，人多知之，而永概"检身之密"，"制行一以宋贤为归"，则为人所鲜知。他举例说明道："吾家旧风，令节若诞辰，弟于兄必四拜，兄揖之而已。及弟年老，相对须发皆白，吾数止之，弟仍遵礼勿肯违。"②姚永概《慎宜轩文集》中《送仲兄之湖口序》写因贫困，兄弟数人不得不分手，各为生计奔波，临行而依依惜别：

近年家益贫，负债逾千金莫偿，兄遂有湖口之行。湖口去家仅数百里耳。兄之是行，虽有经年之别，固亦未为久也。然吾兄弟少而相处，未尝有一月离。每昼共处一室，既夕，则共灯读书。

---

① 姚永概：《与陈伯严书》，《慎宜轩文集》，上海：上海古籍出版社 2010 年版，第327 页。

② 姚永朴：《叔弟行略》，《姚永朴集》蜕私轩续集，方宁胜、杨怀志点校，合肥：安徽教育出版社 2014 年版，第 147 页。

当其纵论今古，俯仰之间，怡然至乐，何尝有离别之感撄其心哉？人至中年以往，衣食之谋，妻子之累，环而交讧，往往奔走各出，孤行远游。欲求如幼时之依依聚处，何可复得。然则吾三人异日之游，方将自兄始矣。此予所以不能无感也欤！①

琐琐之事，娓娓道来，平白如话，不唯兄弟情深，文人之多愁善感也因文而见。与此相类似的还有《西山精舍记》。西山精舍为姚氏兄弟与马其昶旧时读书处，三人文集中均有记叙之文，而以永概所作描叙最为详尽，最有诗情画意：

　　门旁草舍三楹，则予兄弟读书之所也。室不盈丈，朝夕其中，如在小舟焉。堤下田数顷，田下有大溪，自东而西，复折而南。每夏秋之际，盛雨大涨，声淙然，如发万轮。屋后柿一株，栗一株，春荣轩前白一株，杏二株，垂柳一株，梅一株，而荼藤尤盛，花时高出垣表，隔溪行人望见之。其他樱桃、芙蓉、白茶及四时杂花皆具。由吾屋而东行半里登山，则方植之先生之墓在焉。由吾屋而西行半里，山径绝，乱石蠢立，中有泉漫流出潩，停薄常满，其味甘洌，宜煮茗，予以其出自石孔中，戏名之曰洞泉。②

作者以文字的功力，展示一幅秀丽恬静、怡然自乐的田园风光，其笔触、意趣，都是极为文人化的。与这种笔触、意趣相近的还有《竹山城西小潭记》《堵河记》，这些早年的作品，都以优美的文思打动读者。

---

　　① 姚永概：《送仲兄之湖口序》，《慎宜轩文集》，上海：上海古籍出版社2010年版，第330页。
　　② 姚永概：《西山精舍记》，《慎宜轩文集》，上海：上海古籍出版社2010年版，第381页。

历变阅世既多，姚永概文中的隽永之韵已不复存在。作者写于 1916 年的《畏庐文续集序》记叙与《畏庐文续集》作者林纾的私谊和涸辙之鲋、相濡以沫的心情时，沧桑感涌动于字里行间：

宣统庚戌，余始识闽县林畏庐先生于京师。及壬子、癸丑，共事大学堂，既而皆不合以去。临别赠余文，且媵以画。今年又同应徐君之聘，教授正志学校中。畏庐长余十四岁，弟视余，余亦以兄事之，每有所作，辄出相示，违覆而不厌，故余知畏庐深，其性情真古人也。畏庐名重当世，文集已尝印行，人士争购取，虽取法韩柳，而其真不可掩阅。一日手巨帙示众，且曰：吾两人志业颇同，序吾文者，非子奚属？余发而读之，竟日夕累欷不可止。私念与畏庐生际今日，五六十年来，所闻见，多古人未尝有，独区区守孤诣于京师尘埃之中，引迹自远，白首辛勤，日与群童习，博金钱以豢妻孥，甘心而不悔。然则序畏庐之文，不我属又将谁属？①

1912 年，严复出任北京大学校长时兼任文科学长，不久，便聘请姚永概担任文科学长之职，林纾同时任职于北大。1914 年初，因校长更换，学旨不合，姚、林两人同辞去北大职务，就职于北洋军阀徐树铮所创建的正志学校。共同的志业、共同的命运和为延古文于一线的共同愿望，使得永概引年长十四岁的林纾为文学知己，序林纾之文而感慨生于乱离之世，独守孤诣于京师纷纷扰扰之中，相对嘘唏垂泪，互慰寂寥。此时家国命运的沉重感，则与《西山精舍记》中的山水之乐形成了鲜明的对比。

---

① 姚永概：《畏庐文续集序》，《慎宜轩文集》，上海：上海古籍出版社 2010 年版，第 319—320 页。

后期桐城派中的贺涛、范当世、马其昶、姚氏兄弟，在时代没有为他们提供纵横驰骋的政治舞台，留给他们的只有文坛与讲坛的情况下，希望少涉纷杂，以具有"渊穆气象"的纯儒自处。他们的作品，很少再去讨论"经世要务"，记述"当代掌故"，但他们以传统文化的传人自居，坚守以程朱之学、韩欧文章的防线，以文人的敏感，体验着时代文明进步的震撼和旧文化被撕裂的阵痛。

十九世纪末二十世纪初，在桐城古文面临西风残照的境遇时，为桐城古文开疆辟域，延一线生机的是以译才并世的两位翻译家：严复和林纾。严复、林纾对桐城古文理论的认同以及他们富有社会影响的翻译成绩，使得桐城派古文显示出最后的辉煌。

严复（1854—1921），字又陵，又字几道，福建侯官人。十四岁入福州船政学堂，二十三岁奉派赴英国格林尼次海军大学学习。时郭嵩焘为驻英大使，常延严复至使署，分析中西学的异同，从而结为忘年之交。1880 年，二十六岁的严复出任天津水师学堂总教习。回国后，见国人事事竺旧，鄙夷新知，而自思职微言轻，且不由科举出身，因而发愤于科举，但多次未中。这使他更加增添了寄人篱下、不能一展所长的感觉。1895 年春，有感于甲午战败，严复接连完成《论世变之亟》《原强》《辟韩》《救亡决论》等一系列振聋发聩的政治性论文，将多年来对中国之所以积弱不振，何以能求富自强的思考和盘托出。严复以中西学兼通的优势及炽热的爱国、强国的激情，在 1895 年的中国思想界刮起了一股"严复旋风"。《论世变之亟》以为今日世变，盖自秦以来未有若斯之亟也。究其由来，又非一朝一夕之故。作者以为：应付世变，富国强兵，要害在于知己知彼，取西洋之长，补我国之短。而与华人言西治，常苦于难言其真。这是因为华人存彼我之见，弗查事实，动辄言中国为义礼之区其他则为犬羊夷狄，有晓然于彼此之情实者，则被骂为誉仇而背本。"夫士生今日，不睹西洋富强之效者，无目者也。谓不讲富强，而中国自可以安；谓不用西洋之术，而富强自可致；谓用西洋之术，无俟于通达时务之真人才，皆非狂易失心之人不为此。"①《原强》论富强之方，以为无过于鼓民力、开民智、新民德之三端。鼓民力当练民筋骸，鼓民血气，废除鸦片、缠足二事；开民智当讲求西学、改革选举之法，别开用人之途，而废八股、试帖、策论诸制科；新民德当设议院于京师，而今天下郡县各公举其守宰。三端之中，以开民智最为急迫，新民德最为难行。《辟韩》则以批判韩愈《原道》为题，论述中国的政治制度建设。作者以为，"孟子曰，'民为重，社稷次之，君为轻'，此古今之通义也"，而韩愈《原道》以君令臣行，民事其上来概括君臣社稷百姓之间的关系，是"知有一人而不知有亿兆也"。②君臣之伦，盖出于不得已，故不足以为道之原。今中国有圣人兴，当致力于与民共治之道，使中国之民也如西洋之民一样，其尊其贵。《救亡决论》以为今日中国不变法则必亡。变法将必从废八股、讲西学，将宋学、汉学、词章之学束之高阁，而学习西方格致富强之学，即科学之处作起。作者慷慨而言道：

> 今者，吾欲与之为微词，则恐不足发聋而振聩；吾欲大声疾
> 呼，又恐骇俗而惊人。虽然，时局到今，吾宁负发狂之名，决不
> 能喔咿嚅唲，更蹈作伪无耻之故辙。今日请明目张胆为诸公一言
> 道破可乎？四千年文物，九万里中原，所以至于斯极者，非教化
> 学术非也，不徒嬴政、李斯千秋祸首，若充类至义言之，则六经
> 五子亦皆责有难辞。嬴、李以小人而陵轹苍生，六经五子以君子
> 而束缚天下。后世用其意虽有公私之分，而崇尚我法，劫持天下，
> 使天下必从己而无或敢为异同者则均也。因其劫持，遂生作伪，
> 以其作伪，而是非淆、廉耻丧，天下之敝乃至不可复振也。此其

---

① 严复：《论世变之亟》，《严复论学集》，北京：商务印书馆 2019 年版，第 156 页。
② 严复：《论世变之亟》，《严复论学集》，北京：商务印书馆 2019 年版，第 170 页。

受病至深，决非一二补偏救弊之为如讲武、理财所能有济。盖亦反其本而图其渐而已矣！否则，智卑德漓、奸缘政兴，虽日举百废无益也。[1]

中国积弱太久，绝非一二补偏救敝之方所能救治，反本究源，不独嬴政、李斯等封建专制主义的始作俑者应予以清算，即使是六经五子，中国传统文化最经典的代表，也难辞其咎。救亡图强，将不得不从民主与科学的角度，反思中国与西洋强国相比而在民力、民智、民德等方面的种种缺陷与不足，从根本上强固富强之本而渐图救治之方。讳疾忌医，自欺欺人，只会贻误救治的时机。

严复发表在《直报》上的《论世变之亟》等四篇政治文章，各有重点而又有内在的逻辑联系。借助甲午战败、痛定思痛的契机，严复在比较东西方文化差异以及由此所形成的不同的政治体制、思想观念、行为方式的基础上，指出中国维新当从鼓民力、开民智、新民德处入手，而全面地鼓民力、开民智、新民德，又当以政治改革与文化革命的迅猛推进作为底蕴，作为动力。

在严复对中西文化全方位的比较中，也涉及辞章之学。严复以为：西方晚近言学，则"先物理而后文词、重达用而薄藻饰"[2]，而"中土不幸，其学最尚词章"[3]，"夫词章一道，本与经济殊科，词章不妨放达。故虽极蜃楼海市，惝恍迷离，皆足移情遣意。一及事功，则淫遁波邪，生于其心，害于其政矣。苟且粉饰，出于其政者，害于其事矣"[4]。辞章考据之学，"一言以蔽

---

① 严复：《救亡决论》，《严复论学集》，北京：商务印书馆 2019 年版，第 190 页。
② 严复：《原强》，《严复集》诗文卷，王栻主编，北京：中华书局 1986 年版，第 29 页。
③ 严复：《救亡决论》，《严复论学集》，北京：商务印书馆 2019 年版，第 182 页。
④ 严复：《救亡决论》，《严复论学集》，北京：商务印书馆 2019 年版，第 182 页。

之曰无用，非真无用也，凡此皆富强而后物阜民康，以为怡情遣日之用，而非今日救贫救弱之切用也"①。

鉴于国人对西学精髓无从了解的现实，严复决心从事西方学术著作的翻译工作，以促进中国民智民德的发展。他所选择的第一部西方学人的著作是赫胥黎的《天演论》。作为英国博物学家、进化论奠基人达尔文的学生，赫胥黎将达尔文《物种起源》中关于生物进化的一般性规律运用到社会领域，试图以"物竞天择，适者生存"的理论解释人类社会和人类文明的发展。严复《天演论》的翻译于 1895 年脱稿，1898 年正式出版。其中论述物竞天择之道理道：

> 虽然，天运变矣，而有不变者行乎其中。不变惟何？是名天演。以天演为体，而其用有二：曰物竞，曰天择。此万物莫不然，而于有生之类为尤著。物竞者，物争自存也。以一物以与物物争，或存或亡，而其效则归于天择。天择者，物争焉而独存。则其存也，必有其所以存，必其所得于天之分，自致一己之能，与其所遭值之时与地，及凡周身以外之物力，有其相谋相剂者焉。夫而后独免于亡，而足以自立也。而自其效观之，若是物特为天之所厚而择焉以存也者，夫是之谓天择。天择者，择于自然，虽择而莫之择，犹物竞之无所争，而实天下之至争也。②

《天演论》中"物竞天择、适者生存"的理论，极大地刺激了正在寻求民族自强新生之路的中国思想界和广大知识阶层，人们从"物竞天择"的道理中更深切地认识到民族危亡的存在，而将挽救民族危亡化作思想与行为上

---

① 严复：《救亡决论》，《严复论学集》，北京：商务印书馆 2019 年版，第 181 页。
② 严复：《天演论》，《严几道全集》，上海：上海古籍出版社 2010 年版，第 90 页。

的自觉。

严复所译的《天演论》请吴汝纶为之作序，严复与桐城派的关系也便由此开始。严复请吴汝纶作序，原因是多重的。严复在英国与郭嵩焘结为忘年交，引为知己。郭嵩焘、吴汝纶都曾为曾国藩幕府中人，由旧交而结新友，此其一。吴汝纶亲闻洋务要员、中兴名臣之謦欬，甲午战后，还鼓吹教育救国，主张兴办学堂，中西学兼顾，思想基础有所相近，此其二。吴氏以古文大家、桐城传脉盛名于世，在中国旧派知识分子中名望较高。而被旧派知识分子所轻视的留学生，其所译之书，一经吴氏作序，则会身价倍增。此其三。

为《天演论》作序，对吴汝纶来说，也是求之不得的。此之前数年，吴氏就同薛福成有个设想，以为转移风气，以造就人才为第一，制船购炮，尚属第二义。但自洋务兴办以来，争言外国奇怪利害、妄言无行之徒日多，此类人不得谓之才，且无造就之法。"窃谓各关道当聘请精通西学能作华语之洋人一名，更请中国文学最高者一人，使此两人翻洋书，则通微合莫之学，辅以雄俊典雅之词，庶冀学士大夫，争先快睹，近可转移一时之风气，远可垂之后代，成一家言。惜乎此二人者，未易多觏也。"①而严复译作的出现，则使他惊喜地发现，他原来认为难以寻找的两种人才的优点竟完美地体现在严复一人身上。《天演论》既是通微合莫之学，译文又是雄俊典雅之词。因此，吴汝纶在《答严幼陵》的信中兴奋地说："得惠书并大著《天演论》，虽刘先主之得荆州，不足为喻。""盖自中土翻译西书以来，无此宏制，匪直天演之学，在中国为初凿鸿蒙，亦缘自来译手，无此高等雄笔也。"②

吴汝纶的《天演论序》，以"与天争胜""以人持天"来概括赫胥黎的演

---

① 吴汝纶：《答薛叔耘》，《吴汝纶尺牍》，徐寿凯、施培毅校点，合肥：黄山书社1990年版，第21页。
② 吴汝纶：《答严幼陵》，《吴汝纶尺牍》，徐寿凯、施培毅校点，合肥：黄山书社1990年版，第98页。

说。"以人持天，必究乎天赋之能，使人治日即乎新，而后其国永存，而种族赖以不坠"，[①] 天行人治，同归天演。赫胥氏之说，可以使读者怵焉知变，于国论殆有帮助。对于译文，吴氏则感慨良多：

> 今议者谓西人之学，多吾所未闻，欲瀹民智，莫善于译书。吾则以谓今西书之流入吾国，适当吾文学靡敝之时，士大夫相矜尚以为学者，时文耳，公牍耳，说部耳。舍此三者，几无所为书。而是三者，固不足与于文学之事。今西书虽多新学，顾吾之士以其时文公牍说部之词译而传之，有识者方鄙夷而不之顾，民智之瀹何由？此无他，文不足焉故也，文如几道，可与言译书矣。
>
> 往者释氏之入中国，中学未衰也。能者笔受，前后相望，顾其文自为一类，不与中国同。今赫胥氏之道，未知于释氏何如，然欲侪其书于太史氏、扬氏之列，吾知其难也；即欲侪之唐宋作者，吾亦知其难也。严子一文之，而其书乃骎骎与晚周诸子相上下，然则文顾不重耶？[②]

吴序认为，严复以单行散体之文言译书，其雄俊渊雅，已大不同于流俗；以此种文至而可久之文开通民智，启发蒙昧，又是时文、公牍、说部之书所难以企及的。此外，严氏译文骎骎然与晚周诸子相上下，遂使赫胥氏之书格外增重。道胜而文至。文若不足，道是难以徒存的。

严复选择赫胥黎的《天演论》作为第一部译稿，是因为"赫胥黎氏此书之指，本以救斯宾塞任天为治之末流，其中所论，与吾古人有甚合者。且

---

① 严复：《天演论序》，《中国近代文学大系·文学理论集》，徐中玉主编，上海：上海书店 1995 年版，第 678 页。

② 严复：《天演论序》，《中国近代文学大系·文学理论集》，徐中玉主编，上海：上海书店 1995 年版，第 679—680 页。

于自强保种之事，反复三致意焉"①。这说明严复翻译《天演论》的本旨，还在于借书中所阐发的物种进化、汰劣留良的道理，激发国人自强保种的觉悟。至于译文本身，严复提出以"信、达、雅"作为综合标准。而《天演论》的翻译，严复采用了"不斤斤于字比句次，而意义则不倍本文，题曰达旨，不云笔译，取便发挥"②的意译办法。"译者将全文神理，融会于心，则下笔抒词，自然互备"③，以求信达。至于求雅，则直用汉以前之字法句法。严复论曰：

> 《易》曰："修辞立诚"。子曰："辞达而已"，又曰："言之无文，行之不远"。三曰乃文章正轨，亦即为译事楷模。故信、达而外，求其尔雅，此不仅期以行远已耳。实则精理微言，用汉以前字法、句法，则为达易；用近世利俗文字，则求达难。往往抑义就词，毫厘千里。审择于斯二者之间，夫固有所不得已也，岂钓奇哉。④

由于采用不倍本文、取便发挥的意译方法，由于刻意运用汉以前之字法句法以求尔雅，由于译书成后吴汝纶"见而好之，斧落征引、匡益实多"⑤，加上赫胥黎原文即是一篇简洁生动的演讲稿，《天演论》的译文这才

---

① 严复:《天演论自序》,《中国近代文学大系·文学理论集》,徐中玉主编,上海:上海书店 1995 年版，第 713 页。
② 严复:《天演论译例言》,《中国近代文学大系·文学理论集》,徐中玉主编,上海:上海书店 1995 年版，第 713 页。
③ 严复:《天演论译例言》,《中国近代文学大系·文学理论集》,徐中玉主编,上海:上海书店 1995 年版，第 714 页。
④ 严复:《天演论译例言》,《中国近代文学大系·文学理论集》,徐中玉主编,上海:上海书店 1995 年版，第 714 页。
⑤ 严复:《天演论译例言》,《中国近代文学大系·文学理论集》,徐中玉主编,上海:上海书店 1995 年版，第 714 页。

具有很强的可读性。开篇第一章的译文是：

> 赫胥黎独处一室之中，在英伦之南，背山而面野，槛外诸境，
> 历历如在几下。乃悬想二千年前，当罗马大将恺彻未到时，此间
> 有何景物。计惟有天造草昧，人功未施。其借征入境者，不过几
> 处荒坟，散见坡陀起伏间，而灌木丛林，蒙茸山麓，未经删治如
> 今日者，则无疑也。怒生之草，交加之藤，势如争长相雄。各据
> 一抔壤土，夏与畏日争，冬与严霜争，四时之内，飘风怒吹，或
> 西发西洋，或东起北海，旁午交扇，无时而息。上有鸟兽之践啄，
> 下有蚁蝼之啮伤，憔悴孤虚，旋生旋灭，菀枯顷刻，莫可究详。
> 是离离者亦各尽天能，以自存种族而已。[①]

此种文笔，确实是可以引人入胜的。鲁迅论严复的翻译，以为"他的
翻译，实在是汉唐译经历史的缩图。中国之译佛经，汉末质直，他没有取
法。六朝真是'达'而'雅'了，他的《天演论》的模范就在此。唐则以
'信'为主，粗粗一看，简直是不能懂的，这就仿佛他后来的译书。"[②]至于
《天演论》，鲁迅论曰：

> 最好懂的自然是《天演论》，桐城气息十足，连字的平仄也
> 都留心，摇头晃脑的读起来，真是音调铿锵，使人不自觉其头晕。
> 这一点竟感动了桐城派老头子吴汝纶，不禁说是"足与周秦诸子
> 相上下"了。然而严又陵自己却知道这太"达"的译法是不对的，
> 所以他不称为"翻译"，而写作"侯官严复达恉"；序例上发了一

---

① 严复：《天演论》，《严几道全集》，上海：上海古籍出版社 2010 年版，第 89 页。
② 鲁迅：《关于翻译的通信》,《二心集》，北京：人民文学出版社 1973 年版，第 167 页。

通"信达雅"之类的议论之后，结末却声明道："什法师云，'学我者病'。来者方多，慎勿以是书为口实也！"[1]

　　严复所译的《天演论》以物种进化、汰劣留良的进化论影响了一代中国人，而流畅渊雅的译文，也博得了尤其是文学青年的喜欢。译者以音调铿锵之古文转述外文原意，诚为古文的发展开辟了一块新的殖民地。以古文作为西学新学的载体，也确实使吴汝纶等桐城派中人着意兴奋了一阵。吴汝纶在与严复的通信中，多次谈到翻译中的化俗为雅，与其伤洁，毋宁失真及剪裁化简体义互见之法。桐城派的义法之说，在翻译文学中，被派上了新的用场。严复对吴汝纶的意见也极为看重，称吴氏"老眼无花，一读即窥深处。盖不独斧落征引，受裨益于文字间也"[2]。对于吴氏，严复不禁有相知恨晚之慨："复于文章一道，心知好之，虽甘食耆色之殷，殆无以过。不幸晚学无师，致过壮无成。虽蒙先生奖诱拂试，而如精力既衰何，假令早遘十年，岂止如此？"[3]1903年，严复译成《群学肄言》，闻听吴汝纶去世的消息，在《译余赘语》中沉痛地写道："呜呼！惠施去而庄周忘质，伯牙死而钟期绝弦，自今以往，世复有能序吾书者乎！"[4]严复真诚地把吴汝纶看作是良师益友与著述知音。这在当时的文学界不失为一段佳话。

　　在严复与吴汝纶书信频繁，讨论渊雅洁适的为文之道时，梁启超正在以文字鼓吹新民救国，文界革命。严复的《原富》问世后，梁启超在《新民

---

　　[1]　鲁迅：《关于翻译的通信》，《二心集》，北京：人民文学出版社 1973 年版，第163 页。

　　[2]　严复：《群学肄言译余赘语》，《严复集》（一），北京：中华书局 1986 年版，第126—127 页。

　　[3]　严复：《与吴汝纶书》，《严复集》（三），北京：中华书局 1986 年版，第 522—523 页。

　　[4]　严复：《群学肄言译余赘语》，《严复集》（一），北京：中华书局 1986 年版，第126—127 页。

丛报》上予以介绍时，对严复的译文提出了批评。梁氏认为：

> 其文笔太务渊雅，刻意摹仿先秦文体，非多读古书之人，一翻殆难索解。夫文界之宜革命久矣。欧美日本诸国之变化，常与其文明程度成比例，况此等学理邃赜之书，非以流畅锐达之笔行之，安得使学僮受其益乎？著译之业，将以播文明思想与国民也，非有藏山不朽之名誉也。文人结习，吾不能为贤者讳也。[①]

梁氏从传播文明思想与国民的角度，提出译文当以流畅锐达之笔行之，而不可过于渊雅艰深。梁启超的批评一针见血，严复的回答也不存客气。严复《答梁启超书》云：

> 窃以谓文辞者，载理想之羽翼，而以达情感之音声也。是故理之精者不能载以粗犷之词，而情之正者不可达以鄙倍之气。中国文之美者，莫若司马迁、韩愈。而迁之言曰"其志洁者，其称物芳"，愈之言曰"文无难易，惟其是"。仆之于文，非务渊雅也，务其是耳。且执事既知文体变化与时代之文明程度为比例矣，而其论中国学术也，又谓战国隋唐为达于全盛而放大光明之世矣，则宜用之文体，舍二代其又谁属焉？
>
> 且文界复何革命之与有？持欧洲挽近世之文章，以与其古者较，其所进者在理想耳，在学术耳，其情感之高妙，且不能比肩乎古人；至于律令体制，直谓之无几微之异可也。若夫翻译之文体，其在中国，则诚有异于古所云者矣。佛氏之书是已。然必先

① 梁启超：《绍介新著〈原富〉》，《严复研究资料》，牛仰山等编，福州：海峡文艺出版社 1990 年版，第 267 页。

为之律令名义，而后可以喻人。设今之译人，未为律令名义阘然循西文之法而为之，读其书乃悉解乎？殆不然矣。若徒为近俗之辞，以取便市井乡僻之不学，此于文界，乃所谓陵迟，非革命也。

且不佞之所从事者，学理邃赜之书也，非以饷学僮而望其受益也。吾译正以待多读中国古书之人。使其目未睹中国之古书，而欲稗贩吾译者，此其过在读者，而译者不任受责也。夫著译之业，何一非以播文明思想于国民？第其为之也，功候有深浅，境地有等差，不可混而一之也。慕藏山不朽之名誉，所不必也。苟然为之，言庞意纤，使其文之行于时，若蜉蝣旦暮之已化，此报馆之文章，亦大雅之所迳也。故曰：声之眇者不可同于众人之耳，形之美者不可混于世俗之目，辞之衍者不可回于庸夫之听。非不欲其喻诸人人也，势不可耳。①

严复回答的要点有三：其一，理精情正之文应远去粗犷之词、鄙倍之气，欲求志洁文是，宜用战国隋唐之文体；其二，欧洲近世文章，有所进者在于理想、在于学术，而不在情感，若一味追求近俗之辞，对于文界来说，此谓之陵迟，而非革命；其三，学理邃赜之书，正需要、期待多读古书之人，不然，与报馆文章则无所区别。

严复基于以著译之业，输入学理，不求近利而求远功的学术选择和西学精通、中学也不稍让于士大夫者流的自信，不愿意接受梁启超"其文太务渊雅，刻意摹仿先秦文体"的批评。严复留洋海外，无有科举出身的经历，和康梁等人有所不同。当梁启超文中以"中学西学，皆第一流人物"称严复时，实在是不经意中触到了其痛处。严复在复梁启超的信中，断断以辩于

---

① 严复：《与梁任公论所译〈原富〉》，《严复研究资料》，牛仰山等编，福州：海峡文艺出版社1990年版，第123—124页。

此事："仆于西学，特为于众人不为之时，而以是窃一日之长。"① 论西学自然是当仁不让，傲视群雄的。至于中学，"若夫仆中学之深浅，尤为朋友所共见，非为谦也。道不两隆，有所弃者而后有取。加以晚学无师，于圣经贤传，所谓宫室之富，百官之美，皆未得其门而入之。其所劳苦而仅得者徒文辞耳"②。于中学自称仅得文辞，文辞方面又怎能容得别人置喙，而接受"太务渊雅"的批评和"以流畅锐达之笔行之"的建议呢？

严复与梁启超 1902 年关于文体古雅还是通俗的争论，是发人深思的。争论有个人意气及好恶的因素在内，但也反映出不同文化观念的内在冲突。在某种意义上说，这次争论实际上是"五四"时期文言与白话之争的前奏。

1901 年，与严复齐名的晚清文学翻译家林纾来到北京。在一种悄然进行的文化整合的外力推动下，林纾自觉地成为桐城派殿军中的一员。

林纾（1852—1924），字琴南，福建闽县人。1882 年中举，是年三十一岁。此后七次应试，均不第。教书于福州、杭州等地。1901 年林纾五十岁时，入京任金台书院讲席，此后又在五城学堂、京师大学堂、高等实业学堂、正志学校等处任教，讲授经义、古文和伦理学。

入京前的林纾，就古文而言，只能是位有着良好文化修养的爱好者。林纾七十岁时，在他已成为蜚声文坛的古文家后所写的《答徐敏书》和《答甘大文书》中谈其读书情况道：

> 仆四十五以内匪书不观，已而八年读《汉书》，八年读《史
> 记》，近年则专读《左氏传》及《庄子》。至于韩、柳、欧三氏之
> 文，楮叶汗渍近四十年矣。此外则《诗》《礼》二经及程朱二氏之

① 严复：《与梁任公论所译〈原富〉》，《严复研究资料》，牛仰山等编，福州：海峡文艺出版社 1990 年版，第 123 页。
② 严复：《与梁任公论所译〈原富〉》，《严复研究资料》，牛仰山等编，福州：海峡文艺出版社 1990 年版，第 123 页。

书，笃嗜如饫粱肉，他书一无所嗜。①

　　仆治韩文四十年。其始得一名篇，书而粘诸案，幂之。日必启读，读后复幂，积数月始易一篇。四十年中，韩之全集凡十数周矣。由韩之道而推及《左》《庄》《史》《汉》，靡有不得其奥。顾以才力荏稚，知韩而不能韩，滋可恨也。②

　　四十五岁时，林纾最后一次参加科举考试，第二年遂与王寿昌联合翻译《巴黎茶花女遗事》。此书风行海内，林纾从此一发而不可收，彻底放弃了应科举试，开始了读书著述的生活。

　　依照林纾所言，其读书过程是由韩、柳、欧而及《左》《史》《汉》《庄》的。五十岁以前所作古文，数量很少，且"恒严闭不以示人"③。所以他初入京师时，人多以翻译家视之。

　　1901年，林纾为五城学堂国文教员时，得与吴汝纶相遇，为论《史记》竟日。吴汝纶对林纾关于《史记》的见解大为赞赏，又读林纾之文，称"是抑遏掩蔽，能伏其光气者"④。次年，吴汝纶写信于林纾，请为代校《古文四象》。信中言道："方在振兴西学之时，而下走区区传播此书，可谓背戾时趋。然古文绝续之交，正不宜弁髦视之。"⑤得到文坛名宿吴汝纶的鼓励与托付，林纾古文写作的兴致骤增，对古文及桐城派的命运也越来越关心。此后，林纾又分别结识马其昶、姚永朴、姚永概等桐城籍作家，引为同道。数年后，林纾已以吴汝纶之后桐城派传人自居，在《赠马通伯先生序》

--------

① 林纾：《答徐敏书》，《畏庐三集》，北京：中国书店1985年版，第60页。
② 林纾：《答甘大文书》，《畏庐三集》，北京：中国书店1985年版，第61页。
③ 林纾：《赠马通伯先生序》，《畏庐续集》，北京：中国书店1985年版，第50页。
④ 林纾：《赠马通伯先生序》，《畏庐续集》，北京：中国书店1985年版，第49页。
⑤ 吴汝纶：《与林琴南》，《吴汝纶尺牍》，徐寿凯、施培毅校点，合肥：黄山书社1990年版，第89页。

中云:

> 凡躬一艺而求通于艺外之人，即盛奖必多肤词，矧更挟其私
> 见求索瘢疵，则献艺求通者适所以成辱。故余治古文三十年，恒
> 严闭不以示人。光绪中桐城吴挚甫先生至京师，始见吾文，称曰
> "是抑遏掩蔽，能伏其光气者"。越六年，桐城马通伯至京师，其
> 称吾文乃过于吴先生也。两先生声称满天下，吴先生既逝世，之
> 归仰桐城者必曰是马通伯先生当世之能古文者。承方姚道脉而且
> 见淑于吴公，今乃皆私余。然则余之不以示人者，兹乃大获其偿，
> 不以向者之严闭为涓矣。
>
> 余居京师十年，出面士流，咸未敢与之言文，亦以古文之系
> 垂泯，余力不足续其危系，何为以此自任。今得通伯则私庆续者
> 之有人也。夫心知其道，力不足以昌之，则局于学之未至也。学
> 至矣，而谓世之无可绍吾传而终秘焉，则非所甚不已，不如是也。
> 今之后生果有足绍桐城之传者乎？通伯阅人多，必有以识之。若
> 习为剽讦之行，强作解事以自诩，则愿通伯终秘之，必择其足传
> 者，始衍吾传也可尔。[①]

以马其昶为桐城之续，置己身于承方姚道脉而见淑于吴公者，此不无
"天下英雄，惟曹与刘"之慨。此文作于1911年前后。前一年，林纾自选历
年所作古文一百零九篇，结为《畏庐文集》，由商务印书馆印行，发行行情
看好，这才有"余之不以示人者，兹乃大获其偿"之说。稍后，林纾又有
《送姚叔节归桐城序》，其中叙述其与后期桐城派诸人的交谊，并重提桐城古
文传绪问题：

---

① 林纾：《赠马通伯先生序》，《畏庐续集》，北京：中国书店1985年版，第49—50页。

前二十余年，吾见桐城姚叔节于稠人中，有王贡南者指而称曰：是惜抱先生从孙也。时叔节英英然方领解，余不得绍，无以自进于叔节。又十五年，始见范伯子于江南，伯子婿于姚氏，因得闻叔节学问甚详，盖能世石甫先生之家学，而遥接心源于惜抱者也。又五年，马通伯至京师，以古文噪于公卿间，见余述其师吴挚甫文章行谊不容口。余以通伯籍桐城，则又问叔节，乃不知通伯又婿于姚氏者也。呜呼，姚氏不惟擅其文章，兄弟绵绍其家学，乃其亲戚亦皆以文名天下，何其盛也。

近与叔节共事大学，须鬓伟然，年垂五十矣。迥念伯子被丧以毁卒，挚甫先生与余聚京师累月，旋亦物故。晚交得通伯，以上书论时政不合，匆匆亦遇乱归桐城，计可以论文者，独有一叔节。而叔节亦行且归。然则讲古学者之既稀，而二三良友复不得常集而究论之，意斯文绝续之交，亦有数存乎？

方道咸间，曾、梅诸老以古文鼓吹于吴楚，一时朝士亦彬彬竞学，濂亭、挚甫实为之后劲。诸老中挚甫为最后死，尝语余自憾其老，恐桐城光焰自是而熸。时吾未识通伯，固谓叔节必能力继其盛。今通伯方读书浮山，叔节归而与之提倡古学，果得二三传人，知叔节虽不与吾居，精神当日处吾左右。[1]

此序之中，林纾与吴汝纶的关系已变为"挚甫先生与余聚京师累月"，"尝语余自憾其老，恐桐城光焰自是而熸"，给人以临终托付的印象。在这些地方，林纾显示出文人附会声气的习性。

自1905年清政府下令废科举，兴学堂之后，传授古文的渠道便主要在

---

① 林纾：《送姚叔节归桐城序》，《畏庐续集》，北京：中国书店1985年版，第48—49页。

大中学校。辛亥革命前后，是林纾致力古文写作、传播古文之学兴致最高的时候。1910 年，由林纾自选的《畏庐文集》出版，1916 年，《畏庐续集》出版，人始以古文家林纾称之，而林纾持韩、柳、欧、曾及桐城义法者愈力，鼓吹宣讲亦愈勤。他在《赠姚君蒇序》中论韩、柳、欧、曾与归、唐、方、姚相传之道云：

> 余观唐宋之文盛矣，而享世大名者唯韩、柳、欧、曾，宁此千余年间，独四子能文耶？顾望岳而群山失其崇，见海而百川隘其流也，故明之归、唐，清之方、姚，穷老尽气以四子为归。而两朝中能文者亦骈列而不可尽数，咸莫据其能古之名，能古者必曰归、唐、方、姚，若毗于唐宋之四子焉。以古于文者必先古其心与谊，彝常之理，周孔之道，谨笃无悖，又磨砻以世事，周历乎人情，虽不能径造于古之立言者，然亦得厕于作者之林矣。归、唐、方、姚盖日以四子为归，不劫于庸妄之巨子，不沮于嚣竞之俗说。谤毁谯詈，日有所集，乃深信而无所疑却，斯真能造古又能师法乎韩柳欧曾者。[①]

鼓励学归、唐、方、姚之古文者，不避谤毁，在桐城派"学行程朱，文章韩欧"的旗帜风雨飘摇之际，林纾知其不可而为之，成为封建末世程朱学术、韩欧文章的卫道者。林纾发表于 1916 年 4 月 15 日出版的《民权素》上的《送大学文科毕业诸学士序》，真切地恳请文科毕业生力延古文之一线，使不至于颠坠。序文写道：

> 呜呼，古文之敝久矣。大志之自信而不惑者，立格树表，俾

---

① 林纾：《赠姚君蒇序》，《畏庐续集》，北京：中国书店 1985 年版，第 46 页。

学者望表赴格，而求合其度，往往病拘挛而痿于盛年。其尚恢富者则又矜多务博，舍意境、废义法，其去古乃愈远。夫所贵撷经籍之腴乃所以以佐吾文，非专恃多书，即谓之入古，玄俗眼而喋读者之口也。而今之狂谬巨子趣怪走奇，填砌传记如缩板揸土，务取其沓而伙者以为能，则宜乎讲意境守义法者之益不见直也。

欧风既东渐，尚不为吾文之累，敝在俗士以古文为朽败，后生争袭其说，遂轻蔑左、马、韩、欧之作谓之陈秽，文始辗转日趋于敝，遂使中华数千年文字光气一旦暗然而熸，斯则事之至可悲者也。

今同学诸君子皆彬彬能文者，乱余复得聚首，然人人皆悉心以古自励，意所谓中华数千年文字之光气得不暗然而熸者，所恃其在诸君子乎？世变日滋，文字固无济于实用，苟天心厌乱，终有清平之一日，则诸君力延古文之一线，使不至于颠坠，未始非吾华之幸也。[①]

林纾的苦心孤诣、殷切希望，贯注于字里行间。出于力延古文之一线、使不致颠坠的目的，林纾上下奔走，著述演讲，倡言古文之道。1914 年，林纾的《韩柳文研究法》由商务印书馆出版，将其多年来阅读、研究韩、柳之文的心得体会，和盘托出，并请马其昶作序。马序云："今之治古文者稀矣。畏庐先生，最推为老宿。其传译稗官杂说遍天下。顾其所自为者，则矜慎敛遏，一根诸性情，劬学不倦。其于史汉及唐宋大家文，诵之数十年，说其义，玩其辞，醰醰乎其有味也。"[②]1916 年，《春觉斋论文》由北京都门印书局印行。此书据说是林纾在京师大学堂讲述古文的讲义，1912 年起，曾

---

① 林纾：《送大学文科毕业诸学士序》，《畏庐续集》，北京：中国书店 1985 年版，第 39—40 页。

② 马其昶：《林畏庐韩柳文研究法序》，《抱润轩文集》卷四，京师刻本 1923 年版，第 21—22 页。

以《春觉斋论文》为题连载于《平报》。这是一部详尽论述古文要旨、流别、应知、禁忌、用笔的入门指导性著作，也是对古文写作理论、技法与桐城派义法说的系统概括与总结。

《春觉斋论文》共分六章。第一章《述旨》主要讲积理与写情、用事、正言与体要几个为文要素的关系。作者认为：文者，运理之机轴。理者，储文之材料。不先求文之工，而先积理，则未有不工者。至于写情，以史氏欧阳修及归有光，琐琐屑屑，均家常之语，最为百读不厌。奥妙在于每篇中均有"字眼"，用以提纲挈领，使琐琐屑屑，尽有归纳。古文中用事，当如水中着盐，但存盐味，不见盐质。如恃多读书，纵笔为文，则不免渔猎之诮。所谓正言，即本圣人之言抗万辩也，但文章之体，又各有体要，不必各体中皆寓理学之言。至于桐城派，林纾评论说：

> 夫桐城岂真有派？惜抱先生亦力追古学，得经史之腴，镕裁以韩欧之轨范，发言既清，析理复粹，自然成为惜抱之文，非有意立派也。学者能溯源于古，多读书，多阅历，范以圣贤之言，成为坚确之论，韩欧之法程自在，何必桐城？即桐城一派，亦岂能超越乎韩欧而独立耶？钱虞山之告文太青曰："当力追古学，勿流连于今学而不知反。"此言辟何、李，后生小子，胡敢妄辟桐城？然论文不能不取法乎上。须知桐城之文不弱也，以柔筋脆骨者效之，则弱矣。向见吴挚甫先生案头日置韩文卷，时时读之。以桐城人师桐城之大师，在理宜读姚文，不宜取径于韩，且曾文正亦力主桐城者，乃日抱韩文不去手。然则，治程朱语录者，固不能溯源于《论语》也。①

① 林纾：《春觉斋论文》，《林纾集》第五册，江中柱编，福州：福建人民出版社2020年版，第9页。

不承认桐城有派，得经史之义理，镕韩欧之轨范，自然而成桐城之文；不承认桐城派文弱，后人学为文，当先从惜抱文入，不宜直接取径于韩。这种以抑为扬的手法，根本上是在为桐城派张目。

《春觉斋论文》的第二章《流别论》，分别论述古文辞如骚、赋、颂、赞、铭、箴、传、论、说、诏、赠序、杂记、序跋诸文体的起源、特点、区别及写作要求。区分甚细，举例甚繁。第三章为《应知八则》，分别是意境、识度、气势、声调、筋脉、风趣、情韵、神味。林纾所说的意境更强调未临文之先的立意，唯能立意，方能造境。古文意境以高洁诚谨为上。要立意不俗，"须先把灵府中淘涤干净，泽之以诗书，本之于仁义，深之以阅历，驯习久之，则意境自然远去俗氛"。① 作者为文，要有识度，识度表现在议论、叙事、学古诸方面。识度的入手工夫在于读书明理。气势、筋脉、声调是行文的要求。文之气势，贵在敛气蓄势，抑遏蔽掩，但主奔放，并非至文。文之筋脉，体现为如何安排伏、应、断、续之手法。至于文之声调，林纾对张裕钊"因声求气"之说略有修正，以为文之声调取决于个人性情，从古人处摹仿不来。风趣、情韵、神味涉及文章的风格，古文讲风趣而不流于轻儇，讲情韵不可失自然之致。至于神味，则是古文精神贯彻永无漫灭之谓，事理精确耐人咀嚼之谓，为文之至境。论文而及于神味，文之能事毕矣。

《春觉斋论文》的第四章是《论文十六忌》，集中讲述古文写作的禁忌。十六忌可归纳为三类。从古文内容上讲，忌虚枵，忌狂谬，忌偏忌。古文不可以文字驾空，徒以高论惊世。古文应求朴质，尚纯正。古文行文又忌拘牵、忌剽袭、忌凡猥、忌熟烂、忌陈腐，而贵独创，求精醇。从古文结构上讲，应忌肤博、忌繁碎、忌庸絮，而尚精意，求曲折，删繁而就简。从文章语言上讲，忌险怪、忌轻儇、忌涂饰、忌糅杂，忌浅俗，不可以艰深文浅

---

① 林纾：《春觉斋论文》，《林纾集》第五册，江中柱编，福州：福建人民出版社2020年版，第31页。

陋，不可以佛语、道家语、东瀛语入文，而讲求古文严净、雅洁的品格。第五、六章分别讲用笔、用字之法。如讲用伏笔，以为行文中用伏笔，犹行军之设埋伏，此伏彼应，能使文章起伏有致。伏笔即伏脉，欣赏古文，如能悟其起伏，则文之脉诀得矣。再如换字法，一是以熟字换古雅之字，使文远俗鄙，一是用熟字之不常用意，使文熟中有奇意。

《春觉斋论文》虽声称论文一本《论衡》《抱朴子》《文心雕龙》这些最古论文之要言，而实际所依据的论文标准仍是桐城派古文理论。其中，推尚欧阳修、归有光琐琐屑屑之言情文；文章要明于体要，不必各体皆寓理学之言；古文不可以文字驾空，徒以高论惊世；学韩、柳不可直接取径韩、柳，当从方、姚处入手等观点，则是后期桐城派所特有的，表现出将桐城文还原为文人之文的愿望和努力。至于讲求古文的风趣、伏脉，则又有林纾翻译西洋小说的经验寓于其中。林纾喜谐谑，其作《春觉斋论文》中论"风趣"时，曾举《史记·外戚世家·窦太后传》叙窦后与广国兄弟相见时，哀痛迫切，忽着"待御左右皆伏地泣，助皇后悲哀"[1]一句为例，以为悲哀宁能助耶？用一"助"字，太史公已在不经意中涉笔成趣了。此种风趣之笔，林纾也常用于西洋小说的翻译中，随笔幽他一默，而使行文变得生动活泼，令人哑然失笑。林纾讲解古文时专列"风趣"一节，自有个人的好恶在内。此外，作为古文家的林纾还常常在西洋小说的翻译过程中体味到"义法"的存在。他在《撒克逊劫后英难略序》中云："纾不通西文，然每听述者叙传中事，往往于伏线、接笋、变调、过脉处，以为大类吾古文家言。"[2]《春觉斋论文》论及古文写作的十六禁忌，其中"忌糅杂"一节以为，古文不可杂佛语、道家语、东瀛语，但不提小说家语。在林纾的古文创作与小说翻译的实

---

① 林纾：《春觉斋论文》，《林纾集》第五册，江中柱编，福州：福建人民出版社2020年版，第38页。

② 林纾：《撒克逊劫后英难略序》，《林纾研究材料》，薛绥之、张俊才编，福州：福建人民出版社1983年版，第118页。

践过程中，他对两种文体相通与不同之处的体验，比其他人都要深切得多。在小说的翻译过程中，他要借助富有表现力的文言词语，叙述描写，表情达意，借助史传文文体结构的经验，造就跌宕起伏，引人入胜的阅读效果，其最为便当最有实用的借鉴对象便是古文文体。至于林纾从西洋小说中，悟出"大类吾古文家言"，也只能是古文的经验在西洋小说的结构中获得了某种印证。在创作态度上，林纾自然不把小说翻译与古文创作等量齐观。林纾的古文写作，下笔谨慎，清劲凝重，翻译则轻快明爽，诙诡多变。人们因翻译家的林纾，认识古文家的林纾；但林纾本人，看重古文远远超出翻译。而"五四"以后，人们常常推重作为翻译家的林纾，作为古文家的林纾则遭到鄙夷。

# 第二节　后期桐城派与"五四"新文学

　　1915 年 9 月，《青年杂志》在上海创刊，拉开了五四新文化运动的序幕。在《青年杂志》创刊号上，陈独秀作为主编，发表了题为《敬告青年》的发刊词，鼓励青年遵人身与社会新陈代谢之道，做自主的而非奴隶的、进步的而非保守的、进取的而非退隐的、世界的而非锁国的、实利的而非虚文的、科学的而非想象的新式青年。《敬告青年》中直陈：周秦以来"名教之所昭垂，人心之所祈向，无一不与社会现实生活背道而驰"，[①] 此种虚文诳人之事，"虽祖宗之所遗留，圣贤之所垂教，政府之所提倡，社会之所崇尚，

---

　　① 陈独秀：《敬告青年》，《独秀文存》，北京：首都经济贸易大学出版社 2018 年版，第 5 页。

皆一文不值也"。① 又曰："吾宁忍过去国粹之消亡，而不忍现在及将来之民族，不适世界之生存而归消灭也。"② "国人而欲脱蒙昧时代，羞为浅化之民也，则急起直追，当以科学与人权并重。"③ 同期，汪叔潜发表了题为《新旧问题》的文章，此文虽不如《敬告青年》传诵广泛，却一语中的地概括了1915 年前后的文化现象。汪文认为："见夫国中现象，变幻离奇，盖无不由新旧之说，淘演而成，吾又见夫全国之人心无所归宿，又无不缘新旧之说，荧惑而致。"④ 汪叔潜认为，维新变法时期，分维新守旧二党，是谓之新旧交变之时代；眼下人之视新，几若神圣不可侵犯，但一切现象，似新非新，似旧非旧，是谓之新旧混杂之时代。新旧交变时代，新旧之争，如火如荼；新旧混杂时代，新旧之争，为鬼为蜮。当务之急，应使新旧旗帜，真正鲜明。"所谓新者，无他，即外来之西洋文化也；所谓旧者，无他，即中国固有之文化也。"⑤ 西洋文化与中国文化不能相容，在于西洋伦理与中国伦理绝不相似。西洋文化近二百年来尊重自由，而人类之理性始得完全发展，国家之观念变，于是乎铲除专制而宪政之精神始得圆满表见。此种文化与中国旧有文化根本相违，绝无调和折衷的余地。处在列族竞存的时代，必须当机立断，选择与我们的生存相适应者，如以为新者适也，则旧者在所排除，如以为旧者适也，则新者在所废弃。旧者不根本打破，则新者绝对不能发生；新者不排除尽净，旧者亦终不能保存。新旧之不能相容，更甚于水火冰炭之不能相入也。

---

① 陈独秀：《敬告青年》，《独秀文存》，北京：首都经济贸易大学出版社 2018 年版，第 5—6 页。

② 陈独秀：《敬告青年》，《独秀文存》，北京：首都经济贸易大学出版社 2018 年版，第 3 页。

③ 陈独秀：《敬告青年》，《独秀文存》，北京：首都经济贸易大学出版社 2018 年版，第 6 页。

④ 汪叔潜：《新旧问题》，《新青年》第 1 卷，北京：中国书店 2011 年版，第 15 页。

⑤ 汪叔潜：《新旧问题》，《新青年》第 1 卷，北京：中国书店 2011 年版，第 17 页。

中西文化的比较，自魏源"师夷制夷"思想提出后，就一直是中国近代知识分子反复琢磨、反复思虑的问题，随着中西文化接触的扩大、深入，这种比较也就愈趋真实、深刻。《青年杂志》创刊伊始，就紧紧抓住国人所最为关心的中西新旧文化冲突问题，力求打破1915年正甚嚣尘上的帝制复辟的乌烟瘴气。陈独秀有关名教、国粹虽祖宗所留，圣贤垂教，政府提倡，社会崇尚，如和现实生活背道而驰，皆一文不值的激愤之言及国人当以科学与人权并重的告诫，汪叔潜有关西方伦理尊重自由反对专制的伦理观念不同于中国，因而西洋文化与中国文化绝不能相容的论述，显示了《青年杂志》对文化冲突与文化建设的基本态度：以民主与科学为思想武器，倡言伦理革命，造就适应世界文明发展趋势的民族文化与自主进取的新青年。

1916年2月，陈独秀在《青年杂志》上发表《吾人最后之觉悟》，强调政治制度的变革，必以国民觉悟为基础，在经历了数度政治革命之后，伦理革命势在必行。陈独秀认为："欧洲输入之文化，与吾华固有之文化，其根本性质极端相反。数百年来，吾国扰攘不安之象，其由此两种文化相触接相冲突者，盖十居八九。凡经一次冲突，国民即受一次觉悟。"[1]此类冲突，自明末至今，已有六次。辛亥以还，"吾人于共和国体之下，备受专制政治之痛苦"。"自今以往，共和国体果能巩固无虞乎？立宪政治果能施行无阻乎？以予观之，此等政治根本解决问题，犹待吾人最后之觉悟。"[2]最后之觉悟，当为伦理的觉悟。陈独秀论伦理革命之于政治革命的关系道：

伦理思想，影响于政治，各国皆然，吾华尤甚。儒者三纲之说，为吾伦理政治之大原，共贯同条，莫可偏废。三纲之根本义，

---

① 陈独秀：《吾人最后之觉悟》，《独秀文存》，北京：首都经济贸易大学出版社2018年版，第29页。

② 陈独秀：《吾人最后之觉悟》，《独秀文存》，北京：首都经济贸易大学出版社2018年版，第30页。

448 │ 桐城派研究

阶级制度是也。所谓名教，所谓礼教，皆以拥护此别尊卑明贵贱制度者也。近世西洋之道德政治，乃以自由平等独立之说为大原，与阶级制度极端相反。此东西文明之一大分水岭也。

吾人果欲于政治上采用共和立宪制，复欲于伦理上保守纲常阶级制，以收新旧调和之效，自家冲撞，此绝对不可能之事。盖共和立宪制，以独立平等自由为原则，与纲常阶级制为绝对不可相容之物，存其一必废其一。倘于政治否认专制，于家族社会仍保守旧有之特权，则法律上权利平等经济上独立生产之原则，破坏无余，焉有并行之余地？

自西洋文明输入吾国，最初促吾人之觉悟者为学术，相形见绌，举国所知矣。其次为政治，年来政象所证明，已有不克守缺抱残之势。继今以往，国人所怀疑莫决者，当为伦理问题。此而不能觉悟，则前之所谓觉悟者，非彻底之觉悟，盖犹在惝恍迷离之境。吾敢断言曰：伦理的觉悟，为吾人最后觉悟之最后觉悟。[1]

伦理觉悟的意义，在于改革国民的政治素质，使多数国民对政治，自觉地居于主人的主动地位，从而自进而建设政府，自立法度而自服从之，自定权利而自尊重之，不必仰望善良政府贤人政治，不使共和成为伪共和，宪法成为一纸空文，保证国民政治的实施，而求中华民族的生存与进步。伦理觉悟意味着以自由平等为原则，铲除阶级制度，废弃所谓名教，所谓礼教，及专制主义赖以生存的君臣父子夫妇之道，提倡个性解放，建立与共和立宪相适应的诸如个性自由权力平等，经济独立等新的道德规范。一句话，即反对旧道德，提倡新道德。新旧道德的标准在于是否符合自由平等独立的文明

---

① 陈独秀：《吾人最后之觉悟》，《独秀文存》，北京：首都经济贸易大学出版社2018年版，第32页。

准则。

稍后，陈独秀又写作《驳康有为致总统总理书》《宪法与孔教》《孔子之道与现代生活》《再论孔教问题》等一系列论文，把批判的矛头指向旧道德的根源——孔子之道。他在《宪法与孔教》中论曰：

> 吾人倘以为中国之法，孔子之道，足以组织吾之国家，支配吾之社会，使适于今日竞争世界之生存，则不徒共和宪法为可废，凡十余年来之变法维新，流血革命，设国会、改法律，及一切新政治、新教育，无一非多事，且无一非谬误，应悉废罢，仍守旧法，以免滥费吾人之财力。万一不安本分，妄欲建立西洋式之新国家，组织西洋式之新社会，以求适今世之生存，则根本问题，不可不首先输入西洋式社会国家之基础，所谓平等人权之新信仰，对于与此新社会新国家新信仲不可相容之孔教，不可不有彻底之觉悟，猛勇之决心；否则不塞不流，不止不行。[1]

在这里，平等、人权等新信仰，不再仅仅被看作是西洋文化的成果，而是被看作适应今世生存的必由之路，世界文明进化的必由之路；孔学也不仅仅是中国文化的代表，而是平等人权信仰与建立新社会新国家的障碍和天敌。积数十年中国改革的虎头蛇尾，淮橘为枳的教训，陈独秀以为对于作为中国传统政治与道德行为基础的孔教，不可不有彻底的觉悟、猛勇的决心，否则，就不可能建立新信仰、新社会和新国家。这种思想逻辑，表现出"五四"新青年与旧文化决绝的决心。

在以勇猛的态度反对旧道德、提倡新道德的同时，由《青年杂志》改

---

① 陈独秀：《宪法与孔教》，《独秀文存》，北京：首都经济贸易大学出版社 2018 年版，第 64 页。

刊的《新青年》还把反对旧文学、提倡新文学作为自己的历史使命。陈独秀主办《安徽俗话报》时，胡适曾为报纸写稿。1916 年前后，在美国求学的胡适正在与同窗好友任叔永、梅觐庄争论"文言是半死的文学"与"一部中国文学史书就是一部活文学逐渐代替死文学的历史"等问题，并试作白话诗。1916 年 2 月 3 日，胡适致函陈独秀讨论新文学问题："今日欲为祖国造新文学，宜从输入欧西名著入手，使国中人士有所取法，有所观摩，然后乃有自己创造之新文学可言也。"① 在《新青年》杂志的催促下，胡适把在美国与诸位好友关于文学革命的争论和由此而想到的文学革命的八个条件写信向陈独秀作了陈述，此信刊于《新青年》第二卷第二号。正在谋求在文学上找到革命突破口的陈独秀读信后欣喜异常，称之为"今日中国文界之雷音"。在对胡适的"八不主义"提出商榷的意见后，陈独秀又认为："海内外请求改革中国文学诸君子，倘能发为宏论，以资公同讨论，敢不洗耳静听。"② 数日后，陈独秀又写信与胡适，以为"文学改革，为吾国目前切要之事。此非戏言，更非空言"。并督促胡适"切实作一改良文学论文，登之下期《青年》"。③

　　1917 年 1 月，胡适的《文学改良刍议》在《新青年》第二卷第五号上发表，在论述"八不主义"中不摹古人时以为：

　　　　文学者，随时代而变迁者也。一时代有一时代之文学……凡此诸时代，齐因时势风会而变，各有其特长。吾辈以历史进化之眼光观之，决不可谓古人之文学，皆胜于今人也。左氏、史公之

---

① 胡适：《论译书寄陈独秀》，《胡适留学日记》卷十七，谢军、钟楚楚编辑，海口：海南出版社 1994 年版，第 553 页。
② 陈独秀：《答胡适之》，《独秀文存》，合肥：安徽人民出版社 1987 年版，第 636 页。
③ 陈独秀：《陈独秀致胡适》，《胡适来往书信选》（上），中国社会科学院近代史研究所中华民国史组编，北京：中华书局 1979 年版，第 5 页。

文奇矣，然施耐庵之《水浒传》视《左传》《史记》，何多让焉。《三都》《两京》之赋富矣，然以视唐诗宋词，则糟粕耳，此可见文学因时进化，不能自止。唐人不当作商周之诗，宋人不当作相如子云之赋，即令作之，亦必不工，逆天背时，违进化之迹，故不能工也。

今日之中国，当造今日之文学，不必摹仿唐宋，亦不必摹仿周秦也。前见国会开幕词有云"于铄国会，遵晦时休"，此在今日而欲为三代以上之文之一证也。更观今之"文学大家"，文则下规姚曾，上师韩欧，更上则取法秦汉魏晋，以为六朝以下无文学可言。此皆百步与五十步之别而已，而皆为文学下乘，即令神似古人，亦不过为博物院中添几许"逼真赝鼎"而已。

吾每谓今日之文学，其足与世界第一流文学比较而无愧色者，独有白话小说（我佛山人、南亭亭长、洪都百炼生三人而已）一项，此无他故，以此种小说皆不事摹仿古人（三人皆得力于《儒林外史》《水浒》《石头记》，然非摹仿之作也），而惟实写今日社会之情状，故能成真正文学。其他学这个、学那个之诗古文家，皆无文学之价值也。今之有志文学者，宜知所从事矣。[①]

他又论"不避俗语俗字"云：

吾惟以施耐庵、曹雪芹、吴趼人为文学正宗，故有"不避俗语俗字"之论也。盖吾国言文之背驰久矣。自佛书之输入，译者以文言不足以达意，故以浅近之文译之，其体已近白话。其后佛

---

① 胡适：《文学改良刍议》，《新青年》第 2 卷第 5 号，北京：中国书店 2012 年版，第 167—173 页。

氏讲义语录尤多用白话为之者。是为语录体之原始。及宋人讲学以白话为语录，此体遂成讲学正体。当是时，白话已久入韵文，现唐宋人白话之诗词可见也，及元时，中国北部已在异族之下三百余年矣。此三百年中，中国乃发生一种通俗行远之文学，文则有《水浒》《西游》《三国》之类，戏曲则尤不可胜计。以今世眼光观之，则中国文学当以元代为最盛，可传世不朽之作，当以元代为最多，此可无疑也。当是时，中国之文学最近言文合一，白话几成文学的语言矣。使此趋势不受阻遏，则中国乃有一"活文学出现"，而但丁、路德之伟业，凡发生于神州。不意此趋势骤为明代所沮。政府既以八股取士，而当时文人如何、李七子之徒，又争以复古为高，于是此千年难遇言文合一之机会，遂中道夭折矣。然以今世历史进化的眼光观之，则白话文学之为中国文学之正宗，又为将来文学必用之利器，可断言也。①

《文学改良刍议》较为充分地说明了胡适有关文学改良的两个基本理论：一是一代有一代之文学，今日之中国，当造今日之文学，不必摹仿唐宋周秦，仰承古人鼻息而为古人之奴婢；二是白话文学将成为中国文学的正宗，言文脱离的局面应当打破，中国文学史上小说戏曲等白话作品的价值远远在文言作品之上。《刍议》代表了胡适对新旧文学之争的基本思路，他以后的作为，都是对这一思路的发展、发挥。在此文的后面，陈独秀加了几句识语，以为"余恒谓中国近代文学史，施、曹价值，远在归、姚之上，闻者或大惊疑。今得胡君之论，窃喜所见不孤。白话文学，将为中国文学之正

---

① 胡适：《文学改良刍议》，《新青年》第2卷第5号，北京：中国书店2012年版，第167—173页。

宗，余亦笃信而渴望之。吾生倘亲见其成，则大幸也。"①

仅为胡适鼓掌叫好，似乎意犹未尽，陈独秀即亲自操刀，写作《文学革命论》，发表在1917年2月出版的《新青年》第二卷第六号上，作为对《文学改良刍议》的声援，也作为对胡适之论的深化与补充。《文学革命论》论文学革命与政治革命、伦理革命之关系云：

> 吾苟偷庸懦之国民，畏革命如蛇蝎，故政治界虽经三次革命，而黑暗未尝稍减。其原因之小部分，则为三次革命，皆虎头蛇尾，未能充分以鲜血洗净旧污；其大部分，则为盘踞吾人精神界根深蒂固之伦理道德文学艺术诸端，莫不黑幕层张，垢污深积，并此虎头蛇尾之革命而未有焉。此单独政治革命所以于吾之社会，不生若何变化，不收若何效果也。推其总因，乃在吾人疾视革命，不知其为开发文明之利器也。②

中国政治界的三次革命，未生若何变化的重要原因，在于缺少伦理道德与文学艺术界的变动；伦理道德与文学艺术界黑幕层张，垢污深积，政治革命便缺少国民基础和个体自觉。与今日庄严灿烂的欧洲相比，自文艺复兴以来，政治界、宗教界、伦理道德、文学艺术皆有革命，有革命而促进化，中国革命当不可忽视伦理道德、文学艺术革命这一重要环节。陈独秀论文学革命之目标曰：

> 文学革命之气运，酝酿已非一日，其首举义旗之急先锋，则

---

① 陈独秀：《文学改良刍议》编者识语，《新青年》第2卷第5号，北京：中国书店2012年版，第174页。

② 陈独秀：《文学革命论》，《新青年》第2卷第6号，北京：中国书店2012年版，第185页。

为吾友胡适。余甘冒全国学究之敌，高举"文化革命军"大旗，以为吾友之声援。旗上大书特书吾革命军三大主义：曰，推倒雕琢的阿谀的贵族文学，建设平易的抒情的国民文学；曰，推倒陈腐的铺张的古典文学，建立新鲜的立诚的写实文学；曰，推倒迂晦的艰涩的山林文学，建设明了的通俗的社会文学。[①]

何以要推倒、排斥贵族文学、古典文学、山林文学？因为贵族文学，藻饰依他，失独立自尊之气象也；古典文学，铺张堆砌，失抒情写实之旨也；山林文学，深晦艰涩，自以为名山著述，于其群之大多数无所裨益也。而平易抒情的国民文学、新鲜立诚的写实文学、明了通俗的社会文学，则要求文学从高高的神殿中走出，贴近时代，贴近社会，贴近人生，贴近民众，既充满新鲜活力而又平易通俗。

论及中国文学发展的历史及现状，陈独秀以为：韩愈文章号称起八代之衰，其实韩愈文犹师古，虽非典文，然不脱贵族之气，又误于文以载道之谬见。文学本非为载道而设，而自昌黎以讫曾国藩所谓载道之文，不过抄袭孔孟以来极肤浅空泛之门面语而已。唐宋八家文之所谓"文以载道"，直与八股家之所谓"代圣贤立言"，同一鼻孔出气。元明剧本、明清小说，乃近代文学之粲然可观者，惜为妖魔所厄，未及出胎，竟尔流产，以至今日中国之文学，远不能与欧洲比肩。此妖魔即明之前后七子及八家文派之归、方、刘、姚是也。此十八妖魔辈，尊今蔑古，咬文嚼字，称霸文坛，反使盖代文豪若马东篱、若施耐庵、若曹雪芹诸人之姓名，几不为国人所识。若夫七子之诗，刻意模古，直谓之抄袭可也。归、方、刘、姚之文，或希荣谀墓，或无病而呻，满纸之乎者也矣焉哉。此等文学，作者既非创造才，胸中又无

---

① 陈独秀：《文学革命论》，《新青年》第 2 卷第 6 号，北京：中国书店 2012 年版，第 185 页。

物，唯在仿古欺人，直无一字有存在之价值。虽著作等身，与其时之社会文明进化无丝毫关系，至于今日文学，更是惨不忍睹：

> 今日吾国文学，悉承前代之弊；所谓桐城派者，八家与八股之混合体也；所谓骈体文者，思绮堂与随园之四六也；所谓西江派者，山谷之偶像也。求夫目无古人，赤裸裸的抒情写世，所谓代表时代之文豪者，不独全国无其人，而且举世无此想。①

文末，作者重提"欧洲文化，受赐于政治科学者固多，受赐于文学者亦不少"，并热情地号召："吾国文学界豪杰之士，有自负为中国之虞哥、左喇、桂特郝、卜特曼、狄铿士、王尔德者乎？有不顾迂儒之毁誉，明目张胆以与十八妖魔宣战者乎？予愿拖四十二生的大炮，为之前驱。"②其论断之明快，言辞之激烈，都是陈独秀所特有的陈独秀激烈痛快、豪情万丈的文学革命的宣言，确实是震动流俗的。与之相比，胡适的《文学改良刍议》显得立言谨慎，文质彬彬。1917 年 4 月 9 日，胡适读了《文学革命论》后致书陈独秀，一方面表示快慰无似，另一方面又申提醒："此事之是非，非一朝一夕所能定，亦非一二人所能定。甚愿国中人士能平心静气与吾辈同力研究此问题，讨论既熟，是非自明。吾辈已张革命之旗，虽不容退缩，然亦决不敢以吾辈所主张为必是而不容他人之匡正也。"③很显然，胡适是一直把文学改良作为学术问题提出来进行讨论的，但陈独秀却始终是把文学革命与政治革

---

① 陈独秀：《文学革命论》，《新青年》第 2 卷第 6 号，北京：中国书店 2012 年版，第 186 页。

② 陈独秀：《文学革命论》，《新青年》第 2 卷第 6 号，北京：中国书店 2012 年版，第 187 页。

③ 胡适：《胡适致陈独秀》，《新青年》第 3 卷第 3 号，录自《胡适文集》第 4 册，北京：北京燕山出版社 2019 年版，第 1023 页。

命、伦理革命以及民族自存等问题视为一体的。陈独秀与胡适的信中答曰："改良文学之声，已起于国中，赞成反对者各居其半。鄙意容纳异议，自由讨论，固为学术发达之原则；独至改良中国文学，当以白话为文学正宗之说，其是非甚明，必不容反对者有讨论之余地，必以吾辈所主张者为绝对之是，而不容他人之匡正也。其故何哉？盖以吾国文化，倘已至文言一致地步，则以国语为文，达意状物，岂非天经地义，尚有何种疑义必待讨论乎？其必欲摈弃国语文学，而悍然以古文为文学正宗者，犹之清初历家排斥西法，乾嘉畴人非难地球绕日之说，吾辈实无余闲与之作此无谓之讨论也。"①其态度之坚决，不容人对国语之文学的方向，有丝毫的怀疑。对不同的见解，也丝毫不留妥协的余地。

在 1917 年 4 月 9 日胡适写给陈独秀的信中，其中论白话文学的部分，以《历史的文学观念论》为题目作为论文在《新青年》刊发。胡适的信及《历史的文学观念论》中有两处涉及桐城古文派。《历史的文学观念论》论述提倡白话文学，攻击古文家的原因道：

> 吾辈主张"历史的文学观念"，而古文家则反对此观念也。吾辈以为今人当造今人之文学，而古文家则以为今人作文必法马班韩柳。其不法马班韩柳者，皆非文学之正宗也。吾辈之攻古文家，正以其不明文学之趋势而强欲作一千年二千年以上之文。此说不破，则白话之文学无有列为文学正宗之一日，而世之文人将犹鄙薄之以为小道邪径而不肯以全力经营造作之，如是，则吾国将永无以全副精神实地试验白话文学之日。夫不以全副精神造文学而

①　陈独秀：《陈独秀答言》，《新青年》第 3 卷第 3 号，录自《新青年通信集》，周月峰编，福州：福建教育出版社 2016 年版，第 138 页。

望文学之发生，此犹不耕而求获不食而求饱也，亦终不可得矣。①

胡适《寄陈独秀》信中论林纾新著《论古文之不当废》一文，以为林文所言"知腊丁之不可废，则马班韩柳亦自有其不废者。吾知其理，乃不能道其所以然"，以腊丁文不可废，作为古文不当废的理由，让读者十分失望。知其理，不能道其然，又是古文家的大病。胡适指出林文中又有"有清往矣，论文者独数方姚，而攻掊之者麻起，而方姚卒不之踣"，②其中"方姚卒不之踣"一句不合文法。林先生身为古文大家，论古之不当废，不能道其所以然，写作古文，又不合文法，则古文之当废，不亦既明且显耶？

至此，两位新文化、新文学的提倡者都已把反对旧文学的矛头明确无误地指向桐城派及桐城古文。桐城派作为旧文学的殉品，作为新文学祭物的命运，已无可逃循。当北京大学古文字学教授钱玄同等人也参与对桐城派的讨伐时，桐城派更是趋避不及。

在陈独秀发表《文学革命论》的1917年2月，钱玄同致信于《新青年》，对胡适的《文学改良刍议》极表佩服，又以为其中"斥骈文不通之句，及主张白话体文学，最为精辟"。"具此识力而言改良文艺，其结果必佳良无疑。惟选学妖孽，桐城谬种，见此又不知若何咒骂。虽然得此辈多咒骂一声，便是价值增加一分也。"③这是钱玄同第一次使用"选学妖孽""桐城谬种"的字样。于是，以妖孽称骈文之学，以谬种称古文之学，在"五四"新青年中不胫而走。1917年2月25日，钱玄同又有长篇文字寄陈独秀。通信以为：

---

① 胡适：《历史的文学观念论》，《新青年》第3卷第3号，北京：中国书店2012年版，第254页。

② 胡适：《与陈独秀》，《胡适文集》第4册，北京：北京燕山出版社2019年版，第1023—1024页。

③ 钱玄同：《与陈独秀》，《新青年》第2卷第6号，录自《新青年通信集》，周月峰编，福州：福建教育出版社2016年版，第91页。

胡君不用典之论最精，实足袪千年来腐臭文学之积弊。凡用典者，无论工拙，皆为行文之疵病。文学之文，用典已为下乘；若普通应用之文，尤须老老实实讲话，务期老妪能解。语录以白话说理，词曲以白话为美文，此为文章之进化，实今后言文一致之起点。此等白话文章，其价值远在所谓桐城派之文、江西派之诗之上。就新文学而言，梁启超实为创造新文学第一人。虽其政论诸作，因时变迁，不能得国人全体之赞同，即其文章，亦未能尽脱帖括蹊径，然而输入日本新体文学，以新名词及俗语入文，视戏曲小说与论记之文平等，皆为识力过人处。论现代文学之革新，必数梁君。至于当世所谓桐城巨子，选学名家，自命典赡古雅，公等所撰，皆高等八股耳。又如某氏（指林纾——引者）与人对译欧西小说，专用《聊斋志异》文笔，一面又欲引韩柳以自重，此等价值，又在桐城派之下，然世固以大文豪目之。[1] 钱氏此信，最可重视的是对梁启超的评价。梁启超 1989 至 1905 年间策动的以文界革命、诗界革命、小说戏曲界革命为主要内容的文学改良运动，梁氏关于"文学进化有一大关键，即由古语之文学变为俗语之文学是也，各国文学史之开展，靡不循此轨道"[2] 的论断，关于推小说为文学之最上乘的识见，关于务为平易畅达，时杂以俚语、韵语及外国语法的新文体实践和写作《新罗马传奇》《新中国未来记》等戏曲作品的用心，都使他当之无愧地成为新文学的第一人。此种评价，是极为尊重文学史发展事实的。至于林纾，钱氏则是第一次将批评的范围扩展至林纾的翻译。

继钱玄同之后，刘半农也参与了对文学革命的讨论。1917 年 5 月，刘半农在《新青年》上发表《我之文学改良观》[3]，在陈独秀、胡适、钱玄同的

---

① 钱玄同：《与陈独秀》，《新青年》第 2 卷第 6 号，录自《新青年通信集》，周月峰编，福州：福建教育出版社 2016 年版，第 93—97 页。

② 梁启超：《小说丛话》，《梁启超集》，广州：广东人民出版社 2018 年版，第 252 页。

③ 刘半农：《我之文学改良观》，《新青年》第 3 卷第 3 号，录自《新青年通信集》，周月峰编，福州：福建教育出版社 2016 年版，第 155 页。

立论的基础上，就文学之界说、文学与文字、散文之当改良者三、骈文之当改良者三等诸多问题发表议论。刘半农论散文之当改良者，一是要破除迷信，不作古人的奴隶，二是文言白话，可暂处于对峙的地位，文言力求浅显，白话力求发达，三是不用不通之字。

对于钱玄同、刘半农的加盟，陈独秀、胡适是倍感欣慰的。陈独秀在钱玄同第一次给《新青年》写信的复信中说："以先生之声韵训诂学大家，而提倡通俗的新文学，何忧全国之不景从也。可为文学界浮一大白。"①胡适在十几年后回忆说："这时候，我们一班朋友聚在一处，独秀玄同半农诸人都和我站在一条路线上，我们的自信心更强了。"②

1917年8月，钱玄同为《新青年》向鲁迅约稿。9月，胡适应蔡元培的聘请到北京大学任教，周作人首次将译稿投寄《新青年》。11月，李大钊由章士钊推荐任北大图书馆主任。《新青年》编辑部的改组遂在酝酿之中。

从1915年9月至1917年年底，陈独秀主编的《新青年》高举伦理革命、文学革命的两面旗帜，而文学革命因为有胡适、钱玄同等人的参与显得更为光彩夺目。文学革命的倡导者因为要建立以白话为唯一表达形式的国语文学，而不得不反对以文言为主要表达形式的桐城派古文；文学革命的倡导者持"历史的文学观念"，以为今人当造今人之文学，而不得不反对自诩传马班韩柳文统，视马班韩柳传统之外皆旁门左道的桐城文派；文学革命的倡导者看重贴近时代、贴近社会、贴近人生、贴近民众、抒情写世的白话文学，而不得不反对尊古蔑今、清高孤傲、肤浅空疏、无病呻吟的古文之学。文学革命的风暴再次撼动桐城派古文的统治地位。

后期桐城派中的马其昶、姚永朴、姚永概、林纾等人，身历废科举、

---

① 陈独秀：《陈独秀答言》，《新青年》第2卷第6号，录自《新青年通信集》，周月峰编，福州：福建教育出版社2016年版，第92页。

② 胡适：《中国新文学大系·建设理论集·导言》，《胡适文集》第2册，北京：北京燕山出版社2019年版，第658页。

改学堂、辛亥革命、袁世凯复辟等一系列事变，"学行程朱、文章韩欧"的学术祈向并没有因世事纷乱而有所改变。在西学东渐、新学纷纭的文化动荡中，他们更习惯于以道统、文统传人自居，以传统文化的继承者、捍卫者立言。

1913 年 6 月，袁世凯以临时大总统的名义令各省尊孔祀孔。7 月，孔教会代表陈焕章、夏曾佑、梁启超等上书参众两院，请于宪法中明文规定孔教为国教。康有为在上海创办的《不忍》杂志，更是紧锣密鼓，鼓吹尊孔读经。此年，马其昶作《祀天配孔议》，对政府祀天配孔之议拍手称赞。文章论祀天之必要性，以为："今民国肇建，号称共和，天下之心，皆放无纪极。昔患一人专横于上，今乃患亿兆人纵恣于下。欲已其乱，惟崇礼而重祀天。一人专横，则称天以治之；亿兆人纵恣，则立君以治之，以天治君，以君治民，复以民验天。而民又如此，其纵恣也，民之中有圣人焉，圣人之心，实合乎亿兆人之公心，乃所谓天心也。圣人与天一而已矣。礼也者，圣人之所制也，谓祀天之礼为可废者，是自绝于天也"，敬天之意人人所同，何有帝制之嫌乎？又论配孔之可行曰："或谓孔子尊君，不适于今制，不知民国非无君也，特君不专属。诗不云乎；天命靡常，况孔子大同之旨载于礼运，彼自不察耳。孔子明人伦，覃教思，集大成，于道为至高。东西国学者，苟稍通儒术，莫不尊亲，而吾乃弁髦视之。夫崇德报功之旨，非所以扬国华、明宗教也，祀天而配以孔子，实协于礼当乎人心。"[1]此类"敬天之意人人所同，何有帝制之嫌"[2]的议论，实际上正是为帝制招魂的掩耳盗铃之举。这位前清的《礼》经课本的编纂者，在为袁世凯政府祀天配孔方案提供根据时，显得轻车熟路。又三年，马其昶所著《诗毛氏学》成，他在《诗毛氏学序》中重言人伦教化之道云："陵夷至今日，学校之中，至以读经为厉禁，

---

① 马其昶：《祀天配孔议》，《抱润轩文集》卷一，京师刻本 1923 年版，第 34 页。
② 马其昶：《祀天配孔议》，《抱润轩文集》卷一，京师刻本 1923 年版，第 36 页。

乌乎，今天下风俗教化何如乎？所谓君臣父子兄弟夫妇朋友之伦犹有存焉者乎？言治而不本之性情，则其发见于事，为者无不暴戾恣睢，而卒归于坏乱。废经之说近起，自光宣一二十年来而深入人心，其效如此，尚未至其所终极也。"又言，《诗毛氏学》之所以仓卒付印，一若祸变之至有迫不及待者，是因为"古昔志士仁人之所用心，吾圣人之所雅言讽诵，历代由之而治，倍之而殃祸立见"，[①]不忍见经书毁弃之惨，故著书畅明大义，维挽世教。而此时，正是《新青年》鼓吹伦理革命之时。

姚永朴永概兄弟也决不会是伦理革命的赞同者。在初兴学堂之时，姚永概就有"夫中国之所以见弱于外国者，政也，艺也，非道也；六经之训，程朱之书，欧韩之文章，忠臣、孝子、悌弟、节妇，至性之固结，文耀如日星，淳浩如江海，由是则治，不由是则乱；虽百千新学，奇幻雄怪而终莫之夺也"[②]的论断。辛亥之后，姚永概又在《读经救国序》中云："光绪之季，有倡废经之论者"，"十余年来，怪说益炽，不可爬梳……顾闻外国近颇知中国典籍而研求之，吾恐圣人之道将潜夺于他人，而为其子孙者则且不止于一败鬻田宅如子瞻所云也。"[③]这种对六经之训、程朱之书、韩欧文章、纲常伦理的眷恋依附，不纯粹是一种政治态度，更是一种文化选择，当然也与他们的知识结构、职业、生计密切相关。因而姚永概在《与陈伯严书》中又有"鄙人兄弟学文二十年，至今全无用处"[④]之慨叹。在韩欧文章日益为人轻贱之时，以韩欧传绪自居的桐城文派，又何以能立身处世？

与一马两姚相比，林纾的思想经历更为复杂多变。林纾少负狂名。1897年在国人纷纷言变法、言救国之时，每与友人论及中外事，慨叹不能自已。

① 马其昶:《诗毛氏学序》,《抱润轩文集》卷二,京师刻本1923年版,第36—37页。

② 姚永概:《慎宜轩文集》,上海:上海古籍出版社2010年版,第327页。

③ 姚永概:《慎宜轩文集》,上海:上海古籍出版社2010年版,第323页。

④ 姚永概:《慎宜轩文集》,上海:上海古籍出版社2010年版,第327页。

又以为转移风气，莫若蒙养，故而印行平生第一本诗集《闽中新乐府》，以明白如话的语言评价时事，讥讽政治，表现出赞同维新的意向。次年，与好友又有一次联名上书的行为。他的文集中的《出都与某侍御书》记述了因上书受阻所激发的愤慨。对戊戌六君子被杀，林纾"扼腕流涕，不能自已"。从事于译书之后，他每于译序之中，表述爱国之旨，借译书儆醒国人。1908 年他在翻译日本人德富继次郎所著小说《不如归》的译序中写道："纾年已老，报国无日，故日为叫旦之鸡，冀吾同胞警醒，恒于小说序中，撼其胸臆，非敢妄肆嗥吠，尚祈鉴我血诚。"①由此可见其心志。但林纾的思想矛盾，在译序中也多有表现。1905 年，林纾翻译英国作家哈葛德的作品，译名题为《英孝子火山报仇录》，在序言中论曰：

> 宋儒严中外畛域，几秘惜伦理为儒者之私产。其貌为儒者，
> 则曰："欧人多无父，恒不孝于其亲。"辗转而讹，几以欧洲为不
> 父之国，间有不率子弟，稍行其自由于父母教诲之下，冒言学自
> 西人，乃益证实其事。于是，吾国父兄，始疾首痛心于西学，谓
> 吾子弟宁不学，不可令其不子。五伦者，吾中国独秉之懿好，不
> 与万国共也，则学西学者，皆宜屏诸名教外矣。呜呼！何所见之
> 不广耶？彼国果无父母，何久不闻有商臣元凶劢之事？吾国自束
> 于名教，何以《春秋》之书弑者踵接？须知孝子与叛子，实杂生
> 于世界，不能右中而左外也。今西学流布中国，不复周遍，正以
> 吾国父兄斥其人为无父，并以其学为不孝之学。故勖阀子弟，有
> 终身不近西学，宁钻求于故纸者。顾勖阀子弟为仕至速，秉政亦
> 至易。若秉政者斥西学，西学又乌能昌！余非西学人也，甚悯宗

---

① 林纾：《不如归序》，《林纾集》（九），江中柱编，福州：福建人民出版社 2020 年版，第 450 页。

国之戚。①

以西方不尽不孝，证明西学绝非洪水猛兽，中国有伦理，也照样有乱伦弑君者出的基本事实，说明孝子叛子，实杂生于世界，不能右中而左外。以有无伦理作为西学是否可学的依据，一方面说明林纾译书之良苦用心，另一方面也说明林纾的道德至上情结。林纾自称"余非西学人也，甚悯宗国之戚"，正是因为宗国积弱，西学或可以强之，方颔许西学可学；而一旦西学逼进中学，汹汹然有取而代之之势时，林纾是绝然要以宗国文化的捍卫者自居的。

辛亥之年，清帝被迫退位，林纾在《畏庐诗存自序》中抒写心情，以为"革命军起，皇帝让政。闻闻见见，均弗适于余心"②，因对共和之后的政局不满，而以大清布衣自称。1913 年 4 月起，林纾十一次拜谒光绪陵墓，所交往者多为桐城派、宋诗派中的旧派文人，诗社文会，互慰寂寞。1914年，林纾与同乡陈宝琛、严复、陈衍、孙葆晋等十六个福建籍人，组成晋安耆年会。林纾撰《晋安耆年会序》云："方今俗尚污骜，年少多骞纵，其视敦尚古谊者，往往恣其欢丑。敬长之道，既弛而弗行。吾辈尤宜聚讲道德，叙礼秩，为子孙表式。"③在这样一种氛围之中，林纾愈发以嗜古腐酸自尚。1916 年，林纾《修身讲义》由商务印书馆出版，内分立志、事亲、友爱、齐家、接物、制行、劝学、应务八篇。他又撰《读列女传》一文，对比咸同风气，抨击时下道德时尚云：

咸同之间，妇女之车必幄，出入必裙，外言弗入，内言弗出，

---

① 林纾：《英孝子火山报仇录序》，《林纾集》（六），江中柱编，福州：福建人民出版社 2020 年版，第 9 页。
② 林纾：《畏庐诗存自序》，《畏庐诗存》，上海：上海书店 1992 年版，前言第 1 页。
③ 林纾：《晋安耆年会序》，《畏庐续集》，北京：中国书店 1985 年版，第 23 页。

男女之限截然。至于今日，则女子咸急装缚绔，为武士服。王莽之妻，衣不曳地。今则短不及脐矣。名曰文明，而尚武邪？妇人既可以亵服过市，则此外又何所不可？礼防既撤，结婚离婚均可自由，则男子所恃以成家者，乃日不测。妇人之用心猵薄者，稍有外昵而内旷，至有入宫不见其妻者，则夫妇之伦废矣。①

1917 年，林纾有《偶成》诗，诗云：

> 生平自笑作吟痴，海内投书谬见知。
> 文字何曾有真价，乾坤试问此何时！
> 老来早备遗民传，分定宁为感遇诗。
> 两字纲常还认得，仍将语录课诸儿。②

行君臣之礼，讲朋友礼秩，忧夫妇之伦，备遗民之传，"两字纲常还认得，仍将语录课诸儿"，林纾毫不掩饰其文化保守主义的立场。

对待古文，林纾的态度也是如此。1913 年，林纾《送大学文科毕业诸学士序》中有"世变方滋，文字固无济于实用。苟天心厌乱，终有清平之一日，则诸君力延古文之一线，使不至于颠坠，未始非吾华之幸"③之语。1915 年前后林纾在《文科大辞典序》中又说："新学既昌，旧学日就淹没，孰于故纸堆中觅取生活？然名为中国人，断无抛弃其国故而仍称国民者。仆承乏大学文科讲席，犹兢兢然日取左、国、庄、骚、史、汉、八家之文，条

---

① 林纾：《读列女传》，《畏庐续集》，北京：中国书店 1985 年版，第 14—15 页。
② 林纾：《偶成》，《林纾研究资料》，薛绥之、张俊才编，北京：知识产权出版社 2010 年版，第 37 页。
③ 林纾：《送大学文科毕业诸学士序》，《畏庐续集》，北京：中国书店 1985 年版，第 40 页。

分缕析，与同学言之。明知其不适于用，然亦所以存国故耳。"①此时的林纾，把古文作为国故的精华，兢兢以守备之，断断以力辨之，其守旧以待新的文化选择的倾向是十分明确的。

1917年末，林纾在北京组织古文讲习会，讲解《左传》《庄子》等，传授古文之道，到会听讲者近百人。次年，林纾在《古文辞类纂选本序》中评品文坛并追述古文讲习会发起的缘起：

> 正以宋明之末，尚有作者，而前清之末，作者属谁？彼割裂古子，填写古字，用以骇众，且持古文宜从小学入手之论，然则王庄西、钱竹汀诸老，宜奉为古文之祖矣。而又谓读书宜多。夫读书固宜多，而刘贡父讥欧九为不读书，试问学古文者，宜宗欧耶？宜宗刘耶？此等鼠目寸光，亦足啸引徒类，谬称盟主，仆尚何暇而与之争？
>
> 然此辈亦非废书不观者。所苦英俊之士，为报馆文字所误，而时时复换入东人之新名词。新名词何尝无出处？如"请愿"二字出《汉书》，"顽固"二字出《南史》，"进步"二字出《陆象山文集》，其余有出处者尚多。惟刺目之字，一见之字里行间，便觉不韵。
>
> 而近人复倡为马、班革命之说。夫马、班之学，又焉可及？不能学马、班者，正与革命无异。且浮妄不学者，尚不知马、班为谁，又何必革？
>
> 仆为此惧，故趁未朽之年，集合同志为古文讲演之会。②

---

① 林纾：《畏庐续集》，北京：中国书店1985年版，第20页。
② 林纾：《古文辞类纂选本序》，《林纾集》（五），江中柱编，福州：福建人民出版社2020年版，第273—274页。

文中"割裂古子，填写古字"者，是指章炳麟及其弟子以魏晋文相尚者。章氏为朴学大师，又为革命党领袖。1906年在日本讲学时，留日学生鲁迅、许寿棠、钱玄同、黄侃、沈兼士、周作人，都曾听过他的《说文解字》，章派势力盛赫一时。"英俊之士"是指梁启超。梁启超自称"夙不喜桐城古文"[①]，其报章新文体文白夹杂，风行一时。倡"马班革命之说"者，根据文意，当指白话文运动的倡导者。以嗜古腐酸自称，以保存国故，延古文于一线为使命的林纾，与《新青年》伦理革命、文学革命的学说是决不相容的。

1918年1月，《新青年》改为全用白话，编辑部进行了改组，成为同人杂志。由陈独秀、钱玄同、胡适、沈尹默、李大钊、刘半农轮流编刊，陈独秀仍是总负责，鲁迅、周作人也参与了编辑部工作。调整后的编辑部阵容整齐，随后即向旧道德、旧文学发动新的一轮攻击。3月15日，《新青年》第四卷第三号上发表了钱玄同与刘半农著名的"双簧信"。

钱玄同化名"王敬轩"，借读者来信的方式，历数《新青年》排斥孔子、废无伦常、大倡文学革命，对中国文豪专事丑诋的种种罪状，刘半农则以《新青年》记者的身份逐条予以驳斥。"王敬轩"的信中论林纾小说道：

> 林先生为当代文豪，善能以唐代小说之神韵，移译外洋小说。所叙者皆西人之事也，而用笔措词，全是国文风度，使阅者几忘其为西事。是岂寻常文人所能企及。
>
> 林先生所译小说，无虑百种。不特译笔雅健，即所定书名，亦往往斟酌尽善尽如云吟边燕语，云香钩情眼，此可谓有句皆香，无字不艳。[②]

---

① 梁启超：《清代学术概论》，上海：上海古籍出版社1998年版，第85页。
② 钱玄同：《文学革命之反响》，《新青年》第4卷第3号，《新青年百年典藏》，郑州：河南文艺出版社2019年版，第249页。

刘半农的信中批驳道：

> 林先生所译的小说，若以看闲书的眼光去看他，亦尚在不必攻击之列：因为他所译的"哈氏丛书"之类，比到《眉语莺花杂志》，总还"差胜一筹"，我们何必苦苦的"凿他背皮"。若要用文学的眼光去评论他，那就要说句老实话：便是林先生的著作，由"无虑百种"进而"无虑千种"，还是半点儿文学的意味也没有！①

刘半农以为林译小说，第一是原稿选择得不精，第二是谬误太多。这多是不审西文的缘故。第三是以古文译小说，歪曲太多。至于以"香钩情眼"一类作书名，则失之肉麻。

化名"王敬轩"的信又论严复之翻译云：

> 某意今之真能倡新文学者，实推严几道、林琴南两先生。……若严先生者，不特能以周秦诸子之文笔，达西人发明之新理，且能以中国古训，补西说之未备……与贵报诸子之技穷不译，径以西字嵌入华文中者相较，其优劣何如？望平心思之。②

刘半农答复曰：

> 西洋的 Logic，与中国的"名学"与印度的"因明学"，这三种学问，性质虽然相似，而范围的大小，与其精神特点，各有不

---

① 刘半农：《记者答言》，《新青年》第 4 卷第 3 号，《新青年百年典藏》，郑州：河南文艺出版社 2019 年版，第 254 页。

② 钱玄同：《文学革命之反响》，《新青年》第 4 卷第 3 号，《新青年百年典藏》，郑州：河南文艺出版社 2019 年版，第 250 页。

同之处。所以印度既不能把 Logic 攫为己有，说他是原有的"因明学"；中国人亦决不能把他硬当作"名学"。严先生译"名学"二字，已犯了"削趾适屦"的毛病，先生又把"名教、名分、名节"一箍脑儿拉了进去，岂非西洋所有一种纯粹学问，一到中国，便变了本《万宝全书》，变了个大垃圾桶么？要之，古学是古学，今学是今学，我们把他分别研究，各不相及，是可以的。若并不仔细研究，只看了些皮毛，便把他附会拉拢，那便叫做"混帐"。①

《新青年》自伦理革命、文学革命的口号提出之后，专设"通信"一栏，以期展开争论。"通信"栏中，赞成者慷慨陈言，而反对者却是寂寂无闻，这便使两个革命的倡言者像是尽在空中挥拳，不能不有寂寞之感。"双簧信"意在以针锋相对的争论，引起读者对两个革命问题的注意。对"双簧信"的做法，《新青年》阵营中也有不同的看法。鲁迅在刘半农去世后所写的《忆刘半农君》中，仍旧称赞"双簧信"的表演是一场大仗。现在看起来，信中所论自然琐屑得很，但在当时，单是提倡新式标点，就会有一群人如丧考妣，恨不能对提倡者食肉寝皮，而"双簧信"把旧派文人对伦理革命、文学革命的不满见解归纳起来，予以驳斥，的确是一场大仗。而也有人认为此种做法稍显轻薄。"双簧信"中对桐城派、宋诗派、汉魏之朝诗派等旧派文学极尽嘲弄，而又把矛头集中于林纾、严复。

与林纾相比，严复二十世纪初年的思想经历更是大起大落，国内外局势的跌宕变化和个人命运的荣辱起伏，常常使这位思想启蒙家陷入难言的困惑和痛苦。维新变法失败之后，严复感觉"仰观天时，俯察人事，但觉一无可为。然终谓民智不开，则守旧维新两无一可"，而开发民智，"译书为当今

---

① 刘半农：《记者答言》，《新青年》第4卷第3号，《新青年百年典藏》，郑州：河南文艺出版社2019年版，第259—260页。

第一急务"。<sup>①</sup>此后十年，严译八大名著中除《天演论》外，相继出版。1905年，严复游访欧美诸国，途经伦敦，与孙中山会面。谈到中国前途，严复主张应以教育入手，改良民智。孙中山则谓：俟河之清，人寿几何？君为思想家，鄙人乃实行家也。<sup>②</sup>此段对话，显示了严复与革命党领袖一重思想启蒙、一重民主革命的差异。时隔三十年重返欧洲，严复既对欧洲社会经济日新月异的发展感到惊奇，又对西方资本主义的民主政治及伦理道德深为失望。他在环球中国学生会上发表演说，论智育重于体育，德育又重于智育之道云：

> 何以言德育重于智育耶？吾国儒先有言，形而上者谓之道，形而下者谓之器。夫西人所最讲，所最有进步之科，如理化、如算学，总而谓之，其属于器者九，而进于道者一。且此一分之道，尚必待高明超绝之士而后见之，余人不能见也。
>
> 故西国今日，凡所以为器者，其进于古昔，几于绝景而驰，虽古之圣人，殆未梦见。独至于道，至于德育，凡所以为教化风俗者，其进于古者几何，虽彼中夸诞之夫，不敢以是自许也。惟器之精，不独利为善者也，而为恶者尤利用之。浅而譬之，如古之造谣行诈，其果效所及，不过一隅，乃自今有报章，自有邮政，自有电报诸器，不崇朝而以遍全球可也，其力量为何如乎？由此推之，如火器之用以杀人，催眠之用以作奸，何一不为凶人之利器？
>
> 今夫社会之所以为社会者，正恃有天理耳！正恃有人伦耳！天理亡、人伦堕，则社会将散，散则他族得以压力御之，虽有健

---

① 严复：《与张元济书》（一），《严复集》（三），王栻主编，北京：中华书局1986年版，第525页。

② 严璩：《侯官严先生年谱》，《百年严复：严复研究资料精选》，福州：福建人民出版社2011年版，第103页。

者，不能自脱也。此非其极可虑者乎？且吾国处今之日，有尤可危者。往自尧舜禹汤文武，立之民极，至孔子而集其大成，而天理人伦，以其所垂训者为无以易，汉之诸儒，守阙抱残，辛苦仅立，绵绵延延，至于有宋，而道学兴。虽其中不敢谓于宇宙真理，不无离合，然其所传，大抵皆本数千年之阅历而立之公例。为国家者，与之同道，则治而昌；与之背驰，则乱而灭。故此等法物，非狂易失心之夫，必不敢昌言破坏。

乃至西学乍兴，今之少年，觉古人之智，尚有所未知，又以号为守先者，往往有末流之弊，乃群然怀鄙薄先祖之思，变本加厉，遂并其必不可畔者，亦取而废之。然而废其旧矣，新者又未立也。急不暇择，则取剿袭皮毛快意一时之议论，而奉之为无以易。此今日后生，其歧趋往往如是。①

严复此长篇大论从道、器之辨入手，以为西人进步之所，属器者九，而进于道者一。西方今日之器，不独为善者所用，恶者尤利用。报章、电报、邮政大利于造谣行诈，火器、催眠沦为杀人之器，现代科学的进步，也随之带来人类道德的沦丧。社会之所以为社会，正有赖于天理人伦，而天理人伦之道，正是中国政治的强项。尧舜周孔，源远流长，实为立国之本，非狂易失心之大，必不敢昌言破坏。而在西学乍兴之时，今之少年群然怀鄙薄先祖之思，欲废其旧，无立其新，误入歧路。当严复谆谆告诫学生"五伦之中，孔孟所言，无一可背"，"策名委贽之后，事君必不可以不忠"，"为人子者，必不可以不孝"，"男女匹合之别，必不可不严"②等纲常伦理、行为规范

① 严复：《论教育与国家之关系》，《严复论学集》，北京：商务印书馆2019年版，第318—319页。

② 严复：《论教育与国家之关系》，《严复论学集》，北京：商务印书馆2019年版，第319页。

时，人们很难再看到甲午前后那位撰写《辟韩》《救亡决论》，倡言民主、科学的思想家的风采。

民国建立前后，严复心情颓坏。1914年2月，严复发表《〈民约〉平议》，对革命党所据为思想基础的卢梭的天赋人权说进行系统的批判，从理论上对共和革命和共和政体作出清算。他认为中国由君主径入共和，越躐阶级，"一众之专横，其危险压制，更甚于独夫"①。他在《与熊纯如书》中感慨而言："天下仍须定于专制，不然，则秩序恢复之不能，尚富强不可歧乎？"②这正是严复后来被列名于筹安会，而他本人又未能决然拒绝的思想基础。1913年，严复参与发起孔教会，在《与熊纯如书》中云：

> 鄙人行年将近古稀，窃尝究观哲理，以为耐久无弊，尚是孔子之书，四书五经，故是最富矿藏，唯须改用新式机器发掘淘炼而已；其次则莫如读史，当留心观察古今社会异同之点。③

用新的思维体会孔子之书、四书五经，开发淘炼，使之融合于新的社会，陶冶国民人格，这种为传统文化寻找出路的想法一直占据着严复的思想。

1914年第一次世界大战的爆发和共和后国内纷乱的政治局势，使得严复对西方文明的理想之梦彻底破产，转而把文明天演的希望寄托于东方文明，寄托于传统文化。他在1917年所作的《太保陈公七十寿序》中集中地表达了他的东西文化观：

---

① 严复：《〈民约〉平议》，《严复论学集》，北京：商务印书馆2019年版，第284页。
② 严复：《与熊纯如书》，《严复集》（三），王栻主编，北京：中华书局1986年版，第645页。
③ 严复：《与熊纯如书》，《严复集》（三），王栻主编，北京：中华书局1986年版，第668页。

今所云西人之学说，其广者，曰平等，曰自由；其狭者，曰权利，曰爱国。之四者，岂必无幸福之可言？顾使由之趋于极端，其祸过于"为我""兼爱"与一切古所辟者，殆可决也。欧罗巴之战，仅三年矣，种民肝脑涂地，身葬海鱼以亿兆计，而犹未已，横暴残酷，于古无闻。兹非孟子所谓率土地以食人肉者欤！则尚武爱国，各奋其私不本忠恕之效也。

民国之建亦有年矣，他事未效，徒见四维弛，三纲斁，吏之作奸，如蝟毛起，民方狼顾，有朝不及夕之忧。则无他，怵于平等、自由、民权诸说，而匪所折中之效也。今意者天道无平不陂，将必有孟、董、韩、胡其人者出，举尧、舜、禹、汤、文、武、周公、孔子之道于既废之余，于以回一世之狂惑，庶几元元得去死亡之端，而有所息肩。[①]

将欧洲大战、中国动乱的根源，皆归咎于一味醉心于尚武、爱国、平等、自由、民权诸说，而不本忠恕，不知折衷，期望有新儒家出，举尧舜孔子之道于既废之余，挽救黎民百姓，挽救世界文明。他又在《与熊纯如书》中表述此意："不佞垂老，亲见脂那七年之民国与欧罗巴四年亘古未有之血战，觉彼族三百年之进化，只做到'利己杀人，寡廉鲜耻'八个字。回观孔孟之道，真量同天地，泽被寰区。此不独吾言为然，即泰西有思想人亦渐觉其为如此矣。"[②]

此时的严复，对《新青年》伦理革命、文学革命的倡抒，真有一种"曾经沧海难为水"的鄙夷。"双簧信"发表之前，《新青年》的言论中没有

---

① 严复：《太保陈公七卜寿序》，《严复集》（二），北京：中华书局1986年版，第351页。

② 严复：《与熊纯如书》，《严复集》（三），王栻主编，北京：中华书局1986年版，第692页。

提及严复。"双簧信"制作者批评严复，也仅及严复的译文，但其中"混帐"与"严先生知道了，定要从鸦片铺上一跃而起，大骂该死"之类的语言，对于严复也是极具刺激性的。

在"双簧信"的反响正在热热闹闹地进行时，胡适在1918年4月《新青年》第四卷第四号上发表了《建设的文学革命论》，试图对近两年文学革命作一总结，并把白话文运动的重点由破而转移到立的方面，号召有志造新文学的人，积极作白话文，先创造国语的文学，再期望文学的国语。5月，鲁迅的第一篇白话小说《狂人日记》在《新青年》上发表，标志着新文学真正从理论倡导走向了创作实践。鲁迅从此一发而不可收，以冷峻的现实主义作品成为新文学的奠基者与先驱者。此年10月，由陈独秀起草，合署胡适之名的《论〈新青年〉主张》在《新青年》第五卷第四号上发表。文章是对易宗夔来信的答复，借这封复信，陈、胡再次明确地表达了《新青年》破坏旧文学、创造新文学的决心：

> 尊意吾辈重在一意创造新文学，不必破坏旧文学，以免辱舌；鄙意却以为不塞不流，不止不行，犹之欲兴学校，必废科举，否则才力聪明之士不肯出途也。方之虫鸟，新文学乃欲叫于春啼于秋者。旧文学不过啼叫于严冬之虫鸟耳，安得不取而代之耶？
>
> 旧文学、旧政治、旧伦理，本是一家眷属，固不得去此而取彼；欲谋改革，乃畏阻力而牵就之，此东方人之思想，此改革数十年而毫无进步之最大原因也。①

"双簧信"发表后，倍受嘲弄的林纾，面对叫阵挑战不得不披挂上阵。

---

① 陈独秀、胡适：《论〈新青年〉主张》，《新青年》第5卷第4号，北京：中国书店出版社2011年版，第355页。

1919 年 2 月和 3 月，林纾分别在《新申报》为他专设的《蠡叟丛谈》专栏里发表文言小说《荆生》和《妖梦》，发泄对《新青年》阵营的不满。《荆生》写辛亥国变之时汉中南郑人荆生下榻陶然亭两厢，携书一簏，铜简一具，须眉伟然。一日，皖人田其美、浙人金心异和新归自美洲的狄莫同游陶然亭，呼僧扫榻，坐而笑谈，与荆生居处，但隔一窗。三人畅谈去纲纪、灭伦常、掊孔子，行白话之道。忽一伟丈夫越墙过壁，怒斥三人曰："汝适何言？中国四千余年，以伦纪立国，汝何为坏之！孔子何以为圣之时？时乎春秋，即重俎豆；时乎今日，亦重科学。"①三人欲抗辩，伟丈夫一阵痛打，三人落荒而逃。这里的荆生，是"经生"的谐音，田其美、金心异、狄莫分别影射陈独秀、钱玄同和胡适。作者文末论曰："荆生良多事，可笑。余在台湾，宿某公家，畜狗二十余，终夜有声，余坚卧若不之闻。又居苍霞洲上，荔枝树巢白鹭千百，破晓作声，余亦若无闻焉。何者？禽兽自语，于人胡涉？"②《妖梦》开篇破题，以为"吉莫吉于人人皆知伦常，凶莫凶于士大夫甘为禽兽，此妖梦之所以作也"。小说写一个叫郑思康的人梦游阴曹地府，见一广场上有高阁，大书曰"白话学堂"。门外大书一联云："白话通神，红楼梦水浒真不可思议；古文讨厌，欧阳修韩愈是甚么东西。"白话学堂的校长元绪，教务长田恒，副教务长秦二世，皆鬼中之杰出者。入第二门，匾上大书"毙孔堂"，又一联云："禽兽真自由，要这伦常何用；仁义太坏事，须从根本打消。"③最后，罗睺罗王直扑白话学堂，攫人而食。食已大下，积粪如丘，臭不可近。梦至此，郑某霍然而醒。作者文末评论道：

① 林纾：《荆生》，《林纾集》（三），江中柱编，福州：福建人民出版社 2020 年版，第 619 页。

② 林纾：《荆生》，《林纾集》（三），江中柱编，福州：福建人民出版社 2020 年版，第 620 页。

③ 林纾：《荆生》，《林纾集》（三），江中柱编，福州：福建人民出版社 2020 年版，第 637 页。

"死文字"三字，非田恒独出之言也。英国大师迭更先生已曾言之，指腊丁罗马希腊古文也。夫以迭更之才力，不能灭腊丁，讵一田恒之力，能灭古文耶？即彼所尊崇之《水浒》《红楼》，非从古书出耶？《水浒》中所用，多岳珂《金陀萃编》中之辞语；而《红楼》一书，尤经无数博雅名公，窜改而成。譬之珠宝肆中，陈设之物，欲得其物，须入其肆检之。若但取其商标，以为即珠宝也，人亦将许之乎？作白话须先读书明理，说得通透，方能动人。若但以白话教白话，不知理之所以出，则骡马市引东洋车之人，亦知白话，何用教耶？此辈不能上人，特作反面文字，务以惊众，明理者初不为动。所患者后生小子，小学堂既无名师，而中学堂又寡书籍，一味枵腹，闻以白话提倡，乌能不喜。

此风一扇，人人自不知书，又引掖以背叛伦常为自由，何人不逐流而逝，争趋禽兽一路。善乎西哲毕因腓士特之言曰：智者愚者，俱无害，唯半智半愚之人，最为危险。何者？谓彼为愚，则出洋留学。又稍知中国文字，不名为愚；若指为智，则哲学仅通皮毛，中文又仅知大略，便自以为中外兼通。说到快意，便骂詈孔孟，指斥韩欧，以为伦常文字，均足陷人，且害新学。须知古文无害于科学，科学亦不用乎古文，两不相涉，尽人知之。唯懒惰不学之少年，则适为称心之语，可以欺瞒父母，靡不低首下拜其言。矧更有家庭革命之说，则无知者，欢声雷动矣。吾恨郑生之梦不实。若果有啖月之罗睺罗王，吾将请其将此辈先尝一脔也。[1]

---

① 林纾：《荆生》，《林纾集》（三），江中柱编，福州：福建人民出版社2020年版，第638页。

《荆生》《妖梦》中称伦理革命、文学革命的倡导者为禽兽自语，恨不能让伟丈夫痛打一顿，或让罗睺罗王攫而食之，表现出不共戴天的仇恨。这种仇恨有"道不同，不相为谋"的因素，也有《新青年》对林纾出言不逊所激发的个人意气的因素。

《荆生》《妖梦》以小说家言发泄愤怒，而《致蔡鹤卿太史书》则郑重陈言。此书于1919年3月18日发表于《公言报》上。蔡鹤卿即蔡元培。蔡元培1917年出任北京大学校长，实行"思想自由"和"兼包并容主义"，聘请陈独秀、钱玄同、胡适等人为北大教授，北大实际上成为新文化运动的中心。林纾致信蔡元培，试图通过蔡元培对陈独秀、胡适等人有所限制。林纾论伦常不可铲，孔孟不可覆道：

> 晚清之末造，慨世之论者恒曰：去科举、停资格、废八股、斩豚尾、复天足、逐满人、扑专制、整军备，则中国必强。今百凡皆遂矣，强又安在？于是更进一解，必覆孔孟、铲伦常为快。呜呼，因童子之羸困，不求良医，乃迫责其二亲之有隐瘵逐之，而童子可以日就肥泽，有是理耶？外国不知孔孟，然崇仁、仗义、矢信、尚智、守礼，五常之道，未尝悖也，而又济之以勇。弟不解西文，积十九年之笔述，成译著一百三十三种，都一千二百万言，实未见中有违忤五常之语，何时贤乃有此叛亲蔑伦之论。
>
> ⋯⋯
>
> 乃近来尤有所谓新道德者，斥父母为自感情欲，于己无恩，此语曾一见之随园文中，仆方以为拟于不伦，斥袁枚为狂谬。不图竟有用为讲学者！人头畜鸣，辩不屑辩，置之可也。彼又云：武曌为圣王，卓文君为名媛，此亦拾李卓吾之余唾。卓吾有禽兽行，故发是言。李穆堂又拾其余唾，尊严嵩为忠臣。今试问二李

之名，学生能举之否？同为埃灭，何苦增兹口舌，可悲也。[①]

又论古文之不可废道：

> 弟年垂七十，富贵功名，前三十年视若弃灰，今笃老尚抱守
> 残缺，至死不易其操。前年梁任公倡马班革命之说，弟闻之失笑。
> 任公非劣，何为作此媚世之言？马班之书，读者几人？殆不革而
> 自革，何劳任公费此神力。若云死文字有碍生学术，则科学不用
> 古文，古文亦无碍科学。

> 且天下唯有真学术，真道德，始足独树一帜，使人景从。若
> 尽废古书，行用土语为文学，则都下引车卖浆之徒，所操之语，
> 按之皆有文法，不类闽广人为无文法之啁啾，据此则凡京津之稗
> 贩，均可用为教授矣。[②]

对林纾的公开信，蔡元培也公开复函。其一，北京大学并无覆孔孟、
铲伦常之说。《新青年》杂志中偶有对孔子学说之批评，然亦对于"孔教会"
等托孔子学说攻击新学说者而发，初非直接与孔子为敌。五伦五常，除君臣
之伦外，伦理学课本中皆详言之，宁有铲之之理？其二，白话与文言，形
式不同而内容一也。《天演论》《法意》《原富》等，原文皆白话也，而严幼
陵君译为文言。少仲马、迭更司、哈德等所著小说，皆白话也，而公译为
文言。公能谓公及严君之所译，高出于原本乎？且北大教员中，善作白话文
者，为胡适之、钱玄同、周启孟诸君，都非不能作古文，仅以白话文藏拙

---

① 林纾：《致蔡鹤卿太史书》，《林纾集》（一），江中柱编，福州：福建人民出版社
2020 年版，第 217—218 页。
② 林纾：《致蔡鹤卿太史书》，《林纾集》（一），江中柱编，福州：福建人民出版社
2020 年版，第 217 页。

者。其三，大学对于学说，仿世界各大学通例，循思想自由原则，取兼容并包主义。无论为何种学派，苟其言之成理，持之有故，尚不达自然淘汰之运命者，虽彼此相反，而悉听其自由发展。对之教员，以学诣为主。在校讲授，以无背于上述主张为界限，其在校外之言动，悉听自由，本校从不过问，亦不能代负责任。例如复辟主义，民国所排斥也，本校教员中，有拖长辫而持复辟论者，以其所授为英国文学，与政治无涉，则听之；筹安会之发起人，清议所指为罪人者也，本校教员中有其人，以其所授为古代文学，与政治无涉，则听之。然则革新一派，即偶有过激之论，苟于校课无涉，亦何必强以其责任归之于学校耶？

蔡元培的答书不卑不亢，言之有据，对《新青年》实际上是一种支持和帮助。在写完《致蔡鹤卿太史书》数天后，林纾为《蠡叟丛谈》专栏里发表的小说《演归氏二孝子》作跋，预感到将有一场毒骂来临，其跋语云：

> 吾译小说百余种，无言弃置父母，且斥父母为无恩之言。而此辈何以有此？吾与此辈无仇，寸心天日可表。若云争名，我名亦略为海内所知；若云争利，则我卖文鬻画，本可自活，与彼异途。且吾年七十，而此辈不过三十，年岁悬殊，我即老悖颠狂，亦不至偏衷狭量至此。而况并无仇怨，何必苦苦跟追？盖所争者天理，非闲气也。
>
> 昨日寓书谆劝老友蔡鹤卿，嘱其向此辈道意。能听与否，则不敢知，至于将来受一场毒骂，在我意中，我老廉颇顽皮憨力，尚能挽五石之弓，不汝惧也，来，来，来。[1]

---

① 林纾：《演归氏二孝子跋》，《林纾集》（三），江中柱编，福州：福建人民出版社2020年版，第642—643页。

以"老廉颇"自居的林纾果然是众矢集身。在《荆生》刚刚发表之后，李大钊作《新旧思潮之激战》正告曰："须知中国今日如果有真正觉醒的青年，断不怕你们那伟丈夫，也断不能摧残这些青年的精神。"[①]《每周评论》第十二号转载了《荆生》全文，第十三号又组织文章对《荆生》逐段评点批判，并同时发行了题为《对于新旧思潮的舆论》的"特别附录"，摘要编发国内十余家报纸上批评林纾的文章。鲁迅在《新青年》上以"唐俟"的笔名发表《随感录五十七·现在的屠杀者》，以特有的冷峻回击白话文的反对者：

> 高雅的人说，"白话鄙俚浅陋，不值识者一哂之者也。"
>
> 中国不识字的人，单会说话，"鄙俚浅鄙"不必说了。"因为自己不通，所以提倡白话，以自文其陋"如我辈的人，正是"鄙俚浅陋"，也不在话下了。最可叹的是几位雅人，也还不能如《镜花缘》里说的君子国的酒保一般，满口"酒要一壶乎，两壶乎，菜要一碟乎，两碟乎"的终日高雅，却只能在呻吟古文时，显出高古品格；一到讲话，便依然是"鄙俚浅陋"的白话了。四万万中国人嘴里发出的声音，竟至总共"不值一哂"，真是可怜煞人。
>
> 做了人类想成仙；生在地上要上天；明明是现代人，吸着现在的空气，却偏要勒派朽腐的名教，僵死的语言，侮蔑尽现在，这就是"现在的屠杀者"，杀了"现在"，也便杀了"将来"。——将来是子孙的时代。[②]

先于鲁迅，陈独秀发表《〈新青年〉罪案之答辩书》，归纳社会对《新

---

① 李大钊：《新旧思潮之激战》，《李大钊全集》，石家庄：河北教育出版社 1999 年版，第 191 页。

② 鲁迅：《随感录五十七·现在的屠杀者》，《鲁迅大全集》（二），武汉：长江文艺出版社 2011 年版，第 46 页。

青年》的非难，以为：

> 本志同人本来无罪，只因为拥护德莫克拉西（Democracy）和赛因斯（Science）两位先生，才犯了这几条滔天的大罪，要拥护那德先生，便不得不反对孔教、礼法贞节、旧伦理、旧政治；要拥护那赛先生，便不得不反对旧艺术、旧宗教；要拥护德先生又要拥护赛先生便不得不反对国粹和旧文学。
>
> 西洋人因为拥护德、赛两先生，闹了多少事，流了多少血，德、赛两先生方渐渐从黑暗中把他们救出，引到光明世界。我们现在认定只有这两位先生，可以救治中国政治上、道德上、学术上、思想上的一切的黑暗。若因为拥护这两位先生，一切政府的压迫，社会的攻击笑骂，就是断头流血，都不推辞。①

出了一口怨气却惹来众多批评的林纾，一方面在报纸上承认自己有过激骂詈之言的过失，另一方面却又表示"彼叛圣逆伦者，容之即是梗治而蠢化。拼我残年，极力卫道，必使反舌无声，瘈狗不吠然后已"②。1919年4月，林纾在《文艺丛报》月刊上发表《论古文与白话之相消长》的评论，重弹"古文者白话之根柢，无古文安有白话"的老调，又以为"吾辈已老，不能为正其非；悠悠百年，自有能辨之者"。自此，林纾又有《腐解》一文，文曰：

> 七十之年，去死已近，为牛则羸，胡角之砺；为马则驽，胡

---

① 陈独秀：《〈新青年〉罪案之答辩书》，《独秀文存》，合肥：安徽人民出版社1987年版，第242—243页。

② 林纾：《林琴南再答蔡子民书》，《新申报》1919年3月26日。

蹄之铁。然而哀哀父母，吾不尝为之子耶？巍巍圣言，吾不尝为之徒耶？苟能俯而听之，存此一线之伦纪于宇宙之间，吾甘断吾头，而付诸樊于期之函，裂吾胸，为安金藏之剖其心肝。皇天后土，是临是鉴。①

在新旧文化阵营剑拔弩张，各自不惜以断头流血相搏杀之际，"五四"爱国运动爆发。五四运动推动了新文化运动向纵深发展，推动了马克思主义在中国的传播，也促使了新旧文化阵营的分化瓦解。在"五四"爱国运动的推动下，白话文刊物风起云涌，连《小说月刊》《东方杂志》等旧派之文人所掌握的刊物也纷纷改用白话。鉴于白话代替文言已成不可扭转之势，1920年，北洋政府教育部终于颁布命令，要求国民学校一二年级的国文，从本秋季起一律改用白话。在白话文成为法定国语的同时，白话文学也取得长足的进展，新文学运动如初出夔门的长江，汹涌澎湃，一泻千里。

在林纾与新文学阵营断断以辩之时，因列名筹安会而受人鄙夷的严复深入简出，作壁上观。1919年他在《与熊纯如书》中评论白话文运动说：

北京大学陈、胡诸教员主张文、白合一，在京久已闻之，彼之为此，意谓西国然也。不知西国为此，乃以语言合之文学，而彼则反是，以文学合之语言。今夫汉字语言之所以为优美者，以其名辞富有，著之手口，有以导达要妙精深之理想，状写奇异美丽之物态耳。如刘勰云"情在词外曰隐，状溢目前曰秀"；梅圣俞云："含不尽之意，见于言外；状难写之景，如在目前。"又沈隐侯云："相如工为形似之言，二班长于情理之说。"今试问欲为

---

① 林纾：《腐解》，《林纾集》（一），江中柱编，福州：福建人民出版社 2020 年版，第 184 页。

此者，将于文言求之乎？抑于白话求之乎？诗之善述情者，无若杜子美之《北征》；能状物者，无如韩吏部之《南山》。设用白话，则高不过《水浒》《红楼》，下者将同戏曲中簧皮之脚本。就令以此教育，易于普及，而斁弃周鼎，宝此康瓠，正无如退化何耳。须知此事，全属天演，革命时代，学说万千，然而施之人间，优者自存，劣者自败，虽千陈独秀、万胡适、钱玄同，岂能劫持其柄，则亦如春鸟秋虫，听其自鸣自止可耳。林琴南辈与之较论，亦可笑也。①

1921 年 10 月 3 日，严复留下临终遗嘱，重申"须知中国不灭，旧法可损益，必不可叛"②的信仰，此后不久，便带着无限的遗憾离开人世。1924 年 10 月 19 日，林纾也溘然长逝。去世前一年，林纾有《续辩奸论》一文，仰天长叹："乱亟矣！丧权丧地，丧天下之膏髓，尽实武人之嚇，均不足患，所患伦纪为斯人所斁，行将侪于禽兽，滋可忧也。若云挟有旧仇宿憾，用是为挟击者，有上帝在，有公论在。"③言语之中，遗恨无穷。1924 年，姚永概去世。他写于 1921 年的《辛酉论》中，尚有"世及之法可变也，帝王之号可去也，君臣之精义不可无也，而况父子夫妇乎"④之论。是年，马其昶、姚永朴也垂垂暮年，老归乡里。作为一个文学流派，桐城派已不复存在。

①　严复：《与熊纯如书》，《严复集》（三），王栻主编，北京：中华书局 1986 年版，第 699 页。

②　严复：《遗嘱》，《严复集》（二），王栻主编，北京：中华书局 1986 年版，第 714 页。

③　林纾：《续辩奸论》，《林纾集》（一），福州：福建人民出版社 2020 年版，第 393 页。

④　姚永概：《辛酉论》，《慎宜轩文集》，上海：上海古籍出版社 2010 年版，第 304 页。

# 说不尽的"五四"
# 与旧话重提中的桐城

以反对旧道德、提倡新道德，反对文言文、提倡白话文为旗帜的五四新文化运动留给人们说不尽的话题。中西文化的互补，新学旧学的融合，一直为二十世纪的学人所津津乐道。中国文学的进化自白话代替文言之后，仍是山重水复。中国现代化过程中，不间断地有着一个又一个的最后之觉悟，在"五四"新旧文学争论的硝烟散后，新文学家如何认识"五四"时期的新与旧、文言与白话之争？如何评价"五四"时期曾被作为旧文学的代表所攻伐过的桐城派？如何看待中国文学由古典向现代的转变？这是一个耐人咀嚼、耐人寻味的问题。我们愿意罗列新文学家的有关认识与评价来作为本书的结语。

　　先看胡适的有关评论。1922 年，是《申报》创办五十周年，胡适作《五十年来中国之文学》以表纪念。既然是谈五十年来中国之文学，胡适论桐城派自然是从曾国藩说起：

　　　　曾国藩在当日隐隐的自命为桐城派的中兴功臣，人家也如此推崇他（王先谦自序可参看）。他作《圣哲画像记》，共选圣哲三十二人，而姚鼐为三十二人之一，这可以想见他的心理了。他的幕府里收置了无数人才……但这班人在文学史上都没有什么重要的贡献。年寿最高，名誉最长久的，莫如俞樾、王闿运、吴汝纶三人。俞樾的诗与文都没有大价值。王闿运号称一代大师，但他的古文还比不上薛福成（诗另论）。吴汝纶思想稍新，他的影响也稍大，但他的贡献不在于他的文章，乃在他所造成的后进人才。严复、林纾都出于他门下，他们的影响比他更大了。

平心而论，古文学之中，自然要算"古文"（自韩愈至曾国藩以下的古文）是最正当最有用的文体……唐宋八家的古文和桐城派古文的长处只是他们甘心做通顺清淡的文章，不妄做假古董。学桐城古文的人，大多数还可以做到一个"通"字；再进一步的，还可以做到应用的文字。故桐城派的中兴，虽然没有什么大贡献，但也没有什么大害处。他们有时自命为"卫道"的圣贤，如方东树的攻击汉学，如林纾的攻击新思潮，那就是中了"文以载道"的话的毒，未免不知分量。但桐城派的影响，使古文做通顺了，为后来二三十年勉强应用的预备，这一功劳是不可埋没的。①

胡适前一段文谈曾国藩后桐城派的传承；后一段文谈桐城古文的两个特点，一是通顺清淡，一是勉强应用。至于严复和林纾，"严复是介绍西洋近世思想的第一人，林纾是介绍西洋近世文学的第一人"。② 严复用文言译书，是当时不得已的办法，"严复用古文译书，正如前清官僚戴着红顶子演

---

① 胡适：《五十年来中国之文学》，《胡适文存二集》，上海：上海书店 1989 年版，第 101—103 页。

② 胡适：《五十年来中国之文学》，《胡适文存二集》，上海：上海书店 1989 年版，第 113 页。

说，很能提高译书的身价"。① 他的有些译文，"以文章论，自然是古文的好作品，以内容论，又远胜那无数言之无物的古文，怪不得严译的书风行二十年了"。② 胡适评林纾道："林纾译小仲马《茶花女》，用古文叙事写情，也可以算是一种尝试。自有古文以来，从不曾有这样长篇的叙事写情的文章。《茶花女》的成绩，遂替古文开辟了一个新殖民地。"③ 胡适论林纾译文的风格及成就道：

> 林译的小说往往有他自己的风味。他对于原书的诙谐风趣，往往有一种深刻的领会。故他对于这种地方，往往更用气力，更见精彩。他的大缺陷在于不能读原文；但他究竟是一个有点文学天才的人，故他若有了好助手，他了解原书的文学趣味往往比现在许多粗能读原文的人高得多。
>
> 平心而论，林纾用古文做翻译小说的试验，总算是很有成绩的了。古文不曾做过长篇的小说，林纾居然用古文译了一百多种长篇小说，还使许多学他的人也用古文译了许多长篇小说。古文里很少滑稽的风味，林纾居然用古文译了欧文与迭更司的作品。古文不长于写情，林纾居然用古文译了《茶花女》与《迦茵小传》等书。古文的应用，自司马迁以来，从没有这种大的成绩。④

---

① 胡适：《五十年来中国之文学》，《胡适文存二集》，上海：上海书店 1989 年版，第 115 页。

② 胡适：《五十年来中国之文学》，《胡适文存二集》，上海：上海书店 1989 年版，第 118 页。

③ 胡适：《五十年来中国之文学》，《胡适文存二集》，上海：上海书店 1989 年版，第 118 页。

④ 胡适：《五十年来中国之文学》，《胡适文存二集》，上海：上海书店 1989 年版，第 121—122 页。

但由于古文究竟是已死的文章，无论你怎样做得好，究竟只能供少数人的赏玩，不能行远，不能普及。胡适举周氏兄弟所翻译的《域外小说集》为例，十年之中，只销了二十一册，说明用古文译小说，固然可以做到信、达、雅，但究竟免不了最后的失败，林纾的失败，并不是他本人的失败，乃是古文自身的毛病。

1935 年 9 月，胡适为《中国新文学大系·建设理论集》作《导言》，再次把桐城派古文的发展、应用问题作为新文学发生的背景予以论述。其中论桐城派古文发展的历史意义道：

> ……那个时代是桐城派古文的复兴时期。从曾国藩到吴汝纶，桐城派古文得着最有力的提倡，得着很大的响应。曾国藩说的"举天下之美，无以易乎桐城姚氏者也"，最可以代表当时文人对这个有势力的文派的信仰。我们在今日回头看桐城派古文在当日的势力之大，传播之广，也可以看出一点历史的意义。桐城派古文的抬头，就是骈俪文体的衰落。自从韩愈提出"文从字顺各识职"的古文标准以后，一些"古文"大家大都朝着"文从字顺"的方向努力。只有这条路可以使那已死的古文字勉强应用，所以，在这一千年之中，古文越做越通顺了，——宋之欧苏，明之归有光钱谦益，清之方苞姚鼐，都比唐之韩柳更通顺明白了。到曾国藩，这一派的文字可算是到了极盛的时代。他们不高谈秦汉，甚至于不远慕唐宋，竟老老实实的承认桐城古文为天下之至美！这不是无意的降格，这是有意的承认古文的仿作越到后来越有进步。所以王先谦《续古文辞类纂》的自序说："学者将欲杜歧趋，遵正轨，姚氏而外，取法梅曾（梅曾亮，曾国藩），足矣。"姚鼐曾国藩的古文差不多统一了十九世纪晚期的中国散文。散文体做到了明白通顺的一条路，它的应用的能力当然比那骈俪文和那模仿殷

盘周诰的假古文大多了。这也是一个转变时代的新需要。这是桐城古文得势的历史意义。①

桐城古文继承了唐宋古文运动的思想成果，向清顺、明白的方向发展，后期又以方、姚、梅、曾为取范对象，以为桐城古文为天下至美，取径虽狭，但切实有用，不眩古，不用典，使得"在那个社会与政治都受绝大震荡的时期，古文应用的方面当然比任何过去时期更多更广了"②。胡适认为，近四五十年古文的应用范围，第一是时务策论的文章，种种的"盛世危言"，大都用古文写的；第二是翻译外国的学术著作，"严复的译文全是学桐城古文，有时参用佛经译文的句法，不过他翻译专门术语，往往极求古雅所以外貌颇有古气"③；第三是用古文翻译外国小说，"最著名的译人林纾也出于吴汝纶的门下，其他用古文译小说的人，也往往是学桐城古文的，或是间接摹仿林纾古文的"④。

虽然古文经过桐城派的廓清，适应了十九世纪末期骤变的时代需要，"但时代变得太快了，新的事物太多了，新的知识太复杂了，新的思想太广博了，那种简单的古文体，无论怎样变化，终不能应付这个新时代的要求"⑤。最明显的例子便是严复式的译书，严复曾在《群己权界论》的"凡例"中自我辩解说："海内读吾译者，往往以不可卒解，訾其艰深。不知原

① 胡适：《中国新文学大系·建设理论集·导言》，《胡适文集》第 2 册，北京：北京燕山出版社 2019 年版，第 633 页。

② 胡适：《中国新文学大系·建设理论集·导言》，《胡适文集》第 2 册，北京：北京燕山出版社 2019 年版，第 634 页。

③ 胡适：《中国新文学大系·建设理论集·导言》，《胡适文集》第 2 册，北京：北京燕山出版社 2019 年版，第 634 页。

④ 胡适：《中国新文学大系·建设理论集·导言》，《胡适文集》第 2 册，北京：北京燕山出版社 2019 年版，第 634 页。

⑤ 胡适：《中国新文学大系·建设理论集·导言》，《胡适文集》第 2 册，北京：北京燕山出版社 2019 年版，第 634 页。

书之难，且实过之。理本奥衍，与不佞文字固无涉也。"①当文字的外在形式已束缚内容的阐述，使广大读者不可卒解时，此正是古文穷途末路的表征之一，林纾与周氏兄弟所译小说，也处于同样的困境。

正是在古文处于这样的困境时，白话文运动应运而生。胡适分析"五四"白话文运动得以形成的几个文化因素：一是我国有一千多年的白话文传统，如禅门语录、白话诗调曲子、白话小说；二是全国都处在大同小异的官话区；三是海禁大开，国外有可资比较的成功范例。其次是政治因素：其一是科举制度的废除，笼罩全国文人心理的科举制度现在不能再替古文学做无敌的保障；其二是清帝国的颠覆，中华民国的成立，专制政治的大本营不复存在。胡适引陈独秀的一段话云："适之等若在三十年前提倡白话文，只需章行严一篇文章便驳得烟消灰灭。"胡适对此话十分赞同，以为"我们若在满清时代主张打倒古文，采用白话文，只需一位御史的弹本就可以封报馆捉拿人了"，②这也是"林纾的几篇文章并不曾使我们的烟消灰灭"的时代原因。至于白话文运动的倡导者倡导之功，只是把以后可能出现的事提前了二三十年。

胡适对白话文成功因素的分析，也可以用来反观桐城派古文覆灭的原因。桐城派学行程朱，文章韩欧，讲求伦理纲常，文以载道，其作为传统文化的一部分，在很大程度上是依附在封建政治这张皮之上的，封建政治的垮台，使桐城派自诩为道统、文统传人的优势轰然坍塌。桐城派文自方苞起，便与科举制有不解之缘，士人缘桐城义法而敲开仕途之门，而科举制度的废除，使得桐城派文失去往日功利性的诱惑，不再为人所珍贵。桐城派文在清代盛行，与清政府的提倡、保护有关。这种提倡、保护一旦不再，其穷

---

① 严复：《译凡例》，《群己权界论》，北京：北京时代华文书局 2014 年版，第 27 页。
② 胡适：《中国新文学大系·建设理论集·导言》，《胡适文集》第 2 册，北京：北京燕山出版社 2019 年版，第 650 页。

途末路也只有林纾之类的赤膊骂阵了，其与世事无补是必然的。相反，白话文由于得到国民的认同，北洋政府教育部定为法定国语后，才逐渐巩固其优势地位。1920年定白话为国语后，甲寅、学衡派与白话文倡导者的争论虽还在继续，但古文的旗帜已无人能使其再张，白话的势力已足可定鼎天下。

1924年12月，林纾去世后不久，胡适从高梦旦处得到林纾早年所写的《闽中新乐府》，马上建议在《晨报》上发表，并作《林琴南先生的白话诗》一文，陈述发表《闽中新乐府》的理由道："林先生的新乐府不但可以表示他的文学观念的变迁，并且可以使我们知道，五六年前的反动领袖在三十年前也曾做过社会改革的事业。我们这一辈的少年人只认得守旧的林琴南，而不知当日的维新党林琴南；只听得林琴南老年反对白话文学，而不知道林琴南壮年时曾做得很通俗的白话诗，——这算不得公平的舆论。"[①]

全面认识桐城派作家及桐城派古文，是新文学家"五四"以后全面认识传统文化、传统文学与新文化、新文学关系的一个重要组成部分。

写作"双簧信"的钱玄同、刘半农与写作《人的文学》的周作人，1925年前后关于林纾有过一次小小的争论。林纾死后，周作人在《语丝》上发表了《林琴南与罗振玉》一文，对林纾的功与过作了简要的评述。文章写道：

> 林琴南先生死了。五六年前，他卫道，卫古文，与《新青年》里的朋友大斗其法，后来他老先生气极了，做了一篇有名的《荆生》把"金心异"的眼镜打破，于是这场战事告终，林先生的名誉也一时扫地了。林先生确是清室孝廉，那篇小说也不免做的有些卑劣，但他在中国文学上的功绩是不可泯没的。

---

① 胡适：《林琴南先生的白话诗》，《胡适散文》（四），北京：中国广播电视出版社1992年版，第21页。

老实说，我们几乎都因了林译才知道外国有小说，引起一点对外国文学的兴味。我个人还曾经很模仿过他的译文。他所译的百余种小说中当然玉石混淆，有许多是无价值的作品，但世界名著实也不少……"文学革命"以后，人人都有了骂林先生的权利，但有没有像他那样尽力于介绍外国文学，译过几本世界的名著……林先生不懂什么文学和主义，只是他这种忠于他的工作的精神，终是我们的师。这个我不惜承认，虽然有时也有爱真理过于爱吾师的时候。[①]

此时，身处巴黎攻读文学博士学位的刘半农见到此文后复信周作人，以为"你批评林琴南很对。经你一说，真叫我们后悔当初之过于唐突前辈。我们做后辈的被前辈教训几声，原是不足为奇，无论他教训的对不对。不过他若止于发卫道之牢骚而已，也就罢了，他要借重荆生，却是无论如何不能饶恕的"[②]。钱玄同作《写在半农与启明的信底后面》，对两人的通信内容提出抗议，钱氏绝不同意认林纾为前辈，况何以后辈不可唐突前辈？"实在说来，前辈（尤其是中国现在的前辈）应该多听些后辈教训才对，因为论知识，后辈总比前辈进化些。大概前辈底话总是错的多。一九一九年林纾发表的文章其唐突我辈可谓至矣。"[③]表现出不肯宽恕的态度。此后，周作人作《再说林琴南》，以为林纾的功绩仅在于介绍外国文学，而他的著作，从思想到文章，却无价值可言，因此不能也不必因为他是先辈而特别客气。

在钱玄同、刘半农沉浸于语言学的研究后，从事散文创作的周作人则

①　周作人：《林琴南与罗振玉》，《周作人集外文》，陈子善、张铁荣编，海口：海南国际新闻出版中心，第624—625页。

②　刘半农：《寄周启明》，《刘半农文集》，北京：线装书局2009年版，第98页。

③　钱玄同：《写在半农与启明的信底后面》，《中国现代名家经典文库·钱玄同卷》，北京：中国戏剧出版社2001年版，第121页。

一直关注着文言与白话的问题，关心着新文学在白话文胜利之后的命运。1932年，周作人在辅仁大学演讲《中国新文学的源流》，发表了他对中国新文学民族渊源的思考。周氏认为：第一，中国文学史的发展，实际上是诗言志与文以载道两种文学潮流的交相起伏。诗言志是偶成的文学，称为言志派，文以载道是赋得的文学，称为载道派。第二，中国新文学的思想源头是明末公安派。公安三袁所提出的"独抒性灵，不拘格套"是对明代复古主义载道文学的反叛，而公安派的创作，清新流丽，不在文章里面摆架子，不讲治国平天下的大道理。公安与竟陵的结合，产生了清初张岱等人的作品，与前后七子复古派文章大有不同。周作人论明末公安派与"五四"新文学理论与创作相似之处道：

> （公安三袁——引者）他们的主张很简单，可以说和胡适之先生的主张差不多。所不同的，那时是十六世纪，利玛窦还没有来中国，所以缺乏西洋思想。例如从现代胡适之先生的主张里面减去他所受到的西洋的影响，科学、哲学、文学以及思想各方面的，那便是公安派的思想和主张了。而他们对于中国文学变迁的看法，较诸现代谈文学的人或者还更要清楚一点。
>
> 　　那一次的文学运动，和民国以来的这次文学革命运动，很有些相像的地方。两次的主张和趋势，几乎都很相同。更奇怪的是，有许多作品也很相似。胡适之、冰心和徐志摩的作品，很像公安派的，清新透明而味道不甚深厚，好像一个水晶球体，虽是晶莹好看，但仔细地看时就觉得没有多少意思了。和竟陵派相似的是俞平伯和废名两人。他们的作品有时很难懂，而难懂却正是他们的好处。同样用白话写文章，他们所写出来的，却另是一样，不像透明的水晶球，要看懂必须费些功夫才行。然而更奇怪的是俞平伯和废名并不读竟陵派的书籍，他们的相似完全是无意中的巧

合。从此，也更可见出明末和现今两次文学运动的趋向是怎样的相同了。①

周作人认定三袁文学与"五四"新文学相似的理论根据，即是双方都是言志的文学，都是以个性发展为底蕴的文学，都是与复古派所不同的"信腕信口"、清新流丽的文学。周作人此说影响较为广泛，其原因还不仅仅在这种类比上，它牵涉到对"五四"新文学的评价和新文学产生的民族文化渊源问题。周作人指出：

> 民国以后的新文学运动，有人以为是一件破天荒的事情，胡适之先生在他所著的《白话文学史》中，他以为白话文学是中国文学唯一的目的地，以前的文学也是朝着这个方向走，只因为障碍物太多，直到现在才得走入正轨，而从今以后一定就要这样走下去。这意思我是不大赞同的，照我看来，中国文学始终是互相反对的力量起伏着，过去如此，将来也总如此。②

他认为新文学运动并不是破天荒的，此类文学运动在中国文学史上已有过多次，晚明公安三袁的文学运动即是明证；新文学运动也并不是绝后的，以后也可能会继续出现。独抒性灵与文以载道的文学此起彼伏了多次，文以载道的文学还会卷土重来，性灵文学决不以为从此可独霸天下。此外，白话文学并非是中国文学的唯一目的，白话文学需要不断改进，不断发展。白话文学可以独抒性灵，也可以文以载道。

由区分言志与载道，类比晚明与"五四"出发，周作人《中国新文学

---

① 周作人：《中国新文学的源流》，北京：北京出版社 2020 年版，第 28、34 页。
② 周作人：《中国新文学的源流》，北京：北京出版社 2020 年版，第 23—24 页。

的源流》还涉及对桐城派的再认识和对文言与白话的再认识问题。周作人认为：晚明三袁文学没有直接与新文学连结的原因，在于八股文和桐城派的阻碍，八股文和桐城派可以看作三袁文学运动的反动。但根据言志、载道相互消长，遇到一次抵抗，其方向即起一次转变的文学发展规律，桐城派出现，又造就了新文学运动。周作人分析桐城派与"五四"新文学的联系与对立道：

> 假如说姚鼐是桐城派定鼎的皇帝，那么曾国藩可说是桐城派中兴的明主。在大体上，虽则曾国藩还是依据着桐城派纲领，但他又加添了政治、经济两类进去，而且对孔孟的观点，对文章的观点，也都较为进步。姚鼐的《古文辞类纂》和曾国藩的《经史百家杂钞》二者有极大的不同之点，姚鼐不以经书作文学看待，所以《古文辞类纂》内没有经书上的文字。曾国藩则将经中文字选入《经史百家杂钞》之内，他已将经书当作文学看了。所以，虽则曾国藩不及金圣叹大胆，而因为他较开通，对文学较多了解，桐城派的思想到他便已改了模样。其后，到吴汝纶、严复、林纾诸人起来，一方面介绍西洋文学，一方面介绍科学思想，于是经曾国藩放大范围后的桐城派，慢慢便与新要兴起的文学接近起来了。后来参加新文学运动，如胡适之、陈独秀、梁任公诸人，都受过他们的影响很大，所以我们可以说，今次文学运动的开端，实际还是被桐城派中的人物引起来的。[①]

新文学运动固然由于桐城派的"反动"所起，而新文学运动的倡导者所受桐城派中人物潜移默化影响的事实也不可抹煞。新文学不是横空出世的

---

① 周作人：《中国新文学的源流》，北京：北京出版社 2020 年版，第 55—56 页。

泊来之物，它与民族文化、民族文学具有割舍不断的连接。这种连接可以被忽视，但决不会不存在。周作人论后期桐城派不尽如人意的表现道：

> 但他们所以跟不上潮流，所以在新文学运动正式作起后，又都退缩回去而变为反动势力者，是因为他们介绍新思想的观念根本错误之故。在严译《天演论》内，有吴汝纶所作的一篇很奇怪的序文，他不看重天演的思想，他以为西洋的赫胥黎未必及得中国的周秦诸子，只因严复用周秦诸子的笔法译出，因文近乎"道"，所以思想也就近乎"道"了。如此，《天演论》是因为译文而才有了价值。这便是当时所谓"老新党"的看法。[①]

周作人认为，林纾译小说的功劳算最大，时间也最早，但是态度也非常之不正确。他译司各特、狄更斯诸人的作品，不是因为他们的小说有价值，而是因为他们的笔法有些地方和太史公相像，有些地方和韩愈相像。太史公的《史记》和韩愈的文章既都有价值，所以他们的也都有价值了。这样他的译述工作，虽则一方面打破了中国人的西洋无学问的旧习，一方面也可打破了桐城派的"古文之体忌小说"的主张，而其根本思想却仍是和新文学不相同的：

> 他们的基本观念是"载道"，新文学的基本观念是"言志"，二者根本上是立于反对地位的。所以，虽则接近了一次，而终于不能调和。于是，在袁世凯作皇帝时，严复成为筹安会的六君子之一，后来写信给人也很带复辟党人的气味；而林纾在民国七八

---

① 周作人：《中国新文学的源流》，北京：北京出版社 2020 年版，第 56 页。

年时，也一变而成为反对文学革命运动的主要人物了。①

对于胡适关于文学"向着白话的路子走，才入了正轨，以后即永远如此"及"古文是死文学，白话是活的"两种说法，周作人也表示了不同的意见。首先，中国文学一向并没有一定的目标和方向，言志与载道是此起彼伏，交替消长的。现在虽是白话，虽走着言志的路子，以后也仍然要有变化，虽则未必再变得如唐宋八家或桐城派相同。但必然还会有新的载道文学出现。其次，古文和白话并没有严格的界线，因此死活也难分，人们现在使用白话，是因为白话更便于把思想和感情表现出来。新文学选择白话是因为时代与思想都在变，旧的皮囊盛不下新的东西，新的思想必须用新的文体传达出来，但新的文体，也存在着表述旧思想的可能。

周作人关于新的载道文学产生所发的议论，实际上是指当时已经出现的"革命文学"。1928年1月，周氏在中法大学发表题为《文学的贵族性》的讲演，主张文学家应跳出任何一种阶级。在演讲结束时，似在无意中把当时正流行的革命文学与桐城派对比了一下："先前人说到'文以载道'。夫文而欲其载道，那么便亦近乎宗教上的宣传。桐城派的文，就是根据'文以载道'的话，而成其为道"②。"提倡革命文学的人，想着从那革命文学上引起世人都来革命，是则无异乎以前的旧派人物，以读了四书五经、诸子百家等古书来治国平天下的梦想。"③

周作人关于白话与文言的思考议论，多有总结新文学运动经验的意味。这些思考、议论散见于他很多文章中。1934年所写的《现代散文选序》中

---

① 周作人:《中国新文学的源流》，北京：北京出版社2020年版，第57页。
② 周作人:《文学的贵族性》，《周作人讲演集》，止庵编，石家庄：河北人民出版社2004年版，第110页。
③ 周作人:《文学的贵族性》，《周作人讲演集》，止庵编，石家庄：河北人民出版社2004年版，第110页。

说："古文者文体之一耳，用古文之弊害不在此文体，而在隶属于此文体的种种复古的空气、政治作用、道学主张、模仿写法等。白话文亦文体之一，本无一定属性，以作偶成的新文学可，以写赋得的旧文学亦无不可，此一节不可不注意也。如白话文大发达，其内容却与古文相差不远，则岂非即一古文运动乎？"[1]1943年所写的《汉文学的前途》一文中说："白话文的兴起完全由于达意的要求，并无什么深奥的理由。因为时代的改变，事物与思想愈益复杂，原有文句不足应用，需要一新的文体，乃始可以传达新的意思，其结果即为白话文，或曰语体文。实则只是一种新式汉文，亦可云今文，与古文相对而非相反，其与唐宋文之距离，或尚不及唐宋文与《尚书》之距离相去之远也。这样说来，中国新文学为求达起见利用语体文，殆毫无疑问，至其采用所谓古文与白话等的分子如何配合，此则完全由作家个人自由规定。"[2]周作人的有关言论体现出淡化文言与白话的区别，反对夸大由文言而至白话转变、飞跃的思想主旨。对于新文化运动之后的成绩，周作人认为有诸多遗憾："中国近年的新文化运动可以说是有了做起讲之意，却是并不做得完篇，其原因便是这运动偏于局部，只有若干文人出来嚷嚷，别的各方面没有什么动静，完全是孤立偏枯的状态，即使不转入政治或社会运动方面去，也是难得希望充分发达成功的。""民初新文化运动中间，曾揭出民主与科学两大目标，但不久辗转变化，即当初发言人亦改口矣。""民国初年的新文化运动，参加者未尝无相当的诚意，然终于一现而罢，其失败之迹可以鉴戒。"[3]新文化阵营的过早分化，在周作人看来，是中国文艺复兴只有起讲而没有完篇的重要原因。同是白话文运动的倡导者，胡适对"五四"以后白话

---

① 周作人：《现代散文选序》，《周作人文类编》卷三，钟叔河编，长沙：湖南文艺出版社1998年版，第661页。

② 周作人：《中国新文学的源流》，北京：北京出版社2020年版，第185页。

③ 钟叔河：《文艺复兴之梦》，《周作人文选》卷三，广州：广州出版社1995年版，第480—482页。

文的命运，充满沾沾自喜的情绪，而周作人则显得忧心忡忡。

对于周作人把中国传统文学划分为载道与言志的基本看法，"五四"新文学的另一位参与者朱自清有所修正。朱自清写于1947年的《文学的标准与尺度》认为：中国传统的文学以诗文为正宗，大多数出于士大夫之手，其文学标准大概可用"儒雅风流"一语来概括。载道或言志的文学以"儒雅"为标准，缘情与隐逸的文学以"风流"为标准。表现"达济天下，穷善其身"情志的是载道或言志，要有"正其谊不谋其利，明其道不计其功"的抱负，有"怨而不怒""温柔敦厚"的涵养，用"熔经铸史""含英咀华"的语言，这就是儒雅的标准。或纵情于醇酒妇人，或寄情于田园山水，表现这种种情志的是缘情或隐逸之风，这需要有"妙赏""深情"和"玄心"，也得用"含英咀华"的语言，这是风流的标准。① 朱自清认为："五四"文学革命是从文字或文体的解放开始的，在相当程度上，"五四"文学革命所确认的语体文学的目标是以外国为标准的，但中国文学传统中语体文支流的影响也不可忽视。周作人所言的公安竟陵派只是这个支流的一段，公安竟陵努力想把支流变为主流，但失败了，直到现代，"五四"文学革命的尝试才完成了语体文学、新文学。朱自清论"五四"伦理革命与文学革命之关系道：

> 大清帝国改了中华民国，新文化运动新文学运动配合着五四运动画出了一个新时代。大家拥戴的是"德先生"和"赛先生"，就是民主与科学。但是实际上做到的是打倒孔教也就是反封建的工作。反封建解放了个人，也发现了民众，于是乎有了个人主义和人道主义：前者是实践，后者还是理论。这里将指出在那个阶段上，我们是接受了种种外国标准，而向现代化进行着。

---

① 朱自清：《文学的标准与尺度》，《朱自清全集》卷三，南京：江苏教育出版社1988年版，第130页。

这时候的文学是语体文学，开始似乎是应用着"人情物理"、"通俗"那两个尺度以及"自然"那个标准。然而"人情物理"变了质，成为"打倒孔教"就是"反封建"也就是"个人主义"这个标准，"通俗"和"自然"也让步给那"欧化"的新尺度；这"欧化"的尺度后来并且也成了标准。用欧化的语言表现个人主义，顺带着人道主义，是这时期知识阶级向着现代化的路。①

"五四"新文学既发展了中国传统文学中"人情物理""通俗""自然"的那一部分，又接受了外国"个人主义"的思想尺度及"欧化"的语言尺度，并以此为起点，开始走上了现代化之路。这种现代化一是思想方面的，一是文学方面的。思想的现代化与文学的现代化，如同车之两轮，是并驾而齐驱的。

分析"五四"时期所张扬的个人主义，朱自清《生活方法论》一文认为，作为"五四"新文学底蕴的个人主义不同于西方"民主"概念中所包孕的个人主义：

五四运动以来，攻击礼教成为一般的努力，儒家也被波及。礼教果然渐渐失势，个人主义抬头。但是这种个人主义和西方资本主义的社会的个人主义似乎不大相同。结果只发展了任性和玩世两种情形，而缺少严肃的态度。这显然是不健全的。②

"五四"对于个人主义的接受是不健全的，那么对儒家的批判如何呢？

---

① 朱自清：《文学的标准与尺度》，《朱自清全集》卷三，南京：江苏教育出版社1988年版，第100页。

② 朱自清：《生活方法论》，《朱自清全集》卷三，南京：江苏教育出版社1988年版，第44—45页。

朱自清认为，这种批评也有偏至之处：

> 宋明道学家是新儒家。五四以来一般攻击的礼教，也是这些
> 儒家的影响所造成。但那似乎是他们的流弊所至。他们却有他们
> 的颠扑不破的地方；可惜无人阐明发挥，一般社会便尔忽略，不
> 能受用他们的好处。①

个人主义接受的不健全，使得"五四"以后的文学中出现任性与玩世
的两种倾向。朱自清1947年5月所发表的《文学的严肃性》讲演中评论说：

> 新文学初期反对载道，这时候有人提倡言志，所谓言志，实
> 在是玩世不恭，追求趣味，趣味只是个人的好恶，这也是环境的
> 反映，当时政治上还是混乱，这种态度是躲避。他们喝酒、喝茶，
> 谈窄而又窄的身边琐事。当时许多人如此，连我也在内，但这种情
> 形经过的时间很短，从言志转到了幽默。好像说酒要一口一口的喝，
> 还不成，一直要幽默到没有意义。为幽默而幽默。一面要说话，一
> 面却要没有意义，这也是一种极端。生活的道路，越走越窄一切都
> 没有意义，变成要贫嘴，说俏皮话，这明明白白回到了消遣。②

由言志而走向幽默、琐细，甚至耍贫嘴，说俏皮话，已由儒雅变而为
风流与消遣，但中国现实社会的发展需要，却容不得消遣，新文学不久又回
到了严肃，也又回到了"载道"：

---

① 朱自清：《生活方法论》,《朱自清全集》卷三，南京：江苏教育出版社1988年版，
第45页。
② 朱自清：《文学的严肃性》,《朱自清散文全集》，北京：中国致公出版社2001年版，
第891—892页。

现在更是严肃的时期。新文学开始时反对文以载道，但反对的是载封建的道。到现在快三十年了，看看大部分作品，其实还是在载道，只是载的是新的道罢了。三十年间虽有许多变迁，文学大部分时间是工具，努力达成它的使命和责任，和社会的影响的方面是联系着的。[①]

但此时新文学所载之道，是与桐城古文大不相同的，新文学与民族命运、人民甘苦息息相关，正视社会国家人生，是具有严肃态度的文学，是负有责任和使命的文学。同年，朱自清又在《中国作家》上发表《论严肃》一文，分辨古文之载道与新文学之载道的不同之处：

照传统的看法，文章本是技艺，本是小道，宋儒甚至于说"作文害道"。新文学运动接受了西洋的影响，除了解放文体以白话代古文之外，所争取的就是这文学的意念，也就是文学的地位。他们要打倒那"道"，让文学独立起来，所以对"文以载道"说加以无情的攻击。这"载道"说虽然比"害道"说温和些，可是文还是道的附庸。照这一说，那些不载道的文就是"玩物丧志"。玩物丧志是消遣，载道是严肃。消遣的文是技艺，没有地位；载道的文有地位了，但是那地位是道的，不是文的——若单就文而论，它还只是技艺，只是小道。新文学运动所争的是：文学就是文学，不干道的事，它是艺术，不是技艺，它有独立存在的理由。

新文学运动以斗争的姿态出现，它必然是严肃的。他们要给白话文争取正宗的地位，要给文学争取独立的地位。鲁迅先生

---

① 朱自清：《文学的严肃性》，《朱自清散文全集》，北京：中国致公出版社2001年版，第892页。

的第一篇小说《狂人日记》里喊出了"吃人的礼教"和"救救孩子"，开始了反封建的工作。他的《随感录》又强烈的讽刺着老中国的种种病根子。一方面人道主义也在文学里普遍的表现着。文学担负起新的使命，配合了五四运动，它更跳上了领导的地位，虽然不是唯一的领导的地位。于是文学有了独立存在的理由，也有了新的意念。在这种情形下，词曲升格为诗，小说和戏曲也升格为文学。这自然接受了"外国的影响"，然而这未尝不是"载道"，不过载的是新的道，并且与这个新的道合为一体，不分主从。所以从传统方面看来，也还算是一脉相承的。一方面攻击"文以载道"，一方面自己也在载另一种道，这正是相反相成，所谓矛盾的发展。①

旧文学所载之道，是封建政治之道；新文学所载之道，是人民性之道。旧文学之载道，道尊而文卑；新文学之载道，道文并立，不分主从。载道之形式相近，而道之内容不同。但新文学若"只顾人民性，不顾艺术性"，也会重蹈旧文学"死板板的长面孔，教人亲近不得"②的覆辙。

关于桐城派的评价，朱自清在1939年所写的《中国散文的发展》一文曾有专节提及。文章认为："诗文作家自己标榜宗派，在前只有江西诗派，在后只有桐城派。桐城派的势力，绵延了二百多年，直到民国初期还残留着，这是江西诗派比不上的。""方苞评归有光的文庶几'有序'，但'有物之言'太少。曾国藩评姚鼐也说一样的话，其实桐城派都是如此。攻击桐城派的人说他们空疏浮浅，说他们范围太窄，全不错，但他们组织的技巧，言

---

① 朱自清：《论严肃》，《朱自清散文全集》，北京：中国致公出版社2001年版，第501—502页。

② 朱自清：《论严肃》，《朱自清散文全集》，北京：中国致公出版社2001年版，第502页。

情的技巧，也是不可抹杀的。"文章论曾国藩对桐城派的中兴道："桐城派的病在弱在窄，他却能以深博的学问，宏通的见识，雄直的气势使它起死回生……他选了《经史百家杂钞》，将经、史、子也收入选本里，让学者知道古文的源流，文统的一贯，眼光比姚鼐远大得多。"[①]朱文论桐城派消亡的文体原因及白话文发展的趋向道：

> 但古文不宜说理，从韩愈就如此。曾国藩的力量究竟也没有能够补救这个缺陷于一千年之后。而海通以来，世变日亟，事理的繁复，有些决非古文所能表现。因此聪明才智之士渐渐打破古文的格律，放手作去。到了清末，梁启超先生的"新文体"可谓登峰造极。……但这种"魔力"也不能持久；中国的变化实在太快，这种"新文体"又不够用了，胡适之先生和他的朋友们这才起来提倡白话文。经过五四运动，白话文是畅行了，这似乎又回到古代言文合一的路。然而不然。这时代是第二回翻译的大时代。白话文不但不全跟着国语的口语走，也不会跟着传统的白话走，却有意的跟着翻译的白话走，这是白话文的现代化，也就是国语的现代化。中国一切都在现代化的过程中，语言的现代化也是自然的趋势，是不足怪的。[②]

桐城古文消亡的自身原因，在于古文创造力的衰竭，古文的形式不再适应事理繁富、世变日亟的社会需要，梁启超"新文体"、"五四"白话文便应运而生。"五四"白话文似乎走的是古代言文合一的路，但"五四"白话

---

① 朱自清：《中国散文的发展》，《朱自清全集》卷八，南京：江苏教育出版社1988年版，第318页。
② 朱自清：《中国散文的发展》，《朱自清全集》卷八，南京：江苏教育出版社1988年版，第318页。

文却是在口语、传统白话的基础上，又吸收"欧化"的语言所形成的现代白话，它比口语、传统白话更富有表现力，因而也更具有生命力。朱自清用"现代化"的词汇来描述文学从古文文言到现代白话的发展过程，是极具启迪意义的。

"五四"白话文运动时期，以《新青年》为主要阵地，形成了新文学的阵营，但这个阵营随着五四运动的兴起，随着《新青年》社转变为"一个急进的政治的集团"①，而急剧地分化。1935年《中国新文学大系》编纂时，郑振铎为《文学论争集》作《导言》，检阅"五四"前后十年间的文学运动，已是"不能不有些惆怅，凄楚之感"②。郑振铎的《导言》把1917—1927十年间的文学发展分为两期，第一期是新文化运动和白话文运动，此期"一方面对于旧的文化，传统的道德，反抗、破坏，否认、打倒，一方面树立起言文合一的大旗，要求以国语文为文学的正宗"③。第二期"是新文学的建设时代，也便是文学研究会和创造社的时代。不完全是旧的，而且也在建设新的。不完全是在反抗、破坏、打倒，而也在介绍、创作、整理"④。检阅十年间的文学运动，郑振铎的惆怅、凄楚之感主要来自于"五四"新青年扎硬寨、打死战精神的蜕化及新青年阵营中人的衰老、反叛，更来自于在"伟大的十年间"结束将近十年之后，白话文等等的问题仍还成为问题而讨论着。他对后一种现象愤愤而言曰：

---

① 郑振铎：《文学论争集导言》，《中国新文学大系·文学论争集》，上海：上海文艺出版社 2009 年版，第 55 页。

② 郑振铎：《文学论争集导言》，《中国新文学大系·文学论争集》，上海：上海文艺出版社 2009 年版，第 68 页。

③ 郑振铎：《文学论争集导言》，《中国新文学大系·文学论争集》，上海：上海文艺出版社 2009 年版，第 65 页。

④ 郑振铎：《文学论争集导言》，《中国新文学大系·文学论争集》，上海：上海文艺出版社 2009 年版，第 67 页。

更可痛的是，现在离开"五四运动"时代，已经将近二十年了，离开那"伟大的十年间"的结束也将近十年了，然而白话文等等的问题也仍还成为问题而讨论着。仿佛他们从不曾读过初期的《新青年》的文章或后期的《国语周刊》的一类文字似的。许多的精力浪费在反复申述的理由上。连初期的新文化运动的信仰似乎也还有些在动摇着——这当然和反抗白话文运动有连带关系的——读经说的跳梁，祀孔修庙运动的活跃以及其他种种，处处都表现着有一部分的人是想走回到清末西太后的路上去，乃至要走到明初、清初的复古的路上去。假如这些活动而有"时代的价值"和需要的话，那么五四运动乃至戊戌维新，辛亥革命，诚都是"多此一举"的了！也究竟只是一场"白日梦"。一觉醒来时，还不是"花香鸟语"的一个清朗的世界！

……

三番两次的对于白话文学的"反攻"，乃正是白话文运动里所必然要经历过的途程。这只有更鼓励了我们的勇气，多一个扎硬寨、打死战的机会，却绝对不会撼惑军心，摇动阵线的。所以像章士钊乃至最近汪懋祖辈的反攻，白话文运动者们是大可不必过分的忧虑的——但却不能轻轻的放过了这争斗的机会！①

虽然白话文运动在二十年后仍有所反复，仍有攻击者，但此时白话文的拥护者是信心百倍而胜券在握的。因为白话文学以及在白话文基础上发展起来的新文学，毕竟有了二十年充分发展的历史，涌现出许多值得骄傲的作家和堪称典范的作品。新文学家固然会因复古思潮的泛起产生几分惆怅、凄

① 郑振铎：《文学论争集导言》，《中国新文学大系·文学论争集》，上海：上海文艺出版社 2009 年版，第 68—69 页。

楚，但与陈独秀 1917 年声称愿拖四十二生大炮为文学革命之先驱时的心情不可同日而语。以"提倡白话文，反对文言文"为旗帜的"五四"文学革命用激烈的偏至的方式破坏旧文学，又以百倍的热情和勤奋建设新文学，白话与文言文体形式的区别便成为一时划分新旧文学的标准，白话与文言之争中即包含着新旧之争的内容。

对于"五四"时期文学革命倡导者对旧文学的激烈与偏至，新文学家们有明确的意识，他们认为这种激烈与偏至是与文言文、旧文学彻底决绝的一种策略。茅盾在《进一步退两步》中表述道："我也知道'整理旧的'也是新文学运动题内应有之事，但是当白话文尚未在全社会内成为一类信仰的时候，我们必须十分顽固，发誓不看旧书。"[1]明白于此，便可知道鲁迅 1925 年为青年学生开列书单竟为何写明"我以为要少——或者竟不——看中国书"[2]。而"五四"之后的鲁迅、茅盾、郭沫若、胡适、朱自清、郑振铎等人，却又都从事于中国古典文学、神话、历史的研究。鲁迅 1933 年所写的《"感旧"以后（上）》论及新旧文学以为："我是说有些新青年可以有旧思想，有些旧形式也可以藏新内容。我也以为'新文学'和'旧文学'这中间不能有截然的分界，然而有蜕变，有比较的偏向。"[3]鲁迅在 1930 年所写的《〈浮士德与城〉后记》中论新旧文化之冲突与承接道："……新的阶级及其文化，并非突然从天而降，大抵是发达于对于旧支配者及其文化的反抗中，亦即发达于和旧者的对立中，所以新文化仍然有所承传，于旧文化也仍然有所择取。"[4]在经历了"破"字当头的过程之后，新文学家都明确无误地回归

---

① 茅盾：《进一步退两步》，《茅盾全集》卷十八，北京：人民文学出版社 1989 年版，第 445 页。

② 鲁迅：《青年必读书》，《华盖集》，北京：人民文学出版社 1973 年版，第 7 页。

③ 鲁迅：《"感旧"以后（上）》，《准风月谈》，北京：人民文学出版社 1977 年版，第 188 页。

④ 鲁迅：《〈浮士德与城〉后记》，《集外集拾遗》，北京：人民文学出版社 1973 年版，第 345 页。

到对新旧文化、新旧文学割舍不断联系的理性认识。

　　"五四"是说不尽的，"五四"新文学开创了中国文学发展的新时代，而桐城派古文在绵延二百余年之后终归于沉寂。桐城派古文在"五四"时期是作为旧文学与文言文的代表而遭到新语文学运动攻伐的。桐城派自身艺术创造力的衰竭，其所固守的文化价值及道统、文统观念的不合时宜，其行文拘谨，禁忌繁多的文言文体形式与日益丰富繁杂的时代内容不可协调的矛盾，以及科举制度的废除，封建王朝的覆灭等桐城派赖以生存的社会条件的变动，都构成了桐城派走向消亡的必然条件。"五四"新文学顺应历史发展的潮流，促使风烛残年中的桐城派最终走向消亡。"五四"新文学家运用更自由、更平民化、更富有表现力而经过加工提炼的白话，创造出风格多样、丰富多彩的新体散文，并使新体散文成为"五四"文学中最有成绩的门类。而桐城派古文的消亡与新体散文的涌现，也便成为中国文学从古典走向现代的一道醒目的风景和一次充满思想冲突与文化意蕴的历史性交换。

# 敝帚自珍（代跋）

　　在我国现存第一篇文学理论和文学批评的专论《典论·论文》中，曹丕引当时民间谚语"家有敝帚，享之千金"，用以表达东西虽然不好，但拥有者却十分珍惜的情感。当我把自己过去、现在写作的学术论文收辑结集，交中国大百科全书出版社出版时，所想到的最合适表达心情的词，就是"敝帚自珍"。

　　与中国大百科全书出版社结缘，是该社 2015 年启动编纂《中国大百科全书》第三版时，我被中国文学卷主编袁行霈先生选定为修订编写组成员，作为近代文学分支主编统筹中国近代文学有关词条的撰写与修订工作。《中国大百科全书》第三版的编纂工作在编写组专家与出版社同人的共同努力下进展顺利，我也通过学术互动与百科社结识，成为百科社的读者与作者。

2018 年，河南省设立"中原文化名家"专项资助项目，支持社科成果的出版。我申请到了该项目，并从此开始谋求将过去与现在的著述结集出版。于是便有了这次不自量力的"敝帚自珍"之举。此次整理出版 5 种著作，分别为《桐城派研究》《十九世纪中国文学思潮》《近代变革与文学转型》《中国百年学术与文学》《陈三立陈寅恪研究》。

《桐城派研究》，曾以《古典主义的终结：桐城派与"五四"新文学》为书名，1998 年由上海文艺出版社出版，此次为修订再版。1998年版有《后记》，简单记述此书写作缘起：1984 年我随导师任访秋先生参加在常熟举办的中国近代文学史料工作会议。主持会议的中国社科院文学所邓绍基研究员把桐城派研究资料的整理任务交予河南大学承担，会后我便在任访秋先生的指导下进行工作，同时我的硕士学位论文也就顺理成章地以中后期桐城派研究为题开展。1993 年申请国家社科基金项目时，我以"晚清旧派文学研究"为题申报成功，获得资助经费 8000 元。申报项目时，原计划将晚清桐城派、文选派、宋诗派、常州词派作总括性的描述，以窥知五四前夕旧派文学的生存状态。结果涉笔至桐城派，竟达 30 余万字。于是就以桐城派研究结项。此书的主要章节得到任访秋先生、赵明先生、刘增杰先生、栾星先生、樊骏先生、舒芜先生的指导帮助。这次准备再版时与上海文艺出版社联系，他们很专业也很大度，答应可以修订后由他们再版，也可由其他出版社出版。

《十九世纪中国文学思潮》，曾以《悲壮的沉落》为书名，1992 年由河南大学出版社出版，此次再版增补了部分内容。此书原为刘增杰先生 1988 年国家社科规划项目《19—20 世纪中国文学思潮史》五卷本的第一卷，主述 19 世纪中国文学思潮。五卷本因种种原因，最终未能在河南大学出版社出齐。刘增杰教授卧薪尝胆，多年之后，重集旧部，修改补充，于 2008 年在上海文艺出版社出版《中国近现代文学思潮史》，全书 87 万字。百科社对该书再版时，我将所写作的第一卷《悲壮的沉落》易名为《十九世纪中国文学思潮》。原书字数偏少，为保持各卷文字大致均衡，增补了本人后期所写作的多篇与该主题相关的论文，作为附录。

《近代变革与文学转型》，原名为《中国近代文学论集》，是我 2005 年自选五十岁以前的论文，为自己进入知天命之年的自贺，2006 年由中华书局出版，采用自己心中理想的竖排繁体形式。但我随即发现，竖排繁体，是会大大影响阅读效率的。就我自己的阅读来说，更愿意选择简体横排而非繁体竖排，遑论其他读者。集中的《柳亚子简论》是我在大学读本科时发表在《河南大学学报》上的第一篇文章。当时，河大中文系在本科生中提倡学术论文写作，此文是由我执笔成文，请任访秋先生指导的第一篇学术习作。《中国近代文学史绪论》是解志熙、袁凯声和我 1986 年共同完成写作的。当时任访秋先生约请国内专家，编写国内第一部《中国近代文学史》作为高校教材，我协助有关编写工作。《中国近代文学史》教材的《绪论》原来是任先生亲自撰写的，高屋建瓴，立论稳妥。而当时国内学术界正流行"新三论"，受其影响，刚满三十岁的我，约两个原没有参与教材编写的二十五岁的同门师弟解志熙、袁凯声，闭门一月，套用我们生吞活剥的理论，去解释中国近代文学的演进。完成后，由我拿给任先生看，已记不清当时是如何向先生表达的了。后来《中国近代文学史》1988 年由河南大学出版社出版时，换用了我们所写作的《绪论》。2008 年在任访秋先生去世八年后，我们在刘增杰先生的主持下编辑《任访秋文集》，我有机会看到先生《日记》中关于《中国近代文学史绪论》取舍的两处记载，初读任访秋先生《日记》中的文字，顿感汗流浃背、无地自容。从先生的《日记》中，读到二十年前我的莽撞和先生的大度。此集的旧文，记录了二十世纪八九十年代我的无知与青涩。

《中国百年学术与文学》，是我五十岁以后的论文集。此一阶段，我个人的学术兴趣，偏移于近代报刊史料与中国近代文学的关系研究，百年学术变革与百年文学发展的互动研究。我自2014年在中国近代文学学会兼任会长，也自然有一些事务和文字是为学会的工作鼓与呼。中国近代文学学会自1988年成立，我和很多学术界的朋友就在学会的聚合下，为学科的发展尽心尽力，学会是我们共同的家。

《陈三立陈寅恪研究》，是一本急就章。数年前，去九江师范学院参加学术会议，纪念陈宝箴、陈三立、陈寅恪祖孙三代。参会学者大部分论文是关于陈寅恪的，会上对陈寅恪"独立之精神、自由之思想"名言的争论演变为会议热点。我研究宋诗派，会议学术发言仅与陈三立有关。在会议评议环节，评议人因我在高校担任过党委书记，偏离我的发言主题，提出要我谈谈如何看待上述口号。会议上的临时答辩，我做到尽量不失礼貌而已。时任九江师院党委书记者，正是当年帮助在庐山植物所修建陈寅恪墓的有德之人。会议代表拜谒了陈寅恪墓，墓碑上镌刻的正是"独立之精神、自由之思想"十个大字。庐山的崇山峻岭、浩荡天风，对陈氏名言的理解，自然与我们凡夫俗子有很大不同。2020年疫情期间，我用一年多的时间读书写作，试图对陈寅恪先生的精神做出自己的阐释，写作十余万字，结成此集。

《桐城派研究》《十九世纪中国文学思潮》《近代变革与文学转型》

三部，因注释繁简不一，此次出版特请郑学博士、和希林博士、陈云昊博士帮助，分别重新校核，统一注释，向他们深表感谢。同时，也对出版社编辑、校对人员的辛勤劳动，深表感谢。

2023 年 10 月于河南大学